上海图书馆馆藏文献丛刊

唐宋文醇

上

【清】乾隆御定　　乔继堂 点校

上海科学技术文献出版社
Shanghai Scientific and Technological Literature Press

序

不朽有三，立言其一。言之无文，行而不远。若是乎言之文者，乃能立于后世也。文之体，不一矣；语文者说，亦多矣。群言淆乱，衷诸圣，当必以周、孔之语为归。周公曰“言有序”，孔子曰“辞达而已矣”。无序，固不可以达。欲达其辞而失其序，则其为言，奚能云鄰波折，而与天地之文相似也？

然使义则戋戋，而言有枝叶，妃青媲白，雕琢曼辞，则所谓八代之衰已，其咎同归于无序。而不达抑又有进焉。文所以足言，而言固以足志。其志已荒，文将奚附？是以孔子又曰“言有物”。夫序而达，达而有物，斯固天下之至文也已。

昌黎韩愈，生周汉之后几五百年，远绍古人立言之轨，则其文可谓有序而能达者。然必其言之又能有物，如布帛之可以暖人，菽粟之可以饱人，则李瀚所编七百篇中，犹且十未三四，况昌黎而下乎？甚矣，文之至者不易得也！

明茅坤，举唐宋两朝中昌黎、柳州、庐陵、三苏、曾、王八大家，荟萃其文各若干首行世，迄今操觚者脍炙之。本朝储欣，谓茅坤之选便于举业，而弊即在是，乃复增损之，附以李习之、孙可之，为十大家，欲俾读者兴起于古，毋只为发策决科之用，意良美矣。顾其识之未衷，而见之未当，则所去取与茅坤亦未始径庭。朕读其书，嘉其意，而亦未尝不慭其失也。

夫“十家”者，谓其非八代骈体云尔。骈句固属文体之病，然若唐之魏郑公、陆宣公，其文亦多骈句，而辞达理诣，足为世用，则骈又奚病？日月丽乎天，天之文也；百谷草木丽乎土，地之文也。化工之所为，有定形乎哉？化工形形，而不形于形，而谓文可有定形乎哉？顾其言之所立者何如耳。

敕几之暇，偶取储欣所选十家之文，录其言之尤雅者若干首，合而编之，以便观览。夫唐宋以来，名儒硕士有序有物之嘉言，固不第十人已矣。虽然，尝鼎一脔，亦足以知道腴之可味，况已斟其雉膏哉！

乾隆戊午秋九月御笔

凡　例

一，各家之文，有经圣祖仁皇帝御评者，用黄书恭载篇首，以昭异代儒臣千古之至荣。

一，朱子《韩文考异》，采取古人之语居多，然未著其姓氏，既难根寻，且已多经朱子绳削者，故并录为朱子评语。

一，文之短长、抑扬、高下及起伏照应，本无定法，所谓天机至则律吕自调耳。古今人评此者并不录，恐印定后人眼目也。

一，是编所采古今人评跋及诗文论说，在唐为柳宗元、李商隐、孙樵，在宋为穆修、欧阳修、司马光、吕公著、苏轼、苏辙、石介、黄庭坚、王安石、王定国、邵伯温、伊川程子、朱子、吕祖谦、真德秀、洪迈、周必大、叶梦得、叶适、黄震、陈善、朱弁、王应麟、王明清、刘克庄、徐度、谢枋得。在元为虞集。在明为邱濬、胡居仁、杨慎、唐顺之、林希元、茅坤、姜宝、王慎中、王世贞、李廷玑、王志坚、黄道周、陈子龙、徐孚远、凌安国、凌安世，在本朝为张英、励杜讷、李光地、储欣、蔡世远。皆取其于文有所发明者；但积卷浩瀚，奚能遍览，就目之所及录之云耳。其文中所载姓名字，迹有须考者，间采录本史以备参详。

一，各家文，凡书、序、论、记等，各以类编。惟苏轼上书、奏状、对策诸篇，以年月先后编次，缘轼进谏自有次第，故不与诸家一例也。

一、是编始虽取材于储欣选本，复有欣本所遗而不可不采者，亦并录入，通计十之二。

纂校后案

《唐宋文醇》五十八卷，乾隆三年御选制序颁行。自明茅坤取唐韩愈、柳宗元，宋欧阳修、苏洵、苏轼、苏辙、曾巩、王安石之文，为“八大家”，而初学之士，人奉一编，用为橅法。逮国朝储欣，乃颇为增损，又益以李翱、孙樵之文，为“十大家”，学者见闻稍廓矣。而持择去取，未能尽当，则欣讥坤以“便于举业而流弊在是”者，欣之所辑，弊亦如之。

夫文自昌黎起八代之衰，为其去排偶茶弱之习，而返之于先秦两汉之遗法矣。唐宋文人林立，而独取此十家，意亦良是。皇上几馀，典学文，参训诰，复以操觚之士鲜所向方，乃取欣所选本，芟其猥杂，补其遗漏，于是十家之菁华尽显，而为之矩矱悉正矣。

其文有经圣祖仁皇帝御评，则用黄色书载篇首，皇上御评则朱书篇后。至古今人评跋，及诗文论说，于文有所发明者，亦别色附录于后。而姓名、事迹有资考核者，间亦及之。用以昭示艺林，洵足为万世学者之正鹄矣。

乾隆四十五年十月恭校上。

总纂官　纪　昀　陆锡熊　孙士毅

总校官　陆费墀

总 目 录

上册目录

陇西李翱

卷 一

昌黎韩愈文一 杂著

原 毁

古之君子，其责己也重以周，其待人也轻以约。重以周，故不怠；轻以约，故人乐为善。闻古之人有舜者，其为人也，仁义人也。求其所以为舜者，责于己，曰："彼，人也；予，人也。彼能是，而我乃不能是。"早夜以思，去其不如舜者，就其如舜者。闻古之人有周公者，其为人也，多才与艺人也。求其所以为周公者，责于己，曰："彼，人也；予，人也。彼能是，而我乃不能是。"早夜以思，去其不如周公者，就其如周公者。舜，大圣人也，后世无及焉；周公，大圣人也，后世无及焉。是人也，乃曰："不如舜，不如周公，吾之病也。"是不亦责于身者重以周乎？其于人也，曰："彼人也，能有是，是足为良人矣；能善是，是足为艺人矣。"取其一、不责其二，即其新、不究其旧，恐恐然惟惧其人之不得为善之利。一善，易修也；一艺，易能也。其于人也，乃曰："能有是，是亦足矣。"曰："能善是，是亦足矣。"不亦待于人者轻以约乎？

今之君子则不然，其责人也详，其待己也廉。详，故人难于为善；廉，故自取也少。己未有善，曰：“我善是，是亦足矣。”己未有能，曰：“我能是，是亦足矣。”外以欺于人，内以欺于心，未少有得而止矣，不亦待其身者已廉乎？其于人也，曰：“彼虽能是，其人不足称也；彼虽善是，其用不足称也。”举其一、不计其十，究其旧、不图其新，恐恐然惟惧其人之有闻也。是不亦责于人者已详乎？夫是之谓不以众人待其身，而以圣人望于人，吾未见其尊己也。

虽然，为是者，有本有原，怠与忌之谓也。怠者不能修，而忌者畏人修，吾尝试之矣。尝试语于众曰：“某良士，某良士。”其应者，必其人之与也；不然，则其所疏远、不与同其利者也；不然，则其畏也。不若是，强者必怒于言，懦者必怒于色矣。又尝语于众曰：“某非良士，某非良士。”其不应者，必其人之与也；不然，则其所疏远、不与同其利者也；不然，则其畏也。不若是，强者必说于言，懦者必说于色矣。是故事修而谤兴，德高而毁来。呜呼！士之处此世，而望名誉之光、道德之行，难已！

将有作于上者，得吾说而存之，其国家可几而理欤?!

○《语》曰：“躬自厚而薄责于人。”《记》曰：“君子不以其所能者病人，不以人之所不能者愧人。是故圣人之制行也，不制以己，使民有所劝勉愧耻，以行其言。”昌黎作《原毁》，其言古之君子者，盖本诸此也。宋范忠宣谓“以责人之心责己，以恕己之心恕人”，张横渠又谓“以爱己之心爱人，则尽仁；以责人之心责己，则尽道”，则又出于昌黎而鼻祖于《礼记》、孔子之语；反是，则昌黎所谓“今之君子”者矣。既穷其情状，又抉其本原，如大禹铸鼎，使民知神奸。其于天下后世，所以诏告而警戒者，深矣。顾于古之君子之所以为是者，未暇究论其本原也。

夫为是者，又复有本有原。圣人无己，靡所不己，是故制行不制以己。古君子之以舜、周公自责者，岂蕲己之名与舜、周公埒哉？其于人则曰“能有是，是亦足”者，岂绝人以舜、周公而蕲己之高出一世哉？凡以谓为天下国家而不至于舜、周公，则理不可得而至也。天下国家不可以独理，而必期于舜、周公其人然后与共理，则将旷世无一人而不可得而待故也。且也寸涔尺泽，与渤澥之水无差；部娄蚁封，与泰华之土奚别？积水成海，积土成岳，一人之小仁小义、小材小艺，足以治一事、理一邑。迨其众也，万事治、天下理，则舜、周公之仁义、材艺固无以加，斯正舜、周公之所以为舜、周公也。

於戏！由乎无己者，天下万世靡所不己，而又奚毁焉？由乎私己者，天下万世皆与己为敌为对，莫不可毁，而天下万世之毁，乃并集于己矣。人欲尊己者，其何所从也？

对禹问

或问曰：尧舜传诸贤，禹传诸子，信乎？曰：然。

然则禹之贤，不及于尧与舜也欤？曰：不然。尧舜之传贤也，欲天下之得其所也；禹之传子也，忧后世争之之乱也。尧舜之利民也大，禹之利民也深。

曰：然则尧舜何以不忧后世？曰：舜如尧，尧传之；禹如舜，舜传之。得其人而传之，尧舜也；无其人、虑其患而不传者，禹也。舜不能以传禹，尧为不知人；禹不能以传子，舜为不知人。尧以传舜，为忧后世；禹以传子，为虑后世。

曰：禹之虑也则深矣。传之子而当不淑，则奈何？曰：时益以难理。传之人则争，未前定也；传之子则不争，前定也。前定，虽不当贤，犹可以守法；不前定而不遇贤，则争且乱。天之生大圣也，不数；其生大恶也，亦不数。传诸人，得大圣，然后人莫敢争；传诸子，得大恶，然后人受其乱。禹之后四百年，然后得桀；亦四百年，然后得汤与伊尹。汤与伊尹，不可待而传也。与其传不得圣人而争且乱，孰若传诸子？虽不得贤，犹可守法。

曰：孟子之所谓“天与贤，则与贤；天与子，则与子”者，何也？曰：孟子之心，以为圣人不苟私于其子，以害天下；求其说而不得，从而为之辞。

○尧、舜，创也；禹，因也。删《书》断自唐虞，《帝王世纪》等书虽不足信；然使尧以前皆传贤，则尧授舜、舜授禹，乃大经通义，又何为创见而夸美？足知尧以前犹传子，而禹亦犹行古之道也。禹亦犹行古之道，则万章曷问曰“周衰，处士横议”？如伊尹割烹、孔子主痈疽、寺人瘠环，齐东之语亦多矣，此亦其类也。

且《尧典》放齐有子朱启明之请，《益稷谟》大禹有丹朱殄世之戒。若非尧以前亦传子，斯曷以称焉？然使孟子举是说以折之，则人必谓传天下，必尧、舜乃为，至是禹变其道，以从古为非，无乃仍无解于“德衰”之惑欤？且顺天从民之义，亦不著也。观昌黎之说，实能补孟子之所未言。

虽然，民者，天之心也。虑民之深而得民之心，即为得天之心。原其本而推其极致，则亦仍无越乎孟子“天与贤则与贤，天与子则与子”之义欤？

杂说一

龙嘘气成云，云固弗灵于龙也。然龙乘是气，茫洋穷乎玄间，薄日月，伏光景，感震电，神变化，水下土，汩陵谷：云亦灵怪矣哉！

云，龙之所能使为灵也。若龙之灵，则非云之所能使为灵也。然龙弗得云，无以神其灵矣。失其所凭依，信不可欤！异哉！其所凭依，乃其所自为也。《易》曰："云从龙。"既曰龙，云从之矣。

◇李光地曰："此条寄托至深，取类至广。精而言之，则如道义之生，气德行之，发为事业文章，皆是也。大而言之，则如君臣之遇合、朋友之应求，圣人之风兴起于百世之下，皆是也。"

杂说二

善医者，不视人之瘠肥，察其脉之病否而已矣。善计天下者，不视天下之安危，察其纪纲之理乱而已矣。天下者，人也；安危者，肥瘠也；纪纲者，脉也。脉不病，虽瘠不害；脉病，而肥者死矣。通于此说者，其知所以为天下乎？

夏、殷、周之衰也，诸侯作而战伐日行矣；传数十王而天下不倾者，纪纲存焉耳。秦之王天下也，无分势于诸侯，聚兵而焚之，传二世而天下倾者，纪纲亡焉耳。是故四支虽无故，不足恃也，脉而已矣；四海虽无事，不足矜也，纪纲而已矣。忧其所可恃，惧其所可矜，善医善计者，谓之天扶与之。《易》曰："视履考祥。"善医善计者为之。

○"忧其所可恃，惧其所可矜，善医善计者，谓之天扶与之"四句，或以上二句读断，而以"善医善计者，谓之天扶与之"二句连读；或以"善医善计者谓之"为句，而以"天扶与之"别为一句。承上起下，两者俱若未合。当以"善医善计者"，作足上二句之辞。盖善医善计者，必忧其所可恃、惧其所可矜也，特倒文耳。

其曰“谓之天扶与之”者何？《记》曰：“人者，天地之心也。”操则存，心存则人存；舍则亡，心亡则人亡。天人之际，呼则同呼、吸则同吸，谓之呼吸相通者，犹远也。使恃其所可恃、矜其所可矜，则方寸之中，骄泰之气积焉。维清於穆之所不居，是《语》所谓“以恶实心而弃其精”，《传》所谓“天夺之鉴而益其疾”也。惟能忧能惧者，天之明命不离于顾諟之间，自必“自天祐之，吉无不利”，故曰“谓之天扶与之”，言知忧知惧若此者，即是天扶与之也。犹恐未明，故又申之曰：“视履考祥，善医善计者为之。”夫忧其所可恃、惧其所可矜，固“视履考祥”之实际矣。韩子可谓明于《易》，而达于治天下之要者欤！

杂说三

谈生之为《崔山君传》，称“鹤言”者，岂不怪哉？然吾观于人，其能尽其性而不类于禽兽异物者，希矣！将愤世嫉邪、长往而不来者之所为乎？

昔之圣者，其首有若牛者，其形有若蛇者，其喙有若鸟者，其貌有若蒙倛者。彼皆貌似而心不同焉，可谓之非人耶？即有平胁曼肤、颜如渥丹，美而狠者，貌则人，其心则禽兽，又恶可谓之人邪？然则观貌之是非，不若论其心与其行事之可否，为不失也。

怪神之事，孔子之徒不言。余将特取其愤世嫉邪而作之，故题之云尔。

〇述孟子“几希”之旨，开濂洛关闽之先。

杂说四

世有伯乐，然后有千里马。千里马常有，而伯乐不常有。故虽有名马，祇辱于奴隶人之手，骈死于槽枥之间，不以千里称也。

马之千里者，一食或尽粟一石；食马者，不知其能千里而食也。是马也，虽有千里之能，食不饱，力不足，才美不外见，且欲与常马等不可得，安求其能千里也？

策之不以其道，食之不能尽其材，鸣之而不能通其意，执策而临之，曰："天下无马。"呜呼！其真无马邪？其真不知马也！

〇皋陶举治天下二大端，曰："在知人，在安民。"知人居其先焉。一部《论语》，以知人终。先圣先师之明训如此。诚能知人，将治天下如运之掌矣。虽然，人固不易知，知人固不易易。三复斯文，慄然冰渊，惄如调饥。

读荀

始吾读孟轲书，然后知孔子之道。尊圣人之道易行，王易王、霸易霸也。以为孔子之徒没，尊圣人者，孟氏而已。晚得扬雄书，益尊信孟氏。因雄书而孟氏益尊，则雄者亦圣人之徒欤？

圣人之道不传于世，周之衰，好事者各以其说干时君，纷纷藉藉，相乱六经，与百家之说错杂。然老师大儒犹在。火于秦，黄老于汉，其存而醇者，孟轲氏而止耳，扬雄氏而止耳。及得荀氏书，于是又知有荀氏者也。考其辞，时若不粹；要其归，与孔子异者鲜矣。抑犹在轲、雄之间乎？

孔子删《诗》《书》，笔削《春秋》，合于道者著之，离于道者黜去之。故《诗》《书》《春秋》无疵。余欲削荀氏之不合者，附于圣人之籍，亦孔子之志欤？孟氏，醇乎醇者也；荀与扬，大醇而小疵。

◇伊川程子云："荀卿才高而其言多过，子云才短而其言多失，然皆未免夫驳者也。退之以'大醇'归之，盖韩子待人以恕。"

◇樊汝霖云："《荀子》二十三篇，其《非十二子篇》以子弓并仲尼，谓子思、孟轲略法先王而不知其统；其《性恶篇》谓人之性恶，礼义生于圣人之伪。此其牴牾不合于道，而公所欲削者欤？"又云："韩子说荀、扬'大醇'，是泛说。与田骈、慎到、申不害、韩非之徒观之，则荀、扬为大醇。"

读鹖冠子

《鹖冠子》十有九篇，其辞杂黄老刑名。其《博选篇》"四稽五至"之说，当矣。使其人遇时，援其道而施于国家，功德岂少哉？《学问篇》称"贱生于无所用，中流失船，一壶千金"者，余三读其辞而悲之。文字脱谬，为之正三十有五字；乙者三；灭者二十有二；注十有二字云。

◇樊汝霖曰："西汉《艺文志》有《鹖冠子》一篇，笺云：'楚人居深山，以鹖鸟羽为冠。'则《唐志》云'《鹖冠子》三卷'，岂汉时遗缺，至唐而全耶？汉、唐皆以为道家者流，公谓其使'施于国家，功德岂少'；而柳子厚作《辨鹖冠子》，则曰'得其书而读之，尽鄙浅言也'。二公所见，不同如此。"

读仪礼

余尝苦《仪礼》难读，又其行于今者盖寡，沿袭不同，复之无由，考于今，诚无所用之。然文王、周公之法制，粗在于是。孔子曰“吾从周”，谓其文章之盛也。古书之，存者希矣，百氏杂家，尚有可取，况圣人之制度邪？于是掇其大要，奇辞奥旨著于篇，学者可观焉。惜乎吾不及其时，进退揖让于其间。呜呼盛哉！

〇夏以忠，殷以质，周以文。说者谓“忠敝而救以质，质敝而救以文”，是未达而强为解者也。忠者衷也，衷实有之，必形于外，忠不能不为质也。质者干也，干既茂盛，必灼其华，质不能不为文也。譬如幼而长、长而壮，其可曰“幼敝而救以长、长敝而救以壮”哉？文王曰“盥而不荐，有孚颙若”，洵乎文之必尚乎忠也。周公曰“白贲无咎”，孔子曰“致饰然后亨则尽矣，故受之以剥”，洵乎文之必本乎质也。

周衰，诈伪萌生，忠、质尽丧，徒存其文。夫徒存其文，则文非其文也。况乎世远言湮、时移世变，传经者，讹易于煨烬之余；传容者，沿袭于时师之谬。始则皮之不存，而毛无所附；继则虎豹之毛，化为犬羊之毛。而所为“文非其文”者，亦紊而不可考哉！此韩愈所以读《仪礼》而谓“今无所用”，顾犹有爱于圣人之制度者也。欲本三代之遗意，以为天下国家必衷之于忠，以求天理民彝之自然，期忠得而渐具其质，或庶几焉。不此之务，而徒从事于文，不知文固非其文也。此新室、荆舒之用《周礼》，所以亡汉而乱宋也。

读墨子

儒讥墨以上同、兼爱、上贤、明鬼，而孔子“畏大人”“居是邦，不非其大夫”，《春秋》讥专臣，不上同哉？孔子泛爱亲仁，以博施济众为圣，不兼爱哉？孔子贤贤，以四科进褒弟子，疾殁世而名不称，不上贤哉？孔子“祭如在”，讥祭如不祭者曰“我祭则受福”，不明鬼哉？

儒墨同是尧舜，同非桀纣，同修身正心以治天下国家，奚不相悦如是哉？余以为，辩生于末学各务售其师之说，非二师之道本然也。孔子必用墨子，墨子必用孔子；不相用，不足为孔、墨。

〇朱子谓学者必知孟子“归斯受之”之意，然后识公读《墨》之旨。伊川程子则谓“孔墨相用”之说为甚不可。盖韩愈之意，悯后世经生，家各务售其师之说，而不求诸心，不衷于理，距杨墨于门墙之外，而为杨墨于门墙之中。外犹恃其中之存，中则无复外之迹，其为害也，更有甚焉。是以著说以矫之，岂果贤墨而与孟子相剌谬哉！况夫墨为孔用，则其墨亦孔；孔为墨用，则是孔非墨。孔子为鲁司寇，鲁诸臣自三家以下，安得尽易其位而后为治耶？鲁之诸臣，尚犹可用，而有不用墨子者哉？《上同》《兼爱》《上贤》《明鬼》，皆本《汉书·艺文志》所著墨家者流之所长。

获麟解

麟之为灵，昭昭也。咏于《诗》，书于《春秋》，杂出于传记百家之书，虽妇人小子，皆知其为祥也。

然麟之为物，不畜于家，不恒有于天下。其为形也不类，非若马牛犬豕、豺狼麋鹿然；然则虽有麟，不可知其为麟也。角者，吾知其为牛；鬣者，吾知其为马；犬豕、豺狼、麋鹿，吾知其为犬豕、豺狼、麋鹿。惟麟也不可知；不可知，则其谓之不祥也亦宜。

虽然，麟之出，必有圣人在乎位，麟为圣人出也。圣人者必知麟，麟之果不为不祥也？

又曰：麟之所以为麟者，以德不以形。若麟之出不待圣人，则谓之不祥也亦宜。

〇李翱书此文赠陆傪，云韩愈“非兹世之文，古之文也”，“其词旨意适，则孟轲既没，亦未见有过于此者”。

进学解

国子先生晨入太学，招诸生立馆下，诲之曰：业精于勤，荒于嬉；行成于思，毁于随。方今圣贤相逢，治具毕张，拔去凶邪，登崇畯良。占小善者率以录，名一艺者无不庸，爬罗剔抉，刮垢磨光。盖有幸而获选，孰云多而不扬？诸生业患不能精，无患有司之不明；行患不能成，无患有司之不公。

言未既，有笑于列者曰：“先生欺余哉！弟子事先生，于兹有年矣。先生口不绝吟于六艺之文，手不停披于百家之编；记事者必提其要，纂言者必钩其玄；贪多务得，细大不捐；焚膏油以继晷，恒兀兀以穷年。先生之业，可谓勤矣。觝排异端，攘斥佛老；补苴罅漏，张皇幽眇；寻坠绪之茫茫，独旁搜而远绍；障百川而东之，回狂澜于既倒。先生之于儒，可谓有劳矣。沉浸醲郁，含英咀华，作为文章，其书满家。上规姚姒，浑浑无涯，周诰殷盘，佶屈聱牙，《春秋》谨严，《左氏》浮夸，《易》奇而法，《诗》正而葩；下逮《庄》《骚》，太史所录，子云相如，同工异曲。先生之于文，可谓闳其中而肆其外矣。少始知学，勇于敢为；长通于方，左右具宜。先生之于为人，可谓成矣。然而公不见信于人，私不见助于友，跋前踬后，动辄得咎。暂为御史，遂窜南夷；三年博士，冗不见治。命与仇谋，取败几时。冬暖而儿号寒，年丰而妻啼饥。头童齿豁，竟死何裨？不知虑此，而反教人为？”

先生曰：“吁！子来前。夫大木为杗，细木为桷，欂栌侏儒，椳闑扂楔，各得其宜、施以成室者，匠氏之工也。玉札丹砂，赤箭青芝，牛溲马勃，败鼓之皮，俱收并蓄、待用无遗者，医师之良也。登明选公，杂进巧拙，纡余为妍，卓荦为杰，校短量长、惟器是适者，宰相之方也。昔者孟轲好辩，孔道以明，辙环天下，卒老于行；荀卿守正，大论是弘，逃谗于楚，废死兰陵。是二儒者，吐辞为经，举足为法，绝类离伦，优入圣域，其遇于世何如也？今先生学虽勤而不繇其统，言虽多而不要其中，文虽奇而不济于用，行虽修而不显于众。犹且月费俸钱，岁靡廪粟；子不知耕，妇不知织；乘马从徒，安坐而食；踵常途之促促，窥陈编以盗窃。然而圣主不加诛，宰臣不见斥，兹非其幸欤？动而得谤，名亦随之，投闲置散，乃分之宜。若夫商财贿之有亡，计班资之崇庳，忘己量之所称，指前人之瑕疵，是所谓诘匠氏之不以杙为楹，而訾医师以昌阳引年，欲进其豨苓也。”

◇孙樵曰：“玉川子《月蚀》诗，韩吏部《进学解》，莫不拔地倚天，句句欲活，如赤手捕修蛇，不施鞚勒骑生马，急不得暇，莫可捉搦。”

◇李光地曰：“此体文，此篇与扬子《解嘲》，千载称绝矣。《解嘲》中云：‘炎炎者灭，隆隆者绝。观雷观火，为盈为实。天收其声，地藏其热。高明之家，鬼瞰其室。’此段是全释《丰》卦义。炎炎者，火也；隆隆者，雷也。当其隆隆、炎炎，以为盈且实矣。然《丰》卦雷居上，则是天收其声；火居下，则是地藏其热。此其盛不可久，而灭且绝之征也。‘丰’之义如此，故卦爻俱发日中之戒。至穷极，则曰‘丰其屋，蔀其家，窥其户，阒其无人’，即扬子所谓‘高明之家，鬼瞰其室’也。扬子是变《易》辞象以成文。然自辅嗣以来，未有知之者。故此卦之义，至今不白也。此篇‘谨严、浮夸、奇法、正葩’等字，并极群经要眇，故未有不精于经术而能行文者。”

师　说

古之学者必有师。师者，所以传道授业解惑也。人非生而知之者，孰能无惑？惑而不从师，其为惑也，终不解矣。

生乎吾前，其闻道也固先乎吾，吾从而师之；生乎吾后，其闻道也亦先乎吾，吾从而师之。吾师道也，夫庸知其年之先后生于吾乎？是故无贵无贱，无长无少，道之所存，师之所存也。

嗟乎！师道之不传也久矣，欲人之无惑也难矣！古之圣人，其出人也远矣，犹且从师而问焉；今之众人，其下圣人也亦远矣，而耻学于师。是故圣益圣，愚益愚。圣人之所以为圣，愚人之所以为愚，其皆出于此乎？

爱其子，择师而教之；于其身也，则耻师焉，惑矣！彼童子之师，授之书而习其句读者也，非吾所谓传其道、解其惑者也。句读之不知，惑之不解，或师焉，或不焉，小学而大遗，吾未见其明也。

巫医乐师百工之人，不耻相师；士大夫之族，曰师曰弟子云者，则群聚而笑之。问之，则曰："彼与彼年相若也，道相似也。"位卑则足羞，官盛则近谀。呜呼！师道之不复，可知矣。巫医乐师百工之人，君子不齿；今其智乃反不能及，其可怪也欤！

圣人无常师。孔子师郯子、苌弘、师襄、老聃。郯子之徒，其贤不及孔子。孔子曰："三人行，则必有我师。"是故弟子不必不如师，师不必贤于弟子。闻道有先后，术业有专攻，如是而已。

李氏子蟠，年十七，好古文，六艺经传皆通习之，不拘于时，学于余。余嘉其能行古道，作《师说》以贻之。

□圣祖御评：提一"道"字为主，识解最高，而用笔尤极其古峭。

◇洪迈曰："柳子厚《答韦中立书》云：'今之世，不闻有师。独韩愈不顾流俗，犯笑侮，收召后学，作《师说》，因抗颜而为师。愈以是得狂名。'又《报严厚舆书》云：'仆才能、勇敢不如韩退之，故又不为人师。人之所见有同异，（吾子）无以韩责我。'余观退之《师说》，云'弟子不必不如师，师不必贤于弟子'，其言非好为人师者也。"

守　戒

《诗》曰："大邦维翰"；《书》曰："以蕃王室"。诸侯之于天子，不惟守土地、奉职贡而已，固将有以翰蕃之也。

今人有宅于山者，知猛兽之为害，则必高其柴楥，而外施窞穽以待之；宅于都者，知穿窬之为盗，则必峻其垣墙，而内固扃鐍以防之。此野人鄙夫之所及，非有过人之智而后能也。今之通都大邑，介于屈强之间，而不知为之备，噫，亦惑矣！野人鄙夫能之，而王公大人反不能焉，岂材力为有不足欤？盖以为不足为而不为耳。

天下之祸，莫大于不足为，材力不足者次之。不足为者，敌至而不知；材力不足者，先事而思，则其于祸也有间矣。彼之屈强者，带甲荷戈，不知其多少；其绵地则千里，而与我壤地相错，无有丘陵江河、洞庭孟门之关其间。又自知其不得与天下齿，朝夕举踵引颈，冀天下之有事，以乘吾之便，此其暴于猛兽、穿窬也甚矣。

呜呼！胡知而不为之备乎哉？贲育之不戒，童子之不抗；鲁鸡之不期，蜀鸡之不支。今夫鹿之于豹，非不巍然大矣；然而卒为之禽者，爪牙之材不同，猛怯之资殊也。

曰："然则如之何而备之？"曰："在得人。"

□圣祖御评：体局峭严，字字精采。杜牧《守论》盖祖述此篇，而气之雄健则远不逮矣。

◇朱子曰："唐自安史乱后，河南、河北，地裂为七八。蔡在当时，最为近地，成德淄青，连结为援，所谓'今之通都大邑，介于屈强之间而不知为之备'者。此公《守戒》之所以作。终之曰：'如之何而备之？曰在得人。'及裴度平蔡，而公之言验。"

卷　二

昌黎韩愈文二　杂著

五　箴　五首并序

人患不知其过。既知之，不能改，是无勇也。余生三十有八年，发之短者日益白，齿之摇者日益脱；聪明不及于前时，道德日负于初心。其不至于君子，而卒为小人也，昭昭矣。作《五箴》以讼其恶云。

游　箴

余少之时，将求多能，蚤夜以孜孜；余今之时，既饱而嬉，蚤夜以无为。呜呼！余乎其无知乎？君子之弃而小人之归乎？

言　箴

不知言之人，恶可与言？知言之人默焉，而其意已传。幕中之辩人，反以汝为叛；台中之评人，反以汝为倾。汝不惩邪，而呶呶以害其生邪？

行　箴

行与义乖，言与法违，后虽无害，汝可以悔。行也无邪，言也无颇，死而不死，汝悔而何？宜悔而休，汝恶曷瘳？宜休而悔，汝善安在？悔不可追，悔不可为；思而斯得，汝则弗思。

好恶箴

无善而好，不观其道；无悖而恶，不详其故。前之所好，今见其尤，从也为比，舍也为雠；前之所恶，今见其臧，从也为愧，舍也为狂。维雠维比，维狂维愧，于身不祥，于德不义。不义不祥，维恶之大。几如是为，而不颠沛？齿之尚少，庸有不思；今其老矣，不慎胡为？

知名箴

内不足者，急于人知；霈焉有余，厥闻四驰。今日告汝，知名之法：勿病无闻，病其晔晔。昔者子路，惟恐有闻，赫然千载，德誉愈尊。矜汝文章，负汝言语，乘人不能，掩以自取。汝非其父，汝非其师，不请而教，谁云不欺？欺以贾憎，掩以媒怨。汝曾不寤，以及于难。小人在辱，亦克知悔，及其既宁，终莫能戒。既出汝心，又铭汝前，汝如不顾，祸亦宜然。

〇自讼之深，悔过之深，其精神肆溢楮墨间，犹若见其馈不食而寝不寐也。《诗》曰："温温恭人，如集于木；惴惴小心，如临于谷。"《小宛》诗人如此，则其时可知；观韩愈《五箴》，而德宗之世可知矣。虽然，悔箴言之，"行也无邪，言也无颇，死而不死，汝悔而何"，则又坦坦荡荡，而非有所恐惧疑惑而动其心也。君子之心，本如是欤?!

释　言

元和元年六月十日，愈自江陵法曹，诏拜国子博士，始进见今相国郑公。公赐之坐，且曰："吾见子某诗，吾时在翰林，职亲而地禁，不敢相闻。今为我写子诗书，为一通以来。"愈再拜谢，退录诗书若干篇，择日时以献。

于后之数月，有来谓愈者曰："子献相国诗书乎？"曰："然。"曰："有为谗于相国之座者，曰韩愈曰：'相国征余文，余不敢匿，相国岂知我哉？'子其慎之。"愈应之曰："愈为御史，得罪德宗朝，同迁于南者凡三人，独愈为先收用，相国之赐大矣。百官之进见相国者，或立语以退，而愈辱赐坐语，相国之礼过矣。四海九州之人，自百官已下，欲以其业彻相国左右者多矣，皆惮而莫之敢，独愈辱先索，相国之知至矣。赐之大，礼之过，知之至，是三者于敌以下受之，宜以何报？况在天子之宰乎？人莫不自知，凡适于用之谓才，堪其事之谓力，愈于二者，虽日勉焉而不逮。束带执笏，立士大夫之行，不见斥以不肖，幸矣，其何敢敖于言乎？夫敖虽凶德，必有恃而敢行。愈之族亲鲜少，无攀（扳）联之势于今；不善交人，无相先相死之友于朝；无宿资蓄货，以钓声势；弱于才而腐于力，不能奔走乘机抵巇，以要权利，夫何恃而敖？若夫狂惑丧心之人，蹈河而入火，妄言而骂詈者，则有之矣。而愈，人知其无是疾也，虽有谗者百人，相国将不信之矣。愈何惧而慎欤？"

既累月，又有来谓愈曰："有谗子于翰林舍人李公与裴公者，子其慎欤！”愈曰：“二公者，吾君朝夕访焉，以为政于天下，而阶太平之治。居则与天子为心膂，出则与天子为股肱。四海九州之人，自百官以下，其孰不愿忠而望赐？愈也不狂不愚，不蹈河而入火，病风而妄骂，不当有如谗者之说也。虽有谗者百人，二公将不信之矣。愈何惧而慎？”

既以语应客，夜归，私自尤曰：咄！市有虎，而曾参杀人，谗者之效也。《诗》曰：“取彼谗人，投畀豺虎。豺虎不食，投畀有北。有北不受，投畀有昊。”伤于谗，疾而甚之之辞也。又曰：“乱之初生，僭始既涵。乱之又生，君子信谗。”“始疑而终信之”之谓也。孔子曰：“远佞人。”夫佞人不能远，则有时而信之矣。今我恃直而不戒，祸其至哉！

徐又自解之曰：市有虎，听者庸也；曾参杀人，以爱惑聪也；《巷伯》之伤，乱世是逢也。今三贤方与天子谋所以施政于天下，而阶太平之治，听聪而视明，公正而敦大。夫聪明则听视不惑，公正则不迩谗邪，敦大则有以容而思。彼谗人者，孰敢进而为谗哉？虽进而为之，亦莫之听矣，我何惧而慎？

既累月，上命李公相。客谓愈曰：“子前被言于一相，今李公又相，子其危哉！”愈曰：“前之谤我于宰相者，翰林不知也；后之谤我于翰林者，宰相不知也。今二公合处而会，言若及愈，必曰：‘韩愈亦人耳，彼敖宰相，又敖翰林，其将何求？必不然！’吾乃今知免矣。”既而谗言果不行。

◇朱子曰：“此元和二年春作。宰相，郑絪；翰林学士，李吉甫；中书舍人，裴垍也。《国语》‘骊姬使奄楚以环释言’，注以‘言自解释’也。退之作《释言》，取此。”又曰：“同迁于南者，凡三人，谓公及张署、李方叔也。”

◇储欣曰：“仕路险巇，谗人罔极，读之慨然。”

伯夷颂

士之特立独行，适于义而已，不顾人之是非，皆豪杰之士信道笃而自知明者也。一家非之，力行而不惑者，寡矣；至于一国一州非之，力行而不惑者，盖天下一人而已矣；若至于举世非之，力行而不惑者，则千百年乃一人而已耳。若伯夷者，穷天地、亘万世而不顾者也。昭乎日月不足为明，崒乎泰山不足为高，巍乎天地不足为容也。

当殷之亡、周之兴，微子，贤也，抱祭器而去之；武王、周公，圣也，从天下之贤士，与天下之诸侯，而往攻之。未尝闻有非之者也。彼伯夷、叔齐者，乃独以为不可。殷既灭矣，天下宗周，彼二子乃独耻食其粟，饿死而不顾。繇是而言，夫岂有求而为哉？信道笃而自知明也。

今世之所谓士者，一凡人誉之，则自以为有余；一凡人沮之，则自以为不足。彼独非圣人，而自是如此。夫圣人，乃万世之标準也。余故曰：若伯夷者，特立独行，穷天地、亘万世而不顾者也。虽然，微二子，乱臣贼子接迹于后世矣。

○王安石谓伯夷、叔齐扣马而谏、采薇而食、饿死首阳诸事，皆无有者。据《孟子》以驳《史记》，亦具有见。朱子云：“荆公之论，与此《颂》正相反。学者审之。”朱子之言，或为引而不发，或为疑事毋质，皆未可知。

顾尝论之：圣人，人伦之至也，而武周、夷齐相反若是，然后知天下之理无终穷，各行其至是而无非者耳。至是而无非者，君子以同而异，其同者根于天性，止乎忠孝，穷天地、亘万世而不变也；其异者，时也、位也。如百越适京师则北行，三韩适京师则南行，始终相反，而其至则一也。唯其同者，穷天地、亘万世而不变；故其为异，可以穷天地、亘万世而不顾。

◇王安石曰："事有出于千世之前，圣贤辩之甚详而明，然后世不深考之，因以偏见独识，遂以为说；既失其本，而学士大夫共守之，不为变者，盖有之矣，伯夷是已。

"夫伯夷，古之论有孔子、孟子焉；以孔孟之可信而又辩之反复不一，是愈益可信也。孔子曰：'不念旧恶，求仁而得仁，饿于首阳之下，逸民也。'孟子曰：'伯夷非其君不事，不立恶人之朝，避纣居北海之滨，目不视恶色，不事不肖，百世之师也。'故孔孟皆以伯夷遭纣之恶，不念以怨，不忍事之，以求其仁，饿而避，不自降辱，以待天下之清，而号为圣人耳。然则司马迁以为武王伐纣，伯夷叩马而谏，天下宗周而耻之，义不食周粟而为《采薇》之歌；韩子因之，亦为之颂，以为'微二子，乱臣贼子接迹于后世'：是大不然也。

"夫商衰，而纣以不仁残天下，天下孰不病纣？而尤者，伯夷也。尝与太公闻西伯善养老，则（欲）往归焉。当是之时，欲夷纣者，二人之心，岂有异邪？及武王一奋，太公相之，遂出元元于涂炭之中，伯夷乃不与，何哉？盖二老，所谓'天下之大老'，行年八十余，而春秋固已高矣。自海滨而趋文王之都，计亦数千里之远，文王之兴以至武王之世，岁亦不下十数，岂伯夷欲归西伯而志不遂，乃死于北海邪？抑来而死于道路邪？抑其至文王之都，而不足以及武王之世而死邪？如是而言伯夷，其亦理有不存者也。

"且武王倡大义于天下，太公相而成之，而独以为非，岂伯夷乎？天下之道二，仁与不仁也。纣之为君，不仁也；武王之为君，仁也。伯夷固不事不仁之纣，以待仁而后出；武王之仁焉，又不事之，则伯夷何处乎？余故曰：圣贤辩之甚明，而后世偏见独识者之失其本也。呜呼，使伯夷之不死，以及武王之时，其烈岂减太公哉！”

后汉三贤赞 三首

王充者何？会稽上虞，本自元城，爰来徙居。师事班彪，家贫无书。阅书于肆，市肆是游，一见诵忆，遂通众流。闭门潜思，《论衡》以修。为州治中，自免归欤。同郡友人，谢姓夷吾，上书荐之，待诏公车，以病不行。年七十余，乃作《养性》，一十六篇。肃宗之时，终于永元。

王符节信，安定临泾。好学有志，为乡人所轻。愤世著论，《潜夫》是名。《述赦》之篇，以赦为贼，良民之甚，其旨甚明。皇甫度辽，闻至乃惊，衣不及带，屣履出迎。岂若雁门，问雁呼卿？不仕终家，吁嗟先生！

仲长统公理，山阳高平。谓高干有雄志而无雄才，其后果败，以此有声。俶傥敢言，语默无常，人以为狂生。州郡会召，称疾不就，著论见情。初举尚书郎，后参丞相军事，卒不至于荣。论说古今，发愤著书，《昌言》是名。友人缪袭，称其文章，足继西京。四十一终，何其短邪，呜呼先生！

○后汉三贤，皆不为时用，著书垂后。故本书三人者同传，与愈所谓“欲作唐之一经，垂之于无穷，诛奸谀于既死，发潜德之幽光”者，其志同。而愈为仕未达，其行事亦骎骎相似，故赞之以明己意也。若夫不满百言之间，而叙事略无遗者，又其文章余事。且唯别有意在言外，故括其平生于数十字之内而韵之。若果为三贤史赞，则当别标立传之本意，不徒促缩其词，将传文覆举一过而已也。是亦文体之宜考者。

郓州谿堂诗

宪宗之十四年，始定东平，三分其地，以华州刺史、礼部尚书兼御史大夫扶风马公，为郓曹濮节度观察等使，镇其地。既一年，褒其军，号曰“天平军”。上即位之二年，召公入，且将用之。以其人之安公也，复归之镇。上之三年，公为政于郓曹濮也，适四年矣。治成制定，众志大固，恶绝于心，仁形于色，竱心一力，以供国家之职。

于时沂、密始分而残其师，其后幽、镇、魏不悦于政，相扇继变，复归于旧，徐亦乘势逐帅自置，同于三方。惟郓也，截然中居，四邻望之，若防之制水，恃以无恐。然而皆曰：郓为虏巢，且六十年，将强卒武；曹、濮于郓，州大而近，军所根柢，皆骄以易怨。而公承死亡之后，掇拾之余，剥肤椎髓，公私扫地赤立，新旧不相保持，万目睽睽。公于此时，能安以治之，其功为大；若幽、镇、魏、徐之乱，不扇而变，此功反小，何也？公之始至，众未熟化，以武则忿以憾，以恩则横而肆。一以为赤子，一以为龙蛇，惫心罢精，磨以岁月，然后致之，难也。及教之行，众皆戴公为亲父母。夫叛父母、从仇雠，非人之情，故曰易。

于是天子以公为尚书右仆射，封扶风县开国伯以褒嘉之。公亦乐众之和，知人之悦，而侈上之赐也。于是为堂于其居之西北隅，号曰“谿堂”，以飨士大夫，通上下之志。既飨，其从事陈曾，谓其众言：“公之畜此邦，其勤不亦至乎？此邦之人，累公之化，惟所令之，不亦顺乎？上勤下顺，遂济登兹，不亦休乎？昔者人谓斯何！今者人谓斯何！虽然，斯堂之作，意其有谓，而喑无诗歌，是不考引公德而接邦人于道也。”乃使来请，其诗曰：

帝奠九壥，有叶有年，有荒不条，河岱之间。及我宪考，一收正之，视邦选侯，以公来尸。公来尸之，人始未信，公不饮食，以训以徇：孰饥无食，孰呻孰叹？孰冤不问，不得分愿。孰为邦蠹？节根之螟。羊狠（很）狼贪，以口覆城。吹之煦之，摩手拊之；箴之石之，膊而磔之。凡公四封，既富以强。谓公吾父，孰违公令？可以师征，不宁守邦。公作豁堂，播播流水，浅有蒲莲，深有蒹苇。公以宾燕，其鼓骇骇。公燕豁堂，宾校醉饱。流有跳鱼，岸有集鸟。既歌以舞，其鼓考考。公在豁堂，公御琴瑟。公既宾赞，稽经诹律。施用不差，人用不屈。豁有蕡苽，有龟有鱼。公在中流，右《诗》左《书》。无我斁遗，此邦是庥。

○朱子《考异》载，长安薛氏家藏皇甫湜与昌黎手帖，推重此文特至。又按郓州石本：“凡公四封，既富以强。谓公吾父，孰违公令。可以帅征，不宁守邦。”朱子曰：“《平淮西碑》云‘屡兴师征’，作‘师’为是，石本或误，未可知也。”今按“帅、率”同义，如《大学》“帅天下”之类，故将帅之“帅”亦可作“率”。“可以帅征”，言可以帅之而征不庭也。与《平淮西碑》“屡兴师征”不同，应从石本。

争臣论

或问谏议大夫阳城于愈：“可以为有道之士乎哉？学广而

闻多，不求闻于人也。行古人之道，居于晋之鄙，晋之鄙人熏其德而善良者几千人。大臣闻而荐之，天子以为谏议大夫。人皆以为华，阳子不色喜。居于位五年矣，视其德如在野，彼岂以富贵移易其心哉？”

愈应之曰：是《易》所谓“恒其德贞”而“夫子凶”者也，恶得为有道之士乎哉？在《易·蛊》之上九云：“不事王侯，高尚其事”；《蹇》之六二则曰：“王臣蹇蹇，匪躬之故”。夫不以所居之时不一，而所蹈之德不同也。若《蛊》之上九，居无用之地，而致匪躬之节；以《蹇》之六二，在王臣之位，而高不事之心，则冒进之患生，旷官之刺兴，志不可则，而尤不终无也。今阳子在位，不为不久矣；闻天下之得失，不为不熟矣；天子待之，不为不加矣，而未尝一言及于政。视政之得失，若越人视秦人之肥瘠，忽焉不加喜戚于其心。问其官，则曰谏议也；问其禄，则曰下大夫之秩也；问其政，则曰我不知也。有道之士，固如是乎哉？

且吾闻之，有官守者，不得其职则去；有言责者，不得其言则去。今阳子以为得其言乎哉？得其言而不言，与不得其言而不去，无一可者也。阳子将为禄仕乎？古之人有云：仕不为贫，而有时乎为贫，谓禄仕者也。宜乎辞尊而居卑，辞富而居贫，若抱关击柝者可也。盖孔子尝为委吏矣，尝为乘田矣，亦不敢旷其职，必曰“会计当而已矣”，必曰“牛羊遂而已矣”。若阳子之秩禄，不为卑且贫，章章明矣，而如此，其可乎哉？

或曰：“否，非若此也。夫阳子恶讪上者，恶为人臣招其君之过而以为名者。故虽谏且议，使人不得而知焉。《书》

曰：‘尔有嘉谟嘉猷，则入告尔后于内，尔乃顺之于外’；曰：‘斯谟斯猷，惟我后之德’。夫阳子之用心，亦若此者。”

愈应之曰：若阳子之用心如此，滋所谓惑者矣。入则谏其君，出不使人知者，大臣宰相者之事，非阳子之所宜行也。夫阳子本以布衣，隐于蓬蒿之下。主上嘉其行谊，擢在此位，官以“谏”为名，诚宜有以奉其职，使四方后代知朝廷有直言骨鲠之臣，天子有不僭赏从谏如流之美。庶岩穴之士闻而慕之，束带结发，愿进于阙下，而伸其辞说，致吾君于尧舜，熙鸿号于无穷也。若《书》所谓，则大臣宰相之事，非阳子之所宜行也。且阳子之心，将使君人者恶闻其过乎？是启之也。

或曰：“阳子之不求闻而人闻之，不求用而君用之，不得已而起，守其道而不变，何子过之深也？”

愈曰：自古圣人贤士，皆非有求与闻用也。闵其时之不平，人之不乂，得其道，不敢独善其身，而必以兼济天下也，孜孜矻矻，死而后已。故禹过家门不入，孔席不暇暖，而墨突不得黔。彼二圣一贤者，岂不自知安佚之为乐哉？诚畏天命而悲人穷也。夫天授人以贤圣才能，岂使自有余而已？诚欲以补其不足者也。耳目之于身也，耳司闻而目司见，听其是非，视其险易，然后身得安焉。圣贤者，时人之耳目也；时人者，圣贤之身也。且阳子之不贤，则将役于贤，以奉其上矣。若果贤，则固畏天命而闵人穷也，恶得以自暇逸乎哉？

或曰：“吾闻君子不欲加诸人，而恶讦以为直者。若吾子之论，直则直矣，无乃伤于德而费于辞乎？好尽言以招人过，国武子之所以见杀于齐也。吾子其亦闻乎？”

愈曰：君子居其位，则思死其官；未得位，则思修其辞，以明其道。我将以明道也，非以为直而加人也。且国武子不能得善人，而好尽言于乱国，是以见杀。《传》曰："惟善人能受尽言。"谓其闻而能改之也。子告我曰：阳子可以为有道之士也。今虽不能及已，阳子将不得为善人乎哉？

□圣祖御评：一解一难，开阖有法。

○按欧阳修曰："退之讥阳城不能极谏，城卒以谏显。人皆谓城之不谏，盖有待而然，退之不识而妄讥。修独以为不然。当退之作论时，城为谏议已五年，后二年，始廷论陆贽，及沮延龄作相、欲裂其麻，才两事耳。当德宗时，可谓多事，付受失宜，叛将强臣罗列天下，又多猜忌，信任小人。于此之时，岂无一事可言，而需七年邪？当时岂无急于延龄、陆贽两事者？而为谏官七年，适遇其事，一谏而罢，以塞其责。向使止五年、六年而遂迁司业，是终无一言而去也，何所取哉！"

修之为此言，以警当时突梯脂韦，自托于阳城，待事后谏之徒也。然所以訾城者，得无未察其心欤？夫君子之事君，忍冀其君之有大过，举以成我敢谏之名哉？使城五年迁官，而终无一言以去，岂其以敢谏之名未成，而有所不槩于心邪？好名之人，能让千乘之国；苟非其人，箪食豆羹见于色。使城以谏为名，则五年之间，可以为名者亦多矣；而五年之后，亦必不能为是二事，炳炳烺烺，照耀千古，诚之不可掩如是也。

德宗之朝，洵多故矣；叛臣强将，洵罗列天下矣；其措置付托，洵失宜矣。然其时势，犹如痼疾然，攻之不可，达之不及去其疾，则命亦随之。故转以病为命，而贞疾恒不死，非有大圣大贤为之君与相，别造有唐之命；徒区区补苴罅漏于温凉燥湿之间，此节愈则彼节病，无益也。城诚自度无伊尹、周公之才，而亦度德宗非武丁、祖甲之君，五年不言，城盖自知其言不能损其疾，使湍有喜，而又不忍恝然去其君以自高，初不计天下后世谓其无敢谏之名，而姑为哓哓以塞其责也。

至于纳延龄之谮逐陆贽，且以延龄为相，则诚所谓乐其所以亡者，城安得不被发缨冠而救之，垂涕泣而道之？德宗失国，陆贽规画密勿，言中乎经，动中乎宜，激天下忠臣义士之心，沮天下乱臣贼子之气，安九庙于既倾，引千钧以一发。乃疮痍犹痛，诏墨未干，先自坏其心膂股肱，使乱臣贼子笑之齿冷，义士忠臣痛之心伤，大事去矣！德宗之时，土地、甲兵，半为叛臣强将之所有，延龄又将为敲骨取髓之谋，使已叛者不返，未叛者胥叛。夫言利之臣之丧人家国也，虽贞观之治，一相延龄，其为贞元不难；况贞元之时，其为昭、僖，易如反掌耳。城为谏议七年，德宗失政虽多，安有更急于此二事者？修乃曰“岂无之”，诚未论其世也。德宗虽终逐陆贽，而国日益不振，然延龄亦卒不相。叛臣强将知朝廷之犹有人，士志民心知天理之不可灭，唐之不亡于德宗之手，孰谓非城之力哉？迨顺宗初年，城已死，愈为《实录》，其中特立传者三人，陆贽、阳城、张万福，详书其谏德宗事。是愈于其时，已晓然有以知城之心，后人又何必伸愈而绌城哉？

若林少颖又曰：“退之讥阳城，固善矣；及退之为史官，不敢褒贬，而柳子厚作书以责之。”子厚之责退之，亦犹退之之责阳城。“目见泰山，不见眉睫”，其是之谓乎？以此绌阳城，并绌韩愈，则更为好议论之过也。《记》有之：“人藏其心，不可测度也。”是故泥迹而求，未有不大谬。夫明见其迹，犹或以不知其心而是非大谬，况所闻异辞，所传闻又异辞。且不得见其迹而欲断其心，以为天下万世之褒诛，是唯孔子之圣，乃能知微知彰而不爽累黍耳。退之之不敢以孔子自任而不为史也，亦犹阳城之不敢以伊、周自任而不妄谏也，可轻议之哉？柳子厚之学，不可与退之絜也，明矣。而退之作《争臣论》时，犹未若为史官时之明达也。

虽然，退之责谏臣，子厚责史官，砥砺臣节，而羞素餐之徒，岂非“直谅多闻”古之益友哉？尚友古人者，胥当三复其言，不必索瑕求瘢，好为虐古之论也。

张中丞传后叙

元和二年，四月十三日夜，愈与吴郡张籍阅家中旧书，得李翰所为《张巡传》。翰以文章自名，为此传颇详密。然尚恨有缺者：不为许远立传，又不载雷万春事首尾。

远虽材若不及巡者，开门纳巡，位本在巡上，授之柄而处其下，无所疑忌，竟与巡俱守死、成功名；城陷而虏，与巡死先后异耳。两家子弟材智下，不能通知二父志，以为巡死而远就虏，疑畏死而辞服于贼。远诚畏死，何苦守尺寸之地，食其所爱之肉，以与贼抗而不降乎？当其围守时，外无蚍蜉蚁子之援，所欲忠者，国与主耳，而贼语以国亡主灭。远见救援不至，而贼来益众，必以其言为信。外无待而犹死守，人相食且尽，虽愚人亦能数日而知死处矣，远之不畏死亦明矣。恶（乌）有城坏，其徒俱死，独蒙愧耻求活？虽至愚者不忍为，呜呼！而谓远之贤而为之邪？

说者又谓远与巡分城而守，城之陷，自远所分始，以此诟远。此又与儿童之见无异。人之将死，其脏腑必有先受其病者；引绳而绝之，其绝必有处。观者见其然，从而尤之，其亦不达于理矣。小人之好议论，不乐成人之美，如是哉？如巡、远之所成就，如此卓卓，犹不得免，其他则又何说！

当二公之初守也，宁能知人之卒不救，弃城而逆遁？苟此不能守，虽避之他处何益？及其无救而且穷也，将其创残饿羸之余，虽欲去，必不达。二公之贤，其讲之精矣。守一城，捍天下，以千百就尽之卒，战百万日滋之师，蔽遮江淮，沮遏其势，天下之不亡，其谁之功也？当是时，弃城而图存者，不可一二数；擅强兵坐而观者，相环也。不追议此，而责二公以死守，亦见其自比于逆乱，设淫辞而助之攻也。

愈尝从事于汴、徐二州，屡道于两府间，亲祭于其所谓“双庙”者。其老人往往说巡、远时事云：南霁云之乞救于贺兰也，贺兰嫉巡、远之声威功绩出己上，不肯出师救；爱霁云之勇且壮，不听其语，强留之。具食与乐，延霁云坐。霁云慷慨语曰：“云来时，睢阳之人不食月余日矣，云虽欲独食，义不忍！虽食，且不下咽！”因拔所佩刀断一指，血淋漓，以示贺兰。一座大惊，皆感激为云泣下。云知贺兰终无为云出师意，即驰去；将出城，抽矢射佛寺浮图，矢着其上砖半箭，曰：“吾归破贼，必灭贺兰，此矢所以志也！”愈贞元中过泗州，船上人犹指以相语。城陷，贼以刃胁降巡，巡不屈，即牵去，将斩之。又降霁云，霁云未应。巡呼云曰：“南八，男儿死耳，不可为不义屈！”云笑曰：“欲将以有为也。公有言，云敢不死！”即不屈。

张籍曰：有于嵩者，少依于巡；及巡起事，嵩常在围中。籍大历中，于和州乌江县见嵩，嵩时年六十余矣。以巡初尝得临涣县尉，好学，无所不读。籍时尚小，粗问巡、远事，不能细也。云：巡长七尺余，须髯若神。尝见嵩读《汉书》，谓嵩曰：“何为久读此？”嵩曰：“未熟也。”巡曰：“吾于书，读不过三遍，终身不忘也。”因诵嵩所读书，尽卷不错一字。

嵩惊，以为巡偶熟此卷，因乱抽他帙以试，无不尽然。嵩又取架上诸书，试以问巡，巡应口诵无疑。嵩从巡久，亦不见巡常读书也。为文章，操纸笔立书，未尝起草。初守睢阳时，士卒仅万人，城中居人亦且数万，巡因一见问姓名，其后无不识者。巡怒，须髯辄张。及城陷，贼缚巡等数十人坐，且将戮；巡起旋，其众见巡起，或起或泣。巡曰："汝勿怖，死，命也！"众泣不能仰视。巡就戮时，颜色不乱，阳阳如平常。远宽厚长者，貌如其心。与巡同年生，月日后于巡，呼巡为兄。死时年四十九。

嵩贞元初死于亳、宋间。或传嵩有田在亳、宋间，武人夺而有之，嵩将诣州讼理，为所杀。嵩无子。——张籍云。

□圣祖御评：叙致曲折如画，真得龙门神髓，非徒形似也。

◇储欣曰："雷万春，茅鹿门谓当作南霁云，而黄黎州非之，黄近是。盖所谓'不载首尾'者，如《唐书》云：'雷万春者，不详所从来。'前人不载，后人自不得详也。睢阳战阀，南、雷略同。张公任雷与南无二，又偕公同日死节，而首尾不载，不详此子。韩子所以恨其阙也。《春秋》之法，传著传疑，阙者已矣。惟往来汴、徐之间，耳闻目见，得南将军事而具书之。著以传著，史法固然，何必前提后应哉？按《唐书》：'南霁云者，魏州顿丘人。少微贱，为人操舟。'末云：'子承嗣，历涪州刺史。'则南将军固首尾历碌，而犹恨阙如，无是理矣。"

爱直赠李君房别

左右前后皆正人也，欲其身之不正，恶可得邪？吾观李生在南阳公之侧，有所不知，知之未尝不为之思；有所不疑，疑之未尝不为之言。勇不动于气，义不陈乎色。南阳公举措施为不失其宜。天下之所窥观称道洋洋者，抑亦左右前后有其人乎？凡在此趋公之庭、议公之事者，吾既从而游矣。言而公信之者，谋而公从之者，四方之人，则既闻而知之矣。

李生，南阳公之甥也。人不知者，将曰："李生之托婚于贵富之家，将以充其所求而止耳。"故吾乐为天下道其为人焉。今之从事于彼也，吾为南阳公爱之。又未知人之举李生于彼者何辞，彼之所以待李生者何道。举不失辞，待不失道，虽失之此足爱惜，而得之彼为欢忻，于李生道犹若也。举之不以吾所称，待之不以吾所期，李生之言，不可出诸其口矣，吾重为天下惜之。

○子路去鲁，与颜子别。颜子曰："何以处我？"子路曰："何以赠我？"赠别以言，旧矣。题曰"爱直"，所以明立言之大旨也。纡徐委折，以扶友于直，善辞哉！

圬者王承福传

圬之为技，贱且劳者也。有业之，其色若自得者。听其言，约而尽。问之，王其姓，承福其名，世为京兆长安农夫。天宝之乱，发人为兵，持弓矢十三年，有官勋。弃之来归，丧其土田，手镘衣食，余三十年。舍于市之主人，而归其屋食之当焉。视时屋食之贵贱，而上下其圬之佣以偿之；有余，则以与道路之废疾饿者焉。

又曰："粟，稼而生者也；若布与帛，必蚕绩而后成者也。其他所以养生之具，皆待人力而后完也。吾皆赖之。然人不可遍为，宜乎各致其能以相生也。故君者，理我所以生者也；而百官者，承君之化者也。任有小大，惟其所能，若器皿焉。食焉而怠其事，必有天殃，故吾不敢一日舍镘以嬉。夫镘易能，可力焉，又诚有功，取其直，虽劳无愧，吾心安焉。夫力易强而有功也，心难强而有智也。用力者使于人，用心者使人，亦其宜也。吾特择其易为而无愧者取焉。

“嘻，吾操镘以入富贵之家有年矣。有一至者焉，又往过之，则为墟矣；有再至、三至者焉，而往过之，则为墟矣。问之其邻。或曰：‘噫，刑戮也。’或曰：‘身既死而其子孙不能有也。’或曰：‘死而归之官也。’吾以是观之，非所谓食焉怠其事，而得天殃者邪？非强心以智而不足，不择其才之称否而冒之者邪？非多行可愧，知其不可而强为之者邪？将贵富难守，薄功而厚飨之者邪？抑丰悴有时，一去一来而不可常者邪？吾之心悯焉，是故择其力之可能者行焉。乐富贵而悲贫贱，我岂异于人哉！”

又曰：“功大者，其所以自奉也博。妻与子，皆养于我者也。吾能薄而功小，不有之可也。又吾所谓劳力者，若立吾家而力不足，则心又劳也。一身而二任焉，虽圣者不可能也。”

愈始闻而惑之，又从而思之，盖贤者也，盖所谓“独善其身”者也。然吾有讥焉，谓其自为也过多，其为人也过少，其学杨朱之道者邪？杨之道，不肯拔我一毛而利天下。而夫人以有家为劳心，不肯一动其心以畜其妻子，其肯劳其心以为人乎哉？虽然，其贤于世之患不得之而患失之者，以济其生之欲，贪邪而亡道以丧其身者，其亦远矣！又其言有可以警余者，故余为之传而自鉴焉。

○史有二，记事、记言。《左传》，记事也；《国语》，记言也。韩集私传二，《何蕃传》，记事也；《王承福传》，记言也。其言有足警鄙夫之事君，明天之不假易，而民生之不可以媮，则不可以无传也。然而国史之所不得载，则义得私立传也。

太学生何蕃传

太学生何蕃，入太学者廿余年矣。岁举进士，学成行尊，自太学诸生推颂不敢与蕃齿，相与言于助教、博士，助教、博士以状申于司业、祭酒，司业、祭酒撰次蕃之群行焯焯者数十余事，以之升于礼部，而以闻于天子。京师诸生以荐蕃名文说者，不可选纪。公卿大夫知蕃者比肩立，莫为礼部；为礼部者，率蕃所不合者，以是无成功。

蕃，淮南人，父母具全。初入太学，岁率一归，父母止之，其后间一二岁乃一归；又止之，不归者五岁矣。蕃，纯孝人也，闵亲之老不自克。一日，揖诸生，归养于和州。诸生不能止，乃闭蕃空舍中。于是太学六馆之士百余人，又以蕃之义行，言于司业阳先生城，请谕留蕃。于是太学阙祭酒，会阳先生出道州，不果留。

欧阳詹生言曰："蕃，仁勇人也。"或者曰："蕃居太学，诸生不为非义。葬死者之无归，哀其孤而字焉，惠之大小，必以力复，斯其所谓仁欤！蕃之力不任其体，其貌不任其心，吾不知其勇也。"欧阳詹生曰："朱泚之乱，太学诸生举将从之，来请起蕃，蕃正色叱之，六馆之士不从乱，兹非其勇欤?!"

惜乎！蕃之居下，其可以施于人者不流也。譬之水，其为泽，不为川乎？川者高，泽者卑；高者流，卑者止。是故蕃之仁义，充诸心，行诸太学，积者多，施者不遐也。天将雨，水气上，无择于川泽涧溪之高下，然则泽之道，其亦有施乎？抑有待于彼者欤？故凡贫贱之士必有待，然后能有所立，独何蕃欤？吾是以言之，无亦使其无传焉。

〇首句至“兹非其勇欤”，传也；“惜乎”至末，赞也。赞语最得先圣先师修道立教之深意。盖礼乐刑政，四达而不悖者，圣贤在上位，居高建瓴，顺风而呼，用能锡庶民于汝极，其义显而易见也。若夫入孝出弟、守先而待后者，圣贤在下位，如天地絪缊，万物化醇，有以感人心而天下和平，其义隐而难知也。积者多，施者不遐，位下者如是。

虽然，其显者然，其隐者不皆然也。积之诚多，则忠孝之耿光，昭昭然揭日月以行，其感人之深，沦肌浃髓，正如天将雨、水气上，不期然而然，莫之致而至。其施之遐，有非耳目心思之所及计者，岂系位之高与卑哉？“君子之道费而隐”，其斯之谓欤？

虽然，言之无文，行而不远，则所谓“必有待，然后能有所立”也，爰于卒章，告万世以立言之意焉。或乃谓冀斯文之行，而蕃或得一用于世，亦浅之乎读斯传矣。

卷　三

昌黎韩愈文三　书

答窦秀才书

愈白：愈少驽怯，于他艺能，自度无可努力；又不通时事，而与世多龃龉。念终无以树立，遂发愤笃专于文学。学不得其术，凡所辛苦而仅有之者，皆符于空言，而不适于实用，又重以自废。是故学成而道益穷，年老而智愈困。今又以罪黜于朝廷，远宰蛮县，愁忧无聊，瘴疠侵加，惴惴焉无以冀朝夕。

足下年少才俊，辞雅而气锐。当朝廷求贤如不及之时，当道者又皆良有司，操数寸之管，书盈尺之纸，高可以钓爵位，循次而进，亦不失万一于甲科。今乃乘不测之舟，入无人之地，以相从问文章为事，身勤而事左，辞重而请约，非计之得也。虽使古之君子，积道藏德，遁其光而不曜，胶其口而不传者，遇足下之请恳恳，犹将倒廪倾囷，罗列而进也；若愈之愚不肖，又安敢有爱于左右哉！

顾足下之能，足以自奋。愈之所有，如前所陈，是以临事愧耻，而不敢答也。钱财不足以賙左右之匮急，文章不足以发足下之事业。稇载而往，垂橐而归，足下亮之而已。

◇朱子曰："公以言事，黜为阳山令，故云'远宰蛮县'，贞元二十年作也。"

答尉迟生书

愈白，迟尉生足下：夫所谓文者，必有诸其中，是故君子慎其实。实之美恶，其发也不掩。本深而末茂，形大而声宏，行峻而言厉，心醇而气和；昭晰者无疑，优游者有余；体不备不可以为成人，辞不足不可以为成文。愈之所闻者如是，有问于愈者，亦以是对。

今吾子所为皆善矣，谦谦然若不足，而以征于愈，愈又敢有爱于言乎？抑所能言者，皆古之道；古之道不足以取于今，吾子何其爱之异也？

贤公卿大夫在上比肩，始进之贤士在下比肩，彼其得之必有以取之也。子欲仕乎？其往问焉，皆可学也。若独有爱于是，而非仕之谓，则愈也尝学之矣，请继今以言。

◯文之为文也，以其体言之，在《易》为《离》："日月丽乎天，百谷草木丽乎土"，天地之文也；"重明以丽乎正，乃化成天下"，人之文也。正也者，善也；善也者，含于人心之明，而丽于万物之文者也。以其用言之，在《易》为《贲》，宣人心之明而著万物之文，非文无以为也。纵之横之，不知其几千万里也；上之下之，不知其几千万年也。言语不通，嗜欲不同，同其文，则五方可一家焉，万年可一念焉，《贲》之功也。虽然，《贲》无饰也。《贲》之六爻，贲趾、贲须，皆言自然而不可强也；皤如、濡如、戋戋、白贲，皆言贵乎其质而非贵乎其贲也。"致饰然后亨则尽矣"，孔子所戒也。

昌黎未尝言《易》，而深得乎《易》之义。其云“实之美恶，其发也不掩”，可为探本穷源矣。“诚慎乎其实”，及其至也，即仲尼所得统于文武周公而“文在兹”之文也；其未至者，虽曰“有洌氿泉”，不可语海，然与断港绝潢，固不同也。

上宰相书

正月二十七日，前乡贡进士韩愈，谨伏光范门下，再拜献书相公阁下。

《诗》之《序》曰：“《菁菁者莪》，乐育材也。君子能长育人材，则天下喜乐之矣。”其诗曰：“菁菁者莪，在彼中阿。既见君子，乐且有仪。”说者曰：菁菁者，盛也。莪，微草也。阿，大陵也。言君子之长育人材，若大陵之长育微草，能使之菁菁然盛也。“既见君子，乐且有仪”云者，天下美之之辞也。其三章曰：“既见君子，锡我百朋。”说者曰：百朋，多之之辞也，言君子既长育人材，又当爵命之，赐之厚禄，以宠贵之云尔。其卒章曰：“泛泛杨舟，载沉载浮。既见君子，我心则休。”说者曰：载，载也。沉浮者，物也。言君子之于人才，无所不取，若舟之于物，浮沉皆载之云尔。“既见君子，我心则休”云者，言若此，则天下之心美之也。君子之于人也，既长育之，又当爵命、宠贵之，而于其才无所遗焉。孟子曰：“君子有三乐，王天下不与存焉。”其一曰乐“得天下之英才而教育之”。此皆圣人贤士之所极言至论，古今之所宜法者也。

然则孰能长育天下之人材，将非吾君与吾相乎？孰能教育天下之英材，将非吾君与吾相乎？幸今天下无事，小大之官，各守其职，钱谷甲兵之问，不至于庙堂。论道经邦之暇，舍此宜无大者焉。

今有人，生二十八年矣，名不著于农工商贾之版，其业则读书著文，歌颂尧舜之道，鸡鸣而起，孜孜焉亦不为利。其所读，皆圣人之书，杨墨释老之学，无所入于其心。其所著，皆约六经之旨而成文，抑邪与正，辨时俗之所惑；居穷守约，亦时有感激怨怼奇怪之辞，以求知于天下，亦不悖于教化；妖淫谀佞诪张之说，无所出于其中。四举于礼部，乃一得；三选于吏部，卒无成。九品之位其可望，一亩之宫其可怀。遑遑乎四海无所归，恤恤乎饥不得食，寒不得衣，滨于死而益固。得其所者争笑之，忽将弃其旧而新是图，求老农老圃而为师。悼本志之变化，中夜涕泗交颐。虽不足当《诗》人、孟子之谓，抑长育之使成材，其亦可矣；教育之使成才，其亦可矣。

抑又闻古之君子相其君也，一夫不获其所，若己推而内之沟中。今有人，生七年而学圣人之道以修其身，积二十年，不得已一朝而毁之，是亦不获其所矣。伏念今有仁人在上位，若不往告之而遂行，是果于自弃，而不以古之君子之道待吾相也，其可乎？宁往告焉。若不得志，则命也，其亦行矣。《洪范》曰："凡厥庶民，有猷有为有守，汝则念之。不协于极，不罹于咎，皇则受之。而康而色，曰：'予攸好德。'汝则锡之福。"是皆与善之辞也。

抑又闻古之人有自进者，而君子不逆之矣，曰"予攸好德，汝则锡之福"之谓也。抑又闻上之设官制禄，必求其人而授之者，非苟慕其才而富贵其身也，盖将用其能理不能，用其明理不明者耳。下之修己立诚，必求其位而居之者，非苟没于利而荣于名也，盖将推己之所余，以济其不足者耳。然则上之于求人，下之于求位，交相求而一其致焉耳。苟以是而为心，则上之道不必难其下，下之道不必难其上。可举而举焉，不必让其自举也；可进而进焉，不必廉于自进也。

抑又闻上之化下，得其道，则劝赏不必遍加乎天下，而天下从焉，因人之所欲为而遂推之之谓也。今天下不由吏部而仕进者几希矣。主上感伤山林之士有逸遗者，屡诏内外之臣，旁求于四海，而其至者盖阙焉。岂其无人乎哉？亦见国家不以非常之道礼之而不来耳。彼之处隐就闲者，亦人耳，其耳目鼻口之所欲，其心之所乐，其体之所安，岂有异于人乎哉？今所以恶衣食，穷体肤，麋鹿之与处，猨狖之与居，固自以其身不能与时从顺俯仰，故甘心自绝而不悔焉。而方闻国家之仕进者，必举于州县，然后升于礼部、吏部，试之以绣绘雕琢之文，考之以声势之逆顺，章句之短长，中其程式者，然后得从下士之列。虽有化俗之方、安边之画，不由是而稍进，万不有一得焉。彼惟恐入山之不深，入林之不密，其影响昧昧，惟恐闻于人也。今若闻有以书进宰相而求仕者，而宰相不辱焉，而荐之天子，而爵命之，而布其书于四方，枯槁沉溺、魁闳宽通之士，必且洋洋焉动其心，峨峨焉缨其冠，于于焉而来矣。此所谓“劝赏不必遍加乎天下，而天下从焉”者也，“因人之所欲为而遂推之之谓”者也。

伏惟览《诗》《书》《孟子》之所指，念育才锡福之所以，考古之君子相其君之道，而忘自进自举之罪，思设官制禄之故，以诱致山林逸遗之士，庶天下之行道者知所归焉。小子不敢自幸，其尝所著文，辄采其可者若干首，录在异卷，冀辱赐观焉。干黩尊严，伏地待罪。愈再拜。

○唐时士子，不耻自荐。斯文固是昌黎少作，然说《诗》义极湛深，其道先王兴贤育才之意甚明切。宰相而能如是，可谓举职矣。《传》所为“其自为谋”也，则过矣。其为人谋则忠，故不与他书并删焉。

答崔立之书

斯立足下：仆见险不能止，动不得时，颠顿狼狈，失其所操持，困不知变，以至辱于再三，君子小人之所悯笑，天下之所背而驰者也。足下犹复以为可教，贬损道德，乃至手笔以问之。扳援古昔，辞义高远，且进且劝，足下之于故旧之道得矣。虽仆亦固望于吾子，不敢望于他人者耳。然尚有似不相晓者，非故欲发余乎？不然，何子之不以丈夫期我也？不能默默，聊复自明。

仆始年十六七时，未知人事。读圣人之书，以为人之仕者，皆为人耳，非有利乎己也。及年二十时，苦家贫，衣食不足，谋于所亲，然后知仕之不唯为人耳。及来京师，见有举进士者，人多贵之；仆诚乐之，就求其术，或出礼部所试赋、诗、策等以相示，仆以为可无学而能，因诣州县求举。有司者好恶出于其心，四举而后有成，亦未即得仕。闻吏部有以博学宏辞选者，人尤谓之才，且得美仕；就求其术，或出所试文章，亦礼部之类，私怪其故。然犹乐其名，因又诣州府求举，凡二试于吏部，一既得之，而又黜于中书。虽不得仕，人或谓之能焉。退自取所试读之，乃类于俳优者之辞，颜忸怩而心不宁者数月。既已为之，则欲有所成就，《书》所谓“耻过作非”者也。因复求举，亦无幸焉。乃复自疑，以为所试与得之者，不同其程度；及得观之，余亦无甚愧焉。

夫所谓“博学”者，岂今之所谓者乎？夫所谓“宏辞”者，岂今之所谓者乎？诚使古之豪杰之士，若屈原、孟轲、司马迁、相如、扬雄之徒，进于是选，必知其怀惭，乃不自进而已耳。设使与夫今之善进取者，竞于蒙昧之中，仆必知其辱焉。然彼五子者，且使生于今之世，其道虽不显于天下，其自负何如哉？肯与夫斗筲者决得失于一夫之目，而为之忧乐哉？故凡仆之汲汲于进者，其小得，盖欲以具裘葛、养穷孤；其大得，盖欲以同吾之所乐于人耳。其他可否，自计已熟，诚不待人而后知。今足下乃复比之献玉者，以为必俟工人之剖，然后见知于天下，虽两刖足不为病，且无使勍者再尅，诚足下相勉之意厚也。然仕进者，岂舍此而无门哉？足下谓我必待是而后进者，尤非相悉之辞也。仆之玉固未尝献，而足固未尝刖，足下无为为我戚戚也。

方今天下，风俗尚有未及于古者，边境尚有被甲执兵者，主上不得怡，而宰相以为忧。仆虽不贤，亦且潜究其得失，致之乎吾相，荐之乎吾君，上希卿大夫之位，下犹取一障而乘之。若都不可得，犹将耕于宽闲之野，钓于寂寞之滨，求国家之遗事，考贤人哲士之终始；作唐之一经，垂之于无穷，诛奸谀于既死，发潜德之幽光。二者将必有一可。足下以为仆之玉凡几献，而足凡几刖也，又所谓勍者，果谁哉？再尅之刑，信如何也？士固信于知己，微足下，无以发吾之狂言。愈再拜。

◇樊汝霖曰："立之字斯立，贞元四年进士。唐进士，礼部既登第后，吏部试之，中其程度，然后命之官。公贞元八年第进士，至是三试吏部不售。斯立以书勉之，而公以书答之也。"

答李翊书

六月二十六日，愈白，李生足下：

生之书辞甚高，而其问何下而恭也！能如是，谁不欲告生以其道？道德之归也有日矣，况其外之文乎？抑愈所谓"望孔子之门墙而不入于其宫"者，焉足以知是且非邪？虽然，不可不为生言之。

生所谓立言者，是也；生所为者，与所期者甚似而几矣。抑不知生之志，蕲胜于人而取于人邪？将蕲至于古之立言者邪？蕲胜于人而取于人，则固胜于人而可取于人矣。将蕲至于古之立言者，则无望其速成，无诱于势利；养其根而俟其实，加其膏而希其光。根之茂者其实遂，膏之沃者其光晔。仁义之人，其言蔼如也。

抑又有难者，愈之所为，不自知其至犹未也。虽然，学之二十余年矣。始者非三代两汉之书不敢观，非圣人之志不敢存。处若忘，行若遗，俨乎其若思，茫乎其若迷。当其取于心而注于手也，惟陈言之务去，戛戛乎其难哉！其观于人，不知其非笑之为非笑也。如是者亦有年，犹不改，然后识古书之正伪，与虽正而不至焉者，昭昭然白黑分矣，而务去之，乃徐有得也。当其取于心而注于手也，汩汩然来矣。其观于人也，笑之则以为喜，誉之则以为忧，以其犹有人之说者存也。如是者亦有年，然后浩乎其沛然矣。吾又惧其杂也，迎而距之，平心而察之，其皆醇也，然后肆焉。虽然，不可以不养也。行之乎仁义之途，游之乎《诗》《书》之源，无迷其途，无绝其源，终吾身而已矣。

气，水也；言，浮物也。水大而物之浮者，大小毕浮。气之与言犹是也，气盛则言之短长与声之高下者皆宜。虽如是，其敢自谓几于成乎？虽几于成，其用于人也奚取焉？虽然，待用于人者，其肖于器邪？用与舍，属诸人。君子则不然，处心有道，行己有方，用则施诸人，舍则传诸其徒，垂诸文而为后世法。如是者，其亦足乐乎？其无足乐也？

有志乎古者希矣！志乎古，必遗乎今，吾诚乐而悲之。亟称其人，所以劝之，非敢褒其可褒而贬其可贬也。问于愈者多矣，念生之言不志乎利，聊相为言之。愈白。

□圣祖御评：好学深思，读书养气，昌黎一生得力，略尽此篇。

◇樊汝霖曰："自三代以还，陵夷至于江左，斯文扫地。唐兴，贞观、开元之盛，终莫能起。至贞元末而公出，于是以六经之文为诸儒倡。其'观于人也，笑之则心以为喜'者，大声不入于里耳，而不笑不足以为道，此公所以喜；若人人皆见而说之、而誉之，斯亦浅矣。此所以为忧。李汉所谓'时人始而惊，中而笑，且排先生益坚，终而翕然随以定'者，其此之谓欤？王荆公乃云：'力去陈言夸末俗，可怜无补费精神。'好诋之过也。'汩汩然来矣，浩乎其沛然'者，皇甫持正谕业所云'韩吏部之文，如长江秋泾，千里一道'；老苏《上欧阳书》亦云'韩子之文，如长江大河，浑浩流转'者，是也。"

与李翱书

使至，辱足下书，欢愧来并，不容于心。嗟乎！子之言意皆是也。仆虽巧说，何能逃其责邪？然皆子之爱我多，重我厚。不酌时人待我之情，而以子之待我之意，使我望于时人也。

仆之家本穷空，重遇攻劫，衣服无所得，养生之具无所有，家累仅三十口，携此将安所归托乎？舍之入京，不可也；挈之而行，不可也。足下将安以为我谋哉？此一事耳。

足下谓我入京，诚有所益乎？仆之有子，犹有不知者，时人能知我哉？持仆所守，驱而使奔走伺候公卿间，开口论议，其安能有以合乎？仆在京城八九年，无所取资，日求于人，以度时月。当时行之不觉也，今而思之，如痛定之人思当痛之时，不知何能自处也。今年加长矣，复驱之使就其故地，是亦难矣！所贵乎京师者，不以明天子在上，贤公卿在下，布衣韦带之士，谈道义者多乎？以仆遑遑于其中，能上闻而下达乎？其知我者固少，知而相爱、不相忌者又加少。内无所资，外无所从，终安所为乎？

嗟乎！子之责我诚是也，爱我诚多也。今天下之人，有如子者乎？自尧舜已来，士有不遇者乎？无也。子独安能使我洁清不洿，而处其所可乐哉？非不愿为子之所云者，力不足、势不便故也。仆于此，岂以为大相知乎？累累随行，役役逐队，饥而食、饱而嬉者也。其所以止而不去者，以其心诚有爱于仆也。然所爱于我者少，不知我者犹多，吾岂乐于此乎哉？将亦有所病而求息于此也。

嗟乎！子诚爱我矣，子之所责于我者诚是矣。然恐子有时不暇责我而悲我，不暇悲我而自责且自悲也。及之而后知，履之而后难耳。孔子称颜回：“一箪食，一瓢饮，人不堪其忧，回也不改其乐。”彼人者，有圣者为之依归，而又有箪食瓢饮足以不死，其不忧而乐也，岂不易哉！若仆无所依归，无箪食，无瓢饮，无所取资，则饿而死，其不亦难乎？子之闻我言，亦悲矣。

嗟乎，子亦慎其所之哉！离违久，乍还侍左右，当日欢喜，故专使驰此。候足下意，并以自解。愈再拜。

〇时昌黎在张仆射建封幕中，翱以书劝其弃之，走京师。昌黎复书云云，道其愁苦无聊，不得已而就之之故也。录此，与后《上张仆射书》并读，知昌黎虽“困乏其身”，“行拂乱其所为”至于如此，而曾不以纤毫非义屈，益以见其平日所云“实之美恶，其发不掩”者，诚笃论也。

至谓颜子有箪食瓢饮，得以不死，其乐也易；今无箪食瓢饮，将饿而死，其乐也难，则出于一时困苦之怀，其言不可为典要。不特颜子之乐，固在生死之外；且颜子屡空，并箪食瓢饮而无之日，又安见其未经也？且昌黎虽自谓舍此而去，则无箪食瓢饮而饿死，而张建封令其晨入夜归，有楚王不设醴之意，即直以书抵，其视去此而饿死，何尝有一毫顾藉心哉！读者当师其意，勿师其辞；匪特不得以昌黎言疑颜子，亦不得以昌黎言疑昌黎也。

上张仆射书

九月一日，愈再拜：受牒之明日，在使院中，有小吏持院中故事节目十余事来示愈。其中不可者，有自九月至明年二月之终，皆晨入夜归，非有疾病事故，辄不许出。当时以初受命，不敢言。古人有言曰：人各有能、有不能。若此者，非愈之所能也。抑而行之，必发狂疾，上无以承事于公，忘其将所以报德者；下无以自立，丧失其所以为心。夫如是，则安得而不言？

凡执事之择于愈者，非为其能晨入夜归也，必将有以取之。苟有以取之，虽不晨入而夜归，其所取者犹在也。下之事上，不一其事；上之使下，不一其事。量力而任之，度才而处之；其所不能，不强使为。是故为下者，不获罪于上；为上者，不得怨于下矣。

孟子有云：今之诸侯，无大相过者，以其皆“好臣其所教，而不好臣其所受教”。今之时，与孟子之时，又加远矣，皆好其闻命而奔走者，不好其直己而行道者。闻命而奔走者，好利者也；直己而行道者，好义者也。未有好利而爱其君者，未有好义而忘其君者。今之王公大人，惟执事可以闻此言；惟愈于执事也，可以此言进。

愈蒙幸于执事，其所从旧矣。若宽假之，使不失其性；加待之，使足以为名。寅而入，尽辰而退；申而入，终酉而退。率以为常，亦不废事。天下之人，闻执事之于愈如是也，必皆曰：执事之好士也如此，执事之待士以礼如此，执事之使人不枉其性而能有容如此，执事之欲成人之名如此，执事之厚于故旧如此。又将曰：韩愈之识其所依归也如此，韩愈之不谄屈于富贵之人如此，韩愈之贤能使其主待之以礼如此，则死于执事之门，无悔也。若使随行而入，逐队而趋，言不敢尽其诚，道有所屈于己，天下之人闻执事之于愈如此，皆曰：执事之用韩愈，哀其穷，收之而已耳；韩愈之事执事，不以道，利之而已耳。苟如是，虽日受千金之赐，一岁九迁其官，感恩则有之矣，将以称于天下曰“知己、知己”，则未也。

伏惟哀其所不足，矜其愚，不录其罪；察其辞，而垂仁采纳焉。愈恐惧再拜。

◇姚令威《集注》曰：“建封字本立，兖州人。贞元四年，为徐州刺史、徐泗濠节度使；十二年，加检校右仆射。公以十五年二月脱汴州之乱，依建封于徐；秋，建封辟为节度推官，至是供职。书意以晨入夜归为不可，其不谄屈于富贵之人，可知矣。”

与崔群书

自足下离东都，凡两度枉问，寻承已达宣州，主人仁贤，同列皆君子，虽抱羁旅之念，亦且可以度日，无入而不自得。乐天知命者，固前修之所以御外物者也，况足下度越此等百千辈，岂以出处近远累其灵台耶！宣州虽称清凉高爽，然皆大江之南，风土不并以北。将息之道，当先理其心；心闲无事，然后外患不入。风气所宜，可以审备，小小者亦当自不至矣。

足下之贤，虽在穷约，犹能不改其乐，况地至近，官荣禄厚，亲爱尽在左右者耶！所以如此云云者，以为足下贤者，宜在上位；托于幕府，则不为得其所。是以及之，乃相亲重之道耳，非所以待足下者也。

仆自少至今，从事于往还朋友间，一十七年矣。日月不为不久，所与交往相识者千百人，非不多；其相与如骨肉兄弟者，亦且不少。或以事同，或以艺取；或慕其一善，或以其久故；或初不甚知，而与之已密，其后无大恶，因不复决舍；或其人虽不皆入于善，而于己已厚，虽欲悔之不可。凡诸浅者，固不足道；深者，止如此。至于心所仰服，考之言行而无瑕尤，窥之阃奥而不见畛域，明白淳粹、辉光日新者，惟吾崔君一人。

仆愚陋无所知晓，然圣人之书，无所不读。其精粗巨细，出入明晦，虽不尽识，抑不可谓不涉其流者也。以此而推之，以此而度之，诚知足下出群拔萃，无谓仆何从而得之也。与足下情义，宁须言而后自明耶？所以言者，惧足下以为吾所与深者，多不置白黑于胸中耳。既谓能粗知足下，而复惧足下之不我知，亦过也。

比亦有人说，足下诚尽善尽美，抑犹有可疑者。仆谓之曰："何疑？"疑者曰："君子当有所好恶，好恶不可不明。如清河者，人无贤愚，无不说其善，伏其为人，以是而疑之耳。"仆应之曰："凤皇芝草，贤愚皆以为美瑞；青天白日，奴隶亦知其清明。譬之食物，至于遐方异味，则有嗜者，有不嗜者；至于稻也、粱也，脍也、炙也，岂闻有不嗜者哉？"疑者乃解。解、不解，于吾崔君无所损益也。

自古贤者少，不肖者多。自省事已来，又见贤才恒不遇，不贤者比肩青紫；贤者恒无以自存，不贤者志满气得；贤者虽得卑位，则旋而死，不贤者或至眉寿。不知造物者意竟如何，无乃所好恶与人异心哉？又不知无乃都不省记，任其死生寿夭邪？未可知也。人固有薄卿相之官、千乘之位，而甘陋巷菜羹者。同是人也，犹有好恶如此之异者，况天之与人，当必异其所好恶无疑也。合于天而乖于人，何害？况又时有兼得者邪！崔君、崔君，无怠、无怠！

仆无以自全活者，从一官于此，转困穷甚，思自放于伊颍之上，当亦终得之。近者尤衰惫，左车第二牙，无故动摇脱去；目视昏花，寻常间便不分人颜色；两鬓半白，头发五分亦白其一，须亦有一茎两茎白者。仆家不幸，诸父诸兄皆康强早世，如仆者又可以图于久长哉？以此忽忽，思与足下相见，一道其怀。小儿女满前，能不顾念？足下何由得归北来？仆不乐江南，官满便终老嵩下，足下可相就，仆不可去矣。珍重自爱，慎饮食，少思虑，唯此之望。愈再拜。

○此篇与《与卫中行书》，皆昌黎见道之言，读者所宜深玩。其谓“造物者好恶与人异心”，又谓“都不省记”，极似柳州《天说》，而相去千里。盖彼正言，以为天固然；此则抑扬其词，以申其合天之义，非正言也。

《易》曰：“先天而天弗违，后天而奉天时。”凡现今之穷通得丧寿夭，皆后天也。其所以穷通得丧寿夭如此者，有先之者焉，非今之所得而预也。若其介福于方来，垂光于后世，则皆现今之出言制行为之先。既有以为之先，则天勿能违也。天时者，天理也。言理则未必其皆时，言时未有不造极乎理者；犹之言正则未必其皆中，言中则未有不造极乎正者也。奉天时，则合天矣；合乎天而穷也、丧也、夭也，是其有先焉者之不可知，非今合天之所招也；合乎天而通也、得也、寿也，亦其先焉者之不可知，而无碍乎今，合天之所兼得也。由后而视今，则今固为先焉者矣。社稷之子，或在亩亩；亩亩之人，或在社稷。然而在亩亩者，又或以基德；在社稷者，又或以基乱。后者见其然，而不知曩之然，则曰“天之好恶与人异心”，又曰“无乃都不省记”。不知天无心，亦无省记，唯弗违乎其先焉者而已。必以心语天，则理乃天之心。奉天时，则合天之心；诚奉天时，则穷通得丧寿夭，皆非其好恶之所存矣。人心尚非所存，而谓天之心存乎哉？

《无妄》曰：“不耕获，不菑畬。”耕者必获，然当其耕时，无可获也；菑者必畬，然当其菑时，无所为畬也。责获与畬于耕且菑之时，而谓地之好恶与人异心，抑或都不省记，岂非惑欤？良农耕耳、菑耳，宁有疑地之无获与不成畬，而释耒者哉！

昌黎之言，截断先后，专责现今之合天与否，诚达于天道笃行君子也。

与卫中行书

大受足下：辱书，为赐甚大；然所称道过盛，岂所谓诱之而欲其至于是欤？不敢当，不敢当！其中择其一二近似者而窃取之，则于交友忠而不反于背面者，少似近焉，亦其心之所好耳。行之不倦，则未敢自谓能尔也。不敢当，不敢当！

至于汲汲于富贵，以救世为事者，皆圣贤之事业，知其智能谋、力能任者也。如愈者，又焉能之？始相识时，方甚贫，衣食于人。其后相见于汴、徐二州，仆皆为之从事，日月有所入，比之前时，丰约百倍，足下视吾饮食衣服，亦有异乎？然则仆之心，或不为此汲汲也；其所不忘于仕进者，亦将小行乎其志耳。此未易遽言也。

凡祸福吉凶之来，似不在我。惟君子得祸为不幸，而小人得祸为恒；君子得福为恒，而小人得福为幸。以其所为，似有以取之也；必曰“君子则吉，小人则凶”者，不可也。贤、不肖存乎己，贵与贱、祸与福存乎天，名声之善恶存乎人。存乎己者，吾将勉之；存乎天、存乎人者，吾将任彼而不用吾力焉。其所守者，岂不约而易行哉？足下曰：“命之穷通，自我为之。”吾恐未合于道，足下征前世而言之，则知矣。若曰以道德为己任，穷通之来，不接吾心，则可也。

穷居荒凉，草树茂密，出无驴马，因与人绝，一室之内，有以自娱。足下喜吾复脱祸乱，不当安安而居、迟迟而来也。

〇石大任曰：“韩愈谓贵与贱、祸与福存乎天。以予观之，贵与贱存乎天，可也；祸与福存乎天，则不可也。盖祸与福在己而已，孟子曰：‘祸福无不自己求之者。’”斯言也，不特未达昌黎之旨，盖亦未达孟子之旨也。孔子曰：“夫言岂一端而已？夫各有所当也。”善不积，不足以成名；恶不积，不足以灭身。积善之家，必有馀庆；积不善之家，必有馀殃。是故靡言不酬，靡德不报。基德十五世，而周以兴；基祸十五世，而周以废。要其归，极而言之，非天也，非人也；己也。孟子之言，信善矣！

虽然，唯高世远览之士，乃有以知其信善耳；否则，龃龉不合者，又岂尠哉！德莫盛于孔子，畏于匡，厄于陈蔡，伐檀于宋，不谓之祸可乎？孰求之乎？恶莫过于盗跖，日杀不辜，甘人之肉，竟以寿终于东陵之上，不谓之福可乎？孰求之乎？至若依古以来，国之蠹、民之蟊贼，席宠怙侈，取精多而用物宏，而死于牖下；或蹈白刃、犯危难，以明君臣之义、父子之伦，而毒苦备婴，见闻流涕，史册所载，不可胜屈指也。倘所谓“祸福自己求之”者，是耶？非耶？

昌黎曰“贤、不肖存乎己，贵与贱、祸与福存乎天”，未已也；不特祸与福与己无与也，又曰“名声之善恶存乎人”，而亦与己无与也。其所以责贤、不肖之存乎己者，不亦洁净而精微哉？若是者，其与孟子同乎、否乎？是《中庸》“尚絅”之心也，《论语》“为己”之义也。倘必与孟子同也，贤者自贤，不以祸而损其贤；不肖者自不肖，不以福而损其不肖。又况福莫大于天下后世皆曰“贤”，祸莫大于天下后世皆曰“不肖”，世俗之所谓祸福，又何足论哉？

虽然，善积而馀庆，恶积而馀殃，世俗所为祸福者，必兼举之。特或代异时移，茫昧而不可考；又或迹秦心粤，潜隐而不可辨耳。祸福无不自己求之，果信也；而谓目前之祸福存乎己，则非也。由斯以谭，昌黎谓“穷通之来，不接吾心”，岂不约而易行哉？安在其为与孟子刺谬也！

抑又论之：孟子之言，言有国家者，宜修政刑于平日也；昌黎之言，言人之行己，止当自问其为贤、为不肖，而不必问祸福也。政刑修，则国家福；政刑隳，则国家祸，皆自己求也。贤者不皆福，不肖者不皆祸，不存乎己也。文各自明，不烦牵合。诚以昌黎之心，行孟子之言，左盾而右矛，各得其用也。乃必以孟子之矛，刺昌黎之盾，夫矛之设，岂为刺己之盾而然哉？以文害辞，以辞害志，孟子之所恶也。

卷　四

昌黎韩愈文四　书、启、序

与冯宿论文书

辱示《初筮赋》，实有意思。但力为之，古人不难到；但不知直似古人，亦何得于今人也？仆为文久，每自测意中以为好，则人必为恶矣。小称意，人亦小怪之；大称意，即人必大怪之也。时时应事作俗下文字，下笔令人惭；及示人，则人以为好矣。小惭者亦蒙谓之小好，大惭者即必以为大好矣。不知古文，直何用于今世也，然以俟知者知耳。

昔扬子云著《太玄》，人皆笑之，子云之言曰："世不我知，无害也；后世复有扬子云，必好之矣。"子云死近千载，竟未有扬子云，可叹也！其时桓谭亦以为雄书胜老子。老子未足道也，子云岂止与老子争强而已乎？此未为知雄者。其弟子侯芭颇知之，以为其师之书胜《周易》。然侯之他文，不见于世，不知其人果如何耳。以此而言，作者不祈人之知也，明矣；直百世以俟圣人而不惑，质诸鬼神而不疑耳。足下岂不谓然乎？

近李翱从仆学文，颇有所得，然其人家贫多事，未能卒其业。有张籍者，年长于翱，而亦学于仆，其文与翱相上下，一二年业之，庶几乎至也。然闵其弃俗尚，而从于寂寞之道，以之争名于时也。久不谈，聊感足下能自进于此，故复发愤一道。愈再拜。

〇凡有血气，皆有争心。人心之不同，如其面焉。故虽末艺鄙事，欲造其至，皆不祈人之知，而惟求己之，是谓夫己所独知者，本不得有人知之理也。虽然，迨其是也，则必合乎离血气而存之性；离血气而存之性，貊与越一人也。黄农虞夏，与今一时也，则又人必知之，而不得有终于己，独知之之理也。昌黎之于文，于此实深喻之；深喻之，则艺也进乎道矣。至其以扬雄为胜老子，又述侯芭胜《周易》之语，所为"溺爱者不明"。迨其作《送王埙序》，述孟、荀而不及扬，则晚年更进一筹矣。

答刘正夫书

愈白，进士刘君足下：辱笺，教以所不及，既荷厚赐，且愧其诚然，幸甚、幸甚！

凡举进士者，于先进之门，何所不往；先进之于后辈，苟见其至，宁可以不答其意邪？来者则接之，举城士大夫莫不皆然，而愈不幸独有接后辈名。名之所存，谤之所归也。

有来问者，不敢不以诚答。或问："为文宜何师？"必谨对曰："宜师古圣贤人。"曰："古圣贤人所为书具存，辞皆不同，宜何师？"必谨对曰："师其意，不师其辞。"又问曰："文宜易宜难？"必谨对曰："无难易，惟其是尔。"如是而已，非固开其为此，而禁其为彼也。

夫百物朝夕所见者，人皆不注视也；及睹其异者，则共观而言之。夫文岂异于是乎？汉朝人莫不能为文，独司马相如、太史公、刘向、扬雄为之最。然则用功深者，其收名也远；若皆与世沉浮，不自树立，虽不为当时所怪，亦必无后世之传也。足下家中百物，皆赖而用也，然其所珍爱者，必非常物。夫君子之于文，岂异于是乎？

今后进之为文，能深探而力取之，以古圣贤人为法者，虽未必皆是；要若有司马相如、太史公、刘向、扬雄之徒出，必自于此，不自于寻（循）常之徒也。若圣人之道，不用文则已，用则必尚其能者；能者非他，能自树立，不因循者是也。有文字来，谁不为文？然其存于今者，必其能者也。顾常以此为说耳。

愈于足下，忝同道而先进者，又常从游于贤尊给事。既辱厚赐，又安得不进其所有以为答也。足下以为何如？愈白。

□圣祖御评：于朴茂中独见风骨。

◇李光地曰："宋人谓程伊川'三代以下，凡事必求其是者，伊川一人而已'。伊川之门，上蔡谢氏，则以'求是'二字为穷理之要。公此篇以求是论文，噫！此其所以独出于诸家欤？"

答陈生书

愈白，陈生足下：今之负名誉、享显荣者，在上位几人。足下求速化之术，不于其人，乃以访愈，是所谓借听于聋，求道于盲，虽其请之勤勤、教之云云，未有见其得者也。

愈之志，在古道，又甚好其言辞。观足下之书，及十四篇之诗，亦云有志于是矣。而其所问则名，所慕则科，故愈疑于其对焉。虽然，厚意不可虚辱，聊为足下诵其所闻。

盖君子病乎在己，而顺乎在天；待己以信，而事亲以诚。所谓病乎在己者，仁义存乎内，彼圣贤者能推而广之，而我蠢焉为众人。所谓顺乎在天者，贵贱穷通之来，平吾心而随顺之，不以累于其初。所谓待己以信者，己果能之，人曰不能，勿信也；己果不能，人曰能之，勿信也。孰信哉？信乎己而已矣。所谓事亲以诚者，尽其心，不夸于外，先乎其质、后乎其文者也。尽其心、不夸于外者，不以己之得于外者为父母荣也，名与位之谓也。先乎其质者，行也；后乎其文者，饮食旨甘，以其外物供养之道也。诚者，不欺之名也。待于外而后为养，薄于质而厚于文，斯其不类于欺欤？果若是，子之汲汲于科名，以不得进为亲之羞者，惑也！

速化之术，如是而已。古之学者，惟义之问。诚将学于太学，愈犹守是说而俟见焉。愈白。

◇朱子曰：“陈生以书求速化之术于公，公以待己以信、事亲以诚告，与‘言寡尤、行寡悔’之说无异。君子之言，自众人视之，虽若迂阔，而其理实如此。”

答吕毉医山人书

愈白：惠书责以不能如信陵执辔者，夫信陵，战国公子，欲以取士声势倾天下而然耳；如仆者，自度若世无孔子，不当在弟子之列。以吾子始自山出，有朴茂之美，意恐未砻磨以世事。又自周后文弊，百子为书，各自名家，乱圣人之宗，后生习传，杂而不贯。故设问以观吾子，其已成熟乎，将以为友也；其未成熟乎，将以讲去其非而趋是耳，不如六国公子有市于道者也。

方今天下入仕，惟以进士、明经，及卿大夫之世耳。其人率皆习熟时俗，工于语言，识形势，善候人主意。故天下靡靡，日入于衰坏，恐不复振起。务欲进足下趋死不顾利害去就之人于朝，以争救之耳；非谓当今公卿间，无足下辈文学知识也。不得以信陵比。

然足下衣破衣，系麻鞵，率然叩吾门。吾待足下，虽未尽宾主之道，不可谓无意者。足下行天下，得此于人盖寡，乃遂能责不足于我，此真仆所汲汲求者。议虽未中节，其不肯阿曲以事人者，灼灼明矣。方将坐足下三浴而三熏之，听仆之所为，少安无躁。愈顿首。

○唐承晋魏之后，六经晦塞。昌黎思扫其榛芜，务张而明之，旁搜远绍，孤而无邻，故每以颜子得圣人为依归，则箪瓢自乐为易易，深悲己之不得所依归也。其于经生如殷侑辈，勤绻请问，辞气加敬；遇山野之士，必设问以观其成熟与否。盖可见求其友生以为错攻玉，平生殆无往不然欤！设与程、朱生同时，则其所造诣，必更有进。且其《与张籍书》所云“请待五六十然后为书”者，究亦未及作也。其胸中所蕴，“流落人间者，泰山一毫芒”，亦可慨矣！若其裁山人之狂简，竭益友之直谅，声出金石，胸罗羲娥，又磊落而英多哉！

与鄂州柳中丞书* 第二首

愈愚，不能量事势可否。比常念淮右以靡弊困顿三州之地，蚊蚋蚁虫之聚，感凶竖煦濡饮食之惠，提童子之手坐之

* 别本又题《再与鄂州柳中丞书》。

堂上，奉以为帅，出死力以抗逆，明诏战天下之兵，乘机逐利，四出侵暴，屠烧县邑，贼杀不辜，环其地数千里，莫不被其毒，洛汝襄荆许颍淮江为之骚然。丞相公卿士大夫，劳于图议；握兵之将，熊罴貙虎之士，畏懦蹙蹜，莫肯杖戈为士卒前行者。独阁下奋然率先，扬兵界上，将二州之守，亲出入行间，与士卒均辛苦，生其气势。见将军之锋颖，凛然有向敌之意，用儒雅文字章句之业，取先天下，武夫关其口而夺之气。愚初闻时，方食，不觉弃匕箸起立。岂以为阁下真能引孤军单进，与死寇角逐，争一旦侥幸之利哉？就令如是，亦不足贵。其所以服人心，在行事适机宜，而风采可畏爱故也。是以前状辄述鄙诚，眷惠手翰还答，益增欣悚。

夫一众人心力耳目，使所至如时雨，三代用师，不出是道。阁下果能充其言，继之以无倦，得形便之地，甲兵足用，虽国家故所失地，旬岁可坐而得；况此小寇，安足置齿牙间？勉而卒之，以俟其至，幸甚。

夫远征军士，行者有羁旅离别之思，居者有怨旷骚动之忧；本军有馈饷烦费之难，地主多姑息形迹之患；急之则怨，缓之则不用命。浮寄孤悬，形势销弱，又与贼不相谙委，临敌恐骇，难以有功。若召募土人，必得豪勇，与贼相熟，知其气力所极，无望风之惊，爱护乡里，勇于自战。征兵满万，不如召募数千。阁下以为何如？倘可上闻行之否？

计已与裴中丞相见，行营事宜，不惜时赐示及，幸甚！不宣。愈再拜。

□圣祖御评：谈兵事文，英气勃发。西汉晁错、赵充国每以此擅长，斯文近之。

○《唐书·柳公绰传》:“为鄂岳观察使时，方讨吴元济，诏发鄂岳卒五千，隶安州刺史李听。公绰曰：‘朝廷谓吾儒生，不知兵耶?’即请自行，许之。引兵渡江，每战辄克。”

上留守郑相公启

愈启：愈为相公官属五年，辱知辱爱。伏念曾无丝毫事为报答效，日夜思虑谋画，以为事大君子当以道，不宜苟且求容悦。故于事未尝敢疑惑，宜行则行，宜止则止。受容受察，不复进谢，自以为如此，真得事大君子之道。今虽蒙沙汰为县，固犹在相公治下，未同去离门墙为故吏，为形迹嫌疑，改前所为，以自疏外于大君子，固当不待烦说于左右而后察也。

人有告人辱骂其妹与妻，为其长者，得不追而问之乎?追而不至，为其长者，得不怒而杖之乎?坐军营，操兵守御，为留守，出入前后驱从者，此真为军人矣；坐坊市卖饼，又称军人，则谁非军人也?愚以为，此必奸人以钱财赂将吏，盗相公文牒，窃注名姓于军籍中，以陵驾府县。此固相公所欲去，奉法吏所当嫉，虽捕系杖之，未过也。

昨闻相公追捕所告受辱骂者，愚以为大君子为政，当有权变，始似小异，要归于正耳。军吏纷纷入见告屈，为其长者，安得不小致为之之意乎?未敢以此仰疑大君子。及见诸从事说，则与小人所望信者，少似乖戾。虽然，岂敢生疑于万一?必诸从事与诸将吏未能去朋党心，盖覆黤黮，不以真情状白露左右。小人受私恩良久，安敢闭蓄以为私恨，不一二陈道?伏惟相公怜察，幸甚、幸甚!

愈无适时才用，渐不喜为吏，得一事为名，可自罢去，不啻如弃涕唾，无一分顾藉心。顾失大君子纤芥意，如丘山重。守官去官，惟今日指挥。愈惶惧再拜。

◇朱子曰："元和五年冬，改河南令，以军人事辨于留守郑公，其言剀切，其退甚轻。伟乎，史所谓笃道君子也！"

送窦从事序

逾瓯闽而南，皆百越之地。于天文，其次星纪，其星牵牛。连山隔其阴，钜海敌其阳。是维岛居卉服之民，风气之殊，著自古昔。唐之有天下，号令之所加，无异于远近。民俗既迁，风气亦随，雪霜时降，疠疫不兴，濒海之饶，固加于初。是以人之之南海者，若东西州焉。

皇帝临天下二十有二年，诏工部侍郎赵植，为广州刺史，尽牧南海之民。署从事扶风窦平。平以文辞进。于其行也，其族人殿中侍御史牟，合东都交游之能文者二十有八人，赋诗以赠之。于是昌黎韩愈，嘉赵南海之能得人，壮从事之答于知我，不惮行之远也，又乐贻周之爱其族叔父，能合文辞以宠荣之，作《送窦从事少府平序》。

○唐室重内轻外；匪特轻外也，其遐方边徼，朝士得罪者，乃之官焉。地莫非王土，民莫非赤子，其远于京师，君、相耳目之所难及，则俾牧斯民、抚斯土者，宜较近地有加；意必忠信慈惠、才行卓荦，世所共仰之人，乃宜居之。而以为罪臣责逐之所，何其倒置也！窦平为广州从事，盖人情所不释然者，故昌黎文以开之。

送孟东野序

大凡物，不得其平则鸣。草木之无声，风挠之鸣；水之无声，风荡之鸣，其跃也或激之，其趋也或梗之，其沸也或炙之；金石之无声，或击之鸣。人之于言也亦然，有不得已者而后言，其歌也有思，其哭也有怀。凡出乎口而为声者，其皆有弗平者乎？

乐也者，郁于中而泄于外者也，择其善鸣者而假之鸣。金、石、丝、竹、匏、土、革、木八者，物之善鸣者也。维天之于时也亦然，择其善鸣者而假之鸣。是故以鸟鸣春，以雷鸣夏，以虫鸣秋，以风鸣冬。四时之相推敚，其必有不得其平者乎？

其于人也亦然。人声之精者为言，文辞之于言，又其精也，尤择其善鸣者而假之鸣。其在唐、虞，咎陶、禹，其善鸣者也，而假以鸣。夔弗能以文辞鸣，又自假于《韶》以鸣。夏之时，五子以其歌鸣。伊尹鸣殷，周公鸣周。凡载于《诗》《书》六艺，皆鸣之善者也。

周之衰，孔子之徒鸣之，其声大而远。传曰："天将以夫子为木铎。"其弗信矣乎！其末也，庄周以其荒唐之辞鸣。楚，大国也，其亡也，以屈原鸣。臧孙辰、孟轲、荀卿，以道鸣者也。杨朱、墨翟、管夷吾、晏婴、老聃、申不害、韩非、眘（慎）到、田骈、邹衍、尸佼、孙武、张仪、苏秦之属，皆以其术鸣。秦之兴，李斯鸣之。汉之时，司马迁、相如、扬雄，最其善鸣者也。

其下魏晋氏，鸣者不及于古，然亦未尝绝也。就其善者，其声清以浮，其节数以急，其辞淫以哀，其志弛以肆。其为言也，乱杂而无章。将天丑其德莫之顾邪？何为乎不鸣其善鸣者也？

唐之有天下，陈子昂、苏源明、元结、李白、杜甫、李观，皆以其所能鸣。其存而在下者，孟郊东野，始以其诗鸣，其高出魏晋，不懈而及于古，其他浸淫乎汉氏矣。从吾游者，李翱、张籍其尤也。三子者之鸣，信善矣。抑不知天将和其声，而使鸣国家之盛邪？抑将穷饿其身，思愁其心肠，而使自鸣其不幸邪？三子者之命，则悬乎天矣。其在上也，奚以喜？其在下也，奚以悲？

东野之役于江南也，有若不释然者，故吾道其命于天者以解之。

◇朱子曰："据本集，贞元十九年《与陈给事书》云：'送孟郊序一首，生纸写，不加装饰。'此序，吕汲公以为是年作。序云：'东野之役于江南也，有若不释然者。'时东野为溧阳尉云。"

上巳日燕太学听弹琴诗序

与众乐之之谓乐，乐而不失其正，又乐之尤也。四方无斗争金革之声，京师之人既庶且丰。天子念致理之艰难，乐居安之闲暇，肇置三令节。诏公卿群有司，至于其日，率厥官属，饮酒以乐，所以同其休、宣其和、感其心、成其文者也。

三月初吉，实惟其时。司业武公，于是总太学儒官三十有六人，列燕于祭酒之堂。樽俎既陈，肴羞惟时，醆斝序行。

献酬有容，歌风雅之古辞，斥夷狄之新声，褒衣危冠，与与如也。有儒一生，魁然其形，抱琴而来，历阶以升。坐于樽俎之南，鼓有虞氏之《南风》，赓之以文王、宣父之操，优游夷愉，广厚高明；追三代之遗音，想舞雩之咏叹。及暮而退，皆充然若有得也。武公于是作歌诗以美之，命属官咸作之，命四门博士昌黎韩愈序之。

○子贡观于蜡。子曰："赐也乐乎？"子贡曰："一国之人皆若狂，赐未知其乐也。"子曰："赐，非尔所知也。张而不弛，文武弗能也；弛而不张，文武弗为也。一张一弛，文武之道也。"唐贞元间，诏正月晦日、三月三日、九月九日，三节日，宜任文武百僚，选胜地追赏为乐，亦古者通蜡之遗意。虽然，顺成之方，其蜡乃通。若德宗时，叛将强臣罗列天下，及闲暇以明政刑，犹惧弗基，当张而弛，其事不足书也。而弹琴以咏先王之风，如见舞雩沂水之意，又可纪也。文、意固两具之。

送陈密序

太学生陈密请于余曰："密承训于先生，今将归觐其亲，不得朝夕见，愿先生赐之言，密将以为戒。密来太学，举明经，累年不获选，是弗利于是科也。今将易其业，而三礼是习。愿先生之张之也。密将以为乡荣。"

余媿乎其言，遗之言曰："子之业信习矣，其容信合于礼矣。抑吾所见者外也？夫外不足以信内，子诵其文，则思其义；习其仪，则行其道，则将谓子君子也。爵禄之来也，不可辞矣。科宁有利不利邪？"

○学于太学，以明先王之经，而唯资以发策决科，其陋出老、佛下也。科有不利，则易其业而他经是习，以此请于博士，又乞文以张之。太学生之于经也如此，贤博士所闻而惭者也，故昌黎曰：“余愧乎其言。”

送李愿归盘谷序

太行之阳有盘谷。盘谷之间，泉甘而土肥，草林丛茂，居民鲜少。或曰：谓其环两山之间，故曰盘谷。或曰：是谷也，宅幽而势阻，隐者之所盘旋。友人李愿居之。

愿之言曰：“人之称大丈夫者，我知之矣：利泽施于人，名声昭于时。坐于庙朝，进退百官，而佐天子出令；其在外，则树旗旄、罗弓矢，武夫前呵，从者塞途，供给之人各执其物，夹道而疾驰。喜有赏，怒有刑。才畯满前，道古今而誉盛德，入耳而不烦。曲眉丰颊，清声而便体，秀外而惠中，飘轻裾，翳长袖，粉白黛绿者，列屋而闲居，妒宠而负恃，争妍而取怜。大丈夫之遇知于天子，用力于当世者之所为也。吾非恶此而逃，是有命焉，不可幸而致也。

“穷居而野处，升高而望远，坐茂树以终日，濯清泉以自洁。采于山，美可茹；钓于水，鲜可食。起居无时，惟适之安。与其有誉于前，孰若无毁于其后；与其有乐于身，孰若无忧于其心。车服不维，刀锯不加；理乱不知，黜陟不闻。大丈夫不遇于时者之所为也，我则行之。

“伺候于公卿之门，奔走于形势之途；足将进而趑趄，口将言而嗫嚅；处秽污而不羞，触刑辟而诛戮；徼幸于万一，老死而后止者，其于为人，贤不肖何如也？”

昌黎韩愈闻其言而壮之，与之酒而为之歌曰：“盘之中，维子之宫；盘之土，可以稼；盘之泉，可濯可沿；盘之阻，谁争子所？窈而深，廓其有容；缭而曲，如往而复。嗟盘之乐兮，乐且无殃（央）；虎豹远迹兮，蛟龙遁藏；鬼神守护兮，呵禁不祥。饮且食兮寿而康，无不足兮奚所望？膏吾车兮秣吾马，从子于盘兮，终吾生以徜徉。”

〇东坡云：“欧阳公言晋无文章，惟陶渊明《归去来辞》而已。余谓唐无文章，惟韩退之《送李愿归盘谷序》而已。平生欲效此作，每执笔辄罢，因自笑曰：不若且放，教退之独步。”后世遂以东坡之言为信然矣。东坡好滑稽，观“不若且放，教退之独步”一语可见。盖自叹不能企及，乃从而为之辞耳；岂真唐之文章，止此一序也？六一所云“晋无文章，止《归去来辞》一首”，亦属难信。或六一以晋宋间，龙战于野，其人果贤者，宜皆辟世；若渊明者，言而履之，可谓真文章也，是以为是说耶？

送董邵南序

燕赵古称多感慨悲歌之士。董生举进士，连不得志于有司，怀抱利器，郁郁适兹土。吾知其必有合也。董生勉乎哉！

夫以子之不遇时，苟慕义强仁者，皆爱惜焉。矧燕赵之士，出乎其性者哉！然吾尝闻风俗与化移易，吾恶知其今不异于古所云邪？聊以吾子之行卜之也。董生勉乎哉！

吾因子有所感矣。为我吊望诸君之墓，而观于其市，复有昔时屠狗者乎？为我谢曰：明天子在上，可以出而仕矣！

〇朱子云：“邵南，寿州安丰人。举进士，不得志，去游河北，公作此送之。公诗有《嗟哉董生行》，亦为邵南作也。”此篇言燕赵之士，仁义出于其性，乃故反其词，以深讥其不臣而习乱之意。其卒章，又为道上威德，以警动而招徕之。其旨微矣，读者详之。

赠崔复州序

有地数百里，趋走之吏，自长史、司马已下数十人。其禄足以仁其三族，及其朋友故旧。乐乎心，则一境之人喜；不乐乎心，则一境之人惧。丈夫官至刺史，亦荣矣。

虽然，幽远之小民，其足迹未尝至城邑，苟有不得其所，能自直于乡里之吏者鲜矣，况能自辨于县吏乎？能自辨于县吏者鲜矣，况能自辨于刺史之庭乎？由是刺史有所不闻，小民有所不宣。赋有常而民产无恒，水旱疠疫之不期，民之丰约悬于州。县令不以言，连帅不以信，民就穷而敛愈急，吾见刺史之难为也。

崔君为复州，其连帅则于公。崔君之仁，足以苏复人；于公之贤，足以庸崔君。有刺史之荣，而无其难为者，将在于此乎？

愈尝辱于公之知，而旧游于崔君，庆复人之将蒙其休泽也，于是乎言。

○父天母地子万民，曰“天子”。由血气而分之，则各子其子；由理气而分之，天下莫不子也。理气者，血气之主，则“子万民”者，较“子其子”为更切焉；而非虚言其理，而实无其事者也。子有不能呼吁其父母，则行道伤之；民有不能呼吁其大君，则莫之省忧者：理之不明，而道之不行也。惟其形隔势睽，是以设官分职，大以递统小，小以递承大，使万里之远、亿兆之众，皆得以情达于天子，天子得以尽其父母之责焉尔。

然而龙蛇混杂，苍黄交眩，大吏欲达而小吏蔽之，小吏欲达而大吏壅之；且大小朋比而专以罔其上，唯身之名位是保，民之性命非所问。于是九重之上，奚翅水旱疠疫之不闻，贼民兴，良民肝脑涂地，而方且以为无纤芥事者，史册所载有不尽，宁有虚哉？成汤慄慄危惧，若将陨于深渊，良有以也！欲为君尽君道，欲为臣尽臣道，当于此等文字，反覆循环，推类以尽其余，庶几赤子得养于其父母乎？

赠张童子序

天下之以明二经举于礼部者，岁至三千人。始自县考试，定其可举者，然后升于州若府；其不能中科者，不与是数焉。州若府总其属之所升，又考试之如县，加察详焉，定其可举者，然后贡于天子，而升之有司。其不能中科者，不与是数焉，谓之"乡贡"。有司者总州府之所升而考试之，加察详焉，第其可进者，以名上于天子而藏之，属之吏部，岁不及二百人，谓之"出身"。能在是选者，厥惟艰哉！

二经章句，仅数十万言，其传注在外，皆诵之，又约知其大说。由是举者，或远至十余年，然后与乎三千之数，而升于礼部矣。又或远至十余年，然后与乎二百之数，而进于吏部矣，班白之老半焉。昏塞不能及者，皆不在是限，有终身不得与者焉。

张童子生九年，自州县达礼部，一举而进，立于二百之列；又二年，益通二经，有司复上其事，由是拜卫兵曹之命。人皆谓童子耳目明达，神气以灵。余亦伟童子之独出于等夷也。童子请于其官之长，随父而宁母。岁八月，自京师道陕南，至虢东，及洛师，北过大河之阳，九月始来及郑。自朝之闻人，以及五都之伯长群吏，皆厚其饩赂，或作歌诗以嘉童子。童子亦荣矣！

虽然，愈将进童子于道，使人谓童子：求益者，非欲速成者。夫少之与长也异观：少之时，人惟童子之异；及其长也，将责成人之礼焉。成人之礼，非尽于童子所能而已也，然则童子宜暂息乎其已学者，而勤乎其未学者可也。

愈与童子，俱陆公之门人也。慕回、路二子之相请赠与处也，故有以赠童子。

〇勇力、材技、智慧，皆得乎天而不可强。然而所性不存焉，固无足为人之重轻也。骨腾肉飞，曳牛礫石，临死生而狐疑噤痒，则不如迎风则偃、顺风则伏者矣。目览辞讼，手答笺书，耳行听受，口并酬应，不相参涉，皆悉赡举，以此行其私而济其不仁，则不如木僵拙讷、无能为役者矣。人之智慧，何独不然？下笔便成，过目成诵，又特智慧中之一端耳。佛氏之说，曰神通本宿因，亦谓与性无涉也。人之有勇力、材技、智慧，当思天之生材之难，累千累万，而无一人务成其美，以为国家之用；己之有勇力、材技、智慧，当知与能饮、健啖，无二、无别、无足矜者。务力于学，以成其人，毋使斯世目为尤物焉可也。如张童子者，后乃无闻，徒以十一岁通二经名于后世；兹荣也，兹所以为愧也夫？

卷　五

昌黎韩愈文五　序

送区册序

阳山，天下之穷处也。陆有丘陵之险，虎豹之虞；江流悍急，横波之石，廉利侔剑戟，舟上下失势，破碎沦溺者，往往有之。县郭无居民，官无丞尉；夹江荒茅篁竹之间，小吏十余家，皆鸟言夷面。始至言语不通，画地为字，然后可告以出租赋、奉期约。是以宾客游从之士，无所为而至。

愈待罪于斯，且半岁矣。有区生者，誓言相好，自南海挐舟而来。升自宾阶，仪观甚伟；坐与之语，文义卓然。庄周云："逃空虚者，闻人足音跫然而喜矣。"况如斯人者，岂易得哉！入吾室，闻《诗》《书》仁义之说，欣然喜，若有志于其间也。与之翳嘉林，坐石矶，投竿而渔，陶然以乐，若能遗外声利而不厌乎贫贱也。岁之初吉，归拜其亲，酒壶既倾，序以识别。

◇朱子曰："洪谓区册即区弘，考其始末，非也。贞元十九年冬，公自御史出为阳山令，此序在阳山作，其曰'岁之初吉'，当在明年正月也。"按：洪谓洪兴祖庆善。

送王秀才序*

吾常以为孔子之道，大而能博，门弟子不能遍观而尽识也，故学焉而皆得其性之所近；其后离散分处诸侯之国，又各以所能授弟子，原远而末益分。

盖子夏之学，其后有田子方，子方之后，流而为庄周。故周之书，喜称子方之为人。荀卿之书，语圣人必曰孔子、子弓，子弓之事业不传，惟太史公书《弟子传》有姓名字，曰"馯臂子弓"。子弓受《易》于商瞿。孟轲师子思，子思之学，盖出曾子。自孔子没，群弟子莫不有书，独孟轲氏之传得其宗，故吾少而乐观焉。

太原王埙，示予所为文，好举孟子之所道者。与之言，信悦孟子，而屡赞其文辞。夫沿河而下，苟不止，虽有迟疾，必至于海；如不得其道也，虽疾不止，终莫幸而至焉。故学者必慎其所道。道于杨、墨、老、庄、佛之学，而欲之圣人之道，犹航断港绝潢以望至于海也。故求观圣人之道，必自孟子始。今埙之所由，既几于知道，如又得其船与楫，知沿而不止，呜呼，其可量也哉！

◇李光地曰："此韩子之文，醇乎其醇者也。前无所承，而断置分明如此，亦颇采扬雄之意；然扬不能如此条畅也。故《原道》讥雄'语焉不详'。柳子厚亦谓退之决作之加恢奇。惜乎，其自许以五六十著书而未逮也！"

---

* 别本又题《送王秀才埙序》。

送浮屠文畅师序

人固有儒名而墨行者，问其名则是，校其行则非，可以与之游乎？如有墨名而儒行者，问之名则非，校其行而是，可以与之游乎？扬子云称：“在门墙则挥之，在夷狄则进之。”吾取以为法焉。

浮屠师文畅喜文章，其周游天下，凡有行，必请于缙绅先生，以求咏歌其所志。贞元十九年春，将行东南，柳君宗元为之请。解其装，得所得叙诗，累百余篇。非至笃好，其何能致多如是邪？惜其无以圣人之道告之者，而徒举浮屠之说赠焉。

夫文畅，浮屠也。如欲闻浮屠之说，当自就其师而问之，何故谒吾徒而来请也？彼见吾君臣父子之懿，文物事为之盛，其心有慕焉。拘其法而未能入，故乐闻其说而请之。如吾徒者，宜当告之以二帝三王之道，日月星辰之行，天地之所以著，鬼神之所以幽，人物之所以蕃，江河之所以流而语之，不当又为浮屠之说而渎告之也。

民之初生，固若禽兽夷狄然。圣人者立，然后知宫居而粒食，亲亲而尊尊，生者养而死者藏。是故道莫大乎仁义，教莫正乎礼乐刑政。施之于天下，万物得其宜；措之于其躬，体安而气平。尧以是传之舜，舜以是传之禹，禹以是传之汤，汤以是传之文、武，文、武以是传之周公、孔子；书之于册，中国之人世守之。今浮屠者，孰为而孰传之邪？

夫鸟，俛而啄，仰而四顾；夫兽，深居而简出，惧物之为己害也。犹且不脱焉，弱之肉，强之食。今吾与文畅安居而暇食，优游以生死，与禽兽异者，宁可不知其所自邪？夫不知者，非其人之罪也；知而不为者，惑也；悦乎故不能即乎新者，弱也；知而不以告人者，不仁也；告而不以实者，不信也。余既重柳请，又嘉浮屠能喜文辞，于是乎言。

□圣祖御评：昌黎力排佛氏，而为浮屠赠言如此，正《原道》中所谓“明先生之道以道之”者也。

送高闲上人序

苟可以寓其巧智，使机应于心，不挫于气，则神完而守固，虽外物至，不胶于心。尧舜禹汤治天下，养叔治射，庖丁治牛，师旷治音声，扁鹊治病，僚之于丸，秋之于弈，伯伦之于酒，乐之终身不厌，奚暇外慕！夫外慕徙业者，皆不造其堂、不哜其胾者也。

往时张旭善草书，不治他伎。喜怒窘穷，忧悲愉佚，怨恨思慕，酣醉无聊不平，有动于心，必于草书焉发之。观于物，见山水崖谷，鸟兽虫鱼，草木之花实；日月列星，风雨水火，雷霆霹雳，歌舞战斗，天地事物之变，可喜可愕，一寓于书。故旭之书，变动犹鬼神，不可端倪。以此终其身，而名后世。

今闲之于草书，有旭之心哉？不得其心，而逐其迹，未见其能旭也。为旭有道，利害必明，无遗锱铢。情炎于中，利欲斗进，有得有丧，勃然不释，然后一决于书，而后旭可几也。

今闲师浮屠氏，一死生，解外胶。是其为心，必泊然无所起；其于世，必淡然无所嗜。泊与淡相遭，颓堕、委靡、溃败不可收拾，则其于书，得无象之然乎？然吾闻浮屠人善幻，多技能，闲如通其术，则吾不能知矣。

○昌黎以浮屠氏“一死生，解外胶”，于心“泊然无所起”，于世“淡然无所嗜”，必不能书，是盖以沉空窈冥为一生死、解外胶也。夫沉空窈冥，非浮屠氏之所许；而一生死、解外胶，又非沉空窈冥之谓也。其曰于心“泊然无所起”，非谓其屏闻而去见邪；屏闻而去见，其闻见之根不增减于毫末也。其曰于世“淡然无所嗜”，非谓其屏声而去色邪；屏声而去色，其声色之阴仍纵横于区宇也。明之与暗，犹昼之与夜；昼之与夜，犹生之与死。今将取暗而舍明，则是取夜而舍昼，取死而舍生，但见其惑之滋甚，何尝一生死哉？是即外胶也，又何尝解哉！故曰：无内无外，然后胶解；无死无生，然后一如。

夫此无内无外、无死无生者，大之为天地，小之为万物；明之为日月，幽之为鬼神；见乃谓之象，形乃谓之器，制而用之谓之法，利用出入、民咸用之谓之神。日用而不知者，庶民；行著而习察者，圣贤。夫岂浮屠氏所得而专之者哉！学者牛毛，识者麟角；识者牛毛，至者麟角。彼高闲者，固不足以语此也。虽然，无边之不中，无小之不大，一技之末，亦未有不一死生、解外胶，而能造其极者。

尧舜禹汤之治天下，不具论；若基之射、僚之丸、秋之奕、旷之音、鹊之医，艺之所以致精者，何以能然哉？当其志不分而凝于神，则已有射无基、有丸无僚、有奕无秋、有音无旷、有医无鹊矣。及其官知止而神欲行，则又基无射、僚无丸、秋无奕、旷无音、鹊无医也。惟其在此无自，在彼无物，然后技之奏也通于神明。使奏技之时，不滞于自，即滞于物，则必支离眩转，奚有夺天巧而号国能者哉？昌黎谓“外物至不胶于心”，犹未达夫心亦无心、非外物者亦不至也。夫心亦无心、非外物亦不至，到此地位，岂非一死生、解外胶哉？

若夫旭之于书，心有所动，物有所感，具于书焉发之。何以能然哉？喜怒等情，既发之于书，则其情无情也。书之为书，却状情之喜怒，则其书无书也。两皆无者，妙为一有，于是情见而书入于神。其于物也亦然，否则点画波磔，岂绘事哉？而能状山水、崖谷、鸟兽、虫鱼、草木，种种造物之变也？即昌黎此文，可谓与旭之书，同一化工矣。其何以能然哉？当其下笔时，岂非在此不见有自，在彼不见有文，不期然而然，言之短长与声之高下，皆宜乎于斯时也；岂不一死生、解外胶哉？孟子言之矣："其至尔力也，其中非尔力也。"艺固然矣，道何独不然邪！

送殷员外序

唐受天命为天子，凡四方万国，不问海内外，无小大，咸臣顺于朝。时节贡水土百物，大者特来，小者附集。

元和睿圣文武皇帝既嗣位，悉治方内，就法度。十二年，诏曰："四方万国，惟回鹘于唐最亲，奉职尤谨。丞相其选宗室四品一人，持节往赐君长，告之朕意。又选学有经法、通知时事者一人，与之为贰。"

由是，殷侯侑自太常博士迁尚书虞部员外郎，兼侍御史，朱衣象笏，承命以行。朝之大夫，莫不出饯。酒半，右庶子韩愈执盏言曰："殷大夫：今人适数百里，出门惘惘，有离别可怜之色；持被入直三省，丁宁顾婢子，语刺刺不能休。今子使万里外国，独无几微出于言面，岂不真知轻重大丈夫哉！丞相以子应诏，真诚知人。士不通经，果不足用。"于是相属为诗，以道其行云。

○《唐书·殷侑传》："侑，陈州人。通经术，以讲道为娱。贞元末，五经第。其学长于礼。元和八年，回鹘请和亲，朝廷以费广，欲纾其期。诏侑副宗正少卿李孝诚，使回鹘。可汗骄甚，盛陈甲兵，欲臣使者。侑不为屈。已传命，虏责其倨，宣言欲留不遣。众色怖，侑徐曰：'可汗，唐婿，欲坐屈使者拜，乃可汗无礼，非使臣倨也。'虏惮其言，不敢逼。"

送杨少尹序

昔疏广、受二子，以年老，一朝辞位而去。于是公卿设供张，祖道都门外，车数百两；道旁观者，多叹息泣下，共言其贤。汉史既传其事，而后世工画者，又图其迹，至今照人耳目，赫赫若前日事。

国子司业杨君巨源，方以能诗训后进，一旦以年满七十，亦白丞相去归其乡。世常说古今人不相及，今杨与二疏，其意岂异也？

予（余）忝在公卿后，遇病不能出，不知杨侯去时，城门外送者几人，车几两，马几匹；道边观者，亦有叹息知其为贤与否？而太史氏，又能张大其事，为传继二疏踪迹否？不落莫否？见今世无工画者，而画与不画，固不论也。

然吾闻杨侯之去，丞相有爱而惜之者，白以为其都少尹，不绝其禄；又为歌诗以劝之，京师之长于诗者，亦属而和之。又不知当时二疏之去，有是事否？古今人同不同，未可知也。

中世士大夫以官为家，罢则无所于归。杨侯始冠，举于其乡，歌《鹿鸣》而来也。今之归，指其树曰："某树，吾先人之所种也；某水、某丘，吾童子时所钓游也。"乡人莫不加敬，诫子孙以杨侯不去其乡为法。古之所谓“乡先生殁而可祭于社”者，其在斯人与？其在斯人与？

○姚令威《集注》：“杨巨源，《新、旧史》无传，《艺文志》云字景山，贞元五年第进士。以能诗名。尝有‘三刀梦益州，一箭取辽城’之句，白乐天赠诗云‘早闻一箭取辽城’，以此诗，遂知名。既引年去，命为其都少尹。盖公河中人，即其乡也。张籍有诗送之：‘官为本府当身荣，因得还乡任野情。’意盖指此。此序，长庆中公为吏部侍郎时作，故序谓‘余忝在公卿后’云。”

送石处士序

河阳军节度、御史大夫乌公为节度之三月，求士于从事之贤者。有荐石先生者，公曰：“先生何如？”曰：“先生居嵩、邙、瀍、谷之间，冬一裘，夏一葛，食朝夕饭一盂、蔬一盘。人与之钱，则辞；请与出游，未尝以事辞；劝之仕，不应。坐一室，左右图书。与之语道理，辨古今事当否，论人高下、事后当成败，若河决下流而东注，若驷马驾轻车就熟路，而王良、造父为之先后也，若烛照数计而龟卜也。”

大夫曰：“先生有以自老，无求于人，其肯为某来邪？”从事曰：“大夫文武忠孝，求士为国，不私于家。方今寇聚于恒，师环其疆，农不耕收，财粟殚亡。吾所处地，归输之涂，治法征谋，宜有所出。先生仁且勇，若以义请，而强委重焉，其何说之辞？”于是撰书词，具马币，卜日以授使者，求先生之庐而请焉。

先生不告于妻子，不谋于朋友，冠带出见客，拜受书礼于门内。宵则沐浴，戒行李（事），载书册，问道所由，告行于常所来往。晨则毕至，张上东门外。酒三行，且起，有执爵而言者曰："大夫真能以义取人，先生真能以道自任，决去就。为先生别。"又酌而祝曰："凡去就出处何常？惟义之归。遂以为先生寿。"又酌而祝曰："使大夫恒无变其初，无务富其家而饥其师，无甘受佞人而外敬正士，无昧于谄言，惟先生是听，以能有成功，保天子之宠命。"又祝曰："使先生无图利于大夫，而私便其身。"先生起拜祝辞曰："敢不敬蚤夜以求从祝规。"

于是东都之人士，咸知大夫与先生，果能相与以有成也。遂各为歌诗六韵。退，愈为之序云。

〇本传："洪字浚川。其先始乌石兰，后独以'石'为氏。有至行，举明经，为黄州录事参军。罢归东都，十余年隐居不出，公卿间数荐，皆不答。乌重胤镇河阳，求贤者以自重，乃具书币邀辟；洪亦谓重胤知己，欣然戒行。后诏书召为昭应尉、集贤校理。"欧阳修曰："洪始终无可称，而名重一时，以尝为退之称道耳。"今按：《新唐书》乃欧阳修奉敕撰，称洪"有至行"；而平日议论，又云洪"始终无可称"。甚矣，古今信史之难也！

送温处士赴河阳军序

伯乐一过冀北之野，而马群遂空。夫冀北马多天下，伯乐虽善知马，安能空其群邪？解之者曰："吾所谓空，非无马也，无良马也。伯乐知马，遇其良辄取之，群无留良焉。苟无良，虽谓无马，不为虚语矣。"

东都，固士大夫之冀北也。恃才能深藏而不市者，洛之北涯曰石生，其南涯曰温生。大夫乌公，以鈇钺镇河阳之三月，以石生为才，以礼为罗，罗而致之幕下。未数月也，以温生为才，于是以石生为媒，以礼为罗，又罗而致之幕下。东都虽信多才士，朝取一人焉，拔其尤；暮取一人焉，拔其尤。自居守河南尹，以及百司之执事，与吾辈二县之大夫，政有所不通，事有所可疑，奚所谘而处焉？士大夫之去位而巷处者，谁与嬉游？小子后生，于何考德而问业焉？搢绅之东西行，过是都者，无所礼于其庐。若是而称曰：大夫乌公一镇河阳，而东都处士之庐无人焉，岂不可也？

夫南面而听天下，其所托重而恃力者，惟相与将耳。相为天子得人于朝廷，将为天子得文武士于幕下，求内外无治，不可得也。

愈縻于兹，不能自引去，资二生以待老；今皆为有力者夺之，其何能无介然于怀邪？生既至，拜公于军门，其为吾以前所称，为天下贺；以后所称，为吾致私怨于尽取也。

留守相公，首为四韵诗歌其事；愈因推其意而序之。

〇温造，字简舆，大雅五世孙。嗜书盛气，少所降屈。李希烈反，造为张建封参谋，承密诏，说刘济效命称旨，将用为谏官；不果，复去，隐东都，乌重胤奏置幕府。长庆初，以京兆司录为太原幽镇宣谕使，为刘总开示祸福，总籍所部九州入朝。还，授侍御史。知弹奏劾大金吾李祐违诏进马，祐曰："吾夜入蔡州擒吴元济，未尝心动，今日胆落于温御史。"兴元军乱，杀李绛，授造山南西道节度使，许以便宜从事。至则大宴将士，酒间伏兵起，叛者八百余人皆伏诛。加检校礼部尚书。

观《唐书》所载，造盖英干之士。昌黎两处士序，辞若重石而简温。细玩之，《石序》犹反覆进规，《温序》则唯自叹失良友而已，则其重温者尤至也。昌黎时为河南令，故曰："资二生以待老，今皆为有力者夺之。”盖实为平日政有不通、事有可疑之所谘而处者，非虚言也。

送郑尚书序

岭之南，其州七十，其二十二隶岭南节度府，其四十余分四府。府各置帅，然独岭南节度为大府。大府始至，四府必使其佐启问起居，谢守地，不得即贺以为礼。岁时必遣贺问，致水土物。大府帅，或道过其府，府帅必戎服，左握刀，右属弓矢，帕首袴靴迎郊。及既至，大府帅先入据馆，帅守屏，若将趋入拜庭之为者；大府与之为让，至一再，乃敢改服以宾主见；适位执爵，皆兴拜，不许乃止，虔若小侯之事大国。有大事，谘而后行。隶府之州，离府远者至三千里，悬隔山海，使必数月而后能至。

蛮夷悍轻，易怨以变，其南州皆岸大海，多洲岛，飒风一日踔数千里，漫澜不见踪迹。控御失所，依险阻，结党仇，机毒矢，以待将吏；撞搪呼号，以相和应；蜂屯蚁杂，不可爬梳；好则人，怒则兽。故常薄其征入，简节而疏目，时有所遗漏，不究切之，长养以儿子；至纷不可治，乃草薙而禽狝之，尽根株痛断乃止。其海外杂国，若耽浮罗、流求、毛人、夷亶之州，林邑、扶南、真腊、于陀利之属，东南际天地以万数，或时候风潮朝贡，蛮胡贾人，舶交海中。若岭南帅得其人，则一边尽治，不相寇盗贼杀，无风鱼之灾、水旱疠毒之患；外国之货日至，珠香象犀玳瑁奇物，溢于中国，不可胜用。故选帅常重于他镇，非有文武威风，知大体、可畏信者，则不幸往往有事。

长庆三年四月，以工部尚书郑公为刑部尚书，兼御史大夫，往践其任。郑公尝以节镇襄阳，又帅沧景德棣，历河南尹、华州刺史，皆有功德可称道。入朝为金吾将军、散骑常侍，工部侍郎、尚书，家属百人，无数亩之宅，僦屋以居，可谓贵而能贫、为仁者不富之效也。

及是命，朝廷莫不悦。将行，公卿大夫士，苟能诗者，咸相率为诗，以美朝政，以慰公南行之思。韵必以“来”字者，所以祝公成政而来归疾也。

□圣祖御评：光伟其气，磊落其辞，而出以精思，故尔超绝。

○昌黎写蛮夷情状，可谓如绘。然云“至纷不可治，乃草薙而禽狝之，尽根株痛断乃止”，则读者当以意逆志，是为得之。盖唐德既衰，朝廷削弱，立言之体，不得不张国威耳。如《元和圣德诗》：“婉婉弱子，赤立伛偻，牵头曳足，先断腰膂。”盖欲使藩镇闻之，畏罪惧祸，不敢叛耳。然而苏子由以为李斯颂秦所不忍言，而朱子亦有“德不足则夸”之议，此亦其类也。

尝考蛮夷之俗，自周以上皆然，非古淳而今漓也。其用兵之见于经者，虞舜、殷武而已。舜以三旬，殷武以三年。《诗》颂殷武，而《易》称其惫，不无微辞。然亦止是楚地耳，非此序所称岭南五管之远也。自汉以降，多用兵于蛮夷，然终莫或得志，孰曾“尽根株痛断之”哉？就使能“草薙而禽狝之”，无俾遗种，于帝王御世之道，又乌乎可？

孟子曰：“不嗜杀人者能一之。”海可尘，岳可砺，斯言不可易也。如使杀人如草如禽，而可以为平天下之具，孔孟不足为万世师矣。况此蛇虎毒腥，马搏颊、人悬度之区，实非用武之地。甲士、馕夫劳苦、疾疫之所伤死，四封之外征发、期会之所绎骚，兵刃未接于莠民，而良民已入于汤火矣。所司恃其远而莫之证也，以败为功，以无为有，千端万倪，莫可究诘，非汉唐之已事乎？且唐时，邕管、黄峒之役，昌黎谓“据所杀伤，贼必已尽”，今仍如故，足明欺罔见于奏状。是昌黎原未尝以为真可草薙禽狝也。

说者曰：圣王之治天下，道德一而风俗同，安得于蛮夷而有异治？治之而不治，奚能去兵？曰：夏后殷、周之盛，可谓至矣；王化之隆，可谓道德一而风俗同矣。然所为骊戎者，所为陆浑之戎者，其地即汉唐中原之地也；其东南荒服之蛮，所为吴者，所为于越者，其地即汉唐文物之区也。在周则以其为蛮夷戎狄之国，并未尝以杞、宋、鲁、卫之政被之，修其教，不易其俗，然而无碍其为三代之治，道德一而风俗同也，况其尤远者哉！

说者曰：如此则圣王之威亦有所止，其何以云“仁者无敌”乎？曰：仁者无敌，岂杀敌净尽之谓邪？虎与人异类，而媚养己者，顺也。天下莫不归者，仁也；归则无敌矣。《易》曰：“神武不杀唯仁。”故神武唯不杀，故无敌也。且夫所谓蛮夷者，为其好则人、怒则兽也。好则人，民吾同胞，同胞可悉剸以刃哉？怒则兽，于禽兽又何难焉？兴六军之众，尽杀山中之蛇虎，可不谓之无威乎？读者毋会悮昌黎之意，谓控制蛮夷之术，真有“尽根株痛断之”一说也。

送水陆运使韩侍御归所治序

六年冬，振武军吏走驿马诣阙告饥，公卿廷议，以转运使不得其人，宜选才干之士往换之。吾族子重华适当其任，至则出赃罪吏九百余人，脱其桎梏，给耒耜与牛，使耕其傍便近地，以偿所负，释其粟之在吏者四十万斛不征。吏得去罪死，假种粮，齿平人，有以自效，莫不涕泣感奋，相率尽力，以奉其令。而又为之奔走经营，相原隰之宜，指授方法。故连二岁大熟，吏得尽偿其所亡失四十万斛者，而私其赢余，得以苏息，军不复饥。君曰：“此未足为天子言。请益募人为十五屯，屯置百三十人，而种百顷。令各就高为堡，东起振武，转而西，过云州界，极于中受降城，出入河山之际。六百余里，屯堡相望，寇来不能为暴，人得肆耕其中，少可以罢漕挽之费。”朝廷从其议，秋果倍收，岁省度支钱千三百万。

八年，诏拜殿中侍御史，锡服朱银。其冬来朝，奏曰：“得益开田四千顷，则尽可以给塞下五城矣。田五千顷，法当用人七千，臣令吏于无事时，督习弓矢，为战守备，因可以制虏，庶几所谓兵农兼事，务一而两得者也。”大臣方持其议。吾以为边军皆不知耕作，开口望哺，有司常僦人以车船，自他郡往输，乘沙逆河，远者数千里；人畜死，蹄踵交道，费不可胜计，中国坐耗，而边吏恒苦食不继。今君所请田，皆故秦汉时郡县地，其课绩又已验白，若从其言，其利未可遽以一二数也。今天子方举群策，以收太平之功，宁使士有不尽用之叹，怀奇见而不得施设也，君又何忧？而中台士大夫，亦同言侍御韩君前领三县，纪纲二州，奏课常为天下第一；行其计于边，其功烈又赫赫如此。使尽用其策，西北边故所没地，可指期而有也。

闻其归，皆相勉为诗，以推大之，而属余为序。

□圣祖御评：前幅举其成功，后幅勉其建绩。下语不繁，而屯制之宜已瞭然指掌。

〇按唐《食货志》：元和中，振武军饥，宰相李绛请开营田，可省度支漕运，及绝和籴欺隐。宪宗称善。及以韩重华为振武京西营田和籴水陆运使，岁收粟二十万。及重华入朝，奏请益开田五千顷，可以尽给五城。会李绛已罢，后宰相持其议而止。此文不言发议自李绛，昌黎或亦有深意，盖惜其言之不用，不得究其施，而犹冀其相之一改，或终得奏其绩也。又按，六年冬，重华之官始屯田，连二岁大熟，又请置十五屯，因高为堡，自振武极于中受降城，屯堡相望；朝廷从其议，秋果倍收，则是已更三岁矣，而云八年冬来朝，则非。篇首六年“六”字误，即此八年“八”字误也。《食货志》只言元和中，而不言几年，欧阳永叔殆亦莫能考欤？

石鼎联句诗序

元和七年十二月四日，衡山道士轩辕弥明，自衡下来。旧与刘师服进士衡湘中相识，将过太白，知师服在京，夜抵其居宿。

有校书郎侯喜，新有能诗声，夜与刘说诗。弥明在其侧，貌极丑，白须黑面，长颈而高结，喉中又作楚语。喜视之若无人。弥明忽轩衣张眉，指炉中石鼎谓喜曰：“子云能诗，能与我赋此乎？”刘往见衡湘间人说云：“年九十余矣，解捕逐鬼物，拘囚蛟螭虎豹。”不知其实能否也。见其老，颇貌敬之，不知其有文也。闻此说大喜，即援笔题其首两句。次传于喜，喜踊跃，即缀其下云云。道士哑然笑曰：“子诗如是而已乎？”即袖手竦肩，倚北墙坐，谓刘曰：“吾不解世俗书，子为我书。”因高吟曰：“龙头缩菌蠢，豕腹涨彭亨。”初不似经意，诗旨有似讥喜。二子相顾惭骇，欲以多穷之，即又为而传之喜。喜思益苦，务欲压道士，每营度欲出口吻，声鸣益悲，操笔欲书，将下复止，竟亦不能奇也。毕，即传道士，道士高踞大唱曰："刘把笔，吾诗云云。"其不用意而功益奇，不可附说，语皆侵刘、侯，喜益忌之。刘与侯皆已赋十余韵，弥明应之如响，皆颖脱含讥讽。

夜尽三更，二子思竭不能续，因起谢曰："尊师非世人也，某伏矣，愿为弟子，不敢更论诗。"道士奋曰："不然，章不可以不成也。"又谓刘曰："把笔来，吾与汝就之。"即又唱出四十字，为八句。书讫使读，读毕，谓二子曰："章不已就乎?"二子齐应曰："就矣。"道士曰："此皆不足与语。此宁为文邪？吾就子所能而作耳，非吾之所学于师而能者也。吾所能者，子皆不足以闻也，独文乎哉？吾语亦不当闻也。吾闭口矣。"

二子大惧，皆起立床下，拜曰："不敢他有问也，愿闻一言而已。先生称吾不解人间书，敢问解何书？请闻此而已。"道士寂然，若无闻也，累问不应。二子不自得，即退就座。道士倚墙睡，鼻息如雷鸣。二子怛然失色，不敢喘。斯须，曙鼓动鼕鼕，二子亦困，遂坐睡。及觉，日已上，惊顾，觅道士不见，即问童奴，奴曰："天且明，道士起，出门，若将便旋然。奴怪久不返，即出到门觅，无有也。"

二子惊惋自责，若有失者。间遂诣余言，余不能识其何道士也。尝闻有隐君子弥明，岂其人耶？韩愈序。

○《史记·老子列传》著其乡里、姓氏、子孙，至备至悉，盖汉室重黄老言。至武帝时，复修亡秦之遗说，谓神仙可致，不死之药可得。太史公是以著其平生行迹、子孙仕籍，以见蓬莱、方丈、瀛洲间无老子，老子特世之隐君子尔，以庶几俗之一悟，而荒唐谬悠之说可息也。昌黎作《轩辕弥明联句诗序》，盖亦此意。其时必有谓侯、刘遇神仙者，故其序首即言弥明与刘师服素来往，复历著其状貌、语言，而终篇即用太史公之文，亦以隐君子称之。盖深晓世人以弥明非神仙，而神仙之说诚荒唐也。自宋以来，谓轩辕为韩、弥明为愈，乃退之自托以潮弄侯喜，亦失之远矣。

卷　六

昌黎韩愈文六　记、议、状、表

汴州东西水门记

贞元十四年正月戊子，陇西公命作东西水门。越三月辛巳朔，水门成。三日癸未，大合乐，设水嬉，会监军、军司马、宾佐僚属、将校、熊罴之士，肃四方之宾客，以落之。士女和会，阗郭溢郛。既卒事，其从事昌黎韩愈请纪成绩。其词曰：

维汴州河，水自中注。厥初距河为城，其不合者，诞寘联锁于河，宵浮昼湛，舟不潜通。然其襟抱亏疏，风气宣泄，邑居弗宁，讹言屡腾，历载已来，孰究孰思？皇帝御天下十有八载，此邦之人，遭逢疾威，嚚童嗷嘑，劫众阻兵，懔懔栗栗，若坠若覆。时维陇西公受命作藩，爰自洛京，单车来临，遂拯其危，遂去其疵。弗肃弗厉，薰为大和，神应祥福，五谷穰熟。既庶而丰，人力有余，监军是咨，司马是谋。乃作水门，为邦之郛，以固风气，以闬寇偷。黄流浑浑，飞阁渠渠，因而饰之，匪为观游。天子之武，维陇西公是布；天子之文，维陇西公是宣。河之沄沄，源于昆仑；天子万祀，公多受祉。乃伐山石，刻之日月，尚俾来者，知作之所始。

◇樊汝霖曰："公时佐董晋，在汴州作。陈后山云：'退之作记，记事耳。今之作记，乃论也。'以后山语观公诸记，信然。"

燕喜亭记

太原王弘中在连州，与学佛人景常、元慧游。异日，从二人者，行于其居之后，丘荒之间。上高而望，得异处焉，斩茅而嘉树列，发石而清泉激；辇粪壤，燔椔翳。却立而视之：出者突然成丘，陷者呀然成谷；洼者为池，而缺者为洞，若有鬼神异物，阴来相之。自是弘中与二人者，晨往而夕忘归焉，乃立屋以避风雨寒暑。

既成，愈请名之。其丘曰"俟德之丘"，蔽于古而显于今，有俟之道也。其石谷曰"谦受之谷"，瀑曰"振鹭之瀑"，谷言德、瀑言容也；其土谷曰"黄金之谷"，瀑曰"秩秩之瀑"，谷言容、瀑言德也。洞曰"寒居之洞"，志其入时也；池曰"君子之池"，虚以锺其美，盈以出其恶也；泉之源曰"天泽之泉"，出高而施下也。合而名之以屋，曰"燕喜之亭"，取《诗》所谓"鲁侯燕喜"者，颂也。

于是州民之老，闻而相与观焉，曰："吾州之山水名天下，然而无与'燕喜'者比。经营于其侧者相接也，而莫直其地。凡天作而地藏之，以遗其人乎？"

弘中自吏部郎贬秩而来，次其道途所经，自蓝田入商洛，涉淅湍，临汉水，升岘首，以望方城；出荆门，下岷江，过洞庭，上湘水，行衡山之下；由郴逾岭，蝯狖所家，鱼龙所宫，极幽遐瑰诡之观……宜其于山水，饫闻而厌见也。今其意，乃若不足。

传曰："智者乐水，仁者乐山。"弘中之德，与其所好，可谓协矣。智以谋之，仁以居之，吾知其去是而羽仪于天朝也不远矣。遂刻石以记。

◇樊汝霖曰："王弘中，字仲舒。自吏部员外郎，贬连州司户参军。亭在连州，公为阳山令时作。阳山，连之属邑云。"

蓝田县丞厅壁记

丞之职所以贰令，于一邑无所不当问。其下主簿、尉，主簿、尉乃有分职。丞位高而逼，例以嫌，不可否事。文书行，吏抱成案诣丞，卷其前，钳以左手，右手摘纸尾，雁鹜行以进，平立，睨丞曰："当署。"丞涉笔占位署，惟谨。目吏，问："可不可？"吏曰："得。"则退，不敢略省，漫不知何事。官虽尊，力势反出主簿、尉下。谚数慢，必曰"丞"，至以相訾謷。丞之设，岂端使然哉？

博陵崔斯立，种学绩文，以蓄其有，泓涵演迤，日大以肆。贞元初，挟其能，战艺于京师，再进再屈于人。元和初，以前大理评事言得失黜官，再转而为丞兹邑。始至，喟曰："官无卑，顾材不足塞职。"既噤不得使用，又喟曰："丞哉、丞哉！余不负丞，而丞负余。"则尽枿去牙角，一蹑故迹，破崖岸而为之。

丞厅故有记，坏漏污，不可读。斯立易桷与瓦，墁治壁，悉书前任人名氏。庭有老槐四行，南墙钜竹千梃，俨立若相持，水虢虢循除鸣。斯立痛扫溉，对树二松，日哦其间。有问者，辄对曰："余方有公事，子姑去！"

〇官必有贰，古制也，犹左右手然。左右手，皆从其心。人果皆以国事为心，则正必无嫌其贰，贰必无狃其正者。虽十百人同一事，犹若耳目、口鼻、手足之共处一身，无一之可简也。唯各心其心，则虽两人，亦不可共一事。为贰者，非侵官即旷官；为正者，非诿事即擅事矣。然而责成者，必正也，于是贰为赘疣焉。贰犹赘疣，则所谓参者、伍者、考者、殷者、辅者，又安得而举其职哉？以一人之身，而政事一埤益之，则丛脞矣；贰以下皆赘疣，则惰矣。丛脞而惰，则万事隳矣。观昌黎此记，唐时州县之治可知也。

新修滕王阁记

愈少时，则闻江南多临观之美，而滕王阁独为第一，有瑰伟绝特之称。及得三王所为序、赋、记等，壮其文辞，益欲往一观而读之，以忘吾忧。系官于朝，愿莫之遂。

十四年，以言事斥守揭阳，便道取疾，以至海上，又不得过南昌，而观所谓滕王阁者。其冬，以天子进大号，加恩区内，移刺袁州。袁于南昌为属邑，私喜幸自语，以为当得躬诣大府，受约束于下执事，及其无事且还，倘得一至其处，窃寄目偿所愿焉。至州之七月，诏以中书舍人太原王公为御史中丞，观察江南西道，洪、江、饶、虔、吉、信、抚、袁，悉属治所。八州之人，前所不便，及所愿欲而不得者，公至之日，皆罢行之。大者驿闻，小者立变；春生秋杀，阳开阴闭。令修于庭户，数日之间，而人自得于湖山千里之外。吾虽欲出意见、论利害，听命于幕下，而吾州乃无一事可假而行者，又安得舍己所事以勤馆人？则滕王阁又无因而至焉矣。

其岁九月，人吏浃和。公与监军使燕于此阁，文武宾士，皆与在席。酒半，合辞言曰："此屋不修，且坏。前公为从事此邦，适理新之；公所为文，实书在壁。今三十年，而公来为邦伯；适及期月，公又来燕于此。公乌得无情哉？"公应曰："诺。"于是栋楹、梁桷、板槛之腐黑挠折者，盖瓦、级砖之破缺者，赤白之漫漶不鲜者，治之则已。无侈前人，无废后观。

工既讫功，公以众饮，而以书命愈曰："子其为我记之。"愈既以未得造观为叹，窃喜载名其上，词列三王之次，有荣耀焉，乃不辞而承公命。其江山之好，登望之乐，虽老矣，如获从公游，尚能为公赋之。

◇樊汝霖曰："滕王阁在洪州，公自袁州作此记，凡五百五字，首尾叙其不一到为叹，而终之曰：'其江山之好，登望之乐，虽老矣，如获从公游，尚能为公赋之。'盖叙事之外，所以寄吾不尽之意。欧阳永叔为襄守，史中辉记岘山亭；尹师鲁为襄守，燕公记岘山亭；苏子美为处守，李然明记照水堂；苏子瞻为眉守，黎希声记远景楼：四者其辞虽异，而大意略同。岂作文之法当如是邪？抑亦祖公之意而为之也？"

禘祫议

右今月十六日敕旨，宜令百僚议，限五日内闻奏者。将仕郎守国子监四门博士臣韩愈谨献议曰：

伏以陛下追孝祖宗，肃敬祀事。凡在拟议，不敢自专，聿求厥中，延访群下。然而礼文繁漫，所执各殊，自建中之初，迄至今岁，屡经禘祫，未合适从。臣生遭圣明，涵泳恩泽，虽贱不及议，而志切效忠。今辄先举众议之非，然后申明其说。

一曰“献、懿庙主，宜永藏之夹室”。臣以为不可。夫祫者，合也。毁庙之主，皆当合食于太祖。献、懿二祖，即毁庙主也，今虽藏于夹室，至禘祫之时，岂得不食于太庙乎？名曰合祭，而二祖不得祭焉，不可谓之合矣。

二曰“献、懿庙主，宜毁之瘗之”。臣又以为不可。谨按《礼记》，天子立七庙，一坛，一墠。其毁庙之主，皆藏于祧庙，虽百代不毁，祫则陈于太庙而飨焉。自魏晋已降，始有毁瘗之议，事非经据，竟不可施行。今国家德厚流光，创立九庙。以周制推之，献、懿二祖，犹在坛墠之位，况于毁瘗而不禘祫乎？

三曰“献、懿庙主，宜各迁于其陵所”。臣又以为不可。二祖之祭于京师、列于太庙也，二百年矣。今一朝迁之，岂惟人听疑惑？抑恐二祖之灵，眷顾依迟，不即飨于下国也。

四曰“献、懿庙主，宜附于兴圣庙而不禘祫”。臣又以为不可。传曰“祭如在”。景皇帝虽太祖，其于属，乃献、懿之子孙也。今欲正其子东向之位，废其父之大祭，固不可为典矣。

五曰“献、懿二祖，宜别立庙于京师”。臣又以为不可。夫礼有所降，情有所杀。是故去庙为祧，去祧为坛，去坛为墠，去墠为鬼，渐而之远，其祭益稀。昔者鲁立炀宫，《春秋》非之，以为不当取已毁之庙、既藏之主，而复筑宫以祭。今之所议，与此正同。又虽违礼立庙，至于禘祫也，合食则禘无其所，废祭则于义不通。

此五说者，皆所不可。故臣博采前闻，求其折中。以为殷祖玄王，周祖后稷，太祖之上，皆自为帝；又其代数已远，不复祭之，故太祖得正东向之位，子孙从昭穆之列。《礼》所称者，盖以纪一时之宜，非传于后代之法也。《传》曰："子虽齐圣，不先父食。"盖言子为父屈也。景皇帝虽太祖也，其于献、懿，则子孙也。当禘祫之时，献祖宜居东向之位，景皇帝宜从昭穆之列，祖以孙尊，孙以祖屈，求之神道，岂远人情？又常祭甚众，合祭甚寡，则是太祖所屈之祭至少，所伸之祭至多；比于伸孙之尊，废祖之祭，不亦顺乎？事异殷周，礼从而变，非所失礼也。

臣伏以制礼作乐者，天子之职也。陛下以臣议有可采，粗合天心，断而行之，是则为礼。如以为犹或可疑，乞召臣对，面陈得失，庶有发明。谨议。

□圣祖御评：禘祫之议，纷如聚讼。此论折衷众议，条贯井然。

◇朱子曰："此等公家文字，或施于君上，或布之吏民，只用当时体式，直述事意，未尝故为新巧，以失庄敬、平易之体。但其间反覆曲折，说尽事理，是真文章，他人自不能及耳。"

又曰："按韩公本意，献祖为始祖，其主当居初室，百世不迁；懿祖之主，则当迁于太庙之西夹室；而太祖以下，以次列于诸室。四时之享，则惟懿祖不与，而献祖、太祖以下，各祭于其室。室自为等，不相降厌，所谓'所伸之祭常（至）多'者也。禘祫则惟献祖居东向之位，而献祖、太祖以下，皆序昭穆，南北相向于前，所谓'祖以孙尊，孙以祖屈，而所屈之祭常（至）少'者也。韩公礼学精深，盖诸儒所不及，故其所议，独深得夫孝子慈孙报本返始、不忘所由生本意，真可谓万世之通法矣。程子以为不可漫观者，此类是也。”

论淮西事宜状

右，臣伏以淮西三州之地，自少阳疾病，去年春夏已来，图为今日之事。有职位者，劳于计虑抚循；奉所役者，修其器械防守。金帛粮畜，耗于赏给，执兵之卒，四向侵掠。农夫织妇，携持幼弱，饷于其后，虽时侵掠，小有所得，力尽筋疲，不偿其费。又闻畜马甚多，自半年已来，皆上槽枥。譬如有人，虽有十夫之力，自朝及夕，常自大呼跳跃，初虽可畏，其势不久，必自委顿。乘其力衰，三尺童子，可使制其死命，况以三小州残弊困剧之余，而当天下之全力，其破败可立而待也。然所未可者，在陛下断与不断耳。

夫兵不多，不足以必胜；必胜之师，必在速战。兵多而战不速，则所费必广。两界之间，疆场之上，日相攻劫，必有杀伤。近贼州县，征役百端，农夫织妇，不得安业；或时小遇水旱，百姓愁苦。当此之时，则人人异议，以惑陛下之听。陛下持之不坚，半途而罢，伤威损费，为弊必深。所以要先决于心，详度本末，事至不惑，然可图功。为统帅者，尽力行之于前；而参谋议者，尽心奉之于后。内外相应，其功乃成。

昔者殷高宗，大圣之主也，以天子之威，伐背叛之国，三年乃克，不以为迟；志在立功，不计所费。《传》曰：“断而后行，鬼神避之。”迟疑不断，未有能成其事者也。臣谬承恩宠，获掌纶诰，地亲职重，不同庶寮，辄竭愚诚，以效裨补。谨条次平贼事宜，一一如后。

一，诸道发兵，或三二千人，势力单弱，羁旅异乡，与贼不相谙委，望风慑惧，难便前进。所在将帅，以其客兵难处，使先不存优恤，待之既薄，使之又苦。或被分割队伍，隶属诸头，士卒本将，一朝相失，心孤意怯，难以有功。又其本军，各须资遣，道路辽远，劳费倍多。士卒有征行之艰，闾里怀离别之思。今闻陈、许、安、唐、汝、寿等州，与贼界连接处，村落百姓，悉有兵器，小小俘劫，皆能自防，习于战斗，识贼深浅。既是土人，护惜乡里，比来未有处分，犹愿自备衣粮，共相保聚，以备寇贼。若令召募，立可成军；若要添兵，自可取足；贼平之后，易使归农。伏请诸道先所追到行营者，悉令却牒归本道，据行营所追人额、器械、弓矢，一物已上，悉送行营，充给所召募人。兵数既足，加之教练，三数月后，诸道客军，一切可罢。比之征发远人，利害悬隔。

一，绕逆贼州县堡栅等，各置兵马，都数虽多，每处则至少，又相去阔远，难相应接。所以数被攻劫，致有损伤。今若分为四道，每道各置三万人，择要害地，屯聚一处，使有隐然之望，审量事势，乘时逐利。可入则四道一时俱发，使其狼狈惊惶，首尾不相救济。若未可入，则深壁高垒，以逸待劳。自然不要诸处多置防备。临贼小县，可收百姓于便地，作行县以主领之，使免散失。

一，蔡州士卒，为元济迫胁，势不得已，遂与王师交战。原其本根，皆是国家百姓，进退皆死，诚可闵伤。宜明敕诸军，使深知此意。当战斗之际，固当以尽敌为心；若形势已穷，不能为恶者，不须过有杀戮。喻以圣德，放之使归，销其凶悖之心，贷以生全之幸，自然相率弃逆归顺。

一，《论语》曰："欲速则不达，见小利则大事不成。"比来征讨无功，皆由欲其速捷，有司计算所费，苟务因循，小不如意，即求休罢。河北、淮西等，见承前事势，知国家必不与之持久，并力苦战，幸其一胜，即希冀恩赦。朝廷无至忠忧国之人，不惜伤损威重，因其有请，便议罢兵。往日之事，患皆然也。臣愚以为淮西三小州之地，元济又甚庸愚，而陛下以圣明英武之姿，用四海九州之力，除此小寇，难易可知；太山压卵，未足为喻。

一，兵之胜负，实在赏罚。赏厚，可令廉士动心；罚重，可令凶人丧魄，然可集事。不可爱惜所费，惮于行刑。

一，淄青、恒冀两道，与蔡州气类略同。今闻讨伐元济，人情必有救助之意；然皆暗弱，自保无暇。虚张声势，则必有之；至于分兵出界，公然为恶，亦必不敢。宜特下诏云："蔡州自吴少诚已来，相承为节度使，亦微有功效。少阳之殁，朕亦本拟与元济，恐其年少，未能理事，所以未便处置，待其稍能缉绥，然后许其承继。今忽自为狂誖侵掠，不受朝命，事不得已，所以有此讨伐。至如淄青、恒州、范阳等道，祖父各有功业，相承命节，年岁已久，朕必不利其土地，轻有改易，各宜自安。如妄自疑惧，敢相扇动，朕即赦元济不问，回军讨之。"自然破胆，不敢妄有异说。

以前件谨录奏闻，伏乞天恩，特赐裁择。谨奏。

○元和九年，吴少阳卒，其子元济自立为节度使，宪宗欲讨之。十年，遣御史中丞裴度视师，还奏"兵可用"，与宰相意不合。既而盗杀宰相武元衡，伤裴度不死。宪宗遂相度，以主东兵。愈时为中书舍人，乃上《淮西事宜》，然由是失宰相意，左迁为右庶子。宪宗独断而相裴度，可以卜其中兴；任宰相意而黜韩愈，亦可以知大业之不卒矣。

第一条，募士兵、罢客军，当与《与柳公绰书》参观。其言曲尽事势物情，与兵家喜忌。

第三条，即宋太祖谕曹彬下江南之意。“辟以止辟，乃辟”，则以此毒天下，而民从之矣，用师之本也。

第六条，异时李德裕用以制泽潞，为古今所称；虽然，帝王之道不尔也。观史所载，肃、代、德、顺四朝，虽军将跋扈，而百姓犹思贞观之泽，天犹未厌唐德也。使为宪宗者，赫然修明纲纪法度，旁求硕士正人，净除宦寺专政、监军之敝，悉破朝臣党比轧讦之习，弛其利纲，一以与民休养生息。腹心既定，爪牙既布，然后明诏诸镇以相承命节之非，而开以自新之路；其尤无良、必不顺命者，六师移之，天下未尝不可定于一也。今乃欲许、淄、青、恒、范等镇叛将，云必不利其土地，轻自改易，以此为散其党叛之谋，抑亦末矣。夫土地者，朝廷之土地也。贼臣盗之，而曰“我不利尔土地”，则土地已属之贼臣，为此土地之人民者，将安归命乎？子曰：“必也正名。君子名之，必可言也；言之，必可行也。”今指贼臣之盗土地者为其所固有，则吴元济又奚独不可有蔡哉？元济伏诛之后，淄、青等镇又如何处之？夺其节，是无信也；不夺其节，则一吴元济死，而众吴元济仍在也。朝廷尚不以“相承命节”为非，愚民悍卒益习而安之矣；而惟吴元济是讨，何以作三军之气哉！

论今年权停举选状

右，臣伏见今月十日敕，今年诸色举选宜权停者。道路相传，皆云以岁之旱，陛下怜闵京师之人，虑其乏食，故权停举选，以绝其来者，所以省费而足食也。

臣伏思之，窃以为十口之家，益之以一二人，于食未有所费。今京师之人，不啻百万，都计举者，不过五七千人，并其僮仆畜马，不当京师百万分之一。以十口之家计之，诚未为有所损益。又今年虽旱，去岁大丰，商贾之家，必有储蓄，举选者皆赍持资用，以有易无，未见其弊。今若暂停举选，或恐所害实深，一则远近惊惶，二则人士失业。

臣闻古之求雨之词曰："人失职欤?"然则人之失职，足以致旱。今缘旱而停举选，是使人失职而召灾也。

臣又闻，君者，阳也；臣者，阴也。独阳为旱，独阴为水。今者陛下圣明在上，虽尧舜无以加之；而群臣之贤，不及于古，又不能尽心于国，与陛下同心，助陛下为理。有君无臣，是以久旱。以臣之愚，以为宜求纯信之士，骨鲠之臣，忧国如家、忘身奉上者，超其爵位，置在左右，如殷高宗之用傅说，周文王之举太公，齐桓公之拔宁戚，汉武帝之取公孙弘。清闲之余，时赐召问，必能辅宣王化，销殄旱灾。

臣虽非朝官，月受俸钱，岁受禄粟，苟有所知，不敢不言。谨诣光顺门奉状以闻。伏听圣旨。

□圣祖御评：于论事之中畅发闳议，愈文往往有此，所以迥出诸家之上。

◇樊汝霖曰："德宗贞元十九年，自正月至五月不雨，分命祈祷山川。秋七月戊午，以关辅饥，罢吏部选、礼部贡举。公时为四门博士，抗疏论之。其曰'虽非朝官'，盖未为御史时也。按《登科记》，贞元二十年卒停举。是公虽有此疏，而上不从也。"

◇方岳贡曰："似李寻、翼奉灾异奏。"

论佛骨表*

臣某言：伏以佛者，夷狄之一法耳，自后汉时流入中国，上古未尝有也。昔者，黄帝在位百年，年百一十岁；少昊在位八十年，年百岁；颛顼在位七十九年，年九十八岁；帝喾在位七十年，年百五岁；帝尧在位九十八年，年百一十八岁；帝舜及禹，年皆百岁。此时天下太平，百姓安乐寿考，然而中国未有佛也。其后殷汤亦年百岁。汤孙太戊在位七十五年，武丁在位五十九年，书史不言其年寿所极，推其年数，盖亦俱不减百岁。周文王年九十七岁，武王年九十三岁，穆王在位百年。此时佛法亦未入中国，非因事佛而致然也。

汉明帝时，始有佛法，明帝在位才十八年耳。其后乱亡相继，运祚不长。宋、齐、梁、陈、元魏已下，事佛渐谨，年代尤促。惟梁武帝在位四十八年，前后三度舍身施佛，宗庙之祭，不用牲牢；昼日一食，止于菜果。其后竟为侯景所逼，饿死台城，国亦寻灭。事佛求福，乃更得祸。由此观之，佛不足事，亦可知矣。

高祖始受隋禅，则议除之。当时群臣，材识不远，不能深知先王之道、古今之宜，推阐圣明，以救斯弊，其事遂止。臣常恨焉！

伏惟睿圣文武皇帝陛下，神圣英武，数千百年已来，未有伦比。即位之初，即不许度人为僧尼道士，又不许创立寺

---

* 亦作《谏佛骨表》，今多作《谏迎佛骨表》。

观。臣常以为高祖之志，必行于陛下之手。今纵未能即行，岂可恣之转令盛也？

今闻陛下令群僧迎佛骨于凤翔，御楼以观，舁入大内，又令诸寺递迎供养。臣虽至愚，必知陛下不惑于佛，作此崇奉，以祈福祥也。直以年丰人乐，徇人之心，为京都士庶设诡异之观、戏玩之具耳。安有圣明若此，而肯信此等事哉！然百姓愚冥，易惑难晓，苟见陛下如此，将谓真心事佛，皆云："天子大圣，犹一心敬信；百姓何人，岂合更惜身命？"焚顶烧指，百十为群，解衣散钱，自朝至暮，转相仿效，惟恐后时，老少奔波，弃其业次。若不即加禁遏，更历诸寺，必有断臂脔身，以为供养者。伤风败俗，传笑四方，非细事也。

夫佛本夷狄之人，与中国言语不通，衣服殊制；口不言先王之法言，身不服先王之法服；不知君臣之义，父子之情。假如其身至今尚在，奉其国命，来朝京师，陛下容而接之，不过宣政一见，礼宾一设，赐衣一袭，卫而出之于境，不令惑众也。况其身死已久，枯朽之骨，凶秽之余，岂宜令入宫禁？

孔子曰："敬鬼神而远之。"古之诸侯，行吊于其国，尚令巫祝先以桃茢祓除不祥，然后进吊。今无故取朽秽之物，亲临观之，巫祝不先，桃茢不用；群臣不言其非，御史不举其失，臣实耻之。

乞以此骨付之有司，投诸水火，永绝根本，断天下之疑，绝后代之惑。使天下之人知大圣人之所作为，出于寻常万万也，岂不盛哉！岂不快哉！佛如有灵，能作祸祟，凡有殃咎，宜加臣身，上天鉴临，臣不怨悔。无任感激恳悃之至，谨奉表以闻。臣某诚惶诚恐。

□圣祖御评：义正词直，足以祛世俗之惑，允为有唐一代儒宗。

◇陈善曰："韩文公《论佛骨表》，其说始于傅奕。奕言五帝三王，未有佛法，君明臣忠，年祚长久。至汉明帝，始立胡祠，然惟西域桑门自传其教。西晋以上，不许中国髡发事胡。至石、苻乱华，乃弛厥禁；主庸臣佞，政虐祚短，事佛致然。愈特敷衍其辞耳。

"愈以人主无不欲寿者，以此劫之，冀从其谏耳。不意宪宗之惑深也。愈至潮州上表哀谢，宪宗曰：'愈是爱朕。谓事佛则年代不永，诚不可。'然宪宗自是不善听谏。贾谊言于文帝曰：'生为明帝，死为明神。顾成之庙，名为太宗。'当天子春秋隆盛之时，以死生言之，然文帝不忌也。使愈当此时，庶其说得行哉！然愈所论，与周公《无逸》之戒大异。"

为裴相公让官表

臣某言：伏奉今日制书，以臣为朝议大夫守中书侍郎同中书门下平章事，承命惊惶，魂爽飞越，俯仰天地，若无所容。臣某诚惶诚恐，顿首顿首。

臣少涉经史，粗知古今，天与朴忠，性惟愚直。知事君以道，无惮杀身；慕当官而行，不求利己。人以为拙，臣行不疑。元和之初，始拜御史，旋以论事过切，为宰臣所非，移官府廷，因佐戎幕。陛下恕臣之罪，怜臣之心，拔居侍从之中，遂掌丝纶之重。受恩益大，顾己益轻。苟耳目所闻知，心力所迨及，少关政理，辄以陈闻，于裨补无涓埃之微，而谗谤有丘山之积。陛下知其孤立，赏其微诚，独断不谋，奖待逾量。

臣诚见陛下具文武之德，有神圣之姿，启中兴之宏图，当太平之昌历；勤身以俭，与物无私；威怒如雷霆，容覆如天地，实群臣尽节之日，才智效能之时。圣君难逢，重德宜报，苦心焦思，以日继夜。苟利于国，知无不为；徒欲竭愚，未免妄作。陛下不加罪责，更极宠光，既领台纲，又毗邦宪。圣君所厚，凶逆所仇，阙于防虞，几至毙踣。恩私曲被，性命获全，忝累祖先，玷尘班列，未知所措，只自内惭。岂意陛下擢臣于伤残之余，委臣以燮和之任，忘其陋污，使佐圣明。此虽成汤举伊尹于庖厨，高宗登傅说于版筑，周文用吕望于屠钓，齐桓起宁戚于饭牛。雪耻蒙光，去辱居贵，以今准古，拟议非伦。陛下有四君之明，行四君之事；微臣无四子之美，获四子之荣，岂可叨居，以彰非据？

方今干戈未尽戢，夷狄未尽宾；麟凤龟龙，未尽游郊薮；草木鱼鳖，未尽被雍熙。当大有为之时，得非常人之佐，然后能上宣圣德，以代天工，如臣等类，实不克堪。伏愿博选周行，旁及岩穴。天生圣主，必有贤臣，得而授之，乃可致理。乞回所授，以叶群情。无任恳款之至。

○唐《宪宗纪》："元和十年六月乙丑，御史中丞裴度为中书侍郎同中书门下平章事。"按：其年盗杀宰相武元衡，击裴度伤首，度坠沟得免。朝议罢度，以安王承宗、李师道反侧，帝不听。度疾愈，诏毋须宣政衙，即延英拜为相。宪宗此举，诚为破三贼之根本，唐室几中兴，实系乎此。昌黎时为考功郎中知制诰，代度撰此表。史称度以权纪未张、王室陵迟，常愧愤无死所，文实能写度心曲。碧血荧荧，光出楮墨，而辞气浑浩流转，足为千古表笺法式。可知文体正伪，固不在单辞骈语间也。

卷　七

昌黎韩愈文七　顺宗实录、祭文、哀辞

顺宗实录纪张万福、陆贽、阳城*

左散骑常侍致仕张万福卒。

万福，魏州元城人也。自曾祖至父，皆明经，官止县令州佐。万福以祖父业儒皆不达，不喜书，学骑射。年十七八，从军辽东，有功，为将而还，累迁至寿州刺史。州送租赋诣京师，至颍川界，为盗所夺，万福使轻兵驰入颍川界讨之。贼不意万福至，忙迫不得战，万福悉聚而诛之，尽得其所亡物，并得前后所掠人妻子、财物、牛马万计，悉还其家。为淮南节度崔圆所忌，失刺史，改鸿胪卿，以节度副使将兵千人镇寿州，万福不以为恨。

许杲以平卢行军司马，将卒三千人，驻濠州不去，有窥淮南意。圆令万福摄濠州刺史，杲闻，即提卒去，止当涂陈庄。贼陷舒州，圆又以万福为舒州刺史，督淮南岸盗贼，连破其党。大历三年，召赴京师。代宗谓曰："闻卿名久，欲一

* 此见《顺宗实录》卷四。

识卿，且将累卿以许杲。”万福拜谢，因前曰：“陛下以许杲召臣，如河北贼诸将叛，以属何人?”代宗笑曰：“且欲议许杲事，方当大用卿。”即以为和州刺史，行营防御使，督淮南岸盗贼。至州，杲惧，移军上元。杲至楚州大掠，节度使韦元甫命万福讨之。未至淮阴，杲为其将康自勤所逐。自勤拥兵继掠，循淮而东，万福倍道追而杀之，免者十二三，尽得其所虏掠金银、妇女等，皆获致其家。代宗诏以本州兵千五百人，防秋京西，遂带和州刺史，镇咸阳，固留宿卫。

李正己反，将断江淮路，令兵守埇桥涡口。江淮进奉船千余只，泊涡口，不敢进。德宗以万福为濠州刺史，万福驰至涡口，立马岸上，发进奉船。淄青将士停岸睥睨，不敢动，诸道继进。改泗州刺史，为杜亚所忌，征拜左金吾卫将军。召见，德宗惊曰：“杜亚言卿昏耄，卿乃如是健耶!”图形凌烟阁，数赐酒馔衣服，并敕度支籍口畜给其费。至贺，阳城等于延英门外，天下益重其名。二十一年，以左散骑常侍致仕。元和元年卒，年九十。

万福自始从军至卒，禄食七十年，未尝病一日。典九郡，皆有惠爱。

赠故忠州别驾陆贽兵部尚书、故道州刺史阳城左常侍。

贽字敬舆，吴郡人也。年十八，进士及第。又以博学宏词，授郑县尉；书判拔萃，授渭南尉，迁监察御史。未几，选为翰林学士，迁祠部员外郎。德宗幸奉天，贽随行在。天下搔扰，远近征发，书诏一日数十下，皆出于贽。贽操笔持纸，成于须臾，不复起草。同职皆拱手嗟叹，不能有所助。

常启德宗言："方今书诏，宜痛自引过罪己，以感人心。昔成汤以罪己致兴，后代推以为圣人。楚王失国亡走，一言善而复其国，至今称为贤者。陛下诚能不吝改过，以言谢天下，臣虽愚陋，为诏词无所忌讳，庶能令天下叛逆者回心喻旨。"德宗从之。故行在制诏始下，闻者虽武人悍卒，无不挥涕感激。议者咸以为德宗剋平寇难，旋复天位，不惟神武成功、爪牙宣力，盖以文德广被、腹心有助焉。

累迁考功郎中、谏议大夫、中书舍人兼翰林学士。丁母忧，免丧，权知兵部侍郎，复入翰林。中外属意，旦夕俟其为相。窦参深忌之，贽亦短参之所为，且言其黩货，于是与参不能平。寻真拜兵部侍郎，知礼部贡举，于进士中得人为多。八年春，迁中书侍郎平章事，始令吏部每年集选人。旧事：吏部每年集人，其后遂三年一置选。选人猥至，文书多不了寻勘，真伪纷杂，吏因得大为奸巧。选士一蹉跌，或至十年不得官；而官之阙者，或累岁无人。贽令吏部分内外官员为三分，计阙集人以为常，其弊十去七八，天下称之。

初，窦参出李巽为常州刺史，且迫其行，巽常衔之。至参贬为郴州别驾，巽适迁湖南观察。德宗常与参言故相姜公辅罪，参漏其语。参败，公辅因上疏自陈，其事非臣之过。德宗诘之，知参泄其语，怒，未有所发。会巽奏汴州节度刘士宁，遗参金帛若干。士宁得汴州，参处其议，士宁常德之，故致厚贶。德宗以参得罪，而以武将交结，发怒，竟致参于死。而议者多言参死由贽焉。

裴延龄判度支，天下皆嫉怨，而独幸于天子，朝廷无敢言其短者。贽独身当之，日陈其不可用。延龄固欲去贽而代之，又知贽之不与己，多阻其奏请也，谤毁百端。翰林学士吴通玄，故与贽同职，奸巧佻薄，与贽不相能。知贽与延龄相持有间，因盛言贽短。宰相赵憬本贽所引同对，嫉贽之权，密以贽所戢弹延龄事告延龄，延龄益得以为计。由是天子益信延龄而不直贽，竟罢贽相，以为太子宾客，而黜张滂、李充等权。言事者皆言其屈。贽固畏惧，至为宾客，拒门不纳交亲士友。春旱，德宗数猎苑中，延龄疏言："贽等失权怨望，言于众曰：'天下旱，百姓且流亡，度支爱惜，不肯给诸军。军中人无所食，其事奈何？'以摇动群心，其意非止欲中伤臣而已。"后数日，又猎苑中，会神策军人跪马前云："度支不给马草。"德宗意延龄前言，即回马而归，由是贬贽为忠州别驾，滂、充皆斥逐。德宗怒未解，贽不可测，赖阳城等救，乃止。

贽之为相，常以少年入翰林，得幸于天子，长养成就之，不敢自爱，事之不可者，皆争之。德宗在位久，益自揽持机柄，亲治细事，失君人大体，宰相益不得行其事职，而议者乃云由贽而然。贽居忠州十余年，常闭门不出入，人无识面者。避谤不著书，习医方，集古今名方为《陆氏集验方》五十卷。卒于忠州，年五十二。

上初即位，与郑馀庆、阳城同征，诏始下，而城、贽皆卒。

城字亢宗，北平人，代为官族。好学，贫不能得书，乃求入集贤为书写吏，窃官书读之，昼夜不出。经六年，遂无所不通。乃去陕州中条山下，远近慕其德行，来学者相继于道。闾里有争者，不诣官府，诣城以决之。李泌为相，举为谏议大夫，拜官不辞。未至京师，人皆想望风采，云："城，山人，能自苦刻，不乐名利，必谏诤死职下。"咸畏惮之。

既至，诸谏官纷纷言事，细碎无不闻达，天子益厌苦之。而城方与其二弟牟、容，连夜痛饮，人莫能窥其意。有怀刺讥之者，将造城而问者，城揣知其意，辄强与酒。客或时先醉仆席上，或时先醉卧客怀中，不能听客语。约其二弟云："吾所得月俸，汝可度吾家有几口，月食米当几何，买薪菜盐米凡用几钱，先具之；其余悉以送酒媪，无留也。"未尝有所贮积。虽其所服用切急不可阙者，客称其物可爱，城辄喜，举而授之。陈苌者，候其始请月俸，常往称其钱帛之美，月有获焉。

至裴延龄谗毁，陆贽等坐贬黜，德宗怒不解，在朝无救者。城闻而起曰："吾谏官也，不可令天子杀无罪之人，而信用奸臣。"即率拾遗王仲舒数人，守延英门，上疏论延龄奸佞，贽等无罪状。德宗大怒，召宰相入语，将加城等罪；良久乃解，令宰相谕遣之。于是，金吾将军张万福闻谏官伏閤谏，趋往，至延英门，大言贺曰："朝廷有直臣，天下必太平矣！"遂遍拜城与仲舒等曰："诸谏议能如此言事，天下安得不太平也！"已而连呼："太平万岁！太平万岁！"万福武人，时年八十余，自此名重天下。

时朝夕相延龄，城曰："脱以延龄为相，当取白麻坏之，恸哭于庭。"竟坐延龄事，改国子司业。至，引诸生告之曰："凡学者，所以学为忠与孝也。诸生宁有久不省其亲乎？"明日，谒城归养者二十余人。有薛约者，尝学于城，狂躁，以言事得罪，将徙连州。客寄有根蒂，吏纵，求得城家，坐吏于门，与约饮决别，涕泣送之郊外。德宗闻之，以城为党罪人，出为道州刺史。太学王鲁卿、李傥等二百七十人，诣阙乞留。住数日，吏遮止之，疏不得上。

在州，以家人礼待吏人，宜罚者罚之，宜赏者赏之，一不以簿书介意。赋税不登，观察使数诮让。上考功第，城自署第曰："抚字心劳，征科政拙，考下下。"观察使尝使判官督其赋，至州，怪城不出迎，以问州吏，吏曰："刺史闻判官来，以为己有罪，自囚于狱，不敢出。"判官大惊，驰入，谒城于狱，曰："使君何罪？某奉命来候安否耳。"留一两日，未去，城固不复归馆。门外有故门扇横地，城昼夜坐卧其上，判官不自安，辞去。其后又遣他判官崔某往按之，崔承命不辞，载妻子一行，中道而逃。

城孝友，不忍与其弟异处，皆不娶，给侍终身。有寡妹，依城以居。有生年四十余，痴不能如人，常与弟负之以游。初，城之妹夫亡在他处，家贫不能葬，城亲与其弟舁尸以归，葬于其居之侧，往返千余里。卒时年六十余。

〇天生昌黎，而所为欲作唐之一经者，有志而未逮也。即《顺宗实录》一书，亦有后人窜易处，良可惜也。今录书中三传，以存韩氏之史云。

祭田横墓文

贞元十一年九月，愈如东京，道出田横墓下，感横义高能得士，因取酒以祭，为文而吊之。其辞曰：

事有旷百世而相感者，余不自知其何心。非今世之所稀，孰为使余歔欷而不可禁？余既博观乎天下，曷有庶几乎夫子之所为？死者不复生，嗟余去此其从谁？

当秦氏之败乱，得一士而可王；何五百人之扰扰，而不能脱夫子于剑铓？抑所宝之非贤，亦天命之有常？昔阙里之多士，孔圣亦云其遑遑。苟余行之不迷，虽颠沛其何伤。自古死者非一，夫子至今有耿光。跪陈辞而荐酒，魂髣髴而来享。

〇晁无咎云：“唐宰相如董晋，亦未足言。而晋为汴州，才奏愈从事，愈始终感遇，语称‘陇西公’而不姓。后从裴度，亦自谓度知己，然度亦终不引愈共天下事。故愈踌躇发愤，太息于区区之横，以为夫苟如横之好士，天下将有贤于五百人者至焉。”“君子一言以为不知”，其斯言之谓欤？

古今学人论世之谬，莫大于不计年岁，而随举一生之迹，以就吾所论之一事。今按：文曰“贞元十一年九月，愈如东京，道出田横墓下”，则其年愈方二十八岁，举宏词不第，去；明年，董晋始表为汴州观察推官也。其时裴度为监察御史，以论权要梗切，出为河南功曹参军。而乃谓愈作田横祭文，为感董晋而怨裴度，何其不深考也。如董晋者，能屈回纥强虏，降怀光贼臣以片言，其为人，岂又易易而曰“未足言”？如田横者，能感五百人皆自刭以殉，而曰“区区之横”，何其放言高论乃尔也！稍进，便当曰“区区之周公、孔子”矣。

裴度为相伐蔡，引愈为行军司马。愈时右庶子耳，归擢刑部侍郎，向用矣。已而为迎佛骨事，直言极谏，贬潮州刺史。愈自为之而自当之，求仁而得仁，又何怨？使怨裴度不己荐，真灌夫所谓“不值一钱”者哉！若夫称董晋为“陇西公”而不姓，乃一时行文偶尔。闻有讳君父之名者矣，未闻有讳举主之名者也。以此推崇昌黎，昌黎不受也。

祭郴州李使君文

维年月日，将仕郎、守江陵府法曹参军韩愈，谨以清酌庶羞之奠，敬祭于故郴州李使君之灵：

古语有之："白头如新，倾盖若旧。"顾意气之如何，何日时之足究？当贞元之癸未，惕皇威而左授；伏荒炎之下邑，嗟名颣而位仆。历贵部而西迈，迩清光于暂觏；言莫交而情无由，既不贾而奚售？哀穷遐之无徒，挐百忧以自副；辱问讯之绸缪，恒饱饥而愈疚。接雄词于章句，窥逸迹于篆籀。苞黄甘而致贻，获纸笔之双贸。投《叉鱼》之短韵，媿韬瑕而举秀。俟新命于衡阳，费薪刍于馆候；空大亭以见处，憩水木之幽茂。逞英心于纵博，沃烦肠以清酎；航北湖之空明，觑鳞介之惊透。宴州楼之豁达，众管啾而并奏；得恩惠于新知，脱穷愁于往陋。辍行谋于俄顷，见秋月之三彀；逮天书之下降，犹低回以宿留。念暌离之在期，谓此会之难又；授缟纻以托心，示兹诚之不谬。倘后日之北迁，约穷欢于一昼；虽掾俸之酸寒，要拔贫而为富。何人生之难信，捐斯言而莫就；始讶信于暂疎，遂承凶于不救。见明旌之低昂，尚迟疑于别袖；忆交酬而迭舞，奠单盃而哭柩。美夫君之为政，不挠志于谗构。遭唇舌之纷罗，独陵晨而孤雊。彼憸人之浮言，虽百车其何诟。洞古往而高观，固邪正之相寇。幸窃睹其始终，敢不明白而蔽覆。神乎来哉！辞以为侑。尚飨！

◇朱子曰："公贞元十九年冬出为阳山令，过郴州，识李使君。有《李员外寄纸笔》及《叉鱼》诗，即所谓'获纸笔之双贸，投《叉鱼》之短韵'也。其生平契分，皆具此文。《笔墨间录》云：‘祭李郴州文，尤雄奇。’”

祭河南张员外文

维年月日，彰义军行军司马、守太子右庶子兼御史中丞韩愈，谨遣某乙以庶羞清酌之奠，祭于亡友故河南县令张十二员外之灵：

贞元十九，君为御史；余以无能，同诏并跱。君德浑刚，标高揭己；有不吾如，唾犹泥滓。余戆而狂，年未三纪，乘气加人，无挟自恃；彼婉娈者，实惮吾曹，侧肩帖耳，有舌如刀。我落阳山，以尹鼯猱；君飘临武，山林之牢。岁弊寒凶，雪虐风饕；颠于马下，我泗君咷。夜息南山，同卧一席；守隶防夫，抵顶交跖。洞庭漫汗，粘天无壁；风涛相豗，中作霹雳；追程盲进，飒船箭激。南上湘水，屈氏所沉；二妃行迷，泪踪染林。山哀浦思，鸟兽叫音；余唱君和，百篇在吟。

君止于县，我又南逾；把盏相饮，后期有无。期宿界上，一夕相语；自别几时，遽变寒暑。枕臂欹眠，加余以股。仆来告言，虎入厩处，无敢惊逐，以我騄去。君云是物，不骏于乘；虎取而往，来寅其征。我预在此，与君俱膺；猛兽果信，恶祷而凭？

余出岭中，君俟州下；偕掾江陵，非余望者。郴山奇变，其水清写；泊砂倚石，有遌无舍。衡阳放酒，熊咆虎嗥；不存令章，罚筹猬毛。委舟湘流，往观南岳；云壁潭潭，穹林攸擢。避风太湖，七日鹿角。钩登大鲇，怒颊豕狗；脔盘炙酒，群奴余啄。走官阶下，首下尻高。下马伏涂，从事是遭。

予征博士，君以使已；相见京师，过愿之始。分教东生，君掾雍首；两都相望，于别何有？解手背面，遂十一年。君出我入，如相避然；生阔死休，吞不复宣。

刑官属郎，引章讦夺；权臣不爱，南昌是斡。明条谨狱，氓獠户歌；用迁泮浦，为人受瘥。还家东都，起令河南；屈拜后生，愤所不堪。屡以正免，身伸事蹇；竟死不升，孰劝为善？

丞相南讨，余辱司马，议兵大梁，走出洛下。哭不凭棺，奠不亲斝；不抚其子，葬不送野。望君伤怀，有陨如泻。铭君之绩，纳石壤中；爰及祖考，纪德事功。外著后世，鬼神与通；君其奚憾？不余鉴衷。呜呼哀哉，尚飨！

◇朱子曰："贞元十九年冬，公与张署自御史，俱出南方为令；明年，顺宗即位，俱徙江陵。故凡道涂经涉、唱和契阔，皆具此文。公方从晋公讨蔡，祭其在元和十二年八月欤？张之行治，则详于公志。"

祭柳子厚文

维年月日，韩愈谨以清酌庶羞之奠，祭于亡友柳子厚之灵：

嗟嗟子厚，而至然邪？自古莫不然，我又何嗟？人之生世，如梦一觉；其间利害，竟亦何校？当其梦时，有乐有悲；及其既觉，岂足追惟！

凡物之生，不愿为材；牺尊青黄，乃木之菑。子之中叶，天脱馽羁；玉佩琼琚，大放厥辞。富贵无能，磨灭谁纪？子之自著，表表愈伟。不善为斲，血指汗颜；巧匠旁观，缩手袖间。子之文章，而不用世；乃令吾徒，掌帝之制。子之视人，自以无前；一斥不复，群飞刺天。

嗟嗟子厚，今也则亡；临绝之音，一何琅琅！遍告诸友，以寄厥子；不鄙谓余，亦托以死。凡今之交，观势厚薄；余岂可保，能承子托？非我知子，子实命我；犹有鬼神，宁敢遗堕？念子永归，无复来期；设祭棺前，矢心以辞。呜呼哀哉，尚飨！

◇姚令威曰："子厚以元和十四年十月五日卒于柳州，公其月自潮即袁；明年，自袁召为国子祭酒。此文袁州作也。故刘梦得《祭子厚文》有云：'退之承命，改牧宜阳，亦驰一函，候于便道。'其后序《柳集》又云：'凡子厚行己之大方，有退之之志若祭文在。'祭文盖谓此也。"

祭侯主簿文

维年月日，吏部侍郎韩愈，谨遣男殿中省进马佶，致祭于亡友故国子主簿侯君之灵：

呜呼！惟子文学，今谁过之？子于道义，困不舍遗。我狎我爱，人莫与夷；自始及今，二纪于兹。我或为文，笔俾子持；唱我和我，问我以疑。我钓我游，莫不我随；我寝我休，莫尔之私。朋友昆弟，情敬异施；惟我于子，无适不宜。弃我而死，嗟我之衰。相好满目，少年之时；日月云亡，今其有谁？谁不富贵，而子为羁，我无利权，虽怨曷为？子之方葬，我方斋祠，哭送不可，谁知我悲？呜呼哀哉，尚飨！

◇朱子曰："详观公此文，当知其为侯喜作。公贞元十七年，与喜同渔于温、洛，尝有诗云：‘吾党侯生字叔迟记，呼我持竿钓温水。’故此又有‘我钓我游，莫不我随’之语。尝荐喜于汝州刺史庐郎中，又尝荐之于陆员外傪。观其荐词，亦与此文‘惟子文学，今谁过之’之意相表里。又公集中，端有赠侯主簿喜诗。用是，知其非侯继而喜也。其曰‘吏部侍郎韩愈’，即长庆二年自兵部转吏部时作。”

祭马仆射文

维年月日，吏部侍郎韩愈，谨以清酌庶羞之奠，敬祭于故仆射马公十二兄之灵：

惟公弘大温恭，全然德备；天故生之，其必有意。将明将昌，实艰初试。佐戎滑台，斥由尹寺。适彼瓯闽，踠跪跋蹶；颠而不踒，乃得其地。于泉于虔，始执郡符；遂殿交州，抗节番禺。去其螟蠹，蛮越大苏。擢亚秋官，朝得硕士；人谓其崇，我势始起。

东征淮蔡，相臣是使；公兼邦宪，以副经纪。歼彼大魁，厥勋孰似？丞相归治，留长蔡师。茫茫黍稷，昔实棘茨；鸠鸣雀乳，不见枭鸱。惟蔡及许，旧为血仇。命公并侯，耕借之牛；束其弓矢，礼让优优。始诛郓戎，厥墟腥臊；公往涤之，兹惟乐郊。惟东有猘，惟西有虺；颠覆朋邻，我余有几。肆崒中居，斩其脊尾。岱定河安，惟公之跬。

帝念厥功，还公于朝；陟于地官，且长百僚。度彼四方，孰乐可据？顾瞻衡钧，将举以付。惟公积勤，以疾以忧；及其归时，当谢之秋。贺门未归，吊庐已萃；未燕于堂，已哭于次。昔我及公，实同危事；且死且生，誓莫捐弃。归来握手，曾不三四；曾不濡翰，酬酢文字；曾不醉饱，以劝酒胾。奠以叙哀，其何能致？呜呼哀哉，尚飨！

◇严有翼曰：“马十二名总，字会元，扶风人。退之长庆三年冬，自京兆尹复为兵部侍郎，又迁吏部侍郎。其为京兆也，有举马总自代状；今祭文称‘吏部侍郎’，则总以是年冬死也。”

祭郑夫人文

维年月日，愈谨于逆旅，备时羞之奠，再拜顿首，敢昭祭于六嫂荥阳郑氏夫人之灵：

呜呼！天祸我家，降集百殃。我生不辰，三岁而孤。蒙幼未知，鞠我者兄；在死而生，实维嫂恩。未龀一年，兄宦王官；提携负任，去洛居秦。念寒而衣，念饥而飧；疾疹水火，无灾及身。劬劳闵闵，保此愚庸。年方及纪，荐及凶屯。兄罹谗口，承命远迁；穷荒海隅，夭阏百年。万里故乡，幼孤在前；相顾不归，泣血号天。微嫂之力，化为夷蛮。水浮陆走，丹旐翩然；至诚感神，返葬中原。既克反葬，遭时艰难；百口偕行，避地江濆。春秋霜露，荐敬蘋蘩。以享韩氏之祖考，曰：此韩氏之门。视余犹子，诲化谆谆。

爰来京师，年在成人。屡贡于王，名乃有闻。念兹顿顽，非训曷因。感伤怀归，陨涕熏心。苟容躁进，不顾其躬；禄仕而还，以为家荣。奔走乞假，东西南北。孰云此来，乃睹灵车。有志弗及，长负殷勤。呜呼哀哉！

昔在韶州之行，受命于元兄，曰：“尔幼养于嫂，丧服必以期！”今其敢忘？天实临之。呜呼哀哉，日月有时；归合茔封，终天永辞。绝而复苏。伏惟尚飨！

◇洪兴祖曰："夫人，韩会之妻，而公之嫂也。公少孤，而育于其嫂，文言其拊育之恩至矣。公既为之服期，而祭之以文，此贞元十一年往河阳时作。贞观中，魏徵、令狐德棻等议嫂叔服云：'或有长年之嫂，遇孩提之叔，劬劳鞠养，情若所生，分饥共寒，契阔偕老。其在生也，爱之同于骨肉；及其死，则推而远之。求之本原，深所未谕。且事嫂见称，载籍非一，郑仲虞则恩礼甚笃，颜洪都则竭诚致感；马援则见之必冠，孔伋则哭之为位。察其所尚，岂非先觉？嫂叔旧无服，今请服小功五月。'制可。公幼养于嫂，服期以报，可为士大夫之法矣。李汉序公文集及李习之状亦云。"

祭十二郎文

年月日，季父愈闻汝丧之七日，乃能衔哀致诚，使建中远具时羞之奠，告汝十二郎之灵：

呜呼！吾少孤，及长，不省所怙，惟兄嫂是依。中年，兄殁南方，吾与汝俱幼，从嫂归葬河阳；既又与汝就食江南，零丁孤苦，未尝一日相离也。吾上有三兄，皆不幸早世，承先人后者，在孙惟汝，在子惟吾，两世一身，形单影只。嫂常抚汝指吾而言曰："韩氏两世，惟此而已！"汝时尤小，当不复记忆；吾时虽能记忆，亦未知其言之悲也。

吾年十九，始来京城，其后四年而归省汝。又四年，吾往河阳省坟墓，遇汝从嫂丧来葬。又二年，吾佐董丞相于汴州，汝来省吾，止一岁，请归取其孥。明年，丞相薨，吾去汴州，汝不果来。是年，吾佐戎徐州，使取汝者始行，吾又罢去，汝又不果来。吾念汝从于东，东亦客也，不可以久；

图久远者，莫如西归，将成家而致汝。呜呼，孰谓汝遽去吾而殁乎！吾与汝俱少年，以为虽暂相别，终当久相与处，故舍汝而旅食京师，以求斗斛之禄；诚知其如此，虽万乘之公相，吾不以一日辍汝而就也！

去年，孟东野往，吾书与汝曰：吾年未四十，而视茫茫，而发苍苍，而齿牙动摇。念诸父与诸兄，皆康强而早世，如吾之衰者，其能久存乎？吾不可去，汝不肯来，恐旦暮死，而汝抱无涯之戚也。孰谓少者殁而长者存，强者夭而病者全乎？呜呼！其信然耶？其梦耶？其传之非其真耶？信也，吾兄之盛德而夭其嗣乎？汝之纯明而不克蒙其泽乎？少者强者而夭殁，长者衰者存全乎？未可以为信也。梦也，传之非其真也？东野之书，耿兰之报，何为而在吾侧也？呜呼，其信然矣！吾兄之盛德而夭其嗣矣！汝之纯明宜业其家者，不克蒙其泽矣！所谓天者诚难测，而神者诚难明矣！所谓理者不可推，而寿者不可知矣！

虽然，吾自今年来，苍苍者或化而为白矣，动摇者或脱而落矣，毛血日益衰，志气日益微，几何不从汝而死也。死而有知，其几何离？其无知，悲不几时，而不悲者无穷期矣！汝之子始十岁，吾之子始五岁，少而强者不可保，如此孩提者，又可冀其成立耶？呜呼哀哉！呜呼哀哉！

汝去年书云："比得软脚病，往往而剧。"吾曰："是疾也，江南之人，常常有之。"未始以为忧也。呜呼！其竟以此而殒其生乎？抑别有疾而至斯乎？汝之书，六月十七日也，东野云汝殁以六月二日，耿兰之报无月日。盖东野之使者，不知问家人以月日；如耿兰之报，不知当言月日。东野与吾书，乃问使者，使者妄称以应之耳。其然乎，其不然乎？

今吾使建中祭汝，吊汝之孤与汝之乳母。彼有食可守以待终丧，则待终丧而取以来；如不能守以终丧，则遂取以来。其余奴婢，并令守汝丧。吾力能改葬，终葬汝于先人之兆，然后惟其所愿。

呜呼！汝病吾不知时，汝殁吾不知日；生不能相养以共居，殁不得抚汝以尽哀；敛不凭其棺，窆不临其穴。吾行负神明而使汝夭，不孝不慈，而不得相养以生、相守以死。一在天之涯，一在地之角；生而影不与吾形相依，死而魂不与吾相接，吾实为之，其又何尤！彼苍者天，曷其有极！自今以往，吾其无意于人世矣，当退求数顷之田于伊、颍之上，以待余年：教吾子与汝子，幸其成；长吾女与汝女，待其嫁。如此而已。

呜呼！言有穷而情不可终，汝其知也耶？其不知也耶？呜呼哀哉，尚飨！

◇樊汝霖曰：“老成，率府参军韩介之子也。介二子，曰百川，曰老成。起居舍人会无子，以老成为后。老成生湘、滂。百川死，公乃命滂归后其祖介。公及会、介，皆仲卿子。至是，会、介、百川皆死矣，故文曰：‘吾上有三兄，皆不幸早世，承先人后者，在孙惟汝，在子惟吾。’又云‘去年东野往，吾书与汝’，盖贞元十八年有《送东野序》，即是年为十九年。此文必其秋冬作，十二月，则公谪阳山矣。斯文盖公所谓‘喜往复、善自道’者，在当时无对。后二百七十年，欧阳文忠公为其父作《泷冈阡表》，始足以追配公此作。览者当自知之。”

独孤申叔哀辞

众万之生，谁非天邪？明昭昏蒙，谁使然邪？行何为而怒，居何故而怜邪？胡喜厚其所可薄，而恒不足于贤邪？将下民之好恶，与彼苍悬邪？抑苍茫无端，而暂寓其间邪？死者无知，吾为子恸而已矣！如有知也，子其自知之矣。

濯濯其英，晔晔其光。如闻其声，如见其容。乌乎远矣，何日而忘！

〇朱子《考异》载："申叔字子重，年二十一举进士。又二年，用博学宏词，为校书郎。又三年，居父丧，未练而殁，盖贞元十八年也。柳子厚有《独孤君墓碣》，皇甫持正有《伤独孤赋》，而公作辞哀之。公尝与崔群书，'天人好恶'之说，与此语意一同，盖出太史公之《伯夷论》也。"

今按《与崔群书》，意与此不同。彼所重在人，固有"薄卿相之官"以下数语："见贫富、贵贱、寿夭，皆非天之好恶所存。圣贤固好善而恶恶矣，天亦唯有好善而恶恶。苟善矣，贫贱、夭死不足为重轻；犹既得照乘之珠，则瓦砾虽百车，匪我思存矣。"故下文云"崔君崔君，无怠无怠"，朋友相砺之辞也。此则哀申叔之死，而呼天以问之，犹楚辞《天问》之类。体裁各异，则语虽同，而义自不得而同也。

卷　八

昌黎韩愈文八　碑

平淮西碑

天以唐克肖其德，圣子神孙，继继承承，于千万年，敬戒不怠，全付所覆，四海九州，罔有内外，悉主悉臣。高祖太宗，既除既治；高宗中睿，休养生息；至于玄宗，受报收功，极炽而丰，物众地大，孽牙其间；肃宗代宗，德祖顺考，以勤以容，大慝适去。稂莠不薅，相臣将臣，文恬武嬉，习熟见闻，以为当然。

睿圣文武皇帝，既受群臣朝，乃考图数贡，曰："呜呼！天既全付予有家，今传次在予，予不能事事，其何以见于郊庙？"群臣震慑，奔走率职。明年，平夏；又明年，平蜀；又明年，平江东；又明年，平泽潞；遂定易、定，致魏、博、贝、卫、澶、相，无不从志。皇帝曰："不可究武，予其少息。"

九年，蔡将死。蔡人立其子元济以请，不许。遂烧舞阳，犯叶、襄城；以动东都，放兵四劫。皇帝历问于朝，一二臣外，皆曰："蔡帅之不廷授，于今五十年，传三姓四将；其树本坚，兵利卒顽，不与他等。因抚而有，顺且无事。”大官臆决唱声，万口和附，并为一谈，牢不可破。

皇帝曰：“惟天惟祖宗所以付任予者，庶其在此，予何敢不力！况一二臣同，不为无助。”曰：“光颜，汝为陈、许帅，维是河东、魏博、郃阳三军之在行者，汝皆将之。”曰：“重胤，汝故有河阳、怀，今益以汝，维是朔方、义成、陕、益、凤翔、延、庆七军之在行者，汝皆将之。”曰：“弘，汝以卒万二千，属而子公武往讨之。”曰：“文通，汝守寿，维是宣武、淮南、宣歙、浙西四军之行于寿者，汝皆将之。”曰：“道古，汝其观察鄂岳。”曰：“愬，汝帅唐、邓、随，各以其兵进战。”曰：“度，汝长御史，其往视师。”曰：“度，惟汝予同，汝遂相予，以赏罚用命不用命。”曰：“弘，汝其以节都统诸军。”曰：“守谦，汝出入左右，汝惟近臣，其往抚师。”曰：“度，汝其往，衣服饮食予士，无寒无饥；以既厥事，遂生蔡人。赐汝节斧，通天御带，卫卒三百。凡兹廷臣，汝择自从，惟其贤能，无惮大吏。庚申，予其临门送汝。”曰：“御史，予闵士大夫战甚苦，自今以往，非郊庙祠祀，其无用乐。”

颜、胤、武，合攻其北，大战十六，得栅城县二十三，降人卒四万。道古，攻其东南，八战，降万三千，再入申，破其外城。文通，战其东，十余遇，降万二千。愬，入其西，得贼将，辄释不杀，用其策，战比有功。

十二年八月，丞相度至师，都统弘责战益急，颜、胤、武合战益用命，元济尽并其众洄曲以备。十月壬申，愬用所得贼将，自文城，因天大雪，疾驰百二十里，用夜半到蔡，破其门，取元济以献，尽得其属人卒。辛巳，丞相度入蔡，以皇帝命赦其人。淮西平，大飨赉功，师还之日，因以其食赐蔡人。凡蔡卒三万五千，其不乐为兵，愿归为农者十九，悉纵之。斩元济京师。

册功：弘加侍中；愬，为左仆射，帅山南东道；颜、胤皆加司空；公武以散骑常侍，帅鄜坊丹延；道古进大夫；文通加散骑常侍。丞相度朝京师，道封晋国公，进阶金紫光禄大夫，以旧官相，而以其副总为工部尚书，领蔡任。

既还奏，群臣请纪圣功，被之金石。皇帝以命臣愈。臣愈再拜稽首而献文曰：

唐承天命，遂臣万邦。孰居近土，袭盗以狂。往在玄宗，崇极而圮。河北悍骄，河南附起。四圣不宥，屡兴师征。有不能克，益戍以兵。夫耕不食，妇织不裳。输之以车，为卒赐粮。外多失朝，旷不岳狩。百隶怠官，事亡其旧。

帝时继位，顾瞻咨嗟："惟汝文武，孰恤予家？"既斩吴蜀，旋取山东。魏将首义，六州降从。淮蔡不顺，自以为强。提兵叫讙，欲事故常。始命讨之，遂连奸邻。阴遣刺客，来贼相臣。方战未利，内惊京师。群公上言，莫若惠来。帝为不闻，与神为谋。乃相同德，以讫天诛。

乃敕颜胤，愬武古通，咸统于弘，各奏汝功。三方分攻，五万其师。大军北乘，厥数倍之。常兵时曲，军士蠢蠢。既翦陵云，蔡卒大窘。胜之邵陵，郾城来降。自夏入秋，复屯相望。兵顿不励，告功不时。帝哀征夫，命相往厘。士饱而歌，马腾于槽。试之新城，贼遇败逃。尽抽其有，聚以防我。西师跃入，道无留者。

頟頟蔡城，其疆千里。既入而有，莫不顺俟。帝有恩言，相度来宣：“诛止其魁，释其下人。”蔡之卒夫，投甲呼舞；蔡之妇女，迎门笑语。蔡人告饥，船粟往哺；蔡人告寒，赐以缯布。始时蔡人，禁不往来；今相从戏，里门夜开。始时蔡人，进战退戮；今旰而起，左飧右粥。为之择人，以收余惫；选吏赐牛，教而不税。

蔡人有言：“始迷不知，今乃大觉，羞前之为。”蔡人有言：“天子明圣，不顺族诛，顺保性命。汝不吾信，视此蔡方；孰为不顺，往斧其吭。凡叛有数，声势相倚；吾强不支，汝弱奚恃？其告而长，而父而兄，奔走偕来，同我太平。”

淮蔡为乱，天子伐之；既伐而饥，天子活之。始议伐蔡，卿士莫随；既伐四年，大小并疑。不赦不疑，由天子明；凡此蔡功，惟断乃成。既定淮蔡，四夷毕来；遂开明堂，坐以治之。

□圣祖御评：浑噩似诰铭，高古如雅颂，体裁宏巨，断为唐文第一。

◇李商隐《读韩碑诗》：“元和天子神武姿，彼何人哉轩与羲。誓将上雪列圣耻，坐法宫中朝四夷。淮西有贼五十载，封狼生貙貙生罴。不据山河据平地，长戈利矛日可麾。帝得圣相相曰度，贼斫不死神扶持。腰悬相印作都统，阴风惨淡天王旗。愬武古通作爪牙，仪曹外郎载笔随。行军司马智且勇，十四万众犹虎貔。入蔡缚贼献太庙，功无与比恩不訾。帝曰汝度功第一，汝从事愈宜为辞。愈拜稽首蹈且舞：金石刻画臣能为。古者世称大手笔，此事不系于职司。当仁自古有不让，言讫屡颔天子颐。公退斋戒坐小阁，濡染大笔何淋漓。点窜《尧典》《舜典》字，涂改《清庙》《生民》诗。文成破体书在纸，清晨再拜铺丹墀。表曰臣愈昧死上，咏神圣功书之碑。碑高三丈字如手，负以灵龟蟠以螭。句奇语重喻者少，谗之天子言其私。长绳百尺拽碑倒，粗砂大石相磨治。公之斯文若元气，先时已入人肝脾。汤盘孔鼎有述作，今无其器存其辞。呜呼圣皇及圣相，相与烜赫流淳熙。公之斯文不示后，曷与三五相攀追？愿书万本颂万过，口角流沫右手胝。传之七十有二代，以为封禅玉检明堂基。”

◇朱子曰：“据《旧史》，元和十二年八月，宰臣裴度为淮西宣慰处置使，兼彰义军节度使，请公为行军司马。淮蔡平，十二月随度还朝，以功授刑部侍郎，仍诏撰《平淮西碑》。其词多叙裴度事。时先入蔡州擒吴元济，李愬功第一，愬不平之。愬妻，唐安公主女也，出入禁中，因诉碑辞不实。诏令磨公文，命段文昌重撰。史所载如此。原公之意，大抵以度能固帝意，故诸将不敢首鼠，遂能平蔡，意多归功于指纵者也。帝亦重失武臣心，故诏文昌。然史臣之赞裴度，必取公之铭曰‘凡此蔡功，惟断乃成’，则世固自有公论也。文昌文，见姚铉《文粹》。李商隐有惜韩碑诗，长篇甚美，有‘公之斯文不示后，曷与三五相攀追’之句。东坡有临江驿小诗，云：‘淮西功业冠吾唐，吏部文章日月光。千载断碑人脍炙，不知世有段文昌。’则二公之文，不待较而明矣。”

◇陈无已曰：“龙图孙学士觉，喜论文，谓退之《淮西碑》，叙如《书》，铭如《诗》。又云：‘少游谓《元和圣德诗》于韩文为下，与《淮西碑》如出两手，盖其少作也。’”

◇王志坚曰：“新、旧《唐书》载，《淮西碑》仆于李愬倚唐安公主女入诉。方愬入蔡，具櫜鞬迎晋公，示人以上下之分。其人知礼如此，不应争功名于文字间。观罗隐《记石烈士事》，知仆碑实出于石。盖将帅宣力之迹著，庙堂主持之权微，军中健儿安知所谓‘惟断乃成’？而是时政在姑息，遂因而从之耳。观段文昌改作，于部将姓名胪列殆尽，则当时所以改作之故可知矣。”

南海神庙碑

海于天地间，为物最钜；自三代圣王，莫不祀事。考于传记，而南海神次最贵，在北东西三神、河伯之上，号为祝融。天宝中，天子以为古爵莫贵于公侯，故海岳之祝，牺币之数，放而依之，所以致崇极于大神。今王亦爵也，而礼海岳，尚循公侯之事，虚王仪而不用，非致崇极之意也。由是册尊南海神为广利王，祝号祭式，与次俱升。因其故庙，易而新之，在今广州治之东南，海道八十里，扶胥之口，黄木之湾。常以立夏气至，命广州刺史行事祠下，事讫驿闻。而刺史常节度五岭诸军，仍观察其郡邑，于南方事，无所不统。地大以远，故常选用重人。既贵而富，且不习海事，又当祀时，海常多大风，将往，皆忧戚；既进，观顾怖悸。故常以疾为解，而委事于其副，其来已久。故明宫斋庐，上雨旁风，无所盖障；牲酒瘠酸，取具临时；水陆之品，狼藉笾豆；荐裸兴俯，不中仪式。吏滋不供，神不顾享，盲风怪雨，发作无节，人蒙其害。

元和十二年，始诏用前尚书右丞、国子祭酒鲁国孔公，为广州刺史兼御史大夫，以殿南服。公正直方严，中心乐易，祗慎所职；治人以明，事神以诚；内外单尽，不为表襮。至州之明年，将夏，祝册自京师至，吏以时告，公乃斋祓视册，誓群有司曰："册有皇帝名，乃上所自署，其文曰：'嗣天子某，谨遣官某敬祭。'其恭且严如是，敢有不承！明日，吾将宿庙下，以供晨事。"明日，吏以风雨白，不听。于是州府文武吏士，凡百数，交谒更谏，皆揖而退。

公遂升舟，风雨少弛，櫂夫奏功，云阴解驳，日光穿漏，波伏不兴。省牲之夕，载旸载阴；将事之夜，天地开除，月星明概。五鼓既作，牵牛正中，公乃盛服执笏，以入即事，文武宾属，俯首听位，各执其职；牲肥酒香，罇爵静洁，降登有数，神具醉饱。海之百灵秘怪，慌惚毕出，蜿蜿虵虵，来享饮食。阖庙旋舻，祥飚送飘，旗纛旌麾，飞扬晻蔼；铙鼓嘲轰，高管噭噪，武夫奋櫂，工师唱和；穹龟长鱼，踊跃后先，乾端坤倪，轩豁呈露。祀之之岁，风灾息灭，人厌鱼蟹，五谷胥熟。明年祀归，又广庙宫而大之。治其庭坛，改作东西两序、斋庖之房，百用具修。明年其时，公又固往，不懈益虔，岁仍大和，耋艾歌咏。

始公之至，尽除他名之税，罢衣食于官之可去者。四方之使，不以资交；以身为帅，燕享有时，赏与以节；公藏私畜，上下与足。于是免属州负逋之缗钱廿有四万，米三万二千斛。赋金之州，耗金一岁八百，因不能偿，皆以丐之。加西南守长之俸，诛其尤无良不听令者，由是皆自重慎法。人士之落南不能归者，与流徙之胄百廿八族，用其才良，而廪其无告者。其女子可嫁，与之钱财，令无失时。刑德并流，方地数千里，不识盗贼；山行海宿，不择处所。事神治人，其可谓备至耳矣。咸愿刻庙石，以著厥美，而系以诗。乃作诗曰：

南海阴墟，祝融之宅；即祀于旁，帝命南伯。吏惰不躬，正自今公；明用享锡，右我家邦。惟明天子，惟慎厥使；我公在官，神人致喜。海岭之陬，既足既濡；胡不均弘，俾执事枢？公行勿迟，公无遽归；匪我私公，神人具依。

□圣祖御评：典重高华，足以润色太平、铺张盛事。后幅拓开一步，文境倍觉宽舒。

◇张英曰：“结撰闳钜，波澜壮阔，词藻瑰丽，雅足与题相配。”

柳州罗池庙碑

罗池庙者，故刺史柳侯庙也。柳侯为州，不鄙夷其民，动以礼法。三年，民各自矜奋：“兹土虽远京师，吾等亦天氓，今天幸惠仁侯，若不化服，我则非人。”于是老少相教语，莫背侯令。凡有所为，于其乡闾，及于其家，皆曰：“吾侯闻之，得无不可于意否？”莫不忖度而后从事。凡令之期，民劝趋之，无有后先，必以其时。于是民业有经，公无负租；流逋四归，乐生兴事；宅有新屋，步有新船；池园洁修，猪牛鸭鸡，肥大蕃息；子严父诏，妇顺夫指；嫁娶葬送，各有条法；出相弟长，入相慈孝。先时，民贫，以男女相质，久不得赎，尽没为隶。我侯之至，按国之故，以佣除本，悉夺归之。大修孔子庙，城郭巷道，皆治使端正，树以名木。柳民既皆悦喜。

尝与其部将魏忠、谢宁、欧阳翼，饮酒驿亭，谓曰：“吾弃于时，而寄于此，与若等好也。明年，吾将死，死而为神。后三年，为庙祀我。”及期而死。三年孟秋辛卯，侯降于州之后堂，欧阳翼等见而拜之。其夕，梦翼而告曰：“馆我于罗池。”其月景辰，庙成，大祭。过客李仪醉酒，慢侮堂上，得疾，扶出庙门即死。

明年春，魏忠、欧阳翼，使谢宁来京师，请书其事于石。余谓柳侯，生能泽其民，死能惊动福祸之，以食其土，可谓灵也已。作《迎享送神诗》，遗柳民，俾歌以祀焉，而并刻之。柳侯，河东人，讳宗元，字子厚，贤而有文章。尝位于朝，光显矣，已而摈不用。其辞曰：

荔子丹兮蕉黄，杂肴蔬兮进侯堂。侯之船兮两旗，度中流兮风泊之，待侯不来兮不知我悲。侯乘驹兮入庙，慰我民兮不嚬以笑。鹅之山兮柳之水，桂树团团兮白石齿齿。侯朝出游兮暮来归，春与猿吟兮秋鹤与飞。北方之人兮为侯是非，千秋万岁兮侯无我违。福我兮寿我，驱厉鬼兮山之左。下无苦湿兮高无乾，秔稌充羡兮蛇蛟结蟠。我民报事兮无怠其始，自今兮钦于世世。

◇朱子曰："罗池神，子厚也。其碑石本，首云：'尚书吏部侍郎赐紫金鱼袋韩愈撰，中书舍人史馆修撰赐紫金鱼袋沈傅师书。'其后云：'朝议郎桂管观察使试太常寺协律郎上柱国陈曾篆额。长庆元年正月十一日桂管都防御先锋兵马使朝散大夫试左卫长史孙季雄建立。'"

◇欧阳《集古录·罗池碑》后题云："长庆元年正月建。按《穆宗实录》，长庆二年二月，傅师为中书舍人、史馆修撰。九月愈迁吏部时，愈未为吏部，沈亦未为舍人，当是长庆二年，则二君官正与此碑同。其书元年正月，盖傅模者误。"

◇樊汝霖曰："按《旧史》公传云：'南人妄以柳宗元为罗池神，而愈撰碑以实之。'盖以是罪公。而《新史》书其事于子厚传，无所褒贬。元祐七年六月，诏赐唐柳州刺史罗池庙神为灵文之庙，以郡人言其雨旸应祈故也。田表圣书其碑阴云：'子厚终于柳州，以精多魄强，为罗池之神。’昌黎叙其事而铭之，大意谓子厚宏深之量，昭明之职，当为星辰、为岳渎，胡为在柳州之陋为神，其所以推尊甚大。然则世以公此文为语怪，非也。士有抱负不克施，遭流落以死，明神烈鬼，巍峨庙食，理也。李卫公窜海上死矣，其精魄凛然，尚能使犬鼠余党破胆于梦中；不然，退之岂矫诬柳州以来异议乎？”

◇晁氏曰：“此非铭罗池神之文，弔宗元之文也。”

衢州徐偃王庙碑

徐与秦俱出柏翳，为嬴姓，国于夏、殷、周世，咸有大功。秦处西偏，专用武胜；遭世衰，无明天子，遂虎吞诸国为雄；诸国既皆入秦为臣属，秦无所取利，上下相贼害，卒偾其国而沉其宗。徐处得地中，文德为治，及偃王诞当国，益除去刑争末事，凡所以君国、子民、待四方，一出于仁义。

当此之时，周天子穆王无道，意不在天下，好道士说，得八龙，骑之西游，同王母宴于瑶池之上，歌讴忘归。四方诸侯之争辩者，无所质正，咸宾祭于徐，贽玉帛死生之物于徐之庭者，三十六国；得朱弓赤矢之瑞。穆王闻之恐，遂称受命，命造父御，长驱而归，与楚连谋伐徐。徐不忍斗其民，北走彭城武原山下，百姓随而从之，万有余家。偃王死，民号其山为徐山，凿石为室，以祠偃王。偃王虽走死失国，民戴其嗣为君如初。驹王、章禹，祖孙相望；自秦至今，名公巨人，继迹史书。徐氏十望，其九皆本于偃王；而秦后迄兹无闻家。天于柏翳之绪，非偏有厚薄，施仁与暴之报，自然异也。

衢州，故会稽太末也，民多姓徐氏；支县龙丘，有偃王遗庙。或曰：偃王之逃战，不之彭城，之越城之隅；弃玉、几、研于会稽之水。或曰：徐子章禹，既执于吴，徐之公族子弟，散之徐、扬二州间，即其居立先王庙云。开元初，徐姓二人，相属为刺史，帅其部之同姓，改作庙屋，载事于碑。后九十年，当元和九年，而徐氏放复为刺史。

放字达夫，前碑所谓“今户部侍郎”，其大父也。春行视农，至于龙丘，有事于庙，思惟本原，曰：“故制㮰朴下窄，不足以揭虔妥灵。而又梁桷赤白，陊剥不治；图像之威，黮昧就灭；藩拔级夷，庭木秃𣎴。祈甿日慢，祥庆弗下；州之群支，不获荫庥。余惟遗绍而尸其土，不即不图，以有资聚，罚其可辞！”乃命因故为新，众工齐事。惟月若日，工告讫功，大祠于庙，宗卿咸序应。是岁，州无怪风剧雨，民不夭厉，谷果完实。民皆曰：“耿耿祉哉，其不可诬！”乃相与请辞京师，归而镵之于石，辞曰：

秦杰以颠，徐由逊绵。秦鬼久饥，徐有庙存。婉婉偃王，惟道之耽。以国易仁，为笑于顽。自初擅命，其实几姓。历短詈长，有不偿亡。课其利害，孰与王当？姑蔑之墟，太末之里。谁思王恩，立庙以祀？王之闻孙，世世多有。唯临兹邦，庙土实守。坚峤之后，达夫廓之。王殁万年，如始祔时。王孙多孝，世奉王庙。达夫之来，先慎诏教。尽惠庙民，不主于神。维是达夫，知孝之元。太末之里，姑蔑之城。庙事时修，仁孝振声。宜宠其人，以及后生。嗟嗟维王，虽古谁亢。王死于仁，彼以暴丧。文追作诔，刻示茫茫。

○徐、秦皆出于伯益，而仁暴、施报之异，总数千年而论之，始毫发不爽，天道固如是也。昌黎述此，盖以唐德既衰，泽不下逮，藩镇不臣，往往呕咻兵民、规窃土地，死则子弟自代而请命于朝，托以兵民，安己之政，有若天与人归者然。故昌黎举偃王之不忍斗其民，弃国走死，以全臣节，以国易仁、为笑于顽；而其后世子孙，硕大蕃衍，经越数千年，而庙祀如始祔之时。若夫虎吞诸国，强暴至秦极矣，而斩焉无后，其鬼久饥，纪短詈长，有不偿亡。若云：今之自谓兵民安己者，能若偃王乎？拥强兵睢盱当世者，能若秦主乎？徐存若此，而秦亡若彼，为子孙计者，可以思矣。所以警动怵詟之者，旨深哉！

袁氏先庙碑

袁公滋既成庙，明岁二月，自荆南以旂节朝京师。留六日，得壬子春分，率宗亲子属，用少牢于三室。既事，退言曰："呜呼远哉！维世传德，袭训集余，乃今有济。今祭既不荐金石音声，使工歌诗，载烈象容，其奚以饬稚昧于长久？唯敬系羊豕，幸有石，如具著先人名迹，因为诗，系之语下，于义其可。虽然，余不敢，必属笃古而达于词者。"遂以命愈。

愈谢非其人，不获命，则谨条袁氏本所以出，与其世系里居，起周，历汉、魏、晋、拓拔魏、周、隋，入国家以来，高曾祖考，所以劬躬焘后，委祉于公；公之所以逢将承应者，有概有详，而缀以诗。其语曰：

周树舜后陈，陈公子有为大夫食国之地袁乡者，其子孙世守不失，因自别为袁氏。春秋世，陈常压于楚，与中国相加尤疏，袁氏犹班班见，可谱。常居阳夏，阳夏至晋属陈郡，故号陈郡袁氏。博士固，申儒遏黄，唱业于前；至司徒安，怀德于身，袁氏遂大显，连世有人，终汉连魏晋，分仕南北。始居华阴，为拓拔魏鸿胪。鸿胪讳恭，生周梁州刺史、新县孝侯讳颖。孝侯生隋左卫大将军讳温，去官居华阴，武德九年，以大耋薨，始葬华州。左卫生南州刺史讳士政。南州生当阳令讳伦，于公为曾祖。当阳生朝散大夫、石州司马讳知玄；司马生赠工部尚书、咸宁令讳晔，是为皇考。

袁氏旧族，而当阳以通经为儒，位止县令；石州用《春秋》持身治事，为州司马以终；咸宁备学而贯以一，文武随用，谋行功从，出入有立，不爵于朝。比三世，宜达而窒；归成后人，数当于公。公惟曾大父、大父、皇考比三世，存不大夫食，殁祭在子孙。唯将相能致备物。世祢远，礼则益不及；在慎德行业治，图功载名，以待上可。无细大，无敢不敬畏；无早夜，无敢不思。成于家，进于外，以立于朝。自侍御史，历工部员外郎、祠部郎中、谏议大夫、尚书右丞、华州刺史、金吾大将军，由卑而钜，莫不官称；遂为宰相，以赞辨章，仍持节将蜀、滑、襄、荆：略苞河山，秩登禄富，以有庙祀，具如其志；又垂显刻，以教无忘，可谓大孝。诗曰：

袁自陈分，初尚蹇连。越秦造汉，博士发论。司徒任德，忍不锢人。收功阙后，五公重尊。晋氏于南，来处华下。鸿胪孝侯，用适操舍。南州勤治，取最不懈。当阳耽经，唯义之畏。石州烈烈，学专《春秋》。懿哉咸宁，不名一休；趋难避成，与时泛浮。是生孝子，天子之宰；出把将符，群州承楷。数以立庙，禄以备器；由曾及考，同堂异置；柏版松楹，其筵肆肆。维袁之庙，孝孙之为。顺势即宜，以諏以龟，以平其巘，屋墙持持。孝孙来享，来拜庙庭；陟堂进室，亲登笾铏。肩臑肚骼，其樽玄清；降登受胙，于庆尔成。维曾维祖，维考之施；于汝孝嗣，以报以祇。凡我有今，非本曷思；刻诗牲系，维以告之。

○袁滋字德深，蔡州朗山人。少依道州刺史元结读书。建中初，起处士，授试校书郎。韦贞伯表为侍御史，迁工部员外郎。韦皋招西南夷，南诏异牟寻内属，德宗选郎吏可抚循者，皆惮行。滋不辞，帝嘉之，擢祠部郎中兼御史中丞，赐金紫，持节往。逾年还，称旨。求外，迁为华州刺史。政清简慈惠，未尝设条教，民爱向之。有犯令，时时法外纵舍；得盗贼，或哀其穷，出财为偿所亡。召为左金吾卫大将军，以杨于陵代之。滋行，耆老遮道不得去，于陵使谕："吾不敢易袁公政。"人皆罗拜，乃得去。宪宗监国，进拜中书侍郎同中书门下平章事。刘辟反，诏滋为剑南东西川节度使。是时贼方炽，又滋兄峰在蜀，为辟所劫。滋畏不得全，久不进，贬吉州刺史。未几，徙义成节度使，改检校兵部尚书，拜山南东道节度使，徙荆南。

滋先世坟墓在蔡，吴少阳时为修墓，禁刍牧。诸袁多署右职，禀给之。滋至治，去斥候，与元济通好。贼围新兴，滋卑辞讲解，贼因是易滋，不为备。时帝责战急，而滋至六月，以无功贬抚州刺史。本传所载如是。滋盖谨愿之士，不能达大道忘身为国。故韩碑著其孝，不言其忠。《孝经》曰："始于事亲，中于事君，终于立身。"然则滋于事君、立身，犹有间焉，其无以完孝德也夫？

曹成王碑

王姓李氏，讳皋，字子兰，谥曰成。其先王明，以太宗子国曹，绝复封，传五王，至成王。成王嗣封在玄宗世，盖于时年十七八。绍爵三年，而河南北兵作，天下震扰。王奉母太妃逃祸民伍，得间走蜀从天子。天子念之，自都水使者拜左领军卫将军，转贰国子秘书。

王生十年而失先王，哭泣哀悲，弔客不忍闻。丧除，痛刮磨豪习，委己于学。稍长，重知人情，急世之要，耻一不通。侍太妃从天子于蜀，既孝既忠；持官持身，内外斩斩。由是朝廷滋欲试之于民。

上元元年，除温州长史，行刺史事。江东新刳于兵，郡旱饥，民交走，死无弔。王及州，不解衣，下令掊锁扩门，悉弃仓食与民，活数十万人。奏报，升秩少府。与平袁贼，仍徙秘书，兼州别驾。部告无事，迁真于衡。法成令修，治出张施，声生势长。观察使噎媢不能出气，诬以过犯，御史助之，贬潮州刺史。杨炎起道州，相德宗，迁王于衡，以直前谩。王之遭诬在理，念太妃老，将惊而戚，出则囚服就辩，入则拥笏垂鱼，坦坦施施。即贬于潮，以迁入贺，及是然后跪谢告实。

初，观察使虐，使将国良往戍界。良以武冈叛，戍众万人，敛兵荆、黔、洪、桂伐之。二年，尤张。于是以王帅湖南，将五万士，以讨良为事。王至，则屏兵投良以书，中其忌讳。良羞畏乞降，狐鼠进退。王即假为使者，从一骑，踔五百里，抵良壁，鞭其门大呼："我曹王，来受良降，良今安在?"良不得已，错愕迎拜，尽降其军。太妃薨，王弃部随丧之河南葬，及荆，被诏责还。会梁崇义反，王遂不敢辞，以还。升秩散骑常侍。

明年，李希烈反，迁御史大夫，授节帅江西，以讨希烈。命至，王出止外舍，禁无以家事关我。裒兵大选江州，群能著职。王亲教之抟力、勾卒、嬴越之法，曹诛五畀。舰步二万人，以与贼遌，嘬锋蔡山，踣之；剜蕲之黄梅，大鞣长平；铍广济，掀蕲春，撇蕲水，掇黄冈，筴汉阳，行跐汉川，还，大膊蕲水界中；披安三县，拔其州，斩伪刺史；标光之北山，䠞随光化，捁其州，十抽一推，救兵州东北属乡还，开军受降。大小之战，三十有二，取五州十九县。民老幼妇女不惊，市买不变；田之果谷，下无一迹。加银青光禄大夫、工部尚书，改户部，再换节临荆及襄，真食三百。

王之在兵，天子西巡于梁，希烈北取汴郑，东略宋围陈，西取汝，薄东都。王坐南方，北向落其角距，贼死咋不能入寸尺，亡将卒十万，尽输其南州。

王始政于温，终政于襄，恒平物估，贱敛贵出，民用有经，一吏轨民，使令家听户视，奸宄无所宿，府中不闻急步疾呼。治民用兵，各有条次，世传为法。任马彝、将慎、将锷、将潜，偕尽其力能。薨，赠右仆射。元和初，以子道古在朝，更赠太子太师。

道古进士，司门郎，刺利、随、唐、睦，征为少宗正，兼御史中丞，以节督黔中。朝京师，改命观察鄂、岳、蕲、沔、安、黄。提其师以伐蔡，且行，泣曰："先王讨蔡，实取沔、蕲、安、黄，寄惠未亡。今余亦受命有事于蔡，而四州适在吾封，庶其有集。先王薨于今二十五年，吾昆弟在，而墓碑不刻，无文，其实有待，子无用辞!”乃序而诗之。辞曰：

太支十三，曹于弟季。或亡或微，曹始就事。曹之祖王，畏塞绝迁。零王黎公，不闻仅存。子父易封，三王守名。延延百载，以有成王。成王之作，一自其躬。文被明章，武荐畯功。苏枯弱强，龈其奸猖。以报于宗，以昭于王。王亦有子，处王之所。惟旧之视，蹶蹶陛陛，实取实似。刻诗其碑，为示无止。

□圣祖御评：原本忠孝，立言已操领要，而叙事遣词，奇而能法碑版之文，此其极则也。

◇洪庆善曰：“《曹成王碑》造语，法子云也。退之性不喜书，然尝云：‘凡为文词，宜略识字。’如此碑中用剜、鞣、钹、掀、撇、掇等字是也。”

卷　九

昌黎韩愈文九　碑铭、墓志铭

魏博节度观察使沂国公先庙碑铭

元和八年十一月壬子，上命丞相元衡、丞相吉甫、丞相绛，召太史尚书比部郎中韩愈至政事堂，传诏曰："田弘正始有庙京师，朕惟弘正先祖父，厥心靡不向帝室，讫不得施，乃以教付厥子。维弘正衔训事嗣，朝夕不怠，以能迎天之休，显有丕功。维父子继忠孝，予维宠嘉之，是以命汝愈铭。钦哉!"

惟时臣愈，承命悸恐。明日，诣东上閤门，拜疏辞谢，不报。退，伏念昔者鲁僖公能遵其祖伯禽之烈，周天子实命其史臣克，作为《駉》《駜》《泮》《閟》之诗，使声于其庙，以假鲁灵。今天子嘉田侯，服父训不违，用康靖我国家。盖宠铭之，所以休宁田氏之祖考，而臣适执笔隶太史，奉明命，其可以辞?

谨案，魏博节度使、银青光禄大夫、检校工部尚书兼魏州大都督府长史、御史大夫、沂国公田弘正，北平卢龙人。故为魏博诸将，忠孝畏慎。田季安卒，其子幼弱，用故事代父，人吏不附，迎弘正于其家，使领军事。弘正籍其军之众，与六州之人，还之朝廷，悉除河北故事，比诸州，故得用为帅。已而复赠其父故沧州刺史兵部尚书，母夫人郑氏梁国太夫人；得立庙，祭三代：曾祖都水使者府君，祭初室；祖安东司马赠襄州刺史府君，祭二室；兵部府君，祭东室。其铭曰：

唐继古帝，海外受制。狎于太宁，燕盗以惊。群党相维，河北失平。号登元和，大圣载营。风挥日舒，咸顺指令。嶪嶪魏土，婴儿戏兵；吏戎愁毒，莫保腰颈。人曰田侯，其德可倚；叫嗥奔趋，乘门请起。田侯摄事，奉我天明；吏缚弓戈，考校度程；提壃籍户，来复邦经。帝钦良臣，曰维锡予；嗟我六州，始复故初；告庆于宗，以降命书。旌节有韬，豹尾神旗；櫜兜戟纛，以长魏师。田侯稽首，臣愚不肖；迨兹有成，祖考之教。帝曰俞哉，维汝忠孝。予思乃父，追秩夏卿；媲德娠贤，梁国是荣。田侯作庙，相方视址；见于蓍龟，祖考咸喜。暨暨田侯，两有文武；讫其外庸，可作承辅。咨汝田侯，勿亟勿迟；觐飨式时，尔祖尔思。

□圣祖御评：叙文简质，铭词古奥。古奥处可及，简质处不可及。

〇按：弘正父廷玠，大历中为沧州刺史。恒州李宝臣、幽州朱滔，联兵攻击，欲兼其土宇。廷玠固守，卒能保全，朝廷嘉之。迁洺州，改湘州。建中初，田悦领魏博节度使，志图凶逆，召廷玠为副，盖悦父承嗣，与廷玠为从昆弟也。及悦奸谋败露，廷玠曰："尔藉伯父遗业，可守朝廷法度，坐享富贵，何苦与恒、郓同为叛臣？若狂志不悛，可先杀我。"乃谢病不出三年，愤郁而卒。

弘正既籍魏博六州归朝，其后奉诏，令其子布帅师三千，助讨吴元济；元济平，复讨李师道，比有功。师道为其将刘悟所杀。弘正常欲变山东承袭旧风，悉遣子姓仕朝廷，而布同时为河阳节度使。穆宗时，诏以弘正为成德军节度使，弘正以新与镇人战，有父兄怨，请魏卒二千自卫。度支崔棱吝其廪，沮却之。会弘正卒，军遂乱，家属、将吏三百余人，皆遇害。

时魏博节度使李愬病不能军，公卿议以魏人素德弘正，而弘正子布贤，可世其官，遽诏布解缞，拜魏博节度使，乘传以行。布号泣固辞，不听；与妻子诀曰："吾不还矣！"会诏分布军合李光颜讨深州，众不肯东，遂溃归；其牙将史宪诚唯中军不动。明日会诸将议事，众哗曰："公能行河朔故事，则生死从公。不然，不可以战。"布度众且乱，即为书谢帝，授从事李石，引刀刺心曰："上以谢君父，下以示三军。"言讫而绝。

於戏！唐自安史之乱，河南北诸军阳服实叛，王室仅为守府，而弘正父子祖孙三世，皭然泥而不滓，竭其股肱之力，加之以忠贞，不济则以死继之，以垂光于青史，良不愧昌黎"世忠孝"一语也。

江南西道观察使
赠左散骑常侍太原王公神道碑铭

王氏皆王者之后，在太原为姬姓。春秋时，王子成父败狄有功，因赐氏，厥后世居太原。至东汉隐士烈，博士征不就，居祁县，因号所居乡为"君子"。公其君子乡人也。魏晋涉隋，世有名人。国朝大王父元（玄）暕，历御史属三院，止尚书郎；生景肃，守三郡，终傅凉王；生政，襄、邓等州防御使，鄂州采访使，赠吏部尚书。

公，尚书之弟某子。公讳仲舒，字弘中。少孤，奉母夫人家江南。读书著文，其誉蔼郁，当时名公，皆折官位、辈行，愿为交。贞元初，射策拜左拾遗，与阳城合遏裴延龄不得为相。德宗初，怏怏无奈，久而嘉之。其后入阁，德宗顾列为宰相曰："第几人必王某也。"果然。月余，特改右补阙。迁礼部、考功、吏部三员外郎。在礼部奏议详雅，省中伏其能。在考功、吏部，提约明故，吏无以欺。同列有恃恩自得者，众皆媚承，公嫉其为人，不直视，由此贬连州司户，移夔州司马。又移荆南，因佐其节度事，为参谋，得五品服。放迹在外，积四年。

元和初，收拾俊贤，征拜吏部员外郎。未几，为职方郎中、知制诰。友人得罪斥逐后，其家亲知，过门缩颈不敢视。公独省问，为计度论议，直其冤。由是出为峡州刺史，转庐州；未至，丁母夫人忧。服除，又为婺州。时疫旱甚，人死亡且尽。公至，多方救活，天遂雨，疫定。比数年，里闾完复。制使出巡，人填道迎，显公德。事具闻，就加金紫。转苏州，变其屋居，以绝火延；堤松江路，害绝阻滞。秋夏赋调，自为书与人以期，吏无及门而集。政成，为天下守之最。

天子曰："王某之文可思，最宜为诰，有古风，岂可久以吏事役之?"复拜中书舍人。既至京师，侪流无在者，视同列，皆邈然少年，益自悲，而谓人曰："岂可复治笔砚于其间哉？上若未弃臣，宜用所长。在外久，周知俗之利病，俾使之，当不自愧。"宰相以闻，遂得观察江南西道。奏罢榷酤钱九千万。军息之无已，掌吏坏产犹不释，囚之。公至，脱械不问。人遭水旱，赋窘，公曰："我且减燕乐，绝他用钱，可足乎？"遂以代之。罢军之息钱，禁浮屠诳诱，坏其舍以葺公宇。三年，法大成，钱余于库，粟余于廪；人享于田庐，讴谣于道途。天子复思，且征以代，虚吏部左丞位以待之。长庆三年十一月十七日，薨于洪州，年六十二。上哀恸辍朝，赠左散骑常侍。某日，归葬于某处。

某既以公之德刻而藏之墓矣，子初又请诗以揭之。词曰：

生人之治，本乎斯文：有事其末，而忘其源，切近昧陋，道由是堙；有志其本，而泥古陈，当用而迂，乖戾不伸。较是二者，其过也均。有美王公，志儒之本，达士之经。秩秩而积，涵涵而停；韡为华英，不矜不盈。孰播其馨？孰发其明？介然而居，士友以倾；敷文帝阶，擢列侍从。以忠远名，有直有讽；辨遏坚恳，巨邪不用。秀出班行，乃动帝目；帝省竭心，恩顾日渥。翔于郎署，骞于禁密；发帝之令，简古而蔚。不比于权，以直友冤；敲撼挫揠，竟遭斥奔。久淹于外，历守大藩；所至极思，必悉利病，萎枯以膏，燠暍以醒。坦之敞之，必绝其径；浚之澄之，使安其泳。帝思其文，复命掌诰；公潜谓人，此职宜少；岂无凋郡，庸以自效？上藉其实，俾统于洪；逋滞攸除，奸讹革风；祛蔽于目，释负于躬。方乎所部，禁绝浮屠；风雨顺易，秔稻盈畴；人得其所，乃恬乃讴。化成有代，思以息劳；虚位而竢，奄忽滔滔。维德维绩，志于斯石，日远弥高。

○"生民之治，本乎斯文：有事其末，而忘其源，切近昧陋，道由是堙；有志其本，而泥古陈，当用而迂，乖戾不伸。总

（较）是二者，其过也均。”数语曲尽历来人文凋敝、六经榛塞之故矣。八代风云月露，唐宋诗赋帖括，所为“切近昧陋，道由是堙”者也。语经济者，执陈册而不识时，无以行今；谈性命者，抗高言而无实际，难与道古，所为“当用而迂，乖戾不伸”者也。《易》不云乎：“观乎人文，以化成天下。”人文如此，人君孰与决大疑、襄大业而化成天下哉？昌黎揭之，以激励后学，所为“吏部文章日月光”欤！

唐故相权公墓碑

上之元和五年，其相曰权公，讳德舆，字载之。其本出自殷帝武丁，武丁之子，降封于权。权，江汉间国也。周衰，入楚为权氏。楚灭，徙秦而居天水略阳。苻秦之王中国，其臣有安丘公翼者，有大臣之言。后六世，至平凉公文诞，为唐上庸太守，荆州大都督长史，焯有声烈。平凉曾孙讳倕，赠尚书礼部郎中，以艺学与苏源明相善，卒官羽林军录事参军，于公为王父。郎中生赠太子太保讳皋，以忠孝致大名，去官，累以官征不起，追谥贞孝，是实生公。公在相位三年，其后以吏部尚书授节镇山南，年六十以薨，赠尚书左仆射，谥文公。

公生三岁，知变四声；四岁能为诗。七岁而贞孝公卒，来吊哭者，见其颜色声容，皆相谓“权氏世有其人”。及长，好学，孝敬祥顺。贞元八年，以前江西府监察御史，征拜博士，朝士以得人相庆。改左补阙，章奏不绝，讥排奸倖，与阳城为助。转起居舍人，遂知制诰，凡撰命词九年，以类集为五十卷，天下称其能。十八年，以中书舍人典贡士，拜尚书礼部侍郎。荐士于公者，其言可信，不以其人布衣不用；即不可信，虽大官势人交言，一不以缀意。奏广岁所取进士明经，在得人，不以员拘。转户、兵、吏三曹侍郎，太子宾客，复为兵部，迁太常卿。天下愈推为钜人长德。

时天子以为，宰相宜参用道德人，因拜礼部尚书，同中书门下平章事。公既谢辞，不许。其所设张举措，必本于宽大，以几教化，多所助与；维匡调娱，不失其正；中于和节，不为声章；因善与贤，不矜主己。以吏部尚书留守东都。东方诸帅，有利病不能自请者，公常与疏陈，不以露布。复拜太常，转刑部尚书，考定新旧令式为三十编，举可长用。

其在山南、河南，勤于选付，治以和简，人以宁便。以疾求还，十三年某月甲子，道薨于洋之白草。奏至，天子痌伤，为之不御朝，郎官致赠锡；官居野处，上下弔哭，皆曰："善人死矣。"其年某月日，葬河南北山，在贞孝东五里。

公由陪属升列，年除岁迁，以至公宰，人皆喜闻，若己与有，无忌嫉者。于頔坐子杀人，失位自囚，亲戚莫敢过门省顾，朝莫敢言者。公将留守东都，为上言曰："頔之罪，既贯不竟，宜因赐宽诏。"上曰："然，公为吾行谕之。"頔以不忧死。前后考第进士，及庭所策试士，踵相蹑为宰相达官，与公相先后；其余布处台阁外府，凡百余人。自始学至疾，未病，未尝一日去书不观。

公既以能为文辞擅声于朝，多铭卿大夫功德；然其为家，不视簿书，未尝问有亡，费不徛余。公娶清河崔氏女，其父造，尝相德宗，号为名臣。既葬，其子监察御史璩，累然服丧，来有请。乃作铭文，曰：

权在商周，世无不存。灭楚徙秦，嬴刘之间。甘泉始侯，以及安丘。诋诃浮屠，皇极之扶。贞孝之生，凤鸟不至。爵位岂多，半涂以税。寿考岂多，四十而逝。惟其不有，以惠厥后；是生相君，为朝德首。行世祖之，文世师之。流连六官，出入屏毗。无党无雠，举世莫疵。人所惮为，公勇为之；其所竞驰，公绝不窥。孰克知之，德将在斯。刻诗墓碑，以永厥垂。

○德舆，即忠臣子。少以文章称诸儒间。贞元、元和中，为缙绅羽仪，蕃祉考寿，出入将相，遍历六卿，当世所羡。昌黎为推其父皋贞孝之贻，一篇之中三致意焉。其劝善之意，孅哉！

殿中少监马君墓志

君讳继祖，司徒、赠太师、北平庄武王之孙，少府监、赠太子少傅讳畅之子。生四岁，以门功拜太子舍人。积三十四年，五转而至殿中少监。年三十七以卒。有男八人，女二人。

始余初冠，应进士贡，在京师，穷不自存，以故人稚弟拜北平王于马前。王问而怜之，因得见于安邑里第。王轸其寒饥，赐食与衣。召二子，使为之主。其季遇我特厚，少府监、赠太子少傅者也；姆抱幼子立侧，眉眼如画，发漆黑，肌肉玉雪可念，殿中君也。当是时，见王于北亭，犹高山深林巨谷，龙虎变化不测，杰魁人也。退见少傅，翠竹碧梧，鸾鹄停峙，能守其业者也。幼子娟好静秀，瑶环瑜珥，兰茁其芽，称其家儿也。

后四五年，吾成进士，去而东游，哭北平王于客舍。后十五六年，吾为尚书都官郎，分司东都，而分府少傅卒，哭之。又十余年至今，哭少监焉。

呜呼！吾未耄老，自始至今，未四十年，而哭其祖、子、孙三世，于人世何如也！人欲久不死，而观居此世者，何也？

〇马燧沉雄忠力，名盖一时，功绩既显，赀亦甲天下。子畅又善殖财，家最丰厚。晚为豪右侵牟、中官逼取，遂至困穷，诸子无室庐自托。所为“殿中君”者，畅子继祖也。始生，德宗命之名，退而笑曰：“此有二义。”意谓以索系祖也。畅尝以第中大杏馈窦文场，文场以进德宗。德宗未尝见，颇怪之，令就第封杏树。畅惧进宅，废为奉诚园，屋木尽拆入内。白居易诗云“不见马家宅，今作奉诚园”者也。

《新唐书》云：“当世视畅，以厚蓄为戒。”吴融于敷水遇丐者，乃燧诸孙，为诗曰：“天地尘昏九鼎危，大貂曾出武侯师。一心忠赤山河见，百战功名日月知。旧宅已闻栽禁树，诸孙仍见丐征岐。而今不要教人识，正藉将军死斗时。”

夫马氏子孙不能幅制于平时，自致摧败零落，固已；然唐室之不复昌，岂尽天命哉？括民膏血，以悦骄兵叛将，而于忠臣子孙少恩如此，夫安得而不亡！史言畅晚年已困穷，则继祖死时，概可知矣。昌黎为志，言“人欲久不死，而观居此世者，何也”？不乐其生，而发《诗》人“尚寐无讹”之叹，夫岂专为马氏言哉！

考功员外卢君墓铭

愈之宗兄，故起居舍人君，以道德文学伏一世。其友四人——其一范阳卢君东美，少未出仕，皆在江淮间，天下大夫士，谓之“四夔”。其义以为，道可与古之夔、皋者侔，故云尔。或曰：夔尝为相，世谓“相夔”；四人者，虽处而未仕，天下许以为相，故云。

大历初，御史大夫李栖筠，由工部侍郎为浙西观察使。当是时，中国新去乱，仕多避处江淮间，尝为显官、得名声，以老故自任者，以千百数。大夫莫之取，独晨衣朝服，从骑吏入下里舍，请卢君。君时始任戴冠，通《诗》《书》，与其群日讲说周公、孔子，以相磨砻浸灌，婆娑嬉游，未有舍所为为人意。既起从大夫，天下未知君者，惟奇大夫之取人也不常，必得人。其知君者，谓君之从人也，非其常守，必得其从。

其后为太常博士、监察御史、河南府司录、考功员外郎。年若干而终，在官举其职。夫人李姓，陇西人。君在，配君子无违德；君殁，训子女得母道甚。后君二十年，年六十六而终。将合葬，其子畅命其孙立曰："乃祖德烈靡不闻，然其详而信者，宜莫若吾先人之友。先人之友无在者，起居丈有季曰愈，能为古文，业其家。是必能道吾父事业。汝其往请铭焉。"

立于是奉其父命，奔走来告。愈谓立曰："子来宜也。行不可一二举，且吾之生也后，不与而祖接，不得详也。其大者，莫若众所与，观所与众寡，兹可以审其德矣。乃祖未出而处也，天下大夫士以为与古之夔、皋者相侔，且可以为相，其德不既大矣乎！讲说周公、孔子，乐其道，不乐从事于俗；得所从，不择外内，奋而起，其进退不既合于义乎！铭如是，可以示于今与后也欤?"立拜手曰："唯唯。"

君祖子舆，濮州濮阳令；父同，舒州望江令。夫人之祖延宗，郓州司马；父进成，鄜州洛交令。男三人，畅、申、易；女三人，皆嫁为士人妻。墓在河南缑氏县，梁国之原。其年月日，元和二年二月十日云。

○永泰中，会与卢东美、张正则、崔造为友，好谈经济之略，尝以王佐自许，时人号为“四夔”。《旧史》载于《崔造传》，《新史》亦具载之。《摭言》则以何长师、李华、卢东美、韩衢为“四夔”。李肇《国史补》曰：“韩会与名辈号曰‘四夔’，会为夔头，而善歌妙绝。”《刘宾客嘉话》曰：“崔丞相造，布衣时，江左士人号曰‘白衣夔’。时有四人，一是卢东美，其二遗忘。”观唐人所载，“四夔”多互异，而卢东美三人既皆未柄用，无勋业可纪，唯崔造为相，亦殊庸庸。然则“四夔”者，名士标榜陋习，非其实也。昌黎此文，隐而显矣。

李元宾墓铭

李观，字元宾，其先陇西人也，始来自江之东。年二十四，举进士，三年登上第。又举博学宏词，得太子校书一年，年二十九，客死于京师。既敛之三日，友人博陵崔宏礼，葬之于国东门之外七里，乡曰庆义，原曰嵩原。友人韩愈书石以志之，辞曰：

已乎元宾！寿也者，吾不知其所慕；夭也者，吾不知其所恶。生而不淑，谁谓其寿？死而不朽，谁谓之夭？已乎元宾！才高乎当世，而行出乎古人。已乎元宾！竟何为哉？竟何为哉！

○《唐书》本传：观属文不傍沿前人，时谓与韩愈相上下。及观少夭，而愈后文益工。议者以观文未极，愈老不休，故卒擅名。陆希声以为“观尚辞，故辞胜理；愈尚质，故理胜辞。虽愈穷老，终不能加观之辞；观后愈死，亦不能逮愈之质”云。

施先生墓铭

贞元十八年十月十一日，太学博士施先生士丐卒，其寮太原郭伉买石志其墓，昌黎韩愈为之辞，曰：

先生明毛、郑《诗》，通《春秋左氏传》，善讲说。朝之贤士大夫，从而执经考疑者继于门；太学生习毛、郑《诗》《春秋左氏传》者，皆其弟子。贵游之子弟，时先生之说二经，来太学，帖帖坐诸生下，恐不卒得闻。先生死，二经生丧其师，仕于学者亡其朋，故自贤士大夫、老师宿儒、新进小生，闻先生之死，哭泣相弔，归衣服货财。先生年六十九，在太学者十九年，由四门助教为太学助教，由助教为博士。太学秩满当去，诸生辄拜疏乞留。或留或迁，凡十九年，不离太学。

祖曰旭，袁州宜春尉。父曰婼，豪州定远丞。妻曰太原王氏，先先生卒。子曰友直，明州鄮县主簿；曰友谅，太庙斋郎。

系曰：先生之祖，氏自施父。其后施常，事孔子以彰；雠为博士，延为太尉。太尉之孙，始为吴人，曰然曰续，亦载其迹。先生之兴，公车是召；纂序前闻，于光有曜。古圣人言，其旨密微；笺注纷罗，颠倒是非。闻先生讲论，如客得归。卑让肫肫，出言孔扬。今其死矣，谁嗣为宗？县曰万年，原曰神禾；高四尺者，先生墓邪。

〇朱子《考异》曰："刘公《嘉话》云：予尝与柳八、韩十八，诣施士丐听《毛诗》。说：'"维鹈在梁"，梁人取鱼梁也。言鹈自合求鱼，不合于人梁上取其鱼。譬之人，自无善事，攘人之美者，如鹈在人梁上焉。则毛注失之矣。’又说：‘山无草木曰岵，所以言“陟彼岵兮”，无可岵也。以其无草木，故以譬之。’又说：‘《甘棠》“勿翦勿拜（败），召伯所憩”，拜言人心之拜，小低屈也。上言“勿翦”，终言“勿拜”，明召伯渐远，人思不忘也。毛注“拜犹伐”，非也。’又说：‘“维北有斗，不可以挹酒浆”，言不得其人也。毛都不注此。’此《新史》云：士丐撰《春秋传》，未甚传。后文宗喜经术，宰相李石因言士丐《春秋》可读。文宗曰：‘朕见之矣，穿凿之学，徒为异同。但学者如浚井，得美水而已，何必劳苦旁求，然后为得耶？’”

唐故江西观察使韦公墓志铭

公讳丹，字某，姓韦氏。六世祖孝宽，仕周有功，以公开号于郧。郧公之子孙，世为大官；唯公之父政，卒雒县丞，赠虢州刺史。

公既孤，以甥孙，从太师鲁公真卿学，太师爱之。举明经第，选授峡州远安令，以让其庶兄，入紫阁山，事从父熊。通五经，登科，历校书郎、咸阳尉，佐邠宁军。自监察御史为殿中侍御史，征拜太子舍人，益有名，迁起居郎。吴少诚袭许州，拜河阳行军司马，未行，少诚死，改驾部员外郎。

新罗国君死，公以司封郎中兼御史中丞，紫衣金鱼，往弔，立其嗣。故事：使外国者，常赐州县官十员，使以名上，以便其私，号“私觌官”。公将行，曰：“吾天子吏，使海外国，不足于资，宜上请，安有卖官以受钱邪？”即具疏所以。上以为贤，命有司与其费。至郓州，会新罗告所当立君死，还，拜容州刺史、容管经略招讨使。始城容州，周十三里，置屯田二十四所，化大行。诏加太中大夫。顺宗嗣位，拜河南少尹；行未至，拜郑滑行军司马。始至襄阳，诏拜谏议大夫。既至，日言事，不阿权臣，謇然有直名，遂号为才臣。

刘辟反，围梓州，诏以公为东川节度使、御史大夫。公行至汉中，上疏言："梓州在围间，守方尽力，不可易将。"征还，入议蜀事。刘辟去梓州，因以梓州让高崇文，拜晋、慈、隰等州观察防御使；自扶风县男，进封武阳郡开国公，食邑二千户。将行，上言："臣所治三州，非要害地，不足张职，为国家费，不如属之河东便。"上以为忠。一岁，拜洪州刺史、江南西道观察使；以晋、慈、隰属河东。

公既至，则计口受俸钱，委其余于官。罢八州无事之食者，以聚其财。始教人为瓦屋，取材于山，召陶工教人陶，聚材瓦于场，度其费以为估，不取赢利。凡取材瓦于官，业定而受其偿，从令者，免其赋之半；逃未复者，官与为之；贫不能者，畀之财。载食与浆，亲往劝之。为瓦屋万三千七百，为重屋四千七百。民无火忧，暑湿则乘其高。别命置南北市，营诸军。岁旱，种不入土，募人就功，厚与之直而给其食，业成，人不病饥。为长衢，南北夹两营，东西七里，人去渫污，气益苏。复作南昌县，徙厩于高地，因其废仓大屋，马以不连死。明年，筑堤扞江，长十二里，疏为斗门，以走潦水。公去位之明年，江水平堤，老幼泣而思曰："无此堤，吾尸其流入海矣！"灌陂塘五百九十八，得田万二千顷。凡为民去害兴利，若嗜欲。居三年，于江西八州无遗便。其大如是，其细可略也。

卒有违令当死者，公不果于诛，杖而遣之去。上书告公所为不法若干条，朝廷方勇于治，且以为公名才能臣，治功闻天下，不辨则受垢，诏罢官，留江西待辨。使未至，月余，公以疾薨。使至，辨凡卒所告事若干条，皆无丝毫实。诏笞卒百，流岭南。公能益明。春秋五十八，薨于元和五年八月六日。

公好施与，家无剩财。自校书郎至为观察使，拥吏卒，前走七州刺史。与宾客处，如布衣时，自持卑，一不易。娶清河崔氏，故支江令讽之女，某官某之孙。有子曰寘，年十五，明经及第，嗣其家业。后夫人兰陵萧氏，中书令华之孙，殿中侍御史恒之女，皆先公终。有女一人。凡公男若干人，女若干人。

明年七月壬寅，从葬万年县少陵原。将葬，其从事东平吕宗礼，与其子寘谋曰："我公宜得直而不华者铭，传于后，固不朽矣。"寘来请铭。铭曰：

> 武阳受业，始于太师；以官让兄，自待不疑。勤于紫阁，取益以卑；可谓有源，卒用无疵。慊慊为人，矫矫为官；爰及江西，功德具完。名声之下，独处为难；辩而益明，仇者所叹。碑于墓前，维昭美故；纳铭墓中，以识公墓。

◇朱子曰："韦丹，《新史》列之《循吏传》，皆取墓志及杜牧所作《遗爱碑》为之。"

《唐书》本传："太和中，裴谊观察江西，上言为丹立祠堂，刻石纪功；不报。宣宗读《元和实录》，见丹政事卓然。它日，与宰相语元和时治民孰第一，周墀对曰：'臣尝守江西，韦丹有大功，德被八州。殁四十年，老幼思之不忘。'乃诏观察使纥乾泉，上丹功状，命刻功于碑。"

卷　十

昌黎韩愈文十　墓志铭、杂文

试大理评事王君墓志铭

君讳适，姓王氏。好读书，怀奇负气，不肯随人后举选。见功业有道路可指取，有名节可以戾契致，困于无资地，不能自出，乃以干诸公贵人，借助声势。诸公贵人既志得，皆乐熟软媚耳目者，不喜闻生语，一见，辄戒门以绝。上初即位，以四科募天下士。君笑曰："此非吾时邪！"即提所作书，缘道歌吟，趋直言试。既至，对语惊人，不中第，益困。

久之，闻金吾李将军，年少喜士，可撼。乃蹐门告曰："天下奇男子王适，愿见将军白事。"一见，语合意，往来门下。卢从史既节度昭义军，张甚，奴视法度士，欲闻无顾忌大语。有以君生平告者，即遣客钩致。君曰："狂子不足以共事。"立谢客。李将军由是待益厚，奏为其卫胄曹参军，充引驾仗判官，尽用其言。

将军迁帅凤翔，君随往，改试大理评事，摄监察御史、观察判官。栉垢爬痒，民获苏醒。居岁余，如有所不乐，一旦载妻子入阌乡南山不顾。中书舍人王涯、独孤郁，吏部郎中张惟素，比部郎中韩愈，日发书问讯，顾不可强起，不即荐。

明年九月，疾病，舆医京师。其月某日卒，年四十四。十一月某日，即葬京城西南长安县界中。曾祖爽，洪州武宁令；祖微，右卫骑曹参军；父嵩，苏州昆山丞。妻上谷侯氏处士高女。

高固奇士，自方阿衡、太师，世莫能用吾言，再试吏，再怒去，发狂投江水。初，处士将嫁其女，征曰："吾以龃龉穷，一女，怜之，必嫁官人，不以与凡子。"君曰："吾求妇氏久矣，唯此翁可人意，且闻其女贤，不可以失。"即漫（谩）谓媒妪："吾明经及第，且选，即官人。侯翁女幸嫁，若能令翁许我，请进百金为妪谢。"诺许，白翁。翁曰："诚官人邪？取文书来。"君计穷吐实，妪曰："无苦，翁大人不疑人欺。我得一卷书，粗若告身者。我袖以往，翁见未必取视，幸而听我。"行其谋。翁望见文书衔袖，果信不疑，曰："足矣。"以女与王氏。生三子，一男二女。男三岁夭死；长女嫁亳州永城尉姚挺，其季始十岁。铭曰：

鼎也不可以柱车，马也不可使守闾。佩玉长裾，不利走趋。只系其逢，不系巧愚。不谐其须，有衔不祛。钻石埋辞，以列幽墟。

◇王安石曰："退之善为铭，如王适、张彻铭，尤奇。"

故幽州节度判官赠给事中清河张君墓志铭

张君名彻，字某，以进士累官至范阳府监察御史。长庆元年，今牛宰相为御史中丞，奏君名迹中御史选，诏即以为御史。其府惜不敢留，遣之，而密奏："幽州将父子继续，不廷选且久，今新收，臣又始至，孤怯，须强佐乃济。"发半道，有诏以君还之，仍迁殿中侍御史，加赐朱衣银鱼。

至数日，军乱，怨其府从事，尽杀之，而囚其帅，且相约："张御史长者，毋侮辱轹蹙我事，无庸杀。"置之师所。居月余，闻有中贵人自京师至。君谓其帅："公无负此土人。上使至，可因请见自辨，幸得脱免归。"即推门求出。守者以告其魁，魁与其徒皆骇，曰："必张御史。张御史忠义，必为其帅告此。余人不如迁之别馆。"即与众出君。君出门骂众曰："汝何敢反！前日吴元济斩东市，昨日李师道斩于军中；同恶者，父母妻子皆屠死，肉喂狗鼠鸱鸦。汝何敢反！汝何敢反！"行且骂，众畏恶其言，不忍闻，且虞生变，即击君以死。君抵死口不绝骂，众皆曰："义士！义士！"或收瘗之以俟。

事闻，天子壮之，赠给事中。其友侯云长佐郓使，请于其帅马仆射，为之选于军中，得故与君相知张恭、李元实者，使以币请之范阳，范阳人义而归之。以闻，诏所在给船舆，传归其家，赐钱物以葬。长庆四年四月某日，其妻子以君之丧，葬于某州某所。

君弟复，亦进士。佐汴宋，得疾，变易丧心，惊惑不常。君得间，即自视衣褥薄厚，节时其饮食，而匕箸进养之，禁其家无敢高语出声。医饵之药，其物多空青、雄黄诸奇怪物，剂钱至十数万。营治勤剧，皆自君手，不假之人。家贫，妻子常有饥色。

祖某，某官；父某，某官。妻韩氏，礼部郎中某之孙，汴州开封尉某之女，于余为叔父孙女。君常从余学，选于诸生，而嫁与之，孝顺祗修，群女效其所为。男若干人，曰某；女子曰某。铭曰：

呜呼徹也！世慕顾以行，子揭揭也；噎喑以为生，子独割也。为彼不清，作玉雪也。仁义以为兵，用不缺折也。知死不失名，得猛厉也；自申于闇明，莫之夺也。我铭以贞之，不肖者之呾也。

◇朱子曰："张徹为范阳府监察御史，其帅张弘靖也。《志》不出弘靖姓名，若有所讳焉耳。徹死于乱，具载之史，其言多出公《志》。"

贞曜先生墓志铭

唐元和九年，岁在甲午，八月己亥，贞曜先生孟氏卒。无子，其配郑氏以告，愈走位哭，且召张籍会哭。明日，使以钱如东都，供葬事。诸尝与往来者，咸来哭弔。韩氏遂以书告兴元尹故相馀庆。闰月，樊宗师使来弔，告葬期，征铭。愈哭曰："呜呼，吾尚忍铭吾友也夫！"兴元人以币如孟氏赙，且来商家事。樊子使来速铭，曰："不则无以掩诸幽！"乃序而铭之。

先生讳郊，字东野。父庭玢，娶裴氏女，而选为昆山尉，生先生及二季酆、郢而卒。先生生六七年，端序则见，长而愈蹇，涵而揉之，内外完好，色夷气清，可畏而亲。及其为诗，刿目鉥心，刃迎缕解，钩章棘句，掏擢胃肾，神施鬼设，间见层出。唯其大翫于词，而与世抹摋，人皆劫劫，我独有余。有以后时开先生者，曰："吾既挤而与之矣，其犹足存邪！"

年几五十，始以尊夫人之命，来集京师，从进士试，既得即去。间四年，又命来，选为溧阳尉，迎侍溧上。去尉二年，而故相郑公尹河南，奏为水陆运从事，试协律郎。亲拜其母于门内。母卒五年，而郑公以节领兴元军，奏为其军参谋，试大理评事。挈其妻行之兴元，次于阌乡，暴疾卒，年六十四。买棺以敛，以二人舆归。酆、郢皆在江南。

十月庚申，樊子合凡赠赙，而葬之洛阳东其先人墓左，以余财附其家而供祀。将葬，张籍曰："先生揭德振华，于古有光，贤者故事有易名，况士哉！如曰'贞曜先生'，则姓名字行有载，不待讲说而明。"皆曰"然"，遂用之。

初，先生所与俱学同姓简，于世次为叔父，由给事中观察浙东，曰："生吾不能举，死吾知恤其家。"铭曰：

於戏贞曜！维执不猗，维出不訾，维卒不施，以昌其诗。

○愈荐孟郊于郑馀庆，作《荐士诗》贻之，中云："有穷者孟郊，受材实雄骜。冥观洞古今，象外逐幽讨。横空盘硬语，妥帖力排奡。敷柔肆纡余，奋猛卷海潦。荣华肖天秀，捷疾逾响报。"苏轼《读孟郊诗》云："夜读孟郊诗，细字如牛毛。寒灯照昏花，佳处时一遭。孤芳擢荒秽，苦语余《诗》《骚》。水清石凿凿，湍激不受篙。初如食小鱼，所得不偿劳；又如煮蟛蜞，竟日嚼空螯。要当斗僧清，未足当韩豪。人生如朝雾，日夜火销膏。何苦将两耳，听此寒虫号？不如且置之，饮我玉色醪。"读此志，参观二诗，孟郊诗之得失，具见之矣。

柳子厚墓志铭

子厚，讳宗元。七世祖庆，为拓跋魏侍中，封济阴公。曾伯祖奭，为唐宰相，与褚遂良、韩瑗，俱得罪武后，死高宗朝。皇考讳镇，以事母，弃太常博士，求为县令江南。其后以不能媚权贵，失御史；权贵人死，乃复拜侍御史。号为刚直，所与游皆当世名人。

子厚少精敏，无不通达。逮其父时，虽少年，已自成人，能取进士第，崭然见头角。众谓："柳氏有子矣。"其后以博学宏词，授集贤殿正字。俊杰廉悍，议论证据今古，出入经史百子，踔厉风发，率常屈其座人，名声大振，一时皆慕与之交，诸公要人，争欲令出我门下，交口荐誉之。

贞元十九年，由蓝田尉拜监察御史。顺宗即位，拜礼部员外郎。遇用事者得罪，例出为刺史；未至，又例贬永州司马。居闲，益自刻苦，务记览，为词章，泛滥停蓄，为深博无涯涘，一（而）自肆于山水间。

元和中，尝例召至京师，又偕出为刺史，而子厚得柳州。既至，叹曰："是岂不足为政耶！"因其土俗，为设教禁，州人顺赖。其俗以男女质钱，约：不时赎，子本相侔，则没为奴婢。子厚与设方计，悉令赎归；其尤贫力不能者，令书其佣，足相当，则使归其质。观察使下其法于他州，比一岁，免而归者且千人。衡湘以南为进士者，皆以子厚为师；其经承子厚口讲指画为文词者，悉有法度可观。

其召至京师而复为刺史也，中山刘梦得禹锡亦在遣中，当诣播州。子厚泣曰："播州非人所居，而梦得亲在堂。吾不忍梦得之穷，无辞以白其大人，且万无母子俱往理。"请于朝，将拜疏，愿以柳易播，虽重得罪死不恨。遇有以梦得事白上者，梦得于是改刺连州。呜呼！士穷乃见节义。今夫平居里巷相慕悦，酒食游戏相征逐，诩诩强笑语以相取下，握手出肺肝相示，指天日涕泣，誓生死不相背负，真若可信；一旦临小利害，仅如毛发比，反眼若不相识；落陷穽，不一引手救，反挤之，又下石焉者，皆是也。此宜禽兽异类（夷狄）所不忍为，而其人自视以为得计，闻子厚之风，亦可以少媿矣！

子厚前时少年，勇于为人，不自贵重顾藉，谓功业可立就，故坐废退；既退，又无相知有气力得位者推挽，故卒死于穷裔，材不为世用，道不行于时也。使子厚在台省时，自持其身已能如司马、刺史时，亦自不斥；斥时有人力能举之，且必复用不穷。然子厚斥不久，穷不极，虽有出于人，其文学辞章，必不能自力以致必传于后如今，无疑也。虽使子厚得所愿，为将相于一时，以彼易此，孰得孰失，必有能辨之者。

子厚以元和十四年十一月八日卒，年四十七。以十五年七月十日归葬万年先人墓侧。子厚有子男二人，长曰周六，始四岁；季曰周七，子厚卒乃生；女子二人，皆幼。其得归葬也，费皆出观察使河东裴君行立。行立有节概，立然诺，与子厚结交，子厚亦为之尽，竟赖其力。葬子厚于万年之墓者，舅弟卢遵。遵，涿人，性谨慎，学问不厌。自子厚之斥，遵从而家焉，逮其死不去。既往葬子厚，又将经纪其家，庶几有始终者。铭曰：

是惟子厚之室，既固既安，以利其嗣人。

◇朱子曰：“此志作于袁州。公之志子厚详矣，其祭文推许尤厚。刘梦得序子厚集曰：‘子厚之丧，昌黎韩退之志其墓，且以书来弔，曰：哀哉若人之不淑。吾尝评其文雄深雅健，似司马子长，崔、蔡不足多也。’安定皇甫湜，于文章少推许，亦以退之之言为然。又按：咸通四年，右常侍萧仿知举，试《谦光赋》《澄心如水诗》，中第者二十五人，柳告第三人，韩绾第八人。告即子厚之子，字用益；绾即退之之孙。”

南阳樊绍述墓志铭

樊绍述既卒，且葬，愈将铭之，从其家求书，得书号《魁纪公》者三十卷，曰《樊子》者又三十卷，《春秋集传》十五卷，表笺、状策、书序、传记、纪志、说论、今文赞铭凡二百九十一篇，道路所遇及器物门里杂铭二百二十，赋十，诗七百一十九。曰：多矣哉，古未尝有也。然而必出于己，不袭蹈前人一言一句，又何其难也。必出入仁义，其富若生蓄，万物必具，海含地负，放恣横从，无所统纪；然而不烦于绳削而自合也。呜呼！绍述于斯术，其可谓至于斯极者矣。

生而其家贵富，长而不有其藏一钱。妻子告不足，顾且笑曰：“我道盖是也。”皆应曰：“然。”无不意满。尝以金部郎中告哀南方，还言某帅不治，罢之，以此出为绵州刺史。一年，征拜左司郎中，又出刺绛州。绵、绛之人，至今皆曰：“于我有德。”以为谏议大夫，命且下，遂病以卒。年若干。

绍述讳宗师。父讳泽，尝帅襄阳、江陵，官至右仆射，赠某官。祖某官，讳泳。自祖及绍述，三世皆以军谋堪将帅，策上第以进。

绍述无所不举，于辞于声，天得也。在众若无能者。尝与观乐，问曰：“何如?”曰：“后当然。”已而果然。铭曰：

惟古于词必己出，降而不能乃剽贼。后皆指前公相袭，从汉迄今用一律。寥寥久哉莫觉属，神徂圣伏道绝塞。既极乃通发绍述，文从字顺各识职。有欲求之此其躅。

○唐李肇《国史补》云：“元和已后为文笔，学奇诡于韩愈，学苦涩于樊宗师，俱名为‘元和体’。”然则樊、韩并重一时，而今樊文不少概见矣。昌黎曰：“文无难易，惟其是耳。”又曰：“惟陈言之务去。”夫充务去陈言之意，未有不偏于难者。樊绍述之文之难，可为极其致矣。今所传《绛守居园池记》，王晟、刘忱各为之注解、句读，要皆未必果得绍述当日所以断句者也；句尚不能得，意无问矣。然则于孔子所谓“辞达而已矣”者，不已远乎？远乎圣人之言，未闻有是者也。

欧阳修诗曰：“异哉樊子怪可吁，心欲独出无古初。穷荒探幽入无有，一语诘曲百盘纡。孰云己出不剽袭，句断欲学《盘庚》书。”尝谓“商盘周诰，诘屈聱牙”，盖吁众之言，必从其质。古今言异，即宋时至今未千年，而诸儒语录即有不可明者，可以覆验也。故仲尼曰：“言之无文，行而不远。”是《书》中之难解者，转系当日之质言，人人易晓者耳。若文言之，则如典、谟及《论语》之文，不如是诘屈聱牙矣。然则“句读欲学《盘庚》书”，正乃不得其是处。如王莽之为诏令，载在《汉书》，徒供后人笑具，奚益哉！六一又云：“退之作《樊志》，便似樊文。”今以《绛守居园池记》，与此文较，绝不相似。然铭云“文从字顺各识职，有欲求之此其躅”，退之不应反言之以误世，岂樊文别有不似《绛守居园池记》者，而今不可见耶?

鳄鱼文*

维年月日，潮州刺史韩愈，使军事衙推秦济，以羊一、猪一，投恶溪之潭水，以与鳄鱼食，而告之曰：

昔先王既有天下，列山泽，罔绳擉刃，以除虫蛇恶物为民害者，驱而出之四海之外。及后王德薄，不能远有，则江汉之间，尚皆弃之，以与蛮夷、楚越；况潮，岭海之间，去京师万里哉？鳄鱼之涵淹卵育于此，亦固其所。

今天子嗣唐位，神圣慈武，四海之外，六合之内，皆抚而有之；况禹迹所揜，扬州之近地，刺史、县令之所治，出贡赋以供天地、宗庙、百神之祀之壤者哉！鳄鱼其不可与刺史杂处此土也！

刺史受天子命，守此土，治此民，而鳄鱼睅然不安溪潭，据处食民畜、熊豕、鹿獐以肥其身，以种其子孙，与刺史抗（亢）拒，争为长雄。刺史虽驽弱，亦安肯为鳄鱼低首下心，伈伈睍睍，为民吏羞，以偷活于此邪？且承天子命以来为吏，固其势不得不与鳄鱼辨。鳄鱼有知，其听刺史言：

潮之州，大海在其南。鲸、鹏之大，虾、蟹之细，无不容归，以生以食。鳄鱼朝发而夕至也。今与鳄鱼约：尽三日，其率丑类，南徙于海，以避天子之命吏。三日不能，至五日；五日不能，至七日。七日不能，是终不肯徙也，是不有刺史听从其言也；不然，则是鳄鱼冥顽不灵，刺史虽有言，不闻

---

* 别本多题《祭鳄鱼文》。

不知也。夫傲天子之命吏，不听其言，不徙以避之，与冥顽不灵而为民物害者，皆可杀。刺史则选材技吏民，操强弓毒矢，以与鳄鱼从事，必尽杀乃止。其无悔！

◇《秀水闲居录》曰："鳄鱼之状，龙吻虎爪，蟹目龟鳞，尾长数尺，末大如箕，芒刺成钩，仍有胶粘。多于水滨潜伏，人畜近，以尾击取，盖犹象之任鼻也。"

◇朱子《考异》曰："新、旧《传》皆载公此文。初公至潮，问民疾苦，皆曰恶溪水有鳄鱼，食民产且尽。数日，公令其属秦济，以一羊一豚投溪水而祝之。其夕有暴风震雷起湫水中，数日水尽涸，西徙六十里。自是，潮州无鳄鱼患。《潮州庙记》所谓能驯鳄鱼之暴者，此也。欧阳文忠作《陈文惠公神道碑》，书公通判潮州，恶溪鳄鱼不可近，公命捕得，鸣鼓于市，告以文而戮之，其患并息。潮人叹曰：'昔韩公谕鳄而听，今公戮鳄而惧。所为虽异，其使异物丑类革化而利人，一也。吾潮间三百年而得二公，幸矣！'"

送穷文

元和六年正月乙丑晦，主人使奴星，结柳作车，缚草为船，载糗舆粻，牛系轭下，引帆上樯，三揖穷鬼而告之曰："闻子行有日矣，鄙人不敢问所途。窃具船与车，备载糗粻。日吉时良，利行四方。子饭一盂，子啜一觞。携朋挈俦，去故就新。驾尘彍风，与电争先。子无底滞之尤，我有资送之恩。子等有意于行乎？"

屏息潜听，如闻音声，若啸若啼，砉欻嗄嘤。毛发尽竖，竦肩缩颈，疑有而无，久乃可明。若有言者曰："吾与子居，四十年余。子在孩提，吾不子愚。子学子耕，求官与名，惟子是从，不变于初。门神户灵，我叱我呵，包羞诡随，志不在他。子迁南荒，热烁湿蒸，我非其乡，百鬼欺陵。太学四年，朝齑暮盐，惟我保汝，人皆汝嫌。自初及终，未始背汝，心无异谋，口绝行语。于何听闻，云我当去？是必夫子信谗，有间于予也。我鬼非人，安用车船？鼻齅臭香，糗粻可捐。单独一身，谁为朋俦？子苟备知，可数已不？子能尽言，可谓圣智，情状既露，敢不回避？”

主人应之曰：“子以吾为真不知也邪？子之朋俦，非六非四，在十去五，满七除二。各有主张，私立名字。捩手覆羹，转喉触讳。凡所以使吾面目可憎、语言无味者，皆子之志也。其名曰智穷：矫矫亢亢，恶圆喜方，羞为奸欺，不忍害伤。其次名曰学穷：傲数与名，摘抉杳微，高挹群言，执神之机。又其次曰文穷：不专一能，怪怪奇奇，不可时施，只以自喜（嬉）。又其次曰命穷：影与形殊，面丑心妍，利居众后，责在人先。又其次曰交穷：磨肌戛骨，吐出心肝，企足以待，置我仇冤。凡此五鬼，为吾五患。饥我寒我，兴讹造讪；能使我迷，人莫能间；朝悔其行，暮已复然；蝇营狗苟，驱去复还。”

言未毕，五鬼相与张眼吐舌，跳踉偃仆，抵掌顿脚，失笑相顾。徐谓主人曰：“子知我名，凡我所为。驱我令去，小黠大痴。人生一世，其久几何？吾立子名，百世不磨。小人君子，其心不同。惟乖于时，乃与天通。携持琬琰，易一羊皮。饫于肥甘，慕彼糠糜。天下知子，谁过于予？虽遭斥逐，不忍子疏。谓予不信，请质《诗》《书》。”

主人于是垂头丧气，上手称谢，烧车与船，延之上座。

◇朱子曰："唐《四时宝鉴》云：'高阳氏子，好衣弊食糜，正月晦巷死。世作糜、弃破衣，是日祝于巷，曰除贫也。'小宋云：'退之《送穷文》《进学解》《毛颖传》等诸篇，皆古人意思未到，可以名家矣。'然《送穷文》与扬子云《逐贫赋》，大率相类。"

张文潜曰："公《送穷文》，盖出子云《逐贫赋》，然文采过《逐贫》矣。晁无咎取公此文于《续楚词》，系之曰：'愈以屡穷不遭时，若有物焉为之，故托于鬼，諆彼穷我者，车船饮食，谢而远之；而穷不可去也，则烧车与船，延之上座，亦卒归于正之义焉。'"

毛颖传

毛颖者，中山人也。其先明眎，佐禹治东方土，养万物有功，因封于卯地，死为十二神。尝曰："吾子孙神明之后，不可与物同，当吐而生。"已而果然。明眎八世孙䨲，世传当殷时，居中山，得神仙之术，能匿光使物，窃姮娥，骑蟾蜍入月，其后代遂隐不仕云。居东郭者曰㕙，狡而善走，与韩卢争能，卢不及。卢怒，与宋鹊谋而杀之，醢其家。

秦始皇时，蒙将军恬南伐楚，次中山，将大猎以惧楚。召左右庶长与军尉，以《连山》筮之，得"天与人文"之兆。筮者贺曰："今日之获，不角不牙，衣褐之徒，缺口而长须，八窍而趺居，独取其髦，简牍是资，天下其同书。秦其遂兼诸侯乎！"遂猎，围毛氏之族，拔其豪，载颖而归，献俘于章台宫，聚其族而加束缚焉。秦皇帝使恬赐之汤沐，而封诸管城，号曰"管城子"，日见亲宠任事。

颖为人强记而便敏，自结绳之代，以及秦事，无不纂录。阴阳、卜筮、占相、医方、族氏、山经、地志、字书、图画，九流、百家、天人之书，及至浮屠、老子、外国之说，皆所详悉。又通于当代之务，官府簿书，市井货钱注记，惟上所使。自秦皇帝及太子扶苏、胡亥、丞相斯、中车府令高，下及国人，无不爱重。又善随人意，正直、邪曲、巧拙，一随其人。虽见废弃，终默不泄。惟不喜武士，然见请亦时往。

累拜中书令，与上益狎，上尝呼为“中书君”。上亲决事，以衡石自程，虽宫人不得立左右，独颖与执烛者常侍，上休方罢。颖与绛人陈玄、弘农陶泓及会稽褚先生友善，相推致，其出处必偕。上召颖，三人者不待诏，辄俱往，上未尝怪焉。

后因进见，上将有任使，拂拭之，因免冠谢。上见其发秃，又所摹画不能称上意。上嘻笑曰：“中书君，老而秃，不任吾用。吾尝谓君‘中书’，君今不‘中书’耶?”对曰：“臣所谓尽心者。”因不复召。归封邑，终于管城。其子孙甚多，散处中国、夷狄，皆冒“管城”；惟居中山者，能继父祖业。

太史公曰：毛氏有两族，其一姬姓，文王之子，封于毛，所谓鲁、卫、毛、聃者也。战国时，有毛公、毛遂。独中山之族，不知其本所出，子孙最为蕃昌。《春秋》之成，见绝于孔子，而非其罪。及蒙将军拔中山之豪，始皇封诸管城，世遂有名，而姬姓之毛无闻。颖始以俘见，卒见任使。秦之灭诸侯，颖与有功，赏不酬劳，以老见疏，秦真少恩哉！

◇柳宗元曰：“自吾居夷，不与中州人通书。有来南者，特言韩愈为《毛颖传》，不能举其辞，而独大笑以为怪，而吾久不克见。杨子诲之来，始持其书，索而读之，若捕龙蛇、搏虎豹，急与之角而力不敢暇，信韩子之怪于文也。世之摹拟窜窃，取青媲白、肥皮厚肉、柔筋脆骨而以为辞者之读之也，其大笑固宜。且世人笑之也，不以其俳乎？而俳又非圣人之所弃者。《诗》曰'善戏谑兮，不为虐兮'，太史公书有《滑稽列传》，皆取乎有益于世者也。故学者终日讨说答问，呻吟习复，应对进退，掬溜播洒，则罢惫而废乱，故有'息焉游焉'之说。

"不学操缦，不能安絃。有所拘者，有所纵也。太羹玄酒，体节之荐，味之至者，而又设以奇异小虫水草、楂梨橘柚，苦咸酸辛，虽蜇吻裂鼻、缩舌涩齿，而咸有笃好之者。文王之菖蒲菹，屈到之芰，曾晳之羊枣，然后尽天下之奇味以足于口。独文异乎？韩子之为也，亦将弛焉而不为虐欤？息焉游焉而有所纵欤？尽六艺之奇味以足其口欤？而不若是，则韩子之辞，若壅大川焉，其必决而放诸陆，不可以不陈也。且凡古今是非、六艺百家，大细穿穴用而不遗者，毛颖之功也。韩子穷古书，好斯文，嘉颖之能尽其意，故奋而为之传，以发其郁积。而学者得之(以)励，其有益于世欤？是其言也，固与异世者语；而贪常嗜琐者，犹呫呫然动其喙，亦劳甚矣乎！"

卷十一

河东柳宗元文一　赋、杂著

解祟赋

柳子既谪，犹惧不胜其口，筮以《元》，遇《乾》之八，其赞曰："赤舌烧城，吐水于瓶。"其测曰："君子解祟也。"喜而为之赋。

胡赫炎薰熇之烈火兮，而生夫人之齿牙。上殚飞而莫遁，旁穷走而逾加。九泉焦枯而四海渗涸兮，纷挥霍而要遮。风雷虢虢以为橐籥兮，回禄煽怒而喊呀。炖堪舆为甗鏊兮，爇云汉而成霞。邓林大椿不足以充于燎兮，倒扶桑落棠胶轕而相叉。膏摇唇而增炽兮，焰掉舌而弥葩。沃无瓶兮扑无彗，金流玉铄兮，曾不自比于尘沙。独凄己而燠物，愈腾沸而骹齣。

吾惧夫灼烂灰灭之为祸，往搜乎《太元》之奥。讼众正，诉群邪。曰：去尔中躁与外挠，姑务清为室而静为家。苟能是，则始也汝迩，今也汝遐。凉汝者进，烈汝者赊。譬之犹豁天渊而覆原燎，夫何长喙之纷拏。今汝不知清己之虑，而恶人之哗；不知静之为胜，而动焉是嘉。徒遑遑乎狂奔而西傺，盛气而长嗟。不亦辽乎！

于是释然自得，以泠风濯热，以清源涤瑕。履仁之实，去盗之夸。冠太清之元（玄）冕，佩至道之瑶华。铺冲虚以为席，驾恬泊以为车，浏乎以游于万物者。始彼狙雎倏施，而以祟为利者，夫何为耶？

○宗元以清静为御谗之要，譬以身为瓯臾，待流丸之自止；又若藏于九地之下，任烈火之燎原，可谓明晰物情、善自为谋者矣。虽然，其与无入不自得之君子，犹有间。盖无入而不自得者，入焉而自得，非规以出乎其外，而始自得之谓也。是非者，理也；得失者，命也；毁誉者，人也。以得失听命，以毁誉听人，而唯理之至是者是从。其从之也，唯曰理在则然，不以有我之见往参其间，沾沾曰我能从理，我无非而有是。夫如是，则虽万感杂乘，而此一理各随其万者以自来，自可遍入于钜万之中，各得其一而万自毕。夫如是，犹问毁乎？犹问誉乎？

虽有金玉，难饰太虚，尧舜事业，如浮云也；虽有污泥，难涂日月，齿牙为猾，其何伤已？今畏夫赤舌之烧城，而逃之清静之家，游乎万物之始，将坚壁清野，索之不可得，岂非所为规以出乎其外者乎？犹有所谓我者存，是尚不得老子之清静，其于无入不自得之君子远矣！

平淮夷雅　二篇

皇　武

命丞相度董师，集大功也。

皇耆其武，于溵于淮。既巾乃车，环蔡其来。狡众昏嚣，甚毒于酲。狂奔叫呶，以干大刑。

皇咨于度，惟汝一德。旷诛四纪，其徯汝克。锡汝斧钺，其往视师。师是蔡人，以宥以厘。

度拜稽首，庙于元龟。既祃既类，于社是宜。金节煌煌。钖盾雕戈。犀甲熊旂，威命是荷。

度拜稽首，出次于东。天子饯之，罍斝是崇。鼎臑俎胾，五献百笾。凡百卿士，班以周旋。

既涉于浐，乃翼乃前。孰图厥犹，其佐多贤。宛宛周道，于山于川。远扬迩昭，陟降连连。

我旆我旂，于道于陌。训于群帅，拳勇来格。公曰徐之，无恃頟頟。式和尔容，惟义之宅。

进次于郾，彼昏卒狂。哀凶鞠顽，锋猬斧螗。赤子匍匐，厥父是亢。怒其萌芽，以悖太阳。

王旅浑浑，是佚是怙。既获敌师，若饥得餔。蔡凶伊窘，悉起来聚。左捣其虚，靡愆厥虑。

载辟载袚，丞相是临。弛其武刑，谕我德心。其危既安，有长如林。曾是讙譊，化为讴吟。

皇曰来归，汝复相予。爵之成国，胙以夏墟。度拜稽首，天子圣神；度拜稽首，皇祐下人。

淮夷既平，震是朔南。宜庙宜郊，以告德音。归牛休马，丰稼于野。我武惟皇，永保无疆。

方　城

命愬守也。卒入蔡，得其大丑，以平淮右。

方城临临，王卒峙之。匪徼匪竞，皇有正命。皇命于愬，往舒余仁。踣彼艰顽，柔惠是驯。

愬拜即命，于皇之训。既砺既攻，以后厥刃。王师嶷嶷，熊罴是式。衔勇韬力，日思予殛。

寇昏以狂，敢蹈愬疆。士获厥心，大袒高骧。长戟酋矛，粲其绥章。右翦左屠，聿禽其良。

其良既宥，告以父母。恩柔于肌，卒贡尔有。维彼攸恃，乃侦乃诱；维彼攸宅，乃发乃守。

其恃爰获，我功我多。阴谍厥图，以究尔讹。雨雪洋洋，大风来加。于燠其寒，于迩其遐。

汝阴之茫，悬瓠之峨。是震是拔，大歼厥家。狡虏既縻，输于国都。示之市人，即社行诛。

乃谕乃止，蔡有厚喜。完其室家，仰父俯子。汝水沄沄，既清而瀰。蔡人行歌，我步逶迟。

蔡人歌矣，蔡风和矣。孰颡蔡初，胡毻尔居？式慕以康，为愿有余。是究是咨，皇德既舒。

皇曰咨愬，裕乃父功。昔我文祖，惟西平是庸。内诲于家，外刑于邦。孰是蔡人，而不率从。

蔡人率止，惟西平有子。西平有子，惟我有臣。畴允大邦，俾惠我人。于庙告功，以顾万方。

◇穆修曰："《平淮夷雅》，非只词似古人，要其理亦不诎于古。如'公曰徐之''往舒余仁'等语，其于古者'胜殷遏刘''止戈为武'之义，岂爽毫发？吾知圣人复起，采而录之，以续正雅，决矣。"

晋文公问守原议

晋文公既受原于王，难其守。问寺人教鞮，以畀赵衰。

余谓守原，政之大者也，所以承天子、树霸功，致命诸侯，不宜谋及媟近，以忝王命。而晋君择大任，不公议于朝，而私议于宫；不博谋于卿相，而独谋于寺人。虽或衰之贤足以守，国之政不为败，而贼贤失政之端，由是滋矣。况当其时，不乏言议之臣乎？狐偃为谋臣，先轸将中军，晋君疏而不咨，外而不求，乃卒定于内竖，其可以为法乎？

且晋君将袭齐桓之业，以翼天子，乃大志也。然而齐桓任管仲以兴，进竖刁以败。则获原启疆，适其始政，所以观视诸侯也；而乃背其所以兴，迹其所以败。然而能霸诸侯者，以土则大，以力则强，以义则天子之册也。诚畏之矣，乌能得其心服哉！其后景监得以相卫鞅，弘、石得以杀望之，误之者，晋文公也。

呜呼！得贤臣以守大邑，则问非失举也，盖失问也。然犹羞当时、陷后代若此，况于问与举又两失者，其何以救之哉？余故著晋君之罪，以附《春秋》许世子止、赵盾之义。

□圣祖御评：竖议精严，遣词緊拔，森然法戒之文。

○宦寺之祸，列代覆辙相寻。唐自天宝以后，寖昌寖炽，积成甘露之变，而天子仅守府矣。宗元为王叔文之友，叔文败，宗元亦贬。《唐史》惩叔文之党，于宗元无恕辞；即昌黎韩愈，亦讥宗元不自顾藉贵重。虽然，考其时宦官既掌禁旅，复监天下军，叔文辈欲一旦尽解其兵柄，还之朝廷，其意非不善也。事败身死，当时震于宦寺之威，不敢论曲直耳。乃至于今，尚尤之不止，岂非惑哉？《易》不云乎：“过涉灭顶，凶，无咎。”孔子系之《辞》曰：“过涉之凶，不可咎也。”若叔文辈，当大过栋挠之时，不度德，不量力，涉大川而不顾，灭顶而死，当为君子之所哀。虽身败名裂，可不谓之“乃心王室”乎？

善夫，明陈子龙之论！曰：“伾文之党，欲尽夺北衙之势，张南衙之权。其于国谋，不可谓非正也。子厚假晋文以立论，谓守原一问得不偿失，所以申‘履霜坚冰’之戒者深矣，其言可为后世法戒。”虽然，子厚固未经深考，不达左氏纪载之意也。

夫赵衰者，文公出亡五年，所为患难与共者也。作三军，谋元师，赵衰曰郤縠可则从之。衰岂更藉人汲引者？且衰已为卿，其不以守原轻重明矣。而寺人教鞮者，即寺人披，文公斩袪之仇也，夫岂其嬖幸哉？《左传》纪此，盖以见晋文此举，于一饭之德必偿，而杀身之仇归斯受之，无纤芥之憾于中。即可为勋戚如赵衰者，商其逸事，此其心胸，诚有度越千古者耳。宗元乃曰：“狐偃为谋臣，先轸将中军，文公疏而不咨，外而不求，而卒定于内竖。”若文公之昵爱寺人披者然，岂不阔远于情事哉？然则宗元之垂戒后世，虽是也；而其尚论晋文，则非也。

桐叶封弟辩

古之传者，有言成王以桐叶与小弱弟，戏曰：“以封汝。”周公入贺。王曰：“戏也。”周公曰：“天子不可戏。”乃封小弱弟于唐。

吾意不然。王之弟当封耶？周公宜以时言于王，不待其戏而贺以成之也。不当封耶？周公乃成其不中之戏，以地以人与小弱者为之主，其得为圣乎？且周公以王之言，不可苟焉而已，必从而成之耶？设有不幸，王以桐叶戏妇寺，亦将举而从之乎？凡王者之德，在行之何若。设未得其当，虽十易之，不为病；要于其当，不可使易也。而况以其戏乎？若戏而必行之，是周公教王遂过也。

吾意周公辅成王，宜以道，从容优乐，要归之大中而已，必不逢其失而为之辞。又不当束缚之，驰骤之，使若牛马然，急则败矣。且家人父子，尚不能以此自克，况号为君臣者耶？是直小丈夫缺缺者之事，非周公所宜用，故不可信。

或曰：封唐叔，史佚成之。

〇桐叶封弟事，虽载《史记》及刘向《说苑》，然年远传讹如此，不可信者众矣。宗元辩此，具有确见。至云："王者之德，在行之何若。设未得其当，虽十易之，不为病；要于其当，不可使易也。"语尤切至。

虽然，要于其当，岂不难哉？非具太公无我之量，实有正心诚意之学，考之《诗》《书》，博之史籍，而识古人之所已经，极之民风土俗之不齐，物情事势之屡变，而识今时之所宜称，析之入于锱铢而不爽，挈之举乎六合而不遗，知周乎万物而怀匹夫匹妇一能胜予之心，道济乎天下而视尧舜事业若浮云太虚之过者，其孰能事事要乎其当哉？不得其当而不知易，自必又有得其当而妄易之者也，具曰："予圣，谁知乌之雌雄？"君子所以有终身之忧，而未尝一日以位为乐欤？成王之诗曰："惟予小子，不聪敬止，日就月将，学有缉熙于光明。"於戏，其庶几乎！

捕蛇者说

永州之野产异蛇，黑质而白章，触草木，尽死；以啮人，无御之者。然得而腊之以为饵，可以已大风、挛踠、瘘、疠，去死肌，杀三虫。其始，太医以王命聚之，岁赋其二。募有能捕之者，当其租入。永之人争奔走焉。

有蒋氏者，专其利三世矣。问之，则曰："吾祖死于是，吾父死于是。今吾嗣为之十二年，几死者数矣。"言之，貌若甚戚者。

余悲之，且曰：“若毒之乎？余将告于莅事者，更若役，复若赋，则何如？”

蒋氏大戚，汪然出涕曰：“君将哀而生之乎？则吾斯役之不幸，未若复吾赋不幸之甚也。向吾不为斯役，则久已病矣。自吾氏三世居是乡，积于今六十岁矣，而乡邻之生日蹙。殚其地之出，竭其庐之入，号呼而转徙，饥渴而顿踣，触风雨，犯寒暑，呼嘘毒疠，往往而死者相藉也。曩与吾祖居者，今其室十无一焉；与吾父居者，今其室十无二三焉；与吾居十二年者，今其室十无四五焉。非死则徙尔，而吾以捕蛇独存。悍吏之来吾乡，叫嚣乎东西，隳突乎南北，哗然而骇者，虽鸡狗不得宁焉。吾恂恂而起，视其缶，而吾蛇尚存，则弛然而卧。谨食之，时而献焉。退而甘食其土之有，以尽吾齿。盖一岁之犯死者二焉；其余，则熙熙而乐。岂若吾乡邻之旦旦有是哉！今虽死乎此，比吾乡邻之死则已后矣，又安敢毒耶？”

余闻而愈悲。孔子曰：“苛政猛于虎也。”吾尝疑乎是。今以蒋氏观之，犹信。呜呼！孰知赋敛之毒，有甚是蛇者乎！故为之说，以俟夫观人风者得焉。

〇文本《檀弓》“苛政猛于虎”意，当时赋役之烦重，可以想见。至“悍吏之来吾乡”一段，摹写尤精。盖百姓征求之苦，困于守令者什之三，困于胥吏者什之七。朝廷虽宽租减税，视民如子，而守令不才，德意不下逮；四境之内，保无有吏虎而冠者，叫嚣乎东西、隳突乎南北耶？为大吏者，急当三复斯文。

说车赠杨诲之

杨诲之将行，柳子起而送之门，有车过焉，指焉而告之曰："若知是之所以任重而行于世乎？材良而器攻，圆其外而方其中然也。材而不良，则速坏；工之为功也，不攻，则速败。中不方则不能以载，外不圆则窒拒而滞。方之所谓者箱也，圆之所谓者轮也。匪箱不居，匪轮不涂。吾子其务法焉者乎？"曰："然。"

曰："是一车之说也，非众车之说也，吾将告子乎众车之说。泽而杼，山而侔；上而轾，下而轩且曳。祥而旷左，革而长毂以戟，巢焉而以望，安以爱老，辎以蔽内，垂缓而以畋，载十二旒，而以庙以郊以陈于庭，其类众也。然而其要，存乎材良而器攻，圆其外而方其中也。是故任而安之者箱，达而行之者轮，恒中者轴，捐而固者蚤，长而挠，进不罪乎马，退不罪乎人者辕，却暑与雨者盖，敬而可伏者轼，服而制者马若牛，然后众车之用具。

"今杨氏，仁义之林也，其产材良。诲之学古道，为古辞，冲然而有光，其为工也攻。果能恢其量若箱，周而通之若轮，守大中以动乎外而不变乎内若轴，摄之以刚健若蚤，引焉而宜御乎物若辕，高以远乎污若盖，下以成乎礼若轼，险而安，易而利，动而法，则庶乎车之全也。《诗》之言曰：'四牡騑騑，六辔如琴。'孔氏语曰：'左为六官，右为执法。'此其以达于大政也。凡人之质不良，莫能方且恒；质良矣，用不周，莫能以圆遂。孔子于乡党，恂恂如也，遇阳虎必曰诺；而其在夹谷也，视叱齐侯类蓄狗，不震乎其内。后之学孔子者，不志于是，则吾无望焉耳矣。"

诲之，吾戚也，长而益良，方其中矣。吾固欲其任重而行于世，惧圆其外者未至，故说车以赠。

○君子所贵乎道者三，出辞气远鄙倍，其一也。纂组六经之语，左仁右义，声周咳孔，无异于圣人，而片言单辞，不觉流露。以是知诚之不可掩，而文之不可以为伪也。宗元说车，以喻君子以成德为行者，信善矣。乃谓孔子在夹谷，“视叱齐侯类蓄狗”，则其平日之多旷于礼，大类阳处父行，并植于晋国，不没其身，其气象毕见矣。

按《史记》，夹谷之会，孔子两度趋进，历阶而升，不尽一等，举袂而言，请命有司。《左传》则曰：齐使莱人以兵劫鲁侯，孔子以公退，曰：“士兵之！两君合好，而夷裔之俘以兵乱之，非齐君所以命诸侯也。”合而观之，乌睹所谓“叱齐侯类蓄狗者”耶？此文洵美如玉矣，而斯语者，非大珪之颣哉？

宋清传

宋清，长安西部药市人也，居善药。有自山泽来，必归宋清氏，清优主之。长安医工得清药、辅其方，辄易售，咸誉清。疾病疕疡者，亦皆乐就清求药，冀速已。清皆乐然响应，虽不持钱者，皆与善药，积券如山，未尝诣取直。或不识，遥与券，清不为辞。岁终，度不能报，辄焚券，终不复言。市人以其异，皆笑之曰：“清，蚩妄人也。”或曰：“清其有道者欤？”清闻之曰：“清逐利以活妻子耳，非有道也。然谓我蚩妄者也，亦谬。”

清居药四十年，所焚券者百数十人，或至大官，或连数州，受俸博，其馈遗清者，相属于户。虽不能立报，而以赊死者千百，不害清之为富也。清之取利远，远故大。岂若小市人哉？一不得直，则怫然怒，再则骂而仇耳。彼之为利，不亦翦翦乎？吾见蚩之有在也。清诚以是得大利，又不为妄，执其道不废，卒以富。求者益广，或斥弃沉废，亲与交；视之落然者，清不以怠遇其人，必与善药如故。一旦复柄用，益厚报清。其远取利，皆类此。

吾观今之交乎人者，炎而附，寒而弃，鲜有能类清之为者。世之言，徒曰“市道交”。呜呼！清，市人也，今之交，有能望报如清之远者乎？幸而庶几，则天下之穷困废辱，得不死亡者众矣。柳先生曰：“清居市，不为市之道；然而居朝廷、居官府、居庠塾乡党，以士大夫自名者，反争为之不已。悲夫！然则清非独异于市人也。”

〇韩愈所为私传，皆其人于史法不得立传，而事有关于人心世道、不可无传者也。宗元则以发抒己议，类庄生之寓言。如梓人、如郭橐驼等，皆与此同，非所为“信以传信”者矣。然其议论有可取者，则亦具录于编。此篇盖慨交道之如市，且谓善贾者必有远虑、有行义，若今之交，并市道之不若也，炎而附、寒而弃者之晨钟矣。虽然，犹未闻君子之所谓朋友之道也。

顾尝论之，君臣、父子、夫妇、兄弟之伦，皆由天定。朋友者，人事之适然耳，而圣人列诸五伦，与四者并重，何哉？於戏！人必明于朋友之伦，而后四者之道，可几而明且行也。由家言之，父子之有慈孝、兄弟之有友恭、夫妇之有义正，固已；而情事万端，道心微而人心危，何以撤其情欲气质之偏，而趋乎慈孝、友恭、义正之域？谁为讲明切究、扶掖而闲卫之者，非朋友欤？由国言之，君者出令者也，臣者行君之令而致之民者也，君令而不违者，岂曰唯其言而莫予违哉？亦曰唯其言而莫违乎天下之人之心也。则相与心诚，求夫天下之人之心，以明夫令之若否者，必有师臣焉，必有宾臣焉，必有友臣焉；非欲尽九州之才俊，以供一身之使令也。故曰：臣哉，邻哉；邻哉，臣哉。贵为天子，其朋友之伦未尝绝也。若臣与臣之夙夜交儆、以事一人者，更为朋友之分之大端矣。为长、为两、为贰、为伍、为考、为殷、为辅，内而台省，外而牧守，近而联曹，远而隔域，爵有高卑，分有小大，而其所谋与所事者，莫非所以行天子之令以致之于民，以生养、安全、教训、化成斯民者也。然则其相亲也，如股肱、耳目之同处一体，虽父子、兄弟、夫妇有不可得而逾者，以其所系者大，非一身一家之事所可比拟。此自然而然，非强欲云然而然者也。如是而朋友之道可识矣。于国无益于君民，于家无益于孝弟，而犹曰朋友，是其朋何朋而其友何友也？

《常棣》之诗曰："兄弟阋于墙，外御其侮。每有良朋，烝也无戎。"是诗也，非言朋友不如兄弟之肯御侮也。朋友之义，不在御侮，"无戎"义也；不得以身许人，如聂政、荆轲之为也。其次章曰："丧乱既平，既安且宁。虽有兄弟，不如友生。"是诗也，非言待兄弟不如朋友，而讥其共患难、不共安乐之谓也。"丧乱既平，既安且宁"，斯时也，何以安不忘危、存不忘亡，未雨绸缪而及时修德乎？必将就有道而正焉，则非一家兄弟之智谋、才力所可任也。"虽有兄弟，不如友生"，言当求友之亟也。《伐木》之诗曰："相彼鸟矣，犹求友声。矧伊人矣，不求友生？神之听之，终和且平。"言出谷迁乔、撤昏祛蔽而日进于高明，未有不求友生而能自得之者也。其次章曰："既有肥羜，以速诸父。既有肥牡，以速诸舅。"其三章曰："笾豆有践，兄弟无远。"则初未尝一言及于友生。此以见亲亲之恩，唯当施于诸父、诸舅、兄弟，而所谓友生者，不得狎与其间也。亲亲之杀，尊贤之等，各有当矣。施亲亲之恩于朋友，正所谓"朋友道衰"也。

《易》曰："西南得朋，东北丧朋。"西南者，坤方，万物皆致养焉，人臣所当劳动心力耳目之地也，故利得朋。天下大矣，万事变矣，一手一足之烈，其奚能为？群策群力，多多益善，人若于此而有不欲得朋之心，则必所谓"人之有技，娼嫉以恶之；

人之彦圣，而违之，俾不通，实不能容”者也。东北者，寅方，始万物、终万物者也。事之始也，当禀其令于君；事之终也，当归其成于主，义非人臣之所得私。夫且不得有其身，而安得有朋？人若于此而有不能丧朋之心，则所为“臣无有作福作威玉食，臣之有作福作威玉食，其害于而家，凶于而国，人用侧颇，辟民用僭慝”者也。是故推“得朋”之义，则曰“朋盍簪”，曰“朋来朋至”，曰“以其汇，以其邻”，莫非勖其一乃心力、勤劳王事之辞也。推“丧朋”之义，则曰“涣其群”，曰“朋亡”，曰“绝类上”，莫非戒其履霜坚冰、尾大不掉之辞也。

於戏！读《易》与《诗》，朋友所系，不綦重哉！交道既丧，庠序之间，所谓以文会友、以友辅仁，以成风俗之美者无闻；朝廷之上，所谓拔茅连茹、汇征并进，以成得人之庆者无闻。平居嬉游征逐，握手出肺肝相示，而非相勖以忠孝也；其在位，则结纳汲引、党同伐异，专以荧惑君上博取人间富若贵，则无论炎而附、寒而弃，即使久要不忘，其为交也犹粪土耳，岂曰“金石”哉?!

柳宗元慨士大夫交轻相负，无岁寒之雅，为传宋清市药得利之远，以忻动而愧励之。不知苟不达于《伐木》“友生”之义，《大易》“得朋、丧朋”之言，则虽白头如新、倾盖如故，其于圣贤所为朋友之道，犹是适秦而越其辕者也。

种树郭橐驼传

郭橐驼，不知始何名。病偻，隆然伏行，有类橐驼者，故乡人号之“驼”。驼闻之，曰：“甚善。名我固当。”因舍其名，亦自谓“橐驼”云。其乡曰丰乐乡，在长安西。

驼业种树，凡长安豪富人为观游及卖果者，皆争迎取养。

视驼所种树，或移徙，无不活，且硕茂，早实以蕃。他植者，虽窥伺效慕，莫能如也。

有问之，对曰："橐驼非能使木寿且孳也，能顺木之天，以致其性焉尔。凡植木之性，其本欲舒，其培欲平，其土欲故，其筑欲密。既然已，勿动勿虑，去不复顾。其莳也若子，其置也若弃，则其天者全而其性得矣。故吾不害其长而已，非有能硕茂之也；不抑耗其实而已，非有能早而蕃之也。他植者则不然，根拳而土易，其培之也，若不过焉则不及。苟有能反是者，则又爱之太恩，忧之太勤，旦视而暮抚，已去而复顾，甚者爪其肤以验其生枯，摇其本以观其疏密，而木之性日以离矣。虽曰爱之，其实害之；虽曰忧之，其实仇之，故不我若也。吾又何能为哉！"

问者曰："以子之道，移之官理，可乎？"驼曰："我知种树而已，［官］理，非吾业也。然吾居乡，见长人者好烦其令，若甚怜焉，而卒以祸。旦暮吏来而呼曰：'官命促尔耕，勖尔植，督尔获，蚤缫而绪，蚤织而缕，字而幼孩，遂而鸡豚。'鸣鼓而聚之，击木而召之。吾小人辍飧饔以劳吏者，且不得暇，又何以蕃吾生而安吾性耶？故病且怠。若是，则与吾业者，其亦有类乎？"

问者曰："嘻，不亦善夫！吾问养树，得养人术。"传其事以为官戒。

〇《康诰》曰："如（若）保赤子。"《大学》申之曰："心诚，求之虽不中，不远矣。"夫父母之于子，无名之可立也。惟不以名求，而以心诚求，故神听无响，而饮食寒暖之宜，必适得乎不能言之赤子之心，而终未尝厌其烦。长民者，民之父母也；民，赤子也。乃有父母之责，而未尝稍存父母之心，不以为获利之区，即以为立名之地，赤子奚乳焉？

宗元所言“长人者好烦其令”，民“辍飧饔以劳吏者，且不得暇，又何以蕃吾生而安吾性”，诚足以为官戒矣。虽然，其所以至是者，岂以赤子视斯民而致然哉？为其以民事为立名之地而致然也。果甚怜其民，而促耕督获之勤且劬，如是又安得使民辍饔飧以劳吏？唯其为此者名也，名既至，而赤子与我即秦越，是以若甚怜焉而卒以祸。如心诚求之，则或烦或简，于民各有所利也。其简也，固种树者之置若弃也；其烦也，非即种树者之莳若子乎？

梓人传

裴封叔之第，在光德里。有梓人款其门，愿佣隙宇而处焉。所职，寻引、规矩、绳墨，家不居砻斫之器。问其能，曰：“吾善度材，视栋宇之制，高深、圆方、短长之宜，吾指使而群工役焉。舍我，众莫能就一宇。故食于官府，吾受禄三倍；作于私家，吾收其直太半焉。”他日，入其室，其床阙足而不能理，曰：“将求他工。”余甚笑之，谓其无能而贪禄嗜货者。

其后京兆尹将饰官署，余往过焉。委群材，会群工，或执斧斤，或执刀锯，皆环立。向之梓人左持引，右执杖，而中处焉。量栋宇之任，视木之能，举挥其杖，曰“斧！”彼执斧者奔而右；顾而指曰：“锯！”彼执锯者趋而左。俄而，斤者斲，刀者削，皆视其色、俟其言，莫敢自断者。其不胜任者，怒而退之，亦莫敢愠焉。画宫于堵，盈尺而曲尽其制，计其毫厘而构大厦，无进退焉。既成，书于上栋曰“某年某月某日某建”，则其姓字也。凡执用之工不在列。余圜视大骇，然后知其术之工大矣。

继而叹曰：“彼将舍其手艺，专其心智，而能知体要者欤？吾闻劳心者役人，劳力者役于人。彼其劳心者欤？能者用而智者谋，彼其智者欤？是足为佐天子、相天下法矣，物莫近乎此也。彼为天下者，本于人。其执役者，为徒隶，为乡师、里胥；其上为下士；又其上为中士、为上士；又其上为大夫、为卿、为公。离而为六职，判而为百役。外薄四海，有方伯、连率。郡有守，邑有宰，皆有佐政；其下有胥吏，又其下皆有啬夫、版尹，以就役焉，犹众工之各有执伎以食力也。

“彼佐天子、相天下者，举而加焉，指而使焉；条其纲纪而盈缩焉，齐其法制而整顿焉，犹梓人之有规矩、绳墨以定制也。择天下之士，使称其职；居天下之人，使安其业；视都知野，视野知国，视国知天下，其远迩细大，可手据其图而究焉，犹梓人画宫于堵而绩于成也。能者进而由之，使无所德；不能者退而休之，亦莫敢愠；不炫能，不矜名；不亲小劳，不侵众官，日与天下之英才讨论其大经，犹梓人之善运众工而不伐艺也。夫然后相道得而万国理矣。相道既得，万国既理，天下举首而望曰：‘吾相之功也！’后之人循迹而慕曰：‘彼相之才也！’士或谈殷、周之理者，曰伊、傅、周、召，其百执事之勤劳，而不得纪焉；犹梓人自名其功，而执用者不列也。大哉相乎！通是道者，所谓‘相’而已矣。其不知体要者反此：以恪勤为公，以簿书为尊，炫能矜名，亲小劳，侵众官，窃取六职、百役之事，听听于府庭，而遗其大者远者焉，所谓不通是道者也。犹梓人而不知绳墨之曲直，规矩之方圆，寻引之短长，姑夺众工之斧斤刀锯以佐其艺，又不能备其工，以至败绩，用而无所成也，不亦谬欤？”

或曰：“彼主为室者，倘或发其私智，牵制梓人之虑，夺其世守而道谋是用，虽不能成功，岂其罪耶？亦在任之而已！”余曰：“不然。夫绳墨诚陈，规矩诚设，高者不可抑而下也，狭者不可张而广也。由我则固，不由我则圮。彼将乐去固而就圮也，则卷其术，默其智，悠尔而去，不屈吾道，是诚良梓人耳！其或嗜其货利，忍而不能舍也；丧其制量，屈而不能守也，栋桡屋坏，则曰‘非我罪也’，可乎哉？可乎哉？”

余谓梓人之道类于相，故书而藏之。梓人，盖古之审曲面势者，今谓之“都料匠”云。余所遇者，杨氏，潜其名。

◇储欣曰：“分明一篇大臣论。借梓人以发其端，由宾入主，非独而长之之谓也。王弇洲乃云：‘形容梓人处已妙，只一语结束可也，喋喋不已，复而易厌。’如弇洲言，是认煞公为梓人立传，而独类相臣，失厥指矣。”

童区寄传

柳先生曰：越人少恩，生男女必货视之。自毁齿以上，父兄鬻卖，以觊其利。不足则盗取他室，束缚钳梏之；至有须鬣者，力不胜，皆屈为僮。当道相贼杀以为俗。幸得壮大，则缚取么弱者。汉官因为己利，苟得僮，恣所为不问。以是越中户口滋耗。少得自脱，惟童区寄以十一岁胜，斯亦奇矣。桂部从事杜周士为余言之。

童区寄者，郴州荛牧儿也。行牧且荛，二豪贼劫持反接，布囊其口，去逾四十里之虚所卖之。寄伪儿啼，恐栗为儿恒状。贼易之，对饮酒，醉。一人去为市；一人卧，植刃道上。童微伺其睡，以缚背刃，力上下，得绝，因取刃杀之。

逃未及远，市者还，得童，大骇，将杀童。遽曰："为两郎僮，孰若为一郎僮耶？彼不我恩也；郎诚见完与恩，无所不可。"市者良久计曰："与其杀是僮，孰若卖之？与其卖而分，孰若吾得专焉？幸而杀彼，甚善！"即藏其尸，持童抵主人所，愈束缚牢甚。夜半，童自转，以缚即炉火烧绝之，虽疮手勿惮，复取刃杀市者。因大号，一虚皆惊。童曰："我区氏儿也，不当为僮。贼二人得我，我幸皆杀之矣。愿以闻于官。"

虚吏白州，州白大府。大府召视，儿幼愿耳。刺史颜证奇之，留为小吏，不肯。与衣裳，吏护还之乡。乡之行劫缚者侧目，莫敢过其门，皆曰："是儿少秦武阳二岁，而讨杀二豪，岂可近耶！"

○子厚未尝为史，此文绝似《后汉书》，固子厚之史也。

卷十二

河东柳宗元文二　杂著

诫惧箴

人不知惧，恶可有为？知之为美，莫若去之。非曰童昏，昧昧忽思。祸至而惧，是诫不知。君子之惧，惧乎未始。几动乎微，事迁乎理。将言以思，将行以止。中决道符，乃顺而起。起而获祸，君子不耻。非道之愆，非中之诡。惧而为惧，虽惧焉如？君子不惧，为惧之初。

忧箴

忧可无乎？无谁以宁！子如不忧，忧日以生。忧不可常，常则谁怿？子常其忧，乃小人戚。敢问忧方，吾将告子：有闻不行，有过不徙；宜言不言，不宜而烦；宜退而勇，不宜而恐。中之诚恳，过又不及。忧之大方，唯是焉急！内不自得，甚泰为忧。省而不疚，虽死优游。所忧在道，不在乎祸。吉之先见，乃可无过。告子如斯，守之勿堕！

○《易》曰："惧以终始，其要无咎。"《语》曰："勇者不惧。"《记》曰："君子有终身之忧。"《易》曰："乐天知命，故不忧。”《语》又曰：“内省不疚，夫何忧何惧?”同一孔子之言，而相反乃如是。既一心以忧惧，又一心以不忧不惧，两心奚能齐发而并存？处万事，应万几，皆此天，君之出令而歧焉若此哉？不知下学立心之始，直上达天德之终，皆以此为枢机也。《丹书》曰：“敬胜怠者吉，怠胜敬者灭；义胜欲者从，欲胜义者凶。”怠也、欲也，则日涉于可忧、可惧之途而不知忧、不知惧，否则有长戚戚之忧与患得患失之惧，一以为热火，一以为寒冰，虽轮转循环，而要之非忧惧即不忧惧，断无齐发而并存者。若敬也、义也，二者夹持，以毋不敬之心，各从乎义之所宜，则耳目口体血气心知之欲，所为甘以坏者，必若蹈虎尾、涉于春冰，无时无处而少弛其念，而以之历乎造次颠沛之域，遗大投艰、盘根错节之区，又必无几微动于心曲、见于颜面者。

若是乎，忧不忧、惧不惧，实齐发并存于一心而丝毫不相悖。孔子之言，非自相反也。宗元惧、忧二箴，其言若有见于道者，盖其历于忧患也深，而研穷于谟训者久矣。

师友箴

今之世，为人师者，众笑之，举世不师，故道益离；为人友者，不以道而以利，举世无友，故道益弃。呜呼，生于是病矣！歌以为箴，既以儆己，又以诫人。

不师如之何？吾何以成！不友如之何？吾何以增！吾欲从师，可从者谁？借有可从，举世笑之。吾欲取友，谁可取者？借有可取，中道或舍。仲尼不生，牙也久死，二人可作，惧吾不似。中焉可师，耻焉可友，谨是二物，用惕尔后。道苟在焉，佣丐为偶；道之反是，公侯以走。内考诸古，外考诸物，师乎友乎，敬尔毋忽！

○韩愈作《师说》，宗元不肯为人师，其《答韦中立书》，即引退之以为戒。论者以为韩、柳不同。今其言曰：“不师如之何？吾何以成！”是即愈所云“古之学者必有师”之意也。其曰：“今之世，为人师者，众笑之，举世不师，故道益离。”即愈所云“士大夫之族曰师曰弟子者，则群聚而笑之”之意也。然则宗元不为师，惧世患耳，非谓师道之可以不立也。

答　问

有问柳先生者曰：“先生貌类学古者，然遭有道，不能奋厥志，独被罪辜，废斥伏匿。交游解散，羞与为戚，生平向慕，毁书灭迹。他人有恶，指诱增益，身居下流，为谤薮泽。骂先生者不忌，陵先生者无谪。遇揖目动，闻言心惕，时行草野，不知何适。独何劣耶？观今之贤智，莫不舒翘扬英，推类援朋，叠足天庭，魁垒恢张，群驱连行。奇谋高论，左右抗声，出入翕忽，拥门填扃，一言出口，流光垂荣。岂非伟耶？先生虽读古人书，自谓知理道、识事机，而其施为若是其悖也！狼狈摈僇，何以自表于今之世乎？”

先生答曰：“敬闻命。然客言仆知理道、识事机，过矣。仆懵夫屈伸去就，触罪受辱，幸得联支体、完肌肤，犹食人之食，衣人之衣，用人之货，无耕织居贩，然而活给羞愧慄之不暇，今客又推当世贤智以深致诮责，吾缧囚也。逃山林、入江海无路，其何以容吾躯乎？愿客少假声气，使得详其心、次其论。”

客曰：“何取？”先生曰：“仆少尝学问，不根师说，心信古书，以为凡事皆易，不折之以当世急务，徒知开口而言，闭目而息，挺而行，踬而伏。不穷喜怒，不究曲直，冲罗陷阱，不知颠踣，愚蠢狂悖，若是甚矣，又何以恭客之教而承厚德哉？今之世，工拙不欺，贤不肖明白。其显进者，语其德，则皆茫洋深闳，端贞鲠亮，苞并涵养，与道俱往。而仆乃蹇浅窄僻，跳浮嚄唶，抵瑕陷厄，固不足以趑趄批捩而追其迹。举其理，则皆谟明渊沉，剖微穷深，劈析是非，校度古今。而仆乃缄钳默塞，耗眊窒惑，抉异探怪，起幽作匿，攸攸恤恤，卒自祸贼，固不足以睢盱激昂而效其则。言其学，则皆总揽罗络，横竖杂博，天旋地缩，鬼神交错。而仆乃单庸撇莩，离疏空虚，窃听道涂，颛嚚蒙愚，不知所如，固不足以抗颜摇舌而与之俱。称其文，则皆汗漫辉煌，呼嘘阴阳，樛轕三光，陶镕帝皇。而仆乃朴鄙艰涩，培塿潗湁，毫联缕缉，尘出块入，固不足以摅摛踊跃而涉其级。兹四者悬判，虽庸童小女，皆知其不及，而又裹以罪恶，缠以羁絷，客从而挤之，不亦忍乎？

“且夫白羲、騄耳之得康庄也，逐奔星，先飘风，而跛驴不出泥滓。黄钟、元间之登清庙也，铿天地，动神祇，而呜呜咬哇、不入里耳。西子、毛嫱之蹈后宫也，皦朝日，焕浮云，而无盐逐于乡里。蛟龙之腾于天渊也，弥六合，泽万物，而虾与蛭不离尺水。卓诡倜傥之士之遇明世也，用智能，显功烈，而么眇连蹇，颠顿披靡，固其所也。客又何怪哉？且夫一涉险厄惩而不再者，烈士之志也；知其不可而速已者，君子之事也。吾将窃取之以没吾世，不亦可乎？”

乃歌曰：“尧、舜之修兮，禹、益之忧兮，能者任而愚者休兮。跹跹蓬藋，乐吾囚兮。文墨之彬彬，足以舒吾愁兮。

已乎已乎，曷之求乎！”客乃笑而去。

〇宗元既窜，自放山泽间，其堙厄感郁，一寓诸文，读者悲恻。又尝遗所善翰林萧俛、京兆尹许孟容辈，道其愁苦无聊。众畏其才高，惩其复进，无复用力者。久汩不振，乃为《答问》，以明己之无意于世，殆以止媢嫉者之索垢吹瘢云。

敌　戒

皆知敌之仇，而不知为益之尤；皆知敌之害，而不知为利之大。秦有六国，兢兢以强；六国既除，訑訑乃亡。晋败楚鄢，范文为患；厉之不图，举国造怨。孟孙恶臧，孟死臧恤；药石去矣，吾亡无日。智能知之，犹卒以危；矧今之人，曾不是思！敌存而惧，敌去而舞，废备自盈，祗益为愈。敌存灭祸，敌去召过。有能知此，道大名播。惩病克寿，矜壮死暴。纵欲不戒，匪愚伊耄。我作戒诗，思者无咎。

〇宗元放逐后，益肆力于古，而觉平生冒没轻进之非，使一往不返，负累滋大，且将终其身不自知矣。然则宗元学问、文章光于千古者，挤之者之恩欤？述孟子“生于忧患，死于安乐”之义，作《敌戒》，明切警悚。《语》云：“苟非其人，求一言之几于道而不可得。”斯言可谓“几于道”已夫！

谤　誉

凡人之获谤誉于人者，亦各有道。君子在下位则多谤，在上位则多誉；小人在下位则多誉，在上位则多谤。何也？君子宜于上、不宜于下，小人宜于下、不宜于上；得其宜则誉至，不得其宜则谤亦至，此其凡也。然而君子遭乱世，不得已而在于上位，则道必合于君，而利必及于人，由是谤行于上而不及于下，故可杀可辱，而人犹誉之。小人遭乱世而后得居于上位，则道必合于君，而害必及于人，由是誉行于上而不及于下，故可宠可富，而人犹谤之。君子之誉，非所谓誉也，其善显焉尔；小人之谤，非所谓谤也，其不善彰焉尔。

然则在下而多谤者，岂尽愚而狡也哉？在上而多誉者，岂尽仁而智也哉？其谤且誉者，岂尽明而善褒贬也哉？然而世之人闻而大惑，出一庸人之口，则群而邮之，且置于远迩，莫不以为信也。岂惟不能褒贬而已，则又蔽于好恶，夺于利害，吾又何从而得之耶？孔子曰："不如乡人之善者好之，其不善者恶之。"善人者之难见也，则其谤君子者为不少矣，其谤孔子者亦为不少矣。传之记者，叔孙武叔，时之贵显者也；其不可记者，又不少矣。是以在下而必困也。及乎遭时得君而处乎人上，功利及于天下，天下之人皆欢而戴之，向之谤之者，今从而誉之矣。是以在上而必彰也。

或曰："然则闻谤誉于上者，反而求之，可乎？"曰："是恶可？无亦征其所自而已矣！其所自善人也，则信之；不善人也，则勿信之矣。苟吾不能分于善不善也，则已耳。如有谤誉乎人者，吾必征其所自，未敢以其言之多而举且信之也。其有及乎我者，未敢以其言之多而荣且惧也。苟不知我而谓我盗跖，吾又安取惧焉？苟不知我而谓我仲尼，吾又安取荣焉？知我者之善不善，非吾果能明之也，要必自善而已矣。"

○绘世俗任耳腾口之情状，励学者以返躬自求，可与昌黎《原毁》并读。

咸 宜

兴王之臣，多起污贱，人曰“幸也”；亡王之臣，多死寇盗，人曰“祸也”。余咸宜之。当两汉氏之始，屠贩徒隶出以为公侯卿相，无他焉，彼固公侯卿相器也。遭时之非是以诎，独其始之不幸，非遭高、光而以为幸也。汉、晋之末，公侯卿相劫戮困饿，伏墙壁间以死，无他焉，彼固劫戮困饿器也。遭时之非是以出，独其始之幸，非遭卓、曜而为祸也。

彼困于错乱，伏志气，屈身体，以下奴虏，平难泽物之德不施于人，一得适其傃，其进晚耳，而人犹幸之。彼伸于昏乱，抗志气，肆身体，以傲豪杰，残民兴乱之伎行于天下，一得适其傃，其死后耳，而人犹祸之。悲夫！余是以咸宜之。

○肃、代、顺、德之间，奄寺执国命，藩镇攘土地，皇纲陵迟，四海有瓦解之渐；而庙堂之上，文恬武嬉，一如太平无事者。宗元所为悼痛，而举汉晋之末公卿将相以为戒，文虽与高、光佐命两两平叙，而意固独有在也。夫天生民，而树之后王君公，承以大夫师长，岂欲其偃然肆于民上，以纵其淫而弃天地之性？虽一邑之令，固万人之所托命焉。乃栀其貌而蜡其言，食焉而不事其事，有不寖消寖败，以至如汉晋末造者乎？《易》曰：“其所由来［者］渐矣。由辨之不蚤辨也。”搢绅之士，盍三复斯文！

鞭 贾

市之鬻鞭者，人问之，其贾宜五十，必曰五万。复之以五十，则伏而笑；以五百，则小怒；五千，则大怒；必以五万而后可。

有富者子，适市买鞭，出五万，持以夸余。视其首，则拳蹙而不遂；视其握，则蹇仄而不植；其行水者，一去一来不相承；其节朽墨而无文材，掐之灭爪，而不得其所穷；举之翲然若挥虚焉。余曰："子何取于是而不爱五万？"曰："吾爱其黄而泽。且贾者云。"余乃召僮，爚汤以濯之，则遬然枯、苍然白，向之黄者栀也，泽者蜡也。富者不悦，然犹持之三年。后出东郊，争道长乐坂下，马相踶，因大击，鞭折而为五六。马踶不已，坠于地，伤焉。视其内则空空然，其理若粪壤，无所赖者。

今之栀其貌、蜡其言，以求贾技于朝，当其分则善。一误而过其分，则喜；当其分，则反怒，曰："余曷不至于公卿？"然而至焉者，亦良多矣。居无事，虽过三年不害。当其有事，驱之于陈力之列以御乎物，以夫空空之内、粪壤之理，而责其大击之效，恶有不折其用而获坠伤之患者乎?!

○"负且乘，致寇至"，子曰"盗之招也"。外栀蜡而中粪壤，以驭奔马，驭者固坠伤矣。然岂犹有全鞭乎？宗元托喻，非特戒取士者毋皮相，亦戒幸进者以争道相踶之会，折为五六，良可惧以思也。

序　棋

房生直温，与予二弟游，皆好学。予病其确也，思所以休息之者。得木局，隆其中而规焉，其下方以直，置棋二十有四。贵者半，贱者半；贵曰上，贱曰下，咸自第一至十二，下者二乃敌一，用朱墨以别焉。房于是取二毫，如其第书之。

既而抵戏者二人，则视其贱者而贱之，贵者而贵之。其使之击触也，必先贱者；不得已而使贵者，则皆慄焉惛焉，亦鲜克以中。其获也，得朱焉则若有余，得墨焉则若不足。

余谛睨之，以思其始，则皆类也；房子一书之，而轻重若是。适近其手而先焉，非能择者其善而朱之、否而墨之也。然而上焉而上、下焉而下，贵焉而贵、贱焉而贱，其易彼而敬此，遂以远焉。然则若世之所以贵贱人者，有异房之贵贱兹棋者欤？无亦近而先之耳！有果能择其善否者欤？其敬而易者，亦从而动心矣，有敢议其善否者欤？其得于贵者，有不气扬而志荡者欤？其得于贱者，有不貌慢而心肆者欤？其所谓贵者，有敢轻而使之者欤？其所谓贱者，有敢避其使之击触者欤？彼朱而墨者，相去千万不啻，有敢以二敌其一者欤？

余墨者徒也，观其始与末，有似棋者，故叙。

〇大小、贵贱、菀枯，皆人之所名。人名之而人实之，于焉喜怒哀乐、虑叹变慹、姚佚启态，日夜相代于前而莫知其所萌，如木出火以自焚。诚观其始与末，必知其空且假也。此宗元序棋说也。虽然，犹有进。观夫五行之气，实为星辰；五行之质，实生万物，昭显著明、盛大广博，莫之与京，宜已。若夫甲乙丙丁等云者，乃文字耳，大挠之所强名耳。未名之前，甲乙岂其木而丙丁岂其火耶？既已名之，实即随之，孤虚旺相、刚日柔日之类，圣人用之卜筮、用之兵阵，定天下之吉凶、成天下之亹亹者，亦复昭显著明、盛大广博，如是，然则天下何名之不实哉？知无实之不名，可与入于机；知无名之不实，可与出于机。入于机者，尧舜事业，如浮云之过太虚也；出于机者，一出言而不可咈乎人心，一举足而不可违乎天则也。

伊尹五就桀赞 有序

伊尹五就桀。或疑曰："汤之仁，闻且见矣；桀之不仁，闻且见矣，夫胡去就之亟也？"柳子曰："恶，是吾所以见伊尹之大者也。彼伊尹，圣人也。圣人出于天下，不夏、商其心，心乎生民而已。曰：'孰能由吾言？由吾言者为尧、舜，而吾生人尧、舜人矣。'退而思曰：'汤诚仁，其功迟；桀诚不仁，朝吾从而暮及于天下可也。'于是就桀。桀果不可得，反而从汤。既而又思曰：'尚可十一乎？使斯人蚤被其泽也。'又往就桀。桀不可，而又从汤。以至于百一、千一、万一，卒不可，乃相汤伐桀。俾汤为尧、舜，而人为尧、舜之人，是吾所以见伊尹之大者也。仁至于汤矣，四去之；不仁至于桀矣，五就之。大人之欲速其功如此。不然，汤、桀之辨，一恒人尽之矣，又奚以憧憧圣人之足观乎？吾观圣人之急生人，莫若伊尹；伊尹之大，莫若于五就桀。"作《伊尹五就桀赞》：

圣有伊尹，思德于民。往归汤之仁，曰仁则仁矣，非久不亲。退思其速之道，宜夏是因。就焉不可，复反亳殷。犹不忍其迟，亟往以观。庶狂作圣，一日胜残。至千万冀一，卒无其端。五往不疲，其心乃安。遂升自陑，黜桀尊汤，遗民以完。大人无形，与道为偶。道之为大，为人父母。大矣伊尹，惟圣之首。既得其仁，犹病其久。恒人所疑，我之所大。呜呼远哉！志以为诲。

〇宗元与刘禹锡辈佐王叔文，欲以收天下奄寺之兵柄，而还之朝廷。勇于立事，不自顾藉贵重，不知非所据而据焉，身必危迨。叔文辈败，天下以"党人"目之，而要其本志，为帝室，非为身家，此昌黎辈所以始终与为友也。

此赞伊尹五就桀，其意盖谓：苟可以膏泽下于民，则桀尚可就，况其未至于桀者，于人何择焉？所以自解也。虽然，其亦不明于圣贤去就之正矣。伊尹之就桀也，汤之荐人于天子也，四弃而四荐之，汤之所为无惭德也，尹之所为无枉尺也。桀者，天下之共主，尹之就之，又何疑焉？岂若叔文辈，当顺宗之寝疾，无所禀承，鼠窃国命，自相部署。即使其能一旦尽复唐故所没地，举藩镇而空之，犹为不得其正，君子无取焉，况乃謇淹留而无成哉！

梁丘据赞

齐景有嬖，曰梁丘子，同君不争，古号媚士。君悲亦悲，君喜亦喜，曷贤不赞？卒赞于此。媚予所仇，激赞有以。梁丘之媚，顺心狎耳，终不挠厥政，不嫉反己。晏子躬相，梁丘不毁，恣其为政，政实允理。时睹晏子食，寡肉缺味，爱其不饱，告君使赐。中心乐焉，国用不坠。后之嬖君，罕或师是。导君以谀，闻正则忌，谗贤协恶，民蠹国圮。呜呼！岂惟贤不逮古，嬖亦莫类？梁丘可思，又况晏氏？激赞梁丘，心焉孔瘁！

〇此亦激昂风世之论。然如晏子相景公，而景公烦于刑，至于“国之诸市，屦贱踊贵”，则晏子之不得行其志；而梁丘据辈之长君逢君，多所阏塞而牵掣之者，可知也。嬖幸之与贤良，岂真能并立于朝哉！

武冈铭

元和七年四月，黔巫东鄙，蛮獠杂扰，盗弄库兵，贼胁守帅，南钩牂牁，外诱西原，置魁立帅，杀牲盟誓，洞窟林麓，啸呼成群。皇帝下铜兽符，发庸、蜀、荆、汉、南越、东瓯之师，四面讨问。畏罪凭阻，遁逃不即诛。

时惟潭部戎帅御史中丞柳公绰，练立将校，提卒五百，屯于武冈。不震不骞，如山如林，告天子威命，明白信顺。乱人大恐，视公之师如百万，视公之令如风雷，怨号呻吟，喜有攸诉，投刃顿伏，愿完父子，卒为忠信，奉职输赋，进比华人，无敢不龚。母弟生婿，继来于潭，咸致天庭。皇帝休嘉，式新厥命。凶渠同恶，革面向化，如醉之醒，如狂之宁。公为药石，俾复其性。诏书显异，进临江汉，益兵三倍，为时硕臣，殿于大邦。文儒申申，有此武功。

于是夷人始复。闻公之去，相与高蹈涕呼，若寒去裘。昔公不夸首级，为己能力；专务教诲，俾邦斯平。我老洎幼，由公之仁，小不为虺蜮，大不为鲸鲵，恩重事特，不迩而远，莫可追已。愿铭武冈首，以慰我思，以昭我邻，以示我子孙。弥亿万年，俾我奉国，如今之诚；邻之我怀，如公之勤。其辞曰：

黔山之巑，巫水之磻，鱼骇而离，兽犯而残。户恐谷窜，披攘仍乱，王师来诛，期死以缓。公明不疑，公信不欺，援师定命，俾邦克正。皇仁天施，我反其性。我涂四阖，公示之门；我愚抵死，公示之恩。既骨而完，既亡而存。奉公之训，贻我子孙。我始螫贼，由公而仁；我始寇仇，由公而亲。山畋泽畝，输赋于都；陶穴刊木，室我姻族。烹牲是祀，公受介福；揲蓍以占，公宜百禄。皇懋公功，陟于大邦。远哉去我，谁嗣其良？有穴之丹，有犀之颠，匪曰余固，公不可赂。祝邻之德，恒遵公则；勖余之世，永谨邦制。南夷作诗，刻示来裔。

○“不夸首级，为己能力；专务教诲，俾邦斯平”数语，能简括治蛮夷大要。

剑门铭

惟蜀都重险多货，混同戎蛮，人龙俗剽，嗜为寇乱。皇帝元年八月，帅丧众暴，群疑不制，妖孽煽行。怙恃富强，滔天阻兵，攻陷他部，北包剑门。凭负丘陵，以张骜猛，坚利锋镝，以拒大顺，谓雷霆之诛莫己加也。

惟梁守臣礼部尚书严公，以国害为私仇，以天讨为己任。推仁仗信，不待司死，而人致其命；立义抗愤，不待喋血，而士一其心。悉师出次，祗俟明诏。凡诸侯之师，必出于是。储峙飧赉，取其丰穰。乃遣前军严秦，奉扬王诛，诞告南土。十一月，右师逾利州，蹈寇地，乘山斩虏，以遏奔冲。左师出于剑门，大攘顽嚣，谕引劫胁，蚁溃鼠骇，险无以固，收夺利地，以须王师。封刳肾肠，振拔根柢，俾无以肆毒，用集我勋力。蕢鼓一振，元戎启行，取其渠魁，以为大戮。由公忠勇愤悱，授任坚明，谋猷弘长，用能启辟险厄，夷为大涂；衰沮害气，对乎天意。帝用休嘉，议功居首，增秩师长，进为大藩，宅是南服。将校群吏，愿刊山石，昭著公之功，垂号无穷。铭曰：

井络坤垠，时惟外区。界山为门，环于蜀都。丛险积货，混并羌髳。狂猾窥隙，狺狺啸呼。凭据势胜，厚其凶徒。皇帝之仁，宥而不诛。暴非德驯，害及巴渝。乃出王旅，乃咨列岳。牧臣司梁，当其要束。器备攸积，糗粮是蓄。人无增赋，师以饶足。喋血誓士，玄机在握。分命貔貅，陈为掎角。右逾岷山，左直剑门。攻出九地，上披重云。攀天蹈空，夷视阻艰。破裂层垒，殄歼群顽。内获固圉，外临平原。天兵徐驱，卒乘啴啴。大憝囚戮，戎夏咸欢。帝图厥功，惟梁是先。开国进位，南服于藩。邦之清夷，人以完安。铭功鉴乱，永代是观。

□圣祖御评：不作萦纡之势，而自然矫拔，录此以式轻靡之习。

◇张英曰："词既炳焕，笔亦遒古。"

寿州安丰县孝门铭

寿州刺史臣承思言：九月丁亥，安丰县令臣某，上所部编户甿李兴，父被恶疾，岁月就亟，兴自刃股肉，假托馈献。其父老病，已不能啖啜，经宿而死。兴号呼抚臆，口鼻垂血，捧土就坟，沾渍涕洟。坟左作小庐，蒙以苫茨，伏匿其中，扶服顿踊，昼夜哭诉。孝诚幽达，神为见异，庐上产紫芝、白芝二本，各长一寸，庐中醴泉涌出，奇形异状，应验图记。此皆陛下孝理神化，阴中其心，而克致斯事。

谨案：兴甿庶贱陋，循习浅下，性非文字所导，生与耨耒为业，而能钟彼醇孝，超出古列，天意神道，犹锡瑞物，以表殊异。伏惟陛下有唐尧如天如神之德，宜加旌褒，合于上下。请表其里闾，刻石明白，宣延风美，观示后祀，永永无极。臣昧死上请。制曰"可"。其铭云：

懿厥孝思，惟兹淑灵。禀承粹和，笃守天经。泣侍羸疾，默祷隐冥。引刃自向，残肌败形。羞膳奉进，忧劳孝诚。惟时高高，曾不是听。创巨痛仍，号于穹旻。捧土濡涕，顿首成坟。隐膺腐背，寒暑在庐。草木悴死，鸟兽踯躅。殊类异族，亦相其哀。肇有二位，孝道爰兴。克修厥猷，载籍是登。在帝有虞，以孝烝烝。仲尼述经，以教于曾。惟昔鲁侯，见命夷宫；亦有考叔，寤庄称纯。显显李氏，实与之伦。哀嗟道路，涕慕里邻。邦伯章奏，稽首殷勤。上动帝心，旁达明神。神锡祕祉，三秀灵泉。帝命荐嘉，亦表其门。统合上下，交赞天人。建此碑号，亿龄扬芬。

〇君子于丧，毁不灭性，故刲股刲肝，国家不以旌。虽然，至性所发，动于不自知，人子当此，苟有可以救其亲者，何所复恤？实不暇更作较量。虽于道未尽合，不犹愈于好货财、私妻子者乎？陋儒于室女之未嫁守节，及人子之刲股救亲者，断断如也，岂善善从长之意哉！

◇陈善曰："柳子厚《寿州安丰县孝门铭》，自'寿州刺史臣承思'而下，盖序也。以表为序，亦文之一体也。而徐铉所编《文粹》，乃录铭于前，而于题下注云'并寿州刺史表于铭后'，以附见焉。此铉之陋也。《高唐神女赋》，自'玉曰唯唯'以前，皆赋也。而萧统谓之序，东坡尝笑其陋。若铉者，又何足笑之？"

卷十三

河东柳宗元文三　书

与刘禹锡论《周易》“九六”说书

见与董生论《周易》“九、六”义，取老而变，以为毕中和承一行僧得此说，异孔颖达《疏》，而以为新奇。彼毕子、董子，何肤末于学而遽云云也？都不知一行僧承韩氏、孔氏说，而果以为新奇，不亦可笑矣哉！

韩氏注“《乾》之策二百一十有六”，曰“《乾》一爻三十有六策”，则是取其遇揲四分而九也。“《坤》之策一百四十有四”，曰“《坤》一爻二十四策”，则是取其遇揲四分而六也。孔颖达等作《正义》，论云：“九六有二义。其一者曰：‘阳得兼阴，阴不得兼阳。’其二者曰：‘老阳数九，老阴数六。’二者皆变用，《周易》以变者占。”郑玄注《易》，亦称以变者占，故云九六也。所以老阳九、老阴六者，九遇揲得老阳，六遇揲得老阴。此具在《正义·乾篇》中，周简子之说亦若此，而又详备。何毕子、董子之不睬其书，而妄以口承之也？君子之学，将有以异也，必先究穷其书；究穷而不得焉，乃可以立而正也。今二子尚未能读韩氏《注》、孔氏《正义》，是见其道听途说者，又何能知所谓《易》者哉？足下取二家言观之，则见毕子、董子肤末于学而遽云云也。

足下所为书，非元凯兼三《易》者则诺。若曰孰与颖达著，则此说乃颖达说也，非一行僧、毕子、董子能有异者也。无乃即其谬而承之者欤？观足下出入筮数，考校《左氏》，今之世罕有如足下求《易》之悉者也。然务先穷昔人书，有不可者而后革之，则大善。谨之勿遽。宗元白。

○或问：孔颖达等所述“九、六”二义，何说为是？曰：当以第二说为正。

第一说曰：“乾体有三画，坤体有六画。阳得兼阴，故其数九；阴不得兼阳，故其数六。若然者，是以阳三画，兼阴六画，而为九也。”是说也，所以著阳大阴小、崇阳抑阴之义，犹曰臣者君之臣、妇者夫之妇，义得兼之，故画三而六在其中云尔。然返以观夫阴爻，则其义有未尽善者。阴不得兼阳，故其数六，则是止以本体之六画为六也。夫阴必从乎阳，从乎阳，则阴亦阳矣，如谓此六者在阳之外，则是与阳为敌矣。从乎阳者，阴之吉德也；敌乎阳者，阴之凶德也。圣人作《易》，不应偏举凶德以垂训。且使果然，则凡爻之逢六者，并应凶咎，安得复多吉爻也？

夫坤画--，乃是夹画一乾画，不得谓中虚之处无义也；其虚处，正所以明夫阳之行乎其中。今夫地皆天之所贯彻，而旁敷无一毫厘许之非天者也。使有一毫厘许为天所不到之处，则荡为做尘邻虚，入于莽苍杳冥而亡其地之体矣。地之体亡，则转成太虚，而亦天矣。然则安得有一毫厘许无天之地哉？人之身，地也，阴也；人之心，天也，阳也。人惟不能卑法地以治身，而耳目口鼻、四肢百骸各逞其欲，以夺天君之性，故其心之神明不能崇效夫天。夫心，固宰乎耳目口鼻、四肢百骸者也；然耳目口鼻、四肢百骸，又何一之非心哉？谓耳目口鼻、四肢百骸不得兼心，固不可也；推而论之，臣之体国，皆君之国；妇之承家，皆夫之家。阳固以兼阴而成其阳之大，阴则正以无适而非阳，且不得名为兼阳，而益见其阴之小。唯其小之入于无，故足以配大之靡不有，此阴阳之大义也。然则坤六画，其虚处即乾三画。乾则有处为三，无处为六；坤则有处为六，无处为三。夫数自一至九，乾坤固皆备之，不得如孔氏第一说，以当“九六”之义也。

第二说曰：“老阳数九，老阴数六。老阳、老阴皆变，《周易》以变者为占。”又曰：“所以老阳数九、老阴数六者，以揲蓍之数，九过揲则得老阳，六过揲则得老阴。其少阳称七，少阴称八，义亦准此。”郑康成亦同此说。后世不复见康成之注，而孔颖达所作《正义》未为详备，故欧阳修申之曰：“乾爻七九，坤爻八六，九六变而七八，无为易道占其变，故以其所占者名爻，不谓六爻，皆九六也。及其至也，七八常多，而九六常少，有无九六者焉。此不可不释也。”朱子曰：“用九，须从欧公说。”然则朱子亦未晓然于欧阳之即郑、孔也。顾未知宗元所云“周简子之说，亦若此，而又详备”者果若何，惜不可考也。但欧阳只云“乾爻七九，坤爻八六”，而未申明其故，则仍似用九、用六止为乾、坤二卦发者。于是惟以“群龙无首”为乾卦之坤，“利永贞”为坤卦之乾，而朱子所称“通例”者，亦不著焉。

夫飞潜动植、有知无知，万有不齐之伦，其虚处皆天，其实处皆地。语其性情，其虚而为天者，皆乾；其实而为地者，皆坤。举其至大而足以纲领乎万有不齐之伦者，则为雷、风、水、火、山、泽六子。六子非他也，乾坤也：震、坎、艮则一乾而二坤，巽、离、兑则二乾而一坤云尔。故曰：“乾坤，其《易》之门耶！”乾，阳物也；坤，阴物也。是故三百八十四爻，非乾爻即坤爻，而不得谓之震爻、巽爻、坎离艮兑爻者也。曰乾爻，则非七爻即九爻；曰坤爻，则非八爻即六爻。七八不变，变则占。

故曰："用九用六，而独著其义于乾坤之卦也。"

何以不变则不占也？曰：天地之心在动处，以人身喻之，动于色则心在目，动于声则心在耳。当其在目也，则全体皆色焉；当其在耳也，则全体皆声焉。其不动之处，皆受动者之所改移，故以变者占。若六爻皆不变，则本卦全体皆现也。其用奈何？曰：乾之德以不为首为义，坤之德以大终为义。乾不为首，即阳而之乎阴也；坤以大终，即是阴而之乎阳也。阳不能之乎阴则亢，阴不能之乎阳则凝。亢也、凝也，则不能易；不能易，则不能生生；不能生生，则非天地之心矣。

故凡阳也而九，则之乎阴矣，其德若何？曰"见群龙无首"；阴也而六，则之乎阳矣，其德若何？曰"利永贞"。凡六十四卦之阳爻、阴爻皆然，而特附之乾坤二卦，以见三百八十四爻之皆乾爻、坤爻也。此"九、六"之义也。

答元饶州论《春秋》书

辱复书，教以《报张生书》及《答衢州书》言《春秋》，此诚世所希闻，兄之学为不负孔氏矣。

往年曾记裴封叔宅，闻兄与裴太常言"晋人及姜戎败秦师于殽"一义，常讽习之。又闻韩宣英及亡友吕和叔辈言他义，知《春秋》之道久隐，而近乃出焉。京中于韩安平处，始得《微指》，和叔处始见《集注》，恒愿扫于陆先生之门。及先生为给事中，与宗元入尚书同日，居又与先生同巷，始得执弟子礼。未及讲讨，会先生病，时闻要论，尝以易教诲见宠。不幸先生疾弥甚，宗元又出邵州，乃大乖谬，不克卒业。复于亡友凌生处，尽得《宗指》《辩疑》《集注》等一通。伏而读之，于"纪侯大去其国"，见圣人之道与尧、舜合，不唯文王、周公之志独取其法耳；于“夫人姜氏，会齐侯于禚”，见圣人立孝经之大端，所以明其分也；于“楚人杀陈、夏征舒，丁亥，楚子入陈，纳公孙宁、仪行父于陈”，见圣人褒贬予夺，唯当之所在，所谓瑕瑜不掩也。反覆甚喜。若吾生前距此数十年，则不得是学矣。今适后之，不为不遇也。

兄书中所陈，皆孔氏大趣，无得逾焉。其言书荀息，贬立卓之意也。顷尝怪荀息奉君之邪心以立孽子，不务正义，弃重耳于外而专其宠，孔子同于仇、牧孔父为之辞。今兄言贬息，大善。息固当贬也，然则《春秋》与仇、孔辞不异，仇、孔亦有贬欤？宗元尝著《非国语》六十余篇，其一篇为息发也，今录以往，可知愚之所谓者乎？《微指》中明“郑人来渝平”，量力而退，告而后绝，固先同后异者也。今检此前无与郑同之文，后无与郑异之据，独疑此一义，理甚精而事有不合，兄亦当指教焉。往年又闻和叔言兄论楚商臣一义，虽啖、赵、陆氏，皆所未及，请具录，当疏《微指》下，以传末学。萧、张前书，亦请见及。至之日，勒为一卷，以垂将来。

宗元始至是州，作《陆先生墓表》，今以奉献，与宣英读之。《春秋》之道如日月，不可赞也；若赞焉，必同于孔、跖优劣之说，故直举其一二，不宣。宗元再拜。

〇宗元《与杨凭书》曰：“自贬官来无事，读百家，上下驰骋，乃少得知文章利病。”盖实录也。今观此文，其勤学好问，惓惓之意，溢于毫楮，可尚也夫！

答元饶州论政理书

奉书，辱示以政理之说及刘梦得书，往复甚善。类非今之长人者之志。不唯充赋税、养禄秩足己而已，独以富庶且教为大任。甚盛、甚盛！

孔子曰："吾与回言，终日不违，如愚。"然则蒙者固难晓，必劳申谕，乃得悦服。用是尚有一疑焉。

兄所言免贫病者，而不益富者税，此诚当也。乘理政之后，固非若此不可；不幸乘弊政之后，其可尔邪？夫弊政之大，莫若贿赂行而征赋乱。苟然，则贫者无赀以求于吏，所谓有贫之实而不得贫之名；富者操其赢以市于吏，则无富之名而有富之实。贫者愈困饿死亡而莫之省，富者愈恣横侈泰而无所忌。兄若所遇如是，则将信其故乎？是不可惧挠人而终不问也，固必问其实。问其实，则贫者固免，而富者固增赋矣，安得持一定之论哉！若曰止免贫者而富者不问，则侥幸者众，皆挟重利以邀，贫者犹若不免焉。若曰检富者惧不得实，而不可增焉，则贫者亦不得实，不可免矣。若皆得实而故纵以为不均，何哉？

孔子曰："不患寡而患不均，不患贫而患不安。"今富者税益少，贫者不免于捃拾以输县官，其为不均大矣。然非唯此而已，必将服役而奴使之，多与之田而取其半，或乃出其一而收其二三。主上思人之劳苦，或减除其税，则富者以户独免，而贫者以受役，卒输其二三与半焉。是泽不下流，而人无所告诉，其为不安亦大矣。夫如是，不一定经界、核名实，而姑重改作，其可理乎？

［夫］富室，贫之母也，诚不可破坏。然使其大幸而役于下，则又不可。兄云惧富人流为工商浮窳，盖甚急而不均，则有此尔。若富者虽益赋，而其实输当其十一，犹足安其堵，虽驱之不肯易也。检之逾精，则下逾巧。诚如兄之言，管子亦不欲以民产为征，故有“杀畜伐木”之说。今若非市井之征，则舍其产而唯丁田之问，推以诚质，示以恩惠，严责吏以法，如所陈一社一村之制，递以信相考，安有不得其实？不得其实，则一社一村之制亦不可行矣。是故乘弊政必须一定制，而后兄之说乃得行焉。

蒙之所见，及此而已。永州以僻隅，少知人事。兄之所代者谁耶？理欤、弊欤？理，则其说行矣；若其弊也，蒙之说，其在可用之数乎？因南人来，重晓之。其他皆善，愚不足以议，愿同梦得之云者。

兄通《春秋》，取圣人大中之法以为理。饶之理，小也，不足费其虑。无所论刺，故独举均赋之事，以求往复而除其惑焉。不习吏职而强言之，宜为长者所笑弄。然不如是，则无以来至当之言，盖明而教之，君子所以开后学也。

又闻兄之莅政三日，举韩宣英以代己。宣英达识多闻而习于事，宜当贤者类举。今负罪屏弃，凡人不敢称道其善，又况闻之于大君以二千石荐之哉！是乃希世拔俗，果于直道，斯古人之所难，而兄行之。宗元与宣英同罪，皆世所背驰者也，兄一举而德皆及焉。祁大夫不见叔向，今而预知斯举，下走之大过矣。

书虽多，言不足导意，故止于此。不宣。宗元再拜。

○《旧唐书》谓南人妄以柳宗元为罗池神，而韩愈撰碑以实之。宋元祐七年六月，诏赐唐柳州刺史罗池神庙为“灵文之庙”，以郡人言其雨旸应时故也。田表圣书其碑阴，极言宗元宜为神，而《旧唐书》辨之之非。今观此文所论，其于人情物理，洞达周圆，一丝不隔。然则宗元实能臣，其有德于柳民实厚。心既岂弟，而才又足以达之，死而为灵，以食其土，不虚也。

与友人论文书*

古今号文章为难，足下知其所以难乎？非谓比兴之不足，恢拓之不远，钻砺之不工，颇颣之不除也。得之为难，知之愈难耳。苟或得其高朗，探其深赜，虽有芜败，则为日月之蚀也，大圭之瑕也，曷足伤其明、黜其宝哉？

且自孔氏以来，兹道大阐，家修人励、刓精竭虑者，几千年矣。其间耗费简札、役用心神者，其可数乎？登文章之箓，波及后代，越不过数十人耳。其余谁不欲争裂绮绣，互攀日月，高视于万物之中，雄峙于百代之下乎？率皆纵臾而不克，踯躅而不进，力蹙势穷，吞志而没。故曰得之为难。

嗟乎！道之显晦，幸不幸系焉；谈之辩讷，升降系焉；鉴之颇正，好恶系焉；交之广狭，屈伸系焉。则彼卓然自得以奋其间者，合乎、否乎？是未可知也。而又荣古虐今者，比肩叠迹，大抵生则不遇、死而垂声者众焉。扬雄没而《法言》大兴，马迁生而《史记》未振。彼之二才，且犹若是，况乎未甚闻者哉！固有文不传于后祀，声遂绝于天下者矣。

---

* 别本又题《与友人论为文书》，或题《答友人求文章书》。

故知之愈难。而为文之士，亦多渔猎前作，戕贼文史，抉其意，抽其华，置齿牙间，遇事蜂起，金声玉耀，诳聋瞽之人，徼一时之声。虽终沦弃，而其夺朱乱雅，为害已甚。是其所以难也。

间闻足下欲观仆文章，退发囊笥，编其芜秽，心悸气动，交于胸中，未知孰胜，故久滞而不往也。今往仆所著赋颂、碑碣、文记、议论、书序之文，凡四十八篇，合为一通，想令治书苍头吟讽之也。击辕拊缶，必有所择，顾鉴视其如何耳，还以一字示褒贬焉。

〇孔子曰："不知言，无以知人也。"皋陶曰："知人则哲，惟帝其难之。"夫以人之难知如此，而有时止可求诸语言文字之间，则知人为益难也。知人必藉于知言，而当去圣既远，群言淆乱，无所折衷，则知言为尤难也。加以群儒相承，讲贯论说，文成数万，任人渔猎，不难金声玉耀，则知言益尤难也。虽然，学操缦而安絃，则宫商有舛，不能逃其听。诚学以聚之，问以辨之，宽以居之，仁以行之，有所自得于中，则夫言之至吾前者，其诚伪与邪正，必将自告焉，而言又必可以知也。能知言，庶几知人矣。顾其所为自得者，则不可以袭取而伪为也。

与吕恭书*

宗元白：元生至，得弟书，甚善，诸所称道具之。元生又持部中庐父墓者所得石书，模其文示余，云若将闻于上，余故恐而疑焉。

---

* 《柳柳州集》题作《与吕恭论墓中石书书》。

仆早好观古书，家所蓄晋、魏时尺牍甚具；又二十年来，遍观长安贵人好事者所蓄，殆无遗焉。以是善知书，虽未尝见名氏，亦望而识其时也。又文章之形状，古今特异。弟之精敏通达，夫岂不究于此？今视石文，署其年曰“永嘉”，其书则今田野人所作也。虽支离其字，犹不能近古。为其“永”字等，颇效王氏变法，皆永嘉所未有。辞尤鄙近，若今所谓律诗者，晋时盖未尝为此声，大谬妄矣！又言植松乌擢之怪，而掘其土得石，尤不经，难信。或者得无奸为之乎？

且古之言“葬者，藏也”。“壤树之”，而君子以为议。况庐而居者，其足尚之哉？圣人有制度，有法令，过则为辟。故立大中者不尚异，教人者欲其诚，是故恶夫饰且伪也。过制而不除丧，宜庐于庭；而矫于墓者，大中之罪人也。况又出怪物，诡神道，以奸大法，而因以为利乎？夫伪孝以奸利，诚仁者不忍擿过，恐伤于教也。然使伪可为而利可冒，则教益坏。若然者，勿与知焉可也，伏而不出之可也。

以大夫之政良，而吾子赞焉，固无阙遗矣。作东郛，改市鄽，去比竹茨草之室，而垍土、大木、陶甄、梓匠之工备，孽火不得作；化堕窳之俗，绝偷浮之源，而条桑、浴种、深耕、易耨之力用，宽徭、啬货、均赋之政起，其道美矣！于斯也，虑善善之过而莫之省，诚悫之道少损，故敢私言之。夫以淮、济之清，有玷焉若秋毫，固不为病；然而万一离娄子眇然睨之，不若无者之快也。想默已其事，无出所置书，幸甚。宗元白。

○庙以妥神，墓以安魄。古人祀先于庙，而不于墓。《檀弓》曰：“孔子既得合葬于防，封之崇四尺。孔子先反，门人后。”然则孔子固未尝庐墓矣。唯子贡庐于孔子墓侧三年，而汉世遂以庐墓为孝。夫孔子之圣，孝之至也。孔子不庐墓，而后之人之孝，乃过于孔子。夫过于孔子之孝，必非孝也。

盖天者，理也；地者，质也。理处于虚而至实，质滞于实而本虚。人当魂升魄降之日，虽已分天分地，然犹谓其未久，而或恐魂气之犹恋其体魄也。故自逾月以至七月，以为葬期之等杀焉。迨其既葬，则体魄全归于地，而神魂全归于天矣。于是奉祀之于庙，而终其身。以迨于子孙，如在其上，如在其左右，是则所为“死而不亡”者也。

若夫肤体之葬于土，与裳衣之藏于庙寝，虽有亲疏之不同，然而类也。主神魂而不主体魄，犹之一家之中，主父而不主母、主夫而不主妻也。是人道之大纲，岂细故哉！若其舍庙而之墓，则将奉主以往乎？抑将别立一主乎？奉主以往，则使死者不得从其祖先于庙，而下徇子孙非礼之请；不得居宫室之安，而徘徊于草露之间也。别立一主，则于彼于此必有一之不属；一之不属，则其所为一，实者虚而诚者妄，非孝敬之至也。

然则子贡之庐墓，奈何？曰：子贡，孔子弟子也。其不得祀孔子于孔子之庙明矣，其亦不得祀孔子于端木氏之庙明矣。使当日之宗孔子，如今日天下之宗孔子，则子贡必庐于学，而必不庐于墓，亦可断也。子贡不能忘孔子之教泽，而有筑室于场、独居三年之事，无于礼者之礼也。唯子贡于孔子则可，固千百世所不得举以为例者也。其时，固不闻子思亦来居于孔子之墓也。且所谓“三年然后归”者，亦举其成数耳。此三年中，子贡之必归祀端木氏之先于庙，不待言也。而后世遂因之有庐墓之礼，则汉儒之不达也。宗元谓宜庐于庭而矫于墓者“大中之罪人”，识亦卓矣。

答韦中立论师道书

二十一日，宗元白：辱书云欲相师，仆道不笃，业甚浅近，环顾其中，未见可师者。虽常好言论，为文章，甚不自是也。不意吾子自京师来蛮夷间，乃幸见取。仆自卜固无取，假令有取，亦不敢为人师。为众人师且不敢，况敢为吾子师乎？

孟子称“人之患在好为人师”。由魏、晋氏以下，人益不事师。今之世，不闻有师，有辄哗笑之，以为狂人。独韩愈奋不顾流俗，犯笑侮，收召后学，作《师说》，因抗颜而为师。世果群怪聚骂，指目牵引，而增与为言辞。愈以是得狂名，居长安，炊不暇熟，又挈挈而东，如是者数矣。屈子赋曰：“邑犬群吠，吠所怪也。”仆往闻庸蜀之南，恒雨少日，日出则犬吠，余以为过言。前六七年，仆来南，二年冬，幸大雪逾岭，被南越中数州，数州之犬，皆苍黄吠噬狂走者累日，至无雪乃已，然后始信前所闻者。今韩愈既自以为蜀之日，而吾子又欲使吾为越之雪，不以病乎？非独见病，亦以病吾子。然雪与日岂有过哉？顾吠者犬耳。度今天下不吠者几人，而谁敢衒怪于群目，以召闹取怒乎？

仆自谪过以来，益少志虑。居南中九年，增脚气病，渐不喜闹，岂可使呶呶者，早暮咈吾耳、骚吾心？则固僵仆烦愦，愈不可过矣。平居望外，遭齿舌不少，独欠为人师耳。

抑又闻之，古者重冠礼，将以责成人之道，是圣人所尤用心者也。数百年来，人不复行。近有孙昌胤者，独发愤行之。既成礼，明日造朝至外庭，荐笏言于卿士曰："某子冠毕。"应之者咸怃然。京兆尹郑叔，则佛然曳笏却立，曰："何预我耶？"廷中皆大笑。天下不以非郑尹而快孙子，何哉？独为所不为也。今之命师者大类此。

吾子行厚而辞深，凡所作，皆恢恢然有古人形貌，虽仆敢为师，亦何所增加也？假而以仆年先吾子，闻道著书之日不后，诚欲往来言所闻，则仆固愿悉陈中所得者。吾子苟自择之，取某事、去某事，则可矣；若定是非以教吾子，仆材不足，而又畏前所陈者，其为不敢也决矣。吾子前所欲见吾文，既悉以陈之，非以耀明于子，聊欲以观子气色诚好恶何如也。今书来，言者皆大过。吾子诚非佞誉诬谀之徒，直见爱甚，故然耳。

始吾幼且少，为文章，以辞为工。及长，乃知文者以明道，是固不苟为炳炳烺烺，务采色、夸声音而以为能也。凡吾所陈，皆自谓近道，而不知道之果近乎、远乎？吾子好道而可吾文，或者其于道不远矣。故吾每为文章，未尝敢以轻心掉之，惧其剽而不留也；未尝敢以怠心易之，惧其驰而不严也；未尝敢以昏气出之，惧其昧没而杂也；未尝敢以矜气作之，惧其偃蹇而骄也。抑之欲其奥，扬之欲其明；疏之欲其通，廉之欲其节；激而发之欲其清，固而存之欲其重，此吾所以羽翼夫道也。本之《书》以求其质，本之《诗》以求其恒，本之《礼》以求其宜，本之《春秋》以求其断，本之《易》以求其动，此吾所以取道之原也。参之《穀梁氏》以厉其气，参之《孟》《荀》以畅其支，参之《庄》《老》以肆其端，参之《国语》以博其趣，参之《离骚》以致其幽，参之太史公以著其洁，此吾所以旁推交通而以为之文也。

凡若此者，果是耶、非耶？有取乎，抑其无取乎？吾子幸观焉择焉，有余以告焉。苟亟来以广是道，子不有得焉，则我得矣，又何以师云尔哉？取其实而去其名，无招越、蜀吠怪，而为外廷所笑，则幸矣！宗元白。

□圣祖御评：命意深厚，不为苛激之音。

◇茅坤曰："子厚书中所论文章之法，犹未敢必其尽能如所云。要之，亦本于镵心研神者。而后之为文者，特路剽富者之金，而以夸于天下，曰：'吾且猗顿矣。'何其不自量之甚也！"

答严厚与论师道书

二十五日某白，冯翊严生足下：得生书，言为师之说，怪仆所作《师友箴》与《答韦中立书》，欲变仆不为师之志，而屈己为弟子。凡仆所为二文，其卒果不异，仆之所避者名也，所忧者其实也，实不可一日忘。仆聊歌以为箴，行且求中以益己，慄慄不敢暇，又不敢自谓有可师乎人者耳。若乃名者，方为薄世笑骂，仆脆怯，尤不足当也。内不足为，外不足当，众口虽恳恳见迫，其若吾子何？实之要，二文中皆是也，吾子其详读之，仆见解不出此。

吾子所云仲尼之说，岂易耶？仲尼可学不可为也。学之至，斯则仲尼矣；未至而欲行仲尼之事，若宋襄公好霸而败国，卒中矢而死。仲尼岂易言耶？马融、郑玄者，二子独章句师耳。今世固不少章句师，仆幸非其人，吾子欲之，其有乐而望吾子者矣。言道、讲古、穷文辞以为师，则固吾属事。仆才能勇敢不如韩退之，故又不为人师。人之所见有同异，吾子无以韩责我。若曰仆拒千百人，又非也。仆之所拒，拒为师弟子名，而不敢当其礼者也。若言道、讲古、穷文辞，有来问我者，吾岂尝瞋目闭口耶?

敬叔，吾所信爱，今不得见其人，又不敢废其言。吾子文甚畅远，恢恢乎其辟大路、将疾驰也。攻其车，肥其马，长其策，调其六辔，中道之行大都，舍是又奚师欤？亟谋于知道者而考诸古，师不乏矣。幸而亟来，终日与吾子言，不敢倦，不敢爱，不敢肆。苟去其名，全其实，以其余易其不足，亦可交以为师矣。如此，无世俗累而有益乎己，古今未有好道而避是者。宗元白。

○《答韦中立书》，人所脍炙，遂谓宗元与韩愈意见不侔。且有谓学者归退之、不归子厚，而子厚云尔者，读此文，可以解其惑矣。

报袁君陈秀才避师名书

秀才足下：仆避师名久矣。往在京都，后学之士到仆门，日或数十人，仆不敢虚其来意，有长必出之，有不至必惎之。虽若是，当时无师弟子之说。其所不乐为者，非以师为非、弟子为罪也。有两事，故不能：自视以为不足为，一也；世久无师弟子，决为之，且见非，且见罪，惧而不为，二也。其大说具《答韦中立书》，今以往，可观之。

秀才貌甚坚，辞甚强，仆自始觌，固奇秀才；及见两文，愈益奇。虽在京都，日数十人到门者，谁出秀才右耶？前已必秀才可为成人，仆之心固虚矣，又何鲲鹏互乡于尺牍哉！秋风益高，暑气益衰，可偶居卒谈。秀才时见咨，仆有诸内者，不敢爱惜。

大都文以行为本，在先诚其中。其外者，当先读六经，次《论语》、孟轲书皆经言；《左氏》《国语》、庄周、屈原之辞，稍采取之；穀梁子、太史公甚峻洁，可以出入；余书俟文成，异日讨也。其归在不出孔子，此其古人贤士所懔懔者。求孔子之道，不于异书。秀才志于道，慎勿怪、勿杂、勿务速显。道苟成，则勃然尔，久则蔚然尔。源而流者岁旱不涸，蓄谷者不病凶年，蓄珠玉者不虞殍死矣。然则成而久者，其术可见。虽孔子在，为秀才计，未必过此。不具。宗元白。

〇宗元论文诸篇中，唯《答韦中立书》最为人所脍炙，谓可与韩愈《答李翱书》并驰。不知此篇所言“文以行为本，在先诚其中”二语，及《报崔黯书》云“道之及，及乎物而已耳，斯取道之内者”二语，乃宗元自得之言，而为论文之极诣也。若《韦中立书》中“本之《书》以求其质，本之《诗》以求其恒”等句，却犹有罅漏：质也、恒也，宁尽《诗》《书》之蕴耶？

卷十四

河东柳宗元文四　书、启

答韦珩示韩愈相推以文墨事书

足下所封示退之书，云欲推避仆以文墨事，且以励足下。若退之之才，过仆数等，尚不宜推避于仆，非其实可知，固相假借为之词耳。退之所敬者，司马迁、扬雄。迁于退之，固相上下。若雄者，如《太玄》《法言》及《四愁赋》，退之独未作耳，决作之，加恢奇；至他文，过扬雄远甚。雄之遣言措意，颇短局滞涩，不若退之猖狂恣睢，肆意有所作。若然者，使雄来，尚不宜推避，而况仆耶？彼好奖人善，以为不屈己，善不可奖，故慊慊云尔也。足下幸勿信之。

且足下志气高，好读《南》《北》史书，通国朝事，穿穴古今，后来无能和。而仆稚騃，卒无所为，但趑趄文墨笔砚浅事。今退之不以吾子励仆，而反以仆励吾子，愈非所宜。然卒篇欲足下自挫抑，合当世事固当，虽仆亦知无出此。吾子年甚少，知己者如麻，不患不显，患道不立尔。此仆以自励，亦以佐退之励足下。不宣。宗元顿首再拜。

○吏部，文章之宗；然其造诣深浅，须以柳州所论为定，故录之。且可以见柳之不敢望韩，具所自道中，盖实录，非谦辞也。

报崔黯秀才书*

崔生足下：辱书及文章，辞意良高，所向慕不凡近，诚有意乎圣人之言。然圣人之言，期以明道；学者务求诸道，而遗其辞。辞之传于世者，必由于书。道假辞而明，辞假书而传，要之，之道而已耳。道之及，及乎物而已耳，斯取道之内者也。今世因贵辞而矜书，粉泽以为工，遒密以为能，不亦外乎？吾子之所言道，匪辞而书，其所望于仆，亦匪辞而书，是不亦去及物之道愈以远乎？

仆尝学圣人之道，身虽穷，志求之不已，庶几可以语于古。恨与吾子不同州部，闭口无所发明。观吾子文章，自秀士可通圣人之说。今吾子求于道也外，而望于余也愈外，是其可惜欤！吾且不言，是负吾子数千里不弃朽废者之意，故复云尔也。

凡人好辞工书，皆病癖也。吾不幸蚤得二病。学道以来，日思砭针攻熨，卒不能去，缠结心腑牢甚，愿斯须忘之而不克，窃尝自毒。今吾子乃始钦钦思易吾病，不亦惑乎？斯固有潜块积瘕，中子之内藏，恬而不悟，可怜哉！其卒与我何异？均之二病，书字益下，而子之意又益下，则子之病又益笃。甚矣，子癖于伎也！

吾尝见病心腹人，有思啖土炭、嗜酸咸者，不得则大戚。

---

* 《柳柳州集》题作《报崔黯秀才论为文书》。

其亲爱之者，不忍其戚，因探而与之。观吾子之意，亦已戚矣。吾虽未得亲爱吾子，然亦重来意之勤，有不忍矣。诚欲分吾土炭酸咸，吾不敢爱，但远言其证不可也，俟面乃悉陈吾状。未相见，且诚求良医为方已之。苟能已，大善，则及物之道，专而易通。若积结既定，医无所能已，幸期相见时，吾决分子其啖嗜者。不具。宗元白。

○礼、乐、射、御、书、数，皆艺也。德成而上，艺成而下。其下焉者，君子之所游。"游"之云者，所执愈卑，所达弥上，莫非所以养其德也。若溺焉而进乎技，则是以其养德者害德矣。唐世重文章，尤重书法，其试士以身言书判拔萃，乃得为近职。故黯以文章、书法为问，而宗元欲悉屏之，使"及物之道，专而易通"，又以"及物为取道之内"，卓然名儒语也。宗元可谓"既没，其言立矣"。宗元善书，今龙城柳石刻犹存。

与韩愈论史官书

正月二十一日，某顿首十八丈退之侍者：前获书言史事，云具《与刘秀才书》，及今乃见书稿，私心甚不喜，与退之往年言史事甚大谬。

若书中言，退之不宜一日在馆下，安有探宰相意，以为苟以史荣一韩退之耶？若果尔，退之岂宜虚受宰相荣己，而冒居馆下，近密地，食奉养，役使掌故，利纸笔为私书，取以供子弟费？古之志于道者，不若是。

且退之以为纪录者有刑祸，避不肯就，尤非也。史以名为褒贬，犹且恐惧不敢为；设使退之为御史中丞、大夫，其褒贬成败人愈益显，其宜恐惧尤大也，则又扬扬入台府，美食安坐，行呼唱于朝廷而已耶？在御史犹尔，设使退之为宰相，生杀出入升黜天下士，其敌益众，则又将扬扬入政事堂，美食安坐，行呼唱于内庭外衢而已耶？何以异不为史而荣其号、利其禄也？

又言“不有人祸，则有天利”，若以罪夫前古之为史者，然亦甚惑。凡居其位，思直其道。道苟直，虽死不可回也；如回之，莫若亟去其位。孔子之困于鲁、卫、陈、宋、蔡、齐、楚者，其时暗，诸侯不能以也。其不遇而死，不以作《春秋》故也。当其时，虽不作《春秋》，孔子犹不遇而死也。若周公、史佚，虽纪言书事，犹遇且显也。又不得以《春秋》为孔子累。范晔悖乱，虽不为史，其族亦赤。司马迁触天子喜怒，班固不检下，崔浩沽其直以斗暴虏，皆非中道。左丘明以疾盲，出于不幸，子夏不为史亦盲，不可以是为戒。其余皆不出此。是退之宜守中道，不忘其直，无以他事自恐。退之之恐，唯在不直、不得中道，刑祸非所恐也。

凡言二百年文武士事，多有诚如此者。今退之曰：我一人也，何能明？则同职者又所云若是，后来继今者又所云若是，人人皆曰我一人，则卒谁能纪传之耶？如退之但以所闻知孜孜不敢怠，同职者、后来继今者，亦各以所闻知孜孜不敢怠，则庶几不坠，使卒有明也。不然，徒信人口语，每每异辞，日以滋久，则所云“磊磊轩天地”者决必不沉没，且乱杂无可考，非有志者所忍恣也。果有志，岂当待人督责迫蹙，然后为官守耶？

又凡鬼神事，眇茫荒惑无可准，明者所不道，退之之智而犹惧于此？今学如退之，辞如退之，好议论如退之，慷慨自为正直行行焉如退之，犹所云若是，则唐之史述其卒无可托乎？明天子、贤宰相得史才如此，而又不果，甚可痛哉！退之宜更思，可为速为；果卒以为恐惧不敢，则一日可引去，又何以云“行且谋”也？今人当为而不为，又诱馆中他人及后生者，此大惑已。不勉己而欲勉人，难矣哉！

□圣祖御评：词极雄辩，理甚坚正。

◇叶适曰：“令狐德棻在武德初，便已建明修史，故贞观中，晋及南北诸书，皆获完具；而李延寿又自为集史。虽皆文字不足以望古人，而成败有考，统纪不失，其补益于世多矣。自北齐至隋，词学汇兴，太宗又置文学馆，收拾时彦，名章俊笔，相继而起。后世乃谓东汉以来，道丧文敝，房、杜、姚、宋不能救，而古文由韩愈始复振。此论固不可易。本朝继之以欧、王、曾、苏，然虽文词为盛，往往不过记叙铭论，浮说闲语，而著实处，反不如唐人远甚。”

与史官韩愈致段秀实太尉逸事书

退之馆下：前者书进退之力史事，奉答诚中吾病，若“疑不得实未即籍”者，诸皆是也。退之平生不以不信见遇。窃自冠好注游边上，问故老卒吏，得段太尉事最详。今所趋走州刺史崔公，时赐言事，又具得太尉实迹，参校备具。太尉大节，古固无有。然人以为偶一奋，遂名无穷，今大不然。太尉自有难在军中，其处心未尝亏侧，其莅事无一不可纪，会在下名未达，以故不闻，非直以一时取笏为谅也。

太史迁死，退之复以史道在职，宜不苟过日时。昔与退之期为史，志甚壮，今孤囚废锢，连遭瘴疠羸顿，朝夕就死，无能为也。第不能竟其业，若太尉者，宜使勿坠。太史迁言荆轲征夏无且，言大将军征苏建，言留侯征画容貌。今孤囚贱辱，虽不及无且、建等，然比画工传容貌尚差胜。《春秋传》所谓“传信传著”，虽孔子亦犹是也。窃自以为信且著。其逸事有《状》。

○著段太尉宿昔心行，非一时激烈，笏击朱泚而成名者，其义甚美。与《上史馆状》并读，可见宗元扬善表微，勤恳无已之怀。其书当在《与韩愈论史官》而韩愈复书之后。惜韩书不存，然“疑不得实未即籍”七字，亦可概见其复书之意矣。而后世犹真以韩愈为不肯作史，何耶？

与太学诸生喜诣阙留阳城司业书

二十六日，集贤殿正字柳宗元敬致尺牍太学诸生足下：

始朝廷用谏议大夫阳公为司业，诸生陶煦醇懿，熙然大洽，于兹四祀而已，诏书出为道州。仆时通籍光范门，就职书府，闻之悒然不喜。非特为诸生戚戚也，乃仆亦失其师表，而莫有所矜式焉。既而署吏有传致诏草者，仆得观之。盖主上知阳公甚熟，嘉美显宠，勤至备厚，乃知欲烦阳公宣风裔土，覃布美化于黎献也。遂宽然少喜，如获慰荐于天子休命。

然而退自感悼，幸生明圣不讳之代，不能布露所蓄，论列大体，闻于下执事，冀少见采取，而还阳公之南也。翌日退自书府，就车于司马门外，闻之于抱关掌管者，道诸生爱慕阳公之德教，不忍其去，顿首西阙下，恳悃至愿、乞留如故者百数十人。辄用抚手喜甚，震抃不宁，不意古道复形于今。仆尝读李元礼、嵇叔夜传，观其言太学生徒仰阙赴诉者，仆谓讫千百年不可睹闻；乃今日闻而睹之，诚诸生见赐甚盛。

於戏！始仆少时，尝有意游太学，受师说，以植志持身焉。当时说者咸曰："太学生聚为朋曹，侮老慢贤，有堕窳败业而利口食者，有崇饰恶言而肆斗讼者，有凌傲长上而谇骂有司者。其退然自克，特殊于众人者，无几耳。"仆闻之，恼骇怛悸。良痛其游圣人之门，而众为是喈喈也。遂退托乡闾家塾，考厉志业，过太学之门而不敢跼顾，尚何能仰视其学徒者哉！今乃奋志厉义，出乎千百年之表，何闻见之乖剌欤？岂说者过也，将亦时异人异，无向时之桀害者耶？其无乃阳公之渐渍导训，明效所致乎？未如是，服圣人遗教，居天子太学，可无愧矣。

於戏！阳公有博厚恢弘之德，能并容善伪，来者不拒。曩闻有狂惑小生，依托门下，或乃飞文陈愚，丑行无赖，而论者以为言，谓阳公过于纳污，无人师之道。是大不然。仲尼吾党狂狷，南郭献讥；曾参徒七十二人，致祸负刍；孟轲馆齐，从者窃屦。彼一圣两贤人，继为大儒，然犹不免，如之何其拒人也？俞、扁之门，不拒病夫；绳墨之侧，不拒枉材；师儒之席，不拒曲士，理固然也。且阳公之在于朝，四方闻风，仰而尊之，贪冒苟进邪薄之夫，庶得少沮其志，不遂其恶，虽微师尹之位，而人实具瞻焉。与其宣风一方，覃化一州，其功之远近，又可量哉！

诸生之言非独为己也，于国体实甚宜，愿诸生勿得私之。想复再上，故少佐笔端耳。勖此良志，俾为史者有以纪述也。努力多贺。柳宗元白。

○闻人善，乐道之如己出，诱掖奖劝，以成其美。忠孝之性郁乎中，而发作于外。

答周君巢书

奉二月九日书，所以抚教甚具，无以加焉。丈人用文雅，从知己，日以惇大府之政，甚适。东西来者，皆曰："海上多君子，周为倡焉。"敢再拜称贺。

宗元以罪，大摈废，居小州，与囚徒为朋，行则若带纆索，处则若关桎梏；彳亍而无所趋，拳拘而不能肆；槁然若柿，隤然若璞。其形固若是，则其中者可得矣，然犹未尝肯道鬼神等事。今丈人乃盛誉山泽之臞者，以为寿且神，其道若与尧、舜、孔子似不相类焉，何哉？又曰饵药可以久寿，将分以见与，固小子之所不欲得也。

尝以君子之道，处焉则外愚而内益智，外讷而内益辩，外柔而内益刚；出焉则外内若一，而时动以取其宜当，而生人之性得以安，圣人之道得以光。获是而中，虽不至耇老，其道寿矣。今夫山泽之臞，于我无有焉。视世之乱若理，视人之害若利，视道之悖若义；我寿而生，彼夭而死，固无能动其肺肝焉。昧昧而趋，屯屯而居，浩然若有余，掘草烹石，以私其筋骨而日以益愚，他人莫利，己独以愉。若是者，愈千百年，滋所谓夭也，又何以为高明之图哉？

宗元始者讲道不笃，以蒙世显利，动获大僇，用是奔窜禁锢，为世之所诟病。凡所设施，皆以为戾，从而吠者成群。己不能明，而况人乎？然苟守先圣之道，由大中以出，虽万受摈弃，不更乎其内。大都类往时京城西与丈人言者，愚不能改；亦欲丈人固往时所执，推而大之，不为方士所惑。仕虽未达，无忘生人之患，则圣人之道幸甚，其必有陈矣。不宣。宗元再拜。

○神仙之说，诚杳茫矣，而嵇叔夜作《养生论》，谓“一溉之益，不可诬”；以苏轼之明达，犹不能无惑焉。朱子辟异端、息邪说，而仿陈子昂《感遇诗》，亦曰：“刀圭一入口，白日生羽翰。”何耶？谷永所称“人言世有仙人，服食不终之药，遥兴轻举，登遐倒景，览观县圃，周游蓬莱，耕耘五德，朝种暮获，与山石无极，黄冶变化，坚冰淖溺，化色五仓之术者，皆奸人惑众，挟左道、怀诈伪，以欺罔世主”云云者，犹非其实耶？

夫天地曰“两大”，其寿万古，然天地未尝无生死也。深谷为陵，则一谷之天死矣；高岸为谷，则一岸之地死矣。而谓人有不死之理乎哉？如曰茫茫堪舆、俯仰无垠者，终古不灭，而谓天地不死，则人之为人，亦本自不死，而又何足言林林者、总总者，振古如兹也？人之有身，正如谷中之天以谷为身，高岸之地以岸为身耳。乃欲执此一身之百骸九窍，期其长存不坏，是何异深谷必不使为陵，而高岸必不使为谷也？

夫一艺之微，必有师承。今为长生之说者，非以庄、老为师耶？庄子之言曰：“天下莫寿于殇子，而彭祖为夭。”又曰：“毅养其内，而虎食其外；豹食其外，而病攻其内。”则夫善辟长生之说者，莫过于其师矣。而人犹不能无惑者，何耶？夫人目则欲色，耳则欲声，鼻则欲香，口则欲味，四肢则欲安佚，而尤欲夫长久得遂其欲，永永不绝其欲，于是慨然而欲长生。然为长生之说者曰：必先断绝种种诸欲而后能。则即使果得长生，亦为买椟而还其珠，非其本欲矣，况乎其必不能耶！

若其所为元精、元气、元神之论，归于天地同根、万物同体者，则先无所为生，曷论长短？且其身也，是为大身，与此茫茫堪舆，同一无垠而终古不灭，又何所安排措置于其间哉？

至于服食之说，益为谬妄。人之生也，阴阳均平，则百体无疾，偏则生灾。今其论曰：一毫阴气未尽，犹未得仙；而烹炼天地间纯阳之物，以为服食，则非求长生，直求速死耳。温带之下，无血气之伦，以其逼近太阳，如洪炉边无生物也，则岂有阴绝而犹生者哉？其亦未明于阴阳之理矣。又有守中服气、还精补脑等术，谓不死之药不离自身者。不知人之一身，何者为自？涕涶皆水也，肤革皆地也，暖热皆火也，动摇皆风也，神明皆天也。凡夫地水火风之属，入于我之耳目鼻口者，皆所以养我之生，要皆与我身内所有者无异也；然而皆非不死之药也，何独举自身所有地水火风为足以致长生耶？

读宗元此文，谓“道寿则寿，道夭则夭”，识见甚伟。因推类以尽其余，以解世惑焉。

与杨京兆凭书

月日，宗元再拜，献书丈人［座前］：役人胡要返命，奉教诲，壮厉感发，铺陈广大。上言推延贤隽之道，难于今之世；次及文章；末以愚蒙剥丧顿瘁，无以守宗族、复田亩为念，忧悯备极。不唯其亲密旧故是与，复有公言显赏，许其素尚而激其忠诚者。是用踊跃敬惧，类向时所被简牍，万万有加焉。故敢悉其愚，以献左右。

大凡荐举之道，古人之所谓难者，其难非苟一而已也。知之难，言之难，听信之难。夫人有有之而耻言之者，有有之而乐言之者，有无之而工言之者，有无之而不言似有之者。有之而耻言之者，上也。虽舜犹难于知之，孔子亦曰“失之子羽”。下斯而言知而不失者，妄矣。有之而言之者，次也。德如汉光武，冯衍不用；才如王景略，以尹纬为令史。是皆终日号鸣大吒，而卒莫之省。无之而工言者，贼也。赵括得以代廉颇，马谡得以惑孔明也。今之若此类者，不乏于世。将相大臣闻其言，而必能辨之者，亦妄矣。无之而不言者，土木类也，周仁以重臣为二千石，许靖以人誉而致三公。近世尤好此类，以为长者，最得荐宠。

夫言朴愚无害者，其于田野乡闾为匹夫，虽称为长者可也。自抱关击柝以往，则必敬其事，愈上则及物者愈大，何事无用之朴哉？今之言曰："某子长者，可以为大官。"类非古之所谓长者也，则必土木而已矣。夫捧土揭木而致之岩廊之上，蒙以绂冕，翼以徒隶，而趋走其左右，岂有补于万民之劳苦哉！圣人之道，不益于世用，凡以此也，故曰"知之难"。孔子曰："仁者，其言也讱"，孟子病"未同而言"。然则彼未吾信，而吾告之以士，必有三间。是将曰："彼诚知士欤？知文欤？"疑之而未重，一间也。又曰："彼无乃私好欤？交以利欤？"二间也。又曰："彼不足我，而惎我哉？兹咈吾事。"三间也。畏是而不言，故曰"言之难"。言而有是患，故曰"听信之难"。唯明者为能得其所以荐，得其所以言，得其所以听；一不至，则不可冀矣。

然而君子不以言、听之难，而不务取士。士，理之本也。苟有司之不吾信，吾知之而不舍，其必有信吾者矣。苟知之，虽无有司，而士可以显，则吾一旦操用人之柄，其必有施矣。故公卿之大任，莫若索士。士不预备而熟讲之，卒然君有问焉，宰相有咨焉，有司有求焉，其无所以应之，则大臣之道阙，故不可惮烦。

今之世，言士者，先文章。文章，士之末也。然立言存乎其中，即末而操其本，可十七八，未易忽也。自古文士之多莫如今，今之后生为文，希屈、马者，可得数人；希王褒、刘向之徒者，又可得十人；至陆机、潘岳之比，累累相望。若皆为之不已，则文章之大盛，古未有也，后代乃可知之。今之俗耳庸目，无所取信；杰然特异者，乃见此耳。

丈人以文律通流当世，叔仲鼎列，天下号为文章家。今又生敬之。敬之，希屈、马者之一也。天下方理平，今之文士咸能先理。理不一，断于古书老生，直趣尧舜之道、孔氏之志，明而出之，又古之所难有也。然则文章未必为士之末，独采取何如尔！

宗元自小学为文章，中间幸联得甲乙科第，至尚书郎，专百家章奏，然未能究知为文之道。自贬官来无事，读百家书，上下驰骋，乃少得知文章利病。去年吴武陵来，美其齿少，才气壮健，可以兴西汉之文章，日与之言，因为之出十数篇书。庶几铿锵陶冶，时时得见古人情状。然彼古人亦人耳，夫何远哉？

凡人可以言古，不可言今。桓谭亦云：亲见扬子云，容貌不能动人，安肯传其书？诚使博如庄周，哀如屈原，奥如孟轲，壮如李斯，峻如马迁，富如相如，明如贾谊，专如扬雄，犹为今之人，则世之高者至少矣。由此观之，古之人未始不薄于当世，而荣于后世也。若吴子之文，非丈人无以知之。独恐世人之才高者，不肯久学，无以尽训诂风雅之道，以为一世甚盛。

若宗元者，才力缺败，不能远骋高厉，与诸生摩九霄、抚四海，夸耀于后之人矣。何也？凡为文，以神志为主。自遭责逐，继以大故，荒乱耗竭，又常积忧恐，神志少矣，所读书随又遗忘。一二年来。痞气尤甚，加以众疾，动作不常。眊眊然骚扰内生，霾雾填拥惨沮，虽有意穷文章，而病夺其志矣。每闻人大言，则蹶气震怖，抚心按胆，不能自止。又永州多火灾，五年之间，四为天火所迫。徒跣走出，坏墙穴牖，仅免燔灼。书籍散乱毁裂，不知所往。一遇火恐，累日茫洋，不能出言，又安能尽意于笔砚，矻矻自苦，以危伤败之魂哉？中心之悃愊郁结，具载所献《许京兆丈人书》，不能重烦于陈列。

凡人之黜弃，皆望望思得效用，而宗元独以无有是念。自以罪大不可解，才质无所入，苟焉以叙忧慄为幸，敢有他志？伏以先君禀孝德，秉直道，高于天下，仕再登朝，至六品官。宗元无似，亦尝再登朝至六品矣，何以堪此？且柳氏号为大族，五六从以来无为朝士者，岂愚蒙独出数百人右哉？以是自忖，官已过矣，宠已厚矣。夫知足与知止异，宗元知足矣；若便止不受禄位，亦所未能。

今复得好官，犹不辞让，何也？以人望人，尚足自进。如其不至，则故无憾，进取之志息矣。身世孑然，无可以为家，虽甚崇宠之，孰与为荣？独恨不幸获托姻好，而早凋落，寡居十余年。尝有一男子，然无一日之命，至今无以托嗣续，恨痛常在心目。孟子称“不孝有三，无后为大”，今之汲汲于世者，唯惧此而已矣。天若不弃先君之德，使有世嗣，或者犹望延寿命，以及大宥，得归乡闾，立家室，则子道毕矣。过是而犹竞于宠利者，天厌之！天厌之！

丈人旦夕归朝廷，复为大僚，伏惟以此为念。流涕顿颡，布之座右，不任感激之至。宗元再拜。

○此文后半首，亦是哀怨之音，《与萧俛书》之类耳。前半首所述知之难、言之难、听言之难，则曲尽末世人物情理，允为至言确论。

贺赵江陵宗儒辟符载启

某启：伏闻以武都符载为记室，天下立志之士，杂然相顾，继以叹息，知为善者得其归向，流言者有所间执。直道之所行，义风之所扬，堂堂焉实在荆山之南矣。幸甚、幸甚！

夫以符君之艺术志气，为时闻人，才位未会，盘桓固久，中间因缘，陷在危邦，与时偃仰，不废其道，而为见忌嫉者横致唇吻。房给事以高节特立，明之于朝；王吏部以清议自任，辨之于外。然犹小人浮议，困在交戟。凡诸侯之欲得符君者，城联壤接，而惑于腾沸，环视相让，莫敢先举。及受署之日，则皆开口垂臂，怅望悼悔。譬之求珠于海，而径寸先得，则众皆怏然罢去，知奇宝之有所归也。

呜呼！巧言难明，下流多讪，自非大君子出世之气，则何望焉！瞻望清风，若在天外，无任感激欣跃之至。轻黩陈贺，不胜战越。不宣。谨启。

○符载非必重系天下望，可以其出处卜士进退，然伤胎杀卵，则凤凰不仪，毋谓一夫可冤也，况才俊之士哉！鸣犊戮晋仲尼回，郭隗重燕乐毅至，无知在汉曲逆进，咸博结绥萧男显，杜季蒙难袁闳狂。同声相应，同气相求，一堂两琴，宫商必应，草木臭味，奚敢差池？夫以人事君，人臣之大义也。宗元之贺赵宗儒，诚心不忘君也哉！

卷十五

河东柳宗元文五　序、论

愚溪诗序

灌水之阳有溪焉，东流入于潇水。或曰："冉氏尝居也，故姓是溪曰冉溪。"或曰："可以染也，名之以其能，故谓之染溪。"予以愚触罪，谪潇水上，爱是溪，入二三里，得其犹绝者家焉。古有愚公谷，今予家是溪，而名莫能定，土之居者，犹龂龂然，不可以不更也，故更之为愚溪。

愚溪之上，买小丘为愚丘。自愚丘东北行六十步，得泉焉，又买居之为愚泉。愚泉凡六穴，皆出山下平地，盖上出也。合流屈曲而南，为愚沟。遂负土累石塞其隘，为愚池。愚池之东，为愚堂；其南，为愚亭；池之中，为愚岛。嘉木异石错置，皆山水之奇者，以予故，咸以"愚"辱焉。

夫水，智者乐也；今是溪独见辱于愚，何哉？盖其流甚下，不可以灌溉；又峻急多坻石，大舟不可入也；幽邃浅狭，蛟龙不屑，不能兴云雨。无以利世，而适类于予，然则虽辱而愚之可也。

宁武子"邦无道则愚"，智而为愚者也；颜子"终日不违如愚”，睿而为愚者也，皆不得为真愚。今予遭有道，而违于理、悖于事，故凡为愚者，莫我若也。夫然，则天下莫能争是溪，予得专而名焉。

溪虽莫利于世，而善鉴万类。清莹秀澈，锵鸣金石，能使愚者喜笑眷慕，乐而不能去也。予虽不合于俗，亦颇以文墨自慰，漱涤万物，牢笼百态，而无所避之。以愚辞歌愚溪，则茫然而不违，昏然而同归，超鸿蒙，混希夷，寂寥而莫我知也。于是作《八愚诗》，纪于溪石上。

〇水黑曰“卢”，不流曰“奴”。水之不能泽物者，古人被之以恶名。宗元以溪水不可溉田、负舟，而名之曰“愚”，亦有本焉；其亦以慨己济世之愿不遂也。无知之谓愚，无知者万有之知所从出。“超鸿蒙，混希夷”，抑又太自誉矣；若夫“漱涤万物，牢笼百态”，实乃善自状。其文可为实录。虽然，得无与布帛菽粟者，犹有间乎？

同吴武陵赠李睦州诗序

润之盗锜，窃货财，聚徒党，为反谋十年。今天子即位三年，大立制度，于是盗恐且奋，将遂其不善。视部中良守不为己用者，诬陷去之，睦州由是得罪。天子使御史按问，馆于睦。自门及堂，皆其私卒为卫。天子之卫不得摇手，辞卒致具。有间，盗遂作。而庭臣犹用其文，斥睦州南海上。既上道，盗以徒百人遮于楚、越之郊，战且走，乃得完为左官吏。无几，盗就擒，斩之于社垣之外。论者谓宜还睦州，以明其诬。既更大赦，始移永州，去长安尚四千里，睦州未尝自言。

吴武陵，刚健士也。怀不能忍，于是踊跃其诚，铿锵其声，出而为之诗，然后慊于内。余固知睦州之道也熟，衔匿而未发且久，闻吴之先焉者，激于心，若钟鼓之考，不知声之发也，遂系之而重以序。

〇李锜蓄反谋十年，唐之君臣不能烛见几先，转代盗驱除其不附己者睦州刺史李清臣。锜既发兵反，犹用反者所具狱辞罪李清臣。由今观之，堪作笑具，转疑纪述之非真矣。不知渐浸所成，当其时有忽不及觉者。

锜于德宗时，专事刻剥，以为进奉。宪宗平蜀，锜不自安，遂反。其平日所以蛊惑欺罔朝廷者，岂止李清臣一事？按问清臣之御史，身在锜境，不得摇手出气，且从锜，则朝廷以为然；直清臣，则祸在转瞬。泄泄沓沓，不知不觉，已为反贼所用。贼既反，宪宗讵肯自考平日诏书所行是否耶？公卿大臣讵肯感激徒婞婴非与身家有益之事？讵肯平反已具之狱辞？有司奉行故事，又不知不觉使朝廷犹为反者李锜贬不附贼之李清臣矣。

当其时，问上上不知，问下下不知；而四方万姓则无不知之而悼叹之，盗贼奸宄则无不知之而欣幸之，可不畏哉！嗟呼！人君一身耳，而四海九州之欲得利与名者，无不蛊惑欺罔之，此古先哲王所以心之忧危，若蹈虎尾、涉于春冰也。

送南涪州量移澧州序

越有纳官之令以胜大敌，汉有羽林之制以威四夷。国家宠先中丞，迈古人之烈，故君自未成童，品常第四，人犹曰于古为薄。汉北地都尉印，以不胜任陷匈奴，而子单侯于缾。济北相韩千秋以匹夫之谅，奋触南越，而子延年侯于成安。君之土田之锡，犹挫于有司之手。始由施州为涪州，扞蜀道勍寇，昼不释刃，夜不释甲，曰："我忠烈胤也，期死待敌。"敌亦曰："彼忠烈胤也，尽力致命，是不可犯。"然而笔削之吏，以簿书校讨赢缩，受谴兹郡，凡二岁。

朝廷建大本，贞万邦，庆泽之濡，洗濯生植。又况涪州家声之大，裕蛊之志，宜尤被显宠者也。自汉而南，州之美者十七八，莫若澧。澧之佐理，莫逾于长史。以是进秩，人犹曰且有后命。永州多谪吏，而君侯惠和温良，故其欢愉异于他部。优诏既至，而君适雠于文。其往也独，故凡羡慕之辞，无不加等。

噫！以君承荷之重，恭肃之美，四方之求忠壮义烈者，将于君是观。凡君子之志，欲其优柔而益固，愤悱而不忘，以增太史世家之籍。用是为贶，则拱璧大鼎，乌可以言重乎？

〇南涪州，南霁云之子也。霁云忠烈，贯日月矣；子又继之，蒙矢石、蹈白刃而不悔。而肉食之鄙夫，刀笔之猾吏，持其短长，求瘢索垢，朝廷即据之以行罚。更大赦，乃得量移，与罪人同被新恩。此宗元所为痛心也。虽为文以贺之，实则呜咽不成声。末则勖其之死靡他，以忠于君者孝于亲，岂非直谅多闻之益友哉！

送徐从事北游序

读《诗》《礼》《春秋》，莫能言说，其容貌充充然，而声名不闻传于世，岂天下广大多儒而使然欤？将晦其说，讳其读，不使世得闻传其名欤？抑处于远，仕于远，不与通都大邑豪杰角其伎而至于是欤？不然，无显者为之倡，以振动其声欤？今之世，不能多儒可以盖生者，观生亦非晦讳其说、读者，然则余二者为之决矣。

生北游，必至通都大邑，通都大邑必有显者，由是其果闻传于世欤？苟闻传，必得位；得位而以《诗》《礼》《春秋》之道施于事，及于物，思不负孔子之笔舌。能如是，然后可以为儒。儒可以说、读为哉?!

○仲尼没而微言绝，七十子丧而大义乖。老庄、杨墨、管商、申韩、田慎，诸子百家之说，纵横淆乱，而六经之道日以晦。邪说横流，人心日趋于禽兽之途，于是李斯悉举而焚之，以愚黔首。汉兴，六经始复萌芽，诸儒张皇补缀，存什一于千百。章、明诸帝，乃求遗书，立学官、博士，天下始知崇圣经。末季陵夷，晋魏瞀昧，唐乃复修汉典、辑笺注、作《正义》，确守汉儒之训诂，不敢决其藩篱。韩愈、柳宗元，知其于义未尽，而涉大水无津梁也，故韩有《师说》，柳有《师箴》，莫不致叹于不得圣人为依归耳。宋濂洛关闽诸子出，始解汉、唐之弢，而窥周、孔之奥。文成数万，其旨数千，阐明旨趣，昭示后学，于今赖之矣。虽然，理则万古而不变，若天时地宜、人官物曲，考之简册，则残缺失次；考之训诂，则传闻异辞者，今人不得见古人而问之，不可以臆决而师心也。莽秽榛塞之不除，末由之乎九达之道，亦可慨矣！

夫帝王之治天下，不以六经取士，则何以而士之？从事于功名之会者，未有不买椟而还其珠者。且如弁髦而因以敝之，沿而久之，将使朝廷之上无一明经之有司。有司既不明，而欲明经之士之得进也，难矣。明而被黜，则下必以明为讳，又沿而久之，将使庠序之间无一明经之士。而有司徒以句法、字法、文气、文势，各从所好，以为进退士子之衡，以此策名礼部、升于朝廷，俾天子与之共理天下事，定太平万世丕丕基，噫亦难矣！六经之道，果若是其易易乎？宗元曰："儒可以说、读为哉?!"为之三叹，况乎并未尝说、读而号曰儒者也。

送娄图南秀才游淮南将入道序

仆未冠，求进士，闻娄君名甚熟。其所为歌诗，传咏都中。通数经及群书。当时为文章，若崔比部、于卫尉，相与称其文。众皆曰纳言曾孙也，而又有是，咸推让为先登。

后十余年，仆自尚书郎谪来零陵，觏娄君，犹为白衣，居无室宇，出无僮御。仆深异而讯之，乃曰："今夫取科者，交贵势，倚亲戚，合则插羽翮、生风涛，沛焉而有余，吾无有也。不则餍饮食，驰坚良，以欢于朋徒，相贸为资，相易为名，有不诺者，以气排之，吾无有也。不则多筋力，善造请，朝夕屈折于恒人之前，走高门，邀大车，矫笑而伪言，卑陬而姁媮，偷一旦之容以售其伎，吾无有也。自度卒不能堪其劳，故舍之而游，逾湖、江，出豫章，至南海，复由桂而下也。少好道士言，饵药为寿，未尽其术，故行且求之。"

仆闻而愈疑。往时观得进士者，不必若娄君之言，又少能类娄君之文学，又无纳言之大德以为之祖，无比部、卫尉以为之知，而升名者百数十人。今娄君非不足也，顾不乐而遁耳。因为余留三年。他日，又曰："吾所以求于心者未克，今其行也。"余既异其遁于名，而又德其久留于我也，故为之言。

夫君子之出，以行道也；其处，以独善其身也。今天下理平，主上亟下求士之诏，娄君智可以任职用事，文可以宣风歌德，行于世，必有合其道而进荐之者。遽而为处士，吾以为非时。将曰老而就休耶？则甚少且锐；羸而自养耶？则甚硕且武。问其所以处，咸无名焉。若苟焉以图寿为道，又非吾之所谓道也。夫形躯之寓于土，非吾能私之。幸而好求尧、舜、孔子之志，唯恐不得；幸而遇行尧、舜、孔子之道，唯恐不慊，若是而寿可也。求之而得，行之而慊，虽夭其谁悲？今将以呼嘘为食，咀嚼为神，无事为闲，不死为生，则深山之木石，大泽之龟蛇，皆老而久，其于道何如也？

仆尝学于儒，持之不得，以陷于是。以出则穷，以处则乖，其不宜言道也审矣。以吾子见私于仆，而又重其去，故窃言而书之而密授焉。

〇绘科举秀才不肖之态状，如夏禹铸鼎；开欲求长生者之愚昧，如扁鹊发矇。

送崔子符罢举诗序

世有病进士科者，思易以孝悌、经术、兵、农，曰："庶几厚于俗，而国得以为理乎？"柳子曰："否。以今世尚进士，故凡天下家推其良，公卿大夫之名子弟，国之秀民，举归之。且而更其科，以为得异人乎？无也。唯其所尚文学，移而从之，尚之以孝悌，孝悌犹是人也；尚之以经术，经术犹是人也。虽兵与农，皆然。"曰："然则宜如之何？"曰："即其辞，观其行，考其智，以为可化人及物者，隆之；文胜质、行无观、智无考者，下之。俗其以厚，国其以理，科不俟易也。"

今有博陵崔策子符者，少读经书，为文辞，本于孝悌，理道多容，以善别时，刚以知柔。进于有司，六选而不获。家有冤，连伏阙下者累月不解。仕将晚矣，而戚其幼孤，往复不惮万里，再岁不就选。世皆曰“仁悌人也”，如是且不见隆，虽百易科，其可厚而理乎？今夫天下已理，民风已厚，欲继之于无穷，其在慎是而已。朝廷未命有司，既命而果得有道者，则是术也宜用。崔子之仕，又何晚乎？

仆智不足而独为文，故始见进而卒以废。居草野八年，丽泽之益，镞砺之事，空于耳而荒于心。崔子幸来而亲余，读其书，听其言，发余始志，若寤而言梦，醒而问醉。未及悉，而告余以行。余惧其悼时之往而不得于内也，献之酒，赋之诗而歌之，坐者从而和之，既和而叙之。

○科不待易，苏轼《贡举议》极陈之，千秋确论，宜取并读。

送从弟谋归江陵序

吾与谋，由高祖王父而异。谋少吾二岁，往时在长安，居相迩也。与谋皆甚少，独见谋在众少言，好经书，心异之。其后吾为京兆从事，谋来举进士，复相得，益知谋盛为文词，通外家书。一再不胜，惧禄养之缓，弃去，为广州从事。复佐邕州，连得荐举，至御史。后以智免，归家江陵。有宅一区，环之以桑；有僮指三百，有田五百亩，树之谷，艺之麻。养有牲，出有车，无求于人。日率诸弟具滑甘丰柔，视寒燠之宜，其隙则读书，讲古人所谓求其道之至者以相励也。过永州，为吾留信次，具道其所为者。

凡士人，居家孝悌恭俭，为吏祗肃。出则信，入则厚。足其家，不以非道；进其身，不以苟得。时退则退，尊老无井臼之劳。安和而益寿，兄弟衎衎以相友。不谋食而食给，不谋道而道显。则谋之去进士为从事于远，始也吾疑焉，今也吾是焉。别九岁而会于此，视其貌益伟，问其业益习，叩其志益坚。於虖！吾宗不振久矣。识者曰：今之世稍有人焉。若谋之出处，庸非所谓“人”欤？或问管仲，孔子曰：“人也。”谋虽不识于管仲，其为道无悖，亦可以有是名也。抑又闻圣人之道，学焉而必至，谋之业良矣，而又增焉；志专矣，而又若不足焉。孔子之门，不道管、晏，则谋之为人也，其可度哉！

吾不智，触罪摈越、楚间六年，筑室茨草，为圃乎湘之西，穿池可以渔，种黍可以酒，甘终为永州民。又恨徒费禄食而无所答，下媿农夫，上惭王官。追计往时咎过，日夜反覆，无一食而安于口、平于心。若是者，岂不以少好名誉，嗜味得毒，而至于是耶！用是愈贤谋之去进士为从事以足其家，终始孝悌，今虽欲羡之，岂复可得？谋在南方有令名，其所为日闻于人，吾恐谋不幸又为吾之所悔者，将已之而不能得，可若何？然谋以信厚少言，蓄其志以周于事，虽履吾迹，将不至乎吾之祸，则谋何悔之有？苟能是，虽至于大富贵，又何慄耶？振吾宗者，其惟望乎尔！

○君子之道，或出或处，或默或语，唯审乎其义之可否耳。既已出而仕矣，则东西南北，唯君所使，奚择焉？宗元之所是从弟谋而悔已者，皆无当也。独爱其所云“恨徒费禄食而无所答，下愧农夫，上惭王官。追计往时咎过，日夜反覆，无一食而安于口、平于心”数语，有古君子之风。夫宗元摈斥遐陬十四年，能不鄙夷其民，保惠教诲，泽甚厚，而其中歉然如是，是难能也。其文则推广马援述弟少游语意为之，气味亦殊相似。

送澥序

人咸言吾宗宜硕大，有积德焉。在高宗时，并居尚书省二十二人。遭诸武，以故衰耗。武氏败，犹不能兴。为尚书吏者，间十数岁乃一人。永贞年，吾与族兄登并为礼部属。吾黜，而季父公绰更为刑部郎，则加稠焉。又观宗中为文雅者，炳炳然以十数，仁义固其素也。意者其复兴乎？

自吾为僇人，居南乡，后之颖然出者，吾不见之也。其在道路，幸而过余者，独得澥。澥质厚不谄，敦朴有裕，若器焉，必隆然大而后可以有受，择所以入之者而已矣。其文蓄积甚富，好慕甚正，若墙焉，必基之广而后可以有蔽，择其所以出之者而已矣。勤圣人之道，辅以孝悌，复向时之美，吾于澥焉是望。汝往哉，见诸宗人，为我谢而勉焉。无若大山之麓，止而不得升也，其唯川之不已乎！吾去子，终老于夷矣！

○“若器，必隆然大”，尚德哉；“若墙，必基之广”，修辞立其诚矣。毋若山而若川，逝者无所容心，舍其旧而新是图，以善夫方来者，则优入圣域不难矣。山之止而不得升者，自高也。自高者，孔子谓之“如有周公之才之美，使骄且吝，其余不足观也已”。

封建论

天地果无初乎？吾不得而知之也。生人果有初乎？吾不得而知之也。然则孰为近？曰：有初为近。孰明之？由封建而明之也。彼封建者，更古圣王尧、舜、禹、汤、文、武而莫能去之。盖非不欲去之也，势不可也。势之来，其生人之初乎？不初，无以有封建；封建，非圣人意也。

彼其初，与万物皆生，草木榛榛，鹿豕狉狉，人不能搏噬，而且无毛羽，莫克自奉自卫，荀卿有言：必将假物以为用者也。夫假物者必争，争而不已，必就其能断曲直者而听命焉。其智而明者，所伏必众，告之以直而不改，必痛之而后畏，由是君长、刑政生焉。故近者聚而为群。群之分，其争必大，大而后有兵有德。又有大者，众群之长又就而听命焉，以安其属，于是有诸侯之列，则其争又有大者焉。德又大者，诸侯之列又就而听命焉，以安其封，于是有方伯、连帅之类，则其争又有大者焉。德又大者，方伯、连帅之类又就而听命焉，以安其人，然后天下会于一。是故有里胥而后有县大夫，有县大夫而后有诸侯，有诸侯而后有方伯、连帅，有方伯、连帅而后有天子。自天子至于里胥，其德在人者，死必求其嗣而奉之。故封建非圣人意也，势也。

夫尧、舜、禹、汤之事远矣，及有周而甚详。周有天下，裂土田而瓜分之，设五等，邦群后，布履星罗，四周于天下，轮运而辐集，合为朝觐会同，离为守臣扞城。然而降于夷王，害礼伤尊，下堂而迎觐者。历于宣王，挟中兴复古之德，雄南征北伐之威，卒不能定鲁侯之嗣。陵夷迄于幽、厉，王室东徙，而自列为诸侯矣。厥后问鼎之轻重者有之，射王中肩者有之，伐凡伯、诛苌弘者有之。天下乖盭（戾），无君君之心，余以为周之丧久矣，徒建空名于公侯之上耳。得非诸侯之盛强，末大不掉之咎欤？遂判为十二，合为七国，威分于陪臣之邦，国殄于后封之秦，则周之败端，其在乎此矣。

秦有天下，裂都会而为之郡邑，废侯卫而为之守宰，据天下之雄图，都六合之上游，摄制四海，运于掌握之内，此其所以为得也。不数载而天下大坏，其有由矣。亟役万人，暴其威刑，竭其货贿，负锄梃谪戍之徒，圜视而合从，大呼而成群。时则有叛人而无叛吏，人怨于下而吏畏于上，天下相合，杀守劫令而并起。咎在人怨，非郡邑之制失也。汉有天下，矫秦之枉，徇周之制，剖海内而立宗子、封功臣。数年之间，奔命扶伤之不暇，困平城，病流矢，陵迟不救者三代。后乃谋臣献画，而离削自守矣。然而封建之始，郡国居半，时则有叛国而无叛郡。秦制之得，亦以明矣。继汉而帝者，虽百代可知也。唐兴，制州邑，立守宰，此其所以为宜也。然犹桀猾时起、虐害方域者，失不在于州而在于兵，时则有叛将而无叛州。州县之设，固不可革也。

或者曰："封建者，必私其土、子其人，适其俗，修其理，施化易也。守宰者，苟其心，思迁其秩而已，何能理乎?"余又非之。周之事迹，断可见矣：列侯骄盈，黩货事戎，大凡乱国多、理国寡；侯伯不得变其政，天子不得变其君，私土子人者，百不有一。失在于制，不在于政，周事然也。秦之事迹亦断可见矣：有理人之制，而不委郡邑是矣；有理人之臣，而不使守宰是矣。郡邑不得正其制，守宰不得行其理，酷刑苦役，而万人侧目。失在于政，不在于制，秦事然也。汉兴，天子之政行于郡，不行于国；制其守宰，不制其侯王。侯王虽乱，不可变也；国人虽病，不可除也。及夫大逆不道，然后掩捕而迁之，勒兵而夷之耳。大逆未彰，奸利浚财，怙势作威，大刻于民者，无如之何。及夫郡邑，可谓理且安矣。何以言之？且汉知孟舒于田叔，得魏尚于冯唐，闻黄霸之明审，睹汲黯之简靖，拜之可也，复其位可也，卧而委之以辑一方可也。有罪得以黜，有能得以赏。朝拜而不道，夕斥之矣；夕受而不法，朝斥之矣。设使汉室尽城邑而侯王之，纵令其乱人，戚之而已。孟舒、魏尚之术，莫得而施；黄霸、汲黯之化，莫得而行。明谴而导之，拜受而退已违矣。下令而削之，缔交合从之谋，周于同列，则相顾裂眦，勃然而起；幸而不起，则削其半。削其半，民犹瘁矣，曷若举而移之，以全其人乎？汉事然也。今国家尽制郡邑，连置守宰，其不可变也固矣。善制兵，谨择守，则理平矣。

或者又曰："夏、商、周、汉，封建而延；秦，郡邑而促。"尤非所谓知理者也。魏之承汉也，封爵犹建；晋之承魏也，因循不革。而二姓陵替，不闻延祚。今矫而变之，垂二百祀，大业弥固，何系于诸侯哉？

或者又以为："殷、周，圣王也，而不革其制，固不当复议也。"是大不然。夫殷、周之不革者，是不得已也。盖以诸侯归殷者三千焉，资以黜夏，汤不得而废；归周者八百焉，资以胜殷，武王不得而易。徇之以为安，仍之以为俗，汤、武之所不得已也。夫不得已，非公之大者也，私其力于己也，私其卫于子孙也。秦之所以革之者，其为制，公之大者也；其情，私也，私其一己之威也，私其尽臣畜于我也。然而公天下之端，自秦始。

夫天下之道，理安，斯得人者也。使贤者居上，不肖者居下，而后可以理安。今夫封建者，继世而理。继世而理者，上果贤乎？下果不肖乎？则生人之理乱，未可知也。将欲利其社稷，以一其人之视听，则又有世大夫世食禄邑，以尽其封略。圣贤生于其时，亦无以立于天下，封建者为之也。岂圣人之制使至于是乎？吾固曰："非圣人之意也，势也。"

□圣祖御评：博辨纵横，之子沉鸷。中间错举秦、汉、唐之制，引据甚精，断制甚确。

◇苏轼曰："秦初并天下，丞相绾等言：'燕、齐、荆地远，不置王，无以镇之，请立诸子。'始皇下其议，群臣皆以为便。廷尉斯曰：'周文、武所封子弟、同姓甚众，然后属疏远，相攻击如仇雠，诸侯更相诛伐，天子弗能禁止。今海内赖陛下神灵一统，皆为郡县，诸子、功臣，供（公）赋税重赏赐之，甚足易制。天下无异意，则安宁之术也。置诸侯不便。'始皇曰：'天下共苦，战斗不休，以有侯王。赖宗庙，天下初定，又复立国，是树兵也，而求其宁息，岂不难哉？廷尉议是。'分天下为三十六郡，郡置守、尉、监。

"苏子曰：圣人不能为时，亦不失时。时非圣人之所能为也，能不失时而已。三代之兴，诸侯无罪，不可夺削，因而君之虽欲罢侯置守，可得乎？此所谓不能为时者也。周衰，诸侯相并，齐、晋、秦、楚皆千余里，其势足以建侯树屏。至于七国，皆称王，行天子之事，然终不封诸侯、不立强家世卿者，以鲁三桓、晋六卿、齐田氏为戒也。久矣，世之畏诸侯之祸也，非独李斯、始皇知之！

"始皇既并天下，分郡邑，置守宰，理固当然，如冬裘夏葛，时之所宜，非人之私智独见也，所谓不失时者，而学士、大夫多非之。汉高又欲立六国后，张子房以为不可，世未有非之者。李斯之论，与子房何异？世特以成败为是非耳。高帝闻子房之言，吐哺骂郦生，知诸侯之不可复，明矣。然卒王韩、彭、英、卢，

岂独高帝？子房亦与焉。故柳宗元曰：‘封建非圣人意也，势也。’

“昔之论封建者，曹元首、陆机、刘颂，及唐太宗时魏徵、李百药、颜师古，其后则刘秩、杜佑、柳宗元。宗元之论出，而诸子之论废矣；虽圣人复起，不能易也。故吾取其说而附益之曰：

“凡有血气必争，争必以利，利莫大于封建。封建者，争之端而乱之始也。自书契以来，臣弑其君，子弑其父，父子兄弟相贼杀，有不出于袭封而争位者乎？自三代圣人以礼乐教化天下，至刑措不用，然终不能已篡弑之祸。至汉以来，君臣父子相贼虐者，皆诸侯王子孙；其余卿大夫不世袭者，盖未尝有也。近世无复封建，则此祸几绝。仁人君子，忍复开之欤？故吾以李斯、始皇之言，柳宗元之论，当为万世法也。”

卷十六

河东柳宗元文六　论、记

守道论

或问曰："守道不如守官，何如?"对曰：是非圣人之言，传之者误也。官也者，道之器也；离之，非也。未有守官而失道、守道而失官之事者也。是固非圣人之言，乃传之者误也。

夫皮冠者，是虞人之物也。物者，道之准也。守其物，由其准，而后其道存焉。苟舍之，是失道也。凡圣人之所以为经纪，为名物，无非道者。命之曰官，官是以行吾道云尔。是故立之君臣、官府、衣裳、舆马、章绶之数，会朝、表著、周旋、行列之等，是道之所存也。则又示之典命、书制、符玺、奏复之文，参伍、殷辅、陪台之役，是道之所由也。则又劝之以爵禄、庆赏之美，惩之以黜远、鞭扑、梏拲、斩杀之惨，是道之所行也。故自天子至于庶民，咸守其经分，而无有失道者，和之至也。失其物，去其准，道从而丧矣。易其小者，而大者亦从而丧矣。

古者居其位，思死其官，可易而失之哉？《礼记》曰：

“道合则服从，不可则去。”《孟子》曰：“有官守者，不得其职则去。”然则失其道而居其官者，古之人不与也。是故在上不为抗，在下不为损，矢人者不为不仁，函人者不为仁，率其职，司其局，交相致以全其工也。易位而处，各安其分，而道达于天下矣。

且夫官所以行道也，而曰守道不如守官，盖亦丧其本矣。未有守官而失道、守道而失官者也。是非圣人之言，传之者误也，果矣。

○韩愈曰：“道与德为虚位。”夫事有万矣，而一事各载一理，得乎理之至善，即协乎事之时宜，成为行之中正，符于性之自然，而名之曰“道”，故曰“率性之谓道”。舍是而别有所谓道，则道其所道也。岐官与道而二之，将官非其官而道非其道；即有一得，亦必有见于官即无见于道，有见于道即无见于官者也。宗元之论当矣。

四维论

《管子》以礼义廉耻为四维，吾疑非管子之言也。

彼所谓廉者，曰“不蔽恶”也；世人之命廉者，曰“不苟得”也。所谓耻者，曰“不从枉”也；世人之命耻者，曰“羞为非”也。然则二者果义欤、非欤？吾见其有二维，未见其所以为四也。夫“不蔽恶”者，岂不以蔽恶为不义而去之乎？夫“不苟得”者，岂不以苟得为不义而不为乎？虽不从枉与羞为非，皆然。然则廉与耻，义之小节也，不得与义抗而为维。圣人之所以立天下，曰仁义。仁主恩，义主断。恩者亲之，断者宜之，而理道毕矣。蹈之斯为道，得之斯为德，履之斯为礼，诚之斯为信，皆由其所之而异名。今管氏所以为“维”者，殆非圣人之所立乎？

又曰：“一维绝则倾，二维绝则危，三维绝则覆，四维绝则灭。”若义之绝，则廉与耻其果存乎？廉与耻存，则义果绝乎？人既蔽恶矣，苟得矣，从枉矣，为非而无羞矣，则义果存乎？

使管子庸人也，则为此言；管子而少知理道，则四维者，非管子之言也。

○左史记言，右史记事；事为《春秋》，言为《尚书》。《尚书》，《国语》类也；《春秋》，《左传》类也。列国皆有之，独鲁史，以孔子得传至今耳。孔子以前，无家自为书者。名卿大夫之嘉言，皆载之右史，《左传》所称“古志有之”“古语有之”。又曰：“著之话言，楚语所称”，“教之语，使明其德”。而知先王之务，用明德于民，皆是也。即《论语》，亦非孔子所自作，乃曾子、有子之门人，记其所闻于师者而纂之。其曰“语”者，犹用古史之体例也。

春秋降为战国，处士始操各国之柄，而人自为说，以行于天下。庄周、荀卿之所评论，具在可考，皆无及于管子者也。孟子曰：“圣王不作，诸侯放恣，处士横议，杨朱、墨翟之言盈天下。”此周室陵迟，至孟子时而始然者也。管仲生于孔子之前，管仲无书明甚；如其有之，未有七十子之徒，无一言评骘之者也。管仲之书，其为战国时言富国强兵之流，自以为所学出于管仲而假托之，无疑也。其不概于理者，不胜举；若宗元《四维论》，亦一斑也。

辩侵伐论

《春秋》之说曰：“凡师，有钟鼓曰伐，无曰侵。”《周礼·大司马》“九伐之法”曰：“贼贤害人则伐之，……负固不服则侵之。”然则所谓“伐之”者，声其恶于天下也。声其恶于天下，必有以厌于天下之心，夫然后得行焉。

古之守臣，有朘人之财、危人之生而又害贤人者，内必弃于其人，外必弃于诸侯，从而后加伐焉，动必克矣。然犹校德而后举，量力而后会，备三有余而以用其人：一曰义有余，二曰人力有余，三曰货食有余。是三者大备，则又立其礼，正其名，修其辞。其害物也小，则诰誓征令不过其邻；虽大，不出所暴；非有逆天地、横四海者，不以动天下之师。故师不逾时而功成焉。斯为人之举也，故公之；公之，而钟鼓作焉。

夫所谓“侵之”者，独以其负固不服而壅王命也。内以保其人，外不犯于诸侯，其过恶不足暴于天下，致文告，修文德，而又不变，然后以师问焉。是为制命之举，非为人之举也，故私之；私之，故钟鼓不作。斯圣人之所志也。

周道既坏，兵车之轨交于天下，而罕知侵伐之端焉。是故以无道而正无道者有之，以无道而正有道者有之，不增德而以遂威者又有之，故世日乱。一变而至于战国，而生人耗矣。是以有其力、无其财，君子不以动众；有其力、有其财、无其义，君子不以帅师。合是三者而明其公私之说，而后可焉。呜呼！后之用师者，有能观乎侵伐之端，则善矣。

○用兵固不得泥于古，然圣人之意，不可悖也。《师》之《彖传》曰：“以此毒天下，而民从之，吉，又何咎？”苟非以生道杀人，虽死无怨，杀者其何可以言兵？未能以生道杀人而言兵，皆违天而戕人也。违天而戕人，败固祸，而胜亦祸，古可鉴矣。宗元此文，可作《左传》义疏。

永州新堂记

将为穹谷嵁岩渊池于郊邑之中，则必辇山石，沟涧壑，凌绝硷阻，疲极人力，乃可以有为也。然而求天作地生之状，咸无得焉。逸其人，因其地，全其天，昔之所难，今于是乎在。

永州实惟九疑之麓，其始度土者，环山为城。有石焉，翳于奥草；有泉焉，伏于土涂。蛇虺之所蟠，狸鼠之所游，茂树恶木，嘉葩毒卉，乱杂而争植，号为秽墟。韦公之来既逾月，理甚无事，望其地，且异之。始命芟其芜，行其涂，积之丘如，蠲之浏如。既焚既酾，奇势迭出，清浊辨质，美恶异位。视其植，则清秀敷舒；视其蓄，则溶漾纡余。怪石森然，周于四隅，或列或跪，或立或仆，窍穴逶邃，堆阜突怒。乃作栋宇，以为观游。凡其物类，无不合形辅势，效伎于堂庑之下。外之连山高原，林麓之崖，间厕隐显。迩延野绿，远混天碧，咸会于谯门之外。

已乃延客入观，继以宴娱。或赞且贺，曰："见公之作，知公之志。公之因土而得胜，岂不欲因俗以成化？公之释恶而取美，岂不欲除残而佑仁？公之蠲浊而流清，岂不欲废贪而立廉？公之居高以望远，岂不欲家抚而户晓？夫然，则是堂也，岂独草木土石水泉之适欤？山原林麓之观欤？将使继公之理者，视其细，知其大也。"宗元请志诸石，措诸壁，以为二千石楷法。

〇人或良才美质，自天畀之而不学，不问好恶，无节于内，知诱于外，以至灭天理而穷人欲，于是有悖逆诈伪之心，有淫佚慝乱之事，以之终身而不变。人曰天之生是使然也，奚知其质美才良，克念即可作圣耶？其与佳景瑰观、清泉美石之汩于荒区蛮域、恶木毒莽之中，与为终古者奚异？宗元为上官作记，故以治人之道言之。善读之，知修身焉。

岭南节度使飨军堂记

唐制，岭南为五府，府部州以十数。其大小之戎，号令之用，则听于节度使焉。其外大海多蛮夷，由流求、诃陵，西抵大夏、康居，环水而国以百数，则统于押蕃舶使焉。内之幅员万里，以执秩拱稽，时听教命；外之羁属数万里，以译言贽宝，岁帅贡职。合二使之重，以治于广州，故宾军之事，宜无与校大。且宾有牲牢饔饩，嘉乐好礼，以同远合疏；军有犒馈宴飨，劳旋勤归，以群力一心。于是治也，闬闳阶序，不可与他邦类，必厚栋大梁。夷庭高门，然后可以上充于揖让，下周于步武。

今御史大夫扶风公廉广州，且专二使，增德以来远人，申威以修戎政。大飨宴合乐，从其丰盈。先是，为堂于治城西北陬，其位，公北向，宾众南向，奏部伎于其西，视泉池于其东。隅奥庳侧，庭庑下陋，日未及晡，则赫炎当目，汗眩更起，而礼莫克终。故凡大宴飨、大宾旅，则寓于外垒，仪形不称。公于是始斥其制，为堂南面，横八楹，从十楹，向之宴位，化为东序，西又如之。其外更衣之次，膳食之宇，列观以游目，偶亭以展声，弥望极顾，莫究其往。泉池之旧，增浚益植，以暇以息，如在林壑。问工焉取，则师舆是供；问役焉取，则蛮隶是征；问材焉取，则隙宇是迁。或益其阙，伐山浮海，农贾拱手，张目视具。

乃十月甲子克成，公命飨于新堂。幢牙茸纛，金节析羽，旂旗旟旞，咸饰于下。鼓以鼖晋，金以铎铙。公与监军使，肃上宾，延群僚，将校士吏，咸次于位。卉裳罽衣，胡夷蜑蛮，睢盱就列者，千人以上。铏鼎体节，燔炮胾炙，羽鳞狸互之物，沉泛醍盎之齐，均饫于卒士。兴王之舞，服夷之伎，揳击吹鼓之音，飞腾幻怪之容，寰观于远迩。礼成乐遍，以叙而贺，且曰："是邦临护之大，五人合之，非是堂之制不可以备物，非公之德不可以容众。旷于往初，肇自今兹，大和有人，以观远方，古之戎政，其曷用加此!"

华元，名大夫也，杀羊而御者不及；霍去病，良将军也，余肉而士有饥色，犹克称能，以垂到今。矧兹具美，其道不废，愿仿于金石，以永示后祀。遂相与来告，且乞辞。某让不获，乃刻于兹石云。

□圣祖御评：雄深者，其思理也；整丽者，其体制也。复有一种俊迈之气骨，旋转于其间，岂非桀构!

◇陈子龙曰："文如画栋雕甍，高牙大纛，翼翼岩岩，观者竦视。"

诸使兼御史中丞壁记

古者，交政于四方谓之"使"。今之制，受命临戎，职无所统属者，亦谓之"使"。凡"使"之号，盖专焉而行其道者也。开元以来，其制愈重，故取"御史"之名而加焉。至于今若干年，其兼"中丞"者若干人。其使绝域、统兵戎、按州部、专货食，而柔远人、固王略、齐风俗、和关石，大者戡复于内、拓定于外，皆得以壮其威、张其声，其用远矣。

假是名以莅厥职，而尊严若是，况乎总宪度于朝端，树风声于天下，其所以翼于君、正于人者，尤可以知也。

武公以厚德在位，甚宜其官。视其署，有记诸使中丞者而多阙漏，于是求其故于诏制，而又质于史氏，增益备具，遂命其属书之。且曰：由其号而观其实，后之居于斯者，有以敬于事。

〇食焉而不事其事，则虽三槐九棘，绾四十九使印，而自觉恢然有余。苟思夫受于天、命于君者为何等事，则虽卑官薄禄簿尉曹佐之俦，当必前望往古、后望来今，睹一身之衿影，对万民之耳目，恧然自觉其事之难为、分之难称矣。宗元曰："由其号以观其实，后之居于斯者，有以敬其（于）事。"斯言可三复也，故录之。

四门助教厅壁记

周人置虞庠于四郊，以养国老，教胄子。《祭统》曰"天子设四学"，盖其制也。《易传·太初篇》曰："天子旦入东学，昼入南学，夕入西学，暮入北学。"蔡邕引之，以定明堂之位焉。《大戴礼·保傅篇》曰："帝入东学以贵仁，入南学以贵信，入西学以贵德，入北学以贵爵。"贾生述之，以明太子之教焉。故曰为大教之宫，而四学具焉。参明堂之政，原大教之极，其建置之道弘也。

后魏太和中，立学于四门，置助教二十人。隋氏始隶于国子，而降置五人。皇朝始合于太学，又省至三人。员位弥简，其官尤难，非儒之通者不列也。四门学之制，掌国之上士、中士、下士凡三等，侯、伯、子、男凡四等。其子孙之为胄子者，及庶士、庶人之子为俊士者，使执其业而居其次，就师儒之官而考正焉。助教之职，佐博士以掌鼓箧榎楚之政令，分其人而教育之。其有通经力学者，必于岁之杪，升于礼部，听简试焉。课生徒之进退，必酌于中道，非博雅庄敬之流，固不得临于是，故有去而升于朝者。贺秘书由是为博士，归散骑由是为左拾遗。旧制以拾遗为八品清官，故必以名实者居于其位。

贞元中，王化既成，经籍少间，有司命太学之官，颇以为易。专名誉、好文章者，咸耻为学官。至是，河东柳立始以前进士求署兹职，天水武儒衡、闽中欧阳詹又继之。是岁为四门助教凡三人，皆文士，京师以为异。余与立同祖，与武公同升于礼部，与欧阳生同志于文。四门助教署未尝纪前人名氏，余故为之记，而由夫三子者始。

○宋人非四学之说，谓学有四，岂道亦有四耶？然道固一，而行则百。易地而施之异宜，俾得并举而观所尚，以章志兴化，亦非无谓。相传古有四学，非妄也。唐之四学，徒循其文耳，然犹有告朔之饩羊焉。夫士而徒以文称，愧学校矣。乃四学助教相继得三文士，则夸美以为异；其下此者，又可知矣。学校之衰也，人文之不振也，道德风俗沦胥以铺，千载古今，弥望慨然。

永州万石亭记*

御史中丞、清河男崔公，来莅永州。闲日，登城北墉，临于荒野藂翳之隙，见怪石特出，度其下必有殊胜。步自西门，

* 《柳柳州集》作《永州崔中丞万石亭记》。

以求其墟。伐竹披奥，欹侧以入。绵谷跨溪，皆大石林立，涣若奔云，错若置棋，怒者虎斗，企者鸟厉。抉其穴则鼻口相呀，搜其根则蹄股交峙，环行卒愕，疑若搏噬。于是刳辟朽壤，翦焚榛薉，决浍沟，导伏流，散为疎林，洄为清池，寥廓泓渟，若造物者始判清浊，效奇于兹地，非人力也。乃立游亭，以宅厥中。直亭之西，石若掖分，可以眺望。其上青壁斗绝，沉于渊源，莫究其极。自下而望，则合乎攒峦，与山无穷。

明日，州邑耋老，杂然而至，曰："吾侪生是州，蓺是野，眉龙齿鲵，未尝知此。岂天坠地出，设兹神物，以彰我公之德欤?"既贺而请名。公曰："是石之数，不可知也。以其多，而命之曰万石亭。"耋老又言曰："懿夫公之名亭也，岂专状物而已哉？公尝六为二千石，既盈其数。然而有道之士，咸恨公之嘉绩未洽于人。敢颂休声，祝于明神。汉之三公，秩号万石；我公之德，宜受兹锡。汉有礼臣，惟万石君；我公之化，始于闺门。道合于古，祐之自天。野夫献辞，公寿万年。"

宗元尝以笺奏隶尚书，敢专笔削，以附零陵故事。时元和十年正月五日记。

〇体物之妙，宇宙在乎手，万化生于心矣。

始得西山宴游记

自余为僇人，居是州，恒惴慄。其隙也，则施施而行，漫漫而游。日与其徒上高山，入深林，穷回溪；幽泉怪石，无远不到。到则披草而坐，倾壶而醉，醉则更相枕以卧。卧而梦，意有所极，梦亦同趣。觉而起，起而归。以为凡是州之山水有异态者，皆我有也，而未始知西山之怪特。

今年九月二十八日，因坐法华西亭，望西山，始指异之。遂命仆过湘江，缘染溪，斫榛莽，焚茅茷，穷山之高而止。攀援而登，箕踞而遨，则凡数州之土壤，皆在衽席之下。其高下之势，岈然洼然，若垤若穴，尺寸千里，攒蹙累积，莫得遁隐。萦青缭白，外与天际，四望如一。然后知是山之特出，不与培塿为类。悠悠乎与颢气俱，而莫得其涯；洋洋乎与造物者游，而不知其所穷。

引觞满酌，颓然就醉，不知日之入。苍然暮色，自远而至。至无所见，而犹不欲归。心凝形释，与万化冥合。然后知吾向之未始游，游于是乎始。故为之文以志。是岁元和四年也。

钴鉧潭记

钴鉧潭在西山西，其始盖冉水自南奔注，抵山石，屈折东流，其颠委势峻，荡击益暴，啮其涯，故旁广而中深，毕至石乃止。流沫成轮，然后徐行，其清而平者且十亩余，有树环焉，有泉悬焉。

其上有居者，以予之亟游也，一旦款门来告曰："不胜官租私券之委积，既芟山而更居，愿以潭上田贸财以缓祸。"予乐而如其言。则崇其台，延其槛，行其泉于高者而坠之潭，有声潀然。尤与中秋观月为宜，于以见天之高、气之迥。

孰使予乐居夷而忘故土者，非兹潭也欤？

钴鉧潭西小丘记

得西山后八日，寻山口西北道二百步，又得钴鉧潭。潭西二十五步，当湍而浚者为鱼梁，梁之上有丘焉，生竹树。其石之突怒偃蹇，负土而出，争为奇状者，殆不可数：其嵚然相累而下者，若牛马之饮于溪；其冲然角列而上者，若熊罴之登于山。

丘之小不能一亩，可以笼而有之。问其主，曰："唐氏之弃地，货而不售。"问其价，曰："止四百。"余怜而售之。李深源、元克己时同游，皆大喜，出自意外。即更取器用，铲刈秽草，伐去恶木，烈火而焚之。嘉木立，美竹露，奇石显。由其中以望，则山之高，云之浮，溪之流，鸟兽鱼之遨游，举熙熙然回巧献技，以效兹丘之下。枕席而卧，则清泠之状与目谋，瀯瀯之声与耳谋；悠然而虚者与神谋，渊然而静者与心谋。不匝旬而得异地者二，虽古好事之士，或未能至焉。

噫！以兹丘之胜，致之沣、镐、鄠、杜，则贵游之士争买者，日增千金而愈不可得。今弃是州也，农夫渔父过而陋之。价四百，连岁不能售。而我与深源、克己独喜得之，是其果有遭乎？书于石，所以贺兹丘之遭也。

至小丘西小石潭记*

从小丘西行百二十步，隔篁竹，闻水声，如鸣佩环，心

---

* 今多题《小石潭记》。

乐之。伐竹取道，下见小潭，水尤清冽。全石以为底，近岸，卷石底以出，为坻，为屿，为嵁，为岩。青树翠蔓，蒙络摇缀，参差披拂。

潭中鱼可百许头，皆若空游无所依。日光下澈，影布石上，怡（佁）然不动；俶尔远逝，往来翕忽，似与游者相乐。

潭西南而望，斗折蛇行，明灭可见。其岸势犬牙差互，不可知其源。坐潭上，四面竹树环合，寂寥无人，凄神寒骨，悄怆幽邃。以其境过清，不可久居，乃记之而去。

同游者：吴武陵，龚古，余弟宗直（玄）。隶而从者，崔氏二小生：曰恕己，曰奉壹。

袁家渴记

由冉溪西南水行十里，山水之可取者五，莫若钴鉧潭。由溪口而西，陆行，可取者八九，莫若西山。由朝阳岩东南水行，至芜江，可取者三，莫若袁家渴。皆永中幽丽奇处也。

楚、越之间方言，谓水之支流者为“渴”，音若“衣褐”之“褐”。渴上与南馆高嶂合，下与百家濑合。其中重洲小溪，澄潭浅渚，间厕曲折，平者深墨，峻者沸白。舟行若穷，忽又无际。有小山出水中，山皆美石，上生青丛，冬夏常蔚然。其旁多岩洞，其下多白砾，其树多枫柟石楠、楩槠樟柚，草则兰芷。又有异卉，类合欢而蔓生，轇轕水石。每风自四山而下，振动大木，掩苒众草，纷红骇绿，蓊葧香气，冲涛旋濑，退贮谿谷，摇飏葳蕤，与时推移。

其大都如此，余无以穷其状。永之人未尝游焉，余得之不敢专也，出而传于世。其地主袁氏，故以名焉。

石渠记

自渴西南行，不能百步，得石渠，民桥其上。有泉幽幽然，其鸣乍大乍细。渠之广，或咫尺，或倍尺，其长可十许步。其流抵大石，伏出其下。逾石而往，有石泓，昌蒲被之，青鲜环周。又折西行，旁陷岩石下，北堕小潭。潭幅员减百尺，清深多鯈鱼。又北曲行纡余，睨若无穷，然卒入于渴。其侧皆诡石怪木，奇卉美箭，可列坐而休焉。风摇其巅，韵动崖谷。视之既静，其听始远。

予从州牧得之，揽去翳朽，决踈土石，既崇而焚，既酾而盈。惜其未始有传焉者，故累记其所属，遗之其人，书之其阳，俾后好事者求之得以易。元和七年正月八日，蠲渠至大石。十月十九日，逾石得石泓小潭。渠之美，于是始穷也。

石涧记

石渠之事既穷，上由桥西北，下土山之阴，民又桥焉。其水之大，倍石渠三之一。亘石为底，达于两涯。若床若堂，若陈筵席，若限阃奥。水平布其上，流若织文，响若操琴。揭跣而往，折竹扫陈叶，排腐木，可罗胡床十八九居之。交络之流，触激之音，皆在床下；翠羽之木，龙鳞之石，均荫其上。古之人，其有乐乎此耶？后之来者，有能追予之践履耶？得意之日，与石渠同。

由渴而来者，先石渠，后石涧；由百家濑上而来者，先石涧，后石渠。涧之可穷者，皆出石城村东南，其间可乐者数焉。其上深山幽林，逾峭险，道狭不可穷也。

小石城山记

自西山道口径北，逾黄茅岭而下，有二道：其一西出，寻之无所得；其一少北而东，不过四十丈，土断而川分，有积石横当其垠。其上为睥睨梁欐之形，其旁出堡坞，有若门焉。窥之正黑，投以小石，洞然有水声，其响之激越，良久乃已。环之可上，望甚远，无土壤而生嘉树美箭，益奇而坚，其疏数偃仰，类智者所施设也。

噫！吾疑造物者之有无久矣。及是，愈以为诚有。又怪其不为之于中州，而列是夷狄，更千百年不得一售其伎，是固劳而无用，神者傥不宜如是，则其果无乎？或曰："以慰夫贤而辱于此者。"或曰："其气之灵，不为伟人，而独为是物，故楚之南少人而多石。"是二者，余未信之。

○郦道元《水经注》，史家《地理志》之流也。宗元《永州八记》，虽非一时所成而若断若续，令读者如陆务观诗所云"山重水复疑无路，柳暗花明又一村"也。绝似《水经注》文字，读者宜合而观之。

◇虞集曰："公之好奇，若贪夫之笼百货，而文亦变幻百出。"

卷十七

河东柳宗元文七　记、议、碑

游黄溪记

北之晋，西适豳，东极吴，南至楚、越之交，其间名山水而州者以百数，永最善。环永之治百里，北至于浯溪，西至于湘之源，南至于泷泉，东至于黄溪东屯，其间名（乐）山水而村者以百数，黄溪最善。

黄溪距州治七十里，由东屯南行六百步，至黄神祠。祠之上，两山墙立，如丹碧之叶骈植，与山升降。其缺者，为崖峭岩窟。水之中，皆小石平布。黄神之上，揭水八十步，至初潭，最奇丽，殆不可状。其略若剖大瓮，侧立千尺，溪水积焉。黛蓄膏渟，来若白虹，沉沉无声，有鱼数百尾，方来会石下。南去又行百步，至第二潭。石皆巍然，临峻流，若颏颔断齶。其下大石杂列，可坐饮食。有鸟赤首乌翼，大如鹄，方东向立。自是又南数里，地皆一状，树益状，石益瘦，水鸣皆锵然。又南一里，至大冥之川，山舒水缓，有土田。始黄神为人时，居其地。

传者曰："黄神王姓，莽之世也。莽既死，神更号黄氏，逃来，择其深峭者潜焉。”始莽尝曰“余黄虞之后也”，故号其女曰“黄皇室主”。黄与王声相迩，而又有本，其所以传言者益验。神既居是，民咸安焉。以为有道，死乃俎豆之，为立祠。后稍徙，近乎民，今祠在山阴溪水上。

元和八年五月十六日，既归，为记，以启后之好游者。

◇储欣曰：“所志不过数里，幽丽奇绝，政如万壑千岩，应接不暇。”

兴州江运记

御史大夫严公，牧于梁五年。嗣天子用周、汉进律增秩之典，以亲诸侯。谓公有功德理行，就加礼部尚书。是年四月，使中谒者来锡公命。宾僚吏属，将校卒士，黧老童孺，填溢公门，舞跃欢呼，愿建碑纪德，垂亿万祀。公固不许，而相与怨咨，遑遑如不饮食。于是西鄙之人，密以公刊山导江之事，愿刻岩石。曰：

维梁之西，其蔽曰某山，其守曰兴州。兴州之西为戎居，岁备亭障，实以精卒。以道之险隘，兵困于食，守用不固。公患之曰：“吾尝为兴州，凡其土人之故，吾能知之。自长举北至于青泥山，又西抵于成州，过栗亭川，逾宝井堡，崖谷峻隘，十里百折，负重而上，若蹈利刃。盛秋水潦，穷冬雨雪，深泥积水，相辅为害。颠踣腾藉，血流栈道。糗粮刍藁，填谷委山；马牛群畜，相藉物故。餫夫毕力，守卒延颈，嗷嗷之声，其可哀也。若是者，绵三百里而余。自长举之西，可以导江而下，二百里而至，昔之人莫得知也。吾受命于君而育斯人，其可已乎?”乃出军府之币，以备器用，即山僦功。由是转巨石，仆大木，焚以炎火，沃以食醯，摧其坚刚，化为灰烬。畚锸之下，易甚朽壤，乃辟乃垦，乃宣乃理。随山之曲直以休人力，顺地之高下以杀湍悍。厥功既成，咸如其素。于是决去壅土，疏导江涛，万夫呼抃，莫不如志。雷腾云奔，百里一瞬，既会既远，澹为安流。烝徒讴歌，枕卧而至，戍人无虞，专力待寇。

惟我公之功，畴可侔也！而无以酬德，致其大愿，又不可得命。矧公之始来，属当恶岁，府庾甚虚，器备甚殚，饥馑昏札，死徙充路。赖公节用爱人，克安而生，老穷有养，幼乳以遂，不问不使，咸得其志。公命鼓铸，库有利兵；公命屯田，师有余粮；选徒练旅，有众孔武；平刑议狱，有众不黩；增石为防，膏我稻粱；岁无凶菑，家有积仓；传馆是饰，旅忘其归；杠梁以成，人不履危。若是者，皆以戎隙帅士而为之，不出四方之力，而百役已就。且我西鄙之职官，故不能具举。惟公和恒直方，廉毅信让，敦尚儒学，挹损贵位，率忠与仁，以厚其诚。其有可以安利于人者，行之坚勇，不俟终日，其兴功济物宜如此其大也。

昔之为国者，惟水事为重。故有障大泽，勤其官而受封国者矣。西门遗利，史起兴叹；白圭壑邻，孟子不与。公能夷险休劳，以惠万代，其功烈尤章章焉不可盖也。是用假辞谒工，勒而存之，用永宪于后祀。

□圣祖御评：叙述议论，皆以典奥出之，可谓壁垒森严、神采焕发。

◇徐孚远曰："能知地理远近，读其文，可考其绩，不徒以颂德为工。"

零陵三亭记

邑之有观游，或者以为非政，是大不然。夫气烦则虑乱，视壅则志滞。君子必有游息之物，高明之具，使之清宁平夷，恒若有余，然后理达而事成。

零陵县东有山麓，泉出石中，沮洳污涂，群畜食焉，墙藩以蔽之，为县者积数十人，莫知发视。河东薛存义，以吏能闻荆、楚间，潭部举之，假湘源令。会零陵政龙赋扰，民讼于牧，推能济弊，来莅兹邑。遁逃复还，愁痛笑歌，逋租匿役，期月辨理。宿蠹藏奸，披露首服。民既卒税，相与欢归道途，迎贺里闾。门不施胥吏之席，耳不闻鼛鼓之召。鸡豚糗醑，得及宗族。州牧尚焉，旁邑仿焉。然而未尝以剧自挠，山水鸟鱼之乐，澹然自若也。乃发墙藩，驱群畜，决疏沮洳，搜剔山麓，万石如林，积坳为池。爰有嘉木美卉，垂水藂峰，珑琭萧条，清风自生，翠烟自留，不植而遂。鱼乐广闲，鸟慕静深，别孕巢穴，沉浮啸萃，不畜而富。伐木坠江，流于邑门。陶土以埴，亦在署侧。人无劳力，士（工）得以利。乃作三亭，陟降晦明，高者冠山巅，下者俯清池。更衣膳饔，列置备具，宾以燕好，旅以馆舍。高明游息之道，具于是邑，由薛为首。

在昔裨谌谋野而获，宓子弹琴而理。乱虑滞志，无所容入。则夫观游者，果为政之具欤？薛之志，其果出于是欤？及其弊也，则以玩替政，以荒去理。使继是者咸有薛之志，则邑民之福，其可既乎？余爱其始，而欲久其道，乃撰其事以书于石。薛拜手曰："吾志也。"遂刻之。

〇自天子至于庶人，自朝至于日中昃，而夕而夜，莫不存职分之当为，屡省乃成；明而动，晦而休，无日以怠。然而《学记》有之，藏焉、修焉、息焉、游焉；孔子亦曰"游于艺"，何哉？盖心之神明，匪莹弗灵，匪虚弗莹。此"灵台"所以歌于《诗》也。

古之人，既不废台囿禽鱼之观，以养其目；复有琴瑟钟鼓之考，以养其耳。凡皆以宣其堙郁，导其和平，以净彻其神明，俾通达于政事耳，岂从夫嗜欲而弛厥敬执哉！古乐沦亡，奸声以慢，古之所以养耳者，皆所以败耳。故三代而下，玩好之具，惟声伎最不可近。子产所为"烦手淫声，慆湮心耳，乃忘平和，君子弗用"者也。

宗元立论，谓高明游息之道，有裨于政；而卒乃戒其玩荒，甚得古人之旨矣。虽然，非所语于至人也。至人因物付物，任其本分而无毫铢之加，则虽日应万几，泯然不觉事之在己，方且无时无处而不得莹且灵，而又奚藉于观游焉？

零陵郡复乳穴记

石钟乳，饵之最良者也。楚、越之山多产焉，于连于韶者，独名于世。连之人告尽焉者五载矣，以贡，则买诸他部。今刺史崔公至，逾月，穴人来以乳复告。邦人悦是祥也，杂然谣曰："甿之熙熙，崔公之来。公化所彻，土石蒙烈。以为不信，起视乳穴。"穴人笑之曰："是恶知所谓祥耶？向吾以刺史之贪戾嗜利，徒吾役而不吾货也，吾是以病而绐焉。今吾刺史令明而志洁，先赖而后力，欺诬屏息，信顺休洽，吾以是诚告焉。且夫乳穴必在深山穷林，冰雪之所储，豺虎之所庐。由而入者，触昏雾，扞龙蛇。束火以知其物，縻绳以志其返。其勤若是，出又不得吾直，吾用是安得不以尽告？今而乃诚，吾告故也。何祥之为！”

士闻之曰：“谣者之祥也，乃其所谓怪者也；笑者之非祥也，乃其所谓真祥者也。君子之祥也，以政不以怪，诚乎物而信乎道，人乐用命，熙熙然以效其力。斯其为政也，而独非祥也欤！”

〇珠还合浦，虎渡九江，大率类此耳。郡国言祥瑞，莫多于汉宣，史载张敞论奏黄霸语，亦可谓隐而显矣。即曰有之，君子必以此非祥为祥，而不以彼祥为祥也。如五星凌犯，可以坐筭而得；日当食不食，司天者失其筭也。莹惑自退，岂系一言？然而君子于灾，则不曰非灾者，何哉？人曰灾也，则皇自敬德；皇自敬德，奚虑其太过者？《易》曰“未顺命”，君子处丰以之；曰“志不舍命”，君子处啬以之。命之丰也，不以为命在则然而侈然大，故曰“未顺命”；命之啬也，不以为命在则然而弃其志，故曰“不舍命”。是以丰则益小心以昭事，啬则以震动而光明。夫如是，安得不遇灾而惧、遇祥而不言也哉？

邕州马退山茅亭记

冬十月，作新亭于马退山之阳。因高丘之阻以面势，无欂栌节棁之华。不斲椽，不翦茨，不列墙，以白云为藩篱，碧山为屏风，昭其俭也。

是山崒然起于莽苍之中，驰奔云矗，亘数十百里，尾蟠荒陬，首注大溪，诸山来朝，势若星拱，苍翠诡状，绮绾绣错。盖天钟秀于是，不限于遐裔也。然以壤接荒服，俗参夷徼，周王之马迹不至，谢公之屐齿不及，岩径萧条，登探者以为叹。

岁在辛卯，我仲兄以方牧之命，试于是邦。夫其德及故信孚，信孚故人和，人和故政多暇。由是尝徘徊此山，以寄胜概。迺壂迺涂，作我攸宇，于是不崇朝而木工告成。每风止雨收，烟霞澄鲜，辄角巾鹿裘，率昆弟友生冠者五六人，步山椒而登焉。于是手挥丝桐，目送还云，西山爽气，在我襟袖，八极万类，揽不盈掌。

夫美不自美，因人而彰。兰亭也，不遭右军，则清湍修竹，芜没于空山矣。是亭也，僻介闽岭，佳境罕到，不书所作，使盛迹郁堙，是贻林涧之媿。故志之。

〇宗元《零陵三亭记》，谓“气烦则虑乱，视壅则志滞；君子有游息之物，高明之具，使之清宁平夷，恒若有余，然后理达而事成”。夫山水之奇观，非可周行，天下将皆必有车辙马迹而得之者也。则古人之能述以文者，不越几研之间，而人自得于湖山千里之外，夫亦藏修息游之最善地矣。宗元善记，故录之多，以其可为养心之助云尔。夫文之无与于理道，而工且妍者，犹夫山水花木也。若其“以玩替政，以荒去理”，则毋曰文也，而为君子之所许焉。凡集中所录此类文，具仿此。

柳州山水近治可游者记

古之州治，在浔水南山石间。今徙在水北，直平四十里，南北东西皆水汇。

北有双山，夹道崭然，曰背石山。有支川，东流入于浔水。浔水因是北而东，尽大壁下。其壁曰龙壁。其下多秀石，可砚。

南绝水，有山无麓，广百寻，高五丈，下上若一，曰甑山。山之南，皆大山，多奇。又南且西，曰驾鹤山，壮耸环立，古州治负焉。有泉在坎下，恒盈而不流。南有山，正方而崇，类屏者，曰屏山，其西曰四姥山，皆独立不倚。北流浔水濑下。

又西曰仙弈之山。山之西可上。其上有穴，穴有屏、有室、有宇。其宇下有流石成形，如肺肝，如茄房，或积于下，如人，如禽，如器物，甚众。东西九十尺，南北少半。东登入小穴，常有四尺，则廓然甚大。无窍，正黑。烛之，高仅见其宇，皆流石怪状。由屏南室中入小穴，倍常而上，始黑，已而大明，为上室。由上室而上，有穴，北出之，乃临大野，飞鸟皆视其背。其始登者，得石枰于上，黑肌而赤脉，十有八道，可弈，故以云。其山多柽，多槠，多筼筜之竹，多橐吾。其鸟，多秭归。

石鱼之山，全石，无大草木，山小而高，其形如立鱼，在多秭归。西有穴，类仙弈。入其穴，东出，其西北灵泉在东趾下，有麓环之。泉大类毂雷鸣，西奔二十尺，有洄，在石涧，因伏无所见，多绿青之鱼，多石鲫，多鯈。

雷山，两崖皆东西，雷水出焉，蓄崖中曰雷塘，能出云气、作雷雨，变见有光。祷用俎鱼、豆彘、脩形、糈稌、阴酒，虔则应。在立鱼南，其间多美山，无名而深。荡山在野中，无麓，峨水出焉，东流入于浔水。

◇储欣曰："颇似《史记·天官书》，然彼犹有架法，此只平直序去，零零星星，有条有理。后人杖屦而游，不复问涂樵牧，斯益奇矣。”

永州龙兴寺东丘记

游之适，大率有二：旷如也，奥如也，如斯而已。其地之凌阻峭，出幽郁，廖廓悠长，则于旷宜；抵丘垤，伏灌莽，迫遽回合，则于奥宜。因其旷，虽增以崇台延阁，回环日星，临瞰风雨，不可病其敞也；因其奥，虽增以茂树藂石，穹若洞谷，蓊若林麓，不可病其邃也。

今所谓东丘者，奥之宜者也。其始龛之外弃地，余得而合焉，以属于堂之北陲。凡坳洼坻岸之状，无废其故。屏以密竹，联以曲梁。桂桧松杉楩柟之植，几三百本，嘉卉美石，又经纬之。俛入绿缛，幽荫荟蔚。步武错迕，不知所出。温风不烁，清气自至。水亭陿室，曲有奥趣。然而至焉者，往往以邃为病。

噫！龙兴，永之佳寺也。登高殿可以望南极，辟大门可以瞰湘流，若是其旷也。而于是小丘，又将披而攘之。则吾所谓游有二者，无乃阙焉而丧其地之宜乎？丘之幽幽，可以处休；丘之窅窅，可以观妙。溽暑遁去，兹丘之下；大和不迁，兹丘之巅。奥乎兹丘，孰从我游？余无召公之德，惧翦伐之及也，故书以祈后之君子。

◇储欣曰：“旷如奥如，至今犹奉为品题名胜之祖。”

驳复仇议

臣伏见天后时，有同州下邽人徐元庆者，父爽为县吏赵师韫所杀，卒能手刃父仇，束身归罪。当时谏臣陈子昂，建议诛之而旌其闾，且请编之于令，永为国典。臣窃独过之。

臣闻礼之大本，以防乱也，若曰无为贼虐，凡为子者杀无赦；刑之大本，亦以防乱也，若曰无为贼虐，凡为理者杀无赦。其本则合，其用则异，旌与诛，莫得而并焉。诛其可旌，兹谓滥，黩刑甚矣；旌其可诛，兹谓僭，坏礼甚矣。果以是示于天下，传于后代，趋义者不知所向，违害者不知所立，以是为典，可乎？

盖圣人之制，穷理以定赏罚，本情以正褒贬，统于一而已矣。向使刺谳其诚伪，考正其曲直，原始而求其端，则刑、礼之用，判然离矣。何者？若元庆之父，不陷于公罪，师韫之诛，独以其私怨，奋其吏气，虐于非辜，州牧不知罪，刑官不知问，上下蒙冒，吁号不闻；而元庆能以戴天为大耻，枕戈为得礼，处心积虑，以冲仇人之胸，介然自克，即死无憾，是守礼而行义也。执事者宜有惭色，将谢之不暇，而又何诛焉？其或元庆之父，不免于罪；师韫之诛，不愆于法，是非死于吏也，是死于法也。法其可仇乎？仇天子之法，而戕奉法之吏，是悖骜而凌上也。执而诛之，所以正邦典，而又何旌焉？

且其议曰："人必有子，子必有亲，亲亲相仇，其乱谁救？"是惑于礼也甚矣。礼之所谓仇者，盖以冤抑沉痛而号无告也，非谓抵罪触法，陷于大戮。而曰"彼杀之，我乃杀之"，不议曲直，暴寡胁弱而已。其非经背圣，不亦甚哉！《周礼》："调人掌司万人之仇。""凡杀人而义者，令勿仇，仇之则死。""有反杀者，邦国交仇之。"又安得亲亲相仇也？

《春秋公羊传》曰："父不受诛，子复仇可也。父受诛，子复仇，此推刃之道。复仇不除害。"今若取此以断两下相杀，则合于礼矣。且夫不忘仇，孝也；不爱死，义也。元庆能不越于礼，服孝死义，是必达理而闻道者也。夫达理闻道之人，岂其以王法为敌仇者哉？议者反以为戮，黩刑坏礼，其不可以为典，明矣。

请下臣议，附于令，有断斯狱者，不宜以前议从事。谨议。

〇韩愈《复仇议》曰："凡有复父仇者，事发，具其事，申尚书省，尚书省集议奏闻，酌其宜而处之。"盖谓不为定律，而使朝士引经以断也。宗元之议，则谓当仇、不当仇，自有一定，更为明白。自明代至今，凡父祖被人杀，子孙救护，登时杀其人者，勿论；非登时，并予杖。其报仇杀官吏，如此篇所云者，律无明文。非无明文也，其不当仇欤？自以杀本管官，律论不待言也，其当仇欤？则即用此律科断，亦不待言也。然则宗元之议，今实用之矣。

箕子碑

凡大人之道有三：一曰正蒙难，二曰法授圣，三曰化及民。殷有仁人曰箕子，实具兹道，以立于世。故孔子述六经之旨，尤殷勤焉。

当纣之时，大道悖乱，天威之动不能戒，圣人之言无所用。进死以并命，诚仁矣，无益吾祀，故不为；委身以存祀，诚仁矣，与亡吾国，故不忍。具是二道，有行之者矣。是用保其明哲，与之俯仰，晦是谟范，辱于囚奴，昏而无邪，隤而不息。故在《易》曰“箕子之明夷”，正蒙难也。及天命既改，生人以正，乃出大法，用为圣师，周人得以序彝伦而立大典。故在《书》曰“以箕子归，作《洪范》”，法授圣也。及封朝鲜，推道训俗，惟德无陋，惟人无远，用广殷祀，俾夷为华，化及民也。率是大道，藂于厥躬，天地变化，我得其正，其大人欤？

於虖！当其周时未至，殷祀未殄，比干已死，微子已去，向使纣恶未稔而自毙，武庚念乱以图存，国无其人，谁与兴理？是固人事之或然者也。然则先生隐忍而为此，其有志于斯乎？

唐某年作庙汲郡，岁时致祀。嘉先生独列于《易》象，作是颂云：

> 蒙难以正，授圣以谟。宗祀用繁。夷民其苏。宪宪大人，显晦不渝。圣人之仁，道合隆污。明哲在躬，不陋为奴。冲让居礼，不盈称孤。高而无危，卑不可逾。非死非去，有怀故都。时诎而伸，卒为世模。《易》象是列，文王为徒。大明宣昭，崇祀式孚。古阙颂辞，继在后儒。

○储欣谓末段乃书生事后揣测之谈，当日不顾行遁，何暇计及今。按《易·明夷》六五曰：“箕子之明夷，利贞。”孔子曰：“箕子之贞，明不可息也。”当纣之时，孟子谓故家遗俗，流风善政，犹有存者。犹有微子、微仲、王子比干、箕子、胶鬲，皆贤人也，相与辅相之，故久而后失之也。然则比干死，微子、微仲、胶鬲归周，若无箕子，明不既息矣乎？宗元末段之意，实本诸孔子也。硕果不食，松柏后凋，守先王之道，以待后之学者，诚圣贤与天地同心之处。观夫东汉之末，贤士大夫沦胥以亡，于是郭泰有殄瘁之伤，卓、操无顾忌之意。宗元之论，夫又曷可议哉！

柳州文宣王新修庙碑

仲尼之道，与王化远迩。惟柳州古为南夷，椎髻卉裳，攻劫斗暴，虽唐、虞之仁不能柔，秦、汉之勇不能威。至于有国，始循法度，置吏奉贡，咸若采卫，冠带宪令，进用文事。学者道尧、舜、孔子，如取诸左右，执经书，引仁义，旋辟唯诺。中州之士，时或病焉。然后知唐之德大以遐，孔氏之道尊而明。

元和十年八月，州之庙屋坏，几毁神位。刺史柳宗元始至，大惧不任，以坠教基。丁未奠荐法齐时事，礼不克施。乃合初、亚、终献三官衣布，洎于赢财，取土木金石，征工僦功，完旧益新。十月乙丑，王宫正室成。乃安神栖，乃正法庭，祗会群吏。卜日之吉，虔告于王灵曰：

昔者夫子尝欲居九夷，其时门人犹有惑圣言，今夫子代千有余载，其教始行，至于是邦。人去其陋，而本于儒。孝父忠君，言及礼义。又况巍然炳然，临而炙之乎！

惟夫子以神道设教，我今罔敢知。钦若兹教，以宁其神。追思告诲，如在于前。苟神之在，曷敢不虔？居而无陋，罔贰昔言。申陈严祀，永永是尊。丽牲有碑，刻在庙门。

〇从孔子之化行及于夷蛮处立议，体裁最善。韩愈《处州碑》，虽极铺张盛美，然如绘乾坤之容，而摹日月之光，安得昆仑为笔、大海为墨。

卷十八

河东柳宗元文八　祭文、墓表、墓志铭、状、碣、杂文

弔苌叔文

有周之羸兮，邦国异图。臣乘君则兮，王易为侯。威强逆制兮，郁命转幽。疹蛊胶密兮，肝胆为仇。奸权蒙货兮，忠勇以刘。伊时云幸兮，大夫之羞。呜呼危哉！河、渭溃溢兮，横躯以抑；嵩高坼隊兮，举手排直。压溺之不虑兮，坚刚以为式；知死不可挠兮，明章人极。

夫何大夫之炳烈兮，王不寤夫谗贼？卒施快于剽狡兮，但就制乎强国。松柏之斩刈兮，蓊茸欣植；盗骊折足兮，罢驽抗臆。鸷鸟之高翔兮，孽孤惴而不食。窃畏忌以群朋兮，夫孰病百而伸一？挺寡以校众兮，古圣人之所难。矧援羸以威傲兮，兹固蹈殆而违安？杀身之匪予戚兮，闵宗周之不完。岂成城以夸功兮，哀清庙之将残。嫉彪子之肆诞兮，弥皇览以为谩。姑舍道以从世兮，焉用夫考古而登贤。

指白日以致愤兮，卒颓幽而不列。版上帝以飞精兮，黫廖廓而殄绝。揭冯云以翃愬兮，终冥冥以郁结。欲登山以号

辞兮，愈洋洋以超忽。心沍涸其不化兮，形凝冰而自慄。图始而虑末兮，非大夫之操。陷瑕委厄兮，固衰世之道。知不可而愈进兮，誓不偷以自好。陈诚以定命兮，侔贞臣与为友。比干之以仁义兮，缅辽绝以不群。伯夷殉洁以莫怨兮，孰克轨其遗尘？苟端诚之内亏兮，虽耆老其谁珍？古固有一死兮，贤者乐得其所。大夫死忠兮，君子所与。呜呼哀哉！敬弔忠甫。

〇三纲湮，九法斁，则乾坤或几于息矣。其所由来者，微在论利害而不论是非耳。夫敬王，周天子也，遭王子朝之乱，出居成周，诸侯戍之，月役烦劳，苌叔乃请城之。此如弟子之卫父兄，手足之捍头目，且无所为是，而又安得有非。乃卫彪傒适周，见单穆公，谓苌叔必不得其死，天之所支不可坏也，其坏亦不可支也。周既为天所坏，而苌叔犹欲支之，当必为戮。适晋范吉射、中行寅叛，责周为之援，周乃杀苌叔。千载而下，惑于彪傒之诞论，群谓苌叔支天之所坏而受天罚焉，岂非所为“论利害而不论是非”者乎？

孔子，万世师也，其言必可信也；千古是非，宜所折衷也。公山弗扰以费叛，召，子欲往，而曰：“如有用我者，我其为东周乎？”可知孔子未尝一日忘周。虽叛其大夫之陪臣至贱至鄙，而如欲用之，即思因之以兴周室矣。孔子既然，可无疑于苌叔之事矣。苌叔身为周之大夫，合诸侯、城成周以卫蒙尘之天子，此岂天之所恶耶？苍苍者，岂犹有我之见存焉，而恶人支其所欲坏也？乃当时议之，后世疑之，亦可谓三纲沦而九法斁已。宗元之谪，因欲收宦官兵柄以崇唐室，而为一时之所诟訾，故兴慨于苌叔之死而为文弔之，殆自弔也。

弔屈原文

后先生盖千祀兮，余再逐而浮湘。求先生之汨罗兮，揽蘅若以荐芳。愿荒忽之顾怀兮，冀陈词而有光。

先生之不从世兮，惟道是就。支离抢攘兮，遭世孔疚。华虫荐壤兮，进御羔褏；牝鸡咿嚘兮，孤雄束味。哇咬环观兮，蒙耳大吕；堇喙以为羞兮，焚弃稷黍。犴狱之不知避兮，宫庭之不处。陷涂藉秽兮，荣若绣黼；榱折火烈兮，娱娱笑舞。谗巧之哓哓兮，惑以为《咸池》；便媚鞠恧兮，美逾西施。谓谟言之怪诞兮，反寘瑱而远违。匿重痼以讳避兮，进俞、缓之不可为。

何先生之凛凛兮，厉针石而从之？但仲尼之去鲁兮，曰吾行之迟迟。柳下惠之直道兮，又焉往而可施？今夫世之议夫子兮，曰胡隐忍而怀斯？惟达人之卓轨兮，固僻陋之所疑。委故都以从利兮，吾知先生之不忍；立而视其覆坠兮，又非先生之所志。穷与达固不渝兮，夫唯服道以守义。矧先生之悃愊兮，滔大故而不贰。沉璜瘗珮兮。孰幽而不光？荃蕙蔽匿兮，胡久而不芳？

先生之貌不可得兮，犹仿佛其文章。托遗编而叹喟兮，涣余涕之盈眶。呵星辰而驱诡怪兮，夫孰救于崩亡？何挥霍夫雷霆兮，苟为是之荒茫。耀姱辞之曭朗兮，世果以是之为狂。哀余衷之坎坎兮，独蕴愤而增伤。谅先生之不言兮，后之人又何望？忠诚之既内激兮，抑衔忍而不长。芊（芈）为屈之几何兮，胡独焚其中肠？

吾哀今之为仕兮，庸有虑时之否臧！食君之禄畏不厚兮，悼得位之不昌。退自服以默默兮，曰吾言之不行。既媮风之不可去兮，怀先生之可忘！

○贾谊曰："般纷纷其离此邮兮，亦夫子之故也。历九州而相其君兮，何必怀此都也。凤皇翔于千仞兮，览德辉而下之；见细德之险微兮，遥增击而去之。彼寻常之污渎兮，岂容吞舟之鱼；横江湖之鳣鲸，固将制乎蝼蚁。"盖深叹屈原之不去楚，卒以自戕。如云："龚生竟夭天年，非吾徒之谓也。"至柳宗元，乃曰："委故都以从利兮，知先生之不忍；立而视其覆坠兮，又非先生之所志。"然后贵戚之卿，国存与存、国亡与亡之义乃著。及朱子，益阐其幽光，而谓《九歌》等皆托神以为君，言为人间隔，不可企及，如己不得亲近于君之意，未尝怨怼；而屈子之微言大义，熛炳天壤，死而不亡，其道大光矣。

祭井文

致祭于水土之神：惟神蓄是玄德，演为人用，不穷之养，功齐乳湩。惟古有制，八家所共。是邦阙焉，官守斯恐。蕴利滋久，閟灵则深，爰告有神，惟测我心。卜兹利兆，于彼城阴，神斯有仁，是鉴是临。惟昔善崩，今则坚好；惟昔逻（递）石，今则顺道。终古所无，聿从心祷，非神是与，人力焉保？发自玄冥，成于富媪。克长厥灵，不爱其宝。敬修报礼，式荐蘋藻。

○按朱子云："柳子厚文，有所仿者极精，如自解诸书，并是仿子长《报任安书》。"今观此文，亦绝似两汉人语也。

又祭崔简神柩归上都文

嘻乎崔公之柩！嘻乎崔公！楚之南，其土不可以室。或坋而颓，或确而崒；阴流泄漏，瀸没渝溢。硕鼠大蚁，傍穿侧出；亏疎脆薄，久乃自窒。不如君之乡，式坚且密。嘻乎崔公！楚之南，其鬼不可与友，躁戾佻险，睒睢欺苟，脞贱暗智，轻嚚妄走，不思己类，好是群丑。不如君之乡，式和且偶。

日月甚良，子姓甚勤。具是舟舆，宁君之神。去尔夷方，返尔故邻，奕奕其归，宜乐且欣。君死而还，我生而留，远矣殊世，曷从之游？酹觞于座，与涕俱流。

〇此亦仿《楚辞·招魂》，末云死还生留，乐死而哀生。宛如“巴东三峡巫峡长，猿啼三声泪沾裳”也。

唐故给事中皇太子侍读陆文通先生墓表

孔子作《春秋》千五百年，以名为传者五家，今用其三焉。秉觚牍，焦思虑，以为论注疏说者百千人矣。攻讦很怒，以辞气相击排冒没者，其为书，处则充栋宇，出则汗牛马；或合而隐，或乖而显。后之学者，穷老尽气，左视右顾，莫得而本。则专其所学，以訾其所异，党枯竹，护朽骨，以至于父子伤夷、君臣诋悖者，前世多有之。甚矣，圣人之难知也！

有吴郡人陆先生质，与其师友天水啖助洎赵匡，能知圣人之旨。故《春秋》之言，及是而光明。使庸人小童，皆可积学以入圣人之道，传圣人之教，是其德岂不侈大矣哉！

先生字某，既读书，得制作之本，而获其师友。于是合古今，散同异，联之以言，累之以文。盖讲道者二十年，书而志之者又十余年，其事大备，为《春秋集注》十篇、《辩疑》七篇、《微指》二篇。明章大中，发露公器。其道以生人为主，以尧、舜为的，苞罗旁魄，胶轕下上，而不出于正。其法以文、武为首，以周公为翼，揖让升降，好恶喜怒，而不过乎物。既成，以授世之聪明之士，使陈而明之。故其书出焉，而先生为巨儒。用是为天子争臣，尚书郎、国子博士、给事中、皇太子侍读，皆得其道。刺二州，守人知仁。永贞年，侍东宫，言其所学，为《古君臣图》以献，而道达乎上。是岁，嗣天子践祚而理，尊优师儒，先生以疾闻，临问加礼。某月日，终于京师。某月日，葬于某郡某里。

呜呼！先生道之存也以书，不及施于政；道之行也以言，不及睹其理。门人世儒，是以增恸。将葬，以先生为能文圣人之书通于后世，遂相与谥曰“文通先生”。后若干祀，有学其书者过其墓，哀其道之所由，乃作石以表碣。

○汉唐经师之所蔽情状，备于此文。质之著作，名在《经籍志》，而今能述之者尠矣。司马迁不云乎：“后之人欲砥行立名者，非附青云之士，曷能施于后世？”盖谓青云所在，其下有贤圣也。今质为韦执谊、王叔文所臂使，亦异乎附青云者矣，其说曷能久而不废哉？

◇《唐书》本传：陆质字伯冲，世居吴。明《春秋》，师事赵匡，匡师啖助，质尽传二家学。历信、台二州刺史。素善韦执谊，方执谊附叔文、窃威柄，用其力召为给事中。宪宗为太子，诏侍读时，执谊惧太子怒己专，故以质侍东宫，阴伺意解释左右之。质伺间有所言，太子辄怒曰："陛下命先生为寡人讲学，何可及他！"质惶惧出。

故秘书郎姜君墓志

秘书郎姜嵬，字某，开元皇帝外孙也。始，楚国公皎与上游，益贵幸；子庆初，得尚某公主，生嵬。嵬生三日，上曰："他物无以饷吾孙。"即敕有司，以第六品告与绯衣银鱼，得通籍出入。凡名是官，七十某年终不徙。然其间在蜀、汉、荆、楚以大诸侯命守州邑，辄以劳称。时缺则复命。好游嗜音，以生富贵，畜妓，能传宫中声，贤豪大夫多与连欢。后加老风病，手足奇右可用，不能就官。士有载酒来，则出妓搏髀笑戏，观者尚识承平王孙故态。元和十四年月日终。

桂州都督、御史中丞裴公曰："噫！帝戚也，葬不可以廉。"为具物祭以豚酒。月日葬州东南一里。子某，年若干。母曰雷姬。铭曰：

始贱终贵，于世为遂；幼荣老穷，在物为凶。均之得丧，谁缺谁丰？若君者，银朱于始生，钟鼎以及壮；不矍矍于进取，不施施于骄伉；左絃右壶，乐以自放。虽老而客死，未尝戚乎己。与夫拳拳恐悸，蒙谄负义，得之拘拘，荣不盖愧，以终其身而不能止者，不犹优乎！

○铭勒金石，质之乾坤，夫安可以不直？若如白居易所云"铭功皆太公，颂德悉仲尼"，则缪戾曷极！例其浮词，将并掩其实善，非所以为其人荣也。沿而习之，千百人皆浮词，则一二人实善，亦复并掩，则文之为用，或几于息也。韩愈以碑板擅当时，而刘叉尚攫其金曰："此谀墓所得，不如与刘生为寿。"他可知矣。如宗元此文，庶几古之遗直。

故襄阳丞赵君墓志

贞元十八年月日，天水赵公矜，年四十二，客死于柳州，官为敛葬于城北之野。元和十三年，孤来章始壮，自襄州徒行求其葬，不得，征书而名其人，皆死无能知者。来章日哭于野，凡十九日，唯人事之穷，则庶于卜筮。

五月甲辰，卜秦誗兆之曰："金食其墨，而火以贵。其墓直丑，在道之右。南有贵神，冢土是守。乙巳于野，宜遇西人。深目而髯，其得实因。七日发之，乃覯其神。"明日求诸野，有叟荷杖而东者。问之，曰："是故赵丞儿耶？吾为曹信，是迩吾墓。噫，今则夷矣。直社之北二百举武，吾为子蕝焉。"辛亥启土，有木焉，发之，绯衣緅衾，凡自家之物皆在。州之人皆为出涕。诚来章之孝，神付是叟，以与龟偶；不然，其协焉如此哉？

六月某日就道，月日葬于汝州龙兴县期城之原。夫人河南源氏，先殁而祔之。矜之父曰渐，南郑尉。祖曰倩之，郓州司马。曾祖曰弘安，金紫光禄大夫、国子祭酒。

始矜由明经为舞阳主簿，蔡帅反，犯难来归，擢授襄城主簿，赐绯鱼袋。后为襄阳丞。其墓自曾祖以下，皆族以位。时宗元刺柳，用相其事，哀而旌之以铭。铭曰：

> 誗也挈之，信也蕝之，有朱其绂，神具列之。恳恳来章，神实恫汝，锡之老叟，告以兆语。灵其鼓舞，从而父祖；孝斯有终，宜福是与。百越蓁蓁，羁鬼相望；有子而

孝，独归故乡。涕盈其铭，旌尔勿忘。

○宇宙古今忠孝大节，乃天地之正气、人心之正理，贯乎太虚，参万岁而成一纯。若夫行事之颠末，则俯仰之间，迹已陈矣；渐陈渐湮，渐湮渐灭，良可悲夫。其能使万里千岁几席之内，濯濯如生，永永不渝，謦欬宛然，丹赤如告，人人见之而天性感动，至情奋发，欣快起舞，悲愤流涕，忽不自知其嗜欲之渐湛，而慨然以圣贤为立可学而至者，非天下之至文，其孰能与于此？文不綦重矣哉！此左史之叙事，所以独重于千古也。柳州斯文，规抚丘明，甚似而几矣。

覃季子墓铭

覃季子，其人生爱书，贫甚，尤介特，不苟受施。读经传，言其说数家；推太史公、班固书，下到今，横竖钩贯，又且数十家，通为书，号《覃子史纂》。又取鬻、老、管、庄、子思、晏、孟，下到今，其术自儒、墨、名、法，至于狗彘草木，凡有益于世者，为《子纂》又百有若干家。笃于闻，不以仕为事。黜陟使取其书，以氏名闻，除太子校书。

某年月日，死永州祁阳县某乡。将死，叹曰："宁有闻而穷乎，将无闻而丰乎？宁介而踬乎，将溷而遂乎？"葬其乡。

后若干年，柳先生来永州，戚其文不大于世，求其墓以石铭。铭曰：

困其独，丰其辱。

○貌狷介多闻之士，神气如生。

段太尉逸事状

太尉始为泾州刺史时，汾阳王以副元帅居蒲，王子晞为尚书，领行营节度使，寓军邠州，纵士卒无赖。邠人偷嗜暴恶者，卒以货窜名军伍中，则肆志，吏不得问。日群行丐取于市，不嗛，辄奋击折人手足，椎釜鬲瓮盎盈道上，把（袒）臂徐去，至撞杀孕妇人。邠宁节度使白孝德以王故，戚不敢言。

太尉自州以状白府，愿计事。至则曰："天子以生人付公理，公见人被暴害，因恬然，且大乱，若何?"孝德曰："愿奉教。"太尉曰："某为泾州，甚适，少事。今不忍人无寇暴死，以乱天子边事。公诚以都虞候命某者，能为公已乱，使公之人不得害。"孝德曰："幸甚!"如太尉请。

既署一月，晞军士十七人入市取酒，又以刃刺酒翁，坏酿器，酒流沟中。太尉列卒取十七人，皆断头注槊上，植市门外。晞一营大噪，尽甲。孝德震恐，召太尉曰："将奈何?"太尉曰："无伤也。请辞于军。"孝德使数十人从太尉，太尉尽辞去。解佩刀，选老躄者一人持马，至晞门下。甲者出，太尉笑且入曰："杀一老卒，何甲也? 吾戴吾头来矣。"甲者愕。因谕曰："尚书固负若属耶? 副元帅固负若属耶? 奈何欲以乱败郭氏? 为白尚书，出听我言。"

晞出，见太尉。太尉曰："副元帅勋塞天地，当务始终。今尚书恣卒为暴，暴且乱。乱天子边，欲谁归罪? 罪且及副元帅。今邠人恶子弟，以货窜名军籍中，杀害人，如是不止，几日不大乱? 大乱由尚书出，人皆曰尚书倚副元帅，不戢士。然则郭氏功名，其与存者几何?"言未毕，晞再拜曰："公幸教晞以道，恩甚大，愿奉军以从。"顾叱左右曰："皆解甲，散还火伍中，敢哗者死!"太尉曰："吾未晡食，请假设草具。”既食，曰：“吾疾作，愿留宿门下。”命持马者去，旦日来。还（遂）卧军中。晞不解衣，戒候卒击柝卫太尉。旦，俱至孝德所，谢不能，请改过。邠州由是无祸。

先是，太尉在泾州，为营田官。泾大将焦令谌取人田，自占数十顷，给与农，曰：“且熟，归我半。”是岁大旱，野无草，农以告谌。谌曰：“我知入数而已，不知旱也。”督责益急。且饥死，无以偿，即告太尉。

太尉判状，辞甚巽，使人求谕谌。谌盛怒，召农者曰：“我畏段某耶？何敢言我？”取判铺背上，以大杖击二十，垂死，舆来庭中。太尉大泣曰：“乃我困汝。”即自取水洗去血，裂裳衣疮，手注善药，旦夕自哺农者，然后食。取骑马卖，市谷代偿，使勿知。

淮西寓军帅尹少荣，刚直士也，入见谌，大骂曰：“汝诚人耶？泾州野如赭，人且饥死，而必得谷，又用大杖击无罪者。段公，仁信大人也，而汝不知敬。今段公唯一马，贱卖市谷入汝，汝又取不耻。凡为人，傲天灾、犯大人、击无罪者，又取仁者谷，使主人出无马，汝将何以视天地，尚不愧奴隶耶?!”谌虽暴抗，然闻言则大愧流汗，不能食，曰：“吾终不可以见段公。”一夕，自恨死。

及太尉自泾州以司农征，戒其族：“过岐，朱泚幸致货币，慎勿纳。”及过，泚固致大绫三百匹，太尉婿韦晤坚拒，不得命。至都，太尉怒曰：“果不用吾言!”晤谢曰：“处贱，无以拒也。”太尉曰：“然终不以在吾第。”以如司农治事堂，栖之梁木上。泚反，太尉终，吏以告泚，泚取视，其故封识具存。

元和九年月日，永州司马员外置同正员柳宗元谨上史馆。今之称太尉大节者出入，以为武人一时奋不虑死，以取名天下，不知太尉之所立如是。宗元尝出入岐、周、邠、斄间，过真定，北上马岭，历亭鄣堡戍，窃好问老校退卒，能言其事。太尉为人姁姁，常低首拱手行步，言气卑弱，未尝以色待物；人视之，儒者也。遇不可，必达其志，决非偶然者。会州刺史崔公来，言信行直，备得太尉遗事，覆校无疑。或恐尚逸坠，未集太史氏，敢以状私于执事。谨状。

□圣祖御评：刻画情事，能使太尉须眉毕见，与昌黎《张中丞后传叙》，工力悉敌。

◇张英曰："叙太尉三事，皆刚正慈仁，《诗》所谓'不畏强御，不侮鳏寡'者欤！笔势复陡健雄迈，曲尽情事。"

国子司业阳城遗爱碣

四年五月，皇帝以银印赤绂，即隐所，起阳公为谏议大夫。后七年，廷诤恳至，累日不解，帝尤嘉异，迁为国子司业。旌直优贤，道光师儒。又四年，九月己巳，出拜道州刺史。太学生鲁郡季偿、庐江何蕃等百六十人，投业奔走，稽首阙下，叫阍吁天，愿乞复旧。朝廷重更其事，如己巳诏。翌日，会徒北向如初。行至延喜门，公使追夺其章，遮道愿罢，遂不果献。生徒嗷嗷，相眄徘徊。

昔公之来，仁风扇扬。暴慠革面，柔轜有立。听闻嘉言，乐甚钟鼓。瞻仰德宇，高逾嵩岱。及公当职施政，示人准程。良士勇善，伪夫去饰；堕者益勤，诞者益恭。沉酗醺酒，斥逐郊遂；违亲三岁，罢退乡党。令未及下，乞归就养者二十余人。礼顺克彰，孝悌以兴。则又讲贯经籍，俾达奥义；简习孝秀，俾极儒业。冠屦裳衣，由公而严；进退揖让，由公而仪。公征甚遐，吾党谁师？遂相与咨度署吏，布告诸儒，愿立贞珉，侔高状明。乃访于学古之士，纪公名字，垂宪于后。

公名城，字亢宗，家于北平，隐于条山。惟公端粹冲和，高嶷懿醇，道德仁明，孝爱友悌，薰袭里闬，布闻天下。守节贞固，患难不能迁其心；怡性坦厚，荣位不足动其神。为司谏，义震于周行；为司业，爱加于生徒。宜乎立石，俾后是宪。其辞曰：

惟兹阳公，履道葆醇。爰初隐声，覆篑基仁。德充而形，乃作谏臣。抗志励义，直道是陈。帝求师儒，贰我成均。开朗蒙滞，宣明德教。太和潜布，玄机密照。群生闻礼，后学知孝。进退作则，动言是效。匪公之轨，人用奚蹈？粗厉贪凌，待公顺之；欺伪谲诈，待公信之。少年申申，咸适其宜。夏楚废弛，尊严而威。公褒其良，俾升于堂。癯者既肥，荣如衮衣。公弃不用，惩咎内讼。既讼于内，犹公之诲。匪仁孰亲？匪德孰尊？今公于征，孰表儒门？生徒上言，稽首帝阍。谓天盖高，曾莫我闻。青衿涕濡，填街盈衢。远送于南，望慕踟蹰。立石书德，用扬懿则。呜呼斯文！遗爱罔极。

〇阳城独行君子，绝似东汉人。宗元作《遗爱碣》，亦力仿东汉金石文字。

唐故御史周君碣

有唐贞臣汝南周氏，讳某字某。以谏死，葬于某。贞元十二年，柳宗元立碣于其墓左。

在天宝年，有以谄谀至相位，贤臣放退。公为御史，抗言以白其事，得死于墀下，史臣书之。公之死，而佞者始畏公议。

於虖！古之不得其死者众矣。若公之死，志匡王国，气震奸佞，动获其所，斯盖得其死者欤？公之德之才，洽于传闻，卒以不试，而独申其节，犹能奋百代之上，以为世轨。第令生于定、哀之间，则孔子不曰“未见刚者”；出于秦、楚之后，则汉祖不曰“安得猛士”。而存不及兴王之用，没不遭圣人之叹，诚立志者之所悼也。故为之铭。铭曰：

忠为美，道是履。谏而死，佞者止。史之志，石以纪，为臣轨兮。

○玄宗罢裴耀卿、张九龄，而相李林甫、牛仙客，安危之机定于此矣。子谅志存忠爱，奋不顾身，慷慨陈词，受杖而死，可谓能得死所者也。论者或谓徒死无益，不若从容以观其变。不知子谅之为此，亦何忍？逆料其君之必不听，而姑为是一死以成名哉！盖明皇初政，非甚昏暗，苟幸邀宗社之福，因诤臣一言，大悔于厥心，则转败为功，固忠臣义士所祷祀而求者矣。不谓奸邪之锢蔽已深，彼苍之降祸已亟，事之不成，命也。

然子谅之死，实不为无益。大凡权奸之乱政，其初未尝不畏公议，故必于台谏之地，广布私人，而后可以得志。即观林甫立杖马之言，固欲以威力胁服廷臣，而其中亦有不自安之意焉。然则子谅此举，虽无救于败，亦足以伸志士之气，而褫佞臣之魄矣。勒石青史，题曰“贞臣”，百世而下，犹可想其风节，洵豪杰之士哉！

乞巧文

柳子夜归自外庭，有设祠者，饘饵馨香，蔬果交罗，插竹垂绥，剖瓜犬牙，且拜且祈。怪而问焉。女隶进曰："今兹秋孟七夕，天女之孙将嫔于河鼓。邀而祠者，幸而与之巧，驱去蹇拙，手目开利，组纴缝制，将无滞于心焉。为是祷也。"

柳子曰："苟然欤？吾亦有所大拙，傥可因是以求去之。"乃缨弁束衽，促武缩气，旁趋曲折，伛偻将事，再拜稽首，称臣而进曰："下土之臣，窃闻天孙，专巧于天，轇轕璇玑，经纬星辰，能成文章，黼黻帝躬，以临下民。钦圣灵、仰光耀之日久矣。今闻天孙不乐其独得，贞卜于玄龟，将蹈石梁、款天津，俪于神夫，于汉之滨。两旗开张，中星耀芒，灵气翕欻，兹辰之良。幸而弭节，薄游民间，临臣之庭，曲听臣言：

"臣有大拙，智所不化，医所不攻；威不能迁，宽不能容。乾坤之量，包含海岳；臣身甚微，无所投足。蚁适于垤，蜗休于壳，龟鼋螺蚌，皆有所伏。臣物之灵，进退唯辱。仿佯为狂，局束为谄，吁吁为诈，坦坦为忝。他人有身，动必得宜，周旋获笑，颠倒逢嘻。己所尊昵，人或怒之。变情徇势，射利抵巇，中心甚憎，为彼所奇。忍仇佯喜，悦誉迁随，胡执臣心，常使不移？反人是己，曾不惧疑。贬名绝命，不负所知。抃嘲似傲，贵者启齿，臣旁震惊，彼且不耻。叩稽匍匐，言语谲诡，令臣缩恧，彼则大喜。臣若效之，瞋怒丛已。彼诚大巧，臣拙无比。王侯之门，狂吠狴犴，臣到百步，喉喘颠汗。睢盱逆走，魄遁神叛；欣欣巧夫，徐入纵诞。毛群掉尾，百怒一散。世途昏险，拟步如漆，左低右昂，斗冒冲突。鬼神恐悸，圣智危栗。泯焉直透，所至如一。

“是独何工，纵横不恤？非天所假，彼智焉出？独啬于臣，恒使玷黜。沓沓骞骞，恣口所言。迎知喜恶，默测憎怜。摇唇一发，径中心原。胶加钳夹，誓死无迁。探心扼胆，踊跃拘牵。彼虽佯退，胡可得旃！独结臣舌，喑抑衔冤。擘眦流血，一辞莫宣。胡为赋授，有此奇偏？眩耀为文，琐碎排偶，抽黄对白，啽哢飞走。骈四俪六，锦心绣口，宫沉羽振，笙簧触手。观者舞悦，夸谈雷吼。独溺臣心，使甘老丑。嚚昏莽卤，朴钝枯朽。不期一时，以俟悠久。旁罗万金，不鬻弊帚。跪呈豪杰，投弃不有。眉矉额蹙，喙唾胸殴。大赧而归，填恨低首。天孙司巧，而穷臣若是，卒不余畀，独何酷欤？

“敢愿圣灵悔祸，矜臣独艰。付与姿媚，易臣顽颜。凿臣方心，规以大圆；拔去呐舌，纳以工言。文词婉软，步武轻便；齿牙饶美，眉睫增妍。突梯卷脔，为世所贤。公侯卿士，五属十连。彼独何人，长享终天！”

言讫，又再拜稽首，俯伏以俟。至夜半，不得命，疲极而睡，见有青褏朱裳，手持绛节而来告曰：“天孙告汝，汝词良苦，凡汝之言，吾所极知。汝择而行，嫉彼不为。汝之所欲，汝自可期。胡不为之，而诳我为！汝唯知耻，谄貌淫词，宁辱不贵，自适其宜。中心已定，胡妄而祈？坚汝之心，密汝所持，得之为大，失不污卑。凡吾所有，不敢汝施，致命而升，汝慎勿疑。”

鸣呼！天之所命，不可中革。泣拜欣受，初悲后怿。抱拙终身，以死谁惕！

○人病宗元以巧进被谪，而作《乞巧文》，自谓抱拙终身。考诸史传，其为人盖喜立事、急功名，以至于败，非为机变之巧者也。如为阳城作《遗爱碣》，及《与太学诸生书》，此岂巧人所肯为耶?《乞巧》《送穷》，同是子云《解嘲》之流，文亦光怪陆离，如七襄锦矣。

卷十九

陇西李翱文一 赋、杂著

幽怀赋

朋友有相叹者，赋幽怀以答之。其辞曰：

众嚣嚣而杂处兮，咸嗟老而羞卑。视予心之不然兮，虑行道之犹非。傥中怀之自得兮，终老死其何悲？昔孔门之多贤兮，惟回也为庶几。超群情以独去兮，指圣域而高追。固箪食与瓢饮兮，宁服轻而驾肥？望若人其如何兮，慚吾德之纤微。躬不田而饱食兮，妻不织而丰衣。援圣贤而比度兮，何侥幸之能希？念所怀之未展兮，非悼己而陈私。

自禄山之始兵兮，岁周甲而未夷。何神尧之郡县兮，乃家传而自持？税生人而育卒兮，列高城以相维。何兹世之可久兮，宜永念而遐思。有三苗之逆命兮，舞干羽以来之；惟刑德之既修兮，无远迩而咸归。当高祖之初起兮，提一旅之羸师；能顺天而用众兮，竟扫寇而戡隋。况天子之神明兮，有烈祖之前规；划弊政而还本兮，如反掌之易为。苟庙堂之治得兮，何下邑之能违？

哀予生之贱远兮，包深怀而告谁？嗟此诚之不达兮，惜此道而无遗。独中夜以潜叹兮，匪君忧之所宜。

◇欧阳修曰："予始读翱《复性书》三篇，曰此《中庸》之义疏尔。智者识其性，当复中庸；愚者虽读此，不晓也，不作可焉。又读《与韩侍郎荐贤书》，以为翱特穷时，愤世无荐己者，故丁宁如此，使其得志，亦未必；然以翱为秦汉间好侠行义之一豪隽，亦善论人者也。最后读《幽怀赋》，然后置书而叹；叹已复读不自休，恨翱不生于今而得与之交，又恨予不得生翱时与翱上下其论也。况乃翱一时人，有道而能文者，莫若韩愈。愈尝有赋矣，不过羡二鸟之光荣、叹一饱之无时尔；推是心，使光荣而饱，则不复云矣。

"若翱，独不然，其赋曰：'众嚣嚣而杂处兮，咸叹老而嗟卑。视予心之不然兮，虑行道之犹非。'又怪神尧以一旅取天下，后世子孙不能以天下取河北，以为忧。呜呼！使当时君子皆易其叹老嗟卑之心，为翱所忧之心，则唐之天下岂有乱与亡哉！然翱幸不生今时，见今之事，则其忧又甚矣，奈何今之人不忧也？余行天下，见人多矣，脱有一人能如翱忧者，又皆疏远，与翱无异。其余光荣而饱者，一闻忧世之言，不以为狂人，则以为病痴子，不怒则笑之矣。呜呼！在位而不肯自忧，又禁他人使皆不得忧，可叹也夫！"

复性书上

人之所以为圣人者，性也；人之所以惑其性者，情也。喜怒哀惧爱恶欲，七者皆情之所为也。情既昏，性斯匿矣，非性之过也。七者循环而交来，故性不能充也。水之浑也，其流不清；火之烟也，其光不明，非水火清明之过。沙不浑，流斯清矣；烟不郁，光斯明矣。情不作，性斯充矣。性与情，不相先也。

虽然，无性则情无所生矣，是情由性而生。情不自情，因性而情；性不自性，由情以明。性者，天之命也，圣人得之而不惑者也；情者，性之动也，百姓溺之而不能知其本者也。圣人者岂其无情耶？圣人者，寂然不动，不往而到，不言而神，不耀而光，制作参乎天地，变化合乎阴阳，虽有情也，未尝有情也。然则百姓者，岂其无性耶？百姓之性与圣人之性弗差也。虽然，情之所昏，交相攻伐，未始有穷，故虽终身而不自睹其性焉。

火之潜于山石林木之中，非不火也；江河淮济之未流而潜于山，非不泉也。石不敲，木不磨，则不能烧其山林而燥万物；泉之源弗疏，则不能为江为河，为淮为济，东汇大壑，浩浩荡荡，为弗测之深。情之动静弗息，则不能复其性而烛天地，为不极之明。故圣人者，人之先觉者也。觉则明，否则惑，惑则昏，明与昏谓之不同。明与昏，性本无有，则同与不同二者离矣。夫明者所以对昏，昏既灭，则明亦不立矣。是故诚者，圣人性之也，寂然不动，广大清明，照乎天地，感而遂通天下之故，行止语默，无不处于极也。复其性者，贤人循之而不已者也，不已则能归其源矣。

《易》曰："夫圣人者，与天地合其德，日月合其明，四时合其序，鬼神合其吉凶，先天而天不违，后天而奉天时。天且勿违，而况于人乎？况于鬼神乎？"此非自外得者也，能尽其性而已矣。子思曰："惟天下至诚为能尽其性。能尽其性，则能尽人之性；能尽人之性，则能尽物之性；能尽物之性，则可以赞天地之化育；可以赞天地之化育，则可以与天地参矣。其次致曲。曲能有诚，诚则形，形则著，著则明，明则动，动则变，变则化，唯天下至诚为能化。”圣人知人之性皆善，可以循之不息而至于圣也，故制礼以节之，作乐以和之。安于和乐，乐之本也；动而中礼，礼之本也。故在车则闻鸾和之声，行步则闻佩玉之音，无故不废琴瑟，视听言行循礼法而动，所以教人忘嗜欲而归性命之道也。

道者，至诚也。诚而不息则虚，虚而不息则明，明而不息则照天地而无遗；非他也，此尽性命之道也。哀哉！人皆可以及乎此，莫之止而不为也，不亦惑耶？昔者圣人以之传于颜子，颜子得之，拳拳不失，不远而复其心，三月不违仁。子曰：“回也其庶乎，屡空。”其所以未到于圣人者，一息耳；非力不能也，短命而死故也。其余升堂者，盖皆传也，一气之所养，一雨之所膏，而得之者各有浅深，不必均也。子路之死也，石乞盂黶以戈击之，断缨。子路曰：“君子死，冠不免。”结缨而死。由非好勇而无惧也，其心寂然不动故也。曾子之死也，曰：“吾何求焉？吾得正而毙焉，斯已矣。”此正性命之言也。子思，仲尼之孙，得其祖之道，述《中庸》四十七篇，以传于孟轲。轲曰“我四十不动心”，轲之门人达者公孙丑、万章之徒，盖传之矣。遭秦灭书，《中庸》之不焚者，一篇存焉。于是此道废缺，其教授者，惟节文、章句、威仪、击剑之术相师焉，性命之源，则吾弗能知其所传矣。

道之极于剥也，必复。吾岂复之时耶？吾自六岁读书，但为词句之学。志于道者四年矣，与人言之，未尝有是我者也。南观涛江入于越，而吴郡陆傪存焉，与之言之，陆傪曰：“子之言，尼父之心也。东方如有圣人焉，不出乎此也；南方如有圣人焉，亦不出乎此也。惟子行之不息而已矣。”

鸣呼（於戏）！性命之书虽存，学者莫能明，是故皆入于庄、列、老、释。不知者谓夫子之徒不足以穷性命之道，信之者皆是也。有问于我，我以吾之所知而传焉，遂书于书，以开诚明之源，而缺绝废弃不扬之道，几可以传于时，命曰《复性书》，以理其心，以传乎其人。乌（於）戏！夫子复生，不废吾言矣。

复性书中

或问曰：“人之昏也久矣，将复其性者，必有渐也，敢问其方。”曰：“弗虑弗思，情则不生；情既不生，乃为正思。正思者，无虑无思也。《易》曰：‘天下何思何虑？’又曰：‘闲邪存其诚。’《诗》曰：‘思无邪。’”

曰：“已矣乎？”曰：“未也。此斋戒其心者也，犹未离于静焉。有静必有动，有动必有静，动静不息，是乃情也。《易》曰：‘吉凶悔吝，生于动者也。’焉能复其性耶？”

曰：“如之何？”曰：“方静之时，知心无思者，是斋戒也。知本无有思，动静皆离，寂然不动者，是至诚也。《中庸》曰：‘诚则明矣。’《易》曰：‘天下之动，贞夫一者也。’”

问曰：“不虑不思之时，物格于外，情应于内，如之何而可止也？以情止情，其可乎？”曰：“情者性之邪也，知其为邪，邪本无有。心寂然不动，邪思自息。惟性明照，邪何所生？如以情止情，是乃大情也。情互相止，其有已乎？《易》曰：‘颜氏之子，其殆庶几乎？有不善未尝不知，知之未尝复行也。'《易》曰：'不远复，无祇悔，元吉。'"

问曰："本无有思，动静皆离。然则声之来也，其不闻乎？物之形也，其不见乎？"曰："不睹不闻，是非人也。视听昭昭而不起于见闻者，斯可矣。无不知也，无弗为也。其心寂然，光照天地，是诚之明也。《大学》曰：'致知在格物。'《易》曰：'易无思也，无为也，寂然不动，感而遂通天下之故。非天下之至神，其孰能与于此？'"

曰："敢问'致知在格物'，何谓也？"曰："物者，万物也；格者，来也、至也。物至之时，其心昭昭然明辨焉，而不应于物者，是致知也，是知之至也。知至故意诚，意诚故心正，心正故身修，身修而家齐，家齐而国理，国理而天下平。此所以能参天地者也。《易》曰：'与天地相似，故不违；知周乎万物，而道济天下，故不过；旁行而不流，乐天知命，故不忧；安土敦乎仁，故能爱；范围天地之化而不过，曲成万物而不遗，通乎昼夜之道而知，故神无方而易无体。一阴一阳之谓道。'此之谓也。"

曰："生为我说《中庸》。"曰："不出乎前矣。"曰："我未明也，敢问何谓'天命之谓性'？"曰："人生而静，天之性也。性者，天之命也。""'率性之谓道'，何谓也？"曰："率，循也。循其源而反其性者，道也。道也者，至诚也。至诚者，天之道也。诚者定也，不动也。""'修道之谓教'，何谓也？"曰："'诚之者，人之道也'，'诚之者，择善而固执之者也'，修是道而归其本者明也。教也者，则可以教天下矣，颜子其人也。'道也者，不可须臾离也，可离非道也。'说者曰其心不可须臾动焉，故也；动则远矣，非道也。变化无方，未始离于不动故也。‘是故君子戒慎乎其所不睹，恐惧乎其所不闻，莫见乎隐，莫显乎微，故君子慎其独也。’说者曰：不睹之睹，见莫大焉；不闻之闻，闻莫甚焉。其心一动，是不睹之睹、不闻之闻也，其复之不远矣。故君子慎其独；慎其独者，守其中也。”

问曰：“昔之注解《中庸》者，与生之言皆不同，何也？”曰：“彼以事解者也，我以心通者也。”曰：“彼亦通于心乎？”曰：“吾不知也。”曰：“如生之言，修之一日，则可以至于圣人乎？”曰：“十年扰之，一日止之，而求至焉，是孟子所谓以杯水而救一车薪之火也。甚哉！止而不息必诚，诚而不息则明；明与诚，终岁不违，则能终身矣。造次必于是，颠沛必于是，则可以希于至矣。故《中庸》曰：‘至诚无息，不息则久，久则征，征则悠远，悠远则博厚，博厚则高明。博厚所以载物也，高明所以覆物也，悠久所以成物也。博厚配地，高明配天，悠久无疆。如此者，不见而章，不动而变，无为而成。天地之道，可一言而尽也。’”

问曰：“凡人之性，犹圣人之性欤？”曰：“桀纣之性，犹尧舜之性也。其所以不睹其性者，嗜欲好恶之所昏也，非性之罪也。”曰：“为不善者，非性耶？”曰：“非也，乃情所为也。情有善有不善，而性无不善焉。孟子曰：‘人无有不善，水无有不下。夫水，搏而跃之，可使过颡；激而行之，可使在山。是岂水之性哉？其所以导引之者然也。人之性皆善，其不善，亦犹是也。’”

问曰：“尧舜岂不有情耶？”曰：“圣人至诚而已矣。尧舜之举十六相，非喜也。流共工，放驩兜，殛鲧，窜三苗，非怒也，中于节而已矣。其所以皆中节者，设教于天下故也。《易》曰：'知变化之道者，其知神之所为乎？'《中庸》曰：'喜怒哀乐之未发谓之中，发而皆中节谓之和。中也者，天下之大本也。和也者，天下之达道也。致中和，天地位焉，万物育焉。'《易》曰：'唯深也，故能通天下之志；唯几也，故能成天下之务；唯神也，故不疾而速，不行而至。'圣人之谓也。"

问曰："人之性犹圣人之性，嗜欲爱憎之心，何因而生也？"曰："情者，妄也、邪也。邪与妄，则无所因矣。妄情灭息，本性清明，周流六虚，所以谓之能复其性也。《易》曰：'乾道变化，各正性命。'《论语》曰：'朝闻道，夕死可矣。'能正性命故也。"

问曰："情之所昏，性即灭矣，何以谓之犹圣人之性也？"曰："水之性清澈，其浑之者沙泥也。方其浑也，性岂遂无有耶？久而不动，沙泥自沉。清明之性，鉴于天地，非自外来也。故其浑也，性本勿失；及其复也，性亦不生。人之性，亦犹水之性也。"

问曰："人之性本皆善，而邪情昏焉。敢问圣人之性，将复为嗜欲所浑乎？"曰："不复浑矣。情本邪也、妄也，邪妄无因，人不能复。圣人既复其性矣，知情之为邪，邪既为明所觉矣，觉则无邪，邪何由生也？伊尹曰：'天之道，以先知觉后知，先觉觉后觉者也。予天民之先觉者也，予将以此道觉此民也，非予觉之而谁也？'如将复为嗜欲所浑，是尚不自觉者也，而况能觉后人乎？"

曰："敢问死何所之耶？"曰："圣人之所明书于策者也。《易》曰'原始反终'，故知死生之说，'精气为物，游魂为变'，是故知鬼神之情状，斯尽之矣。子曰：'未知生，焉知死？'然则原其始而反其终，则可以尽其生之道。生之道既尽，则死之说，不学而自通矣。此非所急也，子修之不息，其自知之，吾不可以章章然言且书矣。"

复性书下

昼而作、夕而休者，凡人也。作乎作者，与［万］物皆作；休乎休者，与［万］物皆休。吾则不类于凡人。昼无所作，夕无所休。作非吾作也，作有物；休非吾休也，休有物。作邪、休邪？二者离而不存。予之所存者，终不亡且离也。

人之不力于道者，昏不思也。天地之间，万物生焉。人之于万物，一物也，其所以异于禽兽虫鱼者，岂非道德之性全乎哉？受一气而成其形，一为物而一为人，得之甚难也。生乎世，又非深长之年也。以非深长之年，行甚难得之身，而不专专于大道，肆其心之所为，则其所以自异于禽兽虫鱼者亡几矣。昏而不思，其昏也，终不明矣。

吾之生二十有九年矣，思十九年时，如朝日也；思九年时，亦如朝日也。人之受命，其长者不过七十、八十、九十年，百年者则稀矣。当百年之时，而视乎九年时也，与吾此日之思于前也，远近其能大相悬邪？其又能远于朝日之时邪？然则人之生也，虽享百年，若雷电之惊相激也，若风之飘而旋也，可知耳矣，况千百人而无一及百年者哉！故吾之终日志于道德，犹惧未及也。彼肆其心之所为者，独何人邪？

□圣祖御评：惕厉其词，可以警学。

○世病李翱《复性书》杂于佛氏之言。朱子门人所记平生议论，黄义刚则曰："李翱有本领，如《复性书》，有许多思量。"邵浩则曰："李翱只是从佛中来。"滕璘则曰："李翱灭情之论，乃释老之言。"今去朱子千年，所传闻异辞者，不可得而折衷也。虽然，尧舜与人同耳，人在则性在，性在则李翱所言之是非，如取左手以例右手，不必复问之人而后知之已。

李翱之言，谓之语焉而不详，可矣；谓之择焉而不精，乌乎可？人病其言"情者，邪也，妄也"，谓与孟子戾；然而与孟子不戾也。孟子因人之疑性善恶，而举情之善者以言；李翱则因人之日失其性而趋于恶，故专举其不善者以言耳。性，阳也，无不善也；情，阴也，率性则善，离性则不善。四方，东、南、西兽皆一，唯北方则龟蛇二，故曰"北方有两阴"。有两，此非人所为也，天也。情之有善有不善，亦天也。孟子曰："乃若其情，则可以为善矣，乃所谓善也。"未尝曰情无不善也。且情之有不善，奚待质疑问难而后知之哉？李翱举情不善为言之顷，未暇举及于情之善耳。

虽然，李翱亦未尝终不之举也。上篇曰："无性则情无所生矣，是情由性生，情不自情，因性而情；性不自性，由情以明。"此与程子所云"性其情，情其性"者，非一家言哉？程子言之则人尊之，李翱言之则人忽之，然则亦未尝知程子之言也；知程子，则知李翱矣。唯中篇所论格物，则循旧解而失其义。夫理凭于无，事履其有。其有者，非博学、审问、慎思、明辨，而唯以无思无虑之心，物来而应之，纵在此未尝有私欲之累，而举而措诸天下国家，一丝毫之差，将致千里之谬；况所差者，未必果只一丝毫也。以此为不思而得，其乌乎可？

夫格物之说不明，则性终不可得而尽。"尽性"云者，岂曰我有性而我尽之哉？苟非尽人性、尽物性，以至尽天地之性，则己之性终未尽也，是故孔子无我。今执此无思无虑之心以为极则，而不知下学以尽万物之变，则此无思无虑者，即成一无思无虑之我耳。我尚未除，又何以尽人物之性，以及于天地？是所谓“语焉而不详”者也。

不宁惟是，又复自相矛盾。其上篇言情，专举情之不善为言，乃偏言之耳。偏言之者，辞各有当无非也。其中篇已明言情有善不善，而性无不善矣，乃又曰“情者，邪也、妄也”者，此则自相矛盾，而无怪乎后世之疑惑者也。

虽然，自孟子之后至于唐，唯韩愈，其言立而云“性有三品”，则已择焉不精矣。岂若翱之所言，上承孟子、下开程朱哉？学者往往饮水而讥源，何耶？

陆歙州述

吾郡陆傪公佐，生于世五十有七年矣。明于仁义之道，可以化人伦、厚风俗者余三十年。连事观察使，观察使不能知，退居于田者六七年。由侍御史入为祠部员外郎，二年出刺歙州，卒于道，贞元十八年四月二十八日也。

凡人所不能穷者，必推之于天。天之注膏雨也，人心以为生旱苗然也。雨与苗运相违，或雨于海，或雨于山，旱苗不得仰其泽。唯人也亦然。天之生俊贤也，人之心以为拯颠頼之人然也。贤者与颠頼之人时不合，或死于野，或得其位而道不能行，颠頼之人不得被其惠。膏雨之降也适然，贤者之生于时也亦然。运相合，旱苗仰其泽，颠頼之人赖其力，傅说、甘盘、尹吉甫、管夷吾之类也；时勿合，膏雨降虽终日，贤哲生虽比肩，旱苗之不救，百姓之弗赖，颜子、子思、孟子、董仲舒之类也。故贤哲之生自有时，百姓之赖其力天也，不赖其力亦天也。

呜呼！公佐之官，虽升于朝，虽刺于州，其出入始二年，道之不行，与居于田时弗差也。公佐之贤虽日闻，其德行未必昭昭然闻于天子。公佐是以不得其职，出刺一州，又短命，道病死，天下之未蒙其德，固宜矣。然则天之生君也，授之以救人之道，不授之以救人之位，如膏雨之或雨于海，或雨于山，旱苗之不沐其泽者，均也。故君子不得其位以行其道者，命也。其亦有不足于心者耶？得其道者，穷居于野，非所谓屈；冠冕而相天下，非所谓伸，其何有不足于心者耶？

〇雨者，苗之膏；贤者，国之宝。二者相须为用，相得益彰也。《易》云："云行雨施，品物流行。"《诗》云："芃芃黍苗，阴雨膏之。"《书》云："若岁大旱，用汝作霖雨。"君子在位，道济天下，仁施惠洽，犹植物之蒙泽，而群庆有秋也。若后民用微，虽有盘庚、周宣之主，而不得贤才以为佐，则在《屯》九五之"屯其膏"矣。

若吴人陆歙州者，举而不能蚤，用而不能显，怀才莫试，宁非人主与宰相之过欤？乃李翱一举而归诣"天实为之"之适然，立言有体哉！且理固如是，其高出于柳州《天说》者万万也，翱可为知天矣。虽然，用舍者，时也；显晦者，遇也。士诚抱道自立，得志，与民由之；不得志，独行其道，所谓"富贵不能淫，贫贱不能移，威武不能屈"者是也。况乎道之所在，匹夫为善，一乡化之，一国化之。孟子云："闻伯夷之风者，顽夫廉，懦夫有立志。闻柳下惠之风者，薄夫敦，鄙夫宽。"二人者，岂必居高位而显当世哉？道在故也。故道得，则山林有卿相之称；道失，则维鹈有在梁之诮。

高愍女碑

愍女姓高，妹妹名也。生七岁，当建中二年。父彦昭，以濮阳归天子。前此逆贼质妹妹与其母、兄，而使彦昭守濮阳，及彦昭以城归，妹妹与其母兄皆死。

其母李氏也，将死，怜妹妹之幼无辜，请独免其死，而以为婢于官，众皆许之。妹妹不欲，曰："生而受辱，不如死。母、兄且皆不免，何独生为！"其母与兄将被刑，咸拜于四方，妹妹独曰："我家为忠，宗党诛夷，四方神祇尚何知？"问其父所在之方，西向哭，再拜，遂就死。

明年，太常谥之曰愍。当此之时，天下之为父母者闻之，莫不欲愍女之为其子也；天下之为夫者闻之，莫不欲愍女之为其室家也；天下之为女与妻者闻之，莫不欲愍女之行在其身也。昔者曹娥思盱，自沉于江；狱吏嘘囚，章女悲号；思啮其兄，作诗《载驰》；缇萦上书，乃除肉刑。彼四女者，或孝或智，或义或仁。

噫！此愍女，厥生七岁，天生其知，四女不伦。向遂推而布之于天下，其谁不从而化焉？虽有逆子，必改行；虽有悍妻，必易心。赏一女而天下劝，亦王化之大端也。异哉愍女之行，而不家闻户知也！

贞元十三年，翱在汴州，彦昭时为颍州刺史，昌黎韩愈始为余言之。余既悲而嘉之，于是作《高愍女碑》。

□圣祖御评：于大处发论，局阵展舒，波澜空阔。

杨烈妇传

建中四年，李希烈陷汴州，既又将盗陈州，分其兵数千人，抵项城县。盖将掠其玉帛，俘累其男女，以会于陈州。

县令李侃，不知所为。其妻杨氏曰："君，县令也。寇至当守；力不足，死焉，职也。君如逃，则谁守？"侃曰："兵与财皆无，将若何？"杨氏曰："如不守，县为贼所得矣，仓廪皆其积也，府库皆其财也，百姓皆其战士也，国家何有？夺贼之财而食其食，重赏以令死士，其必济！"

于是，召胥吏、百姓于庭，杨氏言曰："县令诚主也；虽然，岁满则罢去，非若吏人、百姓然。吏人、百姓，邑人也，坟墓存焉，宜相与致死以守其邑，忍失其身而为贼之人耶？"众皆泣，许之。乃徇曰："以瓦石中贼者，与之千钱；以刀矢兵刃之物中贼者，与之万钱。"得数百人，侃率之以乘城。杨氏亲为之爨以食之，无长少，必周而均。使侃与贼言曰："项城父老，义不为贼矣，皆悉力守死。得吾城不足以威，不如亟去，徒失利，无益也。"贼皆笑。有蜚箭集于侃之手，侃伤而归。杨氏责之曰："君不在，则人谁肯固矣！与其死于城上，不犹愈于家乎？"侃遂忍之，复登陴。

项城，小邑也，无长戟劲弩、高城深沟之固。贼气吞焉，率其徒将超城而下。有以弱弓射贼者，中其帅，坠马死。其帅，希烈之婿也。贼失势，遂相与散走，项城之人无伤焉。

刺史上侃之功，诏迁绛州太平县令。杨氏至兹犹存。

妇人女子之德，奉父母舅姑尽恭顺，和于娣姒，于卑幼有慈爱，而能不失其贞者，则贤矣。辨行列，明攻守，勇烈之道，此公卿大臣之所难。厥自兵兴，朝廷宠旌守御之臣，凭坚城深池之险，储蓄山积，货财自若；冠胄服甲负弓矢而驰者，不知几人。其勇不能战，其智不能守，其忠不能死，弃其城而走者有矣。彼何人哉！若杨氏者，妇人也。孔子曰："仁者必有勇。"杨氏当之矣！

赞曰：凡人之情，皆谓后来者不及于古之人。贤者，古亦稀，独后代耶？及其有之，与古人不殊也。若高愍女、杨烈妇者，虽古烈女，其何加焉？予惧其行事湮灭而不传，故皆叙之，将告于史官。

□圣祖御评：摹写情事，有声有色。末作断语，亦至详慎。

○李翱《与皇甫湜书》云："仆窃不自度，无位于朝，幸有余暇，而词句足以称赞明盛，纪一代功臣贤士，灼然可传于后，自以为能不灭者，不敢为让。故欲笔削国史，成不刊之书。用仲尼褒贬之心，取天下公是公非为本。群党之所为是者，仆未必以为是；群党之所为非者，仆未必以为非。使仆书而传，则富贵而功德不著者，未必声名于后；贫贱而道德全者，未必不烜赫于无穷。韩退之所谓'诛奸谀于既死，发潜德之幽光'，是翱心也。仆文采虽不足以希左丘明、司马子长，足下视仆叙高愍女、杨烈妇，岂尽出班孟坚、蔡伯喈之下耶？"

翱之自言如此。今读之，真能使顽廉懦立、薄敦鄙宽，令人不知涕之无从者。翱诚非无实而夸者也。翱云："天下为父母者闻之，莫不欲愍女之为子；为夫者，莫不欲愍女之为其室家也。"为君者读翱斯文，宁不欲如翱者之为其史臣哉！

卷二十

陇西李翱文二　书、奏状、行状

答独孤舍人书

足下书中有“无见怨怼以至疏索”之说，盖是戏言，然亦似未相悉也。荐贤进能，自是足下公事，如不为之，亦自是足下所阙，在仆何苦，乃至怨怼?

仆尝怪董生大贤，而著《仕（士）不遇赋》，惜其自待不厚。凡人之蓄道德才智于身，以待时用，盖将以代天理物，非为衣服饮食之鲜肥而为也。董生道德备具，武帝不用为相，故汉德不如三代，而生人受其顣頞，于董生何苦，而为“仕（士）不遇”之词乎?

仆意绪间自待甚厚，此身穷达，岂关仆之贵贱耶？虽终身如此，固无恨也，况年犹未甚老哉!

去年足下有相引荐意，当时恐有所累，犹奉止不为，何遽不相悉？所以不数附书者，一二年来往还，多得官在京师，既不能周遍，又且无事，性颇慵懒，便一切画断，只作报书。又以为苟相知，固不在书之疏数；如不相知，尚何求而数书或（哉）！惟往还中，有贫贱更不如仆者，即数数附书耳。

近频得人书，皆责疎简，故具之于此，见相怪者，当为辞焉。

〇此文固胜韩愈《上宰相》等书远矣。今学塾中无不读韩书，而此则莫或及也。后生小子，不以求进为耻，未必非昌黎阶之厉矣。古之诗人骚客，于君臣之会、出处之间，每以夫妇托喻。语云："拟人必于其伦。"夫岂非其伦而言之？盖臣也、妻也，皆坤道也，其"无成有终，利用永贞"之义，无一之不相合者。今女有爽德，则闾里羞称之；士而自媒，则莫之或耻者。道德风俗之所系，非小焉者也。

答王载言书

某顿首。足下不以某卑贱无所可，乃陈词屈虑，先我以书，且曰："余之艺及心，不能弃于时，将求知者。问谁可，则皆曰'其李君乎'。"告足下者，过也；足下因而信之，又过也。果若来陈，虽道德备具，犹不足辱厚命，况如某者，多病少学，其能以此堪足下所望博大而深宏者耶？虽然，盛意不可以不答，故敢略陈其所闻。

盖行己莫如恭，自责莫如厚，接众莫如宏，用心莫如直，进道莫如勇，受益莫如择友，好学莫如改过。此闻之于师者也。相人之术有三：迫之以利而审其邪正，设之以事而察其厚薄，问之以谋而观其智与不才，贤不肖分矣。此闻之于友者也。

列天地，立君臣，亲父子，别夫妇，明长幼，浃朋友，六经之旨也。浩乎若江海，高乎若丘山，赫乎若日火，包乎若天地，掇章称咏，津润怪丽，六经之词也。创意造言，皆不相师。故其读《春秋》也，如未尝有《诗》也；其读《诗》也，如未尝有《易》也；其读《易》也，如未尝有《书》也；其读屈原、庄周也，如未尝有六经也。故义深则意远，意远则理辩，理辩则气直，气直则辞盛，辞盛则文工。如山有恒、华、嵩、衡焉，其同者高也，其草木之荣，不必均也。如渎有淮、济、河、江焉，其同者出源到海也，其曲直浅深、色黄白，不必均也。如百品之杂焉，其同者饱于腹也，其味咸酸苦辛，不必均也。此因学而知者也。此创意之大归也。

天下之语文章，有六说焉：其尚异者，则曰文章辞句，奇险而已；其好理者，则曰文章叙意，苟通而已；其溺于时者，则曰文章必当对；其病于时者，则曰文章不当对；其爱难者，则曰文章宜深不当易；其爱易者，则曰文章宜通不当难。此皆情有所偏，滞而不流，未识文章之所主也。

义不深，不至于理；言不信，不在于教劝，而词句怪丽者有之矣，《剧秦美新》、王褒《僮约》是也。其理往往有是者，而词章不能工者有之矣，刘氏《人物表》、王氏《中说》、俗传《太公家教》是也。古之人能极于工而已，不知其词之对与否、易与难也。《诗》曰："忧心悄悄，愠于群小。"此非对也。又曰："遘闵既多，受侮不少。"此非不对也。《书》曰："朕堲谗说殄行，震惊朕师。"《诗》曰："菀彼柔桑，其下侯旬。捋采其刘，瘼此下人。"此非易也。《书》曰："允恭克让，光被四表，格于上下。"《诗》曰："十亩之间兮，桑者闲闲兮，行与子旋兮。"此非难也。学者不知其方，而称说云云，如前所陈者，非吾之敢闻也。

六经之后，百家之言兴。老聃、列御寇、庄周、鹖冠、田穰苴、孙武、屈原、宋玉、孟子、吴起、商鞅、墨翟、鬼谷子、荀况、韩非、李斯、贾谊、枚乘、司马迁、相如、刘向、扬雄，皆足以自成一家之文，学者之所师归也。故义虽深，理虽当，词不工者不成文，宜不能传也。文、理、义三者兼并，乃能独立于一时，而不泯灭于后代，能必传也。仲尼曰："言之无文，行之不远。"子贡曰："文犹质也，质犹文也，虎豹之鞟，犹犬羊之鞟。"此之谓也。陆机曰："怵他人之我先。"韩退之曰："唯陈言之务去。"假令述笑哂之状曰"莞尔"，则《论语》言之矣；曰"哑哑"，则《易》言之矣；曰"粲然"，则穀梁子言之矣；曰"攸尔"，则班固言之矣；曰"辴然"，则左思言之矣。吾复言之，与前文何以异也？此造言之大归也。

吾所以不协于时而学古文者，悦古人之行也。悦古人之行者，爱古人之道也。故学其言，不可以不行其行；行其行，不可以不重其道；重其道，不可以不循其礼。古之人相接有等，轻重有仪，列于经传，皆可详引。如师之于门人则名之，于朋友则字而不名，称之于师则虽朋友亦名之。子曰"吾与回言"，又曰"参乎，吾道一以贯之"，又曰"若由也，不得其死然"，是师之名门人验也。夫子于郑，兄事子产；于齐，兄事晏婴平仲，传曰"子谓子产有君子之道四焉"，又曰"晏平仲善与人交"，子夏曰"言游过矣"，子张曰"子夏云何"，曾子曰"堂堂乎张也"，是朋友字而不名验也。子贡曰"赐也何敢望回"，又曰"师与商也孰贤"，子游曰"有澹台灭明者行不由径"，是称于师虽朋友亦名验也。孟子曰："天下之达尊三，曰德、爵、年，恶得有其一以慢其二哉？"足下之书曰

"韦君词、杨君潜"，足下之德与二君未知先后也，而足下齿幼而位卑，而皆名之。传曰："吾见其与先生并行，非求益者，欲速成也。"窃惧足下不思，乃陷于此。

韦践之与翱书，亟叙足下之善，故敢尽辞，以复足下之厚意，计必不以为犯。李某顿首。

□圣祖御评：行己之道，为学之方，是书约略尽之。而其叙文章源流、正变处，尤为详确。

◇张英曰："言文章以六经为渊源，以诸子为支派，设辨立论，不拘一辙，可谓博而该矣。"

荐所知于徐州张仆射书

翱再拜。齐桓公不疑于其臣，管夷吾信而霸天下，攘夷狄，匡周室，亡国存，荆楚服，诸侯无不至焉；竖刁、易牙信而国乱，身死不葬，五公子争立，兄弟相及者数世。

桓公之信于其臣，一道也。所信者贤（得其人），则德格于天地，功及于后代；不得其人，则不能免其身。知人不易也。

岂惟霸者为然？虽圣人亦不能免焉。帝尧之时，贤不肖皆立于朝，尧能知舜，于是乎驩兜放，共工流，殛鲧，窜三苗，举禹、稷、咎（皋）陶二十有二人，加诸上位，故尧崩三载，"四海遏密八音"，后代之人，皆谓之帝尧焉。向使尧不能知舜，而遂尊驩兜、共工之党于朝，禹、稷、咎（皋）陶之下二十有二人不能用，则尧将不得为齐桓公矣，岂复得曰"大哉尧之为君也！惟天为大，惟尧则之，荡荡乎民无能名焉者"哉？

《春秋》曰："夏，灭项。"孰灭之？盖齐灭之。曷为不言齐灭之？为桓公讳也。《春秋》为贤者讳，此灭人之国，何贤尔？君子之恶恶也嫉始，善善也乐终。桓公尝有继绝存亡之功，故君子为之讳也。继绝存亡，贤者之事也。管夷吾用，所以能继绝世、存亡国焉尔；竖刁、易牙，则不能也。向使桓公始不用管夷吾，末有竖刁、易牙，争权不葬，而乱齐国，则幽、厉之诸侯也。始用贤而终身讳其恶，君子之乐用贤也如此；始不用贤，以及其终，而幸后世之掩其过也，则微矣。然则居上位、流德泽于百姓者，何所劳乎？劳于择贤，得其人，措诸上，使天下皆化之焉而已矣。

兹天子之大臣有土千里者，孰有如执事之好贤不倦者焉？盖得其人亦多矣，其所可求而不取者，则有人焉。陇西李观，奇士也，伏闻执事知其贤，将用之未及，而观病死。昌黎韩愈，得古人之遗风，明于理乱根本之所由，伏闻执事又知其贤，将用之未及，而愈为宣武军节度使之所用。观、愈，皆豪杰之士也！如此人，不时出。观自古天下，亦有数百年无如其人者，焉执事皆得而知之，皆不得而用之？翱实为执事惜焉。岂惟翱一人而已？后之读前载者，亦必多为执事惜之矣！

兹有平昌孟郊，贞士也，伏闻执事旧知之。郊为五言诗，自前汉李都尉、苏属国及建安诸子、南朝二谢，郊能兼其体而有之。李观荐郊于梁肃补阙书曰："郊之五言，其有高处，在古无上；其有平处，下顾二谢。"韩愈送郊诗曰："作诗三百首，杳默咸池音。"彼二子皆知言者，岂欺天下之人哉？郊穷饿不得安养其亲，周天下无所遇，作诗曰："食荠肠亦苦，强歌声无欢。出门如有阂，谁谓天地宽?”其穷也甚矣。又有张籍、李景俭者，皆奇士也，未闻阁下知之。

凡贤人奇士，皆自有所负，不苟合于世，是以虽见之，难得而知也。见而不能知其贤，如勿见而已矣；知其贤而不能用，如勿知其贤而已矣；用而不能尽其材，如勿用而已矣；能尽其材而容谗人之所间者，如勿尽其材而已矣。故见贤而能知，知而能用，用而能尽其材，而不容谗人之所间者，天下一人而已矣。兹有二人焉皆来，其一贤士也，其一常常之人也。待之礼貌不加隆焉，则贤者行，而常常之人日来矣；况其待常常之人加厚，则善人何求而来哉？

孔子曰：“吾未见好德如好色者。”圣人，不好色而好德者也；虽好德而不如好色者，次也；德与色均好之，又其次也；虽好德而不如好色者，下也；最甚不好德而好色者，穷矣。有人告曰：“某所有女，国色也。”天下之人，必将极其力而求之，而无所爱矣。有人告曰：“某所有人，国士也。”天下之人，则不能一往而见焉。是岂非不好德而好色者乎？贤者则宜有以别于天下之人矣。孔子述《易》、定《礼》《乐》、删《诗》、序《书》、作《春秋》，圣人也，奋乎百世之上，其所化之者，非其道，则夷狄之人也。而孔子之庙存焉，虽贤者亦不能日往拜之，以其益于人者寡矣。故无益于人，虽孔子之庙，尚不能朝夕而事焉，况天下之人乎？有待于人，而不能礼善人良士，则不如无待也。

呜呼！人之降年，不可与期。郊将为他人之所得，而大有立于世，与其短命而死，皆不可知也。二者卒然有一于郊之身，他日为执事惜之，不可既矣。执事终不得而用之矣，虽恨之，亦无可奈何矣。

翱，穷贱人也，直辞无让，非所宜至于此者也。为道之存焉耳，不直则不足以伸道也，非好多言者也。翱再拜。

○孟郊工诗，一为溧阳尉，史称但坐水石间长吟，尉事并废，上官遣人代摄其事。然则郊固无济世用；翱荐郊于张建封，固亦无所裨于世也。独其所论，居上位宜劳于择贤，贤贤易色，而用贤不可不亟亟，有古人“好贤如《缁衣》”之风，可为后世法。

百官行状奏

右，臣等无能，谬得秉笔史馆，以记注为职。夫劝善惩恶，正言直笔，纪圣朝功德，述忠臣贤士事业，载奸臣佞人丑行，以传无穷者，史官之任也。

伏以陛下即位十五年矣，乃元年平夏州；二年平蜀斩辟；三年平江东，斩锜、张茂昭，遂得易、定；五年擒史宪诚，得泽、潞、邢、口（洺）；七年田宏正以魏博六州，来受常贡；十二年平淮西，斩元济；十三年王承宗献德、棣，入税租，沧景除吏部；十四年平淄青，斩师道，得十二州。神断武功，自古中兴之君，莫有及者。而自元和以来，未著《实录》，盛德大功，史氏未纪。忠臣贤士名德，甚有可为法者；逆臣贼人丑行，亦有可为诫者，史氏皆阙而未书。臣实惧焉，故不自量，辄欲勉强而修之。

凡人之事迹，非大善大恶，则众人无由知之。故旧例皆访问于人，又取行状谥议，以为一据。今之作行状者，非其门生，即其故吏，莫不虚加仁义礼智，妄言忠肃惠和。或言盛德大业，远而愈光；或云直道正言，殁而不朽，曾不直叙其事，故善恶混然不可明。至如许敬宗、李义府、李林甫，国朝之奸臣也，其使门生故吏作行状，既不指其事实，虚称道忠信以加之，则可以移之于房元龄、魏徵、裴炎、徐有功矣。此不惟其处心不实，苟欲虚美于所受恩之地而已。盖亦为文者又非游、夏、迁、雄之列，务于华而忘其实，溺于辞而弃其理，故为文则失六经之古风，记事则非史迁之实录；不如此，则辞句鄙陋，不能自成其文矣。由是事失其本，文害于理，而行状不足以取信。若使指事书实，不饰虚言，则必有人知其真伪不然者；纵使门生故吏为之，亦不可以谬作德善之事而加之矣。

臣今请作行状者，不要虚说仁义礼智，忠肃惠和，盛德大业，正言直道，芜秽简册，不可取信；但指事说实，直载其词，则善恶功迹，皆据事足以自见矣。假令传魏徵，但记其谏争之词，足以为正直矣；如传秀实，但记其倒用司农寺印以追逆兵，又以象笏击朱泚，自足以为忠烈矣。今之为行状者，都不指其事，率以虚词称之。故无魏徵之谏争，而加之以正直；无秀实之义勇，而加之以忠烈者，皆是也，其何足以为据？若考功，视行状之不依此者，不得受；依此者，乃下太常，并牒史馆。太常定谥，牒送史馆，则行状之言，纵未可一一皆信，与其虚加妄言都无事实者，犹山泽高下之不同也。

史氏记录，须得本末，苟凭往例，皆是空言，则使史馆何所为据？伏乞下臣此奏，使考功守行善恶之词，虽故吏门生，亦不能虚作而加之矣。

臣等要知事实，辄敢陈论；轻黩天威，无任战越。谨奏。

○孔子作《春秋》，以书法为二百四十年之刑赏，人伦以定，善以劝而恶以惩。后之史氏，虽文质不同，而其义则《春秋》之义也，史职顾不重哉！

史之患，固患无孔子之心。然孔子之心，不难有也。人之性，固与孔子同也；性既同，心何不同？孔子之心，天地之心也。人于人，非其亲昵及其怨仇，凭虚而论之，则其公好公恶，无一不与天地之心同者。然则所难者，非无孔子天地之心，而无孔子日月之明耳。《易通》有言："邪暗，塞也。"孔子而后，虽代有博学之士、正学之儒，然以之上下百余年间人物事理，则犹爝火然，所照不及尺寸。是以不能得其可褒可贬之实，而遂无以伸其或褒或贬之公，以扶纲常而植名教。此韩愈所以不敢为史，而托为人祸天刑之说，以自解免者也。李翱所论，取行状必直叙实事，不得虚加浮词，实史馆之良法。然即如翱所奏，而行状备具于史馆矣，顾其所谓"必有人知其真伪不然者"，则其人固不世出也。噫，难言矣哉！

故正议大夫行尚书吏部侍郎上柱国赐紫金鱼袋赠礼部尚书韩公行状

曾祖泰，皇任曹州司马。祖濬素，皇任桂州长史。父仲卿，皇任秘书郎，赠尚书左仆射。公讳愈，字退之，昌黎人。生三岁父殁，养于兄会舍。及长读书，能记他生之所习，年二十五上进士第。

汴州乱，诏以旧相东都留守董晋为平章事、宣武军节度使，以平汴州。晋辟公以行，遂入汴州，得试秘书省校书郎，为观察推官。晋卒，公从晋丧以出，四日而汴州乱，凡从事之居者皆杀死。

武宁军节度使张建封奏为节度推官，得试太常寺协律郎，选授四门博士，迁监察御史。为幸臣所恶，出守连州阳山令。政有惠于下，及公去，百姓多以公之姓以命其子。改江陵府法曹参军，入为权知国子博士。宰相有爱公文者，将以文学职处公，有争先者，构公语以非之，公恐及难，遂求分司东都。权知三年，改真博士，入省为分司都官员外郎，改河南县令，日以职分辨于留守及尹，故军士莫敢犯禁。入为职方员外郎。华州刺史奏华阴县令柳涧有罪，遂将贬之，公上疏请发御史辩曲直，方可处以罪，则下不受屈。既柳涧有犯，公由是复为国子博士。改比部郎中、史馆修撰，转考功郎中，修撰如故，数月以考功知制诰。

上将平蔡州，先命御史中丞裴公度使诸军以视兵。及还，奏兵可用，贼势可以灭，颇与宰相意忤。既数月，盗杀宰相，又害中丞不克。中丞微伤，马逸以免，遂为宰相，以主东兵。自安禄山起范阳，陷两京，河南北七镇节度使，身死则立其子，作军士表以请，朝廷因而与之。及贞元季年，虽顺，地节将死，多即军中取行军副使、将校以授之节，习以成故矣。朝廷之贤，恬然于所安，以苟不用兵为贵，议多与裴丞相异。唯公以为“盗杀宰相，而遂息兵，其为懦甚大，兵不可以息；以天下力取三州，尚何不可”，与裴丞相议合，故兵遂用。而宰相有不便之者，月满迁中书舍人，赐绯鱼袋，后竟以他事改太子右庶子。

元和十二年秋，以兵老久屯，贼未灭，上命裴丞相为淮西节度使以招讨之。丞相请公以行，于是以公［因本官］兼御史中丞，赐三品服衣（服）［及］鱼，为行军司马，从丞相居于郾城。公知蔡州精卒悉聚界上，以拒官军，守城者率老弱，且不过千人，亟白丞相，请以兵三千人间道以入，必擒吴元济。丞相未及行，而李愬自唐州文城垒，提其卒以夜入蔡州，果得元济。蔡州既平，布衣柏耆以计谒公，公与语，奇之，遂白丞相曰："淮西灭，王承宗胆破，可不劳用众，宜使辩士奉相公书，明祸福以招之，彼必服。"丞相然之。公令柏耆口占为丞相书，明祸福，使柏耆袖之，以至镇州。承宗果大恐，上表请割德、棣二州以献。丞相归京师，公迁刑部侍郎。

岁余，佛骨自凤翔至，传京师诸寺。时百姓有烧指与顶以祈福者。公奏疏言：自伏羲至周文、武时，皆未有佛，而年多至百岁，有过之者。自佛法入中国，帝王事之，寿不能长。梁武帝事之最谨，而国大乱。请烧弃佛骨。疏入，贬潮州刺史。移袁州刺史，百姓以男女为人隶者，公皆计佣以偿其直而出归之。

入迁国子祭酒。有直讲，能说《礼》而陋于容，学官多豪族子，摈之不得共食。公命使曰："召直讲来，与祭酒共食。"学官由此不敢贱直讲。奏儒生为学官，日使会讲。生徒奔走听闻，皆相喜曰："韩公来为祭酒，国子监不寂寞矣。"

改兵部侍郎。镇州乱，杀其帅田弘正，征之不克，遂以王庭凑为节度使，诏公往宣抚。既行，众皆危之，元稹奏曰："韩愈可惜。"穆宗亦悔，有诏令"至境观事势，无必于入"。公曰："安有受君命而滞留自顾？"遂疾驱入。庭凑严兵拔刃，弦弓矢以逆。及馆，甲士罗于庭，公与庭凑、监军使三人就位。

既坐，庭凑言曰：“所以纷纷者，乃此士卒所为，本非庭凑心。”公大声曰：“天子以为尚书有将帅才（材），故赐之以节，实不知公共健儿语，未尝及大错。”甲士前奋言曰：“先太史为国打朱滔，滔遂败走，血衣皆在。此军何负朝廷，乃以为贼乎？”公告曰：“儿郎等且勿语，听愈言。愈将为儿郎已不记先太史之功与忠矣，若犹记得，乃大好。且为逆与顺，利害（利与病）不能远引古事，但以天宝来祸福为儿郎等明之。安禄山、史思明、李希烈、梁崇义、朱滔、朱泚、吴元济、李师道，复有若子若孙在乎？亦有居官者乎？”众皆曰：“无。”又曰：“令公以魏博六州归朝廷，为节度使，后至中书令，父子皆授旌节，子与孙虽在童幼者亦为好官，穷富极贵，宠荣耀天下。刘悟、李佑（祐）皆居大镇，王承元年始十七亦仗节，此皆三军耳所闻也。”众乃曰：“田弘正刻此军，故军不安。”公曰：“然汝三军亦害田令公身，又残其家矣，复何道？”众乃讙曰：“侍郎语是。”

庭凑恐众心动，遽麾众散出，因泣谓公曰：“侍郎来，欲令庭凑何所为？”公曰：“神策六军之将，如牛元翼比者不少，但朝廷顾大体，不可以弃之耳，而尚书久围之，何也？”庭凑曰：“即出之。”公曰：“若真耳，则无事矣。”因与之宴而归，而元翼果出。乃还，于上前尽奏与庭凑言及三军语，上大悦曰：“卿直向伊如此道！”由是有意欲大用之。王武俊赠太师，呼“太史”者，燕赵人语也。

转吏部侍郎。凡令史皆不锁，听出入。或问公，公曰：“人所以畏鬼者，以其不能见也。鬼如可见，则人不畏矣。选人不得见令史，故令史势重；听其出入，则势轻。”改京兆尹兼御史大夫，特诏不就御史台谒，后不得引为例。六军将士皆不敢犯，私相告曰："是尚欲烧佛骨者，安可忤？"故贼盗止。遇旱，米价不敢上。李绅为御史中丞，械囚送府，使以尹杖杖之。公曰："安有此？"使归其囚。是时绅方幸，宰相欲去之，故以台与府不协为请，出绅为江西观察使，以公为兵部侍郎。绅既复留，公入谢，上曰："卿与李绅争何事？"公因自辩，数日复为吏部侍郎。长庆四年得病，满百日假，既罢，以十二月二日卒于靖安里第。

公气厚性通，论议多大体。与人交，始终不易，凡嫁内外及交友之女无主者十人。幼养于嫂郑氏，及嫂殁，为之服期以报之。深于文章，每以为自扬雄之后，作者不出，其所为文，未尝效前人之言，而固与之并。自贞元末以至于兹，后进之士，其有志于古文者，莫不视公以为法。有集四十卷，小集十卷。

及病，遂请告以罢。每与交友言既，终以处妻子之语，且曰："某伯兄德行高，晓方药，食必视本草，年止于四十二。某疏愚，食不择禁忌，位为侍郎，年出伯兄十五岁矣。如又不足，于何而足？且获终于牖下，幸不至失大节，以下见先人，可谓荣矣。"享年五十七，赠礼部尚书。

谨具任官事迹如前，请牒考功下太常定谥，并牒史馆。谨状。

○吕大防云："卫中立字退之，饵奇药，求不死而卒死，故白乐天诗谓'退之服硫黄，一病讫不痊'，乃中立也。孔毅夫、陈无己之徒，皆指以为公晚年惑金石药。独近世李季可，谓公长庆三年作李干墓志，力诋六七公皆以药败，明年则公卒，岂咫尺之间身试其祸哉？或前人文字之同，或传写之误，使贤者蒙污，然实无可考证也。按公属纩之言，谓‘愈疏愚，食不择禁忌。位为侍郎，年出伯兄十五岁，且获牖下，如又不足，于何而足’，是公岂服药以求长年者？适以中立字之偶同，遂归过于公。千载之诬，庶自兹一洗。”

今按卫宴三子，长曰之元，字造微；次曰中立，字退之；末曰中行，字大受。中行、中立，皆见于昌黎文集；而中立墓志谓：“南方多水银、丹砂，杂他奇药，爊为黄金，可饵以不死。药终不能成，而竟死。”《铭》所为“嗟惟君，笃所信，要无有，弊精神”者也。吕汲公所考有据，附记以正世讹。

◇朱子曰：“退之却喜皇甫湜，不甚喜李翱。后来湜为退之作墓志，却说得无紧要，不如李翱行状较著实。盖李翱为人朴实。”

卷二十一

关东孙樵文　赋、杂著、书、祭文、杂文

大明宫赋

孙樵齿贡士名，旅见大明宫前庭，仰眙俛骇，阴意灵怪，暮归魂动，中宵而梦，梦彼大明宫神，前有云，且曰：

“太宗皇帝缭瀛启居，廓穹起庐，圜然而划，隆然而赫，孰窬孰隟，永求帝宅。帝诏吾司其宫，与日月终。翼圣护艰，十有六君。荡妖斩氛，孰知吾勤？吾当庐陵锡武，庙祏撤主，吾则协二毗辅，左右提护。义甲愤徒，起帝仆周，吾则械二黠雏，俾即其诛。胡猘饱腯，蹅肌齚骨，惊血溅阙，仰吠白日。二圣各辙，大麓北挈，吾则激髯孽悖节，俾济逆杀翼。两杰愤烈，俾即斮灭。蓟枭妖狂，突集五堂，纵啄怒吞，大驾惊奔，吾则励阴刀，翦其翼，俾不得逃明殛。三革蚀黑，孰匪吾力？吾见若正声在悬，诤舌在轩，辍斟延谏，剞襟沃善，赏必正名，怒必正刑，当狱撤腥，当稼吞螟，吾则入渎革浊，入囿肉角，旬泽暮溥，蚪谷视土。吾见若奸声在堂，谀舌在旁，窒聪怫讽，正斥邪宠，嘉赏失节，怒罚失杀，夺农而徭，厚征而雕，吾则反耀而彗，反泽而沴，荡坤而坼，

裂乾而石。然吾留帝宫中二百年，昔亦日月，今亦日月。往孰为设，今孰为缺？籍民其凋，有野而蒿；籍甲其虚，有垒而墟。西垣何缩？匹马不牧；北垣何蹙？孤垒城粒。”

言未及阕，樵迎斩其舌，且曰：“余闻宰获其哲，得是赫烈，老魅迹结，尔曾何伐？宰获其慝，得是昏蚀，魅怪横惑，尔曾何力？今者日白风清，忠简盈庭，阖南俟霈，阖北俟霁。矧帝城阗阗，何赖穷边？帑廪加封，何赖疲农？禁甲饱狩，尚何用天下兵？神曾何知，孰愧往时？”

神不能对，退而笑曰：“孙樵谁欺乎？欺古乎？欺今乎？”吁！

〇禹戒舜曰：“无若丹朱傲，惟慢游是好，傲虐是作。罔昼夜頟頟，罔水行舟。朋淫于家，用殄厥世。”周公戒成王曰：“无若殷王，受之迷乱，酗于酒德哉！”夫舜至在位之年，六十余矣，其为子为臣之日，功德侔天地，禹岂未之闻？即稍倦勤，又何至于傲虐、朋淫哉？成虽与舜有间，其必不为纣，亦明也。乃禹与周公纳谏之语如是。甚哉！惟圣人，乃能如是也。其德愈上，其心愈卑。惟其自戒惧者如是，是以戒君亦如是，无有丝毫隔阂其间者。此其所以为忠爱之极，而成千古君臣之郅隆。

明崇祯时，奏牍拟以汉文，便拂然不说。推是心也，此安得不荣华，彼安得不污辱哉！上行则下效，君愎则臣奸。飞鸿在野，而庙堂曰“比户可封”；瓦解土崩，而使者曰“群盗易灭”。平日一话一言，群相习为“主圣臣忠，民安物阜”之语；有不然者，群以为病痴，或以为狂悖。迨至天纽绝、地维裂，而妖梦犹未醒也。历览兴亡，畴不然哉！孙樵托为神言，而自作“当时廷臣，泄泄沓沓”之语以答之，如大禹铸鼎象物，使民知神奸也，有功后世不小矣。

读开元杂报

樵曩于襄汉间得数十幅书，系日条事，不立首末。其略曰："某日皇帝亲耕耤田，行九推礼。某日百僚行大射礼于安福楼南。某日安北诸蕃君长请扈从封禅。某日皇帝自东还，赏赐有差。某日宣政门宰相与百僚廷争十刻罢。"如此凡数十百条。樵当时未知何等书，徒以为朝廷近所行事。

有自长安来者，出其书示之，则曰："吾居长安中，新天子嗣国，及穷虏自溃，则见行南郊礼，安有耤田事乎？况九推非天子礼耶？又尝入太学，见丛甓负土而起若堂皇者，就视得石刻，乃射堂旧址。则射礼废已久矣，国家安能行大射礼耶？自关以东，水不败田则旱败苗，百姓入常赋不足，至有卖子为豪家役者。吾尝背华走洛，遇西戍还兵千人，县给一食，力屈不支，国家安能东封？从官禁兵，安所仰给耶？北虏惊啮边，甿势不可控，宰相驰出责战，尚未报功，况西关复警于西戎，安有扈从事耶？武皇帝以御史窃议宰相事，望岭南走者四人，至今卿士齰舌相戒，况宰相陈奏于仗罢乎，安有廷诤事耶？"

语未及终，有知书者自外来，曰："此皆开元政事，盖当时条布于外者。"樵后得《开元录》验之，条条可复云；然尚以为前朝所行，不当尽为坠典。及来长安，日见条报朝廷事者，徒曰"今日除某官，明日授某官；今日幸于某，明日畋于某"，诚不类数十幅书。

樵恨生不为太平男子，及睹开元中事，如奋臂出其间。

因取其书帛而漫志其末，凡补缺文者十三，正讹文者十一。是岁大中五年也。

〇君子在廊庙之上，则忧其民；在江湖之间，则忧其君。读樵此文，忠爱之意，溢于毫楮，可尚也。其绘开元、大中政治盛衰之殊，致千载而下，令人慨然！

孙氏西斋录

孙樵谓陆长源《唐春秋》乃编年杂录，因掇其体切峭独可以示惩劝者，掷其丛冗秃屑不足以警训者，自为十八通书，号《孙氏西斋录》，起高祖之初，洎武皇之终。

首庙号以表元，首日月以表事。尚功力，正刑名，登崇善良，荡戮凶回。有所鲠避，则微文示讥；无所顾慄，则直书志慝。所谓高祖杀太子建成者何？黜功徇爱，讥失教也。李勣立皇后武氏者何？忘谏赞慝，惩废命也。起王后已废之魂上配天皇者何？登嫌黜冢，不可谓顺，予惧后世疑于禘祼也。条天后擅政之年下系中宗者何？紫色闰位，不可谓正，予惧后世牵以称临也。崔察贼杀中书令裴炎者何？诡谀梯乱，肇杀机也。张守珪以安禄山叛者何？贷刑佛教，稔祸阶也。称天下杀者何？罪暴天下，示众与杀也。称天子杀者何？死非其罪，示众不与杀也。臣或不书"卒"者何？不以直终，去"卒"以示贬也。君或不书"葬"者何？不以正终，去"葬"以示讥也。惧怠去瑞，示戒志沴；尚德必书贱，尸位则黜贵。皆所以驱邪合正，俾汇大义，操实置例，以示惩劝。

呜呼！宰相升沉人于数十年间，史官出没人于千百岁后，是史官与宰相分挈死生权也。为史官者，不能忭（抃）直（忠）骨于枯坟，脔谄魄于下泉，磨毫黩札，从阁饱帙，岂国家任史官意耶？樵既序其略，授其友高锡望传之矣。

□圣祖御评：文颇聱牙，而是非不诡。

◇张英曰："论断唐事，词义严峻，文亦峭洁，有风霜凌厉之色。"

书何易于

何易于尝为益昌令。县距刺史治所四十里，城嘉陵河南。刺史崔朴，尝乘春自上游，多从宾客歌酒，泛舟东下，直出益昌旁。至则索民挽舟，易于即腰笏，引舟上下。刺史惊问状，易于曰："方春，百姓不耕即蚕，隙不可夺。易于为属令，当其无事，可以充役。"刺史与宾客跳出舟，偕骑还去。

益昌民多即山树茶，利私自入。会盐铁官奏重榷管，诏下所在不得为百姓匿。易于视诏曰："益昌不征茶，百姓尚不可活，矧厚其赋以毒民乎！"命吏划去。吏争曰："天子诏所在不得为百姓匿，今划去，罪愈重，吏止死，明府公免窜海裔耶？"易于曰："吾宁爱一身，以毒一邑民乎？亦不使罪蔓尔曹。"即自纵火焚之。观察使闻其状，以易于挺身为民，卒不加劾。

邑民死丧，子弱业破，不能具葬者，易于辄出俸钱，使吏为办。百姓入常赋，有垂白偻杖者，易于必召坐与食，问政得失。庭有竞民，易于皆亲自与语，为指白枉直，罪小者劝、大者杖，悉立遣之，不以付吏。治益昌三年，狱无系民，民不知役。改绵州罗江令，其治视益昌。是时故相国裴公刺史绵州，独能嘉易于治。尝从观其政，道从不过三人，其合（察）易于廉约如是。

会昌五年，樵道出益昌，民有能言何易于治状者，且曰："天子设上下考以勉吏，而易于考止中上，何哉?"樵曰："易于督赋如何?"曰："止请常期，不欲紧绳百姓，使贱出粟帛。""督役如何?"曰："度支费不足，遂出俸钱，冀优贫民。""馈给往来权势如何?"曰："传符外一无所与。""擒盗如何?"曰："无盗。"樵曰："余居长安，岁闻给事中校考，则曰某人为某县，得上下考，某人由上下考得某官。问其政，则曰某人能督赋，先期而毕；某人能督役，省度支费；某人当道，能得往来达官为好言；某人能擒若干盗，反若干盗。县令得上下考者如此。"邑民不对，笑去。

樵以为当世在上位者，皆知求才为切。至于缓急补吏，则曰"吾患无以共治"；膺命举贤，则曰"吾患无以塞诏"。及其有之，知者何人哉？继而言之，使何易于不有得于生，必有得于死者，有史官在。

□圣祖御评：《唐书·易于传》，全采此文，盖不惟工于叙事，而褒贬亦至公可信也。

○后半首设为问答语，曲尽不学无术之大吏，所以考课属员之情状。膺封疆民社寄者，当家置一通于座右。

◇王应麟曰："东坡谓'学韩退之，不至为皇甫湜；学湜，不至为孙樵'。朱新仲曰：'樵乃过湜，如《书何易于》《褒城驿壁》《田将军边事》《复佛寺奏》，皆谨严，得史法，有裨治道。'"

书田将军边事

背临邛南驰，越二百里，得严道郡，实与沈黎、越嶲俱为边城，逼于群蛮。田在宾将军刺严道三年，能条悉南蛮事。为樵言曰："巴蜀西逼于戎，南逼于蛮，宜其有以制之者。"

"当广德、建中之间，西戎两饮马于岷江。其众如蚁，前锋魁健，皆擐五属之甲，持倍寻之戟，徐呼按步，且战且进。蜀兵遇斗，如植横堵，罗戈如林，发矢如虻，皆折刃吞镞，不能毙一戎，而况陷其阵乎？然其戎兵践吾地日深，而疫死者日众。即自度不能留，亦辄引去。故蜀人为之语曰：'西戎尚可，南蛮残我。'自南康公凿青谿道以和群蛮，俾由蜀而贡。又择群蛮子弟聚于锦城，使习书算，业就辄去，复以他继。如此垂五十年，不绝其来，则其学于蜀者，不啻千百。故其国人，皆能习知巴蜀土风、山川要害。文皇帝三年，南蛮果大入成都，门其三门，四日而旋。其所剽掠，自成都以南，越嶲以北，八百里之间，民畜为空。加以败卒贫民，持兵群聚，因缘劫杀，官不能禁。由是西蜀十六州，至今为病。

"自是以来，群蛮常有屠蜀之心。居则息畜聚粟，动则练兵讲武。而又俾其习于蜀者，伺连帅之间隙，察兵赋之虚实。或闻蜀之细民，苦于重征，且将启之，以幸非常。吾不知群蛮此举，大剑以南，为国家所有乎？且每岁发卒以戍南者，皆成都顽民，饱稻饫豕，十九如瓠。虽知钲鼓之数，不习山川之险。吾尝伺其来，朔风正严，缓步坦途，日次一舍，固已呀然汗矣；而况历重阻，即严程，束甲而趋，挟戟而斗耶？

加以为将者刻薄以自入，馈运者纵吏而鼠窃；县官当给帛，则以楛而易良；当赈粟，则以沙而参粒。如此则边卒将怨望之不暇，又安能殊死而力战乎？此巴蜀所以为忧也。”

樵曰：“诚如将军言，苟为国家计者，孰若诏严道、沈黎、越巂三城太守，俾度其要害，按其壁垒，得自募卒以守之。且兵籍于郡，则易为役；卒出于边，则习其险。而又各于其部缮治美地，分卒为屯。春夏则耕蚕以资衣食，秋冬则严壁以俟寇虏。连帅即能督之，岁遣廉白吏视其卒之有无，劾其守之不法者以闻。如此则县官无馈运之费，奸吏无因缘之盗，兵足食给，卒无胥怨。于将军何如?”田将军曰：“如此何患。”言卒遂书。

〇古无远戍之事。周平王以畿内之民戍申，其民怨思，故其诗曰：“杨之水，不流束薪。彼其之子，不与我戍申。”盖自是始戍。夫洛邑至申国，远未千里，而戍者即兴怨思。孔子不以为无良不顺命，而删其诗；特著之经，以诏万世。此以知甲兵之守，必食此土之毛，乃可使守此土也。在《易》“地中有水，师”，说者谓伏至险于大顺之中。夫地中无水，则为槁壤，地固倚水以立也。然必水由地中行，地能容水，而水性乃得；使决他方之水以灌之，则不但贼夫地，并贼夫水矣。劳师以戍远，何以异是?

秦坏先王法制，使蒙恬戍北，尉佗戍南。汉武循其覆辙，北击匈奴，南事百越，丁男被甲，丁女转输，天下骚动，府藏空虚。惟正之供不足用，乃任言利之臣，剥民以附益之。迄今严助、严安、贾捐之诸传具在，所述百姓流离困苦之状，令人酸鼻、骇目、刿心而不忍卒读。

夫大君者，天下之父母也。父母之于子，固欲其有土之可居；而养土地者，固所以养我赤子，且安其居者也。然以土地之故，使无辜赤子芟夷斩伐如草木焉，则如人以田宅之故，而取赤子于慈母之怀而杀之，至愚之所不为。而秦皇汉武为之，岂非孟子所谓“以其所不爱，及其所爱”哉？於戏！公则生明，私则生愚。一丝毫之私，即生一丝毫之愚；延而极之，横流及于天地，可不畏哉！

韩愈曰：“远征军士，行者有羁旅离别之思，居者有怨旷骚动之忧，本军有馈饷烦费之难，地主多姑息形迹之患。急之则怨，缓之则不用命，浮寄孤悬，形势销弱，且与贼不相谙委，临敌恐骇，难以有功。若召募土人，必得豪勇，与贼相熟，知其气力，所极无望风之惊，爱护乡里，勇于自战。征兵满万，不若召募数千。”千古以愈言为韪焉。

由斯以谭，出师征讨，犹尚以远调为失计；况乎戍守，必年时久长，又安可以异地之人为哉？况乃山川悠远、绳渡猿饮、毒蒸蛊飞之区，五谷鲜少，转运之苦万状，疫疠之作无时，而使他乡之民荷戈而戍之，可不战而自歼。是直以其卒与敌，驱赤子而入之水火也，其安可为哉！孙樵之论，诚万世不刊矣。

书褒城驿壁

褒城驿号天下第一。及得寓目，视其沼，则浅混而茅；视其舟，则离败而胶。庭除甚芜，堂庑甚残，乌睹其所谓宏丽者？

讯于驿史，则曰：“忠穆公尝牧梁州，以褒城控二节度治所，龙节虎旗，驰驿奔轺，以去以来，毂交蹄劘，由是崇侈其驿，以示雄大，盖当时视他驿为壮。且一岁宾至者，不下数百辈，苟夕得其庇，饥得其饱，皆暮至朝去，宁有顾惜心耶？至如棹舟，则必折篙破舷碎鹢而后止；渔钓，则必枯泉汩泥尽鱼而后止。至有饲马于轩，宿隼于堂。凡所以污败室庐，糜毁器用，官小者，其下虽气猛，可制；官大者，其下益暴横，难禁。由是日益破碎，不与曩类。某曹八九辈，虽以供馈之隙一二力治之，其能补数十百人残暴乎？”

语未既，有老甿笑于旁，且曰：“举今州县，皆驿也。吾闻开元中，天下富蕃，号为理平。踵千里者不裹粮，长子孙不知兵。今者天下无金革之声，而户口日益破；壃埸无侵削之虞，而垦田者日益寡，生民日益困，财力日益竭。其何故哉？凡与天子共治天下者，刺史、县令而已，以其耳目接于民，而政令速于行也。今朝廷命官，既已轻任刺史、县令，而又促数于更易，且刺史、县令，远者三岁一更，近者一二岁再更。故州县之政，苟有不利于民，可以出意革去其甚者，在刺史则曰：‘明日我即去，何用如此！’在县令亦曰：‘明日我即去，何用如此！’当愁醉醲，当饥饱鲜，囊帛椟金，笑与秩终。”

呜呼！州县真驿耶？矧更代之隙，黠吏因缘，恣为奸欺，以卖州县者乎？如此而欲望生民不困，财力不竭，户口不破，垦田不寡，难哉！予既揖退老甿，条其言，书于褒城驿屋壁。

□圣祖御评：前幅似主而实宾，后幅似宾而实主，此文家变化错综之法。

与高锡望书

文章如面，史才最难。到司马子长之地，千载独闻得扬子云。唐朝以文索士，二百年间，作者数十辈，独高韩吏部。吏部修《顺宗实录》，尚不能当孟坚，其能与子长、子云相上下乎？足下乃小史，尚宜世嗣史法，矧足下才力雄独，意语横阔。尝序义复冈及乐武事，其说要害，在樵宜一二百言者，足下能数十字辄尽情状。及意穷事际，反若有千百言在笔下。足下齿发未及壮，其所得如此，则不知子长、子云当足下年齿时，文章果何如也。然足下所传史法，与樵所闻者异耶。

古史有直事俚言者，有文饰者，乃特纪前人一时语，以为实录，非谓俚言奇健，能为史笔精魄。故其立言序事，及出没得失，皆字字典要，何尝以俚言汩其间哉！今世俚言文章，谓得史法，因牵韩吏部，曰“如此如此”。樵不知韩吏部以此欺后学耶，韩吏部亦未知史法耶？又史家纪职官、山川、地理、礼乐、衣服，亦宜直书一时制度，使后人知某时如此，某时如彼；不当以秃屑浅俗，别取前代名品，以就简捷（绝）。

夫史家条序人物，宜存警训；不当徒以官大宠浓，讲文张字。故大恶大善，虽贱必纪；尸位浪职，虽贵必黜。至如司马迁序周缪，班孟坚传蔡义，尚可用耶？

为史官者，明不顾刑辟，幽不见（愧）神怪，若梗避于其间，其书可烧也。古者国君不得视史，今朝廷以宰相监修，大丈夫当一时宠遇，皆欲齐政房杜、跻俗太平，孰能受恶于不隐乎？古者七十子不与笔削，今朝廷以史馆丛文士，儒家擅一时胸臆，皆欲各任憎爱，手出白黑，孰能专门立言乎？

樵未知唐史诚何如也，樵虽承史法于师，又尝熟司马迁、扬子云书，然才韵枯梗，文过乎质。尝序庐江何易于，首末千言。贵文则丧质，近质则太秃，刮垢磨痕，卒不能到史。独谓足下才力天出，最与史近，故以樵所受于师者致足下。

◇储欣曰：“史法略具于此。当与刘子元《史通》诸议论参看。”

与王霖秀才书

太原君足下：《雷赋》逾六千言，推之大《易》，参之《元》（玄）象，其旨甚微，其辞甚奇。如观骇涛于重溟，徒知褫魄眙目，莫得畔岸，诚谓足下怪于文。方举降旗，将大夸朋从间，且疑子云复生。无何，足下继以《翼旨》及《杂题》十七篇，则与《雷赋》相阔数百里。足下未到其壶，则非樵所敢与知。既入其域，设不如意，亦宜上下铢两，不当如此悬隔。不知足下以此见尝耶？抑以背时戾众，且欲餔粕啜醨，以苟其合耶？何自待则浅，而徇人反深？

鸾凤之音必倾听，雷霆之声必骇心。龙章虎皮，是何等物？日月五星，是何等象？储思必深，摛词必高。道人之所不道，到人之所不到，趋怪走奇，中病归正。以之明道，则显而微；以之扬名，则久而传。前辈作者正如是，譬玉川子《月蚀诗》、杨司城《华山赋》、韩吏部《进学解》、冯常侍《清河壁记》，莫不拔地倚天，句句欲活，读之如赤手捕长蛇，不施控骑生马，急不得暇，莫可捉搦；又似远人入太兴城，茫然自失，讵比十家县，足未及东郭，目已极西郭耶？

樵尝得为文真诀于来无择，来无择得之于皇甫持正，皇甫持正得之于韩吏部退之。然樵未始与人言及文章，且惧得罪于时。今足下有意于此，而自疑尚多，其可无言乎？樵再拜。

〇述其所私淑于韩愈者如是，学者于是可得为文之法。然篇中所言，皆状其文之已成者耳；其所以致是者，未尝言也。必也，读书多，行己正，理事双明，心手一贯，立数千百言，诏天下万世，能不异与家人语，然后上下铢两，以期至于昌黎所云“无难易，惟其是”者，庶几合于樵之所云。非然者，徒事艰深其词，怪伟其貌，正文章之大梗也。

祭梓潼神君文

大中十八年七月九日，乡贡进士孙樵再拜，献辞张君灵座之前：

樵实顽民，不知鬼神，凡过祠庙，不笑即唾。今于张君，信有灵云。会昌五年，夜跻此山，冻雨如泣，滑不可陟，满眼漆黑，索途不得，跛马愊仆，前仆后踣。樵因有言，非烛莫前。须臾有光，来马足间，北望空山，火起庙堧，焰焰逾丈，飞芒射天，暝色斜透，峻途如昼。樵谓：庙奴苦寒，爇薪取温。晓及山巅，锁涩庙门，余烬莫睹，孰知其然？

大中四年，冒暑还秦，午及山足，猛雨如雹。樵复有言：神诚能神，反雨为晴，曩火乃灵。斯言才阕，回风大发，始自马前，怒号满山，劈云飘雨，使四山去。兹山巍巍，轻尘如飞，讫四十里，雨不霑衣。顾樵当时，嘉神不欺，与神心期，神其自知。今过祠宇，其敢默去？觞酒豆脯，捧拜庭下，神其歆此！

○子产曰：“用物宏（精）多，则魂魄强，是以有精爽至于神明。”鬼神之为德，诚之不可掩也。文能曲肖其灵怪恍惚，笔力与汉郊祀乐章相埒矣。

乞巧对

孟秋暮天，当庭布筵。有瓜于盘，有果于盆。拜而言，若祈于神者。从而问之，对曰："七夕祈巧祀也。若有求乎?"樵应之曰：

"吾守吾拙，以全吾节。巧如可求，适为吾羞。彼巧在言，便便翻翻，出口簧然，媚于人间。革白成黑，蛊直残德；誉跖为圣，谮回为贼；离间君亲，渎乱家国。彼巧在文，摘奇搴新，辖字束句，稽程合度。磨韵调声，决浊流清；雕枝镂英，花斗窠明。至有破经碎史，稽古倒置，大类于俳，观者启齿。下醨沈谢，上残骚雅，取媚于时，古风不归。彼巧在官，窃誉假善，龂舌钳口，媚灶赂权；忍耻受侮，愧畏如鼠。望尘扫门，指期九迁；君纳于逵，赞唱菲菲，玩世偷安，败俗紊官。彼巧在工，瓌诡不穷。唾古笑朴，雕锼错落。凭云亘天，矆霍延绵。穷侈殚丽，越礼逾制。绣文锦幅，云绡雾縠。若出鬼力，大蠹妇织。遂使俗尚浮华，名溺于奢。凋家磨国，未骋胸臆；蛊于化源，戕此民力。

"由此观之，巧何足云?吾宝吾拙，虽与事阔，优游经史，卧云啸月。九衢喧喧，夹路朱门，晓鼓一发，车驰马奔。予方高枕，偃然就寝，腹摇（坦）鼻息，梦到乡国。槐花扑庭，鸣蜩噪晴，怀轴囊刺，门门买声。予方屏居，咏歌吾庐，对松欹石，莫知其余。上天付性，吾岂无命?何求于巧，以挠吾静。吾方欲上叫帝阍，以窒巧门，使天下人，各归其根，无虑无思，其乐怡怡。耕食织衣，如上古时。巧乎巧乎，将何所施为?"

○巧由智生，拙从愚出，恶巧而用拙，岂恶智而用愚耶?盖世之巧其拙而拙其巧也，久矣。巧莫过于造物，造物之巧，皆无心而自成。而人乃以机心为机事，是乃大拙；而天下莫不谓巧焉，何哉？几乎不陷溺其心，而入于禽兽之路也。夫陷溺其心而入于禽兽之路，是其于事乃为大偾；乃世之以大拙为大巧者，又将以大偾为大成，可不悲夫！《诗》云：“多将熇熇，不可救药。”此圣贤所以蒿目乎斯世也。孙樵曰“吾宝吾拙”，善矣；而曰“与事阔”，事何事哉？其犹有蓬之心也夫？

卷二十二

庐陵欧阳修文一 赋、杂著、书

红鹦鹉赋 并序

圣俞作《红鹦鹉赋》，以谓禽鸟之性，宜适于山林。今兹鹦徒事言语文章以招累，见囚樊中，曾乌鸢鸡雏之不若也。谢公学士复多鹦之才，故能去昆夷之贱，有金闺玉堂之安，饮泉啄实，自足为乐，作赋以反之。夫适物理，穷天真，则圣俞之说胜；负才贤以取贵于世，而能自将，所适皆安，不知笼槛之于山林，则谢公之说胜。某始得二赋，读之释然，知世之贤愚、出处各有理也；然犹疑夫兹禽之腹中或有未尽者，因拾二赋之余弃也，以代鹦毕其说。

后皇之载兮，殊方异类。肖翘蠢息兮，厥生咸遂。镕埏赋予兮，有物司之。泊然后化兮，默运其机。陶形播气兮，小大取足；纷不可状兮，千名万族。异物珍怪兮，托产遐陬，来海裔兮贵中州，邈丹山于荒极。越凤皇之所宅，禀南方之正气，孕赤精于火德。盖以气而召类兮，故感生而同域。播为我形，特殊其质，不绿以文而丹其色。物既贱多而贵少兮，世亦安常而骇异。岂负美以有求兮，适遭时之我贵。客方黜我以文采，弔我于笼樊，谓夫飞鸣而饮啄，不若鸡鹜与乌鸢。

噫！不知物有贵贱，殊乎所得。工（天）初造我，甚难而啬，千毛亿羽，曾无其一。忽然成形，可异而珍。慧言美质，俾贵于人。笼轩宝玩，翔集安驯。彼众禽之扰扰兮，盖迹殊而趣乖。既心昏而质陋兮，乃自秽而安卑。乐以钟鼓，宜其眩悲。盖贵我之异禀，何概我于群飞？

若夫生以才夭，养以性违，客之所悼，我亦悼之。我视乎世，犹有甚兮：郊牺牢豕，龟文象齿，蚌蛤之胎，犛牛之尾，既残厥形，又夺其生。是犹天为，非以自营。人又不然，谓为最灵，淳和质静，本湛而宁。不守尔初，自为巧智，凿窍泄和，漓淳杂伪。衣羔染夏，强华其体。鞭扑走趋，自相械系。天不汝文而自文之，天不汝劳而自劳之。役聪与明，反为物使。用精既多，速老招累。侵生螫性，岂毛之罪？又闻古初，人禽杂处。机萌乃心，物则遁去。深兮则网，高兮则弋。为之职谁，而反予是责?!

○修之意，谓物必见用于人，斯为尽其物之性。觧角不舍，正是贵于凡牛处。庄子牺牛之喻，未尽物理。但物之为物，非有求于人之用也，转有似乎君子之实至而名自归焉者。若夫漓淳杂伪，自炫自媒，以希世用，则曾物之不如，其何以为万物之灵乎?!

藏珠于渊赋

稽治古之敦化，仰圣人之作君，务藏珠而弗宝，俾在渊而可分。效乎至珍，虽希世而弗产；弃于无用，媲还浦以攸闻。得外篇之寓言，述临民之致理。将革纷华于婾俗，复芚愚于赤子。谓非欲以自化，则争心之不起。盖贱货者为贵德之义，敦本者由抑末而始。示不复用，虽至宝而奚为？舍之则藏，秘诸渊而有以。诚由窒民情者在杜其渐，防世欲者必藏其机。使嗜欲不得以外诱，则淳朴于焉而可归。将抵璧以同议，谅弹雀而诚非。照乘无庸，尽遗碕岸之侧；连城奚取，皆沉媚水之辉。用能崇俭德以外昭，复淳风而有谓；民心朴以归本，物产全而靡费。珍虽无胫，俾临渊而尽除；事异暗投，永沉川而不贵。

然而道既散则民薄，风一浇而朴残。玩好既纷乎外役，质素无由而内安。故我斥乃珍奇之用，绝乎侈靡之端。将令物遂乎生，老蚌蔑剖胎之患；民知非尚，骊龙无探颔之难。是则恢至治之风，扬淳古之式。不宝于远，则知用物之足；不见其欲，则无乱心之惑。上苟贱于所好，下岂求于难得。是虽宝也，将去泰而去奢；从而屏之，使不知而不识。彼捐金者由是类矣，擿玉者可同言之。谅率归于至理，实大化于无为。致尔汉皋之滨，各全其本；虽有淮蠙之产，无得而窥。自然道著不贪，时无异物；民用遵乎至俭，地宝蓄而不屈。所以虞舜垂衣，亦由斯而弗咈。

〇此修殿试作也。其云“上苟贱于所好，下岂求于难得”，已有謇谔气象。

明　用

《乾》之六爻曰：“初九，潜龙勿用。九二，见龙在田。九三，君子终日乾乾，夕惕若，厉无咎。九四，或跃在渊。九五，飞龙在天。上九，亢龙有悔。”又曰“用九，见群龙无首，吉”者，何谓也？谓以九而名爻也。乾爻七九，九变而七无为。《易》道占其变，故以其所占者名爻。不谓六爻皆常九也，曰“用九”者，释所以不用七也。及其筮也，七常多而九常少，有无九者焉。此不可以不释也。曰“群龙无首，吉”者，首，先也，主也，阳极则变而之他，故曰“无首”也。凡物极而不变则弊，变则通，故曰“吉”也。物无不变，变无不通，此天理之自然也，故曰“天德不可为首”，又曰“乃见天则”也。

《坤》之六爻曰：“初六，履霜坚冰至。六二，直方大，不习无不利。六三，含章可贞，或从王事，无成有终。六四，括囊，无咎无誉。六五，黄裳元吉。上六，龙战于野，其血玄黄。”又曰“用六，利永贞”者，何谓也？谓以六而名爻也。坤爻八六，六变而八无为，亦以其占者名爻。不谓六爻皆常六也，曰“用六”者，释所以不用八也。及其筮也，八常多而六常少，有无六者焉。此不可以不释也。阴柔之动，或失于邪，故曰“利永贞”也。

阴阳反复，天地之常理也。圣人于阳，尽变通之道；于阴，则有所戒焉。六十四卦，阳爻皆七九，阴爻皆六八，于《乾》《坤》而见之，则其余可知也。

〇朱子谓“用九”“用六”，欧公之说得之。此文云“不谓六爻皆常九”，则本陆绩“九已在二，初即非九”之义。文体绝似明初制义。盖制义本宋人经义之变，说经之文理当如是。迨其滥觞，则摛华掞藻，而于理都无所发明，告朔之饩羊亡矣。录之使读者知制义之源。

书梅圣俞稿后

凡乐，达天地之和而与人之气相接，故其疾徐奋动可以感于心，欢欣恻怆可以察于声。五声单出于金石，不能自和也，而工者和之。然抱其器，知其声，节其廉肉而调其律吕，如此者，工之善也。

今指其器以问于工曰：彼簨者、簴者，堵而编、执而列者，何也？彼必曰：鼗鼓、钟磬、丝管、干戚也。又语其声以问之曰：彼清者、浊者，刚而奋、柔而曼衍者，或在郊、或在庙堂之下而罗者，何也？彼必曰：八音，五声，六代之曲，上者歌而下者舞也。其声器名物，皆可以数而对也。然至乎动荡血脉，流通精神，使人可以喜、可以悲，或歌或泣，不知手足鼓舞之所然。问其何以感之者，则虽有善工，犹不知其所以然焉，盖不可得而言也。

乐之道深矣，故工之善者，必得于心、应于手，而不可述之言也。听之善，亦必得于心而会以意，不可得而言也。尧、舜之时，夔得之，以和人神、舞百兽。三代、春秋之际，师襄、师旷、州鸠之徒得之，为乐官，理国家，知兴亡。周衰官失，乐器沦亡，散之河海，逾千百岁间，未闻有得之者。其天地人之和气相接者，既不得泄于金石，疑其遂独钟于人。故其人之得者，虽不可和于乐，尚能歌之为诗。

古者登歌清庙，太师掌之，而诸侯之国亦各有诗，以道其风土性情。至于投壶、飨射，必使工歌，以达其意，而为宾乐。盖诗者，乐之苗裔与！汉之苏、李，魏之曹、刘，得其正始。宋、齐而下，得其浮淫流佚。唐之时，子昂、李、杜、沈、宋、王维之徒，或得其淳古淡泊之声，或得其舒和高畅之节；而孟郊、贾岛之徒，又得其悲愁郁堙之气。由是而下，得者时有，而不纯焉。

今圣俞亦得之。然其体长于本人情，状风物，英华雅正，变态百出。哆兮其似春，凄兮其似秋，使人读之可以喜、可以悲，陶畅酣适，不知手足之将鼓舞也。斯固得深者邪？其感人之至，所谓与乐同其苗裔者邪？余尝问诗于圣俞，其声律之高下，文语之疵病，可以指而告余也。至其心之得者，不可以言而告也；余亦将以心得意会，而未能至之者也。

圣俞久在洛中，其诗亦往往人皆有之。今将告归，余因求其稿而写之。然夫前所谓心之所得者，如伯牙鼓琴，子期听之，不相语而意相知也。余今得圣俞之稿，犹伯牙之琴弦乎！

〇《书》云："诗言志，歌永言，声依永，律和声。"则知从律不奸，成文不乱，诗与乐之感通也微矣。作诗镂心刿目，而不得自然之趣，则所谓动荡四气之和者孑然无存，安能反正始之音乎？徒月煅季炼于词章，特秋虫之鸣、朝菌之媚尔。此修所以推圣俞诗为独有心得也。东坡《题梅诗后》云："驿使前村走马回，北人初识越人梅。清香莫把酴醿比，只欠溪头月下杯。"又云："吾虽后辈，犹及与之周旋，览其亲书诗，如见其抵掌谈笑也。"今观欧、苏二人书跋，如遇圣俞于高山流水之间矣。

桑怿传

桑怿，开封雍丘人。其兄慥，举进士有名。怿亦举进士，再不中，去游汝、颍间，得龙城废田数顷，退而力耕。岁凶，汝旁诸县多盗，怿白令，愿为耆长，往来里中察奸民。因召里中少年，戒曰："盗不可为也。吾在此，不汝容也。"少年皆诺。

里老父，子死未敛，盗夜脱其衣。里老父怯，无他子，不敢告县，裸其尸，不能葬。怿闻而悲之，然疑少年王生者，夜入其家，探其箧，不使之知觉。明日遇之，问曰："尔诺我不为盗矣，今又盗里父子尸者，非尔邪?"少年色动。即推仆地，缚之，诘共盗者。王生指某少年。怿呼壮丁守王生，又自驰取少年者。送县，皆伏法。

又尝之郏城，遇尉方出捕盗，招怿饮酒，遂与俱行。至贼所藏，尉怯，阳为不知以过。怿曰："贼在此，何之乎?"下马独格杀数人，因尽缚之。又闻襄城有盗十许人，独提一剑以往，杀数人，缚其余。汝旁县为之无盗。京西转运使奏其事，授郏城尉。

天圣中，河南诸县多盗，转运奏移渑池尉。崤，古险地，多深山，而青灰山尤阻险，为盗所恃。恶盗王伯者，藏此山，时出为近县害。当此时，王伯名闻朝廷，为巡检者，皆授名以捕之。既怿至，巡检者伪为宣头以示怿，将谋招出之。怿信之，不疑其伪也，因谍知伯所在，挺身入贼中招之，与伯同卧起十余日，信之乃出。巡检者反以兵邀于山口，怿几不自免。怿曰："巡检授名，惧无功尔。"即以伯与巡检，使自为功，不复自言。巡检俘献京师，朝廷知其实，罪黜巡检。怿为尉岁余，改授右班殿直、永安县巡检。

明道、景祐之交，天下旱蝗，盗贼稍稍起其间。有恶贼二十三人，不能捕。枢密院以传召怿至京，授二十三人名，使往捕。怿谋曰：盗畏吾名，必已溃，溃则难得矣，宜先示之以怯。至则闭栅，戒军吏，无一人得辄出。居数日，军吏不知所为，数请出自效，辄不许。既而夜与数卒，变为盗服以出，迹盗所尝行处。入民家，民皆走，独有一媪留，为作饮食，馈之如盗。乃归，复闭栅。三日，又往，则携其具就媪馔，而以其余遗媪，媪待以为真盗矣。乃稍就媪，与语及群盗辈。媪曰："彼闻桑怿来，始畏之，皆遁矣。又闻怿闭营不出，知其不足畏，今皆还也。某在某处，某在某所矣。"怿尽钩得之。复三日，又往，厚遗之，遂以实告曰："我，桑怿也。烦媪为察其实而慎勿泄，后三日，我复来矣。"后又三日往，媪察其实审矣。明旦，部分军士，用甲若干人于某所，取某盗；卒若干人于某处，取某盗。其尤强者在某所，则自驰马以往，士卒不及从，惟四骑追之，遂与贼遇，手杀三人。凡二十三人者，一日皆获。

二十八日，复命京师。枢密吏谓曰："与我银，为君致阁职。"怿曰："用赂得官，非我欲，况贫无银；有，固不可也。"吏怒，匿其阀，以免短使送三班。三班用例，与兵马监押。未行，会交趾獠叛，杀海上巡检，昭化诸州皆警，往者数辈不能定。因命怿往，尽手杀之，还，乃授閤门祗候。怿曰："是行也，非独吾功，位有居吾上者，吾乃其佐也。今彼留而我还，我赏厚而彼轻，得不疑我盖其功而自伐乎？受之，徒惭吾心。"将让其赏归己上者，以奏稿示予。予谓曰："让之，必不听，徒以好名与诈取讥也。"怿叹曰："亦思之，然士顾其心何如尔。当自信其心以行，讥何累也？若欲避名，则善皆不可为也已。"余惭其言。卒让之，不听。

怿虽举进士而不甚知书，然其所为皆合道理，多此类。始居雍丘，遭大水，有粟二廪，将以舟载之，见民走避溺者，遂弃其粟，以舟载之。见民荒岁，聚其里人饲之，粟尽乃止。

怿善剑及铁简，力过数人，而有谋略。遇人常畏，若不自足。其为人不甚长大，亦自修为威仪，言语如不出其口，卒然遇，人不知其健且勇也。

〇修为《五代史》，又为《唐书》纪、书、表。修之史，列在学官矣。顾皆大卷积帙，读者须累月经年。录此稗传，以见其史笔之大略，所谓尝鼎一脔。

◇欧阳修自记："勇力，人所有；而能知用其勇者，少矣。若怿，可谓义勇之士。其学问不深而能者，盖天性也。余固喜传人事，尤爱司马迁善传，而其所书，皆伟烈奇节士。喜读之，欲学其作，而怪今人如迁所书者，何少也。乃疑迁特雄文善壮其说，而古人未必然也。及得桑怿事，乃知古之人有然，而迁书不诬也；知今人固有，而但不尽知也。怿所为壮矣，而不知余文能如迁书，使人读而喜不？姑次第之。"

上范司谏书

前月中得进奏吏报，云自陈州召至阙，拜司谏，即欲为一书以贺，多事，卒卒未能也。

司谏，七品官尔，于执事得之不为喜；而独区区欲一贺者，诚以谏官者，天下之得失、一时之公议系焉。

今世之官，自九卿、百执事，外至一郡县吏，非无贵官大职可以行其道也。然县越其封，郡逾其境，虽贤守长不得行，以其有守也。吏部之官不得理兵部，鸿胪之卿不得理光禄，以其有司也。若天下之失得，生民之利害，社稷之大计，惟所见闻而不系职司者，独宰相可行之，谏官可言之尔。故士学古怀道者仕于时，不得为宰相，必为谏官。

谏官虽卑，与宰相等。天子曰不可，宰相曰可；天子曰然，宰相曰不然。坐乎庙堂之上，与天子相可否者，宰相也。天子曰是，谏官曰非；天子曰必行，谏官曰必不可行。立于殿陛之前，与天子争是非者，谏官也。宰相尊，行其道；谏官卑，行其言。言行，道亦行也。九卿、百司、郡县之吏，守一职者，任一职之责；宰相、谏官系天下之事，亦任天下之责。然宰相、九卿而下失职者，受责于有司；谏官之失职也，取讥于君子。有司之法，行乎一时；君子之讥，著之简册而昭明，垂之百世而不泯，甚可惧也。夫七品之官，任天下之责，惧百世之讥，岂不重邪！非材且贤者，不能为也。

近执事始被召于陈州，洛之士大夫相与语曰："我识范君，知其材也。其来不为御史，必为谏官。"及命下，果然。则又相与语曰："我识范君，知其贤也。他日闻有立天子陛下，直辞正色面争庭论者，非他人，必范君也。"拜命以来，翘首企足，伫乎有闻，而卒未也。窃惑之，岂洛之士大夫能料于前，而不能料于后也？将执事有待而为也？

昔韩退之作《争臣论》，以讥阳城不能极谏，卒以谏显。人皆谓城之不谏，盖有待而然，退之不识其意而妄讥。修独以为不然。当退之作论时，城为谏议大夫已五年；后又二年，始庭论陆贽，及沮裴延龄作相，欲裂其麻，才两事尔。当德宗时，可谓多事矣：授受失宜，叛将强臣罗列天下，又多猜忌，进任小人。于此之时，岂无一事可言，而须七年邪？当时之事，岂无急于沮延龄、论陆贽两事也？谓宜朝拜官而夕奏疏也。幸而城为谏官七年，适遇延龄、陆贽事，一谏而罢，以塞其责。向使止五年、六年，而遂迁司业，是终无一言而去也，何所取哉！

今之居官者，率三岁而一迁，或一二岁，甚者半岁而迁也。此又非更可以待乎七年也。今天子躬亲庶政，化理清明，虽为无事，然自千里诏执事而拜是官者，岂不欲闻正议而乐谠言乎？然今未闻有所言说，使天下知朝廷有正士，而彰吾君有纳谏之明也。

夫布衣韦带之士，穷居草茅，坐诵书史，常恨不见用。及用也，又曰："彼非我职，不敢言。"或曰："我位犹卑，不得言。"得言矣，又曰："我有待。"是终无一人言也，可不惜哉！

伏惟执事思天子所以见用之意，惧君子百世之讥，一陈昌言，以塞重望，且解洛之士大夫之惑，则幸甚、幸甚。

□圣祖御评：情义谆笃，文思安雅，大家中有数文字。

○中论阳城处，未为允，已于《争臣论》书后明之。要之，修意欲劝范仲淹直言耳，非正论阳城也。

◇朱子曰："欧阳公《上司谏书》，其中却是美丽，有好处，有不可及处；却不是阘冗无意思。苏老泉《上欧阳公书》云：'执事之文，纡徐委备，往复曲折，而条达疏畅；无所间断，气尽语完；急言竭论，而容与闲易，无艰难劳苦之态。'此三者，皆卓然自为一家之文也。"

◇丘濬曰："今世谏官，虽无定职，然国家设立六科，以言责付之，凡内而百司、外而藩郡，应有封章，无有不经由者。矧列署内廷，侍班殿陛，日近清光，咫尺天颜，上无所于属，下有所分理？欧阳修所谓'争是非于殿陛之间'者也，必也不爱富贵；次则重惜名节；次则晓知治体。如是，则上而君德必有所助，下而朝政必无所缺矣。"

◇王志贤曰："明道二年，范文正公自陈州召还，拜右司谏。文正先以言事忤太后，出判河中，徙陈州。为司谏，即论罢杨太后册命，又言不宜深治太后时事。然欧公犹汲汲劝其有言，何不能少待也？是年冬，即以谏废后出知睦州，岂感公此书邪？此书作‘具官某拜书司谏学士执事’；明年，文正移苏州，公与书作‘某再拜知郡学士希文足下’，盖自此书而相知渐深也。古人交谊亲疏之等，于此亦可考。”

上杜中丞书

修前伏见举南京留守推官石介为主簿，近者闻介以上书论赦被罢，而台中因举他吏代介者。主簿于台职最卑，介，一贱士也，用不用当否，未足害政；然可惜者，中丞之举动也。

介为人刚果有气节，力学，喜辩是非，真好义之士也。始执事举其材，议者咸曰知人之明；今闻其罢，皆谓赦乃天子已行之令，非疏贱当有说，以此罪介，曰当罢。修独以为不然。然不知介果指何事而言也？传者皆云：介之所论，谓朱梁、刘汉不当求其后裔尔。若止此一事，则介不为过也。然又不知执事以介为是为非也？若随以为非，是大不可也。

且主簿于台中，非言事之官，然大抵居台中者，必以正直、刚明、不畏避为称职。今介足未履台门之阈，而已因言事见罢，真可谓正直、刚明、不畏避矣。度介之才，不止为主簿，直可任御史也。是执事有知人之明，而介不负执事之知矣。

修尝闻长老说，赵中令相太祖皇帝也，尝为某事择官，中令列二臣姓名以进，太祖不肯用。他日又问，复以进，又不用。他日以问，复以进。太祖大怒，裂其奏，掷殿阶上。中令色不动，插笏带间，徐拾碎纸，袖归中书。他日又问，则补缀之复以进；太祖大悟，终用二臣［者］。彼之敢尔者，盖先审知其人之可用，然后果而不可易也。今执事之举介也，亦先审知其可举耶？是偶举之耶？若知而举，则不可遽止；若偶举之，犹宜一请介之所言，辩其是非则后已。若介虽迕上，而言是也，当助以辩；若其言非也，犹宜曰所举者为主簿尔，非言事也。待为主簿不任职则可罢，请以此辞焉可也。

且中丞为天子司直之臣，上虽好之，其人不肖，则当弹而去之；上虽恶之，其人贤，则当举而申之。非谓随时好恶而高下者也。今备位之臣百千（十），邪者正者，其纠举一（止）信于台臣。而执事始举介曰能，朝廷信而将用之；及以为不能，则亦曰不能，是执事自信犹不果。若遂言他事，何敢望天子之取信于执事哉？故曰主簿虽卑，介虽贱士，其可惜者，中丞之举动也。

况今斥介而他举，必亦择贤而举也。夫贤者固好辩，若举而入台，又有言，则又斥而他举乎？如此，则必得愚闇懦默者而后止也。伏惟执事如欲举愚者，则岂敢复云；若将举贤也，愿无易介而他取也。

今世之官，兼御史者例不与台事。故敢布狂言，窃献门下，伏惟幸察焉。

〇主簿非台谏也，越职言事，孟子所谓“位卑而言高，罪也”。然犹须视其言之当否耳。若朱梁、刘汉，当时欲求其后裔，而介慷慨陈奏，谓不当求，则修所云识见“直可任御史”无愧，允矣，又何论其为主簿、非台谏也。仁宗非咈谏之主，而中丞不能昌言匡救，为国家储有用之才，为士人振敢言之气，则以淆于祸福之念，而夺其好恶之正也。此修所以惓惓乎杜衍欤？

答吴充秀才书

修顿首白，先辈吴君足下：前辱示书及文三篇，发而读之，浩乎若千万言之多；及少定而视焉，才数百言尔。非夫辞丰意雄，霈然有不可御之势，何以至此！然犹自患伥伥莫有开之使前者，此好学之谦言也。

修材不足用于时，仕不足荣于世，其毁誉不足轻重，气力不足动人。世之欲假誉以为重，借力而后进者，奚取于修焉？先辈学精文雄，其施于时，又非待假誉而为重、借力而后进者也。然而惠然见临，若有所责，得非急于谋道，不择其人而问焉者欤？

夫学者未始不为道，而至者鲜焉。非道之于人远也，学者有所溺焉尔。盖文之为言，难工而可喜，易悦而自足。世之学者往往溺之，一有工焉，则曰："吾学足矣。"甚者至弃百事不关于心，曰："吾文士也，职于文而已。"此其所以至之鲜也。

昔孔子老而归鲁，六经之作，数年之顷尔。然读《易》者如无《春秋》，读《书》者如无《诗》，何其用功少而至于至也！圣人之文虽不可及，然大抵道胜者，文不难而自至也。故孟子皇皇不暇著书，荀卿盖亦晚而有作。若子云、仲淹，方勉焉以模言语，此道未足而强言者也。后之惑者，徒见前世之文传，以为学者文而已，故愈力愈勤而愈不至。此足下所谓终日不出于轩序，不能纵横高下皆如意者，道未足也。若道之充焉，虽行乎天地，入于渊泉，无不之也。

足下（先辈）之文浩乎霈然，可谓善矣。而又志于为道，犹自以为未广，若不止焉，孟、荀可至而不难也。修学道而不至者，然幸不甘于所悦而溺于所止；因吾子之能不自止，又以励修之少进焉，幸甚。

○韩、柳而后，人推欧阳在李、孙之上。今三人论文之语具在，若出一口。韩之言曰："根之茂者其实遂，膏之沃者其光晔。仁义之人，其言蔼如。"柳之言曰："大都文以行为本，在先诚其中。"与此文所云"大抵道胜者，文不难而自至"，真如一堂两琴鼓，此而彼应者矣。学文者，不以三人者为归，则奚归？如以此三人为准的，则所以用其心者，当不在文辞之末矣。

吴充，字仲卿，浦城人。未冠，举进士，与兄育、京、方，皆高第。修之长子妇，充女也。充，神宗时为宰相。修性直，不避众怨，为参知政事，与二三大臣主国论。妻弟薛宗孺坐举官被劾，内冀因修幸免。修乃言不可以臣故侥幸，以故宗孺免官，怨修切齿，因构为帷薄无根之谈，辞连充女吴氏，苟欲以污辱修。小人乘间，抗章劾之。值神宗初即位，几致大戮，久乃解。修初以孤甥女张氏事被案，及是又被谗蔑，遂力请致仕，以终于汝阴。噫！小人之仇君子，虽忠正如修者，犹忍以鸟兽行诬之，使才识之士，噤不敢为国家任一事，而后得志，其可畏如此！

卷二十三

庐陵欧阳修文二　书

与高司谏书

修顿首再拜，白司谏足下：某年十七时，家随州，见天圣二年进士及第榜，始识足下姓名。是时予年少，未与人接，又居远方，但闻今宋舍人兄弟与叶道卿、郑天休数人者，以文学大有名，号称得人。而足下厕其间，独无卓卓可道说者，予固疑足下不知何如人也。

其后更十一年，予再至京师，足下已为御史里行，然犹未暇一识足下之面，但时时于予友尹师鲁问足下之贤否。而师鲁说足下“正直有学问，君子人也”，予犹疑之。夫正直者，不可屈曲；有学问者，必能辨是非。以不可屈之节，有能辨是非之明，又为言事之官，而俯仰默默，无异众人，是果贤者邪？此不得使予之不疑也。

自足下为谏官来，始得相识，侃然正色，论前世事，历历可听；褒贬是非，无一谬说。噫！持此辩以示人，孰不爱之？虽予亦疑足下真君子也。是予自闻足下之名及相识，凡十有四年，而三疑之。今者推其实迹而较之，然后决知足下非君子也。

前日范希文贬官后，与足下相见于安道家，足下诋诮希文为人。予始闻之，疑是戏言；及见师鲁，亦说足下深非希文所为，然后其疑遂决。希文平生刚正，好学，通古今，其立朝有本末，天下所共知；今又以言事触宰相得罪。足下既不能为辨其非辜，又畏有识者之责己，遂随而诋之，以为当黜，是可怪也。夫人之性，刚果懦软，禀之于天，不可勉强，虽圣人亦不以不能责人之必能。今足下家有老母，身惜官位，惧饥寒而顾利禄，不敢一忤宰相以近刑祸，此乃庸人之常情，不过作一不才谏官尔。虽朝廷君子，亦将闵足下之不能，而不责以必能也。今乃不然，反昂然自得，了无媿畏，便毁其贤以为当黜，庶乎饰己不言之过。夫力所不敢为，乃愚者之不逮；以智文其过，此君子之贼也。

且希文果不贤邪？自三四年来，从大理寺丞至前行员外郎，作待制日日备顾问，今班行中无与比者。是天子骤用不贤之人？夫使天子待不贤以为贤，是聪明有所未尽。足下身为司谏，乃耳目之官，当其骤用时，何不一为天子辨其不贤？反默默无一语，待其自败，然后随而非之？若果贤邪，则今日天子与宰相以忤意逐贤人，足下不得不言。是则足下以希文为贤，亦不免责；以为不贤，亦不免责。大抵罪在默默尔。

昔汉杀萧望之与王章，计其当时之议，必不肯明言杀贤者也；必以石显、王凤为忠臣，望之与章为不贤而被罪也。今足下视石显、王凤果忠邪？望之与章果不贤邪？当时亦有谏臣，必不肯自言畏祸而不谏，亦必曰当诛而不足谏也。今足下视之，果当诛邪？是直可欺当时之人，而不可欺后世也。

今足下又欲欺今人，而不惧后世之不可欺邪？况今之人未可欺也！

伏以今皇帝即位以（已）来，进用谏臣，容纳言论。如曹修古、刘越，虽殁，犹被褒称；今希文与孔道辅，皆自谏诤擢用。足下幸生此时，遇纳谏之圣主如此，犹不敢一言，何也？前日又闻御史台牓朝堂，戒百官不得越职言事，是可言者，惟谏臣尔。若足下又遂不言，是天下无得言者也。足下在其位而不言，便当去之，无妨他人之堪其任者也。昨日安道贬官，师鲁待罪，足下犹能以面目见士大夫，出入朝中称谏官，是足下不复知人间有羞耻事尔！所可惜者，圣朝有事，谏官不言，而使他人言之。书在史册，他日为朝廷羞者，足下也。

《春秋》之法，责贤者备。今某区区犹望足下之能一言者，不忍便绝足下，而不以贤者责也。若犹以谓希文不贤而当逐，则予今所言如此，乃是朋邪之人尔。愿足下直携此书于朝，使正予罪而诛之，使天下皆释然知希文之当逐，亦谏臣之一效也。

前日足下在安道家，召予往论希文之事。时坐有他客，不能尽所怀，故辄布区区，伏惟幸察。不宣。

○是岁修甫三十岁，年少激昂慷慨。其事之中节与否，虽未知孔、颜处此当何如，然而凛凛正气，可薄日月也。时修筮仕才五年，为京职才一年余，未熟中朝大官老于事之情态、语言大抵如此，千古一辙，于是少所见、多所怪，而有是书。至今传高若讷“不复知人间羞耻事”也，人固有幸不幸欤？

与尹师鲁第一书

某顿首，师鲁十二兄书记：前在京师相别时，约使人如河上，既受命，便遣白头奴出城，而还言不见舟矣。其夕，及得师鲁手简，乃知留船以待，怪不如约，方悟此奴懒去而见给。

临行，台吏催苛百端，不比催师鲁人长者有礼，使人惶迫不知所为，是以又不留下书在京师。但深讬君贶，因书道修意以西。始谋陆赴夷陵，以大暑，又无马，乃作此行。沿汴绝淮，泛大江，凡五千里，用一百一十程，才至荆南。

在路无附书处，不知君贶曾作书道修意否？及来此，问荆人，云去郢止两程，方喜得作书以奉问。又见家兄，言有人见师鲁过襄州，计今在郢久矣。师鲁欢戚，不问可知；所渴欲问者，别后安否？及家人处之如何，莫苦相尤否？六郎旧疾平否？

修行虽久，然江湖皆昔所游，往往有亲旧留连，又不遇恶风水。老母用术者言，果以此行为幸。又闻夷陵有米、面、鱼，如京洛；又有梨、栗、橘、柚、大笋、茶荈，皆可饮食，益相喜贺。昨日因参转运，作庭趋，始觉身是县令矣；其余皆如昔时。

师鲁简中言，疑修有“自疑”之意者，非他，盖惧责人太深以取直尔。今而思之，自决不复疑也。然师鲁又云“闇于朋友”，此似未知修心。当与高书时，盖已知其非君子，发于极愤而切责之，非以朋友待之也，其所为何足惊骇？路中来，颇有人以罪出不测见弔者，此皆不知修心也。师鲁又云“非忘亲”，此又非也。得罪虽死，不为忘亲。此事须相见，可尽其说也。

五六十年来，天生此辈，沉默畏慎，布在世间，相师成风。忽见吾辈作此事，下至灶间老婢，亦相惊怪，交口议之。不知此事古人日日有也，但问所言当否而已。又有深相赏叹者，此亦是不惯见事人也。可嗟世人不见如往时事久矣！往时砧斧鼎镬，皆是烹斩人之物，然士有死不失义，则趋而就之，与几席枕藉之无异。有义君子在傍，见有就死，知其当然，亦不甚叹赏也。史册所以书之者，盖特欲警后世愚懦者，使知事有当然而不得避尔，非以为奇事而诧人也。幸今世用刑至仁慈，无此物；使有而一人就之，不知作何等怪骇也。然吾辈亦自当绝口，不可及前事也，居闲僻处，日知进道而已。此事不须言，然师鲁以修有自疑之言，要知修处之如何，故略道也。

安道与予在楚州，谈祸福事甚详，安道亦以为然。俟到夷陵写去，然后得知修所以处之之心也。又常与安道言，每见前世有名人，当论事时，感激不避诛死，真若知义者；及到贬所，则戚戚怨嗟，有不堪之穷愁形于文字，其心欢戚无异庸人，虽韩文公不免此累。用此戒安道，慎勿作戚戚之文。师鲁察修此语，则处之之心又可知矣。

近世人因言事亦有被贬者，然或傲逸狂醉，自言我为大、不为小。故师鲁相别，自言“益慎职，无饮酒”。此事修今亦遵此语。咽喉自出京愈矣，至今不曾饮酒。到县后勤官，以惩洛中时懒慢矣。夷陵有一路，只数日可至郢，白头奴足以往来。秋寒矣，千万保重。

○此修遗书责谏官高若讷，若讷以书闻，遂落馆职，责授夷陵令。尹洙同时贬逐，有书问修，而修答之也。较韩愈潮州谢表，柳宗元与萧俛等书，可谓“不觉前贤畏后生”矣。

◇王闻修曰：“余读当时诸公事，尝窃怪之。仁宗非昏主，申公非奸相。以嫉妒废后非失德事，谪而旋复，范公不可谓不用；既用而汲汲言申公之短，不可谓不修怨，不可谓不躁进。范公再出，有论救者，有请与同贬者，有遗书高若讷责其不救者，不可谓不立党。其不至受祸者，仁宗之明也，特幸尔。及读此书，想见欧公心事。又云：‘自当绝口不及前事’，‘益慎职，无饮酒’，不觉心服。若无此，则其去‘假气节’几何？”

答陕西安抚使范龙图辞辟命书

修顿首再拜启。急脚至，得七月十九日华州所发书，伏审即日尊体动止万福。

戎狄侵边，自古常事，边吏无状，至烦大贤。伏惟执事忠义之节信于天下，天下之士得一识面者，退夸于人，以为荣耀；至于游谈、布衣之贱，往往窃托门下之名。矧今以大谋小，以顺取逆，济以明哲之才，有必成功之势，则士之好功名者于此为时，孰不愿出所长，少助万一，得托附以成其名哉！况闻狂虏猖獗，屡有斥指之词，加之轻侮购募之辱，至于执戮将吏，杀害边民。凡此数事，在于修辈尤为愤耻，每一思之，中夜三起。

不幸修无所能，徒以少喜文字，过为世俗见许，此岂足以当大君子之举哉？若夫参决军谋，经画财利，料敌制胜，在于幕府，苟不乏人，则军书奏记，一末事耳，有不待修而堪者矣。由此始敢以亲为辞。况今世人所谓“四六”者，非修所好。少为进士时，不免作之；自及第，遂弃不复作。在西京佐三相幕府，于职当作，亦不为作，此师鲁所见。今废已久，惧无好辞以辱嘉命，此一端也。

[某虽儒生，不知兵事，窃惟兵法有勇有怯，必较彼我之利否，事之如何，要在成功，不限迟速。某近至京师，屡于诸公间，略闻绪言攻守之计，此实当时之宜，非深思远见者，孰能至此？愿不为浮议所移。]

伏见自至关西，辟士甚众。古人所与成事者，必有国士共之。非惟在上者以知人为难，士虽贫贱，以身许人，固亦未易。欲其尽死，必深相知；知之不尽，士不为用。今奇怪豪俊之士，往往蒙见收择，顾用之如何尔。[此在明哲，岂须献言?] 然尚虑山林草莽，有挺特知义、慷慨自重之士，未得出于门下也，宜少思焉。若修者，恨无他才，以当长者之用，非敢效庸人苟且乐安佚也。幸察。

[伏蒙示书，夏公又以见举。某孤贱，素未尝登其门，非执事过见褒称，何以及此？愧畏！然某已以亲老为辞，更无可往之理，惟幸察焉。]

○按史，修为馆阁校勘，范仲淹以言事贬，在廷多论救。司谏高若讷独以为当黜，修贻书责之。若讷上其书，坐贬夷陵令，稍移乾德令、武成节度判官。范仲淹使陕西，辟掌书记，修笑而辞曰：“昔者之举，岂以为利哉？同其退、不同其进可也。”此即其辞辟命书。修之自洁其身、不苟进取如此。

与石推官第一书

修顿首再拜，白公操足下：前岁于洛阳，得在郓州时所寄书，卒然不能即报，遂以及今。然其勤心，未必若书之怠，而独不知公操察不察也。

修来京师，已一岁也。宋州临汴水，公操之誉，日与南方之舟至京师。修少与时人，相接尤寡，而誉者无日不闻；若幸使尽识舟上人，则公操之美，可胜道哉！

凡人之相亲者，居则握手共席道观欣，既别则问疾病起居，以相为忧者，常人之情尔。若闻如足下之誉者，何必问其他乎？闻之欣然，亦不减握手之乐也。夫不以相见为欢乐，不以疾病为忧问，是岂无情者乎？得非相期者在于道尔？其或有过而不至于道者，乃可为忧也。

近于京师，频得足下所为文，读之甚善。其好古闵世之意，皆公操自得于古人，不待修之赞也。然有自许太高，诋时太过，其论若未深究其源者。此事有本末，不可卒然语，须相见乃能尽。然有一事，今详而说，此计公操可朝闻而暮改者，试先陈之。

君贶家有足下手作书一通，及有二像记石本。始见之，骇然不可识；徐而视定，辨其点画，乃可渐通。吁，何怪之甚也！既而持以问人，曰："是不能乎书者邪？"曰："非不能也。""书之法当尔邪？"曰："非也。""古有之乎？"曰："无。""今有之乎？"亦曰："无也。""然则何谓而若是？"曰："特欲与世异而已。"

修闻君子之于学，“是”而已，不闻为“异”也。好学莫如扬雄，亦曰如此。然古之人，或有称独行而高世者，考其行，亦不过乎君子，但与世之庸人不合尔。行非异世，盖人不及而反弃之，举世斥以为异者欤？及其过，圣人犹欲就之于中庸。况今书，前不师乎古，后不足以为来者法，虽天下皆好之，犹不可为；况天下皆非之，乃独为之，何也？是果好异以取高欤？然向谓公操能使人誉者，岂其履中道、秉常德而然欤？抑亦昂然自异，以惊世人而得之欤？

古之教童子者，立必正，听不倾，常视之毋诳，勤谨乎其始，惟恐其见异而惑也。今足下端然居乎学舍，以教人为师，而反率然以自异，顾学者何所法哉？不幸学者皆从而效之，足下又果为独异乎？今不急止，则惧他日有责后生之好怪者，推其事，罪以奉归。此修所以为忧而敢告也，惟幸察之。不宣。

〇按：公操即石守道，为国子直讲。为文指切当时，无所讳忌。杜衍、韩琦荐，擢太子中允，直集贤院。会吕夷简罢相，夏竦夺枢密使，章得象、晏殊、贾昌朝、范仲淹、富弼及琦同时执政，欧阳修、余靖、王素、蔡襄并为谏官。介喜曰：“此盛事也，歌颂吾职，其可已乎！”作《庆历圣德诗》，有曰：“众贤之进，如茅斯拔。大奸之去，如距斯脱。”其言“大奸”，盖指竦也。竦衔介甚，并欲陷富弼，令婢学介书，伪作介为弼撰废立诏草。会介死，竦言介诈死，北走契丹，请发棺以验，赖杜衍得免斫棺。介盖狂士，修借八法一端，极尽忠告之谊，以消其好异自喜之心，可谓良友矣。竦令婢子学得介书，岂非以介书绝怪异，转易以仿佛其迹邪？可为好异之戒矣。

与石推官第二书

[修顿首，白公操足下：] 前同年徐君行，因得寓书，论足下书之怪。时仆有妹居襄城，丧其夫，匍匐将往视之，故不能尽其所以云者而略陈焉。足下虽不以仆为狂愚而绝之，复之以书，然果未能喻仆之意。非足下之不喻，由仆听之不审，而论之之略之过也。

仆见足下书久矣，不即有云而今乃云者，何邪？始见之，疑乎不能书，又疑乎忽而不学。夫书，一艺尔，人或不能与忽不学时，不必论，是以默默然。及来京师，见二像石本，及闻说者云足下不欲同俗而力为之，如前所陈者，是诚可诤矣，然后一进其说。及得足下书，自谓不能，与前所闻者异，然后知所听之不审也。然足下于仆之言，亦似未审者。

足下谓世之善书者，能钟、王、虞、柳，不过一艺；己之所学，乃尧、舜、周、孔之道，不必善书；又云因仆之言，欲勉学之者。此皆非也。

夫所谓钟、王、虞、柳之书者，非独足下薄之，仆固亦薄之矣。世之有好学其书而悦之者，与嗜饮茗、阅画图无异，但其性之一僻尔，岂君子之所务乎？然至（致）于书，则不可无法。古之始有文字也，务乎记事，而因物取类为其象。故《周礼》六艺有“六书”之学，其点画曲直，皆有其说。扬子曰：“断木为棋，梡革为鞠，亦皆有法焉。”而况书乎？今虽隶字已变于古，而变古为隶者非圣人，不足师法；然其点画曲直犹有准则，如毋母、彳亻之相近，易之则乱而不可读矣。今足下以其直者为斜，以其方者为圆，而曰我第行尧、舜、周、孔之道，此甚不可也。譬如设馔于案，加帽于首，正襟而坐然后食者，此世人常尔。若其纳足于帽，反衣而衣，坐乎案上，以饭实酒卮而食，曰我行尧、舜、周、孔之道者，以此之于世，可乎？不可也。则书虽末事，而当从常法，不可以为怪，亦犹是矣。

然足下了不省仆之意。凡仆之所陈者，非论书之善不善，但患乎近怪自异，以惑后生也。若果不能，又何必学？仆岂区区劝足下以学书者乎？

足下又云："我实有独异于世者，以疾释老、斥文章之雕刻者。"此又大不可也。夫释老，惑者之所为；雕刻文章，薄者之所为。足下安知"世无明诚质厚君子之不为"乎？足下自以为异，是待天下无君子之与己同也。仲尼曰："后生可畏，安（焉）知来者之不如今也。"是则仲尼一言，不敢遗天下之后生；足下一言，待天下以无君子。此故所谓"大不可"也。夫士之不为释老与不雕刻文章者，譬如为吏而不受货财，盖道当尔，不足恃以为贤也。

属久苦小疾，无意思。不宣。

◇朱弁曰："今石守道《徂徕集》中，犹见其答书，大略谰词自解。文忠答书，诚中其病。守道字画，世不复见；既尝被之金石，必非率尔而为者。即其答书观之，其强项不服义，设为高论以文过，拒人之态，犹可想见。称'推官'者，盖在南京时，计其齿甚少。不知后来少悛否？然公志其墓，与《读徂徕集》二诗，盛道其所长，亦足以见公与人不求备也。"

答宋咸书

修顿首白：州人至，蒙惠书及《补注周易》，甚善。世无孔子久矣，六经之旨失其传，其有不可得而正者，自非孔子复出，无以得其真也。传（儒）者之于学博矣，而又苦心劳神于残编朽简之中，以求千岁失传之谬（缪）。茫乎前望已远之圣人而不可见，杳乎后顾无穷之来者，欲为未悟决难解之惑，是真所谓劳而少功者哉！

然而六经非一世之书也，其传之谬（缪），非一日之失也；其所以刊正补缉，亦非一人之能也。使学者各极其所见，而明者择焉，十取其一，百取其十，虽未能复六经于无失，而卓如日月之明，然聚众人之善以补缉之，庶几不至于大谬（缪），可以俟圣人之复生也。然则学者之于经，其可已乎？

足下于经勤矣，凡其所失，无所不欲正之；其刊正补缉者众，则其所得亦已多矣。修学不敏明，而又无强力以自济，恐终不能少出所见，以补六经之万一。得足下所为，故尤区区而不能忘也。

〇六经如日，日或午蔽于云、夜入于地，而不得谓天壤间有一刻无日也。经虽遭焚被禁、解谬语讹，而不得谓人心中有一时无经也。以意逆志，是为得之。尧、舜与人同耳，虽圣远言湮，而果有得于同天地、合万物之人心，自然有合于数千载以上不传之遗旨。是故学士大夫，果能身体力行，讲明而切究之，有所述说，皆足以俟百世以下之圣人而折衷也。若夫党同妒异，僻守一家之言，自用师心，乐著井蛙之见，则虽使六经具在，而圣人之微言奥义日诵于口，而不能入于其心矣。况出区区汉儒之补苴罅漏，宋儒之张皇幽渺，绝非周公、孔子之全文，而又奚校焉？

答刁景纯学士书

修顿首启：近自罢乾德，遂居南阳，始见谢舍人，知丈丈内翰凶讣，闻问惊怛，不能已已。丈丈位望并隆，然平生亦尝坎轲，数年以来，方履亨涂、任要剧，其去大用尺寸间尔，岂富与贵不可力为，而天之赋予多少有限邪？凡天之赋予人者，又量何事而为之节也，前既不可诘，但痛惜感悼而已。

某自束发为学，初未有一人知者。及首登门，便被怜奖，开端诱道，勤勤不已，至其粗若有成而后止。虽其后游于诸公而获齿多士，虽有知者，皆莫之先也。然亦自念不欲效世俗子，一遭人之顾己，不以至公相期，反趋走门下，胁肩谄笑；甚者献谗谀而备使令，以卑昵自亲。名曰报德，非惟自私，直亦待所知以不厚。是故惧此，惟欲少励名节，庶不泯然无闻，用以不负所知尔。某之愚诚，所守如此，然虽胥公，亦未必谅某此心也。

自前岁得罪夷陵，奔走万里，身日益穷，迹日益疎，不及再闻语言之音，而遂为幽明之隔。嗟夫！世俗之态既不欲为，愚诚所守又未克果，惟有望门长号，临柩一奠，亦又不及，此之为恨，何可道也！徒能惜不永年与未大用，遂与道路之人同叹尔。

知归葬广陵，遂谋京居。议者多云不便，而闻理命若斯，必有以也。若须春水下汴，某岁尽春初，当过京师，尚可一拜见，以尽区区。身贱力微，于此之时，当有可致，而无毫发之助，惭愧、惭愧！不宣。

○修年二十二，谒学士胥偃于汉阳。偃大奇之，留置门下，许以女妻之，携以如京师。阅二年，而登甲科；其明年，乃亲迎。逾二年，而胥氏卒。景祐三年，修年三十，落职为峡州夷陵县令。明年，移乾德县令。逾一年，为宝元二年，复旧官，权成德军节度判官厅公事，乃自乾德奉母待次于南阳。而闻胥偃之卒，作此书与所知刁景纯也。

与乐秀才第一书

某白，秀才乐君足下：昨者舟行往来，皆辱见过；又蒙以所业一册，先之启事，宛然如后进之见先达之仪。某年始三十矣，其不从乡进士之后者，于今才七年，而官仅得一县令，又为有罪之人，其德、爵、齿三者，皆不足以称足下之所待，此其所以为惭。自冬涉春，阴泄不止，夷陵水土之气，比频作疾，又苦多事，是以阙然。

闻古人之于学也，讲之深而言之笃，其充于中者足，而后发乎外者大以光。譬夫金玉之有英华，非由磨饰染濯之所为，而由其质性坚实，而光辉之发自然也。《易》之《大畜》曰："刚健笃实，辉光日新。"谓夫畜于其内者实，而后发为光辉者，日益新而不竭也。故其文曰："君子多识前言往行，以畜其德。"此之谓也。

古人之学者非一家，其为道虽同，言语文章，未尝相似。孔子之系《易》，周公之作《书》，奚斯之作《颂》，其辞皆不同，而各自以为经。子游、子夏、子张与颜回同一师，其为人皆不同，各由其性而就于道耳。

今之学者或不然，不务深讲而笃信之，徒巧其词以为华，张其言以为大。夫强为则用力艰，用力艰则有限，有限则易竭。又其为辞，不规模于前人，则必屈曲变态，以随时俗之所好，鲜克自立。此其充于中者不足，而莫自知其所守也。

窃读足下之所为高健，志甚壮而力有余。譬夫良骏之马，有其质矣，使驾大辂而王良驭之，节以和銮而行大道，不难也。夫欲充其中，由讲之深；至其深，然后知自守。能如是矣，言出其口而皆文。

修见恶于时，弃身此邑，不敢自齿于人。人所共弃而足下过礼之，以贤明方正见待，虽不敢当，是以尽所怀为报，以塞其惭。某顿首。

○“天在山中，大畜。”孔颖达《正义》谓“实无此象，假设此义”。然孔子曰：“象也者，像也。”空言无实之名，何象之有？夫仰而观天，苍苍焉而已矣。御飞龙而至苍苍之所，其上之苍苍仍若是也，则“苍苍”者不可以语天之实也。惟风雨云雷之属为天所降者，从以究其所降之方，则曰“天在焉”可也。而山之为物，能出云、为风雨，则天之“在山中”必矣，岂曰“实无此象”哉？莫大于天，而山能畜之；上下千万年，纵横数万里，而心能识之。昔人有问“芥子纳须弥”之义，或答以“心如椰子大，能读万卷书”者，是即“天在山中”之象也。

文王曰：“不家食，吉。”盖君子之于仕也，行其义也。欲行义，必先集义。万事万物，莫不有义，诚备集之，而后能行义，则可与治天下国家矣，故“不家食，吉”。使于此未“大畜”焉，而食君之禄，是《诗》人所刺硕鼠之食苗也。行固如是，言胡不然？行以治一时，言以教万世，一也。孔子曰：“君子以多识前言往行，以畜其德。”畜其德，则或出或处、或默或语，无所不可。于此未"大畜"焉，而强为文辞，是《曲礼》所谓"鹦鹉能言，不离飞鸟"也。

与张秀才第二书

前日去后，复取前所贶古今杂文十数篇，反复读之，若《大节赋》《乐古》《太古曲》等篇，言尤高而志极大。寻足下之意，岂非闵世病俗，究古明道，欲援今以复之古，而翦剥齐整凡今之纷殽驳冗者欤？然后益知足下之好学，甚有志者也。然而述三皇太古之道，舍近取远，务高言而鲜事实，此少过也。

君子之于学也，务为道；为道，必求知古。知古明道，而后履之以身，施之于事，而又见于文章而发之，以信后世。其道，周公、孔子、孟轲之徒，常履而行之者是也；其文章，则六经所载，至今而取信者是也。其道易知而可法，其言易明而可行。及诞者言之，乃以混蒙虚无为道，洪荒广略为古，其道难法，其言难行。

孔子之言道，曰"道不远人"；言中庸者，曰"率性之谓道"，又曰"可离非道也"。《春秋》之为书也，以成隐让而不正之，传者曰"《春秋》信道不信邪"，谓隐未能蹈道；齐侯迁卫，书"城楚丘"，与其仁不与其专封，传者曰"仁不胜道"。凡此所谓"道"者，乃圣人之道也。此履之于身、施之于事而可得者也，岂如诞者之言者邪？尧、舜、禹之《书》，皆曰"若稽古"；传说曰"事不师古，……匪说攸闻"；仲尼曰"吾好古，敏以求之者"。凡此所谓"古"者，其事乃君臣、上下、礼乐、刑法之事，又岂如诞者之言者邪？此君子之所学也。

夫所谓“舍近而取远”云者，孔子昔生周之世，去尧、舜远，孰与今去尧、舜远也？孔子删《书》，断自《尧典》，而弗道其前；其所谓学，则曰“祖述尧舜”。如孔子之圣且勤，而弗道其前者，岂不能邪？盖以其渐远而难彰，不可以信后世也。今生于孔子之绝后，而反欲求尧、舜之已前，世所谓务高言而鲜事实者也。

唐虞之道为百王首，仲尼之叹曰“荡荡乎”，谓高深闳大而不可名也。及夫二《典》，述之炳然，使后世尊崇仰望不可及，其严若天。然则《书》之言岂不高邪？然其事，不过于亲九族、平百姓、忧水患，问臣下谁可任、以女妻舜，及祀山川、见诸侯、齐律度、谨权衡、使臣下、诛放四罪而已。孔子之后，惟孟轲最知道，然其言不过于教人树桑麻、畜鸡豚，以为养生送死为王道之本。夫二《典》之文，岂不为文？孟轲之言道，岂不为道？而其事乃世人之甚易知而近者，盖切于事实而已。

今学者不深本之，乃乐诞者之言，思混沌于古初，以无形为至道者。无有高下远近，使贤者能之，愚者可勉而至；无过不及，而一本乎大中，故能亘万世可行而不变也。今以为不足为，而务高远之为胜，以广诞者无用之说，是非学者之所尽心也。宜少下其高而近其远，以及乎中，则庶乎至矣。

凡仆之所论者，皆陈言浅语。如足下之多闻博学，不宜为足下道之也。然某之所以云者，本欲损足下高远而俯就之，则安敢务为奇言以自高邪？幸足下少思焉。

○唐虞三代间事，不见于六经、四子之论说者，具不可信。信之，则其心如镜之有滓焉，以之照万事，当滓之处，必不能以明。孟子所谓："生于其心，害于其政；发于其政，害于其事。"修此书，不特为文字者所宜熟读深思也，与《帝王世次图序》参观，益明。

卷二十四

庐陵欧阳修文三　序

帝王世次图序

尧、舜、禹、汤、文、武，此六君子者，可谓显人矣。而后世犹失其传者，岂非以其远也哉？是故君子之学，不穷远以为能，而阙其不知，慎所传以惑世也。

方孔子时，周衰学废，先王之道不明，而异端之说并起。孔子患之，乃修正《诗》《书》、史记，以止纷乱之说，而欲其传之信也。故略其远而详其近，于《书》断自唐虞以来，著其大事可以为世法者而已。至于三皇五帝君臣世次，皆未尝道者，以其世远而慎所不知也。

孔子既殁，异端之说复兴，周室亦益衰乱。接乎战国，秦遂焚书，先王之道中绝。汉兴久之，《诗》《书》稍出而不完。当王道中绝之际，奇书异说方充斥而盛行，其言往往反自托于孔子之徒，以取信于时。学者既不备见《诗》《书》之详，而习传盛行之异说，世无圣人以为质，而不自知其取舍真伪。至有博学好奇之士，务多闻以为胜者，于是尽集诸说，而论次初无所择，而惟恐遗之也，如司马迁之《史记》是矣。

以孔子之学，上述前世，止于尧、舜，著其大略，而不道其前。迁远出孔子之后，而乃上述黄帝以来，又详悉其世次，其不量力而务胜，宜其失之多也。迁所作《本纪》，出于《大戴礼》《世本》诸书。今依其说，图而考之，尧、舜，夏、商、周，皆同出于黄帝。尧之崩也，下传其四世孙舜；舜之崩也，复上传其四世祖禹，而舜、禹皆寿百岁。稷、契于高辛为子，乃同父异母之兄弟，今以其世次而下之。汤与王季同世，汤下传十六世而为纣，王季下传一世而为文王，二世而为武王。是文王以十五世祖臣事十五世孙纣，而武王以十四世祖伐十四世孙而代之王，何其缪哉！

呜呼！尧、舜、禹、汤、文、武之道，百王之取法也。其盛德大业见于行事，而后世所欲知者，孔子皆已论著之矣。其久远难明之事，后世不必知。不知不害为君子者，孔子皆不道也。夫孔子所以为圣人者，其智知所取舍，皆如此。

◇王志坚曰："《困学纪闻·考古编》，谓欧阳公论二帝三王世次差舛，发端于杜佑《通典》。按《释例·世族谱》已有此疑，则发端乃杜预也。"

后　序

予既略论帝王世次而见《本纪》之失，犹谓文、武与纣相去十五六世，其缪较然不疑。而尧、舜、禹之世相去不远，尚冀其理有可通，乃复以《尚书》《孟子》、孔安国、皇甫谧诸书，参考其寿数长短，而尤乖戾不能合也。

据《书》及诸说云，尧寿一百一十六岁，舜寿一百一十二岁，禹寿百岁。尧年十六即位，在位七十年，年八十六始得舜而试之，二年乃使摄政。时舜年三十，居试、摄通三十年而尧崩。舜服尧丧三年毕，乃即位，在位五十年而崩。方舜在位三十三年，命禹摄政，凡十七年而舜崩。禹服舜丧三年毕，乃即位，在位十年而崩。由是言之，当尧得舜之时，尧年八十六，舜年三十。以此推而上之，是尧年五十七，已见四世之玄孙生一岁矣。舜居试、摄及在位，通八十二年，而禹寿百年。以禹百年之间推而上之，禹即位及居舜丧通十三年，又在舜朝八十二年，通九十五年，则当舜摄、试之初年，禹才六岁。是舜为玄孙年三十时，见四世之高祖方生六岁矣。至于舜娶尧二女，据图为曾祖姑。虽古远世异，与今容有不同，然人伦之理乃万世之常道，必不错乱颠倒之如此。

然则诸家世次、寿数长短之说，圣《经》之所不著者，皆不足信也决矣。

〇修平生于古人书不轻訾议，至其灼见刺谬，则反复申明，以诏后世，又不惮覼缕。

间尝论之，马迁上下千百年以成《史记》，而班固讥其是非颇谬于圣人。迄今考其书，其所褒贬，盖多微辞，所以讥切当世。语南意北，使读者自得之，未尝是其所是而非其所非，又何以据其文而讥其谬也？特所编次，多据战国、秦汉间处士游谈不经之说，杂入孔子论定之六经，使金鍮莫辨，泾渭不分，则其所蔽耳。

《公羊传》曰："所闻异辞，所传闻又异辞。"事隔数世，不能以无讹谬，虽《左氏传》犹或未免，况其他乎？如《史记》所载，卫公子伋、寿争死，乃据《左传》《诗传》之文，谓卫宣公纳伋之妻，生寿及朔，朔与宣姜诉伋于公，公令伋之齐，使贼先待于隘而杀之。寿窃其节以先，伋至争死，贼并杀之。先儒信之无疑者。乃考其年代，则宣公十八年纳伋之妻，而十九年宣公死。然则所谓寿者、朔者，虽孪生，亦俱未周晬，安得有诉伋、争死之事乎？不特《左氏传》可疑，即二子乘舟之诗，亦不知何为作也。如是者不可枚举，聊附记其一端，使后世知孟子云“尽信书，不如无书”之为至论也。

外制集序

庆历三年春，丞相吕夷简病，不能朝。上既更用大臣，锐意天下事，始用谏官、御史疏，追还夏竦制书，既而召韩琦、范仲淹于陕西，又除富弼枢密副使。弼、仲淹、琦皆惶恐顿首，辞让至五六不已。手诏趣琦等就道甚急，而弼方且入求对以辞，不得见，遣中贵人趣送阁门，使即受命。呜呼！观琦等之所以让，上之所以用琦等者，可谓圣贤相遭，万世一遇，而君臣之际何其盛也！

于是时，天下之士，孰不愿为材邪？顾予何人？亦与其选。夏四月，召自滑台，入谏院。冬十二月，拜右正言、知制诰。是时夏人虽数请命，而西师尚未解严。京东累岁盗贼，最后王伦暴起沂州，转劫江淮之间，而张海、郭貌山等亦起商、邓，以惊京西。州县之吏，多不称职，而民弊矣。

天子方慨然劝农桑、兴学校，破去前例，以不次用人；哀民之困，而欲除其蠹吏；知磨勘法久之弊，而思别材不肖以进贤能；患百职之不修，而申行赏罚之信，盖欲修法度矣。予时虽掌诰命，犹在谏职，常得奏事殿中，从容尽闻天子所以更张庶事、忧闵元元，而劳心求治之意。退得载于制书，以讽晓、训敕在位者。然予方与修《祖宗故事》，又修《起居注》，又修《编敕》，日与同舍论议治文书，所省不一，而除目所下，率不一二。时已迫，丞相出，故不得专一思虑，工文字，以尽导天子难谕之意，而复诰命于三代之文。嗟夫！学者文章见用于世鲜矣，况得施于朝廷，而又遭人主致治之盛。若修之鄙，使竭其材，犹恐不称，而况不能专一其职？此予所以常遗恨于斯文也。

明年秋，予出为河北转运使。又明年春，权知成德军事。事少间，发向所作制草而阅之，虽不能尽载明天子之意，于其所述，百得一二，足以章示后世。盖王者之训在焉，岂以予文之鄙而废也？于是录之为三卷。

予自直阁下，儤直八十始满。不数日，奉使河东。还，即以来河北。故其所作，才一百五十余篇云。

◇徐度曰："按欧阳文忠公《庆历制草序》曰：'除目所下，率不一二，时已迫，丞相出，故不得专一思虑，工文字，以尽道天子难喻之意，而还（复）诰命于三代之文。'又《刘原甫侍读墓志》，称其'文章尤敏赡，尝直紫微阁。一日，追封皇子、公主九人，方将下直，为之立马却坐，一挥九制，凡数千言，文辞典雅，各得其体'。由是言之，则是除目既下，必用是日草词，且不得从容下直而为之也。迨元祐初，命词之限，已不得如前者之迫。翟公巽资政居政和间，词命独为一时之冠，然文思迟涩，尤恶人趣之；有趣之者，辄默志其旁，故一趣则故迟一日，有迁延至旬余者。"

诗谱补亡后序

欧阳子曰：昔者圣人已殁，六经之道几熄于战国，而焚弃于秦。自汉已来，收拾亡逸，发明遗义，而正其讹缪，得以粗备，传于今者，岂一人之力哉！后之学者，因迹前世之所传，而较其得失，或有之矣；若使徒抱焚余残脱之经，伥伥于去圣千百年后，不见先儒中间之说，而欲特立一家之学者，果有能哉？吾未之信也。然则先儒之论，苟非详其终始而牴牾，质于圣人而悖理害经之甚，有不得已而后改易者，何必徒为异论以相訾也？

毛、郑于《诗》，其学亦已博矣。予尝依其笺、传，考之于经而证以序、谱，惜其不合者颇多。盖《诗》述商、周，自《生民》《玄鸟》，上陈稷、契，下迄陈灵公，千五六百岁之间，旁及列国君臣世次、国地山川、封域图牒，鸟兽草木鱼虫之名，与其风俗善恶、方言训故、盛衰治乱美刺之由，无所不载，然则孰能无失于其间哉？予疑毛、郑之失既多，然不敢轻为改易者，意其为说不止于笺、传而已，恨不得尽见二家之书，未能遍通其旨。夫不尽见其书而欲折其是非，犹不尽人之辞而欲断其讼之曲直，其能果于自决乎？其能使之必服乎？

世言郑氏《诗谱》最详，求之久矣不可得，虽《崇文总目》祕书所藏亦无之。庆历四年，奉使河东，至于绛州，偶得焉。其文有注而不见名氏，然首尾残缺，自周公致太平已上皆亡之。其国谱旁行，尤易为讹舛，悉皆颠倒错乱，不可复考。凡诗《雅》《颂》，兼列《商》《鲁》。其正变之风，十有四国，而其次皆莫详其义。惟封国、变风之先后，不可以不知。《周》《召》《王》《豳》同出于周，《邶》《鄘》并于卫，《桧》《魏》无世家。其可考者，《陈》《齐》《卫》《晋》《曹》

《郑》《秦》，此封国之先后也；《豳》《齐》《卫》《桧》《陈》《唐》《秦》《郑》《魏》《曹》，此变风之先后也；《周南》《召南》《邶》《鄘》《卫》《王》《郑》《齐》《豳》《秦》《魏》《唐》《陈》《曹》，此孔子未删《诗》之前，周太师乐歌之次第也；《周》《召》《邶》《鄘》《卫》《王》《桧》《郑》《齐》《魏》《唐》《秦》《陈》《曹》《豳》，此郑氏《诗谱》次第也；黜《桧》后《陈》，此今《诗》次第（比）也。

初，予未见郑《谱》，尝略考《春秋》《史记・本纪、世家、年表》，而合以毛、郑之说，为《诗图》十四篇。今因取以补郑《谱》之亡者，足以见二家所说世次先后甚备，因据而求其得失，较然矣。而仍存其图，庶几以见予于郑氏之学尽心焉耳。夫尽其说而有所不通，然后得以论正，予岂好为异论者哉？

凡补其谱，十有五；补其文字，二百七；增损涂乙改正者，三百八十三，而郑氏之《谱》复完矣。

〇修《与宋咸书》，谓："经非一世之书，其传之谬非一日之失，其刊正补缉亦非一人之所能。使学者各极其所见，而明者择焉，十取其一，百取其十，虽未能复六经于无失，然聚众善以补缉之，庶几不至于大谬，可以俟圣人之复生。"又《与徐无党书》，谓："凡今治经者，莫不患圣人之意不明，而为诸儒以自出之说汩之也。今于经外又自为说，则是患沙浑水而投土益之也，不若沙、土尽去，则水清而明矣。"合之此序，三者虽若语相牴牾，而实如五味之相和，可见修于六经潜心自得之趣，而亦可为后世学人治经之法也。

集古录目序

物常聚于所好，而常得于有力之强。有力而不好，好之而无力，虽近且易，有不能致之。象犀虎豹，蛮夷山海杀人之兽，然其齿角皮革，可聚而有也。玉出昆仑流沙万里之外，经十余译乃至乎中国。珠出南海，常生深渊，采者腰絙而入水，形色非人，往往不出，则下饱蛟鱼。金矿于山，凿深而穴远，篝火糇粮而后进，其崖崩窟塞，则遂葬于其中者，率常数十百人。其远且难而又多死祸，常如此。然而金玉珠玑，世常兼聚而有也。凡物，好之而有力，则无不至也。

汤盘，孔鼎，岐阳之鼓，岱山、邹峄、会稽之刻石，与夫汉、魏已来圣君贤士桓碑、彝器、铭诗、序记，下至古文、籀篆、分隶诸家之字书，皆三代以来至宝，怪奇伟丽、工妙可喜之物。其去人不远，其取之无祸。然而风霜兵火，湮沦磨灭，散弃于山崖墟莽之间未尝收拾者，由世之好者少也。幸而有好之者，又其力或不足，故仅得其一二，而不能使其聚也。

夫力莫如好，好莫如一。予性颛而嗜古，凡世人之所贪者，皆无欲于其间，故得一其所好于斯。好之已笃，则力虽未足，犹能致之。故上自周穆王以来，下更秦、汉、隋、唐、五代，外至四海九州，名山大泽，穷崖绝谷，荒林破冢，神仙鬼物，诡怪所传，莫不皆有，以为《集古录》。以为（谓）转写失真，故因其石本，轴而藏之。有卷帙次第，而无时世之先后，盖其取多而未已，故随其所得而录之。又以为（谓）

聚多而终必散，乃撮其大要，别为录目，因并载夫可与史传正其阙谬者，以传后学，庶益于多闻。

或讥予曰："物多则其势难聚，聚久而无不散，何必区区于是哉？"予对曰："足吾所好，玩而老焉可也。象犀金玉之聚，其能果不散乎？予固未能以此而易彼也。"

◇欧阳修自记："昔在洛阳与余游者，皆一时豪隽之士也。而陈郡谢希深善评文章，河南尹师鲁辨论精博，余每有所作，二人者必伸纸疾读，便得余深意；以示他人，亦或时有所称，皆非余所自得者也。宛陵梅圣俞，善人君子也，与余共处穷约，每见余小有可喜事，欢然若在诸己。自三君之亡，余亦老且病矣。此叙之作，既无谢、尹之知音，而集录成书，恨圣俞之不见也，悲夫！"

韵总序

倕工于为弓而不能射，羿与逢蒙，天下之善射者也；奚仲工于为车而不能御，王良、造父，天下之善御者也。此荀卿子所谓"艺之至者不两能"，信哉！

儒者学乎圣人，圣人之道直以简，然至其曲而畅之，以通天下之理，以究阴阳、天地、人鬼、事物之变化。君臣、父子、吉凶、生死，凡人之大伦，则六经不能尽其说，而七十子与孟轲、荀、扬之徒，各极其辩而莫能殚焉。夫以孔子之好学，而其所道者，自尧、舜而后则详之，其前盖略而弗道，其亦有所不暇者欤？儒之学者，信哉远且大而用功多，则其有所不暇者，宜也。

文字之为学，儒者之所用也。其为精也，有声形曲直毫厘之别，音响清浊相生之类，五方言语风俗之殊。故儒者莫暇精之；其有精者，则往往不能乎其他。是以学者莫肯舍其所事而尽心乎此，所谓“不两能”者也；必待乎用心专者而或能之，然后儒者有以取焉。

洛僧鉴聿，为《韵总》五篇，推子母、轻重之法以定四声，考求前儒之失，辩正五方之讹。顾其用心之精，可谓入于忽微，若栉之于发、绩之于丝，虽细且多，而条理不乱。儒之学者，莫能难也。鉴聿通于《易》，能知大演之数，又学乎阴阳、地理、黄帝、岐伯之书；其尤尽心者，《韵总》也。

世本儒家子，少为浮图，入武当山。往来江汉之旁十余年，不妄与人交。有不可其意，虽王公大人，亦莫肯顾；闻士有一艺，虽千里，必求之。介然有古独行之节，所谓“用心专”者也，宜其学必至焉耳。浮图之书，行乎世者数百万言，其文字杂以夷、夏，读者罕得其真，往往就而正焉。鉴聿之书，非独有取于吾儒，亦欲传于其徒也。

〇字学所系甚小，然韩愈云“凡为文，宜略识字”，固亦不得而略也。既有声形曲直毫厘之别，则必有音响清浊相生之类。五方言语风俗各殊，莫可究诘，然必有统宗会元之处焉。先儒谓声较色、味、臭，止得其半，盖三者俱兼阴阳，独声止阳数。《记》曰“凡声阳也”，故至于阴则不能行，理固然矣。然其不能行处，即是无声。而无声之所从来，必有有声者以为对；其对为何声，则反而求之于此，虽无声而不异有声也。梵书有华严字母，能统万类之声而一一区别之；僧鉴聿，其精于是者欤？

苏氏文集序

予友苏子美之亡后四年，始得其平生文章遗稿于太子太傅杜公之家，而集录之以为十卷。子美，杜氏婿也，遂以其集归之，而告于公曰："斯文，金玉也，弃掷埋没粪土，不能销蚀。其见遗于一时，必有收而宝之于后世者。虽其埋没而未出，其精气光怪已能常自发见，而物亦不能掩也。故方其摈斥摧挫、流离穷厄之时，文章已自行于天下，虽其怨家仇人及尝能出力而挤之死者，至其文章，则不能少毁而揜蔽之也。凡人之情，忽近而贵远，子美屈于今世犹若此，其申于后世宜如何也！公其可无恨。"

予尝考前世文章、政理之盛衰，而怪唐太宗致治几乎三王之盛，而文章不能革五代之余习。后百有余年，韩、李之徒出，然后元和之文始得于古。唐衰兵乱，又百余年而圣宋兴，天下一定，晏然无事。又几百年，而古文始盛于今。自古治时少而乱时多，幸时治矣，文章或不能纯粹，或迟久而不相及，何其难之若是欤！岂非难得其人欤？苟一有其人，又幸而及出于治世，世其可不为之贵重而爱惜之欤？嗟吾子美，以一酒食之过，至废为民，而流落以死。此其可以叹息流涕，而为当世仁人君子之职位，宜与国家乐育贤材者惜也！

子美之齿少于予，而予学古文反在其后。天圣之间，予举进士于有司，见时学者务以言语声偶摘（擿）裂，号为时文，以相夸尚。而子美独与其兄才翁及穆参军伯长，作为古歌诗杂文，时人颇共非笑之，而子美不顾也。其后天子患时文之弊，下诏书讽勉学者以近古，由是其风渐息，而学者稍趋于古焉。独子美为于举世不为之时，其始终自守，不牵世俗趋舍，可谓特立之士也。

子美官至大理评事、集贤校理而废，后为湖州长史以卒，享年四十有一。其状貌奇伟，望之昂然，而即之温温，久而愈可爱慕。其材虽高，而人亦不甚嫉忌，其击而去之者，意不在子美也。赖天子聪明仁圣，凡当时所指名而排斥，二三大臣而下，欲以子美为根而累之者，皆蒙保全，今并列于荣宠。虽与子美同时饮酒得罪之人，多一时之豪俊，亦被收采，进显于朝廷。而子美独不幸死矣，岂非其命也？悲夫！

◇朱子曰："范文正公招引一时才俊之士，聚在馆阁，如苏子美、梅圣俞之徒。此辈虽有才望，然轻儇戏谑，又多分流品，一时许公为相，张安道为御史中丞。王拱辰之徒皆深恶之，求去之，未有策。而苏子美又杜祁公婿，杜是时为相，苏为馆职，兼进奏院。每岁院中赛神，例卖故纸钱为饮燕之费。苏承例卖故纸，因出己钱，添助为会，请馆阁中诸名胜而分别流品，非其侣者，皆不得与会。李定愿与，而苏不肯。于是尽招两军女妓，作乐烂饮，作为傲歌。王胜之直柔句云：'欹倒太极遣帝扶，周公孔子驱为奴。'拱辰辈专探伺伊败阙，才闻此句，即以白上。仁宗大怒，即令中官捕捉。诸公皆已散走逃匿，而上怒甚，捕捉甚峻，城中喧然。

"于是，韩魏公言于上曰：'陛下即位以来，未尝为此等事。一旦遽如此，惊骇天下观听。'仁宗怒少解，而馆阁之士罢逐一空。故时有'一网打尽'之语。杜公亦罢相，子美除名为民，永不叙复。子美居湖州，有诗曰'不及鸡竿下坐人'，言不得比罪人引赦免放也。虽是拱辰、安道辈攻之甚急，然亦只伊辈轻薄，做得不是。纵有时名，所为如此，终亦何补于天下国家邪？仁宗于是惩才士轻薄之弊，这几个承意旨，尽援引纯朴持重之人，以愚仁宗。凡解经，不过如释训诂而已，如杨安国、彭乘之徒是也。"

梅圣俞诗集序

予闻世谓诗人少达而多穷，夫岂然哉？盖世所传诗者，多出于古穷人之辞也。凡士之蕴其所有而不得施于世者，多喜自放于山巅水涯之外，见虫鱼草木、风云鸟兽之状类，往往探其奇怪。内有忧思感愤之郁积，其兴于怨刺，以道羁臣寡妇之所叹，而写人情之难言，盖愈穷则愈工。然则非诗之能穷人，殆穷者而后工也。

予友梅圣俞，少以荫补为吏，累举进士，辄抑于有司、困于州县，凡十余年。年今五十，犹从辟书，为人之佐，郁其所畜，不得奋见于事业。其家宛陵，幼习于诗，自为童子，出语已惊其长老。既长，学乎六经仁义之说。其为文章，简古纯粹，不求苟说于世，世之人徒知其诗而已。然时无贤愚，语诗者必求之圣俞。圣俞亦自以其不得志者，乐于诗而发之。故其平生所作，于诗尤多。世既知之矣，而未有荐于上者。昔王文康公尝见而叹曰："二百年无此作矣！"虽知之深，亦不果荐也。若使其幸得用于朝廷，作为雅颂，以歌咏大宋之功德，荐之清庙，而追商、周、鲁《颂》之作者，岂不伟欤！奈何使其老不得志，而为穷者之诗，乃徒发于虫鱼物类、羁愁感叹之言？世徒喜其工，不知其穷之久而将老也，可不惜哉！

圣俞诗既多，不自收拾。其妻之兄子谢景初，惧其多而易失也，取其自洛阳至于吴兴以（已）来所作，次为十卷。予尝嗜圣俞诗，而患不能尽得之，遽喜谢氏之能类次也，辄序而藏之。其后十五年，圣俞以疾卒于京师。余既哭而铭之，因索于家，得其遗稿千余篇，并旧所藏，掇其尤者六百七十七篇，为一十五卷。

呜呼！吾于圣俞诗，论之详矣，故不复云。［庐陵欧阳修序。］

◇王志坚曰："欧阳公与梅圣俞，由河南幕府缔交最久，至嘉祐元年，始荐为直讲，距圣俞之死仅五年耳。故王荆公挽诗云：'贵人怜公青两眸，吹嘘可使高岑楼。坐令隐约不见收，空能乞钱助饘馏。'此为欧公发也。然公为作志，又为作序，于故人之谊不薄；其不早汲引，岂无意乎？

"世传圣俞不得志，作一书，名《碧云騢》，以诋诸公。叶梦得尝辨为魏泰作，然于《石林燕语》载范公初贬饶州，圣俞作《灵乌赋》以寄。及公秉政，意其援己，而漠然无意，所荐乃孙明复、李泰伯。圣俞乃作《后灵乌赋》，云：'我昔闵汝之忠，作赋弔汝。今主人误丰尔食、安尔巢，而尔不复啄叛臣之目，伺贼垒之去，反憎鸿鹄之不亲，爱燕雀之来附。'《清波杂志》引圣俞《闻范公讣》诗云：'一出屡更郡，人皆望酒壶。俗情那可学，奏记向来无。贫贱常甘分，崇高不解腴。虽然门馆隔，泣与众人殊。'疑《碧云騢》一书，真出圣俞。合而观之，圣俞之为人可知。欧公待之，最为得体。"

送徐无党南归序

草木鸟兽之为物，众人之为人，其为生虽异，而为死则同，一归于腐坏、澌尽、泯灭而已。而众人之中有圣贤者，固亦生且死于其间，而独异于草木鸟兽、众人者，虽死而不朽，逾远而弥存也。其所以为圣贤者，修之于身，施之于事，见之于言，是三者所以能不朽而存也。

修于身者，无所不获；施于事者，有得有不得焉；其见于言者，则又有能有不能也。施于事矣，不见于言，可也。自《诗》《书》、史记所传，其人岂必皆能言之士哉？修于身矣，而不施于事，不见于言，亦可也。孔子弟子有能政事者矣，有能言语者矣。若颜回者，在陋巷，曲肱饥卧而已；其群居，则默然终日如愚人。然自当时群弟子皆推尊之，以为不敢望而及，而后世更百千岁，亦未有能及之者，其不朽而存者，固不待施于事，况于言乎？

予读班固《艺文志》、唐四库书目，见其所列，自三代、秦汉以来，著书之士，多者至百余篇，少者犹三四十篇，其人不可胜数；而散亡磨灭，百不一二存焉。予窃悲其人：文章丽矣，言语工矣，无异草木荣华之飘风，鸟兽好音之过耳也。方其用心与力之劳，亦何异众人之汲汲营营？而忽焉以死者，虽有迟有速，而卒与三者同归于泯灭。夫言之不可恃也，盖如此。今之学者，莫不慕古圣贤之不朽，而勤一世以尽心于文字间者，皆可悲也。

东阳徐生，少从予学为文章，稍稍见称于人。既去，而与群士试于礼部，得高第，由是知名。其文辞日进，如水涌而山出。予欲摧其盛气而勉其思也，故于其归，告以是言。然予固亦喜为文辞者，亦因以自警焉。

□圣祖御评：自待甚重，故立论皆高人一层。

◇王志坚曰：“张芸叟《与石司理书》云：‘顷游京师，每听欧阳文忠公、王荆公、司马温公之论，于行义、文史为多，惟欧公多谈吏事。久之，不免有请，云：学者之见先生，莫不以道德文章为欲闻者。今先生多教人以吏，事所未喻也。公曰：不然。

吾子异日临事，当自知之。大抵文章止于润身，政事可以及物。吾昔贬官夷陵，欲求《史》《汉》一观，公私无有。因取陈年公牍，反覆观之，见其枉直乖错，不可胜数。且以夷陵荒远褊小尚如此，天下固可知也。当时仰天誓心曰：自尔遇事，不敢忽也。迨今二十余年，出入中外，忝尘三事。今日以人望我，必谓翰墨致身；以我自观，竟是当时一言之报也。’此序谆谆以徒言为诫，即此一段，公于文学曾不自足，而必求政事以及人，非圣贤心事，何以有此？”

卷二十五

庐陵欧阳修文四　序、策问、论

送王圣纪赴扶风主簿序

前年五月，大霖雨杀麦，河溢东畿，浸下田。已而不雨，至于八月，菽粟死高田。三司有言："前时溢博州，民冒河为言，得免租者盖万计。今岁秋当租，惧民幸水旱，因缘得妄免，以亏兵食，慎敕有司谨之。"朝廷因举田令，约束州县吏。吏无远近，皆望风恶民言水旱，一以农田敕限，甚者笞而绝之。畿之民诉其县，不听；则诉于开封，又不听；则相与聚立宣德门外，诉于宰相。于是遣吏四出视诸县。视者还，而或言灾、或言否，然言否者十七八。最后视者还，言民实灾，而吏徒畏约束以苟自免尔。天子闻之恻然，尽蠲畿民之租。

余尝窃叹曰：民生幸而为畿民，有缓急，近而易知也。雨降于天，河溢于地，与赤日之出，是三者，物之易见也。前二三岁，旱蝗相连，朝廷岁岁随其灾之厚薄，蠲其赋之多少。至兵食不足，则岁籴或入粟以爵而充之。是在上者之爱人，而仁人之心易恻也。以易知之近，言易见之事，告易恻之仁，然吏一壅之，几不得达；况四海之大，几万里而远，事之难知，不若霖潦赤日之易见者何数？使上有恻之之心不得达于下，下有思告之苦不得通于上者，吏居其间而壅之尔，可胜叹哉！

扶风为县，限关之西，距京师在千里外，民之不幸而事有隐畏者何限，其能生死曲直之者，令与主簿、尉三人。而民之志得不壅而闻于州，州不壅而闻于上，县不壅而民志通者，令与主簿、尉达之而已。

王君圣纪，主簿于其县。圣纪好学有文，佐是县也，始试其为政焉，故以夫素所叹者告之。

景祐三年二月二十四日，庐陵欧阳修序。

○秦二世时，山东郡县少年苦秦吏，皆杀其守尉、令丞反，以应陈涉，相立为侯王，合从西向，名为伐秦，不可胜数也。谒者使东方来，以反者闻二世，二世怒，下吏。后使者至，上问，对曰："群盗，郡守尉方逐捕，今尽得，不足忧。"上悦。及阎乐至望夷宫，射及幄帏，二世怒，召左右，左右惶扰不斗。旁有一宦者侍，不敢去。二世谓曰："公何不早告我，乃至于此？"宦者曰："臣不敢言，故得全。使臣早言，皆已诛，安得至今？"

嗟夫！古先哲王，使公卿至于列士献诗，瞽献曲，史献书，师箴瞍赋，矇诵工谏，庶人传语，近臣尽规，亲戚补察。夫人情莫不好誉而恶毁，古先哲王亦人尔，必欲尽小人怨汝詈汝之声交至于耳，且皇自敬德，厥愆曰朕之愆，不啻不敢含怒，岂非布衣之所不能堪者哉？凡以位愈高，则蔽愈众且远，或望风而战栗，或望风而希旨。以其一喜则万利集，一怒则万苦聚，人安得不惟喜之冀而唯怒之惧？于是有可以得喜者，无不为也；有可以得怒者，无不避也。是故下愈巧而上愈闇，下愈党而上愈孤。上孤且闇，则百姓无可告诉，而小人在位愈益得志，社稷危于累卵，若秦二世矣。《易》曰："丰其屋，蔀其家，窥其户，阒其无人，三岁不觌，凶。"此之谓也。

夫秦二世者，与桀、纣比踪者也。后世人主言及二世事，则曰："是安得复见于今也？"今观修所言，乃宋仁宗时事。仁宗之与二世，相去天渊，不可以道里计。而一有"惧民幸水旱，因缘得免租"之见，则畿内之近，民有灾而不得闻；遣吏四出，而归言无灾者十七八矣。仁宗虽终不为二世，而秦时谒者，何难复生于景祐间哉？人主奈何不惧惧之？若何曰"谨好恶"而已矣！

送田画秀才宁亲万州序

五代之初，天下分为十三四。及建隆之际，或灭或微，其在者犹七国，而蜀与江南地最大。以周世宗之雄，三至淮上，不能举李氏；而蜀亦恃险为阻，秦陇、山南皆被侵夺，而荆人缩手归、峡，不敢西窥以争故地。

及太祖受天命，用兵不过万人，举两国如一郡县吏，何其伟欤！当此时，文初之祖，从诸将西平成都及南攻金陵，功最多，于时语名将者，称田氏。田氏功书史官，禄世于家，至今而不绝。及天下已定，将率无所用其武，士君子争以文儒进，故文初将家子，反衣白衣，从乡进士举于有司。彼此一时，亦各遭其势而然也。

文初辞业通敏，为人敦洁可喜。岁之仲春，自荆南西拜其亲于万州，维舟夷陵。予与之登高以远望，遂游东山，窥绿萝溪，坐磐石。文初爱之，数日乃去。

夷陵者，其地志云：北有夷山，以为名；或曰：巴峡之险，至此地始平夷。盖今文初所见，尚未为山川之胜者。由此而上，溯江湍，入三峡，险怪奇绝，乃可爱也。当王师伐蜀时，兵出两道，一自凤州以入，一自归州以取忠、万以西。今之所经，皆王师向所用武处，览其山川，可以慨然而赋矣。

○此篇与《丰乐亭记》同义。俯仰百年间，想创业之艰难，识治平之有由，抚安乐之适时，惧危亡之不戒，期全孝于抒忠，畏失义而离道，种种具流露于意言之表。

送杨寘序

予尝有幽忧之疾，退而闲居，不能治也。既而学琴于友人孙道滋，受宫声数引，久而乐之，不知疾之在其体也。

[夫疾，生乎忧者也。药之毒者，能攻其疾之聚；不若声之至者，能和其心之所不平。心而平，不和者和，则疾之忘也宜哉！]

夫琴之为技小矣，及其至也，大者为宫，细者为羽。操絃骤作，忽然变之，急者凄然以促，缓者舒然以和。如崩崖裂石，高山出泉，而风雨夜至也；如怨夫寡妇之叹息，雌雄雍雍之相鸣也。其忧深思远，则舜与文王、孔子之遗音也；悲愁感愤，则伯奇孤子、屈原忠臣之所叹也。喜怒哀乐，动人心深；而纯古淡泊，与夫尧舜三代之言语、孔子之文章，《易》之忧患、《诗》之怨刺，无以异。其能听之以耳，应之以手，取其和者，道其堙郁，写其忧思，则感人之际亦有至者矣。[是不可以不学也。]

予友杨君，好学有文，累以进士举，不得志。及从荫调，为尉于剑浦，区区在东南数千里外，是其心固有不平者。且少又多疾，而南方少医药，风俗饮食异宜。以多疾之体，有不平之心，居异宜之俗，其能郁郁以久乎？然欲平其心以养其疾，于琴亦将有得焉。故予作“琴说”以赠其行，且邀道滋酌酒进琴以为别。

○古之善言琴者，惟韩退之《听颖师弹琴》诗，然未免“三分琵琶七分筝”之诮。若此文与枚乘《七发》中“龙门之桐高百尺而无枝”一篇，便真有琴声出于纸上。

送王陶序

六经皆载圣人之道，而《易》著圣人之用。吉凶、得失，动静、进退，《易》之事也。其所以为之用者，刚与柔也。《乾》健《坤》顺，刚柔之大用也。

至于八卦之变，六爻之错，刚与柔迭居其位，而吉、亨、利、无咎、凶、厉、悔吝之象生焉。盖刚为阳、为德、为君子，柔为阴、为险、为小人。自《乾》之初九为《姤》，而上至于《剥》，其卦五，皆阴剥阳之卦也，小人之道长，君子静以退之时也。自《坤》之初六为《复》，而上至于《夬》，其卦五，皆刚决柔之卦也，小人之道消，君子动以进而用事之时也。夫刚之为德，君子之常用也，庇民利物，功莫大焉。

其为卦，过《泰》之三而四为《大壮》，五为《夬》。壮者，壮也；夬者，决也。四阳虽盛而犹有二阴，然阳众而阴寡，则可用壮以攻之，故其卦为《壮》。五阳而一阴，阴不足为，直可决之而已，故其卦为《夬》。然则君子之用其刚也，审其力，视其时，知阴险小人之必可去，然后以壮而决之。

夫勇者可犯也，强者可诎也，圣人于壮、决之用，必有戒焉。故《大壮》之《彖辞》曰：“大壮利贞。”其《象辞》

曰："君子非礼弗履。"《夬》之《彖辞》曰："健而说，决而和。"其《象辞》曰："居德则忌。"以明夫刚之不可独任也。故复始而亨，临浸而长。《泰》交而《大壮》，以众攻其寡，《夬》乘其衰而决之。夫君子之用其刚也，有《渐》而不失其时，又不独任，必以正、以礼、以说、以和而济之，则功可成。此君子动以进而用事之方也。

太原王陶，字乐道，好刚之士也。常嫉世阴险而小人多，居京师，不妄与人游。力学好古，以自信自守。今其初仕，于《易》得君子动以进之象，故予为"刚说"以赠之。

《大壮》之初九曰："壮于趾，征凶。"《夬》之初九亦曰："壮于趾，往不胜为咎。"以此见圣人之戒用刚也，不独于其彖、象，而又常深戒于其初。呜呼！世之君子少而小人多。君之力学好刚以蓄其志，未始施之于事也；今其往，尤宜慎乎其初！

〇王陶为御史，力攻富弼，其人正子贡所恶"以不孙为勇、以讦为直"者欤？修于其筮仕时，为述《大易》刚德之善以戒之，盖早有以识其心也。其言"君子之用刚也，有《渐》而不失其时，又不独任，必以政、以礼、以说、以和而济之，诚有得"。夫"天德不为首"之旨，先圣之微言大义具于此矣。虽然，若王陶者，何足以语！此党小人、害君子，正是阴柔，非刚也，所为"恶积而不可掩"者也。若夫"壮趾""壮頄"，犹君子也。公私、善恶之不同，由其发心之始已如秦越焉。若王陶者，拟之于《易》，其为"羸豕孚蹢躅"乎？

问进士策一[*]

问：六经者，先王之治具，而后世之取法也。《书》载上古，《春秋》纪事，《诗》以微言感刺，《易》道隐而深矣；其切于世者，《礼》与《乐》也。

自秦之焚书，六经尽矣。至汉而出者，皆其残脱颠倒，或传之老师昏耄之说，或取之冢墓屋壁之间。是以学者不明，异说纷起。况乎《周礼》，其出最后，然其为书备矣。其天地万物之统，制礼作乐，建国君民，养生事死，禁非道善，所以为治之法，皆有条理。

三代之政美矣，而周之治迹，所以比二代而尤详见于后世者，《周礼》著之故也。然汉武以为"渎乱不验"之书，何休亦云"六国阴谋"之说，何也？然今考之，实有可疑者。夫内设公卿、大夫、士，下至府史、胥徒，以相副贰；外分九服、建五等、差尊卑，以相统理，此《周礼》之大略也。

而六官之属，略见于经者五万余人，而里闾县鄙之长、军师卒伍之徒不与焉。王畿千里之地，为田几井，容民几家？王官、王族之国邑几数？民之贡赋几何？而又容五万人者于其间，其人耕而赋乎？如其不耕而赋，则何以给之？夫为治者，故若是之烦乎？此其一可疑者也。秦既诽古，尽去古制。自汉以后，帝王称号，官府制度，皆袭秦故，以至于今虽有因有革，然大抵皆秦制也。未尝有意于《周礼》者，岂其体

---

* 《庐陵集》作《问进士策三首之一》。

大而难行乎？其果不可行乎？

夫立法垂制，将以遗后也。使难行而万世莫能行，与不可行等尔，然则反秦制之不若也。脱有行者，亦莫能兴；或因以取乱，王莽、后周是也，则其不可用决矣。此又可疑也。然其祭祀、衣服、车旗，似有可采者，岂所谓“郁郁之文”乎？

三代之治，其要如何？《周礼》之经，其失安在？宜于今者，其理安从？其悉陈无隐。

〇修言用《周礼》以致乱者，王莽、后周。而王安石之乱宋，即在同时，修为策问，已见其端而为是说耶？抑偶言耶？修知贡举时，安石之祸未炽也。

《周礼》一书，宋儒终不敢直以为非周公所作。或言王莽时，刘歆伪撰篇章篡入之，以媚新室，俾其虐政，若出周公之旧典者，而礼家断断以为不可。今观修文，核计六官之属五万余人，而无员额者尚不在内，乃欲以千里之地供其禄糈，则实势所必无矣。顾修所疑，犹为举其小而遗其大也。

夫圣人之治天下，养人为大。《书》曰“厚生”，《易》曰“损上益下”，《诗》刺“苌楚”，《春秋》讥“税亩”，孔子曰“富之”，孟子曰“薄税敛”，《大学》曰“财聚则民散”。凡六经、四子之书，所以教万世之帝王、公卿、大夫，至于师长、百执事者，莫此为先焉。盖天生贵者，所以养贱者也；天生富者，所以养贫者也，此天地之性也。圣贤之所以为圣贤，由欲利民也；经书之所以为经书，由欲垂利民之典则于万世也。

今观《周礼》司市、质人、廛人、肆长、泉府、司门、司关、山虞、林衡、川衡、泽虞、迹人、丱人、角人、羽人、掌葛、掌染、掌茶、掌蜃之属，举市廛、门关、山林、川泽所有鸟兽、鱼鳖、草木、玉石一切货贿之属，莫不设厉禁而尽征之。入市有税，入门有税，入关有税；避而不入，即没入之。地所从产，又官守而以时入之；甚至民有称贷，又官取其息。不如禁者，执而诛罚之。如是，则天之所生，地之所长，人之所养，俱入朝廷，不留一丝毫之遗利以与民矣。虽王莽之虐，恐其力亦不能悉如书中之所载，以尽行其厉民之事也，而谓周公为之乎？

若夫有天地而后有万物，有万物而后有男女，有男女而后有夫妇。《中庸》曰“造端乎夫妇”，夫妇诚人道之始也。今《周礼·媒氏》曰：“中春之月，会男女于是时也，奔者不禁。若无故而不用令者，罚之。”又曰：“司男女之无夫家者而会之。”如是，则是设之官、立之禁，驱天下女子之未有夫者必奔，而夫死者必嫁也，诚何心哉！

其他琐细不具论，即此二大端，在上者虽有《关雎》《麟趾》之意，又如之何其可行邪？由此观之，即使周公果有是书，亦已不传于后世。孟子不云乎：“诸侯恶其害己也，而皆去其籍。”岂孟子时已无其籍，而今日犹有全书邪？纵使尚有断简残编之没于莽秽榛杂中者，非圣人复起，其孰能辨之？然则或谓刘歆媚莽所作者，似亦十得六七也。

问进士策 四首之四

问：古之取士者，上下交相待以成其美。今之取士者，上下交相害，欲济于事，可乎？

古之士，教养有素而进取有渐。上之礼其下者厚，故下之自守者重。上非厚礼，不能以得士；士非自重，不能以见礼于上。故有国者，设爵禄、车服、礼乐于朝，以待其下；为士者，修仁义、忠信、孝悌于家，以待其上。设于朝者，知下之能副其待，则愈厚；居下者，知上之不薄于己，故愈重。此岂不交相成其美欤！

后世之士则反是。上之待其下也，以为（谓）干利而进尔，虽有爵禄之设而日为之防，以革进之滥者。下之视其上也，以为（谓）虽自重，上孰我知？不自进则不能以达。由是，上之待其下也益薄，下之自守者益不重而轻。呜呼！居上者欲得其人，在下者欲行其道，其可得邪？

原夫三代，取士之制如何？汉魏迨今，其变制又如何？宜历道其详也。制失其本，致其反古，当自何始？今之士，皆学古通经，稍知自重矣；而上之所以礼之者，未加厚也。噫！由上之厚，然后致下之自重欤？必下之自重，然后上礼之厚欤？二者两不为之先，其势亦奚由而合也？宜具陈其本末，与其可施于今者以对。

〇学校之教不逮于古，而取士无长策矣。其上下交相失之故，具见于篇，盖千古贤君志士之所同慨也。

泰誓论

《书》称：商始咎周以乘黎。乘黎者，西伯也。西伯以征伐诸侯为职事，其伐黎而胜也，商人已疑其难制而恶之。使西伯赫然见其不臣之状，与商并立而称王，如此十年，商人反晏然不以为怪，其父师老臣如祖伊、微子之徒，亦默然相与熟视而无一言，此岂近于人情邪？由是言之，谓西伯受命称王十年者，妄说也。

以纣之雄猜暴虐，尝醢九侯而脯鄂侯矣，西伯闻之窃叹，遂执而囚之，几不免死。至其叛己不臣而自王，乃反优容而不问者十年，此岂近于人情邪？由是言之，谓西伯受命称王十年者，妄说也。

孔子曰：“三分天下有其二，以服事商。”使西伯不称臣而称王，安能服事于商乎？且谓西伯称王者，起于何说？而孔子之言，万世之信也。由是言之，谓西伯受命称王十年者，妄说也。

伯夷、叔齐，古之知义之士也，方其让国而去，顾天下皆莫可归，闻西伯之贤，共往归之。当是时，纣虽无道，天子也。天子在上，诸侯不称臣而称王，是僭叛之国也。然二子不以为非，依之久而不去。至武王伐纣，始以为非而弃去。彼二子者，始顾天下莫可归，卒依僭叛之国而不去，不非其父而非其子，此岂近于人情邪？由是言之，谓西伯受命称王十年者，妄说也。

《书》之《泰誓》称“十有一年”，说者因以谓自文王受命九年，及武王居丧二年，并数之尔。是以西伯听虞、芮之讼，谓之受命，以为元年。此又妄说也。

古者人君即位，必称元年，常事尔，不以为重也。后世曲学之士说《春秋》，始以改元为重事。然则果常事与？固不足道也；果重事与？西伯即位，已改元矣。中间不宜改元而又改元；至武王即位，宜改元而反不改元，乃上冒先君之元年，并其居丧称十一年；及其灭商而得天下，其事大于听讼远矣，又不改元。由是言之，谓西伯以受命之年为元年者，妄说也。

后之学者，知西伯生不称王，而中间不再改元，则《诗》《书》所载文、武之事，粲然明白而不诬矣。

或曰：然则武王毕丧伐纣，而《泰誓》曷为称“十有一年”？对曰：毕丧伐纣，出于诸家之小说；而《泰誓》，六经之明文也。

昔者孔子当衰周之际，患众说纷纭，以惑乱当世，于是退而修六经，以为后世法。及孔子既没，去圣稍远，而众说复兴，与六经相乱。自汉以来，莫能辨正。今有卓然之士，一取信乎六经，则《泰誓》者，武王之事也；“十有一年”者，武王即位之十有一年尔，复何疑哉？司马迁作《周本纪》，虽曰武王即位九年，祭于文王之墓，然后治兵于孟津；至作《伯夷列传》，则又载父死不葬之说，皆不可为信，是以吾无取焉。取信于《书》，可矣。

〇乍读斯论，一则曰“妄说”，再则曰“妄说”，更三、四称而不止，若言之无文者。绎思之，而后知其用意也。

《无逸》曰“文王受命惟中身”，盖由武王已得天下之后，而推本言之耳。周公若曰当文王之中年，已可朝诸侯、有天下，而不改臣节，文王所以为至德也。文王非不能得天下，而必待武王也。孔子亦曰：“三分天下有其二，以服事殷，周之德，其可谓至德也已矣。”后世不察，转因“受命惟中身”一语，而谓文王有灭商之心，且显叛商之迹，推其年岁，当在戡黎之时。遂谓其时西伯称王改元，武王本文王之志以伐商，即位不改元，而于《泰誓》之“十有三年”，缪解纷纭；曹操、司马懿，遂有“吾其为周文王”之语。

经之不明，人伦之大患。修既确见其妄辞，而辟之应不遗余力，故不惜言重辞复，为斩斩断断之辞，凡以明人伦云尔。

本　论

天下之事有本末，其为治者有先后。尧舜之书略矣，后世之治天下，未尝不取法于三代者，以其推本末而知所先后也。

三王之为治也，以理数均天下，以爵地等邦国，以井田域民，以职事任官。天下有定数，邦国有定制，民有定业，官有定职。使下之共上，勤而不困；上之治下，简而不劳。财足于用，而可以备天灾也；兵足以御患，而不至于为患也。凡此具矣，然后饰礼乐、兴仁义以教道之。是以其政易行，其民易使，风俗淳厚，而王道成矣。虽有荒子孱孙继之，犹七八百岁而后已。

夫三王之为治，岂有异于人哉？财必取于民，官必养于禄，禁暴必以兵，防民必以刑，与后世之治者，大抵同也。然后世常多乱败，而三王独能安全者，何也？三王善推本末，知所先后，而为之有条理。后之有天下者，孰不欲安且治乎？用心益劳而政益不就，諰諰然常恐乱败及之，而辄以至焉者，何也？以其不推本末、不知先后而已。

今之务众矣，所当先者五也。其二者，有司之所知；其三者，则未之思也。足天下之用，莫先乎财；系天下之安危，莫先乎兵，此有司之所知也。然财丰矣，取之无限而用之无度，则下益屈而上益劳。兵强矣，而不知所以用之，则兵骄而生祸。所以节财、用兵者，莫先乎立制。制已具备，兵已可使，财已足用，所以共守之者，莫先乎任人。是故均财而节兵，立法以制之，任贤以守法，尊名以厉贤，此五者相为用，有天下者之常务，当今之世所先，而执事者之所忽也。

今四海之内非有乱也，上之政令非有暴也，天时水旱非有大故也，君臣上下非不和也。以晏然至广之天下，无一间隙之端，而南夷敢杀天子之命吏，西夷敢有崛强之王，北夷敢有抗礼之帝者，何也？生齿之数日益众，土地之产日益广，公家之用日益急，四夷不服，中国不尊，天下不实者，何也？以五者之不备故也。

请试言其一二。方今农之趣耕，可谓劳矣；工商取利乎山泽，可谓勤矣；上之征赋榷易商利之臣，可谓纤悉而无遗矣。然一遇水旱，如明道、景祐之间，则天下公私乏绝。是无事之世，民无一岁之备，而国无数年之储也。以此知财之不足也。古之善用兵者，可使之赴水火。今厢禁之军，有司不敢役；必不得已而暂用之，则谓之借倩。彼兵相谓曰“官倩我”，而官之文符亦曰“倩”。夫赏者所以酬劳也，今以大礼之故，不劳之赏三年而一遍，所费八九百万，有司不敢缓月日之期。兵之得赏，不以无功知愧，乃称多量少，比好嫌恶；小不如意，则群聚而呼，持梃欲击天子之大吏。无事之时其犹若此，以此知兵骄也。

夫财用悉出而犹不足者，以无定数也；兵之敢骄者，以用之未得其术。以此知制之不立也。夫财匮兵骄，法制未一，而莫有奋然忘身许国者，以此知不任人也。不任人者，非无人也。彼或挟材蕴知，特以时方恶人之好名，各藏畜收敛，不敢奋露，惟恐近于名，以犯时人所恶。是以人人变贤为愚，愚者无所责，贤者被讥疾，遂使天下之事将弛废，而莫敢出力以为之。此不尚名之弊者，天下之最大患也。故曰五者之皆废也。

前日五代之乱，可谓极矣，五十三年之间，易五姓十三君，而亡国被弑者八，长者不过十余岁，甚者三四岁而亡。

夫五代之主，岂皆愚者邪？其心岂乐祸乱而不欲为久安之计乎？顾其力有不能为者，时也。当是时也，东有汾晋，西有岐蜀，北有强胡，南有江淮、闽广、吴越、荆潭，天下分为十三四，四面环之。以至狭之中国，又有叛将强臣割而据之，其君天下者，类皆为国日浅，威德未洽，强君武主，力而为之，仅以自守；不幸孱子懦孙，不过一再传，而复乱败。是以养兵如儿子之啖虎狼，犹恐不为用，尚何敢制？以残弊之民人，赡无赀之征赋，头会箕敛，犹恐不足，尚何曰节财以富民？天下之势方若敝庐，补其奥则隅坏，整其桷则栋倾，枝撑扶持，苟存而已，尚何暇法象规圜矩方而为制度乎？是以兵无制，用无节，国家无法度，一切苟且而已。

今宋之为宋，八十年矣，外平僭乱，无抗敌之国；内削方镇，无强叛之臣。天下为一，海内晏然。为国不为不久，天下不为不广也。语曰："长袖善舞，多钱善贾。"言有资者其为易也。方今承三圣之基业，据万乘之尊名，以有四海一家之天下，尽大禹贡赋之地莫不内输，惟上之所取，不可谓乏财。六尺之卒，荷戈胜甲，力彀五石之弩、弯二石之弓者数百万，惟上制而令之，不可谓乏兵。中外之官，居职者数千员，官三班吏部常积者又数百，三岁一诏布衣，而应诏者万余人，试礼部者七八千，惟上之择，不可谓乏贤。民不见兵革于今几四十年矣，外振兵武、攘夷狄，内修法度、兴德化，惟上之所为，不可谓无暇。

以天子之慈圣仁俭，得一二明智之臣相与而谋之，天下积聚，可如文景之富；制礼作乐，可如成周之盛；奋发威烈以耀名誉，可如汉武帝、唐太宗之显赫；论道德，可兴尧舜之治。然而财不足用于上而下已弊，兵不足威于外而敢骄于内，制度不可为万世法而日益丛杂，一切苟且，不异五代之时，此甚可叹也。是所谓居得致之位，当可致之位，当可致之时，又有能致之资，然谁惮而久不为乎？

〇此文切中宋仁宗时政事之失。汉之不复于三代，人每为文、景叹；宋之遽衰于神、哲，人亦每为仁、英惜。盖国无人焉，孰与为理？此《雅》诗所以颂美人君，必以贤才众多为辞。盖国家之福，天地之祥，诚莫大乎此也！

卷二十六

庐陵欧阳修文五　论、记

为君难论上

语曰“为君难”者，孰难哉？盖莫难于用人。

夫用人之术，任之必专，信之必笃，然后能尽其材，而可共成事。及其失也，任之欲专，则不复谋于人而拒绝群议，是欲尽一人之用，而先失众人之心也；信之欲笃，则一切不疑而果于必行，是不审事之可否，不计功之成败也。夫违众举事，又不审计而轻发，其百举百失而及于祸败，此理之宜然也。然亦有幸而成功者，人情成是而败非，则又从而赞之，以其违众为独见之明，以其拒谏为不惑群论，以其偏信而轻发为决于能断。使后世人君慕此三者以自期，至其信用一失而及于祸败，则虽悔而不可及。此甚可叹也！

前世为人君者，力拒群议，专信一人，而不能早悟，以及于祸败者，多矣；不可以遍举，请试举其一二。

昔秦苻坚地大兵强，有众九十六万，号称百万，蔑视东晋，指为一隅，谓可直以气吞之耳。然而举国之人，皆言晋不可伐，更进互说者不可胜数。其所陈天时、人事，坚随以强辩折之；忠言谠论，皆沮屈而去。如王猛、苻融，老成之言也，不听；太子宏、少子诜，至亲之言也，不听；沙门道安，坚平生所信重者也，数为之言，不听。惟听信一将军慕容垂者。垂之言曰："陛下内断神谋足矣，不烦广访朝臣，以乱圣虑。"坚大喜曰："与吾共定天下者，惟卿尔。"于是决意不疑，遂大举南伐。兵至寿春，晋以数千人击之，大败而归；比至洛阳，九十六万兵，亡其八十六万。坚自此兵威沮丧，不复能振，遂至于乱亡。

近五代时，后唐清泰帝患晋祖之镇太原也，地近契丹，恃兵跋扈，议欲徙之于郓州。举朝之士皆谏，以为未可。帝意必欲徙之，夜召常所与谋枢密直学士薛文遇问之，以决可否。文遇对曰："臣闻作舍道边，三年不成。此事断在陛下，何必更问群臣。"帝大喜曰："术者言我今年当得一贤佐，助我中兴，卿其是乎！"即时命学士草制，徙晋祖于郓州。明旦宣麻，在廷之臣皆失色。后六日而晋祖反书至，清泰帝忧惧不知所为，谓李崧曰："我适见薛文遇，为之肉颤，欲自抽刀刺之。"崧对曰："事已至此，悔无及矣！"但君臣相顾涕泣而已。

由是言之，能力拒群议、专信一人，莫如二君之果也；由之以致祸败乱亡，亦莫如二君之酷也。方苻坚欲与慕容垂共定天下，清泰帝以薛文遇为贤佐助我中兴，可谓临乱之君各贤其臣者也。

或有诘予曰："然则用人者，不可专信乎？"应之曰："齐桓公之用管仲，蜀先主之用诸葛亮，可谓专而信矣，不闻举齐、蜀之臣民非之也。盖其令出而举国之臣民从，事行而举国之臣民便，故桓公、先主得以专任而不贰也。使令出而两国之人不从，事行而两国之人不便，则彼二君者，其肯专任而信之，以失众心而敛国怨乎？”

□圣祖御评：文气峻决，是极有断制之作。

为君难论下

呜呼！用人之难，难矣，未若听言之难也。夫人之言，非一端也。巧辩纵横而可喜，忠言质朴而多讷，此非听言之难，在听者之明暗也；谀言顺意而易悦，直言逆耳而触怒，此非听言之难，在听者之贤愚也。是皆未足为难也。若听其言则可用，然用之有辄败人之事者；听其言若不可用，然非如其言不能以成功者，此然后为听言之难也。请试举其一二。

战国时，赵将有赵括者，善言兵，自谓天下莫能当。其父奢，赵之名将，老于用兵者也，每与括言，亦不能屈。然奢终不以括为能也，叹曰：“赵若以括为将，必败赵事。”其后奢死，赵遂以括为将。其母自见赵王，亦言括不可用。赵王不听，使括将而攻秦。括为秦军射死，赵兵大败，降秦者四十万人，坑于长平。盖当时未有如括善言兵，亦未有如括大败者也。此听其言可用，用之辄败人事者，赵括是也。

秦始皇欲伐荆，问其将李信：“用兵几何？”信方年少而勇，对曰：“不过二十万足矣。”始皇大喜。又以问老将王翦，翦曰：“非六十万不可。”始皇不悦，曰：“将军老矣，何其怯也！”因以信为可用，即与兵二十万，使伐荆。王翦遂谢病，退老于频阳。已而信大为荆人所败，亡七都尉而还。始皇大惭，自驾如频阳谢翦，因强起之。翦曰：“必欲用臣，非六十万不可。”于是卒与六十万而往，遂以灭荆。夫初听其言若不可用，然非如其言不能以成功者，王翦是也。

且听计于人者宜如何？听其言若可用，用之宜矣，辄败事；听其言若不可用，舍之宜矣，然必如其说则成功，此所以为难也。予又以谓秦、赵二主，非徒失于听言，亦由乐用新进，忽弃老成，此其所以败也。大抵新进之士喜勇锐，老成之人多持重。此所以人主之好立功名者，听勇锐之语则易合，闻持重之言则难入也。

若赵括者，则又有说焉。予略考《史记》所书，是时赵方遣廉颇攻秦。颇，赵名将也。秦人畏颇，而知括虚言易与也，因行反间于赵曰：“秦人所畏者，赵括也。若赵以为将，则秦惧矣。”赵王不悟反间也，遂用括为将以代颇。蔺相如力谏，以为不可。赵王不听，遂至于败。由是言之，括虚谈无实而不可用，其父知之，其母亦知之，赵之诸臣蔺相如等亦知之，外至敌国亦知之；独其主不悟尔。夫用人之失，天下之人皆知其不可，而独其主不知者，莫大之患也。前世之祸乱败亡由此者，不可胜数也。

○《为君难论》分著用人、听言之难，故作上、下二篇，实一首也。

吉州学记

庆历三年秋，天子开天章阁，召政事之臣八人，问治天下其要有几，施于今者宜何先，使坐而书以对。八人者皆震恐失位，俯伏顿首，言“此非愚臣所能及，惟陛下所欲为，则天下幸甚”。于是诏书屡下，劝农桑，责吏课，举贤才。其明年三月，遂诏天下皆立学，置学官之员，然后海隅徼塞、四方万里之外，莫不皆有学。呜呼，盛矣！

学校，王政之本也。古者致治之盛衰，视其学之兴废。《记》曰：“国有学，遂有序，党有庠，家有塾。”此三代极盛之时大备之制也。宋兴，盖八十有四年，而天下之学始克大立，岂非盛美之事，须其久而后至于大备欤？是以诏下之日，臣民喜幸而奔走，就事者以后为羞。

其年十月，吉州之学成。州旧有夫子庙，在城之西北。今知州事李侯，宽之至也，谋与州人迁而大之，以为学舍。事方上请而诏已下，学遂以成。李侯治吉，敏而有方。其作学也，吉之士，率其私钱一百五十万以助；用人之力，积二万二千工，而人不以为劳；其良材坚甓之用，凡二十二万三千五百，而人不以为多。学有堂筵斋讲，有藏书之阁，有宾客之位，有游息之亭，严严翼翼，壮伟闳耀，而人不以为侈。既成而来学者，常三百余人。

予世家于吉，而滥官于朝，进不能赞扬天子之盛美，退不得与诸生揖让乎其中。然予闻，教学之法，本于人性。磨揉迁革，使趋于善，其勉于人者勤，其入于人者渐。善教者以不倦之意，须迟久之功，至于礼让兴行而风俗纯美，然后为学之成。

今州县之吏，不得久其职而躬亲于教化也，故李侯之绩及于学之立，而不及待其成。惟后之人，毋废慢天子之诏而怠（殆）以中止。幸予他日因得归荣故乡，而谒于学门，将见吉之士皆道德明秀而可为公卿；问于其俗，而婚丧饮食皆中礼节；入于其里，而长幼相孝慈于其家；行于其郊，而少者扶其羸老、壮者代其负荷于道路。然后乐学之道成，而得时从先生、耆老，席于众宾之后，听乡乐之歌，饮献酬之酒，以诗颂天子太平之功；而周览学舍，思咏李侯之遗爱，不亦美哉！故于其始成也，刻辞于石，而立诸其庑以俟。

◇蔡世远曰："欧、曾学记，虽于道之大原未能洞澈，学者下手工夫未能亲切指示，然从经史中几经研究，议论正大，文笔茂美，卓然儒者之文。"

岘山亭记

岘山临汉上，望之隐然，盖诸山之小者；而其名特著于荆州者，岂非以其人哉？其人谓谁？羊祜叔子、杜预元凯是已。

方晋与吴以兵争，常倚荆州以为重，而二子相继于此，遂以平吴而成晋业，其功烈已盖于当世矣。至于风流余韵，蔼然被于江汉之间者，至今人犹思之，而于思叔子也尤深。盖元凯以其功，而叔子以其仁，二子所为虽不同，然皆足以垂于不朽。而（余）颇疑其反自汲汲于后世之名者，何哉？传言叔子尝登兹山，慨然语其属，以谓此山常在，而前世之士皆已湮灭于无闻，因自顾而悲伤。然独不知兹山待己而名著也。元凯铭功于二石，一置兹山之上，一投汉水之渊。是知陵谷有变，而不知石有时而磨灭也。岂皆自喜其名之甚而过为无穷之虑欤？将自待者厚而所思者远欤？

山故有亭，世传以为叔子之所游止也。故其屡废而复兴者，由后世慕其名而思其人者多也。熙宁元年，余友人史君中煇，以光禄卿来守襄阳。明年，因亭之旧，广而新之，既周以回廊之壮，又大其后轩，使与亭相称。君知名当世，所至有声，襄人安其政而乐从其游也，因以君之官，名其后轩为“光禄堂”；又欲纪其事于石，以与叔子、元凯之名并传于久远。君皆不能止也，乃来以记属于予。

余谓君知慕叔子之风而袭其遗迹，则其为人与其志之所存者，可知矣；襄人爱君而安乐之如此，则君之为政于襄者，又可知矣。此襄人之所欲书也。若其左右山川之胜势，与夫草木云烟之杳霭，出没于空旷有无之间，而可以备诗人之登高，写离骚之极目者，宜其览者自得之。至于亭屡废兴，或自有记，或不必究其详者，皆不复道也。

[熙宁三年十月二十有二日，六一居士欧阳修记。]

○修言羊叔子、杜武库“自待者厚而所思者远”，盖谓二人之意，非沾沾诩诩自喜；直自以为功烈犹卑，不足传后，而恐其磨灭云尔。此修厚待古人处，而所以勖史中煇者，已在言外。虽然，亦未可谓羊、杜之意，不如修所云也。

凡人急功近名，蕲胜于人而取于人，岂必不胜于人而取于人哉？而实之美恶，其发也不掩，往往及身而败，又安能死而益明、久而愈光？惟实有立于天地而被于万民，则其存也，常自欿然不足蒿目焉，而莫副所愿；及其亡也，其所立与所被乃耿耿不磨，出于其人平时意料之外。古语云：“鼠忘壁，壁不忘鼠。”谓其实有穴在也。善固如此，恶胡不然？子曰：“君子疾没世而名不称焉。”疾没世而名不称，则必期未没时之尽其实也明矣。名者，实之宾也。岂曰吾将为宾乎？岂曰蕲胜于人而取于人，图目前之烜赫，如彼槿荣昼炕而宵聂乎？

丰乐亭记

修既治滁之明年夏，始饮滁水而甘。问诸滁人，得于州南百步之近。其上丰山耸然而特立，下则幽谷窈然而深藏，中有清泉，滃然而仰出。俯仰左右，顾而乐之。于是疏泉凿石，辟地以为亭，而与滁人往游其间。

滁于五代干戈之际，用武之地也。昔太祖皇帝，尝以周师破李景兵十五万于清流山下，生擒其将皇甫晖、姚凤于滁东门之外，遂以平滁。修尝考其山川、按其图记，升高以望清流之关，欲求晖、凤就擒之所，而故老皆无在者，盖天下之平久矣。

自唐失其政，海内分裂，豪杰并起而争，所在为敌国者，何可胜数？及宋受天命，圣人出而四海一。向之凭恃险阻，刬削消磨，百年之间，漠然徒见山高而水清。欲问其事，而遗老尽矣。

今滁介于江淮之间，舟车商贾、四方宾客之所不至。民生不见外事，而安于畎亩衣食，以乐生送死。而孰知上之功德，休养生息，涵煦百年之深也！

修之来此，乐其地僻而事简，又爱其俗之安闲。既得斯泉于山谷之间，乃日与滁人仰而望山，俯而听泉，掇幽芳而荫乔木，风霜冰雪，刻露清秀，四时之景，无不可爱。又幸其民乐其岁物之丰成，而喜与予游也。因为本其山川，道其风俗之美，使民知所以安此丰年之乐者，幸生无事之时也。

夫宣上恩德，以与民共乐，刺史之事也。遂书以名其亭焉。

□圣祖御评：归美国家太平，以为丰乐之由，立言有体，而俯仰处更多闲情逸韵。

〇按林希元曰："此篇专归功于上之功德。第一节先叙滁之景以为亭，第二节论滁为干戈用武之地，第三节论圣宋平定之事，第四节论民生丰乐皆上之功德，第五节论滁人立亭共享丰年之乐，第六节论宣上意以与民同乐所以名亭。"希元于此文，脉络善为分疏矣；若修言外之意，顾未及之也。

尝考唐末五代，干戈纷争，生民荼苦备矣。宋兴，削平天下，斩其蓬蒿藜藋而养以雨风。至于仁宗，犹天下之母焉，一以柔道滋培和气，一时四海宴清，人民欢乐。然而名实亦少混焉，武备亦少弛焉。文恬武嬉，积日阅考以取卿相者多。席祖宗太平余业，几及百年；百姓长子养孙，不见兵革。于斯时也，在《易》之《丰》，所谓"日中"者也。君子见微而知彰，修所以一则曰"幸其民乐岁之丰成"，再则曰"幸生无事之时"，岂非深危夫斯世斯民之不能长久其幸者哉！至于神宗，"日中则昃"，于是言利之臣进，而天下十室九空；边疆之衅开，而西北肝脑涂地。迨至金人长驱直入，王业偏安，而滁乃复为用武之地矣。然则斯文也，有《蟋蟀》风诗之意焉，所以诏天下万世以居安思危者，旨深哉！

又按《宋史》，杜衍、韩琦、范仲淹、富弼，相继以党议罢去。修疏救，指斥群邪，于是其党益恨，因其孤甥张氏狱傅致其罪，左迁知制诰、知滁州。此文修治滁日所作也，其言温厚和平，足征城府中了无他物，君子哉！首言"修既治滁之明年夏，始饮滁水而甘"，盖其时难始平也。

醉翁亭记

环滁皆山也。其西南诸峰，林壑尤美。望之蔚然而深秀者，琅琊也。山行六七里，渐闻水声潺潺，而泻出于两峰之间者，酿泉也。峰回路转，有亭翼然临于泉上者，醉翁亭也。作亭者谁？山之僧智仙也。名之者谁？太守自谓也。太守与客来饮于此，饮少辄醉，而年又最高，故自号曰“醉翁”也。醉翁之意不在酒，在乎山水之间也。山水之乐，得之心而寓之酒也。

若夫日出而林霏开，云归而岩穴暝，晦明变化者，山间之朝暮也。野芳发而幽香，佳木秀而繁荫，风霜高洁，水落而石出者，山间之四时也。朝而往，暮而归，四时之景不同，而乐亦无穷也。

至于负者歌于涂，行者休于树，前者呼，后者应，伛偻提携，往来而不绝者，滁人游也。临溪而渔，溪深而鱼肥；酿泉为酒，泉香而酒洌。山肴野蔌，杂然而前陈者，太守宴也。宴酣之乐，非丝非竹，射者中，弈者胜，觥筹交错，起坐而喧哗者，众宾欢也。苍颜白发，颓乎其中者，太守醉也。

已而夕阳在山，人影散乱，太守归而宾客从也。树林阴翳，鸣声上下，游人去而禽鸟乐也。然而禽鸟知山林之乐，而不知人之乐；人知从太守游而乐，而不知太守之乐其乐也。醉能同其乐，醒能述以文者，太守也。太守谓谁？庐陵欧阳修也。

○苏轼作《醉翁操》，其序曰：“琅邪幽谷，山水奇丽，泉鸣空涧，若中音会。醉翁喜之，把酒临听，辄欣然忘归。既去十余年，好奇之士沈遵，闻之往游，以琴写其声，曰《醉翁操》，节奏疏宕而音指华畅，知琴者以为绝伦。然有其声而无其辞，翁虽为作歌，而与琴声不合。又依楚辞作《醉翁引》，好事者亦倚其辞以制曲，虽粗合均度，而琴声为辞所绳约，非天成也。后三十余年，翁既捐馆舍，而遵亦没久矣。有庐山玉涧道人崔闲，特妙于琴，恨此曲之无辞，乃谱其声，而请于东坡居士以补之云。”

其辞曰：“琅然，清圜，谁弹，响空山。无言，惟翁醉中知其天。月明风露娟娟，人未眠。荷蒉过山前，曰有心也哉此贤。醉翁啸咏，声和流泉。醉翁去后，空有朝吟夜怨，山有时而童巅，水有时而回困（川）。思翁无岁年，翁今为飞仙。此意在人间，试听徽外三两弦。”

相传崔闲按琴而鼓，东坡援笔而书，曲止辞尽，而宫商谐畅，长短恰宜，为一时胜事。

前人每叹此记为欧阳绝作，间尝熟玩其辞，要亦无关理道；而通篇以“也”字断句，更何足奇？乃前人推重如此者，盖天机畅则律吕自调，文中亦具有琴焉，故非他作之所可并也。况修之在滁，乃蒙被垢污而遭谪贬，常人之所不能堪，而君子亦不能无动心者，乃其于文萧然自远如此，是其深造自得之功发于心声而不可强者也。

偃虹堤记

有自岳阳至者，以滕侯之书、洞庭之图来告曰：“愿有所记。”

予发书按图，自岳阳门西距金鸡之右，其外隐然隆高以长者，曰偃虹堤。问其作而名者，曰：“吾滕侯之所为也。”问其所以作之利害，曰：“洞庭，天下之至险；而岳阳，荆、潭、黔、蜀四会之冲也。昔舟之往来湖中者，至无所寓，则皆泊南津，其有事于州者远且劳，而又常有风波之恐，覆溺之虞。今舟之至者，皆泊堤下，有事于州者，近而且无患。”问其大小之制，用人之力，曰：“长一千尺，高三十尺，厚加二尺而杀其上，得厚三分之二；用民力万有五千五百工，而不逾时以成。”问其始作之谋，曰：“州以事上转运使，转运使择其吏之能者行视可否，凡三反复，而又上于朝廷，决之三司，然后曰可，而皆不能易吾侯之议也。”曰：“此君子之作也，可以书矣。”

盖虑于民也深，则其谋始也精，故能用力少而为功多。夫以百步之堤，御天下至险不测之虞，惠其民而及于荆、潭、黔、蜀，凡往来湖中，无远迩之人皆蒙其利焉。且岳阳四会之冲，舟之来而止者，日凡有几。使堤土石幸久不朽，则滕侯之惠利于人物，可以数计哉？夫事不患于不成，而患于易坏。盖作者未始不欲其久存，而继者常至于殆废。自古贤智之士，为其民捍患兴利，其遗迹往往而在。使其继者皆如始作之心，则民到于今受其赐，天下岂有遗利乎？此滕侯之所以虑，而欲有纪于后也。

滕侯志大材高，名闻当世。方朝廷用兵急人之时，尝显用之。而功未及就，退守一州，无所用心，略施其余，以利及物。夫虑熟谋审，力不劳而功倍，作事可以为后法，一宜书；不苟一时之誉，思为利于无穷，而告来者不以废，二宜书；岳之民人与湖中之往来者，皆欲为滕侯纪，三宜书。以三宜书不可以不书，乃为之书。庆历六年某月某日记。

〇朝廷欲为大作以利民生，往往因之有二蠹。一者利蠹。不顾民之利病，而惟上意之视，藉以固宠加秩，而不问其他。又或赖其金钱出纳以为家肥，上所作无已，则其利亦无已。一者名蠹。不考古今之宜，而弃天地之性，钓奇立异，以为己名。方自谓能为振古未有之事，而不知古人之所不为者之必不可以为。有是二蠹，则朝廷有利民之心，每转为病民之事。逮其事之已成，则外黄徐子所为啜汁者众，缘藤附茑，实繁有徒；有一以为不然，则群起挫之，指为挠国。是民不见利而惟被其累，虽愁苦呻吟而终莫彻于上听，久之而病民者深，遂以病国甚矣。

夫三代以下，人才不振，匪特害民之事不可为，而利民之事亦难为也。孰能谋之审，虑之熟，不苟一时之誉，思为利于无穷，如滕子春（京）之为者乎？范仲淹《岳阳楼记》曰："子京为巴陵郡，其明年，政通人和，百废俱兴。"然则此所为偃虹堤者，殆亦其一事欤？士大夫为百姓立命，为国立业，本非为己身家而然。使有一丝毫名利之念淆其间，则源之不清，流千里而犹浊，汲者、饮者并受其祸。《易》曰："井渫不食，为我心恻。可用汲，王明，并受其福。"食之不渫，安足福哉？

夫所为"渫"者，岂止不贪财贿之谓？夫耗帑肥家，似为最下矣；然计短迹污，人之所恶，易于发露，其害浅。希上旨以钓爵位，稍深矣，而无赫赫名；事不成，则主易悟，犹浅也。若夫假经术以文其奸，取令名以熇其势，若似乎所欲利者国与民而非有他，虽拨本害枝，而千载而下论其人，犹将疑信参半者，是最大蠹也，王安石是已。

安石未相，欧阳修亦尝荐其可以为相矣。皋陶曰"在知人"，而禹曰"惟帝其难之"。圣人之言，所以为万世法鉴哉！

王彦章画像记

太师王公，讳彦章，字子明，郓州寿张人也。事梁，为宣义军节度使，以身死国，葬于郑州之管城。晋天福二年，始赠太师。

公在梁，以智勇闻。梁、晋之争数百战，其为勇将多矣，而晋人独畏彦章。自乾化后，常与晋战，屡困庄宗于河上。及梁末年，小人赵岩等用事，梁之大臣老将多以谗不见信，皆怒而有怠心，而梁亦尽失河北，事势已去。诸将多怀顾望，独公奋然自必，不少屈懈，志虽不就，卒死以忠。公既死，而梁亦亡矣。

悲夫！五代终始，才五十年，而更十有三君，五易国而八姓。士之不幸而出乎其时，能不污其身、得全其节者，鲜矣。公本武人，不知书，其语质，平生尝谓人曰："豹死留皮，人死留名。"盖其义勇忠信，出于天性而然。

予于《五代书》，窃有善善恶恶之志，至于公传，未尝不感愤叹息。惜乎旧史残略，不能备公之事。康定元年，予以节度判官来此，求于滑人，得公之孙睿所录家传，颇多于旧史，其记德胜之战尤详。又言敬翔怒末帝不肯用公，欲自经于帝前；公因用笏画山川，为御史弹而见废。又言公五子，其二同父死节。此皆旧史无之。又云公在滑，以谗自归于京师，而史云召之；是时，梁兵尽属段凝，京师羸兵不满数千，公得保銮五百人之郓州，以力寡败于中都，而史云将五千以往者，亦皆非也。

公之攻德胜也，初受命于帝前，期以三日破敌；梁之将相闻者，皆窃笑。及破南城，果三日。是时庄宗在魏，闻公复用，料公必速攻，自魏驰马来救，已不及矣。庄宗之善料，公之善出奇，何其神哉！

今国家罢兵四十年，一旦元昊反，败军杀将，连四五年，而攻守之计至今未决。予尝独持用奇取胜之议，而叹边将屡失其机。时人闻予说者，或笑以为狂，或忽若不闻；虽予亦惑，不能自信。及读公家传，至于德胜之捷，乃知古之名将必出于奇，然后能胜；然非审于为计者不能出奇，奇在速，速在果。此天下伟男子之所为，非拘牵常算之士可到也。每读其传，未尝不想见其人。

后二年，予复来通判州事。岁之正月，过俗所谓“铁枪寺”者，又得公画像而拜焉。岁久磨灭，隐隐可见，亟命工完理之，而不敢有加焉，惧失其真也。公尤善用枪，当时号“王铁枪”。公死已百年，至今俗犹以名其寺；童儿牧竖，皆知王铁枪之为良将也。一枪之勇，同时岂无？而公独不朽者，岂其忠义之节使然欤？

画已百余年矣，完之复可百年；然公之不泯者，不系乎画之存不存也。而予尤区区如此者，盖其希慕之至焉耳。读其书，尚想乎其人，况得拜其像，识其面目，不忍见其坏也。画既完，因书予所得者于后，而归其人，使藏之。

○《易》曰：“硕果不食。”说者谓：“剥”穷上反下如木，虽本槁枝凋，而末有硕果，则落地复生，本枝复肖其旧也。五代之世，君臣之义可谓剥之尽矣；而彦章为梁纯臣，其硕果欤？或曰朱温者，唐之贼也；彦章事梁，复何义之明？曰：此正所谓本槁枝凋之硕果也。木无生理，而果则有生心。且舜、禹既曰孝矣，彦章岂非忠？夫元载之妻，奚害其为烈妇欤？

欧阳修既为《五代史传》，又于《画像记》反复低徊不置，诚慕乎其忠也。若其慨元昊、契丹之事，而叹今无其人，所以激劝西帅者切矣。

◇唐顺之曰："此文凡五段：一段是总叙其略，二段是言其能全节，三段是辨其事，四段是言其善出奇策，五段是寺中画像之事。而通篇以忠节、善战分两项，然不见痕迹。"

仁宗御飞白记

治平四年夏五月，余将赴亳，假道于汝阴，因得阅书于子履之室。而云章烂然，辉映日月，为之正冠肃容，再拜而后敢仰视，盖仁宗皇帝之御飞白也。

曰："此宝文阁之所藏也，胡为于子之室乎？"

子履曰："曩者天子宴从臣于群玉，而赐以飞白，余幸得与赐焉。予穷于世久矣，少不悦于时人，流离窜斥，十有余年。而得不老死江湖之上者，盖以遭时清明，天子向学，乐育天下之材，而不遗一介之贱，使得与群贤并游于儒学之馆。而天下无事，岁时丰登，民物安乐，天子优游清闲，不迩声色，方与群臣从容于翰墨之娱。而余于斯时，窃获此赐，非惟一介之臣之荣遇，亦朝廷一时之盛事也。子其为我志之。"

余曰："仁宗之德泽，涵濡于万物者四十余年，虽田夫野老之无知，犹能悲歌思慕于垅亩之间；而况儒臣学士，得望清光、蒙恩宠，登金门而上玉堂者乎！"

于是相与泫然流涕而书之："夫玉韫石而珠藏渊，其光气常见于外也。故山辉如白虹、水变而五色者，至宝之所在也。今赐书之藏于子室也，吾知将有望气者，言荣光起而属天者，必赐书之所在也。"

◇《宋史·仁宗赞》："仁宗恭俭仁恕，出于天性。一遇水旱，或密祷禁庭，或跪立殿下。有司请以玉清旧地为御苑，帝曰：'吾奉先帝苑囿，犹以为广，何以是为？’燕私常服浣濯，帷帟衾裯多用缯絁。宫中夜饥，思膳烧羊，戒勿宣索，恐膳夫自此戕贼物命，以备不时之需。大辟疑者，皆令上谳，岁常活千余。吏部选人，一坐失入死罪，皆终身不迁。每谕辅臣曰：‘朕未尝詈人以死，况敢滥用辟乎？’至于夏人犯边，御之出境；契丹渝盟，增以岁币。在位四十二年之间，吏治若媮惰，而任事蔑残刻之人；刑法似纵弛，而决狱多平允之士。国未尝无嬖幸，而不足以累治世之体；朝未尝无小人，而不足以胜善类之气。君臣上下，恻怛之心，忠厚之政，有以培壅宋三百余年之基。子孙一矫其所为，驯致于乱。《传》曰：‘为人君，止于仁。’帝诚无愧焉。”

伐树记

署之东园，久茀不治。修至，始辟之，粪瘠溉枯，为蔬圃十数畦，又植花果桐竹凡百本。春阳既浮，萌者将动。园之守启曰：“园有樗焉，其根壮而叶大。根壮则梗地脉，耗阳气，而新植者不得滋；叶大则阴翳蒙碍，而新植者不得畅以茂。又其材拳曲臃肿，疏轻而不坚，不足养，是宜伐。”因尽薪之。明日，圃之守又曰：“圃之南有杏焉，凡其根庇之广可六七尺，其下之地最壤腴，以杏故，特不得蔬，是亦宜薪。”修曰：“噫！今杏方春且华，将待其实，若独不能损数畦之广为杏地耶？”因勿伐。

既而悟且叹曰：“吁！庄周之说曰：樗、栎以不材终其天年，桂、漆以有用而见伤夭。今樗诚不材矣，然一旦悉翦弃；杏之体最坚密，美泽可用，反见存。岂才不才，各遭其时之可否耶？”

他日，客有遇修者，仆夫曳薪过堂下，因指而语客以所疑。客曰："是何怪耶？夫以无用处无用，庄周之贵也。以无用而贼有用，乌能免哉！彼杏之有华实也，以有生之具而庇其根，幸矣。若桂、漆之不能逃乎斤斧者，盖有利之者在死，势不得以生也，与乎杏，实异矣。今樗之臃肿不材，而以壮大害物，其见伐，诚宜尔；与夫才者死、不才者生之说，又异矣。凡物幸之与不幸，视其处之而已。"客既去，修然其言而记之。

〇漆以膏自割，雁以不能鸣而见烹，其将焉处？庄子曰："吾将处夫材与不材之间。"夫材、不材之间，其果可处邪？割漆者曰："是尚材也。"烹雁者曰："是亦不材也。"其犹有侧足之所乎？君子所欲全者，"性"之云尔，岂曰"身"之云哉？性全则身亦全，忠烈之士陨身沟壑，然而全受全归也。身全而灭其性者，入于禽兽之路矣，身又奚论？

抑又闻之《中庸》曰："惟天下至诚，为能尽其性。能尽其性，则能尽人之性；能尽人之性，则能尽物之性。"人之性，敬敷五典，俾彝伦攸叙，斯尽矣。物之性，若之何其尽？曰：人则不材者必皆使之材，而后其性尽；物则以材付材，以不材付不材，而后胥尽也。

物之生也，所以为民用耳。杏之实可食，樗之枝可薪。食其实而薪其枝，不至于弃掷而朽蠹，则樗与杏之性各尽也。若夫杏之实，储之以供宗庙宾客之礼；樗之薪，析之而为吉蠲饙饎之需：质之贱而用之贵，不以供纵欲而暴殄，则樗与杏之性益尽也。若夫郁结轮囷于山巅涧滏之间，猿狖之所号，狸狌之所居，以此为不夭斧斤，抑知此正所以为夭哉！

卷二十七

庐陵欧阳修文六　状、疏

议学状

右，臣等伏见近日言事之臣为陛下言建学取士之法者众矣，或欲立三舍以养生徒，或欲复五经而置博士；或欲但举旧制而修废坠，或欲特创新学而立科条。其言虽殊，其意则一。陛下慎重其事，下其议于群臣。而议者遂欲创新学、立三舍，因以辨士之能否而命之以官。其始也，则教以经艺文辞；其终也，则取以材识德行。听其言则甚备，考于事则难行。

夫建学校以养贤，论材德而取士，此皆有国之本务，而帝王之极致也。而臣等谓之难行者，何哉？盖以古今之体不同，而施设之方皆异也。

古之建学取士之制，非如今之法也。盖古之所谓为政与设教者，迟速异宜也。夫立时日以趋事，考其功过而督以赏罚者，为政之法也，故政可速成。若夫设教，则以劝善兴化、尚贤励俗为事，其被于人者渐，则入于人也深；收其效者迟，则推其功也远，故常缓而不迫。古者家有塾，党有庠，遂有序，国有学。自天子、诸侯之子，下至国之俊选，莫不入学。自成童而学，至年四十而仕。其习乎礼乐之容，讲乎仁义之训，敦乎孝悌之行，以养父兄、事长上、信朋友，而临财廉、处众让。其修于身，行于家，达于邻里，闻于乡党，然后询于众庶，又定于长老之可信者而荐之，始谓之秀士。久之，又取其甚秀者为选士；久之，又取其甚秀者为俊士；久之，又取其甚秀者为进士。然后辨其论，随其材而官之。夫生七八十岁而死者，人之常寿也。古乃以四十而仕，盖用其半生为学考行，又广察以邻里乡党，而后其人可知。然则积德累善如此勤而久，求贤审官如此慎而有次第，然后矫伪干利之士不容于其间，而风俗不陷于婾薄也。古之建学取士，其施设之方如此也。

方今之制，以贡举取人。往者四岁一诏贡举，而议者患于太迟，更趣之为间岁。而应举之士来学于京师者，类皆去其乡里，远其父母妻子，而为旦暮干禄之计。非如古人，自成童至于四十，就学于其庠序，而邻里乡党得以众察徐考其行实也。盖古之养士本于舒迟，而今之取人患于急迫，此施设不同之大概也。

臣请详言方今之弊。既以文学取士，又欲以德行官人，且速取之欤，则真伪之情未辨，是朝廷本欲以学劝人修德行，而反以利诱人为矫伪。此其不可一也。若迟取之欤，待其众察徐考而渐进，则文辞之士先已中于甲科，而德行之人尚未登于内舍。此其不可二也。且今入学之人，皆四方之游士，赍其一身而来，乌合群处。非如古人在家在学，自少至长，亲戚朋友、邻里乡党，众察徐考其行实也；不过取于同舍一时之毁誉，而决于学官数人之品藻尔。然则同学之人，蹈利争进，爱憎之论，必分朋党。昔东汉之俗尚名节，而党人之祸及天下，其始，起于处士之横议而相訾也。此其不可三也。夫人之材行，若不因临事而见，则守常循理，无异众人。苟欲异众，则必为迂僻奇怪以取德行之名，而高谈虚论以求材识之誉。前日庆历之学，其弊是也。此其不可四也。今若外方专以文学贡士，而京师独以德行取人，则实行素履著于乡曲，而守道丘园之士，皆反见遗。此其不可五也。近者朝廷患四方之士寓京师者多，而不知其士行，遂严其法，使各归于乡里；今又反使来聚于京师，云欲考其德行。若不用四方之士，止取京师之士，则又示人以不广。此其不可六也。

夫儒者，所谓能通古今者，在知其意、达其理，而酌时之宜尔。大抵古者，教学之意缓而不迫，所以劝善兴化，养贤励俗，在于迟久，而不求近效急功也。臣谓宜于今而可行者，立为三舍可也，复五经博士可也。特创新学，虽不若即旧而修废，然未有甚害，创之亦可也。教学之意，在乎敦本而修其实事。给以糇粮，多陈经籍，选士之良者，以通经有道之士为之师，而举察其有过无行者黜去之，则在学之人皆善士也。然后取以贡举之法，待其居官为吏，已接于人事，可以考其贤善优劣，而时取其尤出类者旌异之，则士知修身力行；非为一时之利，而可伸于终身，则矫伪之行不作，而婾薄之风归厚矣。此所谓实事之可行于今者也。

臣等伏见论学者四人，其说各异，而朝廷又下臣等，俾之详定。是欲尽众人之见，而采其长者尔。故臣等敢陈其所有，以助众议之一，非敢好为异论也。伏望圣慈，特赐裁择。

〇读此文，并修所作取士策问，而知后世用人之难也。国家事事须人，而事事难得其人，虽欲跻斯世于唐虞，其谁与为理？三代学校之盛，根于积德累仁，不特非一王所能致，并非一代之所能致。是以极于成周，而美隆于千古。自东周以来，陵夷衰微，败坏湮灭。古今事体，绝不相同，而欲举成周之法以求后世天下之人材，犹资章甫以适于越也。

《易》曰："不耕，获；不菑，畬。则利有攸往。"杨万里别为义曰："初九，动之始；六二，动之继。初耕之，二获之；初菑之，二畬之。天下无不耕而获、不菑而畬者。其曰'不耕''不菑'，则耕且菑，皆前人之所已为也。"是说也，于《易》虽未为正义，而于此可以取喻焉。

若成周者所为，前人已耕已菑者也。其在《诗》，所为《棫朴》之"薪、槱"，《旱麓》之"榛楛"。当文、武已上，其所以"誉髦斯士"者至矣。至于周公，益明选士、造士之制，习射择士之文。而《卷阿》之诗，谓"蔼蔼王多吉士"，如凤凰之鸣于高冈也。斯时也，获耳，畬耳，非耕且菑，以待食者也。若夫"踧踧周道，鞫为茂草"，而谓利（庤）乃钱镈，便可取盈于仓箱所获，安得而非荑稗邪？虽然，学校之制，盛莫过于成周，而亦未必无憸壬；衰莫甚于元世，而亦未尝无硕士经纶天下者。百司庶务，无一时而可以乏人，而能待污莱之田，忽嘉谷之穞（稆）生乎？其必别有所以处之者矣。此篇末幅所论，具足为世法也。

论杜衍范仲淹等罢政事状

臣闻士不忘身不为忠，言不逆耳不为谏。故臣不避群邪切齿之祸，敢干一人难犯之颜。惟赖圣明，幸加省察。

臣伏见杜衍、韩琦、范仲淹、富弼等，皆是陛下素所委任之臣，一旦相继罢黜，天下之士，皆素知其可用之贤，而不闻其可罢之罪。臣虽供职在外，事不尽知，然臣窃见自古小人谗害忠贤，其说不远。欲广陷良善，则不过指为朋党；欲动摇大臣，则必须诬以专权。其故何也？夫去一善人而众善人尚在，则未为小人之利；欲尽去之，则善人少过，难为一二求瑕。惟有指以为朋，则可一时尽逐。至如大臣已被知遇而蒙信任，则难以他事动摇。惟有专权，是上之所恶，故须此说，方可倾之。臣料衍等四人各无大过，而一时尽逐；弼与仲淹委任尤深，而忽遭离间，必有以朋党、专权之说上惑圣聪。臣请试辨之。

昔年仲淹初以忠言谠论闻于中外，天下贤士争相称慕，当时奸臣诬作朋党，犹难辨明。自近日陛下擢此数人，并在两府，察其临事，可以辨也。盖衍为人清慎而谨守规矩，仲淹则恢廓自信而不疑，琦则纯正而质直，弼则明敏而果锐。四人为性，既各不同，虽皆归于尽忠，而其所见各异，故于议事多不相从。至如杜衍欲深罪滕宗谅，仲淹则力争而宽之。仲淹谓契丹必攻河东，请急修边备；富弼料以九事，力言契丹必不来。至如尹洙，亦号仲淹之党，及争水洛城事，韩琦则是尹洙而非刘沪，仲淹则是刘沪而非尹洙。此数事尤彰著，陛下素已知者。此四人者，可谓天下至公之贤也。平日闲居，则相称美之不暇；为国议事，则公言廷诤而不私。以此而言，臣见衍等，真得汉史所谓“忠臣有不和之节”，而小人谗为朋党，可谓诬矣！

臣闻有国之权，诚非臣下之得专也。然臣窃思仲淹等自入两府以来，不见其专权之迹，而但见其善避权也。权者，得名位则可行，故好权之臣必贪名位。自陛下召琦与仲淹于陕西，琦等让至五六，陛下亦五六召之。至如富弼三命学士，两命枢密副使，每一命皆再三（未尝不）恳让；恳让之者愈切，而陛下用之愈坚［，此天下之人所共知］。臣但见其避让太繁，不见其好权贪位也。及陛下坚不许辞，方敢受命，然犹未敢别有所为。陛下见其皆未行事，乃特开天章，召而赐坐，授以纸笔，使其条事。然众人避让，不敢下笔，弼等亦不敢独有所述。因此又烦圣慈，特出手诏，指定姓名，专责弼等条列大事而行之（施行）。弼等迟回，又近（近及）一月，方敢略条数事。仲淹深（老）练世事，必知凡百（事）难猛（遽）更张，故其所陈，志在远大而多若迂缓，但欲渐而行之以久，冀皆有效。弼性虽锐，然亦不敢自出意见，但举祖宗故事，请陛下择而行之。自古君臣相得，一言道合，遇事便行［，更无推避］。臣方怪弼等蒙陛下如此坚意委任，督责丁宁，而犹迟缓自疑，作事不果；然小人巧谮已曰专权者，岂不诬哉！

至如两路宣抚，国朝常遣大臣。况自中国之威，近年不振，故元昊叛逆一方，而劳困及于天下。北敌（虏）乘衅，违盟而动，其书辞侮慢，至有贵（责）祖宗之言。陛下愤耻虽深，但以边防无备，未可与争，屈志买和，莫大之辱。弼等见中国累年侵凌之患，感陛下不次进用之恩，故各自请行，力思雪［国家之前］耻，沿山傍海，不惮勤劳，欲使武备再修，国威复振。臣见弼等用心，本欲尊陛下威权以御四夷，未见其侵权而作过也。

伏惟陛下睿哲聪明，有知人之圣，臣下能否，洞见不遗。

故于千官百辟之中，特（亲）选得此数人，骤加擢用。夫正士在朝，群邪所忌；谋臣不用，敌国之福也。今此数人一旦罢去，而使群邪相贺于内，四夷相贺于外，此臣所［以］为陛下惜之也。伏惟陛下圣德仁慈，保全忠善，退去之际，恩礼各优。今仲淹四路之任亦不轻矣，惟愿陛下拒绝群谤，委信不疑，使尽其所为，犹有裨补。

方今西北二敌（虏），交争未已，正是天与陛下经营之时。如弼与琦，岂可置之闲处？伏望陛下早辨谗巧，特加图任，则不胜幸甚。臣自前岁召入谏院，十月之内，七受圣恩，而致身两制，方（常）思荣宠至深，未知报效之所。今群邪争进谗巧，而正士继去朝廷，乃臣忘身报国之秋，岂可缄言而避罪？敢竭愚瞽，惟陛下择之。

□圣祖御评：从四人事迹显然处，一一引证，更不自立议论，遂尔警切。

◇方岳贡曰："力破'朋党专权'四字，举其实事而明之，更为洞快。"

论史馆日历状

右，臣伏以史者，国家之典法也，自君臣善恶功过，与其百事之废置，可以垂劝戒、示后世者，皆得直书而不隐。故自前世有国者，莫不以史职为重。

伏见国朝之史，以宰相监修，学士修撰；又以两府之臣撰《时政记》，选三馆之士当升擢者，乃命修《起居注》。如此，不为不重矣。然近年以来，员具而职废，其所撰述，简略遗漏，百不存一；至于事关大体者，皆没而不书。此实史官之罪而臣之责也。然其弊，在于修撰之官惟据诸司供报，而不敢书所见闻故也。今《时政记》虽是两府臣寮修纂，然圣君言动有所宣谕，臣下奏议事关得失者，皆不纪录，惟书除目、辞见之类。至于《起居注》亦然，与诸司供报公文无异。修撰官只据此铨次，系以月日，谓之“日历”而已。是以朝廷之事，史官虽欲书而不得书也。自古人君皆不自阅史，今撰述既成，必录本进呈，则事有讳避，史官虽欲书而又不可得也。加以《日历》《时政记》《起居注》，例皆承前，积滞相因，故纂录者常务追修累年前事，而岁月既远，遗失莫存。至于事在目今，可以详于见闻者，又以追修积滞，不暇及之。若不革其弊，则前后相因，史官永无举职之时，使圣朝典法遂成废坠矣。

臣窃闻赵元昊自初僭叛至复称臣，始终一宗事节，皆不曾书。亦闻修撰官甚欲纪述，以修纂后时，追求莫得故也。其于他事，又可知焉。

臣今欲乞特诏修《时政记》《起居注》之臣，并以德音宣谕、臣下奏对之语书之。其修撰官，不得依前只据诸司供报，编次除目、辞见；并须考验事实：其除某官者以某功，如狄青等破侬智高，文彦博等破王则之类；其贬某职者坐某罪，如昨来麟州守将及并州庞籍缘白草平事，近日孙沔所坐之类。事有文据及迹状明白者，皆备书之。所以使圣朝赏罚之典，可以劝善惩恶，昭示后世。若大臣用情、朝廷赏罚不当者，亦得以书为警戒。此国家置史之本意也。

至于其他大事，并许史院据所闻见书之。如闻见未详者，直牒诸处会问，及臣寮公议异同、朝廷裁置处分，并书之。

已上事节，并令修撰官逐时旋据所得，录为草卷，标题月分，于史院躬亲入柜封锁，候诸司供报齐足，修为《日历》。仍乞每至岁终，命监修宰相亲至史院，点检修撰官纪录事迹；内有不勤其事、隳官失职者，奏行责罚。其《时政记》《起居注》《日历》等，除今日以前积滞者不住追修外，截自今后，并令次月供报；如稍迟滞，许修撰官自至中书、枢密院催请。其诸司供报拖延，及史院有所会问，诸处不画时报应、致妨修纂者，其当行手分，并许史院牒开封府勾追严断。其《日历》《时政记》《起居注》，并乞更不进本，所贵少修史职，上存圣朝典法。

此乃臣之职事，不敢不言。谨具状奏闻，伏候敕旨。

◇储欣曰："宋史有三，曰《时政记》，曰《起居注》，曰《日历》。其两府大臣撰《时政记》，其三馆应升之士修《起居注》；《日历》即据前二书，学士修撰，而命宰相监修之。是则《时政记》《起居注》最先。而《日历》其成书也，《记》《注》不详，学士何所依据以为修撰乎？如公此疏所请，庶复有信史耳。"

论茶法奏状

右，臣伏见朝廷近改茶法，本欲救其弊失，而为国误计者，不能深思远虑。究其本末，惟知图利，而不图其害。

方一二大臣锐于改作之时，乐其合意，仓卒轻信，遂决而行之。令下之日，犹恐天下有以为非者，遂直诋好言之士，指为立异之人，峻设刑名，禁其论议。事既施行，而人知其不便者，十盖八九。然君子知时方厌言，而意殆不肯言；小人畏法惧罪，而不敢言。

今行之逾年，公私不便，为害既多，而一二大臣以前者行之太果、令之太峻，势既难回，不能遽改；而士大夫能知其事者，但腾口于道路，而未敢显言于朝廷。幽远之民，日被其患者，徒怨嗟于闾里，而无由得闻于天听。陛下聪明仁圣，开广言路，从前容纳，补益尤多。今一旦下令改事，先为峻法，禁绝人言。中外闻之，莫不嗟骇。语曰："防民之口，甚于防川。川壅而溃，伤人必多。"今壅民之口已逾年矣，民之被害者亦已众矣，古不虚语，于今见焉。

臣亦闻方改法之时，商议已定，犹选差官数人，分出诸路，访求利害。然则一二大臣不惟初无害民之意，实亦未有自信之心。但所遣之人，既见朝廷必欲更改，不敢沮议；又志在希合，以求功赏。传闻所至州县，不容吏民有所陈述，直云："朝廷意在必行，但来要一审状尔。"果如所传，则误事者在此数人而已。盖初以轻信于人，施行太果；今若明见其害，救失何迟？患莫大于遂非，过莫深乎不改。

臣于茶法，本不详知，但外论既喧，闻听渐熟。古之为国者，庶人得谤于道，商旅得议于市，而士得传言于朝，正为此也。

臣窃闻议者谓，茶之新法既行，而民无私贩之罪，岁省刑人甚多，此一利也。然而为害者五焉：江南、荆湖、两浙数路之民，旧纳茶税，今变租钱，使民破产亡家，怨嗟愁苦，不可堪忍，或举族而逃，或自经而死。此其为害一也。自新法既用，小商所贩至少，大商绝不通行。前世为法，以抑豪商，不使过侵国利与为僭侈而已。至于通流货财，虽三代至治，犹分四民，以相利养，今乃断绝商旅。此其为害二也。自新法之行，税茶，路分犹有旧茶之税，而新茶之税绝少。年岁之间，旧茶税尽，新税不登，则顿亏国用。此其为害三也。往时官茶容民入杂，故茶多而贱，遍行天下。今民自买卖，须要真茶，真茶不多，其价遂贵。小商不能多贩，又不暇远行，故近茶之处，顿食贵茶；远茶之方，向去更无茶食。此其为害四也。近年河北军粮用见钱之法，民入米于州县，以钞算茶于京师。三司为于诸场务中择近上场分，特留八处，专应副河北入米之人翻钞算请。今场务尽废，然犹有旧茶可算，所以河北和籴，目下未妨。窃闻自明年以后，旧茶当尽，无可算请，则河北和籴，实要见钱。不惟客旅得钱变转不动，兼亦自京师岁岁辇钱于河北和籴，理必不能。此其为害五也。一利不足以补五害，今虽欲减放租钱以救其弊，此特宽民之一端尔，然未尽公私之利害也。

伏望圣慈特诏主议之臣，不护前失，深思今害，黜其遂非之心，无袭弭谤之迹，除去前令，许人献说，亟加详定，精求其当，庶几不失祖宗之旧制。

臣冒禁有言，伏待罪责。谨具状奏闻，伏候敕旨。

○状大臣不达民情，妄建谬议，始终回护，而庶僚希风顺意，不顾百姓疾苦，情事如绘。

论选皇子疏

臣闻言天下之难言者，不敢冀必然之听；知未必听而不可不言者，所以尽为忠之心。况臣遭遇圣明，容纳谏诤，言之未必不听，其可默而不言？

臣伏见自去岁以来，群臣多言皇嗣之事，臣亦尝因灾异，窃有奏陈。虽圣度包容，不加诛戮；而愚诚恳至，天听未回。臣实不胜爱君之心，日夜区区，未尝忘此，思欲再陈狂瞽，而未知所以为言。

今者伏见兖国公主近已出降，臣因窃思：人之常道，莫亲于父子之亲；人之常情，亦莫乐于父子之乐。虽在圣哲，异于凡伦，其为天性，与理则一。陛下向虽未有皇嗣，而尚有公主之爱，上慰圣颜。今既出降，渐疏左右，则陛下万机之暇，处深宫之中，谁可与语言？谁可承颜色？臣愚以为宜因此时，出自圣意，于宗室之中选材贤可喜者，录以为皇子，使其出入左右，问安侍膳，亦足以慰悦圣情。

臣考于书史，窃见自古帝王，虽曰至尊，未尝独处也。其出而居外也，不止百司公见奏事而已，必有儒臣学士讲论于闲宴，又有左右侍从顾问语言。其入而居内也，不止宦官宫妾在于左右而已，其平居燕寝也，则有太子问安侍膳于朝夕；其优游宴乐也，多与宗室子弟欢然相接如家人。计其一日之中，未尝一时独处也。今陛下日御前后殿，百司奏事者，往往仰瞻天颜而退；其甚幸者，得承一二言之德音。君臣之情不通，上下之意不接。其余在廷之臣，儒学侍从之列，未闻一人从容亲近于左右。入而居内，则至于问安侍膳，亦阙于朝夕。是则陛下富有四海之广，躬享万乘之尊，居外则无一人可亲，居内则无一人得亲，臣所以区区而欲言也。

伏惟陛下荷祖宗之业，承宗庙社稷之重，皇子未降，储位久虚；群臣屡言，大议未决。臣前所奏陈，以为未必立为储贰，而且养为子，既可以徐察其贤否，亦可以待皇子之降生。于今为之，亦其时也。臣言狂计愚，伏俟斧钺。

〇天下大器，帝王大统，付托得人，则三才蒙庥，万类咸若，华夏蛮貊，罔不蕃祉老寿；否则反是。宋仁宗之不轻择嗣，岂为一己之私哉！然当日宰执、台谏、侍从之臣，交章敦劝，而欧阳修此文，益复情致缠绵，忠爱悱恻，抑何社稷之臣多也！仁宗崩，年止五十耳。修疏上，正仁宗富于春秋之年，而修言之无忌，仁宗听之无恨，君臣之间美千古矣！岂非两人皆止知有宗庙社稷苍生，而不知有己者乎？

世以仁宗为汉文帝、唐太宗后一人，而无子，以为天地之大之憾，然亦何憾？择嗣得英宗，无愧宗庙社稷苍生，仁宗有子矣。况帝王父天母地而子万民，有宋三百年，人民孰非仁宗之子哉！

卷二十八

庐陵欧阳修文七　上书

通进司上皇帝书

[十二] 月 [二十四] 日，宣德郎、守太子中允、充馆阁校勘臣欧阳修，谨昧死再拜上书于皇帝阙下：

臣伏见国家自元昊叛逆、关西用兵以来，为国言事者众矣。臣初窃为三策，以料贼情；然臣迂儒，不识兵之大计，始犹迟疑，未敢自信。今兵兴既久，贼形已露，如臣素料，颇不甚远。故窃自谓有可以助万一而尘听览者，谨条以闻。惟陛下仁圣，宽其狂妄之诛，幸甚！

夫关西弛备而民不见兵者，二三十年矣，使贼萌乱之初，藏形隐计，卒然而来。当是时，吾之边屯寡弱，城堡未完，民习久安而易惊，将非素选而败怯，使其羊驱豕突，可以奋然而深入。然国威未挫，民力未疲，彼得城而居，不能久守，掳掠而去，可邀击其归。此下策也，故贼知而不为之。戎狄侵边，自古为患。其攻城掠野，败则走而胜则来，盖其常事。此中策也，故贼兼而用之。若夫假僭名号以威其众，先击吾之易取者一二以悦其心，然后训养精锐，为长久之谋。故其来也，虽胜而不前，不败而自退，所以诱吾兵而劳之也。或击吾东，或击吾西，乍出乍入，所以使吾兵分备多而不得减息也。吾欲速攻，贼方新锐；坐而待战，彼则不来。如此相持，不三四岁，吾兵已老，民力已疲，不幸又遇水旱之灾，调敛不胜而盗贼群起，彼方奋其全锐，击吾困弊，可也；使吾不堪其困，忿而出攻，决于一战，彼以逸而待吾劳，亦可也；幸吾苦兵计未知出，遂求通聘，以邀岁时之赂，度吾困急，不得不从，亦可也。是吾力一困，则贼谋无施而不可。此兵法所谓"不战而疲人兵"者，上策也，而贼今方用之。

今三十万之兵，食于西者二岁矣；又有十四五万之乡兵，不耕而自食其民。自古未有四五十万之兵，连年仰食，而国力不困者也。臣闻元昊之为贼，威能畏其下，恩能死其人。自初僭叛，嫚书已上，逾年而不出，一出则锋不可当；执劫蕃官，获吾将帅，多礼而不杀。此其凶谋所畜，皆非仓卒者也。奈何彼能以上策而疲吾，吾不自知其已困；彼为久计以挠我，我无长策而制之哉？

夫训兵养士，伺隙乘便，用间出奇，此将帅之职也，所谓"阃外之事而君不御"者，可也。至于外料贼谋之心，内察国家之势，知彼知此，因谋制敌，此朝廷之大计也，所谓"庙筭而胜者"也，不可以不思。今贼谋可知，以久而疲我耳；吾势可察，西人已困也。诚能丰财积粟，以纾西人而完国壮兵，则贼谋沮而庙筭得矣。

夫兵，攻守而已，然皆以财用为强弱也。守非财用而不久，此不待言，请试言攻。昔秦席六世之强，资以事胡，卒困天下而不得志。汉因文、景之富力，三举而才得河南；隋、唐，突厥、吐蕃常与中国相胜败，击而胜之有矣，未有举而灭者。秦、汉尤强者，其所攻，今元昊之地是也。况自刘平陷没，贼锋炽锐，未尝挫衄，攻守之计，非臣所知。天威所加，虽终期于扫尽，然临边之将，尚未闻得贼衅隙，挫其凶锋。是攻守皆未有休息之期，而财用不为长久之计，臣未见其可也。

四五十万之人，坐而仰食，然关西之地，物不加多；关东所有，莫能运致。掊克细碎，既以无益而罢之矣，至于鬻官入粟，下无应者；改法权货，而商旅不行。是四五十万之人，惟取足于西人而已，西人何为而不困？困而不起为盗者，须水旱尔。外为贼谋之所疲，内遭水旱而多故，天下之患，可胜道哉！夫关西之物不能加多，则必通其漕运而致之。漕运已通，而关东之物不充，则无得而西矣。故臣以谓通漕运、尽地利、权商贾，三术并施，则财用足而西人纾，国力完而兵可久，以守以攻，惟上所使。

夫小琐目前之利，既不足为长久之谋，非旦夕而可效。故为长久而计者，初若迂愚而可笑，在必而行之，则其利博矣。故臣区区不敢避迂愚之责，请上便宜三事，惟陛下裁择。

其一曰通漕运。臣闻今为西计者，皆患漕运之不通，臣以为但未求之耳。今京师在汴，漕运不西，而人之习见者，遂以为不能西。不知秦汉、隋唐，其都在雍，则天下之物，皆可致之西也。山川地形非有变易于古，其路皆在，昔人可行，今人胡为而不可？汉初，岁漕山东粟数十万石，是时运路未修，其漕尚少。其后武帝益修渭渠，至漕百余万石。隋文帝时，沿水为仓，转相运置，而关东、汾、晋之粟皆至渭南，运物最多，其遗仓之迹往往皆在。然皆尚有三门之险。自唐裴耀卿，又寻隋迹，于三门东、西置仓，开山十八里，为陆运以避其险，卒泝河而入渭。当时岁运，不减二三百万石。其后刘晏遵耀卿之路，悉漕江淮之米以实关西。后世言能经财利而善漕运者，耀卿与晏为首。今江淮之米，岁入于汴者六百万石，诚能分给关西，得一二百万石足矣。今兵之食汴漕者出戍甚众，有司不惜百万之粟分而及之，其患者，三门阻其中尔。今宜浚治汴渠，使岁运不阻，然后按求耀卿之迹，不惮十许里陆运之劳，则河漕通而物可致，且纾关西之困。使古无法，今有可为，尚当为之；况昔人行之而未远，今人行之而岂难哉？耀卿与晏初理漕时，其得尚少，至其末年，所入十倍，是可久行之法明矣。此水运之利也。

臣闻汉高祖之入秦，不由东关而道南阳，过郦、析而入武关；曹操等起兵诛董卓，亦欲自南阳道丹、析而入长安；是时张济又自长安出武关、奔南阳，则自古用兵往来之径也。臣尝至南阳，问其遗老，云自邓西北至永兴六七百里，今小商贾往往行之。初，汉高入关，其兵十万。夫能容十万兵之路，宜不甚狭而险也。但自雒阳为都，行者皆趋东关，其路久而遂废。今能按求而通之，则武昌、汉阳、郢、复、襄阳、梁、洋、金、商、均、房、光化，沿汉之地十一二州之物，皆可漕而顿之南阳。自南阳为轻车、人辇而递之，募置递兵为十五六铺，则十余州之物，日日入关而不绝。沿汉之地，山多美木，近汉之民仰足而有余，以造舟车，甚不难也。前日陛下深恤有司之勤，内赐禁钱数十万，以供西用，而道路艰远，辇运逾年，不能毕至；至于军装输送，多苦秋霖，边州已寒，冬服尚滞于路。其艰如此。夫使州县纲吏远输京师，转冒艰滞，然后得西；岂若较南阳之旁郡，度其道里，入于武关与至京师远近等者，与其尤近者，皆使直输于关西。京师之用有不足，则以禁帑出赐有司者代而充用。其迂曲简直，利害较然矣。此陆运之利也。

其二曰尽地利。臣闻昔之画财利者易为工，今之言财利者难为术。昔者之民，赋税而已。故其不足，则铸山煮海，榷酒与茶，征关市而筭舟车，尚有可为之法，以苟一时之用。自汉魏迄今，其法日增，其取益细，今取民之法尽矣。昔者赋外之征，以备有事之用。今尽取民之法，用于无事之时，悉以冗费而糜之矣；至卒然有事，则无法可增。然独犹有可为者：民作而输官者已劳，而游手之人方逸；地之产物者耕不得代，而不垦之土尚多。是民有遗力，地有遗利，此可为也。况历视前世，用兵者未尝不先营田。汉武帝时，兵兴用乏，赵过为畎田人犁之法以足用。赵充国攻西羌，议者争欲出击，而充国深思全胜之策，能忍而待其弊，至违诏罢兵而治屯田。田于极边，以游兵而防钞寇，则其理田不为易也，犹勉为之。后汉之时，曹操屯兵许下，强敌四面，以今视之，疑其旦夕战争而不暇。然用枣祗、韩浩之计，建置田官，募民而田近许之地，岁得谷百万石；其后郡国皆田，积谷无数。隋唐田制尤广，不可胜举。其势艰而难田，莫若充国；迫急而不暇田，莫如曹操，然皆勉焉。不以迂缓而不田者，知地利之博而可以纾民劳也。今天下之土不耕者多矣，臣未能悉言，谨举其近者。自京以西土之不辟者，不知其数，非土之瘠而弃也，盖人不勤农，与夫役重而逃尔。久废之地，其利数倍于营田。今若督之使勤与免其役，则愿耕者众矣。

臣闻乡兵之不便于民，议者方论之矣。充兵之人，遂弃农业，托云教习，聚而饮博，取资其家，不顾无有，官吏不加禁，父兄不敢诘，家家自以为患也。河东、河北、关西之乡兵，此犹有用；若京东西者，平居不足以备盗，而水旱适足以为盗。其尤可患者，京西素贫之地，非有山泽之饶，民惟力农是仰。而今三夫之家一人、五夫之家三人为游手，凡十八九州，以少言之，尚可四五万人不耕而食，是自相糜耗而重困也。今诚能尽驱之，使耕于弃地，官贷其种，岁田之入与中分之；如民之法，募吏之习田者为田官，优其课最而诱之，则民愿田者众矣。太宗皇帝时，尝贷陈、蔡民钱，使市牛而耕。真宗皇帝时，亦用耿望之言，买牛湖南而治屯田。今湖南之牛岁贾于北者，皆出京西，若官为买之，不难得也。又宜重为法，以困所谓私牛之客者，使不客于民而乐为官耕。凡民之已有牛者，使自耕，则牛不足而官市者不多。且乡兵本农也，籍而为兵，遂弃其业。今幸其去农未久，尚可复驱还之田亩，使不得群游而饮博，以为父兄之患，此民所愿也。一夫之力，以逸而言，任耕缦田一顷；使四五万人皆耕，而久废之田利又数倍，则岁谷不可胜数矣。京西之分，北有大河，南至汉而西接关，若又通其水陆之运，所在积谷，惟陛下诏有司而移用之耳。

其三曰权商贾。臣闻秦废王法、启兼并，其上侵公利、下刻细民，为国之患久矣。自汉以来，尝欲为法而抑夺之，然不能也。盖为国者兴利日繁，兼并者趋利日巧，至其甚也，商贾坐而权国利。其故非他，由兴利广也。夫兴利广则上难专，必与下而共之，然后通流而不滞。然为今议者，方欲夺商之利，一归于公，上而专之。故夺商之谋益深，则为国之利益损。前日有司屡变其法，法每一变，则一岁之间所损数百万。议者不知利不可专，欲专而反损，但云变法之未当。变而不已，其损愈多。夫欲十分之利皆归于公，至其亏少，十不得三；不若与商共之，常得其五也。

今为国之利多者，茶与盐耳。茶自变法已来，商贾不复，一岁之失，数年莫补，所在积朽，弃而焚之。前日议者屡言三说之法为便，有司既以详之矣；今诚能复之，使商贾有利而通行，则上下济矣。解池之盐，积若山阜，今宜暂下其价，诱群商而散之，先为令曰“三年将复旧价”，则贪利之商争先而凑矣。夫茶者生于山而无穷，盐者出于水而不竭，贱而散之三年，十未减其一二。夫二物之所以贵者，以能为国资钱币尔，今不散而积之，是惜朽坏也，夫何用哉？夫大商之能蓄其货者，岂其锱铢躬自鬻于市哉？必有贩夫小贾，就而分之。贩夫小贾无利则不为，故大商不妒贩夫之分其利者，恃其货博，虽取利少，货行流速，则积少而为多也。今为大国者，有无穷不竭之货，反妒大商之分其利，宁使无用而积为朽壤，何哉？故大商之善为术者，不惜其利而诱贩夫；大国之善为术者，不惜其利而诱大商。此与商贾共利，取少而致多之术也。

又今商贾之难以术制者，以其积货多而不急故也。利厚则来，利薄则止，不可以号令召也。故每有司变法，下利既薄，小商以无利而不能行，则大商方幸小商之不行，适得独卖其货，尚安肯勉趋薄利而来哉？故变法而刻利者，适足使小商不来而为大商贾积货也。今必以术制商，宜尽括其居积之物，官为卖而还之，使其货尽而后变法。夫大商以利为生，一岁不营利，则有惶惶之忧，彼必不能守积钱而闲居，得利虽薄，犹将勉而来。此变法制商之术也。

夫欲诱商而通货，莫若与之共利，此术之上也。欲制商，使其不得不从，则莫若痛裁之，使无积货，此术之下也。然此可制茶商耳，若盐者，禁益密则冒法愈多而刑繁。若乃县官自为鬻市之事，此大商之不为，臣谓行之难久者也。诚能不较锱铢而思远大，则积朽之物散而钱币通，可不劳而用足矣。

臣愚不足以知时事，若夫坚守以捍贼，利则出而扰之，凡小便宜，愿且委之边将；至于积谷与钱，通其漕运，不二三岁，而国力渐丰，边兵渐习，贼锋（锐）渐挫而有隙可乘，然后一举而灭之，此万全之策也。愿陛下以其小者责将帅，谋其大计而行之，则天下幸甚。臣修昧死再拜。

〇《洪范》一曰食而八曰师，食尚未预储，何言师也？通漕、屯田，自是当时要务。通篇不下万言，总欲丰财足粟以纾西人耳。至论课程之法，谓必与商贾共利，方能取少而致多，其辞亦若言利；而与言利之臣霄壤者，盖导利而布之上下，本君人者之责也。为国家司课程者，不可不知。若其所云不惜其利以诱大商，则立言不可为训；又欲尽括大商居积之物，官为卖而还之，则更迂阔纷扰而不可行也。

准诏言事上书

月日，臣修谨昧死再拜上书于皇帝陛下。臣近准诏书，许臣上书言事。臣学识愚浅，不能广引深远，以明治乱之原，谨采当今急务，条为三弊五事，以应诏书所求，伏惟陛下裁择。

臣闻自古王者之治天下，虽有忧勤之心，而不知致治之要，则心愈劳而事愈乖；虽有纳谏之明，而无力行之果断，则言愈多而听愈惑。故为人君者，以细务而责人，专大事而独断，此致治之要术也；纳一言而可用，虽众说不得以沮之，此力行之果断也。知此二者，天下无难治矣。

伏见国家自大兵一动，中外骚然。陛下思社稷之安危，念兵民之疲弊，四五年来，圣心忧劳，可谓至矣。然而兵日益老，贼日益强，并九州之力，讨一西戎小者，尚无一人敢前；今又北戎大者，违盟而动，其将何以御之？从来所患者夷狄，今夷狄叛矣；所恶者盗贼，今盗贼起矣；所忧者水旱，今水旱作矣；所赖者民力，今民力困矣；所须者财用，今财用乏矣。陛下之心日忧于一日，天下之势岁危于一岁。此臣所谓用心虽劳，不知求致治之要者也。近年朝廷开发言路，献计之士不下数千，然而事绪转多，枝梧不暇。从前所采，众议纷纭，至于临事，谁策可用？此臣所谓听言虽多，不如力行之果断者也。

伏思圣心所甚忧而当今所尚阙者，不过曰无兵也，无将也，无财用也，无御戎之策也，无可任之臣也。此五者，陛下忧其未有，而臣谓今皆有之，然陛下未得而用者，未思其术也。

国家创业之初，四方割据，中国地狭，兵民不多，然尚能南取荆楚、收伪唐、定闽岭，西平两蜀，东下并潞，北窥幽燕。当时所用兵财将吏，其数几何？惟善用之，故不觉其少。何况今日，承百年祖宗之业，尽有天下之富强，人众物盛，十倍国初，故臣敢言有兵、有将、有财用、有御戎之策、有可任之臣。然陛下皆不得而用者，其故何哉？由朝廷有三大弊故也。

何谓三弊？一曰不慎号令，二曰不明赏罚，三曰不责功实。此三弊因循于上，则万事弛慢废坏于下。

臣闻号令者，天子之威也；赏罚者，天子之权也。若号令不信，赏罚不当，则天下不服。故又须责臣下以功实，然后号令不虚出，而赏罚不滥行。是以慎号令、明赏罚、责功实，此三者，帝王之奇术也。

自古人君，英雄如汉武帝，聪明如唐太宗，皆知用此三术，而自执威权之柄，故所求无不得，所欲皆如意。汉武好用兵，则诛灭四夷，立功万里，以快其心；欲求将，则有卫、霍之材以供其指使；欲得贤士，则有公孙、董、汲之徒以称其意。唐太宗好用兵，则诛突厥，服辽东，威振夷狄，以逞其志；欲求将，则有李靖、李勣之徒入其驾驭；欲得贤士，则有房、杜之徒在其左右。此二帝者，凡有所为，后世莫及。可谓所求无不得，所欲皆如意。无他术也，惟能自执威权之柄耳。

伏惟陛下以圣明之姿，超出二帝，又尽有汉、唐之天下。然而欲御边，则常患无兵；欲破贼，则常患无将；欲赡军，则常患无财用；欲威服四夷，则常患无策；欲任使贤材，则常患无人。是所求皆不得，所欲皆不如意。其故无他，由不用威权之术也。自古帝王，或为强臣所制，或为小人所惑，则威权不得出于己。今朝无强臣之患，旁无小人偏任之溺，内外臣庶尊陛下如天，爱陛下如父，倾耳延首愿听陛下之所为，然何所惮而不为乎？若一日赫然执威权以临之，则万事皆办，何患五者之无？奈何为三弊之因循，一事之不集？臣请言三弊。

夫言多变则不信，令频改则难从。今出令之初，不加详审，行之未久，寻又更张。以不信之言行难从之令，故每有处置之事，州县知朝廷未是一定之命，则官吏或相谓曰：且未要行，不久必须更改；或曰：备礼行下，略与应破指挥。旦夕之间，果然又变。至于将吏更易，道路疲于送迎；符牒纵横，上下莫能遵守。中外臣庶，或闻而叹息，或闻而窃笑。叹息者，有忧天下之心；窃笑者，有轻朝廷之意。号令如此，欲威天下，其可得乎？此不慎号令之弊也。

用人之术，不过赏罚。然赏及无功则恩不足劝，罚失有罪则威无所惧，虽有人，不可用矣。太祖时，王全斌破蜀而归，功不细矣，犯法一贬，十年不问。是时方讨江南，故黜全斌，与诸将立法；及江南已下，乃复其官。太祖神武英断，所以能平定天下者，其赏罚之法皆如此也。昨关西用兵，四五年矣，赏罚之际，是非莫分。大将以无功罢者，依旧居官。军中见无功者不妨得好官，则诸将谁肯立功矣？裨将畏懦逗留者，皆当斩罪，或暂贬而寻迁，或不贬而依旧。军中见有罪者不诛，则诸将谁肯用命矣？所谓赏不足劝，罚无所惧，赏罚如此而欲用人，其可得乎？此不明赏罚之弊也。

自兵动以来，处置之事不少，然多有名而无实。臣请略言其一二，则其他可知。数年以来，点兵不绝，诸路之民半为兵矣，其间老弱病患、短小怯懦者不可胜数，兵额空多，所用者少，是有点兵之虚名，而无得兵之实数也。新集之兵，所在教习，追呼上下，民不安居，主教者非将领之材，所教者无旗鼓之节，往来州县，愁叹嗷嗷。既多是老病小怯之人，又无训齐精练之法，此有教兵之虚名，而无训兵之实艺也。诸路州军分造器械，工作之际，已劳民力；辇运般送，又苦道涂。然而铁刃不刚，筋胶不固，长短大小多不中度。造作之所，但务充数而速了，不计所用之不堪；经历官司，又无检责。此有器械之虚名，而无器械之实用也。以草草之法教老怯之兵，执钝折不堪之器械，百战百败，理在不疑；临事而悟，何可及乎？故事无大小，悉皆卤莽，则不责功实之弊也。

臣故曰三弊因循于上，则万事弛慢废坏于下。万事不可尽言，臣请言大者五事。

其一曰兵。臣闻攻人以谋不以力，用兵斗智不斗多。前代用兵之人，多者常败，少者常胜。汉王寻等以百万之兵，遇光武九千人而败，是多者败而少者胜也；苻坚以百万之兵，遇东晋二三万人而败，是多者败而少者胜也；曹操以三十万青州兵大败于吕布，退而归许，复以二万人破袁绍十四五万，是用兵多则败、少则胜之明验也。况于夷狄，尤难以力争，只可以计取。李靖破突厥于定襄，只用三千人；其后破颉利于阴山，亦不过一万。其他以三五千人立功塞外者，不可悉数。盖兵不在多，能以计取尔。故善用兵者，以少而为多；不善用者，虽多而愈少也。为今计者，添兵则耗国，减兵则破贼。今沿边之兵不下七八十万，可谓多矣。然训练不精，又有老弱虚数，则十人不当一人，是七八十万之兵，不当七八万人之用。加之（又）军无统制，分散支离，分多为寡，兵法所忌。此所谓不善用兵者虽多而愈少，故常战而常败也。

臣愿陛下赫然奋威，敕励诸将，精加训练，去其老弱，七八十万中可得四五十万数。古人用兵以一当百，今既未能，但得以一当十，则五十万精兵可当五百万兵之用。此所谓善用兵者以少而为多，古人所以少而常胜者，以此也。今不思实效，但务添多，耗国耗民，积以年岁，贼虽不至，天下已困矣。此一事也。

其二曰将。臣又闻古语曰“将相无种”。故或出于奴仆，或出于军卒，或出于盗贼，惟能不次而用之，乃为名将耳。国家求将之意虽劳，选将之路太狭。今诏近臣举将而限以资品，则英豪之士在下位者不可得矣；试将材者限以弓马一夫之勇，则智略万人之敌皆遗之矣。山林奇杰之士召而至者，以其贫贱而薄之，不过与一主簿借职，使其怏怏而去，则古之屠钓饭牛之杰，皆激怒而失之矣。至于无人可用，则宁用龙钟跛躄、庸懦暗劣之徒，皆委之要地，授之兵柄，天下三尺童子皆为朝廷危之。前日澶渊之卒，几为国家生事，此可见也。议者不知取将之无术，但云当今之无将臣。臣愿陛下革去旧弊，奋然精求。有贤豪之士，不须限以下位；有智略之人，不必试以弓马；有山林之杰，不可薄其贫贱。惟陛下能以非常之礼待人，人臣亦将以非常之效报国，又何患于无将哉？此二事也。

其三曰财用。臣又闻善治病者，必医其受病之处；善救弊者，必寻其起弊之源。今天下财用困乏，其弊安在？起于用兵而费大故也。汉武好穷兵，用尽累世之财。当时勒兵单于台，不过十八万，尚能困其国力；况未若今日七八十万，连四五年而不罢，所以罄天地之所生，竭万民之膏血，而用不足也。今虽有智者，物不能增，而计无所出矣。惟有减冗卒之虚费，练精兵而速战，功成兵罢，自然足矣。今兵有可减之理，无人敢当其事；贼有速击之便，无将敢奋其勇。后时败事，徒耗国而耗民。惟陛下以威权督责之，乃有期耳。此三事也。

其四曰御戎之策。臣又闻兵法曰："上兵伐谋，其次伐交。"北敌（虏）与朝廷通好仅四十年，不敢妄动，今一旦发其狂谋者，其意何在？盖见中国频为元昊所败，故敢启其贪心，伺隙而动尔。今若敕励诸将，选兵秣马，疾入西界，但能痛败昊贼一阵，则吾军威大振，而敌计沮矣。此所谓"上兵伐谋"者也。今诇事者皆知北敌与西贼通谋，欲并二国之力，窥我河北、陕西。［若使二虏并寇，则难以力支。］今若我能先击败其一国，则敌势减半，不能独举。此兵法所谓"伐交"者也。元昊地狭，贼兵不多，向来攻我，传闻北敌常有助兵。今若虏中自有点集之谋，而元昊骤然被击，必求助于北敌。北敌分兵助昊，则可牵其南寇之力；若不助昊，则二国有隙，自相疑贰。此亦伐交之策也。假令二国尅期分路来寇，我能先期大举，则元昊仓皇自救不暇，岂能与北敌相为表里？是破其素定之约，乖其尅日之期。此兵法所谓"亲而离之"者，亦伐交之策也。元昊叛逆以来，幸而屡胜，常有轻视诸将之心；今又见朝廷北忧契丹（戎虏），方经营于河朔，必谓我师不能西出。今乘其骄怠，正是疾驱急击之时。此兵法所谓"出其不意"者，此取胜之上策也。前年西将有请出攻者，当时贼气力方盛，我兵未练，朝廷尚许其出师，况今元昊有可攻之势，此不可失之时。彼方幸吾忧河北，而不虞我能西征，出其不意，此可攻之势也。自四路分帅，今已半年，训练恩信，兵已可用，故近日屡奏小捷。是我师渐振，贼气渐衄，此可攻之势也。苟失此时，而使二敌先来，则吾无策矣。臣愿陛下诏执事之臣，熟议而行之。此四事也。

其五曰可任之臣。臣又闻仲尼曰："十室之邑，必有忠信。"况今文武列职遍于天下，其间岂无材智之臣？而陛下总治万机之大，既不暇尽识其人，故不能躬自进贤而退不肖；执政大臣动拘旧例，又不敢进贤而退不肖；审官吏部三班之职，但掌文簿差除而已，又不敢越次进贤而退不肖。是上自天子，下至有司，无一人得进贤而退不肖者。所以贤愚混杂，侥幸相容，三载一迁，更无旌别。平居无事，惟患太多，而差遣不行，一旦临事要人，常患乏人使用。自古任官之法，无如今日之缪也。今议者或谓举主转官为进贤，犯罪黜责为退不肖，此不知其弊之深也。大凡善恶之人，各以类聚。故守廉慎者，各举清干之人；有赃污者，各举贪浊之人；好徇私者，各举请求之人；性庸暗者，各举不材之人。朝廷不问是非，但见举主数足，便与改官，则清干者进矣，贪浊者亦进矣，请求者亦进矣，不材者亦进矣。混淆如此，便可为进贤之法乎？方今黜责官吏，岂有澄清纠举之术哉？惟犯赃之人因民论诉者，乃能黜之耳。夫能舞弄文法而求财赂者，亦强黠之吏，政事必由己出，故虽诛剥豪民，尚或不及贫弱。至于不材之人不能主事，众胥群吏共为奸欺，则民无贫富，一时受弊。以此而言，则赃吏与不材之人为害等耳。今赃吏因自败者，乃加黜责，十不去其一二；至于不材之人，上下共知而不问。宽缓容奸，其弊如此，便可为退不肖之法乎？

贤不肖既无别，则宜乎设官虽多而无人可用也。臣愿陛下明赏罚，责功实，则材皆列于陛下之前矣。臣故曰五者皆有，然陛下不得而用者，为有弊也。

三弊五事，臣既已详言之矣，惟陛下择之。天下之务，不过此也。方今天文变于上，地理逆于下，人心怨于内，四夷攻于外，事势如此矣，非是陛下迟疑宽缓之时，惟愿为社稷生民留意。臣修昧死再拜。

◇唐顺之曰："仁宗之为治，天下事一付之公论而已，若无所与焉，自是'千古一圣哉'。而其迹有似于不振者，故欧公以'自执威权'之说进，盖应病之药也。夫有权不操，而付之天下之公且不可，况未必公乎！"

论包拯除三司使上书

臣闻治天下者，在知用人之先后而已。用人之法，各有所宜，军旅之士先材能，朝廷之士先名节。军旅主成功，惟恐其不趋赏而争利，其先材能而后名节者，亦势使之然也。朝廷主教化，风俗之薄厚，治道之污隆，在乎用人。而教化之于下也，不能家至而谆谆谕之，故常务尊名节之士，以风动天下而耸励其偷薄。

夫所谓名节之士者，知廉耻，修礼让，不利于苟得，不牵于苟随，而惟义之所处。白刃之威有所不避，折枝之易有所不为，而惟义之所守。其立于朝廷，进退举止皆可以为天下法也。其人至难得也，至可重也。故其为士者，常贵名节以自重其身；而君人者，亦常全名节以养成善士。

伏见陛下近除前御史中丞包拯为三司使，命下之日，中外喧然，以为朝廷贪拯之材，而不为拯惜名节；然犹冀拯能执节守义，坚让以避嫌疑，而为朝廷惜事体。数日之间，遽闻拯已受命，是可惜也，亦可嗟也。拯性好刚，天姿峭直，然素少学问，朝廷事体或有不思。至如逐其人而代其位，虽初无是心，然见得不能思义。此皆不足怪。若乃嫌疑之迹，常人皆知可避，而拯岂独不思哉？昨闻拯在台日，常自至中书，诟责宰相，指陈前三司使张方平过失，怒宰相不早罢之。既而台中寮属相继论列，方平由此罢去，而以宋祁代之。又闻拯亦曾弹奏宋祁过失，自其命出，台中寮属又交章力言，而祁亦因此而罢，而拯遂代其任。此所谓蹊田夺牛，岂得无过？而整冠纳履，当避可疑者也。如拯材能资望，虽别加进用，人岂为嫌？其不可为者，惟三司使尔。非惟自涉嫌疑，其于朝廷所损不细。臣请原其本末而言之。

国家自数十年来，士君子务以恭谨静慎为贤。及其弊也，循默苟且，颓惰宽弛，习成风俗，不以为非，至于百职不修，纪纲废坏。时方无事，固未觉其害也。一旦黠虏犯边，兵出无功，而财用空虚，公私困弊，盗贼并起，天下骚然。陛下奋然感悟，思革其弊，进用三数大臣，锐意于更张矣。于此之时，始增置谏官之员，以宠用言事之臣，使（俾）之举职。由是修纪纲而绳废坏，遂欲分别贤不肖，进退材不材。而久弊之俗，骤见而骇，因共指言事者而非之，或以为好讦阴私，或以为公相倾陷，或谓沽激名誉，或谓自图进取，群言百端，几惑上听。上赖陛下至圣至明，察见诸臣本以忘身徇国，非为己利，谗间不入，遂荷保全。而中外之人，久而亦渐为信。自是以来，二十年间，台谏之选，屡得谠言之士。中间斥去奸邪，屏绝权幸，拾遗救失，不可胜数。是则纳谏之善，从古所难，自陛下临御以来，实为盛德，于朝廷补助之效，不为无功。今中外习安，上下已信，纤邪之人，凡所举动，每畏言事之臣；时政无巨细，亦惟言事官是听。原其自始开发言路，至于今日之成效，岂易致哉？可不惜哉！

夫言人之过，似于徼讦；逐人之位，似于倾陷。而言事之臣得以自明者，惟无所利于其间尔；而天下之人所以为信者，亦以其无所利焉。今拯并逐二臣，自居其位，使将来奸佞者，得以为说而惑乱主听；今后言事者，不为人信而无以自明。是则圣明用谏之功，一旦由拯而坏。夫有所不取之谓廉，有所不为之谓耻。近臣举动，人所仪法，使拯于此时有所不取而不为，可以风天下以廉耻之节。而拯取其所不宜取，为其所不宜为，岂惟自薄其身，亦所以开诱他时言事之臣，倾人以觊得，相习而成风。此之为患，岂谓小哉！然拯所恃者，惟以本无心耳。夫心者，藏于中而人所不见；迹者，示于外而天下所瞻。今拯欲自信其不见之心，而外掩天下之迹，是犹手探其物，口云不欲，虽欲自信，人谁信之？此臣所谓嫌疑之不可不避也。况如拯者，少有孝行，闻于乡里；晚有直节，著在朝廷。但其学问不深，思虑不熟，而处之乖当，其人亦可惜也。

伏望陛下别选材臣为三司使，而处拯他职，置之京师。使拯得避嫌疑之迹，以解天下之惑，而全拯之名节，不胜幸甚！

臣叨尘侍从，职号论思，昔尝亲见朝廷致谏之初甚难，今又复见陛下用谏之效已著，实不欲因拯而坏之者，为朝廷惜也。臣言狂计愚，伏俟诛戮。

○世有谓修之贤而上章论拯，盖与拯不相能者，夏虫不可语冰也。夫修此疏，固为朝廷杜徼讦倾陷之风，又使嗣后言事者得白其无他，而易以拾遗救失；乃其意中所最保护爱惜者，拯耳。曾子寝疾革，一闻童子之言谓“华而睆，大夫之箦欤”，则瞿然命易其箦。曾元不肯易，人子之常情也，而曾子斥之为细人，至谓其爱父不如此童子。曾子之贤，几于圣矣，岂其将死犹好奇钓名至此哉？举扶而易之，反席未安而没。假使不易，安知不少缓须臾无死？然而曾子不愿者，盖虽一箦之非正，犹舍生取义如此也。今三司使之位，非一箦之细矣；逐人而居之，非士用大夫器物之小过矣。修知爱人以德而已，遑问后世以修与拯为相能不相能哉！

善夫蔡襄之疏也，曰：“朝廷增用谏臣，欧阳修、余靖、王素，一日拜命。三人忠诚刚正，必能尽言。臣恐邪人不利，必造为御之之说。其说不过三，臣请辨之。一曰好名。夫忠臣引君当道，论事惟恐不至，若避好名之嫌，无所陈列，则土木之人皆可为矣。二曰好进。前世谏者之难，激于忠愤，遭世昏乱，死犹不辞，何好进之有？近世奖拔太速，但久而弗迁，虽死是官，犹无悔也。三曰彰君过。谏争之臣，盖以司过举耳，人主听而行之，足以致从谏之誉，何过之能彰？至于巧者亦然，事难言则喑，择其无忤者，时一发焉，犹或不行，则退而曰吾尝论某事矣，此之谓好名。默默容容，无所愧耻，蹑资累及，以挹显仕，此之谓好进。君有过失，不救之于未然，传之天下后世，其事乃不可掩，此之谓彰君过。愿陛下察之。”

襄于修辈始作谏官之时，讽上久而勿迁，使之死于是官，岂亦与修辈不相能哉？君子之所欲忠者，国耳、主耳，其他又何所惜？襄之知修，必不以不迁官为恨，犹修之知拯，必不以不得三司使为恨也。正人君子之心胸，类非俗士之所为欤！

上海图书馆馆藏文献丛刊

唐宋文醇

下

【清】乾隆御定　乔继堂 点校

上海科学技术文献出版社
Shanghai Scientific and Technological Literature Press

下册目录

眉山苏洵

眉山苏轼

眉山苏辙

南丰曾巩

临川王安石

卷二十九

庐陵欧阳修文八　劄子

论乞令百官议事劄子

臣伏见祖宗时，犹用汉唐之法，凡有军国大事及大刑狱，皆集百官参议。盖圣人慎于临事，不敢专任独见，欲采天下公论，择其所长，以助不逮之意也。

方今朝廷议事之体，与祖宗之意相背，每有大事，秘不使人知之；惟小事可以自决者，却送两制定议。两制知非急务，故忽略拖延，动经年岁，其中时有一两事体大者，亦与小事一例忽之。至于大事，秘而不宣，此尤不便。当处事之始，虽侍从之列，皆不与闻；已行之后，事须彰布，纵有乖误，却欲论列，则追之不及。况外廷百官疏远者，虽欲有言，陛下岂得而用哉？所以兵兴数年，西、北二方，累有事宜处置多缪者，皆由大臣自无谋虑，而杜塞众见也。

臣今欲乞凡有军国大事，度外廷须知而不可秘密者，如北敌（虏）去年有请合从与不合从，西戎今岁求和当许与不当许，凡如此事之类，皆下百官廷议，随其所见同异，各令署状，而陛下择其长者而行之。不惟慎重大事，广采众见，兼又于庶官、寒贱、疏远人中，时因议论，可见其高材敏识者，国家得以用之。若百官都无所长，则自用庙堂之议。至于小事，并乞只令两府自定。其钱谷合要见本末，则召三司官吏至两府，讨寻供析，而使大臣自择。至于礼法，亦可召礼官、法官询问。如此，则事之大小，各得其体。如允臣所请，且乞将西戎请和一事，先集百官廷议。取进止。

○“汝则有大疑，谋及乃心，谋及卿士，谋及庶人，谋及卜筮”；顾又曰“君不密则失臣，臣不密则失身，几事不密则害成”。何哉？曰：军国大事，人人共知而不可秘密者。古先哲王，固不特谋及卿士，而且谋及庶人矣。若夫事之未成而定命于几先，则不特无谋及庶人之理，即在廷卿士，自不得人人与闻，以害其成也。

嗟乎！偏听生奸，独任成弊。如修所云“大臣自无谋虑而杜塞众见”者，固以不能集思广益而处置多差；然如修所云“下百官廷议，随其所见同异各令署状”者，亦归于有治人、无治法耳。《诗》不云乎：“谋夫孔多，事用不集。发言盈廷，谁敢执其咎？”为人君者，博采其论，则人各欲售其私说，以图其意中所欲得而不顾其它；弃之不采，则人各缄默取容，以听大官之臆决而万口附和。是非卿、尹、旅、牧各得其人，则修之此议亦徒然耳。甚哉！期事之集，必期谋之臧；而期谋之臧，必期才之众。国无贤才，则国空虚。“济济多士，文王以宁。”蒿目斯世，不能不读修此议而三叹也。

论美人张氏恩宠宜加裁损劄子

臣近风闻禁中因皇女降生，于左藏库取绫罗八千匹。染院工匠当此大雪苦寒之际，敲冰取水，染练供应，颇甚艰辛。

臣伏见（思）陛下恭俭勤劳，爱民忧国，似此劳人枉费之事，必不肯为。然外议相传，皆云见今染练未绝。臣又见近日内降美人张氏亲戚恩泽太频。臣忝为谏官，每闻小有亏损圣德之事，须合力言，难避天谴。臣窃见自古帝王所宠嫔御，若能谦俭柔善，不求恩泽，则可长保君恩；或恣意骄奢，多求恩泽，则皆速致祸败。臣不敢远引古事，只以今宫禁近事言之。

陛下近年所宠尚氏、杨氏、余氏、苗氏之类，当其被宠之时，骄奢自恣，不早裁损，及至满盈，今皆何在？况闻张氏本良家子，昨自修媛退为美人，中外皆闻，以谓与杨、尚等不同，故能保宠最久。今一旦宫中取索顿多，恩泽日广，渐为奢侈之事，以招外人之言，臣不知陛下欲爱惜保全张氏，或欲纵恣而败之？若欲保全，则须常令谦俭，不至骄盈。臣料八千匹绫罗，岂是张氏一人独用，不过支散与众人而已。乃是枉费财物，尽为众人；至于中外讥议，则陛下自受。以此而言，广散何益？

昨正月二日，曹氏封县君；至初五日，又封郡君。四五日间，两度封拜。又闻别有内降，应是疏远亲戚，尽求恩泽。父母因子而贵可矣，然名分亦不可太过。其他疏远，皆可减罢。臣谓张氏未入宫之前，疏远亲戚，各皆何在？今日富贵，何必广为闲人，自招谤议，以累圣德？若陛下只为张氏计，亦宜如此，况此事不独为张氏。大凡后宫恩泽太多，宫中用度奢侈，皆是亏损圣德之事。系于国体，臣合力言。伏望圣慈防微杜渐，早为裁损。取进止。

○张氏，仁宗美人，卒谥“温成皇后”。初，仁宗宠张氏，欲以为后。太后难之，乃立郭崇之孙为后，继而见废。世儒谓仁宗夫妇间，未免大圭之玷也。然郭后废而曹后立，史载曹后事迹，亦不减女中尧舜，然则其所为张美人，当亦必有取焉，而非仅以色升欤？欧阳修此疏，读者必曰仁宗亦蛊于女色，否则必曰欧阳修彰君之过，而使此文传至于今也。为此解者，不特不识欧阳修，亦不识仁宗。夫床笫之爱，而当时文学侍从之臣，得直言无忌如此，非圣贤而能致然乎？

论澧州瑞木乞不宣示外廷劄子

臣近闻澧州进柿木成文，有“太平之道”四字。其知州冯载，本是武人，不识事体，便为祥瑞，以媚朝廷。

臣谓前世号称太平者，须是四海晏然，万物得所。方今西羌叛逆，未平之患在前；北方（虏）骄悖，藏伏之祸在后。一患未灭，一患已萌。加以西则泸戎，南则湖岭，凡与四夷连接，无一处无事。而又内则百姓困弊，盗贼纵横。昨京西、陕西，出兵八九千人，捕数百之盗，不能一时剪灭，只是仅能溃散，然却于别处结集。今张海虽死，而达州军贼已近百人，又杀使臣，其势不小。兴州又奏八九十人。州县皇皇，何以存济？以臣视之，乃是四海骚然，万物失所，实未见太平之象。

臣闻天道贵信，示人不欺。臣不敢远引他事，只以今年内事验之。昨夏秋之间，太白经天，累月不灭；金木相掩，近在端门。考于星占，皆是天下大兵将起之象。岂有才出大兵之象，又出“太平之道”字，一岁之内，前后顿殊？岂非星象丽天，异不虚出，凡于戒惧，常合修省；而草木万类，变化无常，不可信凭，便生懈怠。

臣又思，若使木文不伪，实是天生，则亦有深意。盖其文止曰“太平之道”者，其意可推也。夫自古帝王致太平，皆自有道，得其道则太平，失其道则危乱。臣视方今，但见其失，未见其得也。愿陛下忧勤万务，举贤纳善，常如近日，不生逸豫，则二三岁间，渐期修理。若以前贼张海等稍衰，便谓后贼不足忧；以近京得雪，便谓天下大丰熟；见北敌（虏）未来，便谓必无事；见西贼通使，便谓可罢兵，指望太平，渐生安逸，则此瑞木乃误事之妖木耳。

臣见今年曾进芝草者，今又进瑞木，窃虑四方相效，争造妖妄。其所进瑞木，伏乞更不宣示臣寮。仍乞速诏天下州军，告以兴兵累年，四海困弊，方当责己忧劳之际，凡有奇禽异兽草木之类，并不得进献。所以彰示圣德，感励臣民。取进止。

〇元史臣谓真宗英悟之主，而天书一事，吁可骇怪。及修《辽史》，乃知辽俗尚禨而明鬼，故神道设教，假以动敌人之听，消觊觎而偃兵革耳，然而计亦末矣。仁宗以天书殉葬，贤哉！欧阳修作《蜀王建世家论》，谓自古王者，殊祥异瑞并见于五代，而又皆萃于蜀，惑者可以思焉。盖深以为非也。及是澧州献瑞木成文，遂慷慨论列，不顾忌讳。修于真宗之非自欺，而仁宗之必不裕蛊，虽若不相知者，顾其论正而言忠，则可为后世法也。

请驾不幸温成庙劄子

臣伏见今月八日圣旨，疏决禁囚，特行减降，及军士各有特支。陛下圣慈，本以兴国寺奉安真宗皇帝御容，有此恩旨。而中外之议纷然不一，皆云正月八日，是温成皇后周年，故有此特支、疏决。又见圣驾朝谒万寿宫，又云温成画像在彼，所以圣驾亲临。盖为自去年追册温成皇后之后，朝廷每于典礼，过极优崇，遂致议者动皆疑惑。今又闻来日圣驾幸奉先寺，酌献宣祖皇帝，外议喧然，又云温成皇后祠庙在彼。

伏以陛下圣德仁孝，本为祖宗神御，以时酌献，不可使中外议者言陛下意在追念后宫宠爱，托名以谒祖宗。亏损圣德，其事不细。臣欲乞明日幸奉先寺酌献毕，更不临幸温成祠庙，以解中外之疑，以止议者之说。

臣职忝侍从，无所裨补，闻外人议论，不敢不言。不惟臣有爱君之心，合具陈述；陛下举动为万世法，亦不可不慎。取进止。

○唐太宗文德皇后既葬，帝即苑中作层观以望昭陵，引魏征同升。征熟视曰："臣眊昏不能见。"帝指示之。征曰："此昭陵邪？"帝曰："然。"征曰："臣以为陛下望献陵，若昭陵，臣固见之矣。"帝泣为毁观。欧阳修请驾不幸温成庙，与征后先辉映矣。

夫《咸》《恒》为后天卦首，古先哲王亦与人同其情，况存亡之际乎！然惟情之无过不及处，乃为礼。礼失则情乖，情乖则民志惑。厚于所当薄，即已薄于所当厚，本乱而末不可得而治。故虽一举足、一出言，而子孙黎民之能保不能保系焉。以礼制心，然后能垂裕于后昆。此忠臣志士之所以惓惓于其君也。然则太宗之不若魏征，仁宗之不若欧阳修，固若是乎？曰：奚其然也！君者，表也；臣者，影也。观影之直，则知表之正，影与表可曰二哉？况善言者出于口而无穷，善行者备厥万而犹阙，言易行难，何往不然？独是臣能言之于君，则匪为言也，乃其行也。然君能听而改之，则言者臣之虚言，听者君之实行矣。千虚不如一实，曷可贬实而崇虚哉？

成汤之圣也，曰改过不吝。圣，不圣于无过，而圣于改过。然过之作也，已觉之而已改之，犹未足以云圣人之大心也。惟人觉之而已改之，则天下之人之心莫非其心，而博厚配地、高明配天矣。是非太宗、仁宗之所可当也。必也舜乎？舜好问而好察迩言；必也孔子乎？孔子曰：“丘也幸，苟有过，人必知之。”舜与孔子固全之，若此二事，乃太宗、仁宗之能得乎？舜与孔子，百之一而荣莫大焉者也！俗士以征有言即谓太宗不如征，修有言即谓仁宗不如修，是人我之见不忘，而元首股肱之义由以日丧也。

论台谏官唐介等宜早牵复劄子

臣材识庸暗，碌碌于众人中，蒙陛下不次拔擢，置在枢府，其于报效，自宜如何？而自居职以来，已逾半岁，凡事关大体，必须众议之协同，其余日逐进呈，皆是有司之常务。至于谋猷启沃，蔑尔无闻。上辜圣恩，下愧清议，人虽未责，臣岂自安？所以夙夜思维，愿竭愚虑，苟有可采，冀裨万一。

臣近见谏官唐介、台官范师道等，因言陈旭事得罪，或与小郡，或窜远方。陛下自临御已来，擢用诤臣，开广言路，虽言者时有中否，而圣慈每赐优容。一旦台谏联翩，被逐四出，命下之日，中外惊疑。臣虽不知台谏所言是非，但见唐介、范师道皆久在言职，其人立朝，各有本末，前后言事，补益甚多。岂于此时，顿然改节，故为欺罔，上昧圣聪？在于人情，不宜有此。

臣窃以为，自古人臣之进谏于其君者，有难有易，各因其时而已。若刚暴猜忌之君，不欲自闻其过，而乐闻臣下之过，人主好察多疑于上，大臣侧足畏罪于下，于此之时，谏人主者难，而言大臣者易。若宽仁恭俭之主，动遵礼法，自闻其失，则从谏如流，闻臣下之过，则务为优容以保全之。而为大臣者，外秉国权，内有左右之助，言事者未及见听，而怨仇已结于其身。故于此时，谏人主者易，言大臣者难。此不可不察也。

自古人主之听言也，亦有难有易，在知其术而已。夫忠邪并进于前，而公论与私言交入于耳，此所以听之难也。若知其人之忠邪，辨其言之公私，则听之易也。凡言拙而直，逆耳违意，初闻若可恶者，此忠臣之言也。言婉而顺，希旨合意，初闻若可喜者，邪臣之言也。至于言事之官，各举其职，或当朝正色，显言于廷；或连章列署，共论其事。言一出，则万口争传，众目共视，虽欲为私，其势不可。故凡明言于外、不畏人知者，皆公言也。若非其言职，又不敢显言，或密奏乞留中，或面言乞出自圣断，不欲人知言有主名者，盖其言涉倾邪，惧遭弹劾。故凡阴有奏陈而畏人知者，皆挟私之说也。自古人主能以此术知臣下之情，则听言易也。

伏惟陛下仁圣宽慈，躬履勤俭，乐闻谏诤，容纳直言。其于大臣尤所优礼，常欲保全终始；思与臣下爱惜名节，尤慎重于进退。故臣谓方今言事者，规切人主则易，欲言大臣则难。臣自立朝，耳目所记，景祐中，范仲淹言宰相吕夷简，贬知饶州；皇祐中，唐介言宰相文彦博，贬春州别驾。至和初，吴中复、吕景初、马遵言宰相梁适，并罢职出外；其后赵抃、范师道言宰相刘沆，并罢职出外。前年韩绛言富弼，贬知蔡州；今又唐介等五人，言陈旭得罪。自范仲淹贬饶州后，至今凡二十年间，居台谏者多矣，未闻有规谏人主而得罪者。臣故谓方今谏人主则易，言大臣则难。陛下若推此以察介等所言，则可知其用心矣。

昨所罢黜台谏五人，惟是从诲入台未久，其他四人出处本末，迹状甚明，可以历数也。唐介前因言文彦博，远窜广西烟瘴之地，赖陛下仁恕哀怜，移置湖南，得存性命。范师道、赵抃并因言忤刘沆，罢台职，守外郡，连延数年，然后复。今三人者，又以言枢臣罢黜。然则介不以前蹈必死之地为惧，师道与抃不以中滞进用数年为戒，遇事必言，得罪不悔，盖所谓进退一节、终始不变之士也。至如王陶者，本出孤寒，只因韩绛荐举，始得台官。及绛为中丞，陶不敢内雇私恩，与之争议，绛终得罪。夫牵顾私恩，人之常情尔，断恩以义，非知义之士不能也。以此言之，陶可谓徇公灭私之臣矣。此四人者，出处本末之迹如此，可以知其为人也；就使言虽不中，亦其情必无他。

议者或谓言事之臣好相朋党，动摇大臣，以作威势，臣窃以为不然。至于去岁韩绛言富弼之时，介与师道不与绛为党，乃与诸台谏共论绛为非，然则非相朋党、非欲动摇大臣，可明矣。臣固谓未可以此疑言事之臣也。况介等比者虽为谪官，幸蒙陛下宽恩，各得为郡，未至失所。其可惜者，斥逐谏臣，非朝廷美事；阻塞言路，不为国家之利；而介等尽忠守节，未蒙怜察也。欲望圣慈特赐召还介等，置之朝廷，以劝守节敢言之士，则天下幸甚。今取进止。

□圣祖御评：于气度舒徐中，见其爽直论事，极中款会。

◇陈子龙曰：“当时公在枢府，而拳拳以谏官为言。大臣为国之心，可谓深矣。”

论逐路取人劄子

臣伏见近有臣僚上言，乞将南省考试举人，各以路分糊名，于逐路每十人解一人等事。虽已奉圣旨，送两制详定，臣亦有愚见，合具敷陈。

窃以国家取士之制，比于前世，最号至公。盖累圣留心，请求曲尽。以为王者无外，天下一家，故不问东西南北之人，尽聚诸路贡士，混合为一，而惟材是择。又各糊名誊录而考之，使主司莫知为何方之人、谁氏之子，不得有所憎爱薄厚于其间。故议者谓国家科场之制，虽未复古法，而便于今世，其无情如造化，至公如权衡，祖宗以来不可易之制也。传曰："无作聪明乱旧章。"又曰："利不百者不变法。"今言事之臣，偶见一端，即议更改，此臣所以区区欲为陛下守祖宗之法也。

臣所谓"偶见一端"者，盖言事之人但见每次科场东南进士得多，而西北进士得少，故欲改法，使多取西北进士尔。殊不知天下至广，四方风俗异宜，而人性各有利钝。东南之俗好文，故进士多而经学少；西北之人尚质，故进士少而经学多。所以科场取士，东南多取进士，西北多取经学者，各因其材性所长，而各随其多少取之。今以进士、经学合而较之，则其数均；若必论进士，则多少不等。此臣所谓偏见之一端，其不可者一也。

国家方以官滥为患，取士数必难增，若欲多取西北之人，则却须多减东南之数。今东南州军进士取解者，二三千人处只解二三十人，是百人取一人，盖已痛裁抑之矣。西北州军取解，至多处不过百人，而所解至十余人，是十人取一人，比之东南十倍假借之矣。若至南省，又减东南而增西北，则是已裁抑者又裁抑之，已假借者又假借之。此其不可者二也。

东南之士，于千人中解十人，其初选已精矣，故至南省，所试合格者多。西北之士，学业不及东南，当发解时又十倍优假之，盖其初选已滥矣，故至南省，所试不合格者多。今若一例以十人取一人，则东南之人合格而落者多矣，西北之人不合格而得者多矣。至于他路，理不可齐，偶有一路合格人多，亦限以十一落之；偶有一路合格人少，亦须充足十一之数。使合落者得、合得者落，取舍颠倒，能否混淆，其不可者三也。

且朝廷专以较艺取人，而使有艺者屈落，无艺者滥得，不问缪滥，只要诸路数停。此其不可者四也。

且言事者，本欲多取诸路土著之人，若此法一行，则寄应者争趋而往，今开封府寄应之弊可验矣。此所谓法出而奸生，其不可者五也。

今广南东、西路进士，例各绝无举业，诸州但据数解发。其人亦自知无艺，只来一就省试而归，冀作摄官尔。朝廷以岭外烟瘴，北人不便，须藉摄官，亦许其如此。今若一例与诸路十人取一人，此为缪滥，又非西北之比。此其不可者六也。

凡此六者，乃大概尔。若旧法一坏，新议必行，则弊滥随生，何可胜数！故臣以为且遵旧制，但务择人，推朝廷至公，待四方如一，惟能是选，人自无言。此乃当今可行之法尔。

若谓士习浮华，当先考行，就如新议，亦须只考程试，安能必取行实之人？议者又谓西北近敌（虏），士要牢笼，此甚不然之论也。使不逞之人不能为患则已，苟可为患，则何方无之？前世贼乱之臣起于东南者甚众，其大者如项羽、萧铣之徒是已；至如黄巢、王仙芝之辈，又皆起乱中州者尔。不逞之人，岂专西北？矧贡举所设，本待材贤；牢笼不逞，当别有术，不在科场也。惟事久不能无弊，有当留意者，然不须更改法制，止在振举纲条尔。

近年以来，举人盛行怀挟，排门大噪，免冠突入，亏损士风，伤败善类。此由举人既多，而君子小人杂聚，所司力不能制。虽朝廷素有禁约，条制甚严，而上下因循，不复申举。惟此一事，为科场大患，而言事者独不及之。愿下有司，议革其弊，此当今科场之患也。

臣忝贰宰司，预闻国论，苟不能为陛下守祖宗之法，而言又不足取信于人主，则厚颜尸禄，岂敢偷安而久处乎？故犹此强言，乞赐裁择。

○观修此疏，知东南文字之盛，自宋仁宗时已然，而解额之不能均，亦复与今一辙。顾尝论之，虞廷之取士也，曰敷奏以言，明试以功；周室之取士也，曰或以德进，或以事举，或以言扬。然则取人以言，固属一端，即使文风日正，经学日明，而所为科目出身者，亦止是三代以上“言扬”之一，未可谓此外必无贤才。况所较者，仅在声调格律时尚之细，以此而欲重东南而轻西北，诚非帝王驭世之大公矣。

特是时移势易，古今不同，故虞廷之所为“明试以功”，周室之所为“德进事举”者，后世用之，益以滋乱。不若科目之法，犹可驱天下，使诵法孔子泽躬于六经，忽不自知其入于义理之域。且其法易以防闲，统百年而计之，公者犹得什九。是以不得不专用其法，岂曰经世之士尽出于能文者也？故就文而论，则选额之不可以地均，诚如修之所云；以用人而论，其不得不以地均之者，亦天下之大势，有不能因噎以废食者。修有试进士策问取士之法，而极论其难，较之此疏，更为千古确论。

论删去九经正义中谶纬劄子

臣伏见国家近年以来，更定贡举之科，以为取士之法；建立学校，而勤养士之方。然士子文章未纯，节行未笃，不称朝廷励贤兴善之意，所以化民成俗之风。

臣愚以为，士之所本，在乎六经。而自暴秦焚书，圣道中绝。汉兴，收拾亡逸，所存无几，或残编断简出于屋壁，而余龄昏眊得其口传。去圣既远，莫可考证，偏学异说，因自名家，然而授受相传，尚有师法。暨晋宋而下，师道渐亡，章句之篇，家藏私畜，其后各为笺传，附著经文。其说存亡，以时好恶，学者茫昧，莫知所归。至唐太宗时，始诏名儒撰定九经之疏，号为《正义》，凡数百篇。自尔以来，著为定论，凡不本《正义》者，谓之异端，则学者之宗师，百世之取信也。然其所载既博，所择不精，多引谶纬之书，以相杂乱，怪奇诡僻，所谓“非圣之书”，异乎“正义”之名也。

臣欲乞特诏名儒学官，悉取九经之疏，删去谶纬之文，使学者不为怪异之言惑乱，然后经义纯一，无所驳杂。其用功至少，其为益则多。臣愚以为，欲使士子学古励行而不本六经，欲学六经而不去其诡异驳杂，欲望功化之成，不可得也。伏望圣慈下臣之言，付外详议。今取进止。

○暴秦焚书，六经亡轶。汉儒掇拾遗言，各立门户，其幸而传至今日者，固其守先待后之功。而诈伪繁兴，亦莫甚于彼时；而于其中敢于诬天蔑圣者，则以谶纬为甚。

谶纬之书，莫知所自起，王莽笃好之，其下遂相与诈造欺蒙，以售其私。而莽又明知其欺而乐用之，以愚黔首，而借以篡汉天下。盖乱臣贼子之言也，而托诸孔子。然既托诸孔子，则虽以光武之贤，犹不能无惑焉。唐作"九经正义"，犹引用其说。欧阳修疏请削除，见亦伟矣；惜犹未曾抉其底里，痛扫溉之，以解后世惑也。

夫谶纬之托诸圣言者，为其"前知"也，为其"知天"也。《中庸》曰："至诚之道，可以前知。"又曰："思知人，不可以不知天。"疑若似矣。顾差若毫厘，即谬以千里。夫天者，理也。叙则为典，秩则为礼，立之为三纲，行之为五常。三纲立，五常行，则人无逆天，物极则长，而所为"生生之谓易"者行乎其间，乾坤于以不毁。三纲颓，五常废，则人物凋丧，渐消渐毁，以至于无而乾坤息。故孔子曰："殷因于夏礼，所损益可知也。周因于殷礼，所损益可知也。其或继周者，虽百世可知也。"孔子之所为知天而可以前知者，如是而已。若夫继周而为汉，汉帝姓刘，孔子安得知之，而又何用知之哉？孔子葬母，既封矣，雨甚而墓崩，孔子不能前知也。而谓孔子知沙丘崩，为汉元王皇后之祥乎？

《国语》有之曰："吾非瞽史，安知天道？"盖盲者业专，其艺必精，故能以数测气，推现至隐。如裨灶、梓慎、京房、焦赣之流，犹古瞽史之遗，见于史氏，代不乏人。然其为术，所为文史星历，近于卜祝之间者，又奚得以六经、《语》《孟》治天下之大经大法，错处杂陈，而谓圣之所以为圣，在此也哉？况夫王莽时，刘歆辈所造奸言，直是执左道以乱政，又安可令其托于孔子，惑世诬民而莫之正耶？

汉承七国之后，圣远道微，言庞事杂，故如所传斩蛇、交龙等事，犹与篝火狐鸣一辙。萧、曹辈皆未尝学问，不知正其前失，转艳称于后世。后世惑之，王莽遂乘之以移其社稷当涂，典午更用之以灭其子孙，而辗转相灭。由是讹以传讹，暴以易暴，八（五）代十六国之交，视弑君篡国为天之所命、圣之所记，史臣津津称道之。呜呼！人心若此，几何不入于禽兽也！

又如晋王嘉《拾遗记》等书，所称黄帝金支玉叶，武王白鱼流乌之类，谓自古帝王受命之符，罔不如是。夫删《书》断自唐、虞，既有其事，周、孔必述；周、孔不述，其诬可知。王嘉辈何能从千载以后而得千载以前之事？其博洽过于周、孔如是也？其为拾汉魏之遗蘖，诬帝王以神怪，不待明者而决矣。《书》曰："天视自我民视，天听自我民听。"民心之所归，是乃天之符命耳。人者，万物之灵也，天地之心也，五和之秀气也。不观之人而观之云物鸟兽，何其荣末而虐本欤！亦异乎圣人之言矣。陋儒不察，遂使谶纬之文述之学校，被之闾阎，虽妇人小子亦同然一辞，其所以为人心之害者，岂细故哉！

论议濮安懿王典礼劄子

臣伏见朝廷议濮安懿王典礼，两制、礼官请称"皇伯"。中书之议，以为事体至大，理宜慎重，必合典故，方可施行；而"皇伯"之称，考于经史，皆无所据。方欲下三省百官，博访群议，以求其当。陛下屈意，手诏中罢，而众论纷然，至今不已。

臣以为众论虽多，其说不过有三：其一曰宜称皇伯者，是无稽之臆说也；其二曰简宗庙致水灾者，是厚诬天人之言也；其三曰不当用汉宣、哀为法以干乱统纪者，是不原本末之论也。臣请为陛下条列而辨之。

谨按《仪礼·丧服记》曰："为人后者，为其父母报。"报者，齐衰期也。谓之降服，以明服可降，父母之名不可改也。又按开元、开宝《礼》，国朝《五服年月》《丧服令》，皆云："为人后者，为其所生父齐衰，不杖期。"盖以恩莫重于所生，故父母之名不可改；义莫重于所继，故宁抑而降其服。此圣人所制之礼，著之六经，以为万世法者，是中书之议所据依也。若所谓称"皇伯"者，考于六经，无之；方今国朝见行典礼及律令，皆无之；自三代之后秦汉以来，诸帝由藩邸入继大统者，亦皆无之，可谓"无稽之臆说"矣。

夫《仪礼》者，圣人六经之文；《开元礼》者，有唐三百年所用之礼；《开宝通礼》者，圣宋百年所用之礼；《五服年月》及《丧服令》，亦皆祖宗累朝所定、方今天下共行之制。今议者皆弃而不用，直欲自用无稽之臆说，此所以不可施行也。

其二曰"简宗庙致水灾"者，臣伏以上天降灾，皆主人事。故自古圣王逢灾恐惧，多求阙政而修之，或自知过失而改悔之，庶几以塞天谴。然皆须人事已著于下，则天谴为形于上。今者濮王之议，本因两制、礼官违经弃礼，用其无稽之臆说，欲定"皇伯"之称。中书疑其未可施行，乃考古今典礼，虽有明据，亦未敢自信而自专，方更求下外廷博议，而陛下遽诏中罢，欲使有司徐求典礼。是则臣下慎重如此，人君谦畏如此。君臣不敢轻议妄举，而天遽谴怒，杀人害物，此臣所谓厚诬天也。议犹未决，仍罢不议，而便谓两统二父以致天灾者，厚诬人也。

其三引汉宣、哀之事者。臣谨按《汉书》，宣帝父曰“悼皇考”，初称“亲”，谥曰“悼”，置奉邑、寝园而已。其后改“亲”称“皇考”，而立庙京师。“皇考”者，“亲”之异名尔，皆子称其父之名也，汉儒初不以为非也。自元帝以后，贡禹、韦玄成等始建毁庙之议，数十年间，毁立不一。至哀帝时，大司徒平晏等百四十七人奏议，云：“亲谥曰悼，裁置奉邑，皆应经义。”是不非宣帝称史皇孙为“亲”也。所谓“应经义”者，即《仪礼》云“为人后者，为其父母报”是也。惟其立庙京师，乱汉祖宗昭穆，故晏等以谓两统二父非礼，宜毁也。定陶恭王初但号“共皇”，立庙本国，师丹亦无所议。至其后立庙京师，欲去定陶，不系以国，有进干汉统之渐，丹遂大非之。故丹议云，定陶恭皇谥号已前定议，不得复改，而但论立庙京师为不可尔。然则称亲、置园，皆汉儒所许，以为应经义者；惟去其国号、立庙京师，则不可尔。今言事者，不究朝廷本议何事，不寻汉臣所非者何事，此臣故谓“不原本末”也。

中书之议，本谓称皇伯无稽，而《礼经》有“不改父名”之义，方议名号，犹未定，故尊崇之礼，皆未及议。而言事者便引汉去定陶国号、立庙京师之事，厚诬朝廷，以为干乱大统，何其过论也。夫去国号而立庙京师，以乱祖宗昭穆，此诚可非之事。若果为此议，宜乎指臣等为奸邪之臣，而人主有过举之失矣。其如陛下之意未尝及此，而中书亦初无此议，而言事者不原本末，过引汉世可非之事以为说，而外廷之臣又不审知朝廷本议如何，但见言事者云云，遂以为欲加非礼、干乱统纪，信为然矣。是以众口一辞，纷然不止，而言事者欲必遂其“皇伯”无稽之说，牵引天灾，恐迫人主；而中书守经执礼之议，反指以为奸邪之言。朝廷以言事之臣礼当优容，不欲与之争辨，而外廷群论又不可家至而户晓，是非之礼不辨，上下之情不通，此所以呶呶而不止也。

夫为人后者，既以所后为父矣，而圣人又存其所生父名者，非曲为之意也。盖自有天地以来，未有无父而生之子也；既有父而生，则不可讳其所生矣。夫无子者得以宗子为后，是礼之所许也，然安得无父而生之子以为后乎？此圣人所以不讳无子者，立人之子以为后，亦不讳为人后者有父而生，盖不欺天、不诬人也。故为人后者，承其宗之重，任其子之事，而不得复归于本宗，其所生父母亦不得往与其事。至于丧服，降而抑之，一切可以义断。惟其父母之名不易者，理不可易也，易之则欺天而诬人矣。

子为父母服，谓之正服。出为人后者，为本生父母齐衰期，谓之降服；又为所后父斩衰三年，谓之义服。今若以本生父为皇伯，则濮安懿王为从祖父，反为小功；而濮王夫人是本生嫡母也，反为义服；自宗懿已下本生兄弟，于礼虽降，犹为大功。是《礼》之齐衰期，今反为小功；《礼》之正服，今反为义服。上于濮王，父也，反服小功；于宗懿等，兄弟也，反服大功。此自古所以不称所生父为伯父、叔父者，称之则礼制乖违、人伦错乱如此也。

伏惟陛下聪明睿圣，理无不烛，今众人之议如彼，中书之议如此。必将从众乎，则众议不见其可；欲违众乎，则自古为国，未有违众而能举事者。臣愿陛下霈然下诏，明告中外，以皇伯无稽，决不可称，而今所欲定者，正名号尔。至于立庙京师干乱统纪之事，皆非朝廷本议，庶几群疑可释。若知如此而犹以谓必称皇伯，则虽孔、孟复生，不能复为之辨矣。

〇按史：仁宗以同祖兄濮王元让子宗实为皇子，是为英宗。治平元年，宰相韩琦等奏请下有司议合行典礼，诏须大祥后议之。二年，乃诏礼官与待制以上议。翰林学士王珪等，谓宜准先朝封赠期亲尊属故事，尊以高官大国。于是中书奏：王珪等所议，未见详定濮王当何称，名与不名。珪等议宜称皇伯而不名。中书又奏：《礼》与令：出继之子于所继、所生，皆称父母；又汉宣、光武，皆称皇考。今珪等议称皇伯，于典礼未有明据。请下尚书省，集三省御史台议奏。方议，而皇太后手诏诘责执政。于是诏权罢议，令有司博求典故以闻。礼官范镇等又奏请如王珪等议。御史吕诲弹欧阳修首建邪议，韩琦、曾公亮、赵概附会不正之罪，固请如王珪等议。既而内出皇太后手诏，可令皇帝称"亲"，濮王称"皇"，夫人并称"后"。英宗即日手诏曰："称亲之礼，谨遵慈训；追崇之典，岂易克当？其以茔为园，即园立庙，俾王子孙奉祠。"翌日，诲等缴敕，家居待罪，英宗命阁门以告还之，诲等力辞台职。诲等既出，而濮议亦寝。

修此疏，当在皇太后诘责执政，而英宗手诏罢议之时也。观宋诸臣，所见虽不同，要非若明臣张璁、桂萼谄上希旨，为进用阶梯。顾核诸先王"缘人情以制礼，本天性以立则"之旨，欧阳之议自是至当，而当日英宗处置尽善，亦可为无遗憾矣。乃后世犹断断焉，谓称"皇伯"之是者，盖以司马温公诸贤，并与王珪同议也。夫君子亦不能无过，有过不害为君子。然君子之过，亦不可从，一以理为断而已。世传朱子亦以欧阳为非，谓其疑于两父，其说曰："辟若仁宗与濮王俱在世，则为英宗者，可皆称为父子乎？"顾未知朱子实有是说邪？抑门弟子附会之词也？不可考矣。

夫所为伯、仲、叔、季者，行第之称。古人伯则曰“伯父”，叔则曰“叔父”，无去“父”而止称伯、叔者。《曲礼》云“五官之长，天子同姓，谓之伯父；九州之牧，天子同姓，谓之叔父”者是也。又如《鲁颂》曰“王曰叔父”，《小雅》曰“既有肥牡，以速诸父”，经籍所载，不可备举，何得谓为二父乎？伯父、叔父、诸父，本生父，同义也；独于所继，止谓之父，则亦足以昭重宗之义，合降期之意矣。乃必讳其父之称，而称皇伯，何其无稽也！

人之生，父生之，此天也，非人也，其名可以意为改者哉？或曰：若然，则不得为人后矣。为人后者，人为之，岂天为之邪？曰：固天为之也。自身而上有父，天也；自父而上有祖，亦天也。由父视之，则有己子与兄弟之子之分；由祖视之，则均之为孙矣。均之为孙，则天也，非人矣。宋时诸臣，固亦于此有未能脱然者，又哀仁宗大贤而无子，必欲泯濮王之迹以消其余憾，而朝堂之上，纷呶不已。英宗不欲明其是非，而两置之，遂成千秋疑案。

有宋君臣是者，固无非矣；其非者，犹是君子之过也。然而延及明嘉靖帝，诸臣遂执宋臣之议，以死争哭于阙下。帝刚愎少恩，尽收付廷尉，而贤材为之一空。于是佞人虿其间，荧惑诪张，尽变明代祖宗成宪与贤士大夫风尚，而明亦寖衰而寖亡矣。於戏！士君子持论，揆诸天理民彝之衷，少有偏倚，则其毒流于后世如此，可不慎哉！

卷三十

庐陵欧阳修文九　祭文、碑铭

祭尹师鲁文

嗟乎师鲁！辩足以穷万物，而不能当一狱吏；志可以狭四海，而无所措其一身。穷山之崖，野水之滨，猿猱之窟，麋鹿之群，犹不容于其间兮，遂即万鬼而为邻。嗟乎师鲁！世之恶子之多，未必若爱子者之众。而（何）其穷［而］至此兮，得非命在乎天而不在乎人?!

方其奔颠斥逐，困厄艰屯，举世皆冤，而语言未尝以自及；以穷至死，而妻子不见其悲忻。用舍进退，屈伸语默，夫何能然？乃学之力。至其握手为诀，隐几待终，颜色不变，笑言从容。死生之间，既已能通于性命；忧患之至，宜其不累于心胸。

自子云逝，善人宜哀；子能自达，予又何悲？惟其师友之益，平生之旧，情之难忘，言不可究。

嗟乎师鲁！自古有死，皆归无物。惟圣与贤，虽埋不殁。尤于文章，焯若星日。子之所为，后世师法。虽嗣子尚幼，未足以付予；而世人藏之，庶可无于坠失。

子于众人，最爱予文。寓辞千里，侑此一尊。冀以慰子，闻乎不闻？尚享！

〇尹师鲁，名洙，少以儒学知名，举进士。宋世古文，洙与穆修，实始振起其衰。自元昊不庭，洙未尝不在兵间，练习边事，深晓兵法，以右司谏知渭州，兼领泾原路经略公事。会郑戬为陕西四路都总管，遣刘沪、董士廉城水洛，以通秦、渭援兵。洙以为城砦多则兵势分，是以前此屡困于贼，今何可又益城？奏罢之时，戬已解四路，而沪等督役如故。洙召之，不至；代之，不受。乃使狄青械沪、士廉下吏。戬论奏不已，卒城水洛。士廉诣阙上书讼洙，诏遣御史刘湜就鞫，不得他罪。湜文致之，贬洙监均州酒税，感疾而卒。修祭文所谓“辨足以穷万物，而不能当一狱吏”者也。

尝谓明刑所以弼教，而察狱所以平冤。汉承秦弊，古义荡然，虽相如萧何、将如周勃，亦辄付系。延至末代，狱吏成风，惟希意指之所向，不揆其情辞而丽以法，转以法就其情辞。意见既立，虽孔、孟不得为完人，而苏、张无所措其舌。矜名节者，恚极而不得辨；达生死者，休焉而不与辨；闇且弱者，呐呐然辨而不能辨；强且明者，喋喋然辨而不听其辨。所以古人画地为牢誓不入，刻木为吏义不对也。以此承君上之意指，则一狱成而万事必有受其害者矣；以此承权臣之意指，则万事隳而宗社亦且受其害矣。贤如宋仁宗，尚使尹洙被文致于狱吏以称于后世也，可不惧哉！

祭苏子美文

哀哀子美，命止斯邪？小人之幸，君子之嗟。

子之心胸，蟠屈龙蛇，风云变化，雨雹交加。忽然挥斧，霹雳轰车。人有遭之，心惊胆落，震仆如麻。须臾霁止，而回顾百里，山川草木，开发萌芽。子于文章，雄豪放肆，有如此者，吁可怪邪！

嗟乎世人！知此而已。贪悦其外，不窥其内。欲知子心，穷达之际。金石虽坚，尚可破坏，子于穷达，始终仁义。惟人不知，乃穷至此。蕴而不见，遂以没地。独留文章，照耀后世。

嗟世之愚，掩抑毁伤，譬如磨鉴，不灭愈光。一世之短，万世之长；其间得失，不待较量。哀哀子美，来举予觞。尚享！

○仁宗逐苏舜钦辈，不使朝士以夸诞标榜相尚，所以维风端习，未为失也。特宜正王直柔侮慢圣贤之罪，而苏舜钦辈醉饱之过，则教而不怒。斯才士不至沉沦，而憸壬一网打尽之策，亦自不堕其术中矣。

祭石曼卿文

呜呼曼卿！生而为英，死而为灵！其同乎万物生死，而复归于无物者，暂聚之形；不与万物共尽，而卓然其不朽者，后世之名。此自古圣贤，莫不皆然，而著在简册者，昭如日星。

呜呼曼卿！吾不见子久矣，犹能髣髴子之平生。其轩昂磊落，突兀峥嵘，而埋藏于地下者，意其不化为朽壤，而为金玉之精。不然，生长松之千尺，产灵芝而九茎。奈何荒烟野蔓，荆棘纵横；风凄露下，走燐飞萤？但见牧童樵叟，歌吟而上下，与夫惊禽骇兽，悲鸣踯躅而咿嘤。今固如此，更千秋而万岁兮，安知其不穴藏狐貉与鼯鼪？此自古圣贤亦皆然兮，独不见夫累累乎旷野与荒城！

呜呼曼卿！盛衰之理，吾固知其如此；而感念畴昔，悲凉凄怆，不觉临风而陨涕者，有愧夫太上之忘情。尚享！

◇陈善曰："《弔石曼卿文》，似韩《祭田横墓文》。其步骤驰骋，亦无不似，非但效其句语而已。"

资政殿学士户部侍郎文正范公神道碑铭

皇祐四年五月甲子，资政殿学士、尚书户部侍郎汝南文正公薨于徐州，以其年十有二月壬申，葬于河南尹樊里之万安山下。

公讳仲淹，字希文。五代之际，世家苏州，事吴越。太宗皇帝时，吴越献其地，公之皇考从钱俶朝京师，后为武宁军掌书记以卒。

公生二岁而孤，母夫人贫无依，再适长山朱氏。既长，知其世家，感泣去之南都。入学舍，扫一室，昼夜讲诵。其起居饮食，人所不堪，而公自刻益苦。居五年，大通六经之旨，为文章论说，必本于仁义。祥符八年，举进士，礼部选第一，遂中乙科，为广德军司理参军，始归迎其母以养。及公既贵，天子赠公曾祖苏州粮料判官讳梦龄为太保，祖秘书监讳赞时为太傅，考讳墉为太师，妣谢氏为吴国夫人。

公少有大节，于富贵贫贱、毁誉欢戚，不一动其心，而慨然有志于天下。常自诵曰："士当先天下之忧而忧，后天下之乐而乐也。"其事上遇人，一以自信，不择利害为趋舍。其所有为，必尽其力，曰："为之自我者当如是，其成与否，有不在我者，虽圣贤不能必，吾岂苟哉！”

天圣中，晏丞相荐公文学，以大理寺丞为秘阁校理。以言事忤章献太后旨，通判河中府。久之，上记其忠，召拜右司谏。当太后临朝听政时，以至日大会前殿，上将率百官为寿。有司已具，公上疏言天子无北面，且开后世弱人主以强母后之渐，其事遂已。又上书请还政，天子不报。及太后崩，言事者希旨，多求太后时事，欲深治之。公独以谓太后受托先帝，保佑圣躬，始终十年，未见过失，宜掩其小故以全大德。初，太后有遗命，立杨太妃代为太后。公谏曰："太后，母号也，自古无代立者。"由是罢其册命。

是岁大旱蝗，奉使安抚东南。使还，会郭皇后废，率谏官、御史伏阁争；不能得，贬知睦州，又徙苏州。岁余，即拜礼部员外郎、天章阁待制，召还，益论时政阙失，而大臣权幸多忌恶之。

居数月，以公知开封府。开封素号难治，公治有声。事日益简，暇则益取古今治乱安危，为上开说。又为《百官图》以献，曰："任人各以其材而百职修，尧舜之治，不过此也。"因指其迁进迟速次序曰："如此而可以为公，可以为私，亦不可以不察。"由是吕丞相怒，至交论上前。公求对辨，语切，坐落职，知饶州。

明年，吕公亦罢；公徙润州，又徙越州。而赵元昊反河西，上复召相吕公；乃以公为陕西经略安抚副使，迁龙图阁直学士。是时，新失大将，延州危。公请自守鄜、延捍贼，乃知延州。元昊遣人遗书以求和，公以谓无事请和，难信，且书有僭号，不可以闻，乃自为书，告以逆顺成败之说，甚辩。坐擅复书，夺一官，知耀州。未逾月，徙知庆州。既而四路置帅，以公为环庆路经略安抚招讨使、兵马都部署，累迁谏议大夫、枢密直学士。

公为将，务持重，不急近功小利。于延州筑青涧城，垦营田，复承平、永平废寨，熟羌归业者数万户。于庆州，城大顺以据要害，夺贼地而耕之。又城细腰、胡芦，于是明珠、灭臧等大族，皆去贼为中国用。自边制久隳，至兵与将常不相识。公始分延州兵为六将，训练齐整，诸路皆用以为法。公之所在，贼不敢犯。人或疑公见敌应变为如何，至其城大顺也，一旦引兵出，诸将不知所向。军至柔远，始号令告其地处，使往筑城。至于版筑之用，大小毕具，而军中初不知。贼以骑三万来争，公戒诸将：战而贼走，追勿过河。已而贼果走，追者不渡，而河外果有伏。贼既失计，乃引去。于是诸将皆服公为不可及。

公待将吏，必使畏法而爱己。所得赐赉，皆以上意分赐诸将，使自为谢。诸蕃质子，纵其出入，无一人逃者。蕃酋来见，召之卧内，屏人彻卫，与语不疑。公居三岁，士勇边实，恩信大洽，乃决策谋取横山，复灵武，而元昊数遣使称臣请和，上亦召公归矣。

初，西人籍其乡兵者十数万，既而黥以为军。惟公所部，但刺其手，公去兵罢，独得复为民。其于两路，既得熟羌为用，使以守边，因徙屯兵，就食内地，而纾西人馈挽之劳。其所设施，去而人德之，与守其法不敢变者，至今尤多。

自公坐吕公贬，群士大夫各持二公曲直。吕公患之，凡直公者，皆指为党，或坐窜逐。及吕公复相，公亦再起被用，于是二公欢然相约，戮力平贼。天下之士，皆以此多二公，然朋党之论遂起而不能止。上既贤公可大用，故卒置群议而用之。

庆历三年春，召为枢密副使，五让不许，乃就道。既至数月，以为参知政事，每进见，必以太平责之。公叹曰："上之用我者至矣，然事有先后，而革弊于久安，非朝夕可也。"既而上再赐手诏，趣使条天下事，又开天章阁，召见赐坐，授以纸笔，使疏于前。公惶恐避席，始退而条列时所宜先者十数事上之。其诏天下兴学，取士先德行、不专文辞，革磨勘例迁以别能否，减任子之数而除滥官，用农桑考课守宰等。事方施行，而磨勘、任子之法，侥幸之人皆不便，因相与腾口，而嫉公者亦幸外有言，喜为之佐佑。会边奏有警，公即请行，乃以公为河东陕西宣抚使。至则上书愿复守边，即拜资政殿学士、知邠州，兼陕西四路安抚使。其知政事，才一岁而罢，有司悉奏罢公前所施行而复其故。言者遂以危事中之，赖上察其忠，不听。

是时，夏人已称臣，公因以疾请邓州。守邓三岁，求知杭州，又徙青州。公益病，又求知颍州，肩舁至徐，遂不起，享年六十有四。方公之病，上赐药存问。既薨，辍朝一日，以其遗表无所请，使就问其家所欲，赠以兵部尚书，所以哀恤之甚厚。

公为人外和内刚，乐善泛爱。丧其母时尚贫，终身非宾客，食不重肉。临财好施，意豁如也；及退而视其私，妻子仅给衣食。其为政，所至民多立祠画像。其行己临事，自山林处士、里闾田野之人，外至夷狄，莫不知其名字，而乐道其事者甚众。及其世次、官爵，志于墓、谱于家、藏于有司者，皆不论著，著其系天下国家之大者，亦公之志也欤？铭曰：

范于吴越，世实陪臣。俶纳山川，及其士民。范始来北，中间几息。公奋自躬，与时偕逢。事有罪功，言有违从。岂公必能？天子用公。其艰其劳，一其初终。夏童跳边，乘吏怠安。帝命公往，问彼骄顽，有不听顺，锄其穴根。公居三年，怯勇隳完。儿怜兽扰，卒俾来臣。夏人在廷，其事方议，帝趣公来，以就予治。公拜稽首，兹惟难哉！初匪其难，在其终之。群言营营，卒坏于成。匪恶其成，惟公是倾。不倾不危，天子之明。存有显荣，没有赠谥。藏其子孙，宠及后世。惟百有位，可劝无怠。

◇司马光曰："景祐中，吕许公执政，范公知开封，屡攻吕短，坐落职，知饶州。康定元年，复旧职，知永兴。会许公复相，言于神宗曰：'仲淹贤者，朝廷将用之，岂可但除旧职。'即除龙图阁直学士，陕西经略安抚副使。上以许公为长者。"

◇苏辙曰："范文正自饶州还朝，出领西事，恐申公不为之地，无以成功，乃为书自咎，解仇而去。故欧公作文正碑，有'二公晚年欢然相得'之语。后生不知，皆咎欧阳公。予见张公安道言之，乃信。"

◇邵伯温曰："当时文正子尧夫不以为然，从欧公辨，不可得，则自削去'欢然、戮力'等语。公不乐，谓苏明允曰：'范公碑，为其子弟擅于石本改动文字，令人恨之。'故罗氏本于'知饶州'下，无'明年吕公亦罢'六字；'赵元昊反河西'下，无'上复召相吕公'六字；又无'自坐吕公贬'已下，至'置群议而用之'一段。以此观之，诸本，乃当时定本；罗本，尧夫改本也。"

◇朱子曰："吕当用事时，举措不合众心者多，又恶忠贤之异己，必力排之。范、欧二公以讽议谏诤为职则，论之岂为过哉！逮其晚节，知公议不可终拂，众贤将起而复用，是以宁损故怨，以为收之桑榆之计。盖其虑患之意，虽未必出于至公；而补过之善，天下实被其赐。至范公之心，其正大光明，固无宿怨；而惓惓之议，实在国家。故承其善意，起而乐为之用。其自讼之书，所谓'相公有汾阳之心之德，仲淹无临淮之才之力'者，可谓倾倒无余矣。此最为范公之盛德。欧公识其意而特书之，二者各记其实，而美恶初不相掩；又可见欧公之心，亦非浅之乎为丈夫矣。"

太尉文正王公神道碑铭

至和二年七月乙未，枢密直学士、右谏议大夫王素奏事殿中，已而泣且言曰："臣之先臣旦，相真宗皇帝十有八年，今臣素又得待罪侍从之臣。惟是先臣之训，其遗业余烈，臣实无似，不能显大，而墓碑至今无辞以刻。惟陛下哀怜，不忘先帝之臣，以假宠于王氏，而勖其子孙。"天子曰："呜呼！惟汝父旦，事我文考真宗，协德一心，克终厥位，有始有卒，其可谓全德元老矣。汝素以是刻于碑。"素拜稽首出。明日，有诏史馆修撰欧阳修曰："王旦墓碑未立，汝可以铭。"

臣修谨按：故推诚保顺同德守正翊戴功臣、开府仪同三司、守太尉、充玉清昭应宫使、上柱国、太原郡开国公、赠太师、尚书令兼中书令、追封魏国公、谥曰文正王公，讳旦，字子明，大名莘人也。皇曾祖讳言，滑州黎阳令，追封许国公。皇祖讳彻，左拾遗，追封鲁国公。皇考讳祐，尚书兵部侍郎，追封晋国公。皆累赠太师、尚书令兼中书令。曾祖妣姚氏，鲁国夫人。祖妣田氏，秦国夫人。妣任氏，徐国夫人；边氏，秦国夫人。公之皇考以文章自显汉、周之际，逮事太祖、太宗，为名臣。尝谕杜重威使无反汉，拒卢多逊害赵普之谋，以百口明符彦卿无罪，故世多称王氏有阴德。公之皇考，亦自植三槐于庭，曰："吾之后世，必有为三公者，此其所以志也。"

公少好学，有文。太平兴国五年，进士及第，为大理评事、知临江县，监潭州银场，再迁著作佐郎，与编《文苑英华》，迁殿中丞，通判郑、濠二州。王禹偁荐其材，任转运使，驿召至京师，辞不受。献其所为文章，得试直史馆，迁右正言、知制诰，知淳化三年礼部贡举，迁虞部员外郎、同判吏部流内铨、知考课院。右谏议大夫赵昌言参知政事，公以婿避嫌，求解职。太宗嘉之，改礼部郎中、集贤殿修撰。昌言罢，复知制诰，仍兼修撰、判院事，召赐金紫。久之，迁兵部郎中，居职。真宗即位，拜中书舍人，数日，召为翰林学士，知审官院、通进银台封驳事。

公为人严重，能任大事，避远权势，不可干以私，由是真宗益知其贤。钱若水名能知人，常称公曰："真宰相器也！"若水为枢密副使罢，召对苑中，问谁可大用者，若水言公可，真宗曰："吾固已知之矣。"咸平三年，又知礼部贡举，居数日，拜给事中、知枢密院事。明年，以工部侍郎参知政事，再迁刑部侍郎。景德元年，契丹犯边，真宗幸澶州。雍王元份留守东京，得暴疾，命公驰自行在，代元份留守。二年，迁尚书左丞。三年，拜工部尚书、同中书门下平章事、集贤殿大学士、监修国史。是时，契丹初请盟，赵德明亦纳誓约，愿守河西故地，二边兵罢不用，真宗遂欲以无事治天下。公以谓宋兴三世，祖宗之法具在，故其为相，务行故事，慎所改作，进退能否，赏罚必当。真宗久而益信之，所言无不听，虽他宰相大臣有所请，必曰："王某以谓如何?"事无大小，非公所言不决。公在相位十余年，外无夷狄之虞，兵革不用，海内富实，群工百司各得其职。故天下至今称为贤宰相。

公于用人，不以名誉，必求其实。苟贤且材矣，必久其官，众以为宜某职然后迁。其所荐引，人未尝知。寇准为枢密使，当罢，使人私公，求为使相。公大惊曰："将相之任，岂可求邪！且吾不受私请。"准深恨之。已而制出，除准武胜军节度使、同中书门下平章事。准入见，泣涕曰："非陛下知臣，何以至此!"真宗具道公所以荐准者，准始愧叹，以为不可及。故参知政事李穆子行简，有贤行，以将作监丞居于家。真宗召见，慰劳之，迁太子中允。初遣使者召之，不知其所止，真宗命至中书问王某，然后人知行简公所荐也。公自知制诰至为相，荐士尤多。其后公薨，史官修《真宗实录》，得内出奏章，乃知朝廷之士，多公所荐者。

公与人寡言笑，其语虽简，而能以理屈人，默然终日，莫能窥其际。及奏事上前，群臣异同，公徐一言以定。今上为皇太子，太子谕德见公，称太子学书有法。公曰："谕德之职，止于是邪?"赵德明言民饥，求粮百万斛。大臣皆曰："德明新纳誓而敢违，请以诏书责之。"真宗以问公，公请敕有司具粟百万于京师，诏德明来取，真宗大喜。德明得诏书，惭且拜曰："朝廷有人!"大中祥符中，天下大蝗，真宗使人于野得死蝗以示大臣。明日，他宰相有袖死蝗以进者，曰："蝗实死矣，请示于朝，率百官贺。"公独以为不可。后数日，方奏事，飞蝗蔽天，真宗顾公曰："使百官方贺，而蝗如此，岂不为天下笑邪？"宦官刘承规以忠谨得幸，病且死，求为节度使。真宗以语公曰："承规待此以瞑目。"公执以为不可，曰："他日将有求为枢密使者，奈何？"至今内臣，官不过留后。

公任事久，人有谤公于上者，公辄引咎，未尝自辩；至人有过失，虽人主盛怒，可辩者辩之，必得而后已。荣王宫火，延前殿，有言非天灾，请置狱劾火事，当坐死者百余人。公独请见，曰："始失火时，陛下以罪己诏天下，而臣等皆上章待罪，今反归咎于人，何以示信？且火虽有迹，宁知非天谴邪？"由是当坐者皆免。日者上书言宫禁事，坐诛，籍其家，得朝士所与往还占问吉凶之说。真宗怒，欲付御史问状。公曰："此人之常情，且语不及朝廷，不足罪。"真宗怒不解。公因自取常所占问之书，进曰："臣少贱时，不免为此。必以为罪，愿并臣付狱。"真宗曰："此事已发，何可免？"公曰："臣为宰相，执国法，岂可自为之，幸于不发而以罪人？"真宗意解。公至中书，悉焚所得书。既而真宗悔，复驰取之，公曰："臣已焚之矣。"由是获免者众。

公累官至太保，以病求罢，入见滋福殿。真宗曰："朕方以大事托卿，而卿病如此。"因命皇太子拜公。公言皇太子盛德，必任陛下事，因荐可为大臣者十余人。其后不至宰相者，李及、凌策二人而已，然亦皆为名臣。公屡以疾请，真宗不得已，拜公太尉兼侍中，五日一朝视事，遇军国大事，不以时入参决。公益惶恐，因卧不起，以疾恳辞。册拜太尉、玉清昭应宫使。自公病，使者存问，日常三四，真宗手自和药赐之。疾亟，遽幸其第，赐以白金五千两，辞不受。以天禧元年九月癸酉薨于家，享年六十有一。真宗临哭，辍视朝三日，发哀于苑中。其子弟、门人、故吏，皆被恩泽。即以其年十一月庚申，葬公于开封府开封县新里乡大边村。

公娶赵氏，封荣国夫人，后公五年卒。子男三人：长曰司封郎中雍，次曰赞善大夫冲，次曰素。女四人：长适太子太傅韩亿，次适兵部员外郎、直集贤院苏耆，次适右正言范令孙，次适龙图阁直学士、兵部郎中吕公弼。

公事寡嫂谨，与其弟旭相友悌尤笃，任以家事，一无所问，而务以俭约率励子弟，使在富贵不知为骄侈。兄子睦欲举进士，公曰："吾常以大盛为惧，其可与寒士争进?"至其薨也，子素犹未官，遗表不求恩泽。有文集二十卷。乾兴元年，诏配享真宗庙庭。

臣修曰：景德、祥符之际，盛矣！观公之所以相，而先帝之所以用公者，可谓至哉！是以君明臣贤，德显名尊，生而俱享其荣，殁而长配于庙，可谓有始有卒，如明诏所褒。昔者《烝民》《江汉》，推大臣下之事，所以见任贤使能之功，虽曰山甫、穆公之诗，实歌宣王之德也。臣谨考国史、实录，至于搢绅、故老之传，得公终始之节，而录其可纪者，辄为铭诗，[昭示后世,]以彰先帝之明，以称圣恩褒显王氏，流泽子孙，与宋无极之意。铭曰：

烈烈魏公，相我真宗。真庙翼翼，魏公配食。公相真宗，不言以躬。时有大事，事有大疑，匪卜匪筮，公为蓍龟。公在相位，终日如默，问其夷狄，包裹兵革；问其卿士，百工以职；问其庶民，耕织衣食。相有赏罚，功当罪明；相所黜升，惟否惟能。执其权衡，万物之平。孰不事君，胡能必信？孰不为相，其谁有终？公薨于位，太尉之崇。天子孝思，来荐清庙。侑我圣考，惟时元老。天子念功，报公之隆。春秋从享，万祀无穷。作为诗歌，以谂庙工。

◇王闻修曰："本传只载作相时事，余官原无事。此碑于相事，又止书大者。魏公细事，原不胜书也。《赵昌言传》云：'昌言喜推奖后进，掌澧湖外时，李沆通判潭州，谓有台辅之量，表闻于朝。王旦宰岳州、平江，昌言识其远大，以女妻之。后俱为名相。'魏公本传，亦作'平江'，碑作'临江'，疑误也。代雍王权留守，请宣寇准，奏云：'十日之间，未有捷报，当何如？'上默然良久，曰：'立皇太子。'此事关系甚大，碑不书，非当时臣子所宜正言也。《李穆传》子惟简不乐仕进，家居二十余年，真宗闻之，召为太子中允。《魏公传》作'竹简'。《宋史》别有《李行简传》，亦以魏以荐为御史，作'行简'者误也。本传又云：'公疾甚，上问谁可付天下事者。'历问张咏、马亮，公不对，而荐寇准。此文不书。按张咏卒于大中祥符八年，魏公卒于天禧元年，相去三年。史本用《涑水纪闻》，此书或云非温公笔，当以碑为正。"

卷三十一

庐陵欧阳修文十　碑铭、墓表

镇安军节度使同中书门下平章事赠太师中书令程公神道碑铭

惟文简公既葬之二年，其子嗣隆泣而言于朝曰："先臣幸得备位将相，官、阶、品皆第一，爵、勋皆第二，请得立碑如令。"于是天子曰："噫！惟尔父琳，有劳于我国家，余其可忘？"乃大书曰"旌劳之碑"，遣中贵人即赐其家，曰："以此名尔碑。"又诏史臣修曰："汝为之铭。"臣修与文简公故往来，知其人，又尝志其墓，又尝述其世德于冀公太师之碑，得其世次、官封、功行最详，乃不敢辞。

惟公字天球，姓程氏。曾祖讳新，赠太师；曾祖妣吴国夫人齐氏。祖讳赞明，赠太师、中书令；祖妣秦国夫人吴氏。考讳元白，袁州宜春令，赠太师、中书令兼尚书令、冀国公；妣晋国夫人楚氏。

公举大中祥符四年服勤词学高第，试秘书省校书郎、泰宁军节度推官，改著作佐郎、知并州寿阳县，秘书丞、监左藏库。天禧中，诏选文学履行，召试，直集贤院。今天子即位，迁太常博士、三司户部判官。会修《真宗实录》，而起居注阙，命公追修大中祥符八年已后，书成，遂修起居注。迁祠部员外郎，提举诸司库务，以本官知制诰，同判吏部流内铨。

契丹尝遣使贺上即位，命公迓之。使者妄有所言，公折以理，遂屈服。其后又遣使贺天圣五年乾元节，天子思公前尝折其使，乃以公为馆伴使。使者果言契丹见中国使者，坐殿上，位次高，而中国见契丹使者位下，当迁。议者以为小故，可许，虽天子亦将许之。公争以为契丹所以与中国好者，守先帝约也，一切宜用故事；若许其小，将启其大。天子是之，乃止。

岁中，迁右谏议大夫、权御史中丞。丞相张文节，公少所称许而最知公，方除中丞，文节当执笔，喜曰："不辱吾笔矣。"明年，拜枢密直学士、知益州。

公性方重，寡言笑，凡所处画，常先虑谨备，所以条目巨细甚悉；至临事简严，僚吏莫能窥其际。尝夜张灯会五门，大集州民，而城中火起，吏如公教不以白，而随即救止。终宴，民去，始稍知火。监军得告者言军谋变，惧而入白，公笑曰："岂有是哉？"监军惶惑不敢去，公曰："军中动静，吾自知之，苟有谋者，不能隐也。"已而卒无事。其他多类此。蜀妖人自名李冰神子，署官属吏卒，以恐蜀人，公捕斩之。而谤者言公妄杀人，蜀且乱。天子遣人驰视之，使者还言蜀人便公政，方安乐，而诛妖人所以止乱。由是天子益知公贤，召为给事中、知开封府。前为府者，苦其治剧，或不满岁罢；不然，被谤讥，或以事去。独公居数岁，久而治益精明，盗讼稀少，狱屡空。诏书数下褒美，迁工部侍郎、龙图阁学士，守御史中丞。

久之，天子思其治，召为翰林学士，复知开封府。明年，为三司使。不悦苟利，不贪近功。时议者患民税多目，吏得为奸，欲除其名而合为一。公以为合而没其名，一时之便，后有兴利之臣，必复增之，是重困民也。议者莫能夺。其于出入尤谨，禁中时有所取，未尝肯予。宦官怒，言陛下虽有欲，物在程某，何可得？公曰："臣所以为陛下惜尔。"天子以为然。

累迁吏部侍郎。景祐四年，以本官参知政事。公益自信不疑，宰相有所欲私，辄众折之，其语至今士大夫能道也。初，范仲淹以言事忤大臣，贬饶州。已而上悔悟，欲复用之，稍徙知润州，而恶仲淹者遂（遽）诬以事。语入，上怒，亟命置之岭南。自仲淹贬而朋党之论起，朝士牵连，出语及仲淹者，皆指为党人。公独为上开说，上意解而后已。

是时，元昊叛河西，朝廷多故，公在政事，补益尤多。而小人侥幸皆不便，遂以事中之，坐贬为光禄卿，知颍州。已而徙知青州，又徙大名府。居一岁中，迁户部、吏部二侍郎、尚书左丞、资政殿学士。北京建，遂以为留守。宦者皇甫继明方用事，主治行宫，务广制度以市恩，公为裁抑之，与继明章交上。天子遣一御史往视之，还，直公，天子为罢继明，独委公以建都事。

公自知政事，以论议不私见嫉，被贬斥，已稍复见用，遂与继明争曲直，由是益不妄合于世。虽不复大用，而契丹方遣使数有所求，兵诛元昊未克，西北宿重兵，公于是时，天子常委以河北、陕西之重，留守北京凡四年。迁工部尚书、资政殿大学士、河北安抚使。庆历六年，拜武昌军节度使、陕西安抚使、知永兴军府事。明年，加宣徽北院使、鄜延路经略使、马步军都部署，判延州，仍兼陕西安抚使。皇祐元年，加同中书门下平章事，留守北京。其于二方，威惠信著，尤知夷狄情伪、山川险易、行师制敌之要。其在延州，夏人数百驱畜产至界上请降，言契丹兵至衙头矣，国且乱，愿自归。公曰："契丹兵至元昊帐下，当举国取之，岂容有来降者乎？闻夏人方捕叛族，此其是乎？不然，诱我也。"拒而不受。已而夏人果以兵数万临界上，公戒诸堡寨无得数出兵，夏人以为有备，引去，自此不复窥边。

公于河北最久，民爱之，为立生祠。明年，改武胜军节度使，犹在北京；又改镇安军节度使。在镇四年，犹上书：镇安一郡尔，不足以自效，愿复守边。书未报，得疾，以至和三年闰三月七日己丑薨于陈州之正寝，享年六十有九。天子辍视朝二日，赠中书令，谥曰文简。明年，祫享太庙，推恩加赠公太师尚书令。公累阶至开府仪同三司，勋上柱国，爵广平郡公，封户七千四百而实封二千一百，赐号推诚保德守正翊戴功臣。娶陈氏，封卫国夫人。子男四人：曰嗣隆，太常博士；嗣弼，殿中丞；嗣恭，太常博士；嗣先，大理寺丞。女五人，皆适良族。

谨按程氏之先，出自重黎。至休父，为周司马，国于程，其后子孙遂以为氏。自秦汉以来，世有其人，程氏必显，而各以其所居著姓，后世因之，至唐尤盛。号称中山程氏者，皆祖魏安乡侯昱。公，中山博野人也，世有积德，至公始大显闻。臣修以为，古者功德之臣，进受国宠，退而铭于器物，非独私其后世，所以不忘君命，示国有人；而诗人又播其事，声于咏歌，以扬无穷。今去古远，为制不同，而犹有幽堂之石、隧道之碑，得以纪德昭烈；而又幸蒙天子书而名之，其所以照临程氏，恩厚宠荣，出古远甚。而臣又得刻铭其下。铭，臣职也，惧不能称。铭曰：

程以国氏，世远支分。因居著姓，各以其人。公世中山，在昔有闻。克大自公，厥声以振。乃秉国钧，乃授将钺。出入其勤，险夷一节。帝曰噫欤，余有劳臣；何以旌之？有烂其文。惟此劳臣，实余同德，忧国在心，匪劳以力。二方有事，诸将无功，俾我旧老，不遑居中。间息近藩，庶休厥躬。有请未报，奄云其终。殁而后已，兹可谓忠。惟帝之褒，其言甚简，铭以述之，万世丕显。

◇王闻修曰："《宋史·琳传》叙馆伴事云：'契丹使者谓琳曰：先皇帝尝通使承天，太后独无使，何也？琳曰：南北，兄弟也。先皇帝视承天犹从母，故无嫌。今皇太后，乃嫂也，礼不通问。'欧公志中亦云：使者言太后当遣使通书，公以礼折之。至碑文，全不露。盖与外夷叙兄弟，非佳事，略见于志中乃可；碑为大书深刻之文，不当载也。知开封府，外戚王齐雄杀人，章献救之，琳卒正法。又外戚吴氏，背夫挈其女纳宫中，琳请于上曰：'臣恐天下议陛下占人妻女。'上急出之。此二事，史载甚详，而碑、志皆无，欧公盖不欲彰之也。此皆古人有体处。"

观文殿大学士行兵部尚书西京留守赠司空兼侍中晏公神道碑铭

至和元年六月，观文殿大学士、行兵部尚书、西京留守临淄公以疾归于京师。八月，疾少间，入见。天子曰："噫！予旧学之臣也。"乃留侍讲迩英阁，诏五日一朝前殿。明年正月，疾作，不能朝。敕太医朝夕往视。有司除道，将幸其家。公叹曰："吾无状，乃以疾病忧吾君。"即驰奏曰："臣疾少间，行愈矣。"乃止。其月丁亥，以公薨闻，天子震悼，亟临其丧，以不即视公为恨。赠公司空兼侍中，谥曰元献。有司请辍视朝一日，诏特辍二日。以其年三月癸酉，葬公于许州阳翟县麦秀乡之北原。既葬，赐其墓隧之碑首曰"旧学之碑"。既又敕史臣修考次公事，具书于碑下。

臣修伏读国史，见真宗皇帝时，天下无事，天子方推让功德，祠祀天地山川，讲礼乐以文颂声，而儒学文章隽贤伟异之人出。公世家江西之临川，年始十四，一日起田里，进见天子。时方亲阅天下贡士，会廷中者千余人，与夫宫臣、卫官，拥列圜视。公不动声气，操笔为文辞，立成以献。天子嘉赏，赐同进士出身，遂登馆阁，掌书命，以文章为天下所宗。逮陛下养德东宫，先帝选用臣属，即以公遗陛下。由王官、宫臣卒登宰相，凡所以辅道圣德，忧勤国家，有旧有劳，自始至卒，五十余年。

公既薨，而先帝之名臣与陛下东宫之旧人，皆无在者，宜其褒宠优异，比公甘盘。臣修幸得执笔史官，奉明诏，谨昧死上临淄公事。曰：

公讳殊，字同叔，姓晏氏。其世次、晦显、徙迁不常。自其高祖讳墉，唐咸通中举进士，卒官江西，始著籍于高安。其后三世不显。曾祖讳延昌，又徙其籍于临川。祖讳部，追封英国公。考讳固，追封秦国公。自曾祖以下，皆用公贵，累赠开府仪同三司、太师、中书令兼尚书令。曾祖妣张氏，陈国太夫人。祖妣傅氏，许国太夫人。妣吴氏，唐国太夫人。

公生七岁，知学问，为文章，乡里号为神童。故丞相张文节公安抚江西，得公以闻。真宗召见，既赐出身。后二日，又召试诗赋论，公徐启曰："臣尝私习此赋，不敢隐。"真宗益嗟异之，因赐以他题。以为秘书省正字，置之秘阁，使得悉读秘书，命故仆射陈文僖公视其学。明年，献其所为文，召试中书，迁太常寺奉礼郎。封祀太山，推恩迁光禄寺丞；数月，充集贤校理。明年，迁著作佐郎，丁父忧，去官。已而真宗思之，即其家起复，命淮南发运使具舟送之京师，从祀太清宫，赐绯衣银鱼，同判太常礼院。又丁母忧，求去官服丧，不许。今天子始封昇王，公以选为府记室参军，再迁左正言、直史馆。今天子为皇太子，以户部员外郎充太子舍人，赐金紫，知制诰，判集贤院，迁翰林学士，充景灵宫判官、太子左庶子，兼判太常寺、知礼仪院。

公既以道德文章佐佑东宫，真宗每所谘访，多以方寸小纸，细书问之。由是参与机密，凡所对，必以其稿进，示不泄。其后悉阅真宗阁中遗书，得公所进稿，类为八十卷，藏之禁中，人莫之见也。

初，真宗遗诏：章献明肃太后权听军国事。宰相丁谓、枢密使曹利用，各欲独见奏事，无敢决其议者。公建言：群臣奏事太后者，垂帘听之，皆毋得见，议遂定。乾兴元年，拜右谏议大夫兼侍读学士，迁给事中、景灵宫副使，判吏部流内铨。以《易》侍讲崇政殿，迁礼部侍郎、知审官院，为枢密副使，迁刑部侍郎。上疏论张耆不可为枢密使，由是忤太后旨，坐以笏击其仆、误折其齿罢。留守南京，大兴学校，以教诸生。自五代以来，天下学废，兴自公始。召拜御史中丞，改兵部侍郎，兼秘书监、资政殿学士、翰林侍读学士，知天圣八年礼部贡举。明年，为三司使，复为枢密副使，未拜，改参知政事，迁尚书左丞。太后谒太庙，有请服衮冕者，太后以问公，公以《周官》后服对。

太后崩，大臣执政者皆罢，公为礼部尚书知亳州，徙知陈州，迁刑部尚书，复召为御史中丞，又为三司使，知枢密院事，拜枢密使，再加检校太尉、同中书门下平章事。庆历三年三月，遂以刑部尚书居相位，充集贤殿大学士，兼枢密使。

自公复召用，而赵元昊反，师出陕西，天下弊于兵。公数建利害，请罢监军，兼以阵图授诸将，使得应敌为攻守，及制财用为出入之要，皆有法。天子悉为施行，自宫禁先，以率天下，而财赋之职悉归有司。卒能以谋臣元昊，使听约束，乃还其王号。

公为人刚简，遇人必以诚，虽处富贵如寒士，尊酒相对，欢如也。得一善，称之如己出，当世知名之士如范仲淹、孔道辅等，皆出其门。及为相，益务进贤材。当公居相府时，范仲淹、韩琦、富弼皆进用，至于台阁，多一时之贤。天子既厌西兵，闵天下困敝，奋然有意，遂欲因群材以更治，数诏大臣条天下事。方施行，而小人权倖皆不便。明年秋，会公以事罢，而仲淹等相次亦皆去，事遂已。

公既罢，以工部尚书知颍州，徙知陈州，又徙许州，三迁户部尚书，拜观文殿大学士、知永兴军，充一路都部署、安抚使，徙知河南府兼西京留守，累进阶至开府仪同三司，勋上柱国，爵临淄公，食邑万二千户，实封三千七百户。

公享年六十有五。自少笃学，至其病亟，犹手不释卷。有文集二百四十卷。尝奉敕修《上训》及《真宗实录》，又集类古今文章，为《集选》二百卷。其为政敏，而务以简便其民。其于家严，子弟之见有时。事寡姊孝谨。未尝为子弟求恩泽。其在陈州，上问宰相曰："晏某居外，未尝有所请，其亦有所欲邪？"宰相以告公。公自为表，问起居而已。故其薨也，天子尤哀悼之，赐予加等，以其子承裕为崇文院检讨，孙及甥之未官者九人，皆命以官。

公初娶李氏，工部侍郎虚己之女；次孟氏，屯田员外郎虚舟之女，封钜鹿郡夫人；次王氏，太师、尚书令超之女，封荣国夫人。子八人：长曰居厚，大理评事，早卒；次承裕，尚书屯田员外郎；宣礼，赞善大夫；崇让，著作佐郎；明远、祗德，皆大理评事；几道、传正，皆太常寺太祝。女六人，长适户部侍郎、同中书门下平章事富弼，次适礼部侍郎、三司使杨察，其四尚幼。孙十有二人。公既乐善而称为知人，士之显于朝者，多公所荐达，至择其女之所从，又得二人者如此，可谓贤也已。铭曰：

有姜之裔，齐为晏氏。齐在春秋，晏显诸侯。《传》载桓子，婴称于丘。其后无闻，不亡仅存。有炜自公，厥声以振。公之显声，实相天子。天子曰噫！予考真宗，唯多名臣，以臻盛隆。汝初事我，王官东宫，以暨相予，始卒一躬。辅我以德，有劳于邦。公疾在外，来归自洛。天子曰留，汝予旧学，凡今在庭，莫如汝旧。孰以畀予？惟予圣考。今既亡矣，孰为予老？何以赠之？司空侍中。礼则有加，予思何穷！有篆其文，在其碑首。天子之褒，史臣有诏。铭以述之，永昭厥后。

◇茅坤曰："节财自宫禁先，非晏元献不能画，非宋仁庙不能从。元献公为相久，而子孙十人，不以一乞恩泽；身后之日，朝廷一时并命，皆盛世事。"

◇王闻修曰："《宋史》本传，悉用欧公此文。独于出知颍州处补云：'孙甫、蔡襄上言，宸妃生圣躬，殊尝被诏志墓，没而不言。又奏论殊役官兵，治僦舍以规利。然殊以章献方临朝，故志不敢斥言；而所役兵，乃辅臣例宜借者，时以为非殊罪。'按孙、蔡所论，甚不当。欧公此文削之，非为晏公讳，乃为孙、蔡讳也。孙、蔡墓志，亦出欧公。孙志云：'言宰相以某事当去者，上亟为罢之。'蔡志竟不载。盖欧公亦不直之矣。安抚江西荐公为神童，《李防传》亦有之，时与张知白同使耳。孙、蔡既论晏公，已而与公同去。晏一日游涡水，见蛙登木捕蝉，口不能容，相与坠地，遂作《蜩蛙赋》，略云：'匿蕞质以潜进，跳轻躯而猛噬，虽多口而连获，终扼吭而弗制。'"

石曼卿墓表

曼卿讳延年，姓石氏，其上世为幽州人。幽州入于契丹，其祖自成，始以其族间走南归，天子嘉其来，将禄之，不可，乃家于宋州之宋城。父讳补之，官至太常博士。

幽燕俗劲武，而曼卿少亦以气自豪。读书不治章句，独慕古人奇节伟行非常之功，视世俗屑屑，无足动其意者。自顾不合于世，乃一混以酒，然好剧饮大醉，颓然自放，由是益与时不合。而人之从其游者，皆知爱曼卿落落可奇，而不知其才之有以用也。年四十八，康定二年二月四日，以太子中允、秘阁校理卒于京师。

曼卿少举进士，不第（中）。真宗推恩，三举进士，皆补奉职。曼卿初不肯就，张文节公素奇之，谓曰："母老乃择禄邪？"曼卿矍然起就之，迁殿直。久之，改太常寺太祝、知济州金乡县，叹曰："此亦可以为政也。"县有治声。通判乾宁军，丁母永安县君李氏忧，服除，通判永静军，皆有能名。充馆阁校勘，累迁大理寺丞，通判海州，还为校理。庄献明肃太后临朝，曼卿上书，请还政天子。其后太后崩，范讽以言见幸，引尝言太后事者，遽得显官，欲引曼卿，曼卿固止之，乃已。

自契丹通中国，德明尽有河南而臣属，遂务休兵养息，天下晏然，内外弛武三十余年。曼卿上书言十事，不报。已而元昊反，西方用兵，始思其言，召见。稍用其说，籍河北、河东、陕西之民，得乡兵数十万。曼卿奉使籍兵河东，还，称旨，赐绯衣银鱼。天子方思尽其才，而且病矣。既而闻边将有欲以乡兵捍贼者，笑曰："此得吾粗也。夫不教之兵，勇怯相杂。若怯者见敌而动，则勇者亦牵而溃矣。今或不暇教，不若募其敢行者，则人人皆胜兵也。"

其视世事，蔑若不足为；及听其施设之方，虽精思深虑，不能过也。状貌伟然，喜酒自豪，若不可绳以法度。退而质其平生趣舍大节，无一悖于理者。遇人无贤愚，皆尽欣欢。及间而可否天下是非善恶，当其意者无几人。其为文章劲健，称其意气。

有子济、滋。天子闻其丧，官其一子，使禄其家。既卒之三十七日，葬于太清之先茔。其友欧阳修表于其墓曰：

鸣呼曼卿！宁自混以为高，不少屈以合世，可谓自重之士矣。士之所负者愈大，则其自顾也愈重；自顾愈重，则其合愈难。然欲与共大事，立奇功，非得难合自重之士，不可为也。古之魁雄之人，未始不负高世之志，故宁或毁身污迹，卒困于无闻；或老且死，而幸一遇，犹克少施于世。若曼卿者，非徒与世难合，而不克所施，亦其不幸不得至乎中寿，其命也夫！其可哀也夫！

◇周必大曰："欧阳文忠公好贤乐善，盖其天性。得交友间寸稿尺书，必轴而藏之。曼卿、子美，俊才直节，公深知之；雄词健笔，公素推之。而位皆不过馆职，年皆不登知命，公所尤悲。于其遗墨，尤独致意。熙宁壬子，公梦奠之岁也，犹亲跋于卷尾。惟公道德文章，师表百世，而《干旄》《缁衣》之好，至死靡倦。彼争名者相倾，属文者相轧，闻公之风，其少愧哉！"

连处士墓表

连处士，应山人也。以一布衣终于家，而应山之人至今思之。其长老教其子弟，所以孝友、恭谨、礼让而温仁，必以处士为法，曰："为人如连公，足矣。"其矜寡孤独、凶荒饥馑之人，皆曰："自连公亡，使吾无所告依而生以为恨。"鸣呼！处士居应山，非有政令恩威以亲其人，而能使人如此，其所谓"行之以躬，不言而信"者欤？

处士讳舜宾，字辅之，其先闽人。自其祖光裕，尝为应山令，后为磁、郢二州推官，卒而反葬应山，遂家焉。处士少举《毛诗》，一不中，而其父正以疾废于家，处士供养左右十余年，因不复仕进。父卒，家故多赀，悉散以赒乡里，而教其二子以学，曰："此吾赀也。"岁饥，出谷万斗以粜，而市谷之价卒不能增，及旁近县之民皆赖之。盗有窃其牛者，官为捕之甚急，盗穷，以牛自归，处士为之愧谢曰："烦尔送牛。"厚遗以遣之。尝以事之信阳，遇盗于西关，左右告以处士，盗曰："此长者，不可犯也。"舍之而去。

处士有弟居云梦，往省之，得疾而卒，以其柩归应山。应山之人去县数十里迎哭，争负其柩以还。过县市，市人皆哭，为之罢市三日，曰："当为连公行丧。"处士生四子，曰庶、庠、庸、膺。其二子教以学者，后皆举进士及第。今庶为寿春令，庠为宜城令。

处士以天圣八年十二月某日卒，庆历二年某月日，葬于安陆蔽山之阳。自卒至今二十年，应山之长老识处士者，与其县人尝赖以为生者，往往尚皆在；其子弟后生闻处士之风者，尚未远。使更三四世，至于孙曾，其所传闻，有时而失，则惧应山之人不复能知处士之详也。乃表其墓，以告于后人。八年闰正月一日，庐陵欧阳修述。

◇周必大曰："应山连处士，一布衣耳。既殁，而郑人法其孝友礼逊，凡矜寡饥馑之人，皆追思之。欧阳文忠公表其墓，谓'行之以躬，不言而信'，盖实录也。有子四人，而宝文公则第三子之孙，以文章赞书命，才略典方面，克孝而忠，大其家声。今机宜君蒙上拔擢，进用未已，施于有政，不第如处士居乡矣。"

◇王闻修曰："连庶字君锡，连庠字元礼，皆受学于二宋。庶居官清，人号为'连底清'。庠加以肃，人号为'连底冻'。庶为令，以母老，乞监陈州税。尝送客出北门，见日西风尘，而冠盖憧憧不已，慨然有感，即日求分司归。久之，以欧公荐知昆山县，辞不行。累迁职方员外郎。庠终都官郎。按二子之贤如此，而此表无一语及，盖文体自应如此。”

胡先生墓表

先生讳瑗，字翼之，姓胡氏。其上世为陵州人，后为泰州如皋人。

先生为人师，言行而身化之，使诚明者达，昏愚者励，而顽傲者革。故其为法严而信，为道久而尊。师道废久矣，自明道、景祐以来，学者有师，惟先生暨泰山孙明复、石守道三人，而先生之徒最盛。其在湖州之学，弟子去来常数百人，各以其经转相传授。其教学之法最备，行之数年，东南之士莫不以仁义礼乐为学。

庆历四年，天子开天章阁，与大臣讲天下事，始慨然诏州县皆立学。于是建太学于京师，而有司请下湖州，取先生之法以为太学法，至今为著令。后十余年，先生始来居太学，学者自远而至，太学不能容，取旁官署以为学舍。礼部贡举，岁所得士，先生弟子十常居四五。其高第者，知名当时，或取甲科、居显仕；其余散在四方，随其人贤愚，皆循循雅饬。其言谈举止，不问可知为先生弟子；其学者相语称“先生”，不问可知为胡公也。

先生初以白衣见天子论乐，拜秘书省校书郎，辟丹州军事推官，改密州观察推官。丁父忧，去职。服除，为保宁军节度推官，遂居湖学。召为诸王宫教授，以疾免。已而以太子中舍致仕，迁殿内（中）丞于家。皇祐中，驿召至京师议乐，复以为大理评事兼太常寺主簿，又以疾辞。岁余，为光禄寺丞、国子监直讲，乃居太学。迁大理寺丞，赐绯衣银鱼。嘉祐元年，迁太子中允，充天章阁侍讲，仍居太学。

已而病不能朝，天子数遣使者存问，又以太常博士致仕。东归之日，太学之诸生与朝廷贤士大夫送之东门，执弟子礼，路人嗟叹以为荣。以四年六月六日卒于杭州，享年六十有七。以明年十月五日，葬于乌程何山之原。其世次、官邑与其行事，莆阳蔡君谟具志于幽堂。

呜呼！先生之德在乎人，不待表而见于后世，然非此无以慰学者之思，乃揭于其墓之原。六年八月三日，庐陵欧阳修述。

□圣祖御评：安定教士之法，规条最详。篇中专举此事，殆所谓“论人必于其大者”也。

◇吕元明曰：“仁宗时，国子先生必求天下贤士，就中又择其尤贤者，专委掌教导规矩之事。胡翼之为直讲，有旨专掌学政。胡亦甄别人物，择其过人远甚、人畏服者，奖之激之；又各因其所好，类聚而别居之。故好尚经术者，好谈兵者，好文艺者，好尚节义者，皆以所类群居，相与讲习。胡亦时召之，使论其所学，为定其理，或自出一义，故人皆乐从而有成。今朝廷近臣，往往胡之徒也。”

泷冈阡表

呜呼！惟我皇考崇公，卜吉于泷冈之六十年，其子修始克表于其阡；非敢缓也，盖有待也。

修不幸，生四岁而孤。太夫人守节自誓，居贫自力于衣食，以长以教，俾至于成人。太夫人告之曰：“汝父为吏廉，而好施与，喜宾客。其俸禄虽薄，常不使有余，曰：‘毋以是为我累。’故其亡也，无一瓦之覆、一垅之植，以庇而为生。吾何恃而能自守邪？吾于汝父，知其一二，以有待于汝也。自吾为汝家妇，不及事吾姑，然知汝父之能养也。汝孤而幼，吾不能知汝之必有立，然知汝父之必将有后也。吾之始归也，汝父免于母丧方逾年。岁时祭祀，则必涕泣曰：‘祭而丰，不如养之薄也。’间御酒食，则又涕泣曰：‘昔常不足而今有余，其何及也！’吾始一二见之，以为新免于丧适然耳。既而其后常然，至其终身未尝不然。吾虽不及事姑，而以此知汝父之能养也。汝父为吏，尝夜烛治官书，屡废而叹。吾问之，则曰：‘此死狱也，我求其生不得尔。’吾曰：‘生可求乎？’曰：‘求其生而不得，则死者与我皆无恨也，矧求而有得邪？以其有得，则知不求而死者有恨也。夫常求其生，犹失之死，而世常求其死也。’回顾乳者抱汝而立于旁，因指而叹曰：‘术者谓我岁行在戌将死，使其言然，吾不及见儿之立也，后当以我语告之。’其平居教他子弟，常用此语，吾耳熟焉，故能详也。其施于外事，吾不能知。其居于家，无所矜饰，而所为如此，是真发于中者邪。呜呼！其心厚于仁者邪！此吾知汝父之必将有后也。汝其勉之！夫养不必丰，要于孝；利虽不得博于物，要其心之厚于仁。吾不能教汝，此汝父之志也。”修泣而志之，不敢忘。

先公少孤力学，咸平三年进士及第，为道州判官，泗、绵二州推官，又为泰州判官。享年五十有九，葬沙溪之泷冈。

太夫人姓郑氏，考讳德仪，世为江南名族。太夫人恭俭仁爱而有礼，初封福昌县太君，进封乐安、安康、彭城三郡太君。自其家少微时，治其家以俭约，其后常不使过之，曰："吾儿不能苟合于世，俭薄所以居患难也。"其后修贬夷陵，太夫人言笑自若，曰："汝家故贫贱也，吾处之有素矣。汝能安之，吾亦安矣。"

自先公之亡二十年，修始得禄而养。又十有二年，列官于朝，始得赠封其亲。又十年，修为龙图阁直学士、尚书吏部郎中，留守南京。太夫人以疾终于官舍，享年七十有二。又八年，修以非才入副枢密，遂参政事。又七年而罢。自登二府，天子推恩，褒其三世。故自嘉祐以来，逢国大庆，必加宠锡。皇曾祖府君累赠金紫光禄大夫、太师、中书令。曾祖妣累封楚国太夫人。皇祖府君累赠金紫光禄大夫、太师、中书令兼尚书令。祖妣累封吴国太夫人。皇考崇公累赠金紫光禄大夫、太师、中书令兼尚书令。皇妣累封越国太夫人。今上初郊，皇考赐爵为崇国公，太夫人进号魏国。

于是小子修泣而言曰："呜呼！为善无不报，而迟速有时，此理之常也。惟我祖考，积善成德，宜享其隆，虽不克有于其躬，而赐爵受封，显荣褒大，实有三朝之锡命。是足以表见于后世，而庇赖其子孙矣。"乃列其世谱，具刻于碑。既又载我皇考崇公之遗训，太夫人之所以教而有待于修者，并揭于阡，俾知夫小子修之德薄能鲜，遭世窃位，而幸全大节、不辱其先者，其来有自。

熙宁三年岁次庚戌四月辛酉朔十有五日乙亥，男推诚保德崇仁翊戴功臣、观文殿学士、特进行兵部尚书、知青州军州事、兼管内劝农使、充京东东路安抚使、上柱国、乐安郡开国公、食邑四千三百户食实封一千二百户修表。

□圣祖御评：叙述先德，情文深婉，令謦欬千载如生，可谓仁孝之言。

○朱子谓韩愈《祭十二郎文》后数百年，而本朝复有欧阳文忠公《泷冈阡表》，其为朱子所心折如此。然以两文较之，其情致悱恻，能达所不能达之隐，所谓“喜往复，善自道”者，则果相伯仲。若夫垂诸万世，使酷吏读之亦不觉泫然流涕者，欧作固专其美，而韩逊不如。子曰：“苟有车，必见其式；苟有衣，必见其敝。”盖言有其实，斯有其文也。愈固不得无之而空言之，欧之胜者，实也。如此文者，所当自朝廷至于里巷，莫不讴吟讽诵者欤？夫是之谓“羽翼六经”。“羽翼六经”云者，固不在句训字诂之徒也。

◇储欣曰：“千百年墓表中有数文字，岂惟《居士集》之冠。予师观我先生令永丰，贻予《泷冈阡表》石刻本，旁有龙爪迹二焉，指数历然。土人云：公始磨刻此碑于家，舟载以行。无何，大风雨，舟覆。稍定，使人汨水求碑，不可得。越一日，碑已在泷冈阡矣，完善无毫发损，增二爪迹而已。父老相传，龙王欲读公文，遣其属攫致之。其说颇诞，然文章能事至于如此，于以动神明而感怪物，亦理之或然者欤？”

卷三十二

庐陵欧阳修文十一　墓志铭

尚书兵部员外郎知制诰谢公墓志铭

朝散大夫、行尚书兵部员外郎、知制诰、知邓州军州事、兼管内劝农使、上轻车都尉、阳夏县开国男、食邑三百户、赐紫金鱼袋谢公，讳绛，字希深。其先出于黄帝之后，任姓之别为十族，谢其一也。其国在南阳宛，三代之际，以微不见。至《诗·崧高》，始言周宣王使召公营谢邑以赐申伯。盖谢先以失国，其子孙散亡，以国为姓，历秦、汉、魏，益不显。至晋、宋间，谢氏出陈郡者，始为盛族。

公之皇考曰太子宾客讳涛，其爵陈留伯，至公开国，又为阳夏男，皆在陈郡，故用其封，复因为陈郡人。然其官邑、卒葬，随世而迁。其谱，自八世而下可见，曰八代祖汾，为河南缑氏人；至五代祖希图，始迁而南，或葬嘉兴，或葬丽水；自皇考已上三代，皆葬杭州之富阳。

公以宝元二年四月丁卯来治邓，其年十一月己酉，以疾卒于官。以远不克归于南，即以明年八月，得州之西南某山之阳，遂以葬。公享年四十有五。初娶夏侯氏，先卒，今举以祔。后娶高氏，文安县君。三男六女：男某，皆将作监主簿；女一早亡，五尚幼。

公之卒，其客欧阳修弔而哭于位，退则叹曰："初，宾客之薨，修获铭其德，纳诸富阳之原。今又哭公之丧，哭者在位，莫如修旧，盖尝铭其世矣。"乃论次其终始，曰：

公年十五起家，试秘书省校书郎；复举进士，中甲科，以奉礼郎知颍州汝阴县；迁光禄寺丞，上书论四民失业。杨文公荐其材，召试，充秘阁校理，再迁太常丞、通判常州。丁母晋陵郡君许氏忧，服除，迁太常博士。用郑氏《经》、唐故事，议昭武皇帝非受命祖，不宜配享感生帝。天圣中，天下水旱而蝗，河决，坏滑州。又上书，用《洪范》五行、京房《传》，推灾异所以为天谴告之意，极陈时所阙失，无所讳。与修真宗国史，迁祠部员外郎，直集贤院，通判河南府。移书丞相，言岁凶，嵩山宫宜罢勿治。又上书，论妖人、方术士不宜出入禁中，请追所赐先生、处士号。岁满，权开封府判官，再迁兵部员外郎，为三司度支判官。上书论法禁密花透背，诏书云自内始，今内人赐衣，复下有司取之，是为法而自戾，无以信天下。又言后苑作官市龟筒，亦禁物，民间非所有，有之为犯法，因请罢内作诸器。皆以其职言。又言有司多求上旨，从中出而数更，且谓号令数变则亏国体，利害偏听则惑聪明，请者务欲各行，而守者患于不一。请凡诏令，皆由中书、枢密院，然后行。郭皇后废，上书，用《诗·白华》引申后、褒姒以为戒。景祐元年，丁父忧，服除，召试知制诰，判流内铨。议者言李照新定乐不可用，下其议，议者久不决。公为两议曰："宋乐用三世矣，照之法不合古，吾从旧。”乃署。其一议曰：“从新乐者异署。”议者皆从公署。

公为人肃然自修，平居温温，不妄喜怒。及其临事敢言，何其壮也！虽或听或否，或论高而不能行，或后果如其言，皆传经据古，切中时病。三代已来，文章盛者称西汉，公于制诰，尤得其体，世所谓常、杨、元、白，不足多也。

公既以文知名，至于为政，无所不达。自汝阴已有能名，佐常州，至今常人思之。钱思公守河南，悉以事属之。是时，庄献明肃太后、庄懿太后起二陵于永安，至于铁石畚锸，不取一物于民而足。修国子学，教诸生，自远而至者百余人，举而中第者十八九。河南人闻公丧，皆出涕，诸生画像于学而祠之。初，吏部拟官，以圭田有无为均。公取州县田，核其实者，准其方之物价差为多少，揭之省中，他有名而无实者皆不用，人以为便。天下之吏有定职而无定员，故选者常患其多而久积，吏缘以奸。至公为之选，而集者有不逾旬而去，天下皆称其平。其遇事尤剧，尤若简而有余。

及求知邓州，其治益以宽静为本，州遂无事。先时，有妖僧者，以伪言诱民男女数百人，往往昼夜为会，凡六七年不废。公则取其首恶二人，置之法，余一不问。民始知公法可畏，而安于不苛。南阳堰引湍水溉公田，水之来远而少能及民，而堰撤墩破。公议复召信臣故渠，以罢邓人岁役，而以水与民，大兴学舍，皆未就而卒。

始公来邓，食其廪者四十余人，或疑其多，及其丧，为之制服，其治衣栉才二婢，至三从孤弟妹，皆聚而食之。卒之日，廪无余粟，家无余资，入哭其堂，椸无新衣。然平生喜宾客谈宴，怡怡如也。自少而仕，凡三十年间，自守不回，而外亦不为甚异，此其始终大节也。铭曰：

寿吾不知，命系其偶。不俾其隆，安归其咎？惟德之明，惟仁之茂。惟力之为，而公之有。

○首叙世次本末；次叙立身终始，于中首叙立言，次叙立政，次叙立德。郁乎其相章，焕乎其相辉也！

资政殿学士尚书户部侍郎简肃薛公墓志铭

明道二年，尚书礼部侍郎、参知政事河东公以疾告归其政。天子曰："吾不可以数烦公。"乃诏优公不朝，而使视事如故。居岁中，数以告，乃得还第。又数以告，然后拜公为资政殿学士、户部侍郎，判尚书都省，罢其政事。景祐元年八月庚申，公薨于家，年六十有八，赠兵部尚书。

公讳奎，字宿艺，姓薛氏。薛氏之先，出于黄帝之后任姓，任姓之别为十族，薛者，奚仲之始封也。其后奚仲去，迁邳，而仲虺留居薛。春秋之际，以国见《经》，而其子孙后以为氏。此其谱也。隋、唐之间，薛姓居河东者为最盛。

公，绛州正平人也。曾王父赠太保讳某，大王父赠太傅讳某，王父殿中丞赠太师讳某，三世皆不显，而以公贵。初，太宗皇帝伐并州，太师以策干行在，不见用，罢。公生十余岁，已能属文辞，太师顾曰："是必大吾门，吾复何为？"乃不复事生业，务施贷以赒乡间，曰："吾有子矣，后何患？"后五十年，公始佐今天子参政事，为世名臣，如其言。

公为人敦笃忠烈，果敢明达。初举进士，为州第一，让其里人王严，而居其次，于是乡里皆称之。淳化三年，再举乃中，授秘书省校书郎、隰州军事推官。始至，取州狱已成书，活冤者四人。徙仪州推官，士争荐其能。丁太夫人忧，服除，用荐者拜大理寺丞、知兴化军莆田县，悉除故时王氏无名租，莆田人至今以为德。迁殿中丞、知河南长水县，徙知兴州。州旧铸铁钱，用功多，人以为苦。公乃募民有力者，弛其山，使自为利，而收其铁租以铸，悉罢役者，人用不劳。迁太常博士，御史中丞向敏中荐公材中御史，就拜监察御史，召为殿中侍御史，判三司都磨勘司，赐绯衣银鱼。出为陕西转运副使，坐举人免官。居数月，通判陕府。岁余，召还台，安抚河北，称旨，改尚书户部员外郎、淮南转运使、江淮制置发运使。开扬州河，废其三堰，以便漕船，岁以八百万石食京师，其后罕及其多。转吏部员外郎，丁太师忧，去职不许。居二岁，入为三司户部副使，与三司使李士衡争事省中，士衡扳时权贵人为助。公拜户部郎中、直昭文馆，出知延州，迁吏部郎中，入为龙图阁待制、知开封府，迁右谏议大夫、御史中丞。

契丹使萧从顺来朝，是时，庄献明肃太后垂帘听政，从顺举止多不逊，以为南使至契丹者皆见太后，遂请见之。朝议患之，未有以决。公独以理折之，从顺乃止。而嫉公者谗其漏禁中语，由是拜集贤院学士，出知并州，改知秦州。秦州宿重兵，兵尝歉食，公为勤俭积畜，教民水种。岁中，迁枢密直学士、知益州，而秦之余粟积者三百万，征筭之衍者三十万；核民旧隐田数百顷，所得刍粟又十余万。秦州之民与其蕃落数千人，诣转运使请留，不果。

公在开封，以严为治，肃清京师。京师人民至私以俚语目公，且相戒曰："是不可犯也。"囹圄为之数空，而至今之人犹或目之。及居蜀，尤有善政。民有得伪蜀时中书印者，夜以锦囊挂之西门，门者以白，蜀人随之者万计，皆恟恟出异语，且观公所为。公顾主吏藏之，略不取视，民乃止。老媪告其子不孝者，子诉贫不能养，公取俸钱与之，曰："用此为生以养。"母子遂相慈孝。里富人三女皆孤，民或妄争其产，公析其资为三，为嫁其女，于是人皆以公为仁恩。蜀人喜乱而易摇，公既镇以无事，又能顺其风俗，从容宴乐。及其临事，破奸发伏，逆见随决，如逢蒙之射而方朔之占，无一不中。蜀人爱且畏之，以比张尚书咏而不苛。开封，天子之畿；益州，蜀一都会，皆世号尤难理者。而公尤有名，其猛宽之政，前后异施，可谓知其方矣。

入拜龙图阁直学士、权三司使，遂拜参知政事。公入谢，上曰："先帝尝言卿可用，吾今用卿矣。"公益感激自励。而素刚毅，守节不苟合；既与政，尤挺立无所牵随。然遂欲绳天下，无小（细）大，一入于规矩。往往不可其意，则归卧于家，叹息忧愧，辄不食。家人笑其何必若此，公曰："吾惭不及古人，而惧后世讥我也。"

公尝使契丹，与其君臣语，而以论议服其坐中。其后契丹使来，必问公所在，及闻已用，乃皆喜曰："是得人矣。"边吏得谍者，言契丹欲弃约举兵。上亟召大臣议，或欲选将增兵。公曰："契丹畏誓而贪利，且无隙以开其端，其必不动，不宜失持重之势而使其可窥。"已而卒无事。他日，上顾公曰："果如公言。"于是益重之。

明道二年，庄献明肃太后欲以天子衮冕见太庙，臣下依违不决。公独争之，曰："太后必若王服见祖宗，若何而拜乎？"太后不能夺，为改他服。太后崩，上见群臣，泣曰："太后疾不能言，而犹数引其衣，若有所属，何也？"公遽曰："其在衮冕也。然服之岂可见先帝乎？"上大悟，卒以后服葬。于是益以公为果可用也。

公先娶潘氏，早卒；后娶赵氏，今封金城郡夫人。子男一人直孺，大理寺丞。女五人：长适故职方员外郎张奇；其次适故开封府士曹参军乔易从，早亡；次适太原王拱辰，早亡；次适庐陵欧阳修；次又适王氏。公既贵，赠其曾祖而下三室，曰太保、太傅、太师。追封曾祖妣某氏某夫人，祖妣某氏某夫人，妣某氏某夫人。

公惟孝慈，虽在大位，家人勤俭，不知为骄奢。诸子幼孤，抚养不异。平生所为文章四十卷，直而有气，如其为人。五年某月某甲子，其孤直孺奉其柩自京师葬于绛州，以某年某月某甲子即事。先期，状公之功行上之太常，太常议曰："谥法：一德不懈曰简，执心决断曰肃。今其状应法。"乃谥曰简肃。铭曰：

> 薛夏之封，以国为姓。其后河东，隋唐最盛。公世载德，实河东人。必大其门，太师之云。公之从事，以难为易。参于大政，不挠不牵。屡决大议，有言炳然。公不为相，告病还家。赗赙之荣，尚书是加。公有敏德，焯其行事；公有令名，有司之谥。事告之史，谥传子孙；又刻铭章，纳于墓门。

◇王闻修曰："《宋史》本传，与志不同。传云：在陕西，赵德明言延州蕃落侵其地黑林平，下诏按验。奎阅郡籍，德明尝假道黑林平，移文录示之，德明遂服。知延州，赵元昊每遣吏至京师请俸赐吏，因市禁物，隐关算为奸利。奎廉得状，请留蜀道缣帛于关中，转致给之。奎能知人，范仲淹、庞籍、明镐自为选人，皆以公辅许之。契丹使请见太后，奎折之曰：‘皇太后垂帘听政，本朝群臣亦未尝见也。’欧公叙事以简为贵，如此叙子女处，直曰‘次适庐陵欧阳修’，余不著一句，何等严重。祭薛尚书文，又甚详明。志言天下之公，祭尽一身之私也。后人作尊者状，多插入自己事，是何足与言文乎！”

翰林侍读学士右谏议大夫杨公墓志铭

庆历八年春，翰林侍读学士、右谏议大夫杨公年六十有九告老，即以工部侍郎致仕，归于常州。其行也，天子召见宴劳，赐以不拜。公卿大夫咸出饯于东门，瞻望咨嗟，相与言曰：“杨公归哉，于公计为可荣，于国家计为可惜。”其明年九月十三日，公疾革，出其《兵论》一篇，示其子忱、慥，而授以言曰：“臣子虽死不敢忘其君父者，天下之至恩大义也。今臣偕不幸，犹以垂闭之口，言天下莫大之忧为陛下无穷之虑者，其事有五，以毕臣志，死无所恨。惟陛下用臣言，不必哀臣死也。”言讫而卒，不及其私。忱、慥以其语并其《兵论》以闻，天子震悼，顾有司，问可以宠公者。有司举故事以对，天子曰：“此何足以慰吾思？”乃诏特赠公兵部侍郎。

公少师事种放学问，为文章长于议论。好读兵书，知古兵法，以为士不兼文武，不足任大事。当四方无事时，数上书言边事。后二十余年，元昊叛河西，契丹举众违约，三边皆警，天下弊于兵。公于此时，耗精疲神，日夜思虑，创作兵车阵图、刀盾之属，皆有法。天子以步卒五百，如公之法试于庭，以为可用。而世多非其刀盾。修尝奉使河东，得边将王吉言，元昊出兔毛川为吉所败者，用杨公刀盾也，盖世未尝用其术尔。然公素刚少合，而议者不一，故不得尽用其言。

夏竦经略陕西，请益置土兵。公言竦据内地，无破贼之谋，而坐请益兵，盖虞败事则欲以兵少为解。竦复论公不忠，沮计。公不能忍，以语诋之。其后三路农民壮者，咸墨为兵。公又言兵在精不在众，众而不练，则不整而易败，困国而难供。时自将相大臣，议者皆务多兵，独公之论能如此。

刘平兵败，元昊围延州甚急，而救兵不至。公在河中，乃伪为书驰告延州"救兵十万至矣"，因命旁郡县具刍粮、什器，如其数以俟。已而元昊亦解去。后公守并州，即诏公为并、代、麟、府路经略、安抚、招讨等使，兼兵马都部署。公执敕告其群吏曰："天子用我矣。然任其事，必图其效；欲责其效，必尽其方。"乃列六事以请，曰："能用臣言则受命，不然则已。"朝廷难之，公论不已，坐是徙知邢州。公志之不就，皆此类也。

公尝为御史，章献太后兄子刘从德为团练使以卒，其门人、亲戚、厮养，用从德拜官爵者数十人，马季良以刘氏婿为龙图阁直学士。公上书，言汉吕太后王禄、产，欲强其族而反以覆宗；唐武三思、杨国忠之祸，不独其身，几亡其国。太后大怒，贬监舒州酒税。居二岁，复召为御史，言事愈切。

公祥符元年进士及第，以上书言事，真宗奇之，召试，不赴，拜著作佐郎。累官至工部侍郎，为天章阁待制、龙图阁枢密直学士，遂侍讲于翰林。尝为审刑院详议官，知淮阳、江阴军，三司度支判官，知御史杂事，判吏部流内铨，三司度支副使，河北、河东都转运使，知河中府陕、并、邢、沧、杭五州，所至皆有能绩。为人廉洁刚直，少屈而难犯。其仁心爱物，至其有所能容，人多所不及也。

公讳偕，字次公。曾祖讳伟。祖讳某。父讳守庆。初娶张氏，又娶李氏，又娶李氏，又娶王氏太原郡君。公卒之明年秋，其子忱以其丧归于河南。又明年二月十七日，葬于洛阳县宣武管平洛乡之先茔。

公有文集十卷，兵书十五卷。读其书，可以见公之志；考其始终之节，可以知公之心。呜呼！可谓忠矣。

修为谏官时，尝与公争议于朝者，而且未尝识公也。及其葬也，其子不以铭属于他人而以属修者，岂以修言为可信也欤？然则铭之，其可不信！铭曰：

远矣杨氏，有来其始。赤泉侯功，与汉俱起。震官太尉，四世以公。于陵正直，仆射于唐。师复理卿，振左拾遗，文蔚获嘉。其后益衰，避乱中州。曾祖始南，祖屈伪邦，令于乌江；又适南粤，皇考是生。晦显有时，发于皇明。在考司马，始仕坊州。遂家中部，道德之优。司马四子，唯公克大；非徒大之，将又长之。世有官族，孰无系谱？或绝于微，或亡其序。不绝不亡，由屡有人。谁如杨世，愈久而蕃，次第弗迷，昭穆绵联。公其归此，安千万年。

○王闻修曰："偕本传，为三司度支判官，有谏废后、谏富民陈氏女将为后二事；知并州时，有绳监军中人及议麟州五利三害事；为安抚使时，上六事，其一罢中人预军事。又《张士逊传》有纳女口宫中，为御史杨偕所劾事。此志皆不书，六事亦存其名而已。欧公叙事简要如此。传云：元昊乞和而不称臣，偕以连年出师，国力日蹙，宜许之。王素、欧阳修、蔡襄，劾偕罪当诛，即志所谓‘争议于朝’者也。又云：知杭州时，襄谒告过杭，轻游里市。或谓偕当言于朝，偕曰：‘襄尝以公事抵我，我岂可以私报邪?’志所谓‘有所能容，人多不及’，或指此。”

太子太师致仕杜祁公墓志铭

故太子太师致仕、祁国公、赠司徒兼侍中杜公讳衍，字世昌，越州山阴人也。其先本出于尧之后，历三代，常为诸侯，后徙其封于杜，而子孙散适他国者，以杜为氏。自杜赫为秦将军，后三世，御史大夫周及其子建平侯延年，仍显于汉。又九世，当阳侯预显于晋。又十有四世，岐国公佑显于唐。又九世而至于祁公。其为家有法，其吉凶、祭祀、斋戒日时币祝从事，一用其家书。自唐灭，士丧其旧礼而一切苟简，独杜氏守其家法，不迁于世俗。盖自春秋诸侯之子孙，历秦汉千有余岁，得不绝其世谱，而唐之盛时，公卿家法存于今者，惟杜氏。

公自曾、高以来，以恭俭孝谨称乡里。至公为人，尤洁廉自克。其为大臣，事其上以不欺为忠，推于人以行己取信。故其动静纤悉，谨而有法。至考其大节，伟如也。

公享年八十，官至尚书左丞。方其六十有九，岁且尽，即上书告老。明年，以太子少师致仕。累迁太子太保、太傅、太师，封祁国公于其家。天子祀明堂，遣使者召公陪祠，将有所问，以疾不至，而岁时存问、劳赐不绝。

公少举进士高第，为扬州观察推官，知平遥县，通判晋州，知乾州，迁河东京西路提点刑狱，知扬州，河东陕西路转运使。入为三司户部副使，拜天章阁待制、知荆南府。未行，以为河北路都转运使，遂知天雄军。召为御史中丞，判流内铨，知审官院，拜枢密直学士，知永兴军，徙知并州，迁龙图阁学士，复知永兴军，权知开封府。康定元年，以刑部侍郎同知枢密院事，即拜副使。庆历三年，迁吏部侍郎、枢密使。明年，以本官同中书门下平章事。

公治吏事，如其为人。其听狱讼，虽明敏而审覈愈精，故屡决疑狱，人以为神。其簿书出纳，推析毫发，终日无倦色。至于（为）条目，必使吏不得为奸而已；及其施于民者，则简而易行。始居平遥，尝以吏事适他州，而县民争讼者皆不肯决，以待公归。知乾州未满岁，安抚使察其治行，以公权知凤翔府，二邦之民争于界上，一曰："此我公也，汝夺之。"一曰："今我公也，汝何有焉？"

夏人初叛命，天下苦于兵，而自陕以西尤甚，吏缘侵渔，调发督迫，至民破产不能足，往往自经投水以死。于是时，公在永兴，语其人曰："吾不能免汝，然可使汝不劳尔。"乃为之区处计较，量物有无贵贱、道里远近，宽其期会，使以次输送。由是物不踊贵，车牛刍秣宿食来往如平时，而吏束手无所施，民比他州费省十六七。至于缮治城郭器械，民皆不知。

开封治京师，常挠于权要，有干其法而能不为之屈者，世皆以为难。至公，能使权要不敢有所干。凡其为治，以听断盗讼为能否尔，独公始有余力省其民事，如治他州，而畿赤诸县之民皆被其惠。开封比比出能吏，而兼于民政者，惟公一人。

吏部审官，主天下吏员，而居职者类以不久迁去，故吏得为奸。公始视铨事，一日，选者三人争某阙，公以问吏，吏受丙赇，对曰：“当与甲。”乙不能争，遂授他阙。居数日，吏教丙讼甲负某事，不当得。公悟，召乙问之，乙谢曰：“业已得他阙，不愿争。”公不得已，与丙而笑曰：“此非吏罪，乃吾未知铨法尔。”因命诸曹各具格式科条以白，问曰：“尽乎？”曰：“尽矣。”明日，敕诸吏无得升堂，使坐曹听行文书而已，由是吏不得与铨事，与夺一出于公。居月余，翕然声动京师。其在审官，有以贿求官者，吏谢不受，曰：“我公有贤名，不久见用去矣，姑少待之。”

庆历之初，上厌西兵之久出而民弊，亟用今丞相富公、枢密韩公及范文正公，而三人者，遂欲尽革众事以修纪纲，而小人权倖皆不悦，独公相与佐佑。而公尤抑绝侥幸，凡内降与恩泽者，一切不与，每积至十数，则连封而面还之，或诘责其人，至惭恨涕泣而去。上尝谓谏官欧阳修曰：“外人知杜某封还内降邪？吾居禁中，有求恩泽者，每以杜某不可，告之而止者，多于所封还也。其助我多矣，此外人及杜某皆不知也。”然公与三人者，卒皆以此罢去。

公多知本朝故实，善决大事。初，边将议欲大举以击夏人，虽韩公亦以为可举，公争以为不可，大臣至有欲以沮军罪公者，然兵后果不得出。契丹与夏人争银瓮族，大战黄河外，而雁门、麟府皆警，范文正公安抚河东，欲以兵从。公以为契丹必不来，兵不可妄出。范公怒，至以语侵公，公不为恨。后契丹卒不来。二公，皆世俗指公与为朋党者，其论议之际盖如此。及三人者将罢去，公独以为不可，遂亦罢，以尚书左丞知兖州。岁余，乃致仕。

公自布衣至为相，衣服饮食无所加，虽妻子亦有常节。家故饶财，诸父分产，公以所得，悉与昆弟之贫者。俸禄所入，分给宗族，赒人急难。至其归老，无屋以居，寓于南京驿舍者久之。自少好学，工书画，喜为诗，读书虽老不倦。推奖后进，今世知名士多出其门。居家见宾客必问时事，闻有善，喜若己出；至有所不可，忧见于色，或夜不能寐，如任其责者。凡公所以行之终身者，有能履其一，君子以为人之所难，而公自谓不足以名后世，遗戒子孙无得纪述。呜呼！岂所谓任重道远，而为善惟日不足者欤？

曾祖太子少保讳某，赠太师；祖鸿胪卿讳叔詹，追封吴国公；父尚书度支员外郎讳遂良，追封韩国公，皆赠太师、中书令兼尚书令。娶相里氏，封晋国夫人。子男：曰诜，大理评事；䜣，太常博士；讷，将作监主簿；诒，秘书省正字。三子早卒。女：长适集贤校理苏舜钦，次适秘阁校理李綖，次适单州团练推官张遵道。公以嘉祐二年二月五日卒于家。其子䜣以其年十月十八日，葬公于应天府宋城县之仁孝原。铭曰：

翼翼祁公，率履自躬。一其初终，惟德之恭。公在子位，士知贪廉。退老于家，四方之瞻。岂惟士夫，天子曰咨，尔曲尔直，绳之墨之；正尔方圆，有矩有规。人莫之逾，公无尔欺。予左予右，惟公是毗。公虽告休，受宠不已。宫臣国公，即命于第。奕奕明堂，万邦从祀。岂无臣工，为予执法？何以召之？惟公旧德。公不能来，予其往锡。君子恺悌，民之父母。公虽百龄，人以为少。不俾黄耈，丧予元老。宠禄之隆，则有止期。惟其不已，既去而思。铭昭于远，万世之诒。

○修与杜衍子䜣书，自谓："文字简略，止记大节，期于久远，恐难满孝子意。"又言："范公家神刻，为其子擅自增损，不免更作文字发明，欲后世以家集为信。"又言："尹氏子卒请韩太尉别作墓表。以此见朋友、门生、故吏，与孝子用心尝异。修岂负知己者？范、尹二家，亦可为鉴。"别一书云："所记事，皆录实有稽据，皆大节与人之所难者。其他常人所能者，在他人更无巨美、不可不书，于公为可略者，皆不暇书。"观修言，作志亦大难矣。

凡墓志、神道，皆国史所据以示后世者也。文如韩、欧其人者不世出，而史则不可以或阙。不可或阙，而又无可信之碑志以为据依，则信史不更大难乎？观修为杜衍作志，其斤斤自明如此，盖以时俗不能晓"信今传后"之义，徒欲跻其父祖与圣哲比肩，必铭功悉太公、颂德皆仲尼而后快；不知空言无实之名，非所荣也。徒使平昔一言一行之善，犹可励俗而兴行者，转因繁言浮词，致晦昧湮亡而莫可问。迨史氏稽集于数十百年之后，济济皆太公、仲尼；而考其实，茫然无所得。既总无可信，则必以意为轩轾，党其所亲而毁其所怒，甚至苞苴请谒行焉。而古今是非之公，不独泯于当时，而且泯于万世矣。修之慎重不苟然者，岂为一己之私哉！

◇王闻修曰："《宋史》本传云：契丹婿刘三嘏避罪来归，辅臣议厚馆之，以诘契丹阴事。欧阳修亦请留三嘏。衍曰：'中国主忠信，若自违誓约，纳叛亡，则直不在我。且三嘏为契丹近亲，而逃逋来归，其谋身如此，尚足与谋国乎？'此事欧公独不入志。"

◇叶梦得曰："杜祁公居官清介，每请俸，必过初五。家人前期误请，公怒，付有司劾治。尹师鲁公所知也。余尝见师鲁得罪后谢公书，亲引此事云：‘以某自视，虽若无愧；以公观之，则安得无罪？’师鲁盖坐擅贷官钱为部吏偿债，当时恶者论以为赃云。”

故霸州文安县主簿苏君墓志铭

有蜀君子曰苏君，讳洵，字明允，眉州眉山人也。君之行义修于家，信于乡里，闻于蜀之人久矣。当至和、嘉祐之间，与其二子轼、辙偕至京师，翰林学士欧阳修得其所著书二十二篇，献诸朝。书既出，而公卿士大夫争传之。其二子举进士，皆在高等，亦以文学称于世。眉山在西南数千里外，一日父子隐然名动京师，而苏氏文章遂擅天下。

君之文博辩宏伟，读者悚然想见其人，既见，而温温似不能言。及即之，与居愈久而愈可爱；间而出其所有，愈叩而愈无穷。呜呼！可谓纯明笃实之君子也。

曾祖讳祐。祖讳杲。父讳序，赠尚书职方员外郎。三世皆不显。职方君三子，曰澹、曰涣，皆以文学举进士；而君少独不喜学，年已壮，犹不知书。职方君纵而不问，乡闾亲族皆怪之。或问其故，职方君笑而不答，君亦自如也。

年二十七，始大发愤，谢其素所往来少年，闭户读书，为文辞。岁余，举进士，再不中；又举茂材异等，不中。退而叹曰："此不足为吾学也。"悉取所为文数百篇焚之，益闭户读书，绝笔不为文辞者五六年，乃大究六经百家之说，以考质古今治乱成败、圣贤穷达出处之际，得其粹精，涵畜充溢，抑而不发。久之，慨然曰："可矣。"由是下笔，顷刻数千言，其纵横上下，出入驰骤，必造于深微而后止。盖其禀也厚，故发之迟；志也悫，故得之精。自来京师，一时后生学者皆尊其贤，学其文，以为师法。以其父子俱知名，故号“老苏”以别之。

初，修为上其书，召试紫微阁，辞不至，遂除试秘书省校书郎。会太常修纂建隆以来礼书，乃以为霸州文安县主簿，使食其禄，与陈州项城县令姚辟，同修礼书，为《太常因革礼》一百卷。书成，方奏未报，而君以疾卒，实治平三年四月戊甲也，享年五十有八。天子闻而哀之，特赠光禄寺丞，敕有司具舟，载其丧归于蜀。

君娶程氏，大理寺丞文应之女。生三子：曰景先，早卒；轼，今为殿中丞、直史馆；辙，权大名府推官。三女皆早卒。孙曰迈、曰迟。有文集二十卷，《谥法》三卷。

君善与人交，急人患难，死则恤养其孤，乡人多德之。盖晚而好《易》，曰：“《易》之道深矣。汩而不明者，诸儒以附会之说乱之也；去之，则圣人之旨见矣。”作《易传》，未成而卒。治平四年十月壬申，葬于彭山之安镇乡可龙里。

君生于远方，而学又晚成，常叹曰：“知我者，惟吾父与欧阳公也。”然则非余谁宜铭？铭曰：

苏显唐世，实栾城人。以宦留眉，蕃蕃子孙。自其高曾，乡里称仁。伟与明允，大发于文。亦既有文，而又有子，其存不朽，其嗣弥昌。呜呼明允，可谓不亡。

◇储欣曰：“读老泉《上欧阳内翰书》，知欧公之文，非先生不能品；读此志，又叹先生之学，非欧公不能发。”

卷三十三

庐陵欧阳修文十二　墓志铭

端明殿学士蔡公墓志铭

公讳襄，字君谟，兴化军仙游人也。天圣八年，举进士甲科，为漳州军事判官、西京留守推官，改著作佐郎、馆阁校勘。

庆历三年，以秘书丞、集贤校理知谏院，兼修起居注。是时天下无事，士大夫弛于久安，一日元昊叛，师久无功。天子慨然厌兵，思正百度以修太平，既已排群议，进退二三大臣，又诏增置谏官四员，使拾遗补阙，所以遇之甚宠。公以材名在选中。遇事感激，无所回避，权幸畏敛，不敢挠法干政，而上得益与大臣图议。明年，屡下诏书，劝农桑，兴学校，革弊修废，而天下悚然知上之求治矣。于此之时，言事之臣无日不进见，而公之补益为尤多。

四年，以右正言直史馆。出知福州，以便亲，遂为福建路转运使。复古五塘以溉田，民以为利，为公立生祠于塘侧。又奏减闽人五代时丁口税之半。丁父忧，服除，判三司盐铁勾院，复修起居注。今参知政事唐公介，时为御史，以直言忤旨，贬春州别驾。廷臣无敢言者，公独论其忠，人皆危之，而上悟意解，唐公得改英州，遂复召用。

皇祐四年，迁起居舍人、知制诰，兼判流内铨。御史吕景初、吴中复、马遵，坐论梁丞相适罢台职，除他官，公封还辞头，不草制。其后屡有除授非当者，必皆封还之，而上遇公益厚，曰："有子如此，其母之贤可知。"命特赐冠帔以宠之。至和元年，迁龙图阁直学士、知开封府。三年，以枢密直学士知泉州，徙知福州。未几，复知泉州。

公为政精明，而于闽尤知其风俗。至则礼其士之贤者，以劝学兴善，而变民之故，除其甚害。往时闽人多好学，而专用赋以应科举。公得先生周希孟，以经术传授，学者常至数百人，公为亲至学舍，执经讲问，为诸生率。延见处士陈烈，尊以师礼，而陈襄、郑穆方以德行著称乡里，公皆折节下之。

闽俗重凶事，其奉浮图、会宾客，以尽力丰侈为孝，否则深自愧恨，为乡里羞。而奸民、游手、无赖子，幸而贪饮食、利钱财，来者无限极，往往至数百千人。至有亲亡，秘不举哭，必破产办具而后敢发丧者。有力者乘其急时，贱买其田宅，而贫者立券举债，终身困不能偿。公曰："弊有大于此邪！"即下令禁止。至于巫觋主病、蛊毒杀人之类，皆痛断绝之。然后择民之聪明者，教以医药，使治疾病。其子弟有不率教令者，条其事，作五戒以教谕之。久之，闽人大便。公既去，闽人相率诣州，请为公立德政碑，吏以法不许谢，即退而以公善政私刻于石，曰："俾我民不忘公之德。"

嘉祐五年，召拜翰林学士、权三司使。三司、开封，世称省、府，为难治而易以毁誉，居者不由以迁，则由以败，而败者十常四五。公居之，皆有能名。其治京师，谈笑无留事；尤喜破奸隐，吏不能欺。至商财利，则较天下盈虚出入，量力以制用，必使下完而上给。下暨百司因习蠹弊，切磨划剔，久之，簿书纤悉、纪纲条目皆可法。七年季秋，大享明堂；后数月，仁宗崩，英宗即位，数大赏赉，及作永昭陵，皆猝办于县官经费外。公应烦，愈闲暇若有余，而人不知劳，遂拜三司使。居二岁，以母老，求知杭州，即拜端明殿学士以往。三年，徙南京留守，未行，丁母夫人忧。明年八月某日，以疾卒于家，享年五十有六。

蔡氏之谱，自晋从事中郎克以来，世有显闻，其后中衰，隐德不仕。公年十八，以农家子举进士，为开封第一，名动京师。后官于闽，典方州，领使一路，二亲尚皆无恙。闽人瞻望咨嗟，不荣公之贵，而荣其父母。母夫人尤有寿，年九十余，饮食起居康强如少者。岁时为寿，母子鬓发皆皤然，而命服金紫，煌煌如也。至今闽人之为子者，必以夫人祝其亲；为父母者，必以公教其子也。

公于朋友重信义，闻其丧则不御酒肉，为位以哭，尽哀乃止。尝会饮会灵东园，坐客有射矢误伤人者，客遽指为公矢，京师喧然。事既闻，上以问公，公即再拜愧谢，终不自辩，退亦未尝以语人。

公为文章，清遒粹美，有文集若干卷。工于书画，颇自惜，不妄为人书，故其残章断稿，人悉珍藏。而仁宗尤爱称之，御制元舅陇西王碑文，诏公书之。其后，命学士撰温成皇后碑文，又敕公书，则辞不肯书，曰：“此待诏职也。”

公累官至礼部侍郎。既卒，翰林学士王珪等十余人列言公贤，其亡可惜。天子新即位，未及识公，而闻其名久也，为之恻然，特赠吏部侍郎，官其子旻为秘书省正字，孙传及弟之子均皆守将作监主簿，而优以赙恤。以旻尚幼，命守吏助给其丧事。

曾祖讳显皇，不仕。祖讳恭，赠工部员外郎。父讳琇，赠刑部侍郎。母夫人卢氏，长安郡太君。夫人葛氏，永嘉郡君。子男三人：曰匀，将作监主簿；曰旬，大理评事，皆先公卒。幼子，旻也。女三人，一适著作佐郎谢仲规，二尚幼。以某年某月某日，葬公于莆田县某乡将军山。铭曰：

谁谓闽远，而多奇产。产非物宝，惟士之贤。嶷嶷蔡公，其人杰然。奋躬当朝，谠言正色。出入左右，弥缝补益。间归于闽，有政在人。食不畏蛊，丧不忧贫。疾者有医，学者有师。问谁使然？孰不公思。有高其坟，有拱其木。凡闽之人，过者必肃。

◇洪迈曰：“欧阳公作蔡君谟墓志，‘公工于书画’云云，国史传所载，盖用其语。比见蔡与欧阳一帖云：‘向者得侍陛下清光，时有天旨，令写御撰碑文、宫寺题榜，至有勋戚之家，干请朝廷出敕令书。襄谓近世书写碑志，则有资利；若朝廷之命，则有司存焉，待诏其职也。今与待诏争利，其可乎？’然后知蔡公之旨意如此，不止一《温成碑》而已。其清介有守，后世或未知之。”

孙明复先生墓志铭

先生讳复，字明复，姓孙氏，晋州平阳人也。少举进士不中，退居泰山之阳，学《春秋》，著《尊王发微》。鲁多学者，其尤贤而有道者石介，自介而下，皆以弟子事之。

先生年逾四十，家贫不娶。李丞相迪，将以其弟之女妻之，先生疑焉。介与群弟子进曰："公卿不下士久矣，今丞相不以先生贫贱而欲托以子，是高先生之行义也，先生宜因以成丞相之贤名。"于是乃许。孔给事道辅为人刚直严重，不妄与人，闻先生之风，就见之。介执杖屦侍左右，先生坐则立，升、降、拜则扶之；及其往谢也，亦然。鲁人既素高此两人，由是始识师弟子之礼，莫不叹嗟之；而李丞相、孔给事，亦以此见称于士大夫。其后介为学官，语于朝曰："先生非隐者也，欲仕而未得其方也。"

庆历二年，枢密副使范仲淹、资政殿学士富弼，言其道德经术宜在朝廷，召拜校书郎、国子监直讲。尝召见迩英阁说《诗》，将以为侍讲，而嫉之者言其讲说多异先儒，遂止。七年，徐州人孔直温，以狂谋捕治，索其家得《诗》，有先生姓名，坐贬监虔州商税，徙泗州，又徙知河南府长水县，签署应天府判官公事，通判陵州。翰林学士赵概等十余人上言：孙某行为世法，经为人师，不宜弃之远方；乃复为国子监直讲。

居三岁，以嘉祐二年七月二十四日，以疾卒于家，享年六十有六，官至殿中丞。先生在太学时，为大理评事，天子临幸，赐以绯衣银鱼；及闻其丧，恻然，予其家钱十万。而公卿大夫、朋友、太学之诸生，相与弔哭，赙治其丧。于是以其年十月二十七日，葬先生于郓州须城县卢泉乡之北扈原。

先生治《春秋》，不惑传注，不为曲说以乱经。其言简易，明于诸侯大夫功罪，以考时之盛衰，而推见王道之治乱，得于经之本义为多。方其病时，枢密使韩琦言之天子，选书吏，给纸笔，命其门人祖无择就其家，得其书十有五篇，录之，藏于秘阁。先生一子大年，尚幼。铭曰：

圣人既殁经更焚，逃藏脱乱仅《传》存。众说乘之汩其原，怪迂百出杂伪真。后生牵卑习前闻，有欲患之寡攻群，往往止燎以膏薪。有勇夫子辟浮云，刮磨蔽蚀相吐吞，日月卒复光破昏。博哉功利无穷垠，有考其不在斯文。

◇王明清曰："范文正在睢阳，有孙秀才者，索游上谒，言有老母。文正识之，补为学职，授之《春秋》。孙笃学，行复修谨，文正甚爱之。既去后十年，闻泰山下有孙先生，以《春秋》授徒，朝廷高之，召至太学，乃昔日孙秀才也。文正叹曰：'贫之为累大矣。倘因循至老，以彼其才，安所自见哉！'夫文正识孙生，奇矣；乃孙生必就索于文正，岂所谓'饥从谢仁祖求食'邪？"

◇王定国曰："张尧封少从孙明复学，其子去华与贵妃，常执事左右。及妃贵，数遣使致问，明复闭门，拒之终身。贵妃，即温成皇后也。"

黄梦升墓志铭

予友黄君梦升，其先婺州金华人，后徙洪州之分宁。其曾祖讳元吉，祖讳某，父讳中雅，皆不仕。黄氏世为江南大族，自其祖父以来，乐以家赀赈乡里，多聚书以招四方之士。

梦升兄弟皆好学，尤以文章意气自豪。予少家随，梦升从其兄茂宗官于随。予为童子，立诸兄侧，见梦升年十七八，眉目明秀，善饮酒谈笑，予虽幼，心已独奇梦升。

后七年，予与梦升皆举进士于京师。梦升得丙科，初任兴国军永兴主簿，怏怏不得志，以疾去。久之，复调江陵府公安主簿。时予谪夷陵令，遇之于江陵。梦升颜色憔悴，初不可识，久而握手嘘唏，相饮以酒，夜醉起舞，歌呼大噱，予益悲梦升志虽衰，而少时意气尚在也。

后二年，予徙乾德令，梦升复调南阳主簿，又遇之于邓。间常问其平生所为文章几何，梦升慨然叹曰："吾已讳之矣。穷达有命，非世之人不知我，我羞道于世人也。"求之不肯出，遂饮之酒。复大醉，起舞歌呼，因笑曰："子知我者!"乃肯出其文。读之，博辩雄伟，其意气奔放，犹不可御。予又益悲梦升志虽困，而独其文章未衰也。是时谢希深出守邓州，尤喜称道天下士，予因手书梦升文一通，欲以示希深。未及而希深卒，予亦去邓。后之守邓者皆俗吏，不复知梦升。

梦升素刚，不苟合，负其所有，常怏怏无所施，卒以不得志，死于南阳。

梦升讳注，以宝元二年四月二十五日卒，享年四十有二。其平生所为文，曰《破碎集》《公安集》《南阳集》，凡三十卷。娶潘氏，生四男二女。将以庆历四年某月某日，葬于董坊之先茔，其弟渭泣而来告曰："吾兄患世之莫吾知，孰可为其铭?"予素悲梦升者，因为之铭曰：

　　予尝读梦升之文，至于哭其兄子庠之词，曰"子之文章，电激雷震，雨雹忽止，阒然灭泯"，未尝不讽诵叹息而不已。嗟夫梦升，曾不及庠。不震不惊，郁塞埋藏。孰与其有，不使其施？吾不知所归咎，徒为梦升而悲。

◇黄庭坚《书后》云："叔祖梦升，学问文章，五兵纵横，制作之意，似徐陵、庾信，使同时遇合，未知孰先孰后也。然不幸得人间四十年尔，使之白发角逐于英俊之场，又未知与欧阳公孰先孰后也。梦升既乖捂不逢，尝以文哭世父长善云：'高明之家，尚为鬼瞰，子之文章，岂无物憾！'盖自道也。安世十三弟，秀而不实，使人气塞。于今孙曾特多英妙之质，力学不休，安知来者之不如今也。"

◇陈善曰："文章虽不要蹈袭古人一言一句，然古人自有夺胎换骨等法，所谓'灵丹一粒，点铁成金'也。欧阳公《祭苏子美文》云：'子之心胸，蟠屈龙蛇，风雷变化，雨雹交加。忽然挥斧，霹雳轰车。人有遭之，心惊胆破，震仆如麻。须臾霁止，而回顾百里，山川草木，开发萌芽。子于文章，雄豪放肆，有如此者，吁可怪邪！'但知诵公此文，而不知实有本处。公作《黄梦升墓志铭》，称梦升哭其兄子庠之词曰：'子之文章，电激雷震，雨雹忽止，阒然灭泯。'公尝喜诵之，祭文盖用此耳。梦升所作，虽不多见，观其词句多奇可喜，正得所谓'千兵万马'之意。及公增以数语，而变态如此，此固非蹈袭者。其后东坡《跋姜君弼课册》亦云：'云兴天际，欻若车盖，凝矑未瞬，瀰漫霔霸。惊雷出火，震木糜碎，殷地爇空，万夫皆废。霤绠四坠，日中见沫，移晷而收，野无完块。'此三者，语各不同，然只是一意。前辈作者皆用此法，吾谓此实不传之妙，学者即此，便可反三隅矣。"

尹师鲁墓志铭

师鲁，河南人，姓尹氏，讳洙。然天下之士，识与不识，皆称之曰"师鲁"，盖其名重当世。而世之知师鲁者，或推其文学，或高其议论，或多其材能；至其忠义之节，处穷达，临祸福，无愧于古君子，则天下之称师鲁者，未必尽知之。

师鲁为文章，简而有法。博学强记，通知今古，长于《春秋》。其与人言，是是非非，务穷尽道理乃已，不为苟止而妄随，而人亦罕能过也。遇事无难易，而勇于敢为，其所以见称于世者，亦所以取嫉于人，故其卒穷以死。

师鲁少举进士及第，为绛州正平县主簿，河南府户曹参军，邵武军判官。举书判拔萃，迁山南东道掌书记，知伊阳县。王文康公荐其才，召试，充馆阁校勘，迁太子中允。天章阁待制范公贬饶州，谏官、御史不肯言。师鲁上书，言"仲淹臣之师友，愿得俱贬"。贬监郢州酒税，又徙唐州。遭父丧，服除，复得太子中允，知河南县。

赵元昊反，陕西用兵，大将葛怀敏奏起为经略判官。师鲁虽用怀敏辟，而尤为经略使韩公所深知。其后诸将败于好水，韩公降知秦州，师鲁亦徙通判濠州。久之，韩公奏，得通判秦州。迁知泾州，又知渭州，兼泾原路经略部署。坐城水洛与边将（臣）略异议，徙知晋州。又知潞州，为政有惠爱，潞州人至今思之。累迁官至起居舍人，直龙图阁。

师鲁当天下无事时，独喜论兵，为《叙燕》《息戍》二篇行于世。自西兵起，凡五六岁，未尝不在其间，故其论议益精密，而于西事尤习其详。其为兵制之说，述战守胜败之要，尽当今之利害；又欲训土兵代戍卒，以减边用，为御戎长久之策。皆未及施为，而元昊臣，西兵解严，师鲁亦去而得罪矣。然则天下之称师鲁者，于其材能，亦未必尽知之也。

初，师鲁在渭州，将吏有违其节度者，欲按军法斩之而不果。其后吏至京师，上书讼师鲁以公使钱贷部将，贬崇信军节度副使，徙监均州酒税。得疾，无医药，舁至南阳求医。疾革，隐几而坐，顾稚子在前，无甚怜之色；与宾客言，终不及其私。享年四十有六以卒。

师鲁娶张氏，某县君。有兄源，字子渐，亦以文学知名，前一岁卒。师鲁凡十年间，三贬官，丧其父，又丧其兄；有子四人，连丧其三；女一适人，亦卒；而其身终以贬死。一子三岁，四女未嫁，家无余资，客其丧于南阳不能归。平生故人无远迩，皆往赙之，然后妻子得以其柩归河南，以某年某月某日葬于先茔之次。余与师鲁兄弟交，尝铭其父之墓矣，故不复次其世家焉。铭曰：

藏之深，固之密。石可朽，铭不灭。

◇欧阳修自记："志言天下之人，识与不识，皆知师鲁文学议论材能，则文学之长，议论之高，材能之美，不言可知。又恐太略，故条析其事，再述于后。述其文，则曰'简而有法'。此一句，在孔子六经，惟《春秋》可当之；其他经，非孔子自作文章，故虽有法而不简也。修于师鲁之文不薄矣。而世之无识者，不考文之轻重，但责言之多少，云：'师鲁文章，不合只著一句道了。'既述其文，则又述其学，曰'通知古今'。此语若必求其可当者，惟孔孟也。既述其学，则又述其论议，云'是是非非，务尽其道理，不苟止而妄随'，亦非孟子不可当此语。既述其论议，则又述其材能，备言师鲁历贬，自兵兴便在陕西，尤深知西事，未及施为而元昊臣，师鲁得罪。使天下之人，尽知师鲁材能。此三者，皆君子之极美，然在师鲁，犹为末事。其大节，乃笃于仁义，穷达祸福，不愧古人。其事不可遍举，故举其要者一两事以取信。如上书论范公而自请同贬，临死而语不及私，则平生忠义可知也；其临穷达祸福不愧古人，又可知也。

"既已具言其文、其学、其议论、其材能、其忠义，遂又言其为仇人挟情论告以贬死，又言其死后妻子困穷之状，欲使后世知有如此人以如此事废死，至于妻子如此困穷，所以深痛死者而切责当世君子致斯人之及此也。《春秋》之义，痛之益至，则其辞益深，‘子般卒’是也；《诗》人之意，责之愈切，则其言愈缓，‘君子偕老’是也。不必号天叫屈，然后为师鲁称冤也。故于其铭文，但云‘藏之深，固之密。石可朽，铭不灭’，意谓举世无可告语，但深藏牢埋此铭，使其不朽，则后世必有知师鲁者。其语愈缓，其意愈切，《诗》人之义也。而世之无识者，乃云：‘铭文不合不讲德，不辨师鲁以非罪。’盖为前言其穷达祸福无愧古人，则必不犯法，况是仇人所告，故不必区区曲辩也。今止直言所坐，自然知非罪矣，添之无害，故勉徇议者添之。若作古文自师鲁始，则前有穆修、郑條辈，及有大宋先达甚多，不敢断自师鲁始也。偶俪之文，苟合于理，未必为非，故不是此而非彼也。若谓近年古文自师鲁始，则范公祭文已言之矣，可以互见，不必重出也。皇甫湜《韩文公墓志》《李翱行状》不必同，亦互见之也。

“志云师鲁‘喜论兵’。论兵，儒者末事；言‘喜’，无害。‘喜’非嬉戏之‘戏’，‘喜’者好也。君子固有所好矣。孔子言‘回也好学’，岂是薄颜回乎？后生小子未经师友，苟恣所见，岂足听哉！修见韩退之与孟郊联句，便似孟郊诗；与樊宗师作志，便似樊文。慕其如此，故师鲁之志，用意特深而语简，盖谓师鲁文简而意深。又思平生作文，惟师鲁一见，展卷疾读，五行俱下，便晓人深处，因谓死者有知，必受此文，所以慰吾亡友尔，岂恤小子辈哉！”

徂徕石先生墓志铭

徂徕先生，姓石氏，名介，字守道，兖州奉符人也。徂徕，鲁东山，而先生非隐者也，其仕尝位于朝矣。鲁之人不称其官而称其德，以为徂徕鲁之望，先生鲁人之所尊，故因其所居山以配其有德之称曰“徂徕先生”者，鲁人之志也。

先生貌厚而气完，学笃而志大，虽在畎亩，不忘天下忧。以为时无不可为，为之无不至，不在其位，则行其言。吾言用，功利施于天下，不必出乎己；吾言不用，虽获祸咎，至死而不悔。其遇事发愤，作为文章，极陈古今治乱成败，以指切当世贤愚善恶、是是非非，无所讳忌。世俗颇骇其言，由是谤议喧然，而小人尤嫉恶之，相与出力，必挤之死。先生安然，不惑不变，曰：“吾道固如是，吾勇过孟轲矣。”不幸遇疾以卒。既卒，而奸人有欲以奇祸中伤大臣者，犹指先生以起事，谓其诈死而北走契丹矣，请发棺以验。赖天子仁圣，察其诬，得不发棺，而保全其妻子。

先生世为农家，父讳丙，始以仕进，官至太常博士。先生年二十六，举进士甲科，为郓州观察推官、南京留守推官。御史台辟主簿，未至，以上书论赦，罢不召。秩满，迁某军节度掌书记，代其父官于蜀，为嘉州军事判官。丁内外艰去官，垢面跣足，躬耕徂徕之下，葬其五世未葬者七十丧。服除，召入国子监直讲。

是时，兵讨元昊久无功，海内重困。天子奋然思欲振起威德，而进退二三大臣，增置谏官御史，所以求治之意甚锐。先生跃然喜曰：“此盛事也，雅颂吾职，其可已乎！”乃作《庆历圣德诗》，以褒贬大臣，分别邪正，累数百言。诗出，太山孙明复曰：“子祸始于此矣。”明复，先生之师友也。其后所谓“奸人作奇祸”者，乃诗之所斥也。

先生自闲居徂徕，后官于南京，常以经术教授。及在太常，益以师道自居，门人弟子从之者甚众，太学之兴，自先生始。其所为文章，曰某集者若干卷，曰某集者若干卷。其斥佛、老、时文，则有《怪说》《中国论》，曰："去此三者，然后可以有为。"其戒奸臣、宦女，则有《唐鉴》，曰："吾非为一世监也。"其余喜怒哀乐，必见于文。其辞博辩雄伟，而忧思深远。其为言曰："学者，学为仁义也。惟忠能忘其身，惟笃于自信者，乃可以力行也。以是行于己，亦以是教于人。所谓尧、舜、禹、汤、文、武、周公、孔子、孟轲、扬雄、韩愈氏者，未尝一日不诵于口；思与天下之士，皆为周孔之徒，以致其君为尧舜之君，民为尧舜之民，亦未尝一日少忘于心。至其违世惊众，人或笑之，则曰：'吾非狂痴者也。'是以君子察其行而信其言，推其用心而哀其志。"

先生直讲岁余，杜祁公荐之天子，拜太子中允。今丞相韩公又荐之，乃直集贤院。又岁余，始去太学，通判濮州。方待次于徂徕，以庆历五年七月某日卒于家，享年四十有一。友人庐陵欧阳修哭之以诗，以谓待彼谤焰熄，然后先生之道明矣。

先生既殁，妻子冻馁不自胜，今丞相韩公与河阳富公，分俸买田以活之。后二十一年，其家始克葬先生于某所。将葬，其子师讷，与其门人姜潜、杜默、徐遁等，来告曰："谤焰熄矣，可以发先生之光矣，敢请铭。"某曰："吾诗不云乎，'子道自能久'也，何必吾铭？"遁等曰："虽然，鲁人之欲也。"乃为之铭曰：

徂徕之岩岩，与子之德兮，鲁人之所瞻；汶水之汤汤，与子之道兮，逾远而弥长。道之难行兮，孔孟遑遑。一世之屯兮，万世之光。曰吾不有命兮，安在夫桓魋与臧仓？自古圣贤皆然兮，噫子虽毁其何伤！

◇石介《庆历圣德诗》："于惟庆历，三年三月，皇帝龙兴，徐出闱闼，晨坐太极，昼开阊阖，躬览英贤，手鉏奸枿。大声渢渢，震摇六合。如乾之动，如雷之发。昆虫蹴蹋，怪妖藏灭。同明道初，天地嘉吉。

"初闻皇帝，蹙然言曰：'予祖予父，付予大业，予恐失坠，实赖辅弼。汝得象殊，重慎微密。君相予久，予嘉君伐。君仍相予，笙镛斯协。昌朝儒者，学问该洽，与予论政，傅以经术。汝贰二相，庶绩咸秩。惟汝仲淹，汝诚予察。太后乘势，汤沸火热，汝时小臣，危言嶪嶪。为予司谏，正予门闑；为予京兆，堲予谗说。贼叛予夏，往予式遏。六月酷日，大冬积雪，汝寒汝暑，同予士卒。予闻辛酸，汝不告乏。予晚得弼，予心弼悦。弼每见予，无有私谒。以道辅予，弼言深切。予不尧舜，弼自笞罚。谏官一年，疏奏满箧；侍从周岁，忠力廑竭。契丹忘义，梼杌饕餮，敢侮大国，其辞慢悖。弼将予命，不畏不怯，卒复旧好，民得食褐。沙碛万里，死生一节。视弼之肤，霜剥风裂；观弼之心，炼金煅铁。宠名大官，以酬劳渴。弼辞不受，其志莫夺。惟仲淹弼，一夔一契，天实赉予，予其敢忽？并来弼予，民无瘥札。曰衍汝来，汝予黄发。事予二纪，毛秃齿豁。心如一兮，率履弗越。遂长枢府，兵政无蹶。予早识琦，琦有奇骨。其器磊落，岂视店楔；其人浑朴，不施剞劂。可属大事，敦厚如勃。琦汝副衍，知人予哲。惟修惟靖，立朝巘巘，言论磥砢，忠诚特达。禄微身贱，其志不怯，尝诋大官，亟遭贬黜。万里归来，刚气不折，屡进直言，以辅予阙。素相之后，含忠履洁。昔为御史，几叩予榻。襄虽小官，名闻予彻，亦尝献言，箴予之失。刚守粹悫，与修俦匹，并为谏官，正色在列。予过汝言，毋

钳汝舌。’

“皇帝圣明，忠邪辨别，举擢畯良，扫除妖魃。众贤之进，如茅斯拔；大奸之去，如距斯脱。上倚辅弼，司予调燮；下赖谏诤，维予纪法。左右正人，无有邪孽。予望太平，日不逾浃。

“皇帝嗣位，二十二年，神武不杀，其默如渊；圣人不测，其动如天。赏罚在予，不失其权。恭己南面，退奸进贤。知贤不易，非明弗得；去邪维艰，惟断乃克。明则不贰，断则不惑；既明且断，惟皇帝之德。群臣踧踖，重足屏息，交相教语：日惟正直，毋作侧僻，皇帝汝殛。诸侯危慄，堕玉失舄，交相告语：皇帝神明，四时朝觐，谨修臣职。四夷走马，坠镫遗策，交相告语：皇帝英武，解兵修贡，永为属国。皇帝一举，群臣慑焉，诸侯畏焉，四夷服焉。臣愿皇帝，寿万千年。”

◇欧阳修《读徂徕集》诗：“徂徕鲁东山，石子居山阿。鲁人之所瞻，子与山嵯峨。今子其死矣，东山复谁过？精魄已埋没，文章岂能磨？寿命虽不长，所得固已多。旧稿偶自录，沧溟之一蠡。其余谁付与，散失存几何？存之警后世，古鉴照妖魔。子生诚多难，忧患靡不罹。宦学三十年，六经老研摩。问胡所专心？仁义丘与轲，扬雄韩愈氏，此外岂知他？尤勇攻佛老，奋笔如挥戈，不量敌众寡，胆大身么麽。往年遭母丧，泣血走岷峨。垢面跣双足，锄犁事田坡。至今乡里化，孝弟勤蚕禾。昨者来太学，青衫踏朝靴。陈诗颂圣德，厥声续《猗那》。羔雁聘黄豨，豨惊走邻家，施为可怪骇，世俗安委蛇。谤口由此起，中之若飞梭。上赖天子圣，不挂网者罗。忆在太学年，大雪如翻波，生徒日盈门，饥坐列雁鹅。弦诵聒邻里，唐虞赓咏謌。常续最高第，骞游各名科。岂止学者师，谓宜国之皤。夭寿反仁鄙，谁尸此偏颇？不知呶呶者，又忍加诋诃。圣贤欲久远，毁誉暂喧哗。生为举世疾，死也鲁人嗟。作诗遗鲁狂（社），祠子以为歌。”

《重读徂徕集》：“我欲哭石子，夜开《徂徕编》。开编未及读，涕泗已涟涟。勉尽三四章，收泪辄忻懽。切切善恶戒，丁宁仁义言。如闻子谈论，疑子立我前。乃知长在世，谁谓已沉泉。昔也人事乖，相从常苦艰；今而每思子，开卷子在颜。我欲贵子文，刻以金石联。金可烁而销，玉可碎非坚，不若书以纸，六经皆纸传。但当书百本，传百以为千。或落于四夷，或藏在深山，待彼谤焰熄，放此光芒悬。人生一世中，长短无百年，无穷在其后，万世在其先。得长多几何？得短未足怜。惟彼不可朽，名声文行然。谗诬不须辨，亦止百年间。百年后来者，憎爱不相缘，公议然后出，自然见媸妍。孔孟困一生，毁逐遭百端，后世苟不公，至今无圣贤。所以忠义士，恃此死不难。当子病方革，谤辞正腾喧。众人皆欲杀，圣主独保全。已埋犹不信，仅免斫其棺。此事古来有，每思辄长叹。我欲犯众怒，为子讼此冤，下纾冥冥忿，仰叫昭昭天。书于苍翠石，立彼崔巍巅。询求子家世，恨子儿女顽，经岁不见报，有辞未能诠。忽开子遗文，使我心已宽。子道自能久，吾言岂须镌。”

◇刘梦得曰：“石守道与欧文忠同年进士，名相连，皆第一甲。国初诸儒，但守传注，自孙明复为《春秋发微》，稍出己意，守道师之。及为《庆历圣德诗》，遂臧否卿相。孙明复闻之，曰：‘为天下，不当如是。祸必自此始。’”

卷三十四

眉山苏洵文一　杂著

权书心术篇

为将之道，当先治心，泰山崩于前而色不变，麋鹿兴于左而目不瞬，然后可以制利害，可以待敌。

凡兵，上义；不义，虽利勿动。非一动之为害，而他日将有所不可措手足也。夫惟义可以怒士，士以义怒，可与百战。凡战之道，未战养其财，将战养其力，既战养其气，既胜养其心。谨烽燧，严斥堠，使耕者无所顾忌，所以养其财；丰犒而优游之，所以养其力；小胜益急，小挫益厉，所以养其气；用人不尽其所欲为，所以养其心。故士常蓄其怒，怀其欲而不尽。怒不尽则有余勇，欲不尽则有余贪，故虽并天下而士不厌兵。此黄帝之所以七十战而兵不殆也。不养其心，一战而胜，不可用矣。

凡将，欲智而严；凡士，欲愚。智则不可测，严则不可犯。故士皆委己而听命，夫安得不愚？夫惟士愚，而后可与之皆死。

凡兵之动，知敌之主，知敌之将，而后可以动于险。邓艾縋兵于穴中，非刘禅之庸，则百万之师可以坐缚。彼固有所侮而动也。故古之贤将，能以兵尝敌，而又以敌自尝，故去就可以决。

凡主将之道，知理而后可以举兵，知势而后可以加兵，知节而后可以用兵。知理则不屈，知势则不沮，知节则不穷。见小利不动，见小患不避。小利小患不足以辱吾技也，夫然后可以支大利大患。夫惟养技而自爱者，无敌于天下。故一忍可以支百勇，一静可以制百动。

兵有长短，敌我一也。敢问：吾之所长，吾出而用之，彼将不与吾校；吾之所短，吾蔽而置之，彼强与吾角（校），奈何？曰：吾之所短，吾抗而暴之，使之疑而却；吾之所长，吾阴而养之，使之狎而堕其中。此用长短之术也。

善用兵者，使之无所顾，有所恃。无所顾，则知死之不足惜；有所恃，则知不至于必败。尺箠当猛虎，奋呼而操击；徒手遇蜥蜴，变色而却步，人之情也。知此者，可以将矣。袒裼而按剑，则乌获不敢逼；冠胄衣甲，据兵而寝，则童子弯弓杀之矣。故善用兵者，以形固。夫能以形固，则力有余矣。

○《易·师》上六曰："大君有命，开国承家，小人勿用。"朱子作《本义》，谓："小人虽有功，亦不可使之得有爵土，但优以金帛可也。"异日又曰："小人既一例有功，爵土何能不及，只是勿更用与谋议经画耳。"林希元谓："小人立功，不得不一例赏以爵邑。若一例赏以爵邑，又恐播恶于众。不若于行师之初，不用之为愈也。"

我圣祖仁皇帝谓："林氏之说，深合卦意焉。"尝谓君子虽箪食豆羹之细，犹必励舍生取义之节，况乎军旅之事，国之大事也，而顾唯利所在，不以义为衡，尚诡道诈力，曰"兵事然也"？若然，则行师者，当专用小人矣，周公何以曰“小人勿用”，孔子何以曰“必乱邦哉”？今观苏洵云：“凡兵，上义；不义，虽利勿动。非一动之为害，而他日将有所不可措手足。”固于《师》卦之旨有合也。夫义者，利之和也。《易》曰“利有攸往”“利涉大川”，惟其义之至，乃真利之大。失义即失利，此非特虚言其理也，迨至于不可措手足之日，而后知其果然失利而悔已晚也。为此者，必自小人矣；未有师中之丈人，而肯为国家动不义兵者也。

且兵者刑也，《国语》所谓“大刑用甲兵”是也。必也，矢石所加，其人皆罪应死，而后可以用兵。是故王者之师，有赦弗诛之人，无滥诛之人。弗诛者，胁从罔治也。其诛者，皆不可并生者也。兵交锋接，曷由区分之，使铢两不差乎？要其为我所杀者无无罪之人，则可断也。我之士卒，岂能无一伤且死？然伤且死，即已纳之于忠义之城，而死已荣于生，伤已荣于全矣。非杀之也，夫然，兵乃可以动。

且夫王者之于死狱也，犹将求其生而不得，然后死者与我皆无憾。夫狱之死者，一二人耳，而乃如是；若夫行师，则所杀者，必非止一二人也，转使千百无罪之人，履肠涂脑而不顾，岂圣人好生之德亦有时而息？而民之无辜，圣人亦有时而杀哉？惟其天戈所指，必不至杀一不辜。故谓之曰：“王者之师，若见利忘义，虽以此得天下，正伯夷、伊尹与孔子之所以必不为也。”况其苟一时之胜，自以为利，而未见他日之害者哉！苏洵曰“凡兵，上义”，未已也；凡兵，上仁。

权书法制篇

将战，必审知其将之贤愚。与贤将战，则持之；与愚将战，则乘之。持之，则容有所伺而为之谋；乘之，则一举而夺其气。虽然，非愚将勿乘。乘之不动，其祸在我。分兵而迭进，所以持之也；并力而一战，所以乘之也。

古之善军者，以刑使人，以赏使人，以怒使人，而其中必有以义附者焉。不以战，不以掠，而以备急难，故越有君子六千人。韩之战，秦之斗士倍于晋，而出穆公于淖者，赦食马者也。

兵或寡而易危，或众而易叛，莫难于用众，莫危于用寡。治众者法欲繁，繁则士难以动；治寡者法欲简，简则士易以察。不然，则士不任战矣。惟众而繁，虽劳不害为强。

以众入险阻，必分军而疎行。夫险阻必有伏，伏必有约。军分则伏不知所击，而其约携矣。险阻惧蹙，疏行以纾士气。

兵莫危于攻，莫难于守，客主之势然也。故城有二不可守，兵少不足以实城，城小不足以容兵。夫惟贤将能以寡为众，以小为大。当敌之冲，人莫不守，我以疑兵，彼愕不进，虽告之曰此无人，彼不信也。度彼所袭，潜兵以备，彼不我测，谓我有余，夫何患兵少？偃旗仆鼓，寂若无气，严戢兵士，敢哗者斩。时令老弱登埤示怯，乘懈突击，其众可走，夫何患城小？

背城而战，阵欲方、欲踞、欲密、欲缓。夫方而踞，密而缓，则士心固，固则不慑。背城而战，欲其不慑。面城而战，阵欲直、欲锐、欲疎、欲速。夫直而锐，疏而速，则士心危，危则致死。面城而战，欲其致死。

夫能静而自观者，可以用人矣。吾何为则怒，吾何为则喜，吾何为则勇，吾何为则怯？夫人岂异于我？天下之人，孰不能自观其一身？是以知此理者，途之人皆可以将。

平居与人言，一语不循故，犹且愕而忌。敌以形形我，恬而不怪，亦已固矣。是故智者视敌有无故之形，必谨察之勿动。疑形二：可疑于心，则疑而为之谋，心固得其实也；可疑于目，勿疑，彼敌疑我也。是故心疑以谋应，目疑以静应。彼诚欲有所为邪，不使吾得之目矣。

○《观》九五曰："观我生君子，无咎。"《象》曰："观我生，观民也。"说者谓：观我生而皆君子也，则无咎。"观我生，观民也"者，言观我生即所以观民也。洵谓"能静而自观者，可以用人"，"知此理者，涂之人可以将"，其有见于是乎？

夫无事时所以治吏民者，即有事时所以治军旅。静而自观，吾何喜何怒，何勇何怯，而知人之无异于我。于是所欲与聚，所恶勿施，则所以厚生者在是矣。所欲所恶，惟其理，不惟其欲，而以行其与聚、勿施之政，则所以正德者亦在是矣。此无事时所以治吏民者也。

及其有事而以治军旅，观吾之何以喜，知人之不异吾所喜，而不喜者不以加诸人，则必与士卒同甘苦矣；观吾之何以怒，知人之不异吾所怒，而有以善用其怒，则一乃心而百其勇矣；观吾之何以勇，知人之不异吾所勇，而以道义配血气，则人皆乐其死而耻独生矣；观吾之何以怯，知人之不异吾所怯，而先为其不可败，则战必胜而攻必取矣。

孔子曰："俎豆之事，则尝闻矣。军旅之事，未尝学也。"圣人岂以军旅为不当学哉？未有学养子而后嫁者也。杀人之事，于何可学？孔子不又曰："我战则克，祭则受福乎？军旅之学，诚不出乎俎豆之间也。"如曰"吾善为陈，吾善为战"，无论杀人盈野，正王者之大罪人。且必如战国、如五代，然后人人习于军旅，而有善为陈、善为战之人，必若人而后可为将，则承平数百年不见兵革，必无良将也，而岂其然哉？

权书孙武篇

求之而不穷者，天下奇才也。天下之士与之言兵，而曰我不能者几人？求之于言而不穷者几人？言不穷矣，求之于用而不穷者几人？呜呼！至于用而不穷者，吾未之见也。

《孙武十三篇》，兵家举以为师。然以吾评之，其言兵之雄乎？今其书论奇权密机，出入神鬼，自古以兵著书者罕所及。以是而揣其为人，必谓有应敌无穷之才。不知武用兵乃不能必克，与书所言远甚。吴王阖庐之入郢也，武为将军。及秦、楚交败其兵，越王入践其国，外祸内患，一旦迭发，吴王奔走，自救不暇。武殊无一谋以弭斯乱。

若按武之书以责武之失，凡有三焉。《九地》曰："威加于敌，则交不得合。"而武使秦得听包胥之言，出兵救楚，无忌吴之心，斯不威之甚。其失一也。《作战》曰："久暴师则钝兵挫锐，屈力殚货，则诸侯乘其弊而起。"且武以九年冬伐楚，至十年秋始还，可谓"久暴"矣，越人能无乘间入国乎？其失二也。又曰："杀敌者，怒也。"今武纵子胥、伯嚭鞭平王尸，复一夫之私忿以激怒敌，此司马戌、子西、子期所以必死仇吴也。勾践不颓旧冢而吴服，田单谲燕掘墓而齐奋，知谋与武远矣。武不达此，其失三也。然始吴能以入郢，乃因胥、伯嚭、唐、蔡之怒，及乘楚瓦之不仁，武之功盖亦鲜耳。夫以武自为书，尚不能自用以取败北，况区区祖其故智余论者而能将乎？

且吴起与武，一体之人也，皆著书言兵，世称之曰"孙吴”。然而吴起之言兵也，轻法制，草略无所统纪，不若武之书，词约而意尽，天下之兵说皆归其中。然吴起始用于鲁，破齐；及入魏，又能制秦兵；入楚，楚复霸。而武之所为反如是，书之不足信也，固矣。

今夫外御一隶，内治一妾，是贱丈夫亦能，夫岂必有一人而教之？及夫御三军之众，阖营而自固，或且有乱，然则是三军之众惑之也。故善将者，视三军之众，与视一隶、一妾无加焉，故其心常若有余。夫以一人之心，当三军之众，而其中恢恢然犹有余地，此韩信之所以“多多而益善”也。故夫用兵，岂有异术哉？能勿视其众而已矣。

〇言兵者，祖太公《六韬》。使太公果有书，未有不见称于仲尼之徒者，然则《六韬》固后人所托，而太公本无书也。《阴符》《握奇》，不知谁氏所作，或亦曰太公，盖亦出孙、吴之流欤？古称曹操用兵，仿佛孙、吴。孙、吴自古所重，唐宋以来，试武举必以孙、吴。世俗遂谓用兵之道，在圣人六经之外。又疑孙、吴之书，人所共见，必若子房所受于圯上老人者，乃发天地之秘；作伪之徒，又造为《黄石》《素书》，以行于世，皆大谬妄可笑。

《左传》曰：“天生五材，民并用之，废一不可，谁能去兵？”《论语》曰：“足食足兵。”兵，大事也，圣人宁有不著之于经者？六经之言兵者多已，莫备于《易》。《易》于《同人》、于《夬》、于《萃》、于《既、未济》之属，皆言兵；而专言之者，《师》也。至其微言之者，莫若《谦》与《豫》。《谦》之六五曰：“利用侵伐，无不利。”上六曰：“利用行师，征邑国。”《豫》曰：“利建侯、行师。”盖必其在己也，如山之处于地中，无丝毫侈大之念，然后可以为天地裒多益寡，举兵以征不服；其在天下也，如雷之奋出于地，虽震惊百里，而百果草木仰受时雨之甘，螟螣蟊贼倏焉扫迹，而后其行师也。不特杀人之中有礼焉，且杀人之中有乐焉。是以文王于《豫》曰“利行师”，孔子于《豫》曰“先王以作乐也”。

若夫《坤》之六二“坤之师也”，周公系其爻曰：“直方大，不习，无不利夫。”直方而大，则为将之道备矣。师直为壮，曲为老，不使一毫之曲在己，而后可以用三军之命。内志既直矣，外体又必方，不使一毫之邪僻在身，而后有以服三军之心。夫然，三军之心为一心，三军之身为一身，所至如时雨，又若水之行地然，入江并江，入河并河，可使天下无二水。夫是之谓“大诚其修之身”者。如此，则虽仓卒之间有敌国外患，俾之将百万兵，而曰“阃以外将军制之”，固不至于改其常度而丧其匕鬯也，而又何习焉？故曰“不习，无不利”也。

洵谓“善将者，视三军之众，与视一隶一妾无加，故其心常若有余”，洵诚善状古良将之心者耶！虽然，不能“直方大”，固不得强视百万兵为一隶一妾也。程子曰：“韩信多多益办，只为分数明。”夫所谓“分数明”，亦不出乎“直方大”之义。盖理必该数。圆者，理也；方者，数也。奇而圆，将帅所握以应无穷；耦而方，士卒所倚以明部位。体必八而后方，而其用则以六。方之所由成，由直而矩之者也。是故古者陈必以八，而唐太宗改为六。非八非六，则分数不能以明。分数既明，则众不殊乎寡，而小可极其大矣。

或曰：管子之论兵也，曰“兵幸于权”；老子之论兵也，曰“以正治国，以奇用兵”；孙子之论兵也，曰“兵者诡道”。司马迁作《齐世家》，谓周西伯与吕尚，阴谋修德，以倾商政，其事多兵权与奇计。故后世之言兵及周之阴权，皆宗太公为本谋。今之所论，无乃与古刺谬欤？曰：群言淆乱，衷诸圣，诸说之不可与文王、周公、孔子较，明矣。况夫权者，由经出者也；奇者，由正出者也。无经何权？无正何奇？且凡所为权与奇者，唯其万变而不可推测，卒至而不可预知，故能权、能奇者贵焉。若可笔之于书，历千百年而无改，则非所谓权且奇者也，将无赵括之父书乎？此正苏洵所以斥孙武之书为不可用者也。若夫诡道阴权，则战国时非圣无法之语。读书多，更事深，则自知其无谓，不足累笔费墨而与为辨矣。

权书六国篇*

六国破灭，非兵不利、战不善，弊在赂秦而力亏，破灭之道也。

或曰：六国互丧，率赂秦耶？曰：不赂者以赂者丧。盖失强援，不能独完，故曰弊在赂秦也。

秦以攻取之外，小则获邑，大则得城。较秦之所得，与战胜而得者，其实百倍；诸侯之所亡，与战败而亡者，其实亦百倍。则秦之所大欲，诸侯之所大患，固不在战矣。思厥先祖父，暴霜露、斩荆棘以有尺寸之地，子孙视之不甚惜，举以予人，如弃草芥。今日割五城，明日割十城，然后得一夕安寝，起视四境，而秦兵又至矣。然则诸侯之地有限，暴秦之欲无厌，奉之弥繁，侵之愈急，故不战而强弱胜负已判矣。至于颠覆，理固宜然。古人云："以地事秦，犹抱薪救火，薪不尽，火不灭。"此言得之。

齐人未尝赂秦，终继五国迁灭，何哉？与嬴而不助五国也。五国既丧，齐亦不免矣。燕、赵之君，始有远略，能守其土，义不赂秦。是故燕虽小国而后亡，斯用兵之效也。至丹以荆卿为计，始速祸焉。赵尝五战于秦，二败而三胜。后

---

* 后世选本多题作《六国论》。

秦击赵者再，李牧连却之。洎牧以谗诛，邯郸为郡，惜其用武而不终也。且燕、赵处秦革灭殆尽之际，可谓智力孤危，战败而亡，诚不得已。向使三国各爱其地，齐人勿附于秦，刺客不行，良将犹在，则胜负之数，存亡之理，当与秦相较，或未易量。

呜呼！以赂秦之地封天下之谋臣，以事秦之心礼天下之奇才，并力西向，则吾恐秦人食之不得下咽也。悲夫！有如此之势，而为秦人积威之所劫，日削月割，以趋于亡。为国者，无使为积威之所劫哉！

夫六国与秦，皆诸侯，其势弱于秦，而犹有可以不赂而胜之之势。苟以天下之大，下而从六国破亡之故事，是又在六国下矣。

〇宋仁宗增岁币于契丹，当时皆谓："契丹无厌之求，奚其可从？竭中国膏血，不足以为赂矣。"于是志士扼腕耻之。洵作《几策·审敌篇》，极言当绝其使，勿与岁币。而《权书》内又作《六国论》，以先发其端焉。夫仁宗之所以为仁，而非小贤之所能测者，正在和契丹一事。伯宗曰："川泽纳污，山薮藏疾，瑾瑜匿瑕，国君含垢，天之道也。"仁宗之不忍斗其民，有大王之遗风矣。彼安知南渡偏安百数十年，中原之民无一日之忘宋者，乃仁宗深仁厚泽之所留遗哉？《审敌篇》不足录；此论六国事则确切不移，故存之。

衡论重远篇

武王不泄迩，不忘远，仁矣乎？非仁也，势也。天下之势犹一身。一身之中，手足病于外，则腹心为之深思静虑于内，而求其所以疗之之术；腹心病于内，则手足为之奔掉于外，而求其所以疗之之物。腹心、手足之相救，非待仁而后然。吾故曰：武王之不泄迩、不忘远，非仁也，势也。势如此其急，而古之君独武王然者，何也？人皆知一身之势，而武王知天下之势也。夫不知一身之势者，一身危，而不知天下之势者，天下不危乎哉？秦之保关中，自以为子孙万世帝王之业，而陈胜、吴广乃楚人也。

由此观之，天下之势，远近如一。然以吾言之，近之可忧，未若远之可忧之深也。

近之官吏贤邪，民誉之歌之；不贤邪，讥之谤之。誉歌、讥谤者，众则必传，传则必达于朝廷，是官吏之贤否易知也。一夫不获其所，诉之刺史，刺史不问，裹粮走京师，缓不过旬月，挝鼓叫号，而有司不得不省矣。是民有冤，易诉也。

吏之贤否易知，而民之冤易诉，乱何从始邪？远方之民，虽使盗跖为之郡守，梼杌饕餮为之县令，郡县之民，群嘲而聚骂者虽千百为辈，朝廷不知也。白日执人于市，诬以杀人，虽其兄弟妻子闻之，亦不过诉之刺史，不幸而刺史又抑之，则死且无告矣。彼见郡守、县令据案执笔，吏卒旁列，箠械满前，骇然而丧胆矣，则其谓京师天子所居者，当复如何？而又行数千里，费且百万，富者尚或难之，而贫者又何能乎？故其民常多怨而易动。吾故曰：近之可忧，未若远之可忧之深也。

国家分十七路，河朔、陕右、南广（广南）、川峡，实为要区。河朔、陕右，二敌（疆域）之防，而中国之所恃以安。南广、川峡，货财之源，而河朔、陕右之所恃以全。其势之轻重如何哉？曩者北敌（胡）骄恣（深入），西寇悖叛，河朔、陕右尤所加恤，一郡守、一县令，未尝不择。至于广南、川峡，则例以为远官，审官差除，取具临时，窜谪量移，往往而至。凡朝廷稍所优异者，不复官之广南、川峡，而其人亦以广南、川峡之官为失职庸人无所归，故常聚于此。

呜呼！知河朔、陕右之可重，而不知河朔、陕右之所恃以全之地之不可轻，是欲富其仓而芜其田，仓不可得而富也。矧其地控制南夷、氐蛮，最为要害；土之所产，又极富夥。明珠大贝，纨锦布帛，皆极精好，陆负水载，出境而其利百倍。然而关讥、门征、僦雇之费，非百姓私力所能办，故贪官专其利，而齐民受其病。不招权、不鬻狱者，世俗遂指以为廉吏矣，而招权、鬻狱者又岂尽无？呜呼！吏不能皆廉，而廉者又止如此，是斯民不得一日安也。

方今赋取日重，科敛日烦，罢弊之民不任，官吏复有所规求于其间矣。淳化中，李顺窃发于蜀，州郡数十，望风奔溃。近者智高乱广南，乘胜取九城如反掌。国家设城池、养士卒、蓄器械、储米粟以为战守备，而凶竖一起，若涉无人之地者，吏不肖也。

今夫以一身任一方之责者，莫若漕刑。广南、川峡既为天下要区，而其中之郡县又有为广南、川峡之要区者，其牧宰之贤否，实一方所以安危。幸而贤则已，其戕民黩货，的然有罪可诛者，漕刑固亦得以举劾。若夫庸陋选耎、不才而无过者，漕刑虽贤明，其势不得易置。此犹弊（敝）车躄马，而求仆夫之善御也。郡县有败事，不以责漕刑则不可；责之，则彼必曰：败事者某所，治某所者某人也，吾将何所归罪？

故莫若使漕刑自举其人而任之。他日有败事，则谓之曰：尔谓此人堪此职也，今不堪此职，是尔欺我也。责有所任，罪无所逃，然而择之不得其人者盖寡矣。其余郡县，虽非一方之所以安危者，亦当诏审官俾勿轻授。赃吏、冗流勿措其间，则民虽在千里外，无异于处畿甸中矣。

〇宋承唐弊，以边徼为迁谪之所，朝士有罪者，乃之官焉。溥天之下，莫非王土；率土之滨，莫非王臣。而以其远而莫之省忧，远方之百姓何辜？同是赤子，而独无父母之爱也？洵所论，诚切中其弊矣。然谓“近之可忧，不若远之可忧之深”，则固不然。历代有兴有亡，秦则未尝兴也，其亡即兆于其兼并天下之日，而非不祀忽诸者也。是故秦事不可以例。后世“楚虽三户，亡秦必楚”，天道也，岂楚人剽悍之故哉？况此之所谓“楚”者，乃江淮间，非蛮粤之远也。

自三代以来，亡国者，乱必自近始，奚尝自山陬海澨、蚕丛鬼区始哉？未有政明于上、民戴于下，而蛮夷能入而图中原者也。洵之语，无乃欲明重远之义，而不顾其论之偏，转开后世务远忽近之弊欤？至谓武王视天下之势如一身，真善言圣人者。然曰“此势也，非仁也”，则固未识仁矣。视天下之势如一身，正乃所以为仁，而曰“是非仁”，其将以“煦煦为仁”耶？

衡论广士篇

古之取士，取于盗贼，取于夷狄；古之人非以盗贼、夷狄之事可为也，以贤之所在而已矣。夫贤之所在，贵而贵取焉，贱而贱取焉。是以盗贼下人，夷狄异类，虽奴隶之所耻，而往往登之朝廷，坐之郡国，而不以为怍；而绳趋尺步、华言华服者，往往反摈弃不用。何则？天下之能绳趋而尺步、华言而华服者众也，朝廷之政，郡国之事，非特如此而可治也。彼虽不能绳趋而尺步、华言而华服，然而其才果可用于此，则居此位可也。

古者，天下之国大而多士大夫者，不过曰齐与秦也。而管夷吾相齐，贤也，而举二盗焉；穆公霸秦，贤也，而举由余焉。是其能果于是非而不牵于众人之议也，未闻有以用盗贼、夷狄而鄙之者也。今有人非盗贼、非夷狄，而犹不获用，吾不知其何故也。

夫古之用人，无择于势，布衣寒士而贤则用之，公卿之子弟而贤则用之，武夫健卒而贤则用之，巫医方技而贤则用之，胥史贱吏而贤则用之。今也，布衣寒士持方尺之纸，书声病剽窃之文，而至享万钟之禄；卿大夫之子弟饱食于家，一出而驱高车、驾大马，以为民上；武夫健卒有洒扫之力，奔走之旧，久乃领藩郡、执兵柄；巫医方技一言之中，大臣且举以为吏。若此者，皆非贤也，皆非功也，是今之所以进之之途多于古也。而胥史贱吏，独弃而不录，使老死于敲榜趋走，而贤与功者不获一施，吾甚惑也。不知胥吏之贤，优而养之，则儒生、武士或所不若。

昔者汉有天下，平津侯、乐安侯辈皆号为儒宗，而卒不能为汉立不世大功。而其卓绝隽伟、震耀四海者，乃其贤人之出于吏胥中者耳。夫赵广汉，河间之郡吏也；尹翁归，河东之狱吏也；张敞，太守之卒史也；王尊，涿郡之书佐也。是皆雄隽明博，出之可以为将，而内之可以为相者也，而皆出于吏胥中者，有以也。夫吏胥之人，少而习法律，长而习狱讼，老奸大豪畏惮慑伏，吏之情状、变化、出入无不谙究，因而官之，则豪民猾吏之弊，表里毫末毕见于外，无所逃遁。而又上之人，择之以才，遇之以礼，而其志复自知得自奋于公卿，故终不肯自弃于恶以贾罪戾，而败其终身之利。故当此时，士君子皆优为之，而其间自纵于大恶者，大约亦不过几人，而其尤贤者，乃至成功如是。

今之吏胥则不然，始而入之不择也，终而遇之以犬彘也。长吏一怒，不问罪否，袒而笞之；喜而接之，乃反与交手为市。其人常曰：长吏待我以犬彘，我何望而不为犬彘哉？是以平民不能自弃为犬彘之行，不肯为吏矣，况士君子而肯俯首为之乎？然欲使之谨饰可用如两汉，亦不过择之以才，待之以礼，恕其小过，而弃绝其大恶之不可贳忍者，而后察其贤有功而爵之、禄之、贵之，勿弃之于冗流之间。则彼有冀于功名，自尊其身，不敢匄夺，而奇才绝智出矣。

夫人固有才智奇绝，而不能为章句名数声律之学者，又有不幸而不为者。苟一之以进士、制策，是使奇才绝智有时而穷也。使吏胥之人，得出为长吏，是使一介之才无所逃也。进士、制策网之于上，此又网之于下，而曰天下有遗才者，吾不信也。

〇汉去周未远，其士之秀良，州牧辟命以为掾史。他时，三公六卿九牧，胥于是乎选。吏既习于民事，故循绩易奏；吏与士同途，故人不耻为吏。唐宋以来，以制举取士，求士于文采声华，而士乃不习民事，吏习民事而不得美仕，吏日下，士日尊，判然两途。而士之子恒为士，降而为吏，即为隳其家声，于是吏益以无赖。虽无赖，然而在一邑，则一邑之政由其手；在一郡，则一郡之政由其手；在一部，则一部之政由其手。以无赖之人而政出其手，则无所往而不为弊矣。朝廷欲兴一利，吏即随所兴者以滋百弊；欲革此弊，吏即随所革者以滋他弊。自知罪大，则纵火以去其籍，使茫然莫知其颠末。

且也，官有除降，而吏则长子养孙；官避本籍，而吏则土著世守。即年满有制，重役有禁，而子弟亲戚迭出不穷，更名而不更人，更人而不更其所守。夫以他州外郡之人，为来往无常之官，官一而吏百，又皆文采声华、不习民事之官，以之驾驭百十为群、熟悉风土、谙练事故、作奸犯科无赖之吏，于此而能奏循绩焉，固较汉世难什伯也。沿习既久，如久病之人，转以病为命，一旦悉去此辈，则百司茫然，一步不可行，势不能以终日。嗟乎！欲天下之治，不改弦更张，使吏有士君子之行，而欲民生蒙福、教化淳美者，犹欲其入而闭之门也。

洵为《广士论》，欲使吏与士同升于朝，固是切要之言。虽然，未易易也。必先去其大恶之不可贳忍者，而为之功名之途，使得与士齿，优柔渐渍，潜移默夺之，渐使士之秀良者不耻为吏，而士之习于吏者得自奋于公卿，然后可与道古。盖非百年不能矣！若举洵之言，一旦骤施之，令无赖吏得居士夫间，正所为“吏道杂而多端，害政之尤甚”者也。

洵为《权书》十篇，《衡论》十篇，《幾策》二篇，欧阳修上之仁宗皇帝，乃召试洵，洵不就。《权书》言兵也；《衡论》者，言有权必有衡，所以用此权者也；《幾策》则欲上之审幾而更化，幾审而后可用此权与衡也。其意大概如此。《权书》十篇，类兵家常言，或逆料古人，横断其是非而非其实。《衡论》十篇，大要欲人主用机智、明刑法，其言流于申商，《兵制》《田制》尤纷扰。《幾策》二篇，一曰《审势》，劝人主以用威；一曰《审敌》，欲绝契丹而修战备。今择其大醇者，余并不录。

尝考宋仁宗之为君，恭俭慈惠，出于天性，其仁民容物之心，实汉、唐、宋诸帝中之首出者。即与辽为与国，唯欲睦邻以息兵。尝服通天犀带，左右诧之，谓“此带无双”，即解不服。

左右请其故，曰："留以遗北主。"盖其心，苟可以弭兵者无不为，未尝顷刻不在念也。当时百姓，受其休养生息之恩，如天广大而不识不知。一时才俊之士，不达其深心，莫测其分量，转以汉景之综核名实、汉武之耀兵黩武，期其奋发慕效。苟欲以张国威，而不知君天下之道，固在此不在彼也。言者亦不止苏洵，而仁宗并勿听，亦终不以自明。迨后神宗相王安石，君臣一心，薄仁宗之所为为不足为，行新法，开边衅，于是百姓流离，干戈不息，而当日之议仁宗者，至此未有不追思仁宗者矣。事势既已溃败，国步因之日促，而元祐诸贤，首被其祸。延至崇、宣之间，沦胥以铺，无一免矣。嗟夫！策国是，良非易易。毋为坐井以观天而曰天小也！

卷三十五

眉山苏洵文二　杂著、书、序、论

名二子说

轮辐盖轸，皆有职乎车，而轼独若无所为者。虽然，去轼则吾未见其为完车也。轼乎，吾惧汝之不外饰也。

天下之车，莫不由辙，而言车之功者，辙不与焉。虽然，车仆马毙，而患亦不及辙。是辙者，善处乎祸福之间也。辙乎，吾知免矣。

◇唐顺之曰："此老泉所以逆探两公之终身也。卒也，长公再以斥废，仅而能免；而少公终得以遗老自解脱，攸攸卒岁，是亦奇矣。"

送石昌言使北引

昌言举进士时，吾始数岁，未学也。忆与群儿戏先府君侧，昌言从旁取枣栗啖我；家居相近，又以亲戚故，甚狎。昌言举进士，日有名。吾后渐长，亦稍知读书，学句读、属对、声律，未成而废。昌言闻吾废学，虽不言，察其意，甚恨。

后十余年，昌言及第第四人，守官四方，不相闻。吾日以壮大，乃能感悔，摧折复学。又数年，游京师，见昌言长安，相与劳苦，如平生欢。出文十数首，昌言甚喜称善。吾晚学无师，虽日为文，中甚自惭；及闻昌言说，乃颇自喜。

今十余年，又来京师，而昌言官两制，乃为天子出使万里外强悍不屈之契丹（虏），建大旆，从骑数百，送车千乘，出都门，意气慨然。自思为儿时，见昌言先府君旁，安知其至此？富贵不足怪，吾于昌言独有感也：丈夫生不为将，得为使，折冲口舌之间，足矣！

往年彭任从富公使还，为我言：既出境，宿驿亭。闻介马数万骑驰过，剑槊相摩，终夜有声，从者怛然失色。及明，视道上马迹，尚心掉不自禁。凡辽（虏）所以夸耀中国者，多类此。中国之人不测也，故或至于震惧而失辞，以为契丹（夷狄）笑。呜呼！何其不思之甚也。昔者奉春君使冒顿，壮士健马皆匿不见，是以有平城之役。今之匈奴，吾知其无能为也。

孟子曰："说大人，则藐之。"况于敌人（夷狄）？请以为赠。

〇观洵《上皇帝书》第八段，言使契丹者当日情事，可见末幅数语，所以基昌言者至矣。

◇苏轼跋云："右嘉祐元年九月十九日先君送石昌言北使文一首，其字则轼年二十一时所书与昌言本也，今蓄于陈履常氏。昌言名扬休，善为诗，有名当时。终于知制诰。彭任字有道，亦蜀人，从富彦国使虏还，得灵河县主簿以死。石守道尝称之曰：'有道长七尺，而胆过其身。一日坐酒肆，与其徒饮且酣，闻彦国当使不测之虏，愤愤推酒床，拳皮裂，遂自请行，盖欲以死扞彦国者也。’其为人大略如此，然亦任侠好杀云。”

上富丞相书

相公阁下：往年天子震怒，出逐宰相，选用旧臣堪付属以天下者，使在相府，与天下更始，而阁下之位实在第三。方是之时，天下咸喜相庆，以为阁下惟不为宰相也，故默默在此。方今困而后起，而复为宰相，而又值乎此时也，不为而何为？且吾君之意，待之如此其厚也，不为而何以副吾望？故咸曰：后有下令而异于他日者，必吾富公也。朝夕而待之，跂首而望之，望望然而不获见也，戚戚然而疑。呜呼！其弗获闻也，必其远也；进而及于京师，亦无闻焉。不敢以疑，犹曰天下之人如此其众也，数十年之间如此其变也，皆曰贤人焉。或曰：彼其中则有说也，而天下之人则未始见也。然而不能无忧。

盖古之君子，爱其人也，则忧其无成。且尝闻之，古之君子，相是君也，与是人也，皆立于朝，则使吾皆知其为人皆善者也，而后无忧。且一人之身而欲擅天下之事，虽见信于当世，而同列之人一言而疑之，则事不可以成。今夫政出于他人而不惧，事不出于己而不忌，是二者，惟善人为能，然犹欲得其心焉。若夫众人，政出于他人而惧其害己，事不出于己而忌其成功，是以有不平之心生。夫或居于吾前，或立于吾后，而皆有不平之心焉，则身危。故君子之处于其间也，不使之不平于我也。

周公立于明堂以听天下，而召公惑。何者？天下固惑乎大者也，召公犹未能信乎吾之此心也。周公定天下，诛管、蔡，告召公以其志，以安其身，以及于成王。故凡安其身者，以安乎周也。召公之于周公，管、蔡之于周公，是二者，亦皆有不平之心焉，以为周之天下，公将遂取之也。周公诛其不平而不可告语者，告其可以告语者而和其不平之心。然则非其必不可以告语者，则君子未始不欲和其心。天下之人，从士而至于卿大夫，宰相集处其上，欲有（相之）所为，何虑而不成？不能忍其区区之小忿，以成其不平之衅，则害其大事。是以君子忍其小忿以容其小过，而杜其不平之心，然后当大事而听命焉。且吾之小忿，不足以易吾之大事也，故宁小容焉，使无芥蒂于其间。

古之君子与贤者，并居而同乐，故其责之也详；不幸而与不肖者偶，不图其大而治其细，则阔远于事情而无益于当世。故天下无事，而后可与争此，不然则否。昔者诸吕用事，陈平忧惧，计无所出。陆贾入见说之，使交欢周勃。陈平用其策，卒得绛侯北军之助以灭诸吕。夫绛侯，木强之人也，非陈平致之而谁也？故贤人者致其不贤者，非夫不贤者之能致贤者也。

曩者，陛下即位之初，寇莱公为相，惟其侧有小人不能诛，又不能与之无忿，故终以斥去。及范文正公在相府，又欲以岁月尽治天下事，失于急与不忍小忿，故群小人亦急逐之，一去遂不复用，以殁其身。伏惟阁下以不世出之才，立于天子之下、百官之上，此其深谋远虑必有所处，而天下之人犹未获见。

洵，西蜀之人也，窃有志于今世，愿一见于堂上。伏惟阁下深思之，无忽。

□圣祖御评：左萦右拂，极文章之胜。入正意处，隐耀不露，更觉深婉。

○韩、范、富诸贤在朝，宵小群目为党，实则各持所见而不相下。观欧阳修论杜衍、范仲淹等罢政事状，可见也。君子谋国，虽当“涣其群”以“绝类上”之私，亦当“得朋”以收群策之力。元祐诸贤，率多不肯下人；他日，洛、蜀各树旗帜。以埙篪之雅而有参商之形，不待憸壬构扇，早已自相攻讦也。盖当日风尚如此，自韩、范、富诸公，已兆其端矣。洵之言，往往如蓍蔡，不止《辨奸》一论也。

上欧阳内翰第一书

内翰执事：洵布衣穷居，尝窃有叹。以为天下之人，不能皆贤，不能皆不肖。故贤人君子之处于世，合必离，离必合。往者天子方有意于治，而范公在相府，富公为枢密副使，执事与余公、蔡公为谏官，尹公驰骋上下，用力于兵革之地。方是之时，天下之人，毛发丝粟之才，纷纷然而起，合而为一。而洵也，自度其愚鲁无用之身，不足以自奋于其间，退而养其心，幸其道之将成，而可以复见于当世之贤人君子。不幸道未成，而范公西，富公北，执事与余公、蔡公分散四出，而尹公亦失势，奔走于小官。

洵时在京师，亲见其事，忽忽仰天叹息，以为斯人之去，而道虽成，不复足以为荣也。既复自思念：往者众君子之进于朝，其始也，必有善人焉推之；今也，亦必有小人焉间之。今之世，无复有善人也，则已矣；如其不然也，吾何忧焉？姑养其心，使其道大有成而待之，何伤？

退而处十年，虽未敢自谓其道有成矣，然浩浩乎，其胸中若与曩者异。而余公适亦有成功于南方，执事与蔡公复相继登于朝，富公复自外入为宰相，其势将复合为一。喜且自贺，以为道既已粗成，而果将有以发之也。既又反而思其向之所慕望爱悦之而不得见之者，盖有六人。今将往见之矣，而六人者，已有范公、尹公二人亡焉，则又为之潸然出涕以悲。

呜呼！二人者不可复见矣，而所恃以慰此心者，犹有四人也，则又以自解。思其止于四人也，则又汲汲欲一识其面，以发其心之所欲言。而富公又为天子之宰相，远方寒士未可遽以言通于其前；余公、蔡公，远者又在万里外；独执事在朝廷间，而其位差不甚贵，可以叫呼扳援而闻之以言。而饥寒衰老之病，又痼而留之，使不克自至于执事之庭。夫以慕望爱悦其人之心，十年而不得见，而其人已死，如范公、尹公二人者；则四人之中，非其势不可遽以言通者，何可以不能自往而遽已也？

执事之文章，天下之人，莫不知之；然窃自以为洵之知之特深，愈于天下之人。何者？孟子之文，语约而意尽，不为巉（劖）刻斩绝之言，而其锋不可犯。韩子之文，如长江大河，浑浩流转，鱼鼋蛟龙，万怪惶惑，而抑遏蔽掩，不使自露，而人自见其渊然之光、苍然之色，亦自畏避不敢迫视。执事之文，纡余委备，往复百折，而条达疎畅，无所间断；气尽语极，急言竭论，而容与闲易，无艰难劳苦之态。此三者，皆断然自为一家之文也。惟李翱之文，其味黯然而长，其光油然而幽，俯仰揖让，有执事之态；陆贽之文，遗言措意，切近的当，有执事之实。而执事之才，又自有过人者。盖执事之文，非孟子、韩子之文，而欧阳子之文也。

夫乐道人之善而不为谄者，以其人诚足以当之也。彼不知者，则以为誉人以求其悦己也。夫誉人以求其悦己，洵亦不为也；而其所以道执事光明盛大之德，而不自知止者，亦欲执事之知其知我也。虽然，执事之名满于天下，虽不见其文，而固已知有欧阳子矣。而洵也，不幸堕在草野泥涂之中，而其知道之心，又近而粗成。而欲徒手奉咫尺之书，自托于执事，将使执事何从而知之、何从而信之哉？

洵少年不学，生二十五年，始知读书，从士君子游。年既已晚，而又不遂刻意厉行，以古人自期。而视与己同列者，皆不胜己，则遂以为可矣。其后困益甚，然每取古人之文而读之，始觉其出言用意，与己大别。时复内顾，自思其才则又似夫不遂止于是而已者。由是尽烧曩时所为文数百篇，取《论语》《孟子》《韩子》及其他圣人、贤人之文，而兀然端坐，终日以读之者七八年矣。方其始也，入其中而惶然，博观于其外而骇然以惊。及其久也，读之益精，而其胸中豁然以明，若人之言固当然者，然犹未敢自出其言也。时既久，胸中之言日益多，不能自制，试出而书之，已而再三读之，浑浑乎觉其来之易矣，然犹未敢以为是也。

近所为《洪范论》《史论》凡七篇，执事观其如何？嘻，区区而自言，不知者又将以为自誉，以求人之知己也。惟执事思其十年之心如是之不偶然也而察之！

〇其论韩、欧、李、陆文字，不爽铢两。交必如洵之与修，乃可面誉而不为谄，自述所得而不为夸。

◇茅坤曰：“此书凡三段，一段历叙诸君子之离合，见己慕望之切；二段称欧阳公之文，见己知公之深；三段自叙平生经历，欲欧阳公之知之也。而情事婉曲周折，何等意气！何等风神！”

上欧阳内翰第四书

洵启：夏热，伏惟提举内翰尊候万福。向为京兆尹，天下谓公当由此得政。其后闻有此授，或以为拂世戾俗，过在于不肯卤莽。然此岂足为公损益哉！

洵久不奉书，非敢有懈，以为用公之奏而得召，恐有私谢之嫌。今者洵既不行，而朝廷又欲必致之。恐听者不察，以为匹夫而要君命，苟以为高而求名，亦且得罪于门下，是故略陈其一二，以晓左右。

闻之孟轲曰：“仕不为贫，而有时乎为贫。”洵之所为欲仕者，为贫乎？实未至于饥寒而不择。以为行道乎？道固不在我。且朝廷将何以待之？今人之所谓富贵高显而近于君，可以行道者，莫若两制。然犹以为不得为宰相，有所牵制于其上，而不得行其志。为宰相者，又以为时不可为，而我将有所待。若洵，又可以行道责之耶？

始公进其文，自丙申之秋至戊戌之冬，凡七百余日而得召。朝廷之事，其节目期限，如此之繁且久也。使洵今日治行，数月而至京师，旅食于都市以待命，而数月间得试于所谓舍人院者，然后使诸公专考其文，亦一二年。幸而以为不谬，可以及等而奏之，从中下相府，相与拟议，又须年载间，而后可以庶几有望于一官。如此，洵固以老而不能为矣。人皆曰求仕将以行道，若此者，果足以行道乎？既不足以行道，而又不至于为贫，是二者皆无名焉。是故其来迟迟，而未甚乐也。

王命且再下，洵若固辞，必将以为沽名而有所希望。今岁之秋，轼、辙已服阕，亦不可不与之俱东。恐内翰怪其久而不来，是以略陈其意。拜见尚远，唯千万为国自重。

〇宋政迂缓废弛，观此可见。君相之责，惟在用人。今召试一布衣，而可五六年犹不得决，亦异乎“为天下得人”之义矣。

上韩舍人书

舍人执事：方今天下虽号无事，而政化未清，狱讼未衰息，赋敛日重，府库空竭，而大者又有二国（敌）之不臣。天子震怒，大臣忧恐。自两制以上，宜皆苦心焦思，日夜思念，求所以解吾君之忧者。

洵自惟闲人，于国家无丝毫之责，得以优游终岁，咏歌先王之道以自乐，时或作为文章，亦不求人知。以为天下方事事，而王公大人岂暇见我哉？是以逾年在京师，而其平生所愿见如君侯者，未尝一至其门。有来告洵以所欲见之之意，洵不敢不见。然不知君侯见之而何也？天子求治如此之急，君侯为两制大臣，岂欲见一闲布衣，与之论闲事邪？此洵所以不敢遽见也。

自闲居十年，人事荒废，渐不喜承迎将逢、拜伏拳跽。王公大人苟能无以此求之，使得从容坐隅，时出其所学，或亦有足观者。今君侯辱先求之，此其必有所异乎世俗者矣。

《孟子》曰：“段干木踰垣而避之，泄柳闭门而不纳，是皆已甚。迫，斯可以见矣。”呜呼！吾岂斯人之徒欤！欲见我而见之，不欲见而徐去之，何伤？况如君侯，平生所愿见者，又何辞焉？不宣。洵再拜。

○洵虽有战国说士习气，然较之韩愈《应科目时与人书》《代张籍与李浙东书》等篇，顾有别矣。此文固亦士习卑靡之药石也。

苏氏族谱

苏氏之《谱》，谱苏氏之族也。苏氏出自高阳，而蔓延于天下。唐神龙初，长史味道刺眉州，卒于官，一子留于眉。眉之有苏氏，自是始。而谱不及焉者，亲尽也。亲尽则曷为不及？谱为亲作也。凡子得书而孙不得书，何也？以著代也。自吾之父以至吾之高祖，仕不仕，娶某氏，享年几，某日卒，皆书，而他不书，何也？详吾之所自出也。自吾之父以至吾之高祖，皆曰讳某，而他则遂名之，何也？尊吾之所自出也。《谱》为苏氏作，而独吾之所自出得详与尊，何也？《谱》，吾作也。

呜呼！观吾之《谱》者，孝弟之心可以油然而生矣。情见乎亲，亲见于服，服始于衰，而至于缌麻，而至于无服。无服则亲尽，亲尽则情尽，情尽则喜不庆、忧不吊。喜不庆，忧不吊，则涂人也。吾之所以相视如涂人者，其初兄弟也。兄弟，其初一人之身也。悲夫！一人之身分而至于涂人，此吾谱之所以作也。其意曰：分而至于涂人者，势也。势，吾无如之何也已。幸其未至于涂人也，使之无至于忽忘焉，可也。呜呼！观吾之《谱》者，孝弟之心可以油然而生矣。系之以诗，曰：

吾父之子，今为吾兄。吾疾在身，兄呻不宁。数世之后，不知何人。彼死而生，不为戚欣。兄弟之亲，如足如手，其能几何？彼不相能，彼独何心！

○万物本乎天，人本乎祖。直上是天地，旁推之则民也、物也；直上是祖妣，旁推之则宗也、族也；直上是父母，旁推之则兄也、弟也。由父母等而上之，以至天地；由天地顺而下之，以至父母，皆一气之分而一理之合也。竖穷三际，不得谓此身非父母、非祖宗、非天地之身，则少明于理之人与之言，无不诺者。及其横亘十方，谓此身即兄弟、即宗族、即民物之身，则不特私意为之障，并理见亦为之障矣。由此一障，则始于兄弟之不相能，而终之及于民物；又始于民物之不相关，而极之至于兄弟。故兄弟相犹，而父母心伤矣；宗族相背，而祖宗之心伤矣；民物相害，而天地之心伤矣。

父母、祖宗、天地之心，俱于我不相似，则我之身虽块然血气乎，生理绝矣。由有血气而有此身，此血气者，父母、祖宗、天地之心之所汇而成者也。而既有血气，即有血气之我出焉。据是血气而私之，是故有弟而兄啼，与爱亲敬长之良知良能，同发于孩提，而不可解以贼夫性命。苟不廓彻无余，合民物为一大身，而谓能孝于亲者，未之有也；苟不能孝于亲，而谓能仁民、能爱物者，亦未之有也。读洵族谱文而有得焉，可与读张子《西铭》；读张子《西铭》而有得焉，可与言性与天道。

春秋论

赏罚者，天下之公也；是非者，一人之私也。位之所在，则圣人以其权为天下之公，而天下以惩以劝；道之所在，则圣人以其位为一人之私，而天下以荣以辱。

周之衰也，位不在夫子，而道在焉，夫子以其权是非天下可也。而《春秋》赏人之功，赦人之罪，去人之族，绝人之国，贬人之爵，诸侯而或书其名，大夫而或书其字，不惟其法，惟其意；不徒曰“此是此非，而赏罚加焉”，则夫子固曰“我可以赏罚人矣”。

赏罚人者，天子、诸侯事也。夫子病天下之诸侯、大夫僭天子、诸侯之事而作《春秋》，而己则为之，其何以责天下？位，公也；道，私也。私不胜公，则道不胜位。位之权得以赏罚，而道之权不过于是非。道在我矣，而不得为有位者之事，则天下皆曰：位之不可僭也如此！不然，天下其谁不曰“道在我”？则是道者，位之贼也。

曰：夫子岂诚赏罚之邪，徒曰赏罚之耳，庸何伤？曰：我非君也，非吏也，执涂之人而告之曰“某为善，某为恶”，可也。继之曰“某为善，吾赏之；某为恶，吾诛之”，则人有不笑我者乎？夫子之赏罚，何以异此？

然则何足以为夫子？何足以为《春秋》？曰：夫子之作《春秋》也，非曰“孔氏之书”也，又非曰“我作之”也，赏罚之权不以自与也。曰：“此鲁之书也，鲁作之也。”有善而赏之，曰“鲁赏之也”；有恶而罚之，曰“鲁罚之也”。

何以知之？曰：夫子系《易》谓之《系辞》，言《孝》谓之《孝经》，皆自名之，则夫子私之也。而《春秋》者，鲁之所以名史，而夫子托焉，则夫子公之也。公之以鲁史之名，则赏罚之权，固在鲁矣。

《春秋》之赏罚，自鲁而及于天下，天子之权也。鲁之赏罚不出境，而以天子之权与之，何也？曰：天子之权在周，夫子不得已而以与鲁也。武王之崩也，天子之位当在成王，而成王幼，周公以为天下不可以无赏罚，故不得已而摄天子之位以赏罚天下，以存周室。周之东迁也，天子之权当在平王，而平王昏，故夫子亦曰：天下不可以无赏罚。而鲁，周公之国也，居鲁之地者，宜如周公不得已而假天子之权以赏罚天下，以尊周室，故以天子之权与之也。

然则假天子之权宜，如何？曰：如齐桓、晋文可也。夫子欲鲁如齐桓、晋文，而不遂以天子之权与齐、晋者，何也？齐桓、晋文阳为尊周，而实欲富强其国。故夫子与其事而不与其心。周公心存王室，虽其子孙不能继，而夫子思周公而许其假天子之权以赏罚天下。其意曰：有周公之心，而后可以行桓、文之事，此其所以不与齐、晋而与鲁也。夫子亦知鲁君之才不足以行周公之事矣，顾其心以为今之天下无周公，故至此。是故以天子之权与其子孙，所以见思周公之意也。

吾观《春秋》之法，皆周公之法，而又详内而略外，此其意欲鲁法周公之所为，且先自治而后治人也明矣。夫子叹礼乐征伐自诸侯出，而田常弑其君，则沐浴而请讨，然则天子之权，夫子固明以与鲁也。子贡之徒不达夫子之意，续经而书“孔子卒”。夫子既告老矣，大夫告老而卒不书，而夫子独书。夫子作《春秋》以公天下，而岂私一孔子哉！呜呼！夫子以为鲁国之书，而子贡之徒以为孔氏之书也欤？

迁、固之史，有是非而无赏罚，彼亦史臣之体宜尔也。后之效夫子作《春秋》者，吾惑焉。《春秋》有天子之权。天下有君，则《春秋》不当作；天下无君，则天下之权，吾不知其谁与。天下之人，乌有如周公之后之可与者？与之而不得其人则乱，不与人而自与则僭，不与人、不自与而无所与则散。呜呼！后之《春秋》，乱邪、僭邪、散邪？

□圣祖御评：持论最得要领，用笔更沉着精鸷。具此识力，始可以论断古今。

○洵为《六经论》，谓圣人制礼，所以强人弃逸而即劳，以尊其君、父、兄，皆圣人之微权也。恐告语之有所不及，乃为《乐》，以阴驱而潜率之；又恐其久而易废也，乃为《易》以尊其道，使天下探之茫茫、索之冥冥，视圣人如鬼神之幽而不可测；又恐人之嗜欲好之有甚于生，而愤憾怨怒有不顾其死者，而《礼》之；权穷乃为《诗》，以通人情，谓好色而不淫，怨其君父而不怒，则亦圣人之所许，所以全天下之中人也。其于《诗》《易》《礼》《乐》所见如此，噫，亦浅矣！彼其视圣人之经，无往不用其权者，然则非六"经"，乃六"权"也邪！其论《书》也，谓"圣人因风俗之变而用其权，圣人之权用于当世，而风俗之变益甚。武王、周公遂变而不复反"，益为谬论。惟此论《春秋》篇，特不诡于道，故录之。

◇吕祖谦曰："此篇须看首尾相应，枝叶相生，如引绳贯珠，大抵一节未尽，又生一节。别人意多则杂，惟此篇意多而不杂。"

◇谢枋得曰："此文有法度，有气力，有精神，有光焰，谨严而华藻者也。精熟《孟子》，方有此文章。"

卷三十六

眉山苏洵文三　论、记

洪范论叙

《洪范》其不可行欤？何说者之多，而行者之寡也？曰：诸儒使然也。譬诸律令，其始作者非不欲人之难犯而易避矣，及吏胥舞之，则千机百穿。吁，可畏也！夫《洪范》亦犹是耳。吾病其然，因作三论。大抵斥末而归本，褒经而击传，划磨瑕垢，以见圣秘。复列二图，一以指其谬，一以形吾意。噫！人吾知乎？不吾知，其谓吾求异夫先儒，而以为新奇也。

洪范论上*

《洪范》之原出于天，而畀之禹。禹传之箕子，箕子死，后世有孔安国为之《注》，刘向父子为之《传》，孔颖达为之《疏》。是一圣五贤之心，未始不欲人君审其法、从其道矣。禹与箕子之言，经也。幽微宏深，不可以俄而晓者，经之常

* 此及下三篇，原均无“论”字，文意欠明妥，故准之上篇“洪范论叙”，并参别本加之。

也。然而所审当得其统，所从当得其端，是故宜责孔、刘辈。今求之于其所谓《注》与《传》与《疏》者而不获，故明其统，举其端，而欲人君审、从之易也。

夫致至治总乎大法，树大法本乎五行，理五行资乎五事，正五事赖乎皇极。五行，含罗九畴者也；五事，检御五行者也；皇极，裁节五事者也。傥综于身、验于气，则终始常道之次，靡有不顺焉。然则含罗者，其统也；裁节者，其端也。执其端而御其统，古之圣人正如是耳。

今夫皇极之建也，貌必恭，恭作肃；言必从，从作乂；视必明，明作哲；听必聪，聪作谋；思必睿，睿作圣。如此则五行得其性，雨、旸、燠、寒、风皆时，而五福应矣。若夫皇极之不建也，貌不恭，厥咎狂；言不从，厥咎僭；视不明，厥咎豫；听不聪，厥咎急；思不睿，厥咎蒙。如此，则五行失其性，雨、旸、燠、寒、风皆常，而六极应矣。噫！曰得，曰时，曰福，人君孰不欲趋之；曰失，曰常，曰极，人君孰不欲逃之。然而罕能者，诸儒之过也。

夫禹之畴，分之则几五十矣。诸儒不求所为统与端者，顾为之传，则向之五十又将百焉。人之心一，固不能兼百，难之而不行也。欲行之，莫若归之易：百归之五十，五十归之九，九归之三。三，五行也，五事也，皇极也。而又以皇极裁节五事，五事得而五行从，是三卒归之一也。然则所守不亦约而易乎？所守约而易，则人君孰欲弃得取失，弃时取常，弃福取极哉！以一治三，以三治九，以九治五十，以五十治百，天意也，禹意也，箕子意也。

洪范论中（并图）

或曰：古人言《洪范》，莫深于歆、向之《传》，吾尝学而得之矣。今观子之论，子其未之学耶？何遽反之也？子之论曰："皇极裁节五事，其建不建为五事之得失。"《传》则拟五事而言之，其咎、其罚、其极与五事比，非所以裁节五事也。子又曰："皇极建则五福应，皇极不建则六极应。"《传》则条福、极而配之貌与言、与视、与听、与思、与皇极，又非皇极兼获福、极也。然则刘之《传》，子之论，孰得乎？

曰：尔以箕子之知《洪范》，与歆、向之知，孰愈？必曰：箕子之知愈也。则吾从之。彼歆、向拂箕子意矣，吾复何取哉？虽然，彼岂不知求从箕子乎？求之过深，而惑之愈甚矣。

歆、向之惑，始于福、极分应五事，遂强为之说，故其失寖广而有五焉。今其《传》以极之恶、福之攸好德归诸貌；极之忧、福之康宁归诸言；极之疾、福之寿归诸视；极之贫、福之富归诸听；极之凶短折、福之考终命归诸思。所谓福，止此而已；所谓极，则未尽其弱焉，遂曲引皇极以足之。皇极非五事匹，其不建之咎，止一极之弱哉？其失一也。且逆而极、顺而福，《传》之例也。至皇之不极，则其极既弱矣，吾不识皇之极，则天将以何福应之哉？若曰五福皆应，则皇之不极，恶、忧、疾、贫、凶短折，曷不偕应哉？此乃自废其例。其失二也。箕子谓咎曰狂、僭、豫、急、蒙而已，罚曰雨、旸、燠、寒、风而已，今《传》又增咎以眊，增罚以阴，此其揠圣人之言以就固谬。况眊与蒙无异，而雨可兼阴，而别名之，得乎？其失三也。《经》之首五行而次五事者，徒以五行天而五事人，人不可以先天耳。然五行之逆顺，必视五事之得失。使吾为《传》，必以五事先五行。借如《传》：“貌之不恭，是谓不肃，厥咎狂，则木不曲直，厥罚常雨。”其余亦如之。察刘之心，非不欲尔。盖五行尽于思，无以周皇极，苟如庶验增之，则虽蠢亦怪骇矣。故离五行、五事而为解，以蔽其衅。其失四也。《传》之于木，其说以为貌矣；及火、土、金、水，则思、言、视、听殊不及焉。自相驳乱，其失五也。

夫九畴之于五行，可以条而入者惟二，箕子陈之，盖有深旨矣。五事一也，庶验二也。验之肃、乂、哲、谋、圣，一出于五事；事之貌、言、视、听、思，一出于五行，此理之自然，可不条而入之乎？其他八政、五纪、三德、稽疑、福极，其大归虽无越于五行、五事，非可条而入之者也。条而入之，非理之自然，故其《传》必钩牵扳援，文致而强附之，然后可以仅知此福、此极之所以应此事者。立言如此，其亦劳矣。

且《传》于福、极既尔，则于八政、五纪、三德、稽疑亦当尔。而今又不尔，何也？《经》曰：“五，皇极。皇建其有极。敛时五福，用敷锡厥庶民。”此言皇极建而五福备。使《经》云皇极之不建，则必以六极易五福矣，焉在其条而入之乎？且皇极，九畴之尤贵者，故圣人位之于中，以贯上下。譬若庶验：然“曰雨、曰旸、曰燠、曰寒、曰风、曰时”，时于雨、旸、燠、寒、风，各冠其上耳，又可列之以为一验乎？若是则刘之

《传》，惑且强明矣。

噫！《传》之法，二刘唱之，班固志之。后之史志五行者，孰不师而效之？世之读者久，孰不从而然之？是以胶为一论，莫有考正，吾得无言哉！

一图指传之谬

田猎不宿，饮食不享，出入不节，夺民农时，及有奸谋。	木不曲直 貌之不恭， 是谓不肃。	厥咎狂 厥 罚 常 明	厥极恶，说曰顺之，其福攸好德
弃法律，逐功臣，杀太子，以妾为妻。	火不炎上 言之不从， 是谓不乂。	厥咎僭 厥 罚 常 旸	厥极忧，说曰顺之，其福康宁。
治宫室，饰台榭，内淫乱，犯亲戚，侮父兄。	稼穑不成 视之不明， 是谓不哲。	厥咎豫 厥 罚 常 燠	厥极疾，说曰顺之，其福寿。
好战功，轻百姓，饰城郭，侵边境。	金不从革 听之不聪， 是谓不明。	厥咎急 厥 罚 常 寒	厥极贫，说曰顺之，其福富。
简宗庙，不祷祠，废祭祀，逆天时。	水不润下 思之不睿， 是谓不圣。	厥咎蒙 厥 罚 常 风	厥极凶短折，说曰顺之，其福考终命。
	皇之不极	厥咎眊 厥 罚 常 阴	厥极弱

一图形今之意

皇极之建	貌恭肃 言从乂 视明哲 听聪谋 思睿圣	木曲直 金从革 火炎上 水润下 土稼穑	时雨 时旸 时燠 时寒 时风	五福
皇极不建	貌不恭（狂） 言不从（僭） 视不明（豫） 听不聪（急） 思不睿（蒙）	木不曲直 金不从革 火不炎上 水不润下 土不稼穑	常雨 常旸 常燠 常寒 常风	六极

洪范论下

吾既剔去《传》疵以粹《经》，犹有秘处，而先儒不白其意或解失其旨者非一，今辨正以申之。

《经》曰："鲧堙洪水，汨陈其五行，帝乃震怒，不畀《洪范》九畴。"夫五行，一畴耳，一汨而九不畀。盖五行纲九畴，纲坏而目废也。然则五行之汨，非五事之失乎？五事之失，非皇极之不建乎？盖箕子微见其统与端矣。

《经》之次第，五行也以生数，至于五事也，求之五行则相克，何也？从五常，斯与相克合矣。先民之论五行也，水性智而事听，火性礼而事视，木性仁而事貌，金性义而事言，土性信而事思。及论五常也，以为德莫大于仁，仁或失于弱，故以义断之。义或失于刚，故以礼节之；礼或失于拘，故以智通之；智或失于诈，故以信正之。此五常次第所以然也。五事从之，所以亦然也。

"三，八政：曰食、曰货、曰祀、曰宾、曰师"，五者不以官名之。郑康成以食为稷，以货为司货贿，以宾为大行人，是三百六十官，箕子于九畴中区区焉错举其八耳。孔颖达则曰：司货贿、大行人皆事主，非复民政。夫事虽非民，亦未害为政，孔之失，滋甚焉。吾以为不然。箕子言国家之政无越是八者，周公制礼酌而用之，故建六官以主八政，食与货则天官，祀与宾则春官，师则夏官，司空则冬官，司徒则地官，司寇则秋官，此得其正矣。

“七，稽疑，择建立卜筮人”，孔安国谓“知卜筮人而立之”。夫知卜筮人，天下不为鲜矣，孜孜然以择此为事，则委琐不亦甚乎？吾意，卜筮至神，人所谅而从者。导之善人，必谅而从之，蜀庄是矣；导之恶人，亦谅而从之，丘子明是也。圣人惧后人轻其职，使有如丘子明辈，故曰“择建立卜筮人”，谓择贤也。不然，司空、司徒、司寇，其择之又当甚于此云者，彼天子之卿不若卜筮之官为后世所轻，虽妇人孺子知其不可不择故也。

呜呼！圣人之言，技分派别，不得其源，纷莫可晓，譬之日月、五星、十二次、二十八宿，使昧者观之，固愦愦如也。不知晷度躔次，的不可紊，差之渺忽，寒暑乖逆。吾故于《洪范》明其统，举其端，削刘之惑，绳孔之失，使经意炳然，如从玑衡中窥天文矣。

洪范论后序

吾论《洪范》，以五福、六极系皇极之建与不建，而且不与二刘之增眊与阴，或者犹以刘向、夏侯胜之说为惑。刘向之言：“皇极之建，总为五福；皇极之不建，不能主五事，下与五事齿而均获一极，犹平王之诗降而为《国风》。”夏侯胜之言曰：“天久阴不雨，臣下将有谋上者。”已而果然。以刘向之说，则皇极之不建，不可系以六极；以夏侯胜之说，则眊与阴不可废。是皆不然。

夫福、极之于五事，非若庶验也。阴阳而推之，律历而求之，人事而揆之。庶验之通于五事，可指而言也，且圣人之所可知也。今指人而谓之曰：尔为某事，明日必有某福；尔为某事，明日必有某极。是巫觋卜相之事也，而圣人何由知之？故吾以为皇极之建，五事皆得，而五福皆应；不曰应某事者，必某福也。皇极不建，五事皆失，而六极皆应；不曰应某事者，必某极也。五事之间，得与失参焉，则亦不曰必某福、必某极应也，亦曰福与极参焉耳。今刘以为皇极建而为五事主，故加之五福；及其不建也，不加之以六极，而以“平王之诗”为说，其意以为不建则不能为五事主，故不加之六极以为贬也。今有人有九命之爵，及有罪而曰削其爵，使至一命以贬之，曰“贬”可也；此犹“平王之诗降而为《国风》”，曰“降”可也。若夫有罪人当具五刑，而曰是人也罪大，不当加之以五刑，姑以墨辟论，以重其责。是得为重其责耶？今欲重不建之罪，不曰六极皆应，而曰独弱之极应，乃引“平王之诗”以为说，“平王之诗”固不然也。

且彼圣人者，岂以天下之福与极止于五与六而已哉？盖亦举其大概耳。夫天地之间，非人力所为而可以为验者多矣，圣人取其尤大而可以有所兼者五，而使其余者可以遂见焉。今也，力分其一端以为二，而必曰阴为阴、雨为雨。且《经》之庶验有曰旸矣，而岂独遗阴哉？盖阴之极盛于雨，而圣人举其极者言也。吾观二刘之传“金不从革”与传“常雨”也，乃言雷电雨雪皆在；而独于此别雨与阴，何也？然则夏侯胜之言何以必应？曰：事固有幸而中者。公孙臣以汉为土德而黄龙当见，黄龙则见矣，而汉乃火德也。可以一黄龙而必谓汉为土德耶？必不可也。其所谓眊者蒙矣，胡复多言哉！

○洵于《洪范》，破汉儒牵强傅会之失，开千古之冥蒙，信有功矣。然按《汉书·五行志》曰：“董仲舒治《公羊春秋》，始推阴阳，为儒者宗。宣、元之后，刘向治《穀梁春秋》，数其祸福，傅以《洪范》，与仲舒错。至向子歆治《左氏传》，其《春秋》意亦已乖矣，言《五行传》又颇不同。”是以揽仲舒，别向、歆，傅载眭孟、夏侯胜、京房、谷永、李寻之徒所陈行事，讫于王莽，举十二世以傅《春秋》，然则向、歆之学，虽多谬舛，非其所创也。微言绝，大义乖，汉儒收亡拾烬，补苴罅漏，其失虽多，要其存什一于千百，使后学有所措其心思者，未可数罪而忘勋也。且其意，所以明天人之际影应响答，如此其可畏，以儆戒万世之君臣，又何过哉？特其钩牵扳援，文致强傅，后生怪其迂，辄心轻之，甚至疑经，此其所短耳。洵虽辞而辟之，又为图以明之，然犹未畅厥旨。真德秀因之有悟而为之训，而后条理分明、旨趣昭著，千古读《洪范》者，宜所取宗也。本朝李光地述其说，义加粹焉。

盖尝考之九畴，自一至九者，数之定序也；而分九而三之，则上中下各得三焉。上焉者，天之象也；中焉者，身之象也；下焉者，民之象也。一、四、七，上也；二、五、八，中也；三、六、九，下也。一，五行，天之体也，故其文不曰用。四，五纪，所以推天之度以敬授人时者也。七，稽疑，所以求天之心，以奉若天道者也。“畴”之云者，类也。一、四、七所以为类也。二，五事，修身之要也。五，皇极，身之五事，修之止于至善也。八，庶征，天以雨、旸、燠、寒、风为身，而人身之貌、言、视、听、思与相应焉。极之建不建于是乎征，故念之也。此二、五、八所以为类也。三，八政，食为民天，六官皆以明农，所以厚民生也。六，三德，既富必教，因其风土而损益之，以协于大中，所以正民德也。九，五福，观民之被福欤、被极欤，所以考其治道之成否也。此三、六、九之所以为类也。汉儒紊其序，而以福、极为灾祥，强六极以配五行，故其说支离蔓衍而难信。洵辟之，当矣。

又尝考之，天数五，地数五。天地之数皆五也，则人数必五矣。三五十五，《洛书》之数，自上而下，分而为三，皆十五也；自左而右，分而为三，亦皆十五也。若自其类而言之，天事简而民事烦。一、四、七，则十五不足于三；三、六、九，则十五有余者三；若二、五、八，则适如十五之数。此又以征二、五、八之言人身也。若夫皇极居中而数正五，岂非天与民之事，皆本于皇躬欤？其天地民物之心欤？孔子不云乎：“民以君为心，君以民为体。”又曰：“人者，天地之心也。”为人君者读《洪范》，能不慄慄危惧哉！

喾妃论

《史记》载帝喾元妃曰“姜原”，次妃曰“简狄”。简狄行浴，见燕堕其卵，取吞之，因生契，为商始祖。姜原出野，见巨人迹，忻然践之，因生稷，为周始祖。

其祖商、周，信矣；其妃之所以生者，神奇妖滥，不亦甚乎？商、周有天下七八百年，是其享天之禄以能久有社稷，而其祖宗何如此之不祥也！使圣人而有异于众庶也，吾以为天地必将构阴阳之和，积元气之英以生之，又焉用此二不祥之物哉？燕堕卵于前，取而吞之，简狄其丧心乎？巨人之迹隐然在地，走而避之且不暇，忻然践之，何姜原之不自爱也！又谓行浴出野而遇之，是以简狄、姜原为淫佚无法度之甚者。帝喾之妃，稷、契之母，不如是也。

虽然，史迁之意，必以《诗》有“天命玄鸟，降而生商”，“厥初生民，时维姜原。生民如何，克禋克祀。以弗无子，履帝武敏歆。攸介攸止，载震载夙，载生载育，时维后稷”而言之。吁！此又迁求《诗》之过也。毛公之传《诗》也，以鳦鸟降为祀郊禖之候，履帝武为从高辛之行。及郑之《笺》，而后有吞、践之事。当毛之时，未始有《迁史》也。迁之说出于疑《诗》，而郑之说又出于信迁矣。故天下皆曰：圣人非人，人不可及也。甚矣，迁之以不祥诬圣人也！夏之衰，二龙戏于庭，藏其漦，至周而发之，化为龟，以生褒姒，以灭周。使简狄而吞卵，姜原而践迹，则其生子当如褒姒以妖惑天下，奈何其有稷、契也？

或曰：然则稷何以弃？曰：稷之生也，无菑无害，或者姜原疑而弃之乎？郑庄公寤生，惊姜氏，姜氏恶之。事固有然者也。吾非恶夫异也，恶夫迁之以不祥诬圣人也。弃之而牛羊避，迁之而飞鸟覆，吾岂恶之哉？楚子文之生也，虎乳之，吾固不恶夫异也。

○日中有乌，故乌最难射。羿十可中九，后世遂讹为十日并出，而羿射其九。伊尹负鼎以干汤，言伊尹在商，则夏鼎已迁于商也。后世遂讹为伊尹以割烹要汤。俗人不经之谈，往往如是。而以其传于古也，遂笃信之，亦惑矣。吞卵履迹，亦同此类。洵此论，实为有功《诗传》。

明 论

天下有大知，有小知。人之智虑有所及，有所不及。圣人以其大知而兼其小知之功，贤人以其所及而济其所不及；愚者不知大知，而以其所不及丧其所及。故圣人之治天下也以常，而贤人之治天下也以时。既不能常，又不能时，悲夫殆哉！夫惟大知，而后可以常；以其所及济其所不及，而后可以时。常也者，无治而不治者也；时也者，无乱而不治者也。

日月经乎中天，大可以被四海，而小或不能入一室之下，彼固无用此区区小明也。故天下视日月之光，俨然其若君父之威。故自有天地而有日月，以至于今，而未尝可以一日无焉。天下尝有言曰：叛父母，亵神明，则雷霆下击之。雷霆固不能为天下尽击此等辈也，而天下之所以兢兢然不敢犯者，有时而不测也。使雷霆日轰轰绕天下，以求夫叛父母、亵神明之人而击之，则其人未必能尽，而雷霆之威，无乃亵乎！故夫知日月雷霆之分者，可以用其明矣。

圣人之明，吾不得而知也。吾独爱夫贤者之用其心约而成功博也，吾独怪夫愚者之用其心劳而功不成也。是无他也，专于其所及而及之，则其及必精；兼于其所不及而及之，则其及必粗。及之而精，人将曰是惟无及，及则精矣。不然，吾恐奸雄之窃笑也。齐威王即位，大乱三载，威王一奋而诸侯震惧二十年，是何修何营邪？夫齐国之贤者，非独一即墨大夫，明矣；乱齐国者，非独一阿大夫，与左右誉阿而毁即墨者几人，亦明矣。一即墨大夫易知也，一阿大夫易知也，左右誉阿而毁即墨者几人易知也，从其易知而精之，故用心甚约而成功博也。

天下之事，譬如有物十焉，吾举其一，而人不知吾之不知其九也。历数之至于九，而不知其一，不如举一之不可测也，而况乎不至于九也。

□圣祖御评：辞义精核处，自凿凿不磨。

◇茅坤曰：“此是老泉本色学问。宋迂斋谓其意脉自《战国策》来，良是。”

辨奸*

事有必至，理有固然，惟天下之静者，乃能见微而知著。月晕而风，础润而雨，人人知之。人事之推移，理势之相因，其疏阔而难知、变化而不可测者，孰与天地阴阳之事，而贤者有不知，其故何也？好恶乱其中，而利害夺其外也。

昔者羊叔子见王衍，曰：“误天下苍生者，必此人也。”郭汾阳见卢杞，曰：“此人得志，吾子孙无遗类矣。”自今而言之，其理固有可见者。以吾观之，王衍之为人，容貌言语固有以欺世而盗名者，然不忮不求，与物浮沉，使晋无惠帝，仅得中主，虽衍百千，何从而乱天下乎？卢杞之奸，固足以败国，然而不学无文，容貌不足以动人，言语不足以眩世，非德宗之鄙暗，亦何从而用之？由是言之，二公之料二子，亦容有未必然也。

---

* 别本多作《辨奸论》。

今有人口诵孔、老之言，身履夷、齐之行，收召好名之士、不得志之人，相与造作言语，私立名字，以为颜渊、孟轲复出，而阴贼险狠与人异趣，是王衍、卢杞合而为一人也，其祸岂可胜言哉！夫面垢不忘洗，衣垢不忘浣，此人之至情也。今也不然，衣臣虏之衣，食犬彘之食，囚首丧面而谈《诗》《书》，此岂其情也哉？凡事之不近人情者，鲜不为大奸慝，竖刁、易牙、开方是也。以盖世之名而济其未形之患，虽有愿治之主、好贤之相，犹将举而用之，则其为天下患必然而无疑者，非特二子之比也。

孙子曰："善用兵者无赫赫之功。"使斯人而不用也，则吾言为过，而斯人有不遇之叹，孰知祸之至于此哉？不然，天下将被其祸，而吾获知言之名，悲夫！

□圣祖御评：识见明到，要从学问中得来，非億中也。

◇邵伯温曰："眉山苏明允先生，嘉祐初游京师时，王荆公名始盛，党与倾一时，欧阳文忠公亦善之。先生，文忠客也，文忠劝先生见荆公，荆公亦愿交于先生。先生曰：'吾知其人矣，是不近人情者，鲜不为天下患。'作《辨奸》一篇，为荆公发也。斯文出，论者多以为不然，虽其二子，亦有'嘻，其甚矣'之叹。后十余年，荆公始得位，为奸无一不如先生言者。吕献可中丞于熙宁初，荆公拜参知政事日，力言其奸，每指荆公曰：'乱天下者，必此人也。'又曰：'天下本无事，但庸人扰之耳。'司马温公初亦以为不然，至荆公虐民乱政，温公乃深言于上，不从，不拜枢密副使以去。又贻荆公三书，甚苦，冀荆公之或从也。荆公不从，乃绝之。温公怅然曰：'吕献可之先见，余不及也。'若明允先生，其知荆公又在献可之前十余年矣，岂温公不见《辨奸》也耶？独张文定公表先生墓，具载之。"

苏氏族谱亭记

匹夫而化乡人者，吾闻其语矣。国有君，邑有大夫，而争讼者诉于其门；乡有庠，里有学，而学道者赴于其家。乡人有为不善于室者，父兄辄相与恐曰：“吾夫子无乃闻之!”呜呼！彼独何修而得此哉？意者其积之有本末，而施之有次第邪？

今吾族人犹有服者不过百人，而岁时蜡社，不能相与尽其欢欣爱洽，稍远者至不相往来，是无以示吾乡党邻里也。乃作《苏氏族谱》，立亭于高祖墓茔之西南而刻石焉。既而告之曰：“凡在此者，死必赴，冠、娶妻必告，少而孤则老者字之，贫而无归则富者收之。而不然者，族人之所共诮让也。”

岁正月，相与拜奠于墓下。既奠，列坐于亭。其老者顾少者而叹曰：“是不及见吾乡邻风俗之美矣。自吾少时，见有为不义者，则众相与疾之，如见怪物焉，慄焉而不宁。其后少衰也，犹相与笑之；今也，则相与安之耳。是起于某人也。夫某人者，是乡之望人也，而大乱吾俗焉。是故其诱人也速，其为害也深。自斯人之逐其兄之遗孤子而不恤也，而骨肉之恩薄；自斯人之多取其先人之赀田而欺其诸孤子也，而孝弟之行缺；自斯人之为其诸孤子之所讼也，而礼义之节废；自斯人之以妾加其妻也，而嫡庶之别混；自斯人之笃于声色，而父子杂处、欢哗不严也，而闺门之政乱；自斯人之渎财无厌，惟富者之为贤也，而廉耻之路塞。此六行者，吾往时所谓大惭而不容者也。今无知之人皆曰：‘某人何人也，犹且为之。'其舆马赫奕、婢妾靓丽，足以荡惑里巷之小人；其官爵货力，足以摇动府县；其矫诈修饰言语，足以欺罔君子，是州里之大盗也。吾不敢以告乡人，而私以戒族人焉：髣髴于斯人之一节者，愿无过吾门也。"

予闻之，惧而请书焉。老人曰："书其事而阙其姓名，使他人观之，则不知其为谁；而夫人之观之，则面热内惭，汗出而食不下也。且无彰之，庶其有悔乎？"予曰："然。"乃记之。

○《记》曰："饮食男女，人之大欲存焉。"有饮食男女，而人之类不绝；亦有饮食男女，而人之性日湮以灭。故树之后王君公，承以大夫师长，上下相承，远近相维，凡以章志贞教，使民不入于禽兽之路也。贵于一乡，则一乡化焉；贵于一国，则一国化焉；贵于天下，则天下化焉。导之以圣贤，而斯民日趋于圣贤矣；导之以禽兽，而斯民日趋于禽兽矣。奈之何膺天位、食天禄，而不以圣贤导斯民，而以禽兽导斯民也?! 士大夫读此文，当蹙然其不宁也。奈之何天位、天禄出于其口，而不使能以圣贤导斯民者居之，而使能以禽兽导斯民者居之也?! 为君上者读斯文，当蹙然其不宁也。

张益州画像记

至和元年秋，蜀人传言有寇至，边军夜呼，野无居人，妖言流闻，京师震惊。方命择帅，天子曰："毋养乱，毋助变。众言朋兴，朕志自定。外乱不作，变且中起。不可以文令，又不可以武竞，惟朕一二大吏，孰为能处兹文武之间，其命往抚朕师？"乃推曰："张公方平其人。"天子曰："然。"

公以亲辞，不可，遂行。冬十一月至蜀。至之日，归屯军，撤守备，使谓郡县："寇来在吾，无尔劳苦。"明年正月朔旦，蜀人相庆如他日，遂以无事。

又明年正月，相告留公像于净众寺，公不能禁。眉阳苏洵言于众曰："未乱，易治也。既乱，易治也。有乱之萌，无乱之形，是谓将乱。将乱难治，不可以有乱急，亦不可以无乱弛。是惟元年之秋，如器之欹，未坠于地。惟尔张公，安坐于其旁，颜色不变，徐起而正之。既正，油然而退，无矜容，为天子牧小民不倦。惟尔张公，尔繄以生，惟尔父母。且公尝为我言：'民无常性，惟上所待。人皆曰蜀人多变，于是待之以待盗贼之意，而绳之以绳盗贼之法，重足屏息之民，而以砧斧令。于是民始忍以其父母妻子之所仰赖之身，而弃之于盗贼，故每每大乱。夫约之以礼，驱之以法，惟蜀人为易。至于急之而生变，虽齐、鲁亦然。吾以齐、鲁待蜀人，而蜀人亦自以齐、鲁之人待其身。若夫肆意于法律之外，以威劫齐民，吾不忍为也。'呜呼！爱蜀人之深，待蜀人之厚，自公而前，吾未始见也。"皆再拜稽首曰："然。"

苏洵又曰："公之恩在尔心，尔死在尔子孙，其功业在史官，无以像为也。且公意不欲，如何？"皆曰："公则何事于斯？虽然，于我心有不释焉。今夫平居闻一善，必问其人之姓名与乡里之所在，以至于其长短大小美恶之状，甚者或诘其平生所嗜好，以想见其为人，而史官亦书之于其传。意使天下之人，思之于心，则存之于目。存之于目，故其思之于心也固。由此观之，像亦不为无助。"苏洵无以诘，遂为之记。

公，南京人，为人慷慨有大节，以度量容天下。天下有大事，公可属。系之以诗曰：

天子在祚，岁在甲午。西人传言，有寇在垣。庭有武臣，谋夫如云。天子曰嘻，命我张公。公来自东，旗纛舒舒。西人聚观，于巷于途。谓公暨暨，公来于于。公谓西人：安尔室家，无敢或讹。讹言不祥，往即尔常。春尔条桑，秋尔涤场。西人稽首，公我父兄。公在西囿，草木骈骈。公宴其僚，伐鼓渊渊。西人来观，祝公万年。有女娟娟，闺闼闲闲；有童哇哇，亦既能言。昔公未来，期汝弃捐。禾麻芃芃，仓庾崇崇。嗟我妇子，乐此岁丰。公在朝廷，天子股肱。天子曰归，公敢不承？作堂严严，有庑有庭。公像在中，朝服冠缨。西人相告，无敢逸荒。公归京师，公像在堂。

□圣祖御评：不屑屑述益州治状，措辞高浑，而精彩光芒溢于毫楮。

○横目之民，其性一也。任边远封疆大吏者，当书此文于座右。

木假山记

木之生，或蘖而殇，或拱而夭。幸而至于任为梁栋，则伐；不幸而至于风之所拔，水之所漂，或破折，或腐；幸而得不破折、不腐，则为人之所材，而有斧斤之患。其最幸者，漂沉汩没于湍沙之间，不知其几百年。而其激射啮食之余，或髣髴于山者，则为好事者取去，强之以为山，然后可以脱泥沙而远斧斤。而荒江之濆，如此者几何？不为好事所见，而为樵夫野人所薪，何可胜数！则其最幸者之中，又有不幸者焉。

予家有三峰。予每思之，则疑其有数存乎其间。且其蘖而不殇，拱而不夭，任为梁栋而不伐，风拔水漂而不破折、不腐；不破折、不腐，而不为人所材，以及于斧斤；出于湍沙之间，而不为樵夫野人之所薪，而后得至乎此，则其理似不偶然也。

然予之爱之，则非徒爱其似山，而又有所感焉；非徒感之，而有所敬焉。中峰魁岸踞肆，意气端重，若有以服其旁之二峰。二峰者，庄栗刻峭，凛乎不可犯，虽其势服于中峰，而岌然若无阿附意。吁，其可敬也夫！其可感也夫！

〇大凡物，皆偶然，是以大不偶然也。或贵或贱，或寿或夭，或遇或不遇，皆偶然也。然而既贵既贱，既寿既夭，既遇既不遇，是亦大不偶然也。君子曰：是偶然者也，所性不存焉，故处啬而不以一毫挫于人，处丰而不以一毫加于人也。亦曰：是大不偶然者也，尽性之道在是焉，故穷则独善其身，风雨如晦，鸡鸣不已也；达则兼善天下，“一夫不获，时予之辜”也。

卷三十七

眉山苏洵文四　状、上书

议修礼书状

右，洵先奉敕编礼书，后闻臣寮上言，以为祖宗所行不能无过差，不经之事，欲尽芟去，无使存录。洵窃见议者之说，与敕意大异。何者？前所授敕，其意曰纂集故事，而使后世无忘之耳；非曰制为典礼，而使后世遵而行之也。然则洵等所编者，是史书之类也。遇事而记之，不择善恶，详其曲折，而使后世得知而善恶自著者，是史之体也。若夫存其善者而去其不善，则是制作之事，而非职之所及也。而议者以责洵等，不已过乎？

且又有所不可者。今朝廷之礼虽为详备，然大抵往往亦有不安之处，非特一二事而已。而欲有所去焉，不识其所去者果何事也？既欲去之，则其势不得不尽去，尽去则礼缺而不备。苟独去其一，而不去其二，则适足以为抵牾龃龉而不可齐一。

且议者之意，不过欲以掩恶讳过，以全臣子之义，如是而已矣。昔孔子作《春秋》，惟其恻怛而不忍言者而后有隐讳。盖桓公薨，子般卒，没而不书，其实以为是不可书也。至于成宋乱，及齐狩，跻僖公，作丘甲，用田赋，丹桓宫楹，刻桓宫桷，若此之类，皆书而不讳，其意以为虽不善而尚可书也。今先世之所行，虽小有不善者，犹与《春秋》之所书者甚远，而悉使洵等隐讳而不书。如此，将使后世不知其浅深，徒见当时之臣子至于隐讳而不言，以为有所大不可言者，则无乃欲益而反损欤？

《公羊》之说，灭纪灭项，皆所以为贤者讳。然其所谓"讳"者，非不书也，书而迂曲其文耳。然则其实犹不没也。其实犹不没者，非以彰其过也，以见其过之止于此也。今无故乃取先世之事而没之，后世将不知而大疑之，此大不便者也。班固作《汉志》，凡汉之事，悉载而无所择。今欲如之，则先世之小有过差者，不足以害其大明，而可以使后世无疑之之意，且使洵等为得其所职，而不至于侵官者。

谨具状申提举参政侍郎，欲乞备录闻奏。

□圣祖御评：思深虑远，故能为此严正之论。

○古谚曰："宰相须用读书人。"岂但宰相哉？虽一命亦然。子产不云乎："侨闻学而后入政，未闻以政学者也。"否则，必有所败。以其妇人女子之忠爱，欲益国家而反损者何限？又况不学之人，其所为当讳者，安知非转属国家之盛美，而当形之歌颂者耶？又况诬上行私，而并非出于忠爱者也？

上皇帝书

嘉祐三年十二月一日，眉州布衣臣苏洵，谨顿首再拜冒万死上书皇帝阙下：

臣前月五日，蒙本州录到中书劄子，连牒臣：以两制议上翰林学士欧阳修奏臣所著《权书》《衡论》《幾策》二十二篇，乞赐甄录。陛下过听，召臣试策论舍人院，仍令本州发遣臣赴阙。臣本田野匹夫，名姓不登于州闾，今一旦卒然被召，实不知其所以自通于朝廷，承命悸恐，不知所为。以陛下躬至圣之资，又有群公卿之贤与天下士大夫之众，如臣等辈，固宜不少，有臣无臣，不加损益。臣不幸有负薪之疾，不能奔走道路，以副陛下搜扬之心。忧惶负罪，无所容处。

臣本凡才，无路自进，当少年时，亦尝欲侥幸于陛下之科举，有司以为不肖，辄以摈落，盖退而处者，十有余年矣。今虽欲勉强扶病戮力，亦自知其疏拙，终不能合有司之意，恐重得罪，以辱明诏。且陛下所为千里召臣者，其意以臣为能有所发明，以庶几有补于圣政之万一。而臣之所以自结发读书至于今兹，犬马之齿几已五十，而犹未敢废者，其意亦欲效尺寸于当时，以快平生之志耳。今虽未能奔伏阙下，以累有司，而犹不忍默默卒无一言而已也。天下之事，其深远切至者，臣自惟疏贱，未敢遽言；而其近而易行、浅而易见者，谨条为十通，以塞明诏。

其一曰：臣闻利之所在，天下趋之。是故千金之子欲有所为，则百家之市无宁居者。古之圣人，执其大利之权，以奔走天下，意有所向，则天下争先为之。今陛下有奔走天下之权而不能用，何则？古者赏一人而天下劝，今陛下增秩拜官动以千计，其人皆以为已所自致，而不知戮力以报上之恩。至于临事，谁当效用？此由陛下轻用其爵禄，使天下之士积日持久而得之。譬如佣力之人，计工而受直，虽与之千万，岂知德其主哉？是以虽有能者，亦无所施，以为谨守绳墨，足以自取高位。官吏繁多，溢于局外，使陛下皇皇汲汲求以处之，而不暇择其贤不肖，以病陛下之民，而耗竭大司农之钱谷。此议者所欲去而未得也。

臣窃思之，盖今制，天下之吏，自州县令录幕职而改京官者，皆未得其术，是以若此纷纷也。今虽多其举官而远其考，重其举官之罪，此适足以隔贤者而容不肖。且天下无事，虽庸人皆足以无过，一旦改官，无所不为。彼其举者曰：此廉吏，此能吏。朝廷不知其所以为廉与能也。幸而未有败事，则长为廉与能矣。虽重其罪，未见有益。上下相蒙，请托公行。莅官六七考，求举主五六人，此谁不能者？臣愚以为，举人者，当使明著其迹曰：某人廉吏也，尝有某事以知其廉；某人能吏也，尝有某事以知其能。虽不必有非常之功，而皆有可纪之状。其特曰廉能而已者，不听。如此，则夫庸人虽无罪而不足称者，不得入其间，老于州县，不足甚惜。而天下之吏，必皆务为可称之功，与民兴利除害，惟恐不出诸己。此古之圣人所以驱天下之人，而使争为善也。有功而赏，有罪而罚，其实一也。今降官罢任者，必奏曰某人有某罪，其罪当然，然后朝廷举而行之。今若不著其所犯之由，而特曰此不才贪吏也，则朝廷安肯以空言而加之罪？今又何独至于改官而听其空言哉？是不思之甚也。

或以为，如此则天下之吏，务为可称，用意过当，生事以为己功，渐不可长。臣以为不然。盖圣人必观天下之势而为之法。方天下初定，民厌劳役，则圣人务为因循之政，与之休息；及其久安而无变，则必有不振之祸。是以圣人破其苟且之心，而作其怠惰之气。汉之元、成，惟不知此，以至于乱。今天下少惰矣，宜有以激发其心，使踊跃于功名，以变其俗。况乎冗官纷纭如此，不知所以节之，而又何疑于此乎？且陛下与天下之士相期于功名而毋苟得，此待之至深也。若其宏才大略，不乐于小官而无闻焉者，使两制得以非常举之，此天下亦不过几人而已。吏之有过而不得迁者，亦使得以功赎，如此亦以示陛下之有所推恩，而不惟艰之也。

其二曰：臣闻古者之制爵禄，必皆孝弟忠信，修絜博习，闻于乡党，而达于朝廷以得之。及其后世不然，曲艺小数，皆可以进。然其得之也，犹有以取之，其弊不若今之甚也。今之用人，最无谓者，其所谓“任子”乎？因其父兄之资以得大官，而又任其子弟，子将复任其孙，孙又任其子，是不学而得者常无穷也。夫得之也易，则其失之也不甚惜。以不学之人，而居不甚惜之官，其视民如草芥也固宜。朝廷自近年始有意于裁节，然皆知损之而未得其所损，此所谓制其末而不穷其源，见其粗而未识其精。侥幸之风少衰而犹在也。

夫圣人之举事，不唯曰利而已，必将有以大服天下之心。今欲有所去也，必使天下知其所以去之之说，故虽尽去而无疑。何者？恃其说明也。夫所谓“任子”者，亦犹曰“信其父兄而用其子弟”云尔。彼其父兄，固学而得之也，学者任人，不学者任于人，此易晓也。今之制，苟幸而其官至于可任者，举使任之，不问其始之何从而得之也。且彼任于人不暇，又安能任人？此犹借资之人，而欲从之匄贷，不已难乎？臣愚以为，父兄之所任而得官者，虽至正郎，宜皆不听任子弟。唯其能自修饰而越录躐次，以至于清显者，乃听。如此，则天下之冗官必大衰少，而公卿之后皆奋志为学，不待父兄之资。其任而得官者，知后不得复任其子弟，亦当勉强，不肯终老自弃于庸人。此其为益，岂特一二而已？

其三曰：臣闻自设官以来，皆有考绩之法。周室既亡，其法废绝。自京房建考课之议，其后终不能行。夫有官必有课，有课必有赏罚。有官而无课，是无官也；有课而无赏罚，是无课也。无官无课，而欲求天下之大治，臣不识也。然更历千载而终莫之行，行之则益以纷乱而终不可考，其故何也？天下之吏不可以胜考，今欲人人而课之，必使入于九等之中，此宜其颠倒错谬，而不若无之为便也。臣观自昔考课者，皆不得其术。盖天下之官皆有所属之长，有功有罪，其长皆得以举刺。如必人人而课之于朝廷，则其长为将安用？惟其大吏无所属，而莫为之长也，则课之所宜加。何者？其位尊，故课一人而其下皆可以整齐；其数少，故可以尽其能否而不谬。

今天下所以不大治者，守令丞尉，贤不肖混淆而莫之辨也。夫守令丞尉贤不肖之不辨，其咎在职司之不明。职司之不明，其咎在无所属而莫为之长。陛下以无所属之官，而寄之以一路，其贤不肖，当使谁察之？古之考绩者，皆从司会，而至于天子。古之司会，即今之尚书。尚书既废，唯御史可以总察中外之官。臣愚以为，可使朝臣议定职司考课之法，而于御史台别立考课之司。中丞举其大纲，而属官之中，选强明者一人，以专治其事。以举刺多者为上，以举刺少者为中，以无所举刺者为下。因其罢归而奏其治，要使朝廷有以为之赏罚。其非常之功，不可掩之罪，又当特有以偿之，使职司知有所惩劝。则其下守令丞尉不容复有所依违，而其所课者又不过数十人，足以求得其实。此所谓用力少而成功多，法无便于此者矣。今天下号为太平，其实远方之民穷困已甚，其咎皆在职司。臣不敢尽言，陛下试加采访，乃知臣言之不妄。

其四曰：臣闻古有诸侯，臣妾其境内，而卿大夫之家，亦各有臣。陪臣之事其君，如其君之事天子。此无他，其一境之内，所以生杀予夺、富贵贫贱者，皆自我制之，此固有以臣妾之也。其后诸侯虽废，而自汉至唐，犹有相君之势。何者？其署置辟举之权，犹足以臣之也。是故太守、刺史坐于堂上，州县之吏拜于堂下，虽奔走顿伏，其谁曰不然？自太祖受命，收天下之尊归之京师，一命以上皆上所自署，而大司农衣食之。自宰相至于州县吏，虽贵贱相去甚远，而其实皆所与比肩而事主耳。是以百余年间，天下不知有权臣之威，而太守、刺史犹用汉唐之制，使州县之吏事之如事君之礼。皆受天子之爵，皆食天子之禄，不知其何以臣之也。

小吏之于大官，不忧其有所不从，唯恐其从之过耳。今天下以贵相高，以贱相谄，奈何使州县之吏，趋走于太守之庭，不啻若仆妾，唯唯不给。故大吏常恣行不忌其下，而小吏不能正，以至于曲随谄事，助以为虐。其能中立而不挠者，固已难矣。此不足怪，其势固使然也。夫州县之吏，位卑而禄薄，去于民最近，而易以为奸。朝廷所恃以制之者，特以厉其廉隅、全其节概而养其气，使知有所耻也。且必有异材焉，后将以为公卿，而安可薄哉？其尤不可者，今以县令从州县之礼。夫县令官虽卑，其所负一县之责，与京朝官知县等耳。其吏胥人民，习知其官长之拜伏于太守之庭，如是之不威也，故轻之；轻之，故易为奸。此县令之所以为难也。臣愚以为州县之吏事太守，可恭逊卑抑，不敢抗而已；不至于通名赞拜，趋走其下风。所以全士大夫之节，且以儆大吏之不法者。

其五曰：臣闻为天下者，必有所不可窥。是以天下有急，不求其素所不用之人，使天下不能幸其仓卒，而取其禄位。惟圣人为能然。何则？其素所用者，缓急足以使也。临事而取者，亦不足用矣。《传》曰："宽则宠名誉之人，急则用介胄之士。"今者所用非所养，所养非所用。国家用兵之时，购方略，设武举，使天下屠沽健儿，皆能徒手攫取陛下之官；而兵休之日，虽有超世之才，而惜斗升之禄，臣恐天下有以窥朝廷也。

今之任为将帅，卒有急难而可使者，谁也？陛下之老将，曩之所谓战胜而善守者，今亡矣。臣愚以为可复武举，而为之新制，以革其旧弊。昔之所谓武举者，盖疏矣：其以弓马得者，不过挽强引重，市井之粗材；以策试中者，亦皆记录章句，区区无用之学。又其取人太多，天下之知兵者，不宜如此之众；而待之又甚轻，其第下者不免于隶役。故其所得，皆贪污无行之徒，豪杰之士耻不忍就。宜因贡士之岁，使两制各得举其所闻，有司试其可者，而陛下亲策之。权略之外，便于弓马，可以出入险阻，勇而有谋者，不过取一二人，待以不次之位，试以守边之任。文有制科，武有武举，陛下欲得将相，于此乎取之，十人之中，岂无一二？斯亦足以济矣。

其六曰：臣闻法不足以制天下，以法而制天下，法之所不及，天下斯欺之矣。且法必有所不及也。先王知其有所不及，是故存其大略，而济之以至诚。使天下之所以不吾欺者，未必皆吾法之所能禁，亦其中有所不忍而已。人君御其大臣，不可以用法，如其左右大臣而必待法而后能御也，则其疏远小吏当复何以哉？以天下之大而无可信之人，则国不足以为国矣。

臣观今两制以上，非无贤俊之士，然皆奉法供职无过而已，莫肯于绳墨之外，为陛下深思远虑，有所建明。何者？陛下待之于绳墨之内也。臣请得举其一二以言之。夫两府与两制，宜使日夜交于门，以讲论当世之务，且以习知其为人，临事授任，以不失其才。今法不可以相往来，意将以杜其告谒之私也。君臣之道不同，人臣惟自防，人君惟无防之，是以欢欣相接而无间。以两府、两制为可信耶，当无所请属；以为不可信耶，彼何患无所致其私意，安在其相往来耶？今两制知举，不免用封弥誊录，既奏而下御史，亲往莅之，凛凛如鞫大狱，使不知谁人之辞，又何其甚也！臣愚以为如此之类，一切撤去，彼稍有知，宜不忍负。若其犹有所欺也，则亦天下之不才无耻者矣。陛下赫然震威，诛一二人，可以使天下奸吏重足而立，想闻朝廷之风；亦必有倜傥非常之才，为陛下用也。

其七曰：臣闻为天下者，可以名器授人，而不可以名器许人。人之不可以一日而知也久矣。国家以科举取人，四方之来者如市，一旦使有司第之，此固非真知其才之高下大小也，特以为姑收之而已。将试之为政，而观其悠久，则必有大异不然者。今进士三人之中，释褐之日，天下望为卿相，不及十年，未有不为两制者。且彼以其一日之长，而擅终身之富贵，举而归之，如有所负。如此则虽天下之美才，亦或怠而不修；其率意恣行者，人亦望风畏之，不敢按。此何为者也？

且又有甚不便者。先王制其天下，尊尊相高，贵贵相承，使天下仰视朝廷之尊，如太山乔岳，非扳援所能及。苟非有大功与出群之才，则不可以轻得其高位。是故天下知有所忌，而不敢觊觎。今五尺童子，斐然皆有意于公卿，得之则不知愧，不得则怨。何则？彼习知其一旦之可以侥幸而无难也。如此，则匹夫轻朝廷。臣愚以为三人之中，苟优与一官，足以报其一日之长。馆阁台省，非举不入。彼果不才者也，其安以从入为？彼果才者也，其何患无所举？此非独以爱惜名器，将以重朝廷耳。

其八曰：臣闻古者敌国相观，不观于其山川之险、士马之众，相观于人而已。高山大江，必有猛兽怪物，时见其威，故人不敢亵。夫不必战胜而后服也。使之常有所忌，而不敢发；使吾常有所恃，而无所怯耳。今以中国之大，使外裔（夷狄）视之不甚畏，敢有烦言以渎乱吾听。此其心不有所窥，其安能如此之无畏也？

敌国有事，相待以将；无事，相观以使。今之所谓使者，亦轻矣。曰此人也，为此官也，则以为此使也。今岁以某，来岁当以某，又来岁当以某，如县令署役，必均而已矣。人之才，固有所短而不可强，其专对、捷给、勇敢，又非可以学致也。今必使强之，彼有仓惶失次，为敌国（夷狄）笑而已。古者大夫出疆，有可以安国家、利社稷，则专之。今法令太密，使小吏执简记其旁，一摇足，辄随而书之。虽有奇才辩士，亦安所效用？彼敌国观之，以为樽俎谈燕之间，尚不能办；军旅之际，固宜其无人也。如此，将何以破其奸谋而折其骄气哉！臣愚以为，奉使宜有常人，唯其可者而不必均。彼其不能者，陛下责之以文学、政事，不必强之于言语之间，以败吾事。而亦稍宽其法，使得有所施。且今世之患，以奉使为艰危，故必均而后可。陛下平世使人，而皆得以辞免；后有缓急，使之出入死地，将皆逃邪？此臣又非独为出使而言也。

其九曰：臣闻刑之有赦，其来远矣。周制八议，有可赦之人而无可赦之时。自三代之衰，始闻有肆赦之令，然皆因天下有非常之事，凶荒流离之后，盗贼垢污之余，于是有以沛然洗濯于天下；而犹不若今之因郊而赦，使天下之凶民，可以逆知而侥幸也。平时小民畏法，不敢趦趄；当郊之岁，盗贼公行，罪人满狱，为天下者将何利于此？而又糜散帑廪，以赏无用冗杂之兵，一经大礼，费以万亿。赋敛之不轻，民之不聊生，皆此之故也。以陛下节用爱民，非不欲去此矣。顾以为所从来久远，恐一旦去之，天下必以为少恩，而凶豪无赖之兵，或因以为词而生乱。此其所以重改也。

盖事有不可改而遂不改者，其忧必深；改之，则其祸必速。惟其不失推恩，而有以救天下之弊者，臣愚以为先郊之岁，可因事为词，特发大号。如郊之赦与军士之赐，且告之曰：吾于天下，非有惜乎推恩也。惟是凶残之民，知吾当赦，辄以犯法，以贼害吾良民。今而后赦不于郊之岁，以为常制。天下之人喜乎非郊之岁而得郊之赏也，何暇虑其后？其后四五年而行之，七八年而行之，又从而尽去之，天下晏然不知，而日以远矣。且此出于五代之后兵荒之间，所以姑息天下而安反侧耳；后之人相承而不能去，以至于今。法令明具，四方无虞，何畏而不改？今不为之计，使奸人猾吏养为盗贼，而后取租赋以啖骄兵，乘之以饥馑，鲜不及乱矣。当此之时，欲为之计，其犹有及乎？

其十曰：臣闻古者所以采庶人之议，为其疏贱而无嫌也。不知爵禄之可爱，故其言公；不知君威之可畏，故其言直。今臣幸而未立于陛下之朝，无所爱惜顾念于其心者，是以天下之事，陛下之诸臣所不敢尽言者，臣请得以僭言之。陛下擢用俊贤，思致太平，今几年矣。事垂立而辄废，功未成而旋去，陛下知其所由乎？陛下知其所由，则今之在位者，皆足以有立；若犹未也，虽得贤臣千万，天下终不可为。何者？小人之根未去也。

陛下遇士大夫有礼，凡在位者，不敢用亵狎戏嫚以求亲媚于陛下。而谗言邪谋之所由至于朝廷者，天下之人皆以为陛下不疎远宦官之过。陛下特以为耳目玩弄之臣，而不知其阴贼险诈，为害最大。天下之小人，无由至于陛下之前，故皆通于宦官，珠玉锦绣所以为赂者络绎于道，以间关龃龉贤人之谋。陛下纵不听用，而大臣常有所顾忌，以不得尽其心。臣故曰小人之根未去也。

窃闻之道路，陛下将有意乎去而疏之也。若如所言，则天下之福。然臣方以为忧，而未敢贺也。古之小人，有为君子之所抑，而反激为天下之祸者，臣每痛伤之。盖东汉之衰，宦官用事，阳球为司隶校尉，发愤诛王甫等数人，磔其尸道中，常侍曹节过而见之，遂奏诛阳球，而宦官之用事，过于王甫之未诛。其后窦武、何进又欲去之，而反以遇害。故汉之衰，至于扫地而不可救。夫君子之去小人，惟能尽去，乃无后患。惟陛下思宗庙社稷之重，与天下之可畏，既去之，又去之；既疏之，又疏之。刀锯之余，必无忠良，纵有区区之小节，不过闸阏扫洒之勤，无益于事。惟能务绝其根，使朝廷清明，而忠言嘉谟易以入，则天下无事矣。惟陛下无使为臣之所料，而后世以臣为知言，不胜大愿。

曩臣所著二十二篇，略言当世之要。陛下虽以此召臣，然臣观朝廷之意，特以其文采词致稍有可嘉，而未必其言之可用也。天下无事，臣每每狂言，以迂阔为世笑，然臣以为必将有时而不迂阔也。贾谊之策不用于孝文之时，而使主父偃之徒得其余论，而施之于孝武之世。夫施之于孝武之世，固不如用之于孝文之时之易也。臣虽不及古人，惟陛下不以一布衣之言而忽之，不胜越次忧国之心，效其所见。且非陛下召臣，臣言无以至于朝廷。今老矣，恐后无由复言，故云云之多至于此也，惟陛下宽之。臣洵诚惶诚惧，顿首顿首。谨书。

□圣祖御评：反复数千言，天下事瞭然心目，自尔快切明透。

○书凡十叙，条虽多，就当时利病以为言，而亦有耿然不磨、可为万世法戒者。

◇叶适曰："苏洵自比贾谊，曾巩、王安石皆畏其笔，至以为过之；欧阳氏比于荀卿。则嘉祐后，布衣特起，名冠当时；而高后世李觏、王回，岂敢望也？或传洵尝自挟一书诵习，二子不得见。他日窃视之，《战国策》也。洵闻而叹息。此虽未可信，然观其遗文，大略可见矣。"

卷三十八

眉山苏轼文一　赋、杂著

赤壁赋

壬戌之秋，七月既望，苏子与客泛舟游于赤壁之下。清风徐来，水波不兴。举酒属客，诵《明月》之诗，歌《窈窕》之章。少焉，月出于东山之上，徘徊于斗牛之间。白露横江，水光接天。纵一苇之所如，凌万顷之茫然。浩浩乎如冯虚御风，而不知其所止；飘飘乎如遗世独立，羽化而登仙。

于是饮酒乐甚，扣舷而歌之。歌曰："桂棹兮兰桨，击空明兮溯流光。渺渺兮予怀，望美人兮天一方。"客有吹洞箫者，倚歌而和之。其声呜呜然，如怨，如慕，如泣，如诉，余音袅袅，不绝如缕。舞幽壑之潜蛟，泣孤舟之嫠妇。

苏子愀然，正襟危坐而问客曰："何为其然也?"客曰："'月明星稀，乌鹊南飞'，此非曹孟德之诗乎？西望夏口，东望武昌，山川相缪，郁乎苍苍，此非孟德之困于周郎者乎？方其破荆州，下江陵，顺流而东也，舳舻千里，旌旗蔽空，酾酒临江，横槊赋诗，固一世之雄也，而今安在哉！况吾与子渔樵于江渚之上，侣鱼虾而友麋鹿；驾一叶之扁舟，举匏樽以相属；寄蜉蝣于天地，渺沧海之一粟。哀吾生之须臾，羡长江之无穷。挟飞仙以遨游，抱明月而长终。知不可乎骤得，托遗响于悲风。”

苏子曰：“客亦知夫水与月乎？逝者如斯，而未尝往也；盈虚者如代，而卒莫消长也。盖将自其变者而观之，则天地曾不能以一瞬；自其不变者而观之，则物与我皆无尽也。而又何羡乎？且夫天地之间，物各有主，苟非吾之所有，虽一毫而莫取。惟江上之清风，与山间之明月，耳得之而为声，目遇之而成色，取之无禁，用之不竭。是造物者之无尽藏也，而吾与子之所共食。”

客喜而笑，洗盏更酌。肴核既尽，杯盘狼藉。相与枕藉乎舟中，不知东方之既白。

○轼手书帖“盈虚者如代，而卒莫消长也”，后人易“代”为“彼”；“是造物之无尽藏也，而吾与子之所共食”，后人易“食”为“适”。今详轼意，言水与月，虽前后代嬗，而本体不迁，所为“观方知彼去，去者不知方”也。今易为“如彼”，以对“如斯”，将彼月而斯水乎？水与月，何彼我于其间也？六识以六入为养，其养也，胥谓之食：目以色为食，耳以声为食，鼻以香为食，口以味为食，身以触为食，意以法为食，具见释典。故曰：“江上清风，山间明月，耳得成声，目遇成色者，皆吾与子之所共食也。”易为“共适”，意味索然。当时有人问轼“食”字之义，轼曰：“如食邑之食，犹云‘享’也。”轼盖不欲以博览上人，故权辞以对。古人谦抑如此。

◇凌安国曰：“按东坡《与范子丰书》云：‘黄州少西，山麓陡入江中，石色如丹。传云曹公败处，所谓赤壁者。或曰：非也，时曹公败归华容路，路多泥泞，使老弱先行，践之而过，曰：“刘备智过人而见事迟，华容夹道皆葭苇，使纵火，则吾无遗类矣。”今赤壁少西，对岸即华容镇，庶几是也。然岳州复有华容县，竟不知孰是。’今世人以赤壁在武昌嘉鱼县；东坡所游者，黄州赤鼻也。恐亦未确。东坡前后赤壁夜游，在元丰五年壬戌，其元丰三年庚申十二月十九日，东坡生日，置酒赤壁矶下，踞高峰，俯鹊巢，酒酣，笛声起于江上，客有郭、尤二生，颇知音，谓坡曰：‘笛声有新意，非俗工也。’使人问之，则进士李委，闻坡生日，作曲曰《鹤南飞》以献。呼之使前，则青巾紫裘腰笛而已。既奏新曲，又快作数声，嘹然有穿云破石之声。坐客皆引满醉倒。委袖出佳纸一幅，曰：‘吾无求于公，得一绝句足矣。’坡笑而从之，诗曰：‘山头孤鹤向南飞，载我南游到九疑。下界何人也吹笛？可怜时复犯龟兹。’按东坡书有云：‘今日李委秀才来相别，因以小舟载酒，饮赤壁下。李善吹笛，酒酣作数弄，风起水涌，大鱼皆出，上有栖鹘，念孟德、公瑾如昨日耳。适会范子丰兄弟来，遂书以与之。’”

后赤壁赋

是岁十月之望，步自雪堂，将归于临皋。二客从予，过黄泥之坂。霜露既降，木叶尽脱。人影在地，仰见明月。顾而乐之，行歌相答。

已而叹曰：“有客无酒，有酒无肴，月白风清，如此良夜何？”客曰：“今者薄暮，举网得鱼，巨口细鳞，状如松江之鲈。顾安所得酒乎？”归而谋诸妇。妇曰：“我有斗酒，藏之久矣，以待子不时之须。”

于是携酒与鱼，复游于赤壁之下。江流有声，断岸千尺，山高月小，水落石出。曾日月之几何，而江山不可复识矣！予乃摄衣而上，履巉岩，披蒙茸，踞虎豹，登虬龙，攀栖鹘之危巢，俯冯夷之幽宫，盖二客不能从焉。划然长啸，草木震动，山鸣谷应，风起水涌。予亦悄然而悲，肃然而恐，凛乎其不可留也。反而登舟，放乎中流，听其所止而休焉。时夜将半，四顾寂寥。适有孤鹤，横江东来，翅如车轮，玄裳缟衣，戛然长鸣，掠予舟而西也。

须臾客去，予亦就睡。梦一道士，羽衣蹁跹，过临皋之下，揖予而言曰："赤壁之游乐乎？"问其姓名，俯而不答。"呜呼噫嘻！我知之矣！畴昔之夜，飞鸣而过我者，非子也耶？"道士顾笑，予亦惊寤。开户视之，不见其处。

○轼脱御史台狱，谪黄州团练副史，壬戌之冬，谪三年矣。其作二赋，盖与造物者游，而天机自畅，并无意于弔古，更何预今世事？尝寄傅钦之而曰："'多难畏事，幸毋轻出'者，畏宵小之捃摭无已，又或作蛰龙故事耳。"乃文徵明谓以曹孟德气势消灭无余，讥当时用事者，转以寄傅钦之之语为证，谓为实有所刺讥，可谓"乌焉成马"矣。东坡在黄，安石之党正烈，而谓"消灭无余"耶？若谓东坡以安石比孟德，谓终当消灭无余，则将置神宗于何等也？东坡畏当世之捃摭，而属其友勿出示人；宁知后世读者，仍以当世之心捃摭之不已，亦不幸也已。果若其言，则前赋又何足味？而此后赋，又将以何语为刺讥耶？文人穿凿之论，取快一时，不知印定后人眼目，使古人本意不显。佻薄之子，因谓古人作文，无往非刺讥当世者，遂猖狂谬悠而不可止，既害人心术；而淳谨之人，畏其如此，必章钩句棘，一字不敢下，迫窘诘屈，而文字之道或几于熄，孰非此等议论阶之厉欤？

◇凌安国曰："按《年谱》，公年四十九，在黄州，寓居临皋，就东坡筑雪堂，以雪中成，因绘以雪，故名。"

屈原庙赋

浮扁舟以适楚兮，过屈原之遗宫；览江上之重山兮，曰惟子之故乡。伊昔放逐兮，渡江涛而南迁；去家千里兮，生无所归而死无以为坟。悲夫！人固有一死兮，处死之为难。徘徊江上，欲去而未决兮，俯千仞之惊湍。赋《怀沙》以自伤兮，嗟子独何以为心？忽终章之惨烈兮，逝将去此而沉吟。

“吾岂不能高举而远游兮？又岂不能退默而深居？独嗷嗷其怨慕兮，恐君臣之愈疏。生既不能力争而强谏兮，死犹冀其感发而改行。苟宗国之颠覆兮，吾亦独何爱于久生？托江神以告冤兮，冯夷教之以上诉；历九关而见帝兮，帝亦悲伤而不能救。怀瑾佩兰而无所归兮，独惸惸乎中浦。”

峡山高兮崔嵬，故居废兮行人哀。子孙散兮安在？况复见兮高台。自子之逝今千载兮，世愈狭而难存。贤者畏讥而改度兮，随俗变化斲方以为圆。黾勉于乱世而不能去兮，又或为之臣佐。变丹青于玉莹兮，彼乃谓子为非智。

“惟高节之不可以企及兮，宜夫人之不吾与。违国去俗死而不顾兮，岂不足以免于后世？”

呜呼！君子之道，岂必全兮；全身远害，亦或然兮。嗟子区区，独为其难兮；虽不适中，要以为贤兮。夫我何悲？子所安兮！

◇朱子曰：“公与欧阳文忠、曾南丰，相继迭起，各以其文擅名当世，然皆杰然自为一代之作，于楚人之赋，有未数数然者。独自蜀而东，道出屈原祠下，尝为之赋，以诋扬雄而申原志，然亦不专用楚语。”

"坡公赋屈原，虽不专用楚语，然至末乱辞'君子之道，不必全兮'数语，是为有发于原之心，而其辞气亦若有冥会者矣。"

滟滪堆赋 并序

世以瞿塘峡口滟滪堆为天下之至险，凡覆舟者，皆归咎于此石。以余观之，盖有功于斯人者。夫蜀江会百水而至于夔，弥漫浩汗，横放于大野，而峡之大小，曾不及其十一。苟先无以龃龉于其间，则江之远来，奔腾迅快，尽锐于瞿唐之口，则其险悍可畏，当不啻于今耳。因为之赋，以待好事者试观而思之。

天下之至信者，唯水而已。江河之大与海之深，而可以意揣；唯其不自为形，而因物以赋形，是故千变万化而有必然之理。掀腾勃怒，万夫不敢前兮，宛然听命，惟圣人之所使。

予泊舟乎瞿唐之口，而观乎滟滪之崔嵬，然后知其所以开峡而不去者，固有以也。蜀江远来兮，浩漫漫之平沙，行千里而未尝龃龉兮，其意骄逞而不可摧。忽峡口之逼窄兮，纳万顷于一盃。方其未知有峡也，而战乎滟滪之下，喧豗震掉，尽力以与石斗，勃乎若万骑之西来。忽孤城之当道，钩援临冲，毕至于其下兮，城坚而不可取。矢尽剑折兮，迤逦循城而东去。于是滔滔汩汩，相与入峡，安行而不敢怒。

嗟夫！物固有以安而生变兮，亦有以用危而求安。得吾说而推之兮，亦足以知物理之固然。

○以神禹之力，奚难去此江中之石以安行旅？物固有留其患而患小，去其患而患反大者；则其患非患，乃为吾捍患者也。宋患辽，穷国之力以灭辽；辽灭，遂无可以屏金者，遂有北狩、南渡之祸。向使辽在，金固不得越辽而取宋也。轼其有见于此，而托意于滟滪堆石欤？

黠鼠赋

苏子夜坐，有鼠方啮，拊床而止之。既止复作，使童子烛之。有橐中空，嘐嘐聱聱，声在橐中。曰：“嘻！此鼠之见闭而不得去者也。”发而视之，寂无所有；举烛而索，中有死鼠。童子惊曰：“是方啮也，而遽死耶？向为何声，岂其鬼耶？”覆而出之，堕地方（乃）走，虽有敏者，莫措其手。

苏子叹曰：“异哉，是鼠之黠也！闭于橐中，橐坚而不可穴也，故不啮而啮，以声致人；不死而死，以形求脱也。吾闻有生莫智于人，扰龙伐蛟，登龟狩麟，役万物而君之。卒见使于一鼠，堕此虫之计中，惊脱兔于处女，乌在其为智也？”

坐而假寐，私念其故，若有告余者曰：“汝惟多学而识之，望道而未见也。不一于汝，而二于物，故一鼠之啮而为之变也。‘人能碎千金之璧，而不能无失声于破釜；能搏猛虎，不能无变色于蜂虿：此不一之患也。’言出于汝，而忘之耶？”余俛而笑，仰而觉。使童子执笔记余之作。

○诚生明一于汝，诚也；一于汝，则无一、亦无汝，而卓然精明。妄生暗二于物，妄也；二生三，三生万，万者枞然而各分一，汝则昏然莫知所之矣。孔子曰：“不逆诈，不億不信，抑亦先觉者，是贤乎！”读者不察，谓惟先觉，乃能不逆不億；余非先觉者也，非逆億，则何觉？不知逆億之中无觉路；逆億所觉，不过以其昏昏者，自谓为觉而已。轼之言“不一于汝而二于物”，诚善言立诚哉！乃世儒闻轼之言一言二，则曰：“此禅学也。”易其说为诚为妄，则曰："此其儒乎？"呜乎！彼盖诚于貌而未尝诚于中，诂其诚而未尝立其诚者也。

◇凌安世曰："按东坡十来岁作《夏侯太初论》，用'碎璧'数语，为老苏所极爱，故曰：'言出于汝，而忘之耶？'"

日 喻

生而眇者不识日，问之有目者。或告之曰："日之状如铜盘。"扣盘而得其声，他日闻钟，以为日也。或告之曰："日之光如烛。"扪烛而得其形。他日揣籥，以为日也。日之与钟、籥亦远矣，而眇者不知其异，以其未尝见而求之人也。

道之难见也，甚于日；而人之未达也，无以异于眇。达者告之，虽有巧譬善道，亦无以过于盘与烛也。自盘而之钟，自烛而之籥，转而相之，岂有既乎？故世之言道者，或即其所见而名之，或莫之见而意之，皆求道之过也。

然则道卒不可求欤？苏子曰："道可致而不可求。"何谓致？孙武曰："善战者致人，不致于人。"子夏曰："百工居肆，以成其事，君子学以致其道。"莫之求而自至，斯以为致也欤！

南方多没人，日与水居也。七岁而能涉，十岁而能浮，十五而能没矣。夫没者岂苟然哉？必将有得于水之道者。日与水居，则十五而得其道；生不识水，则虽壮，见舟而畏之。故北方之勇者，问于没人，而求其所以没，以其言试之河，未有不溺者也。故凡不学而务求道，皆北方之学没者也。

昔者以声律取士，士杂学而不志于道；今者以经术取士，士求道而不务学。渤海吴君彦律，有志于学者也，方求举于礼部，作《日喻》以告之。

○朱子谓三代学校之法废，天下学者，非俗儒记诵词章，即是异端虚无寂灭。其论确矣。宋自王安石，始以经术取士，一时求仕者，皆改其妃青媲白，而谈道德仁义；及致之于用，则茫然失据，亦与妃青媲白无二焉。此苏轼《日喻》所以作也。程、朱出而昌明千载不传之遗经，而孔子之言性与天道，似可得闻矣。然学者不务诚身以明善，学古以入官，徒以口耳为性天之学，其与虚无寂灭者，要亦名异而实同耳。轼所谓“不学而务求道，皆北方之学没者也”。轼意以期天下之务其实，而后世转以其扣槃扪烛之说，出于佛氏；盲人观象，斥之为虚无寂灭之流。噫！斯真扣槃扪烛者欤？

◇凌安国曰：“此元丰元年，公在徐州时作，年四十三。”

问养生

余问养生于吴子，得二言焉：曰和，曰安。

何谓和？曰：“子不见天地之为寒暑乎？寒暑之极，至于折胶流金而物不以为病，其变者微也。寒暑之变，昼与日俱逝，夜与月并驰，俯仰之间，屡变而人不知者，微之至、和之极也。使此二极者相寻而狎至，则人之死久矣。”

何谓安？曰：“吾尝自牢山浮海达于淮，遇大风焉。舟中之人，如附于桔槔，而与之上下；如蹈车轮而行，反逆眩乱不可止。而吾饮食起居如他日。吾非有异术也，惟莫与之争，而听其所为。故凡病我者，举非物也。食中有蛆，人之见者必呕也；其不见而食者，未尝呕也。请察其所从生。论八珍者必咽，言粪秽者必唾，二者未尝与我接也，唾与咽何从生哉？果生于物乎？果生于我乎？知其生于我也，则虽与之接而不变，安之至也。”

“安则物之感我者轻，和则我之应物者顺。外轻内顺，而生理备矣。”

吴子古之静者也，其观于物也审矣。是以私识其言，而时省观焉。

○上节用《阴符》“天地之道浸”义，下节用《楞严》“想阴区宇”义。虽然，毋谓圣人所不道也，于养生可以悟治道焉。夫五谷熟而民人育，然并十日之谷顿食之，死矣。孝弟者，尧舜之道，然旦夕之间，人人责以曾、闵，则桁杨比户而民不聊生矣。圣人久于其道而天下化成，盖如寒暑之密移焉。孔子曰：“欲速则不达。”此之谓也。又，天下事变之来，有非意所及料，而如猋风暴雨之总至者。惟顺其势而莫与争，一不为之动，则徐乃自定。盖常、变一理，钜、细一致，诚不至则妄兴，明不至则疑生也。《易》曰：“震来厉，亿丧贝，跻于九陵，勿逐，七日得。”此之谓也。

叔孙通不能致二生

轼以为（谓）叔孙通制礼，虽不能如三代，然亦因时施宜，有补于世者。鲁二生非之，其言未必皆当，通以为（谓）不知时变，亦宜矣。

然谨按扬子《法言》：“昔齐、鲁有大臣，史失其名。或曰：如何其大也？曰：叔孙通欲制君臣之仪，聘先生于齐、鲁，所不能致者二人。”由此观之，大臣以道事君，不可则止，然后可以托六尺之孤，[可以] 寄百里之命。若与时上下，随人俯仰，虽或适用于一时，何足谓之大臣为“社稷之卫”哉！

狄山论匈奴和亲

轼谨按，汉制：博士秩［皆］六百石耳。然朝廷有大事，必与丞相、御史、九卿、列侯同议可否。盖亲儒臣、尊经术，不以小臣而废其言。故狄山得与张汤争议上前。此人臣之所甚难，而人主之所欲闻也。温颜以来之，虚怀以受之，犹恐不敢言；又况如武帝作色凭怒，致之于死乎？故汤之用事，至使盗贼半天下，而汉室几乱，盖起于狄山之不容也。

张九龄不肯用张守珪牛仙客

轼窃谓士大夫砥砺名节，正色立朝，不务雷同以固禄位，非独人臣之私义，乃天下国家所恃以安者也。若名节一衰，忠信不闻，乱亡随之，捷如影响。西汉之末，敢言者惟王章、朱云二人；章死而云废，则公卿持禄、保妻子，如张禹、孔光之流耳。故王莽以斗筲穿窬之才，恣取神器如反掌。

唐开元之末，大臣守正不回，惟张九龄一人。九龄既已忤旨、罢相，明皇不复闻其过，以致禄山之乱。治乱之机，可不慎哉！

〇轼《迩英进读》八首，此三首，最有关于治忽之机、用人之要。

和归去来兮辞

子瞻谪居昌化，追和渊明《归去来辞》，盖以无何有之乡为家，虽在海外，未尝不归云尔。

归去来兮，吾方南迁安得归？卧江海之澒洞，弔鼓角之凄悲；迹泥蟠而愈深，时电往而莫追。怀西南之归路，梦良是而觉非。悟此生之何常，犹寒暑之异衣。岂袭裘而念葛，盖得觕而丧微。

我归甚易，匪驰匪奔。府仰还家，下马（车）阖门；藩垣虽阙，堂室故存。挹我天醴，注之窪樽；饮月露以洗心，餐朝霞而眩颜。混客主以为一，俾妇姑之相安；知盗窃之何有，乃掊门而拆关。廓圜镜以外照，纳万象而中观。治废井以晨汲，滃百泉之夜还。守静极以自作，时爵跃而鲵桓。归去来兮，［请］终老于斯游。我先人之敝庐，复舍此而焉求？均海南与漠北，挈往来而无忧。畸人告余以一言，非八卦与九畴。方饥须粮，已济无舟。忽人牛之皆丧，但乔木与高丘。惊六用之无成，自一根之反流。望故家而求息，曷中道之三休，已矣乎！

吾生有命归有时，我初无行亦无留。驾言随子听所之，岂以师南华而废从安期？谓易（汤）稼之终枯，遂不溉而不籽（耔）。师渊明之雅放，和百篇之新诗，赋归来之清引，我其后身盖无疑。

〇人身，动者天而静者地，气即日而血即月。使以动还天，以静还地，以气还日，以血还月，如是还已，更无可还。夫更无可还者，天地、日月且不有，而我尚得有之乎？然是不有者，正为万古之常有，而我与天地、日月所共有。轼之归去来，处也；虽然，是处也，无去无来，而又奚归？故其卒章曰：“我初无行，亦无留。”

书韩魏公黄州诗后

黄州山水清远，土风厚善。其民寡求而不争，其士静而文，朴而不陋。虽闾巷小民，知尊爱贤者，曰："吾州虽远小，然王元之、韩魏公，尝辱居焉。"以夸于四方之人。元之自黄迁蕲州，没于蕲，然世之称元之者，必曰黄州，而黄人亦曰"吾元之也"。魏公去黄四十余年，而思之不忘，至以为诗。

夫贤人君子，天之所以遗斯民，天下之所共有，而黄人独私以为宠，岂其尊德乐道，独异于他邦也欤？抑二公与此州之人，有宿昔之契？不可知也。元之为郡守，有德于民，民怀之不忘也固宜。魏公以家艰，从其兄居耳，民何自知之？《诗》云："有斐君子，如金如锡，如圭如璧。"金锡圭璧之所在，瓦石草木被其光泽矣，何必施于用。

奉议郎孙贲公素，黄人也，而客于公。公知之深，盖所谓"教授书记"者也。而轼亦公之门人，谪居于黄五年，治东坡，筑雪堂，盖将老焉，则亦黄人也。于是相与募（摹）公之诗而刻之石，以为黄人无穷之思。而吾二人者，亦庶几托此以不忘乎？

元丰七年十二月十六日，汝州团练副使苏轼记。

○"甘棠勿剪，召伯所茇。"《左传》曰："宿也，敢不封殖此树，以无忘角弓？"一以昭好贤之心，乌可已；一以贤者所至，草木亦与有辉光，使人乐趋善，而不自知其手之舞之、足之蹈之也。轼斯文，有《甘棠》诗人之遗风乎？

三槐堂铭　*并序*

天可必乎？贤者不必贵，仁者不必寿。天不可必乎？仁者必有后。二者将安取衷哉？吾闻之申包胥曰："人众（定）者胜天，天定亦能胜人。"世之论天者，皆不待其定而求之，故以天为茫茫。善者以怠，恶者以肆。盗跖之寿，孔颜之厄，此皆天之未定者也。松柏生于山林，其始也，困于蓬蒿，厄于牛羊；而其终也，贯四时、阅千岁而不改者，其天定也。善恶之报，至于子孙，而（则）其定也久矣。吾以所见、所闻、所传闻考之，而其可必也审矣。

国之将兴，必有世德之臣，厚施而不食其报，然后其子孙能与守文太平之主，共天下之福。故兵部侍郎晋国王公，显于汉、周之际，历事太祖、太宗，文武忠孝，天下望以为相，而公卒以直道不容于时。盖尝手植三槐于庭，曰："吾子孙必有为三公者。"已而其子魏国文正公，相真宗皇帝于景德、祥符之间，朝廷清明、天下无事之时，享其福禄荣名者十有八年。今夫寓物于人，明日而取之，有得有否；而晋公修德于身，责报于天，取必于数十年之后，如持左券（契），交手相付。吾是以知天之果可必也。

吾不及见魏公，而见其子懿敏公，以直谏事仁宗皇帝，出入侍从、将帅三十余年，位不满其德。天将复兴王氏也欤？何其子孙之多贤也？世有以晋公比李栖筠者，其雄才直气，真不相上下。而栖筠之子吉甫，其孙德裕，功名富贵，略与王氏等；而忠信（恕）仁厚，不及魏公父子。由此观之，王氏之福盖未艾也。

懿敏公之子巩与吾游，好德而文，以世其家，吾以是铭之（吾是以录之）。铭曰：

> 呜呼休哉！魏公之业，与槐俱萌；封植之勤，必世乃成。既相真宗，四方砥平；归视其家，槐阴满庭。吾侪小人，朝不及夕，相时射利，皇恤厥德？庶几侥幸，不种而

获。不有君子，其何能国？王城之东，晋公所庐；郁郁三槐，惟德之符。呜呼休哉！

〇天之道，积气盈朔虚之不齐，归其余于终而生闰，则不齐者齐矣。春秋冬夏，渐浸渐胜，无一日之相似者；而大夏、大冬居其极致，然合百年而视之，则无一之不相似矣。天之所以为天者如是，何独至于人而疑之？《易》曰："积善之家，必有馀庆。积不善之家，必有馀殃。"《易》言家，不言身；《易》言余，不言即。而人每于及身验之；不验，则怨天尤人，非圣而疑经，亦惑之甚矣！轼谓"必待其定而求之"，可为善言天者。天之定，必有其余也。天道远而甚迩，曷不观之四时？

◇邵伯温曰："王晋公祐，事太祖为知制诰。太祖遣使魏州，以便宜付之，告之曰：'使还，与卿王溥官职。'时溥为相也。盖魏州节度使符彦卿，太宗夫人之父，有飞语闻于上。祐往别太宗于晋邸，太宗却左右，欲与之言。祐径趋出。祐至魏，得彦卿家僮二人挟势恣横，以便宜决配而已。及还朝，太祖问曰：'汝敢保符彦卿无异意乎？'祐曰：'臣与符彦卿家各百口，愿以臣之家，保符彦卿家。'又曰：'五代之君，多因猜忌杀无辜，故享国不长。愿陛下以为戒。'帝怒其语，直贬护国军行军司马，叶州安置，七年不召。太宗即位，谓辅臣曰：'王祐文章之外，别有清节，朕所自知。'以兵部侍郎召，不及见而薨。初祐笑曰：'某不做，儿子二郎必做。'二郎，文正公旦也。祐素知其必贵，手植三槐于庭，曰：'吾子孙，必有为三公者。'已而果然，天下谓之'三槐王氏'。"

卷三十九

眉山苏轼文二　书

上文侍中论榷盐书

留守侍中执事：当今天下，勋德俱高，为主上所倚信；华实兼隆，为士民所责望；受恩三世，宜与社稷同忧，皆无如明公者。今虽在外，事有关于安危，而非职之所忧者，犹当尽力争之，而况其事关本职而忧及生民者乎？窃意明公必已言之而人不知；若犹未也，则愿效其愚。

顷者三司使章惇建言，“乞榷河北、京东盐”。朝廷遣使案视，召周革入觐，已有成议矣。惇之言曰：“河北与陕西皆为边防，而河北独不榷盐，此祖宗一时之误恩也。”轼以为陕西之盐，与京东、河北不同。解池广袤不过数十里，既不可捐以予民，而官亦易以笼取。青盐至自敌（虏）中，有可禁止之道，然犹法存而实不行。城门之外，公食青盐。今东北循海皆盐也，其欲笼而取之，正与淮南、两浙无异。轼在余杭时，见两浙之民以犯盐得罪者，一岁至万七千人而莫能止。奸民以兵仗护送，吏士不敢近者，常以数百人为辈，特不为他盗，故上下通知而不以闻耳。东北之人，悍于淮、浙远甚，平居椎剽之奸，常甲于他路；一旦榷盐，则其祸未易以一二数也。由此观之，祖宗以来，独不榷河北盐者，正事之适宜耳，何名为“误”哉？且榷盐虽有故事，然要以为非王政也。陕西、淮、浙既未能罢，又欲使京东、河北随之，此犹患风痹人曰：“吾左臂既病矣，右臂何为独完?”则以酒色伐之，可乎？

今议者曰：“吾之法与淮、浙不同。淮、浙之民所以不免于私贩，而灶户所以不免于私卖者，以官之买价贱而卖价贵耳。今吾贱买而贱卖，借如每斤官（以）三钱得之，则以四钱出之。盐商私买于灶户，利其贱耳；贱不能减三钱，灶户均为得三钱也，宁以予官乎？将以予私商而犯法乎？此必不犯之道也。”此无异于儿童之见。

东海皆盐也，苟民力之所及，未有舍而不煎、煎而不卖者也。而近岁官钱常若窘迫，遇其急时，百用横生。以有限之钱，买无穷之盐，灶户有朝夕薪米之忧，而官钱在期月之后，则其利必归于私贩无疑也。食之于盐，非若饥之于五谷也。五谷之乏，至于节口并日，而况盐乎？故私贩法重而官盐贵，则民之贫而懦者或不食盐。往在浙中，见山谷之人，有数月食无盐者。今将榷之，东北之俗，必不如往日之嗜咸也；而望官课之不亏，疎矣。且淮、浙官盐，本轻而利重，虽有积滞，官未病也。今以三钱为本，一钱为利，自禄吏购赏、修筑廒庾之外，所获无几矣。一有积滞不行，官之所丧，可胜计哉？失民而得财，明者不为，况民、财两失者乎？

且祸莫大于作始，作俑之渐，至于用人。今两路未有盐禁也，故变之难，遣使会议，经年而未果。自古作事欲速而不取众议，未有如今日者也，然犹迟久如此，以明作始之难也。今既已榷之矣，则他日国用不足，添价贵卖，有司以为熟事，行半纸文书而决矣。且明公能必其不添乎？非独明公不能也，今之执政能自必乎？苟不可必，则两路之祸，自今日始。

夫东北之蚕，衣被天下。蚕不可无盐，而议者轻欲夺之，是病天下也。明公可不深哀而速救之欤？或者以为朝廷既有成议矣，虽争之，必不从。窃以为不然。乃者手实造簿，方赫然行法之际，轼尝论其不可，以告今太原韩公。公时在政府，莫之行也，而手实卒罢，民赖以少安。凡今执政所欲必行者，青苗、助役、市易、保甲而已，其他犹可以庶几万一。或者又以为明公将老矣，若犹有所争，则其请老也难。此又轼之所不识也。使明公之言幸而听，屈己少留，以全两路之民，何所不可？不幸而不听，是议不中意，其于退也尤易矣。愿少留意。

轼一郡守也，犹以为职之所当忧，而冒闻于左右，明公其得已乎？干渎威重，俯伏待罪而已。

○榷盐洵非三代盛王之所有，然自封建变为郡县，则煮海之利，无复限制，末所竞趋，不有官吏统纪之，易以为乱，却不得谓非王政也；特与小民争利，则失政之甚者矣。篇中所论盐政，真燎如观火；而为民请命，忠爱恻怛之意，横溢毫楮，可为仁人之言矣。读至“凡今执政所欲必行者，青苗、助役、市易、保甲而已，其他犹可以庶几万一”语，真如甯俞货医，使薄其酖，令人流涕。

上韩枢密书

轼顿首上枢密侍郎阁下：轼受知门下，似稍异于寻常人，盖尝深言不讳矣；明公不以为过，其在钱塘时，亦蒙以书见及，语意亲甚。自尔不复通问者，七年于兹矣。

顷闻明公入西府，门前书生为作贺启数百言，轼辄裂去，曰："明公岂少此哉？要当有辅于左右者。"昔侯霸为司徒，其故人严子陵以书遗之曰："君房足下，位至台鼎，甚善。怀仁辅义天下悦，阿谀顺旨要领绝。"世以子陵为狂，以轼观之，非狂也。方是时，光武以布衣取天下，功成志满，有轻人臣之心，躬亲吏事，所以待三公者甚薄。霸为司徒，奉法循职而已，故子陵有以感发之。今陛下之圣，不止光武；而明公之贤，亦远过侯霸。轼虽不用，然有位于朝，未若子陵之独善也，其得尽言于左右，良不为过。

今者贪功侥幸之臣，劝上用兵于西北。使斯言无有，则天下之幸，孰大于此？不幸有之，大臣所宜必争也。古今兵不可用，明者计之详矣；明公亦必然之，轼不敢复言。独有一事，以为臣子之忠孝，莫大于爱君。爱君之深者，饮食必祝之曰："使吾君子孙多，长有天下。"此岂非臣子之愿欤？

古之人君，好用兵者多矣。出而无功，与有功而君不贤者，皆不足道也。其贤而有功者，莫若汉武帝、唐太宗。武帝建元元年，蚩尤旗见，其长亘天。后遂命将出师，略取河南地，建置朔方。其春，戾太子生。自是之后，师行盖十余年，兵所诛夷屠灭，死者不可胜数。巫蛊事起，京师流血，僵尸数万，太子父子皆败。故班固以为太子生长于兵，与之终始。唐太宗既平海内，破灭突厥、高昌、吐谷浑等，且犹未厌，亲驾征辽东。当时大臣房、魏辈皆力争，不从，使无辜之民，身膏草野于万里之外。其后太子承乾、齐王祐、吴王恪，皆相继诛死；其余遭武氏之祸，残杀殆尽。武帝好古崇儒，求贤如不及，号称世宗；太宗克己求治，几致刑措，而其子孙遭罹如此，岂为善之报也哉？由此言之，好兵始祸者，既足以为后嗣之累，则凡忍耻含垢以全人命，其为子孙之福，审矣！

轼既无状，窃谓人主宜闻此言，而明公宜言此。此言一闻，岂惟朝廷无疆之福，将明公子孙，实世享其报。轼怀此欲陈久矣，恐未信而谏，则以为谤，不胜区区之忠，故移致之明公。虽以此获罪，不愧不悔。皇天后土，实闻此言。

〇金人入汴，徽、钦为虏，妃主子孙，杀戮夷辱之惨，载于史氏，刊于稗官，读之酸鼻伤肝不忍言者。抑知其无端用兵于辽，死者百万。王安石始其谋，童、蔡成其事，卒灭辽之社稷，而中原亦肝脑涂地。天特假手于金耳。孟子曰：“出乎尔者，反乎尔。”夫民今而后得反之也，而又奚惜焉？《诗》言之：“靡言不雠，靡德不报。”

与谢民师推官书

轼启：近奉违，亟辱问讯，具审起居佳胜，感慰深矣。轼受性刚简，学迂材下，坐废累年，不敢复齿搢绅。自还海北，见平生亲旧，惘然如隔世人，况与左右无一日之雅，而敢求交乎？数赐见临，倾盖如故，幸甚过望，不可言也。

所示书教及诗赋杂文，观之熟矣。大略如行云流水，初无定质，但常行于所当行，常止于所不可不止，文理自然，姿态横生。孔子曰：“言之不文，行之不远。”又曰：“辞达而已矣。”夫言止于达意，疑若不文，是大不然。求物之妙，如系风捕影，能使是物了然于心者，盖千万人而不一遇也，而况能使了然于口与手者乎？是之谓辞达。辞至于能达，则文不可胜用矣。扬雄好为艰深之辞，以文浅易之说；若正言之，则人人知之矣。此正所谓“雕虫篆刻”者，其《太玄》《法言》皆是类也，而独悔于赋，何哉？终身雕篆，而独变其音节，便谓之“经”，可乎？屈原作《离骚经》，盖《风》《雅》之再变者，虽与日月争光可也；可以其似赋而谓之“雕虫”乎？使贾谊见孔子，升堂有余矣；而乃以赋鄙之，至与司马相如同科。雄之陋，如此比者甚众，可与知者道，难与俗人言也，因论文偶及之耳。欧阳文忠公言：“文章如精金美玉，市有定价，非人所能以口舌定贵贱也。”纷纷多言，岂能有益于左右？愧悚不已。

所须惠力法雨堂字，轼本不善作大字，强作终不佳；又舟中局迫难写，未能如教。然轼方过临江，当往游焉。或僧有所欲记录，当为作数句留院中，慰左右念亲之意。今日已至峡山寺，少留即去。愈远。惟万万以时自爱。不宣。

○储欣谓“东坡论文，所谓见其一耳。此事当以韩、李书为主，而以坡公说参之。诋扬子云尤过，不足据依”。尝考韩、李之书，其期于言之有物者，则此文固未尝论及。至其言词章者，虽昌黎无以逾矣。况所谓“了然于口与手”者，必其有物之言；若其言之无物，固不足论也。韩愈云：“文无难易，唯其是。”李翱推明之，凡数百言，转不若此文三数语，了彻其义而有余韵。

至论扬雄，尤为至当。雄之言，真雕虫篆刻耳。孔子曰："先行其言，而后从之。"自非然者，虽曰道仲尼之语，亦是雕虫篆刻。"雕虫篆刻"云者，必妃青媲白也哉！

◇李光地曰："同时王荆公、曾子固、司马温公，皆尊扬子，品题至在孟、荀之上。坡公遂显攻之。朱文公论文亦曰：'子云《太玄》《法言》，盖亦《长扬》《校猎》之流，而粗变其音节。'直用坡公此语也。"

与李方叔书

轼顿首方叔先辈足下：屡获来教，因循不一，裁答，悚息不已。比日履兹秋暑，起居佳胜。录示《子骏行状》及数诗，辞意整暇，有加于前，得之极喜慰。

累书见责以不相荐引，读之甚愧。然其说不可不尽。君子之知人，务相勉于道，不务相引于利也。足下之文，过人处不少，如《李氏墓表》及《子骏行状》之类，笔势翩翩，有可以追古作者之道。至若前所示《兵鉴》，则读之终篇，莫知所谓。意者足下未甚有得于中而张其外者；不然，则老病昏惑，不识其趣也。以此，私意犹冀足下积学不倦，落其华而成其实。深愿足下为礼义君子，不愿足下丰于才而廉于德也。若进退之际，不甚慎静，则于定命不能有毫发增益，而于道德有丘山之损矣。

古之君子，贵贱相因，先后相援，固多矣。轼非敢废此道。平生相知，心所谓贤者，则于稠人中誉之；或因其言以考其实，实至则名随之。名不可掩，其自为世用，理势固然，非力致也。陈履常居都下逾年，未尝一至贵人之门，章子厚欲一见，终不可得。中丞傅钦之、侍郎孙莘老荐之，轼亦挂名其间。会朝廷多知履常者，故得一官。轼孤立言轻，未尝独荐人也。爵禄砥世，人主所专，宰相犹不敢必，而欲责于轼，可乎？东汉处士私相谥，非古也；殆似丘明为“素臣”，当得罪于孔门矣。孟生贞曜，盖亦蹈袭流弊，不足法，而况近相名字乎？甚不愿足下此等也。

轼于足下非爱之深、期之远，定不及此。犹能察其意否？近秦少游有书来，亦论足下近文益奇。明主求人如不及，岂有终汩没之理？足下但信道自守，当不求自至。若不深自重，恐丧失所有。

言切而尽，临纸悚息。未即会见，千万保爱。近夜眼昏，不一不一。轼顿首。

○《同人》“先号咷而后笑”，孔子系之《辞》曰：“君子之道，或出或处，或默或语。”盖九五君位，福极之所自出，其孰不希爵禄以来附？徒得苟富贵之人，国与民奚赖焉？若汤之于伊尹，可为“先号咷而后笑”矣。子路不云乎：“君臣之义，如之何其废之？”伊尹岂欲洁其身而乱大伦者哉？其必三聘而后出者，所谓“其尊德乐道，不如是不足以有为”。故其始也，“先号咷而后笑”；其终也，“利断金”而“如兰”。

孔子谓：富贵得以非道，则不处；贫贱得以非道，则不去。苟其处之而去之，则谓之“去仁”。非特出处之大也，即一语一点之细而犹然。子曰：“可与言而不与言，失人；不可与言而与言，失言。”盖必自炫自鬻之念动于中，然后聒而与之语。孟子“充类至义之尽”，至斥之为穿窬之类。圣贤律己之严，一语默之细，至犹如此，而肯于进退之际不自慎静也哉？《易》六十四卦，直系以“征凶、无攸利”，无他辞者，唯《归妹》一卦，为其说以动女求男也。《三百篇》男女赠答，《离骚》佳人公子，类皆以女子之从男。况士之出处，盖非闺阃间语也。夫“女子之耽兮，不可说也”，岂真以士之耽为尚可说乎？

与王庠书

轼启：远蒙差人致书问安否，辅以药物，眷意甚厚。自二月二十五日，至七月十三日，凡一百三十余日乃至，水陆盖万余里矣。罪戾远黜，既为亲友忧，又使此两人者，跋涉万里，比其还家，几尽此岁，此君爱我之过而重其罪也。但喜比来侍奉多暇，起居佳胜。轼罪大责薄，居此固宜，无足言者。瘴疠之邦，僵仆者相属于前；然亦有以取之：非寒暖失宜，则饥饱过度，苟不犯此者，亦未遽病也。若大期至，固不可逃，又非南北之故矣。以此居之泰然，不烦深念。

前后所示著述文字，皆有古作者风力，大略能道意所欲言者。孔子曰：“辞达而已矣。”辞至于达，止矣，不可以有加矣。《经说》一篇，诚哉是言也。西汉以来，以文设科而文始衰，自贾谊、司马迁，其文已不逮先秦古书，况其下者。文章犹尔，况所谓道德者乎？

若所论周勃，则恐不然。平、勃未尝一日忘汉，陆贾为之谋至矣。彼视禄、产犹几上肉，但将相和调，则大计自定。若如君言，先事经营，则吕后觉悟，诛两人，而汉亡矣。轼少时好议论古人，既老，涉世更变，往往悔其言之过，故乐以此告君也。儒者之病，多空文而少实用。贾谊、陆贽之学，殆不传于世。老病且死，独欲以此教子弟，岂意姻亲中，乃有王郎乎？

三复来贶，喜抃不已。应举者志于得而已。今程试文字，千人一律，考官亦厌之，未必得也。如君自信不回，必不为时所弃也；又况得失有命，决不可移乎？勉守所学，以卒远业。

相见无期，万万自重而已。人还，谨奉手启，少谢万一。

〇轼年少时，才俊文雄，好论议天下事，为宵小所忌，群起挤之，系狱贬窜，空乏饥寒，出于万死之中，而所学益以光明。既老，绝非少年时见地，故能困而不失其所亨，蛮烟蜑雨中一逐臣，不啻鸣金枞（摐）玉于天禄石渠，弹琴咏诗于青山绿涧间也。坎坷万状，而一遇可以尊主泽民之事，奋然为之，一无顾忌，不知身之在丛棘也，非有道者而能然耶？

洛、蜀牴牾，两家弟子材智下，不能各知其师之心，遂诋轼为异端，或以为纵横家言。嘻，其甚矣夫！君子和而不同；唯其不同，是以为君子。天之云霞，地之卉木，水色山光之紫翠蔚蓝，无一同者，然而莫非造化秀灵之气也。及其生物不测，则若相为左右手然，君子之不同类是矣。其不同者，要皆所以从王事、庇民生转。惟醎酸甘辛之不齐，而鼎实斯美；不同者，正所谓“和”也。鲰生不察，欲比而同之，岂欲天下皆为朋党乃快耶？三复斯文，天君泰然，谈笑于生死之际，岂非风流人豪者？如彼其人，而谓与伯淳、正叔不相能，岂理也哉！以轼海外诸文，与柳宗元诸书较，宗元真不足当一吷矣。至谓“儒者之病，多空文而少实用”，自悔从前好议论古人之过，尤学者所当服膺勿失者也。

谢张太保撰先人墓碣书

轼顿首再拜：伏蒙再示先人《墓表》，特载《辨奸》一篇，恭览涕泗，不知所云。窃惟先人早岁汨没，晚乃有闻。虽当时学者知师尊之，然于其言语文章，犹不能尽，而况其中之不可形者乎？所谓“知之尽而信其然”者，举世惟公一人。虽若不幸，然知我者希，正老氏之所贵。

《辨奸》之始作也，自轼与舍弟，皆有“嘻，其甚矣”之谏，不论他人。独明公一见，以为与我意合。公固已论之先朝，载之史册，今虽容有不知，后世决不可没。而先人之言，非公表而出之，则人未必信。信不信，何足深计？然使斯人用区区小数以欺天下，天下莫觉莫知，恐后世必有“秦无人”之叹。此《墓表》之所以作，而轼之所以流泗（涕）再拜而谢也。

黄叔度澹然无作，郭林宗一言，至今以为颜子。林宗于人材小大毕取，所贤非一人；而叔度之贤，无一见于外者，而后世犹信，徒以林宗之重也。今公之重，不减林宗，所贤惟先人，而其心迹，粗若可见，其信于后世必矣。

多言何足为谢，聊发一二。

○王安石未柄用时，韩琦、富弼、欧阳修皆以王佐才目之；唯张安道、苏洵灼知其奸。迨后毒痡四海，而韩、富辈束手无策，奉身而退。一日，富弼见张安道，语次，安道曰：“当日安道知贡举，辟安石同事。既至，则一院之事，皆欲纷更，因即时斥逐之。”弼闻之惘然也。安道可为善相人矣。苏洵《辨奸论》，诚千古只眼。而宋儒每谓苏氏父子与安石不协，是以有此，未为公论。夫司马、韩、富诸贤，其后孰与安石协者？乃以论出于洵，洛党断断焉，岂笃论欤?!

答张文潜县丞书

轼顿首文潜张君足下：久别思仰。到京公私纷然，未暇奉书。忽辱手教，且审起居佳胜，至慰、至慰。

惠示文编，三复感叹。甚矣，君之似子由也。子由之文实胜仆，而世俗不知，乃以为不如。其为人深不愿人知之，其文如其为人，故汪洋澹泊，有一唱三叹之声，而其秀杰之气，终不可没。作《黄楼赋》乃稍自振厉，若欲以警发愦愦者。而或者便谓仆代作，此尤可笑。是殆见吾善者机也。

文字之衰，未有如今日者也。其源实出于王氏。王氏之文，未必不善也，而患在于好使人同己。自孔子不能使人同，颜渊之仁，子路之勇，不能以相移；而王氏欲以其学同天下！地之美者，同于生物，不同于所生。惟荒瘠斥卤之地，弥望皆黄茅白苇，此则王氏之同也。近见章子厚言，先帝晚年甚患文字之陋，欲稍变取士法，特未暇耳。议者欲稍复诗赋，立《春秋》学官，甚美。

仆老矣，使后生犹得见古人之大全者，正赖黄鲁直、秦少游、晁无咎、陈履常与君等数人耳。如闻君作太学博士，愿益勉之。“德輶如毛，民鲜克举之。我仪图之，爱莫助之。”此外千万善爱。偶饮卯酒，醉。来人求书，不能复覼缕。

〇论王氏之学，好人同己，此正君子小人分歧处。好人同己，必为小人矣，何也？反是即舍己从人，之所以为大舜也。篇中虽止论文字，而政事即在其中。惟其好人同己，而人之强与己同者至矣。彼其不惜强与己同，岂真与己同哉？亦欲各保其所欲耳。既已各得其所欲，彼将欲人之同己，夫然后终亦不与己同矣。吕惠卿既执政，万方以蕲，致安石于死，奚能终同耶？孟子曰：“訑訑之声音颜色，拒人于千里之外。士止于千里之外，则谗谄面谀之人至矣。与谗谄面谀之人居国，欲治，可得乎？”千载以前，蚤为安石写照。轼所云“荒瘠斥卤之地，弥望皆黄茅白苇”者，岂特安石之文哉？安石所为朝廷遴得之人才，宁不若是耶？

卷四十

眉山苏轼文三　书、尺牍、序

答李廌书

轼顿首再拜：闻足下名久矣，又于相识处，往往见所作诗文，虽不多，亦足以仿佛其为人矣。寻常不通书问，怠慢之罪，犹可阔略。及足下斩然在疚，亦不能以一字奉慰；舍弟子由至，先蒙惠书，又复懒不即答。顽钝废礼，一至于此，而足下终不弃绝，递中再辱手书，待遇益隆，览之面热汗下也。

足下才高识明，不应轻许与人，得非用黄鲁直、秦太虚辈语，真以为然耶？不肖为人所憎，而二子独喜见誉，如人嗜昌歜、羊枣，未易诘其所以然者。以二子为妄则不可，遂欲以移之众口，又大不可也。

轼少年时，读书作文，专为应举而已。既及进士第，贪得不已，又举制策，其实何所有？而其科号为“直言极谏”，故每纷然诵说古今，考论是非，以应其名耳。人苦不自知，既以此得，因以为实能之，故譊譊至今，坐此得罪几死。所谓“齐虏以口舌得官”，真可笑也。然世人遂以轼为欲立异同，则过矣。妄论利害，搀说得失，此正制科人习气。譬之候虫时鸟，自鸣自已，何足为损益？轼每怪时人待轼过重，而足下又复称说如此，愈非其实。

得罪以来，深自闭塞，扁舟草履，放浪山水间，与樵渔杂处，往往为醉人所推骂，辄自喜渐不为人识。平生亲友，无一字见及，有书与之亦不答，自幸庶几免矣。足下又复创相推与，甚非所望。木有瘿，石有晕，犀有通，以取妍于人，皆物之病也。谪居无事，默自观省，回视三十年以来所为，多其病者。足下所见，皆故我，非今我也，无乃闻其声、不考其情，取其华而遗其实乎？抑将又有取于此也？此事非相见不能尽。

自得罪后，不敢作文字。此书虽非文，然信笔书意，不觉累幅，亦不须示人。必喻此意。

岁行尽，寒苦。惟万万节哀强食。不次。

◇李光地曰："人以为牢骚玩世之语，实则自写平生实录也。文尤离奇可诵。"

上执政乞度牒赈济因修廨宇书

轼顿首上书门下仆射相公阁下：去年浙中，冬雷发洪，太湖水溢；春又积雨，苏、湖、常、秀皆水。民就高田秧稻，以待水退。及五、六月，稍稍分种，十不及四五，而又继之以旱，以故早晚皆伤，高下并损。自元丰以来，民之艰食，未有如今岁者也。轼已三奏其事，至今未报。盖人微言轻，理自当尔。然亦恐监司诸郡，不尽以实奏；而庙堂所访问往来之人，或揣所乐闻，不尽以实告，故朝廷以轼言为过耳。

不然，岂有仁圣在上，群贤并用，而肯恬不为意乎？

入冬以来，缘诸郡闭籴，而税务用例违条，收五谷力胜钱，于米价斗至八九十，衢、睦等州至百余钱，皆足钱，炎炎可畏。轼用印板出榜千余道，止绝此两事。自半月来，米谷通流，价亦稍平。然浙中无麦，青黄之交，当在来秋，而熟不熟，又未可知。民惩熙宁流殍之祸，上户有米者，皆靳惜不肯出，其势非大出官米，不能救此患。自正月至七月，本州里外九县，日粜官米千五百石，乃可以平价救饥，计当用米三十一万五千石。今本州常平除兑充军粮外，止有十七万石，漕司许于邻郡致三万石，尚少十一万五千石。计穷理迫，须至控告。

轼近以本州廨宇弊坏，奏乞度牒二百道修完，未蒙开允。意欲以此度牒，募人于诸县纳米，度可得二万五千石。然后减价出卖，每斗六十，度可得钱万五千贯，且以此钱修完廨宇。虽不及元计钱数，且修完紧要处，亦粗可足用。则是此度牒一出而两利也。伏望相公深念本州廨宇弊坏已甚，不可不修，及今完葺，所费尚少；后日大坏，其费必倍；又因以募人纳米，出粜救饥。设使不因修完廨宇，朝廷以饥民之故，特出圣恩，乞与二百道度牒，犹不为过，而况救饥、修屋两用而并济乎？

轼愚惷少虑，仰恃庙堂诸公仁贤恤民，必不忍拒此请。意此度牒可以必得，以此不候回降指挥，辄已一面告喻商旅，令储峙米斛，具水陆脚乘，以须度牒之至。深望果断不疑，于一两日内，降付急递。日与吏民延颈企踵，虽大旱望云，执热思濯，未喻其急也。若不蒙哀察，则是使轼失信商旅，坐视流殍，其为惭惶狼狈，未易遽言。至时朝廷虽加诛殛，何补于事？

兼轼近者奏为本路转运使（司），今年合起年额米斛百六十万，乞特许且起一半或三分之二，其余候丰熟日随年额起发，未蒙恩许。今年漕司窘迫，实倍常岁。异时预买绸绢钱，常于岁前散绝，今尚阙大半，刬刷之急，盖不遗余力矣。若非朝廷少加矜察，则督迫之极，害必及民。近蒙朝廷许辍上供二十万石出粜，此大惠也。然望更辍留三十万石。若无米可粜，只乞以此钱收买银绢上供，虽无补于饥民，而散币在民，少解钱荒之患，亦良策也。

此外只有劝诱富民出谷助官赈贷，及用常平钱米募民工役二事，然皆难行。劝诱之利，未及贫民，而诛求之祸，先及上户。浙中富民欠官钱者，十人而九，决无可劝诱之理。至于募民工役，亦非实惠。若散募饥贫，不堪工役，鸟兽聚散，得钱便走。熙宁中尝行此事，名为召募，其实不免于等第上差科，官支钱米尽入役夫，而本户又须贴钱雇人，凶年人、户重有此扰，皆虚名无实，利少害多。惟有多粜官米一事，简而易行。米价既低，民无贫富，均享其利。惟望相公留意，则一路幸甚。

轼拙于言语，不能尽写忧危之状，以晓左右。惟有发书之日，西向再拜，扣头默祷，庶几区区丹诚，可以感动万一也。不宣。

〇截漕开捐、平粜劝输、以工代赈数事，救荒之策尽矣。法须因时制宜，随地行便。轼虽谓劝输及以工代赈无实济，或彼时浙中情势如此，未可概论之古今天下也。惟百姓艰食，困苦无告，而凡为官吏，皆揣上意，以为不乐闻，而不肯以实告。为下吏者，揣大吏之意，以为必然；为大吏者，揣君上之意，以为必然。虽万万不然，而其意仍以为必然，是则更千古而一辙也。

上吕仆射论浙西灾伤书

轼顿首上书门下仆射相公阁下：轼近上章论浙西淫雨飓风之灾，伏蒙恩旨，使与监司诸人议所以为来岁之备者。谨已条上二事。轼才术浅短，御灾无策，但知叫号朝廷，乞宽减额米，截赐上供。言狂计拙，死罪、死罪！

然三吴风俗，自古浮薄，而钱塘为甚。虽室宇华好，被服粲然，而家无宿舂之储者，盖十室而九。自经熙宁饥疫之灾，与新法聚敛之害，平时富民残破略尽，家家有市易之欠，人人有盐酒之债；田宅在官，房廊倾倒；商贾不行，市井萧然。譬如衰羸久病之人，平时仅自支持，更遭风寒暑湿之变，便自委顿。仁人君子，当意外将护，未可以壮夫常理期也。

今年钱塘卖常平米十八万石，得米者皆叩头诵佛云："官家将十八万石米，于乌鸢狐狸口中，夺出数十万人，此恩不可忘也！"夫以区区战国公子，尚知焚券市义；今以十八万石米易钱九万九千缗，而能活数十万人，此岂下策也哉！窃惟仁圣在上，辅以贤哲，一闻此言，理无不可（行）。但恐世俗谄薄成风，揣所乐闻与所忌讳，不以仁人君子期左右，争言无灾，或言有灾而不甚，积众口之验以惑聪明，此轼之所私忧过虑也。八月之末，秀州数千人诉风灾，吏以为法有诉水旱而无诉风灾，拒闭不纳；老幼相腾践，死者十一人，方按其事。由此言之，吏不喜言灾者，盖十人而九，不可不察也。

轼既条上二事，且以关白漕、宪两司，官吏皆来见轼，曰："此固当今之至计也，然恐朝廷疑公为漕司地，奈何?"轼曰："吾为数十万人性命言也，岂恤此小小悔吝哉?"去年秋冬，诸郡闭粜，商贾不行。轼既劾奏通之，又举行灾伤法，约束本路，不得收五谷力胜钱。三郡米大至，施及浙东。而漕司官吏，缘此愠怒，几不见容。文符往来，僚吏恐悚，以轼之私意，其不为漕司地也，审矣。力胜之免，去岁已有成法，然今岁未敢举行者，实恐再忤漕司，怨咎愈深。此则轼之疲懦畏人，不免小有回屈之罪也。伏望相公一言，检举成法，自朝廷行下，使五谷通流，公私皆济，上以明君相之恩，下以安孤危之迹，不胜幸甚。

去岁朝旨，免力胜钱，止于四月。浙中无麦，须七月初间见新谷，故自五月以来，米价复增。轼亦曾奏乞展限至六月，终不报。今者若蒙施行，则乞以六月为限。去岁恩旨，宽减上供额米三分之一，而户部必欲得见钱，浙中遂有钱荒之忧。轼奏乞以钱和买银绢上供，三请而后可。今者若蒙施行，即乞一时行下。

轼窃度事势，若不且用愚计，来岁恐有流殍、盗贼之忧。或以其狂浅过计，事难施用（行），即乞别除一小郡，仍选才术有余、可以坐消灾沴者，使任一路之责。幸甚、幸甚!

干冒台重，伏纸悚战。不宣。

○俗吏之视国与民，犹秦人视越人之肥瘠也，而于灾荒则殆有甚焉。越人之肥瘠，无与秦事耳。若灾荒之闻于上，则必逆料为上所不喜；且免租减赋，则无可藉以剥民，于己富贵两有所损。是不特秦越、肥瘠，直为敌国盛衰矣。是以壅蔽灾荒，未有不力者。轼此书，宛若图画矣；欲知吏民之情状，不可不读。

答虔倅俞括奉议书

轼顿首资深使君阁下：前日辱访，宠示长笺及诗文一编，伏读数日，废卷拊掌，有起予之叹。孔子曰："辞达而已矣。"物固有是理，患不知；知之，患不能达之于口与手。所谓文者，能达是而已。

文人之盛，莫如近世，然私所敬慕者，独陆宣公一人。家有公奏议善本，顷侍讲读，尝缮写进御。区区之忠，自谓庶几于孟轲之敬王，且欲推此学于天下，使家藏此方、人挟此药，以待世之病者，岂非仁人君子之至情也哉！今观所示议论，自东汉以下十篇，皆欲酌古以驭今，有意于济世之用，而不志于耳目之观美，此正平生所望于朋友与凡学道之君子也。然去岁在都下见一医工，颇艺而穷，慨然谓仆曰："人所以服药，端为病耳。若欲以适口，则莫如刍豢，何以药为？今孙氏、刘氏皆以药显，孙氏期于治病，不择甘苦，而刘氏专务适口。病者宜安所去取，而刘氏富倍孙氏，此何理也？"使君斯文，未必售于世。然售不售，岂吾侪所当挂口哉？聊以发一笑耳。

进宣公奏议，有一表，辄录呈，不须示人也。余俟面谢，不宣。

〇士君子读书学古，发为文章，下以此应上之求，上以此取下之材，何为者哉？为其能达圣贤之微言大义也，为其能识古今之事变形势也，为其能知所以厚民生、正民德之方也。若夫雕绘藻采以娱悦耳目，则诚不如歌舞、博弈之可乐也。乃不取其有济世之用，而取其可为耳目之观美，岂非处方用药，专期适口之比与？不宁惟是，朝廷设公卿、大夫、师长、百执事者，凡以总方略、兴教化，宣德敷政，绳愆纠缪，以立民之命、笃国之庆也。若夫谐柔容悦以顺适心意，则诚不如宦官宫妾之可亲也。乃不取其有济世之用，而取其可使心意之顺适者，又非处方用药专期适口之比乎？

与滕达道第二十二首

某启。专使至，远辱手诲累幅，伏读感慰。所喜比来起居康胜，不足云也。某凡百如常，杜门谢客已旬日矣。承见教，益务闭藏而已。

近得筠州舍弟书，教以省事。若能省之又省，使终日无一语一事，则其中自有至乐，殆不可名。此法奇秘，惟不肖与公共之，不可广也。

画本亦可摹，为省事故，亦纳去耳。今却付来使，不罪。吴画漫（谩）附去。

冬至后，斋居四十九日，亦无所行运，聊自反照而已。愿公深自爱养。区区难尽言，想识此意也。

与李公择第十一首

某启。示及新诗，皆有远别惘然之意，虽兄之爱我厚，然仆本以铁心石肠待公，何乃尔耶？

吾侪虽老且穷，而道理贯心肝，忠义填骨髓，直须谈笑于死生之际。若见仆困穷便相於邑，则与不学道者大不相远矣。兄造道深，中必不尔，出于相［爱］好之笃而已。然朋友之义，专务规谏，辄以狂言广兄之意尔。仆虽怀坎壈于时，遇事有可尊主泽民者，便忘躯为之，祸福得丧，付与造物。非兄，仆岂发此？看讫便火之，不知者以为诟病也。

与王庠第五首

别纸累幅，过当。老病废忘，岂堪英俊如此责望也？

少年应科目时，记录名数沿革及题目等，大略与近岁应举者同尔。亦有少节目文字，才尘忝后，便被举主取去。今日皆无有，然亦无用也，实无捷径必得之术。但如君高材强力，积学数年，自有可得之道，而其实皆命也。

但卑意欲少年为学者，每读书，皆作数过尽之。书富如入海，百货皆有之，人之精力，不能兼收尽取，但得其所欲求者耳。故愿学者，每次作一意求之。如欲求古人兴亡治乱、圣贤作用，但作此意求之，勿生余念。又别作一次求事迹故实、典章文物之类，亦如之。他皆仿此。此虽迂钝，而他日学成，八面受敌，与涉猎者不可同日而语也。甚非速化之术，可笑可笑。

〇尺牍三首，上二首可见轼处困心胸，可为“履道坦坦、幽人贞吉”者矣；下一首读书法也，俱学人所宜尽心者。

凫绎先生诗集序

孔子曰：“吾犹及史之阙文也。有马者借人乘之，今亡矣夫。”史之不阙文，与马之不借人也，岂有损益于世也哉？然且识之，以为世之君子、长者，日以远矣。后生不复见其流风遗俗，是以日趋于智巧便佞而莫之止。是二者虽不足以损益，而君子、长者之泽在焉，则孔子识之，而况其足以损益于世者乎？

昔吾先君适京师，与卿士大夫游，归以语轼曰："自今以往，文章其日工，而道将散矣。士慕远而忽近，贵华而贱实，吾已见其兆矣。"以鲁人凫绎先生之诗文十余篇，示轼曰："小子识之。后数十年，天下无复为斯文者也。"先生之诗文，皆有为而作，精悍确苦，言必中当世之过，凿凿乎如五谷必可以疗饥，断断乎如药石必可以伐病。其游谈以为高，枝词以为观美者，先生无一言焉。

其后二十余年，先君既没，而其言存。士之为文者，莫不超然出于形器之表，微言高论，既已鄙陋汉、唐，而其反复论难，正言不讳，如先生之文者，世莫之贵矣。轼是以悲于孔子之言，而怀先君之遗训，益求先生之文，而得之于其子复，乃录而藏之。

先生讳太初，字醇之，姓颜氏，先师兖公之四十七世孙云。

○轼尝诵孔子"有德者必有言"之训，而谓"有德者非有言也，德之发于口者也"，诚为探本之论。及作《凫绎诗集叙》，慨当世崇虚索渺，高谈无实，而古人布帛菽粟之流风余韵，渐以无存。一篇之中，三致意焉。

尝考列代兴国之初，其为文字，大抵悃愊无华，自道其所心得。迨及叔季，则剽贼饾饤以为丽，荒唐缈缅以为奇，有若出一辙者。是以昔之人，每谓文运与国运相维系。宋世之政，当轼之身，渐以衰矣。轼之所以兴悲，岂细故欤？夫世之治也，其士大夫兴于行，耻于空言无实之名，悦于和平乐易、光明正大之气象，故其为文写其心声，亦必类之。及其衰也，其士大夫不耻无行，而乐于空言无实之名，不自知其入于险诐侧媚、猖狂恣睢（睢）之气象，故其为文，虽若超然出于形器之表，而实荡然无复规矩之存。是盖生于人心，而后发于文字，实国政之得失，能损益乎文字；而非文字之得失，能损益乎国政也。《易》曰："言有物。"盖必先有物，而后有言。无物之言，所为咸其辅颊舌、滕口说也，君子耻之。

范文正公文集序

庆历三年，轼始总角入乡校，士有自京师来者，以鲁人石守道所作《庆历圣德诗》示乡先生。轼从旁窃观，则能诵习其词，问先生以所颂十一人者何人也。先生曰："童子何用知之？"轼曰："此天人也耶，则不敢知；若亦人耳，何为其不可！"先生奇轼言，尽以告之，且曰："韩、范、富、欧阳，此四人者，人杰也。"时虽未尽了，则已私识之矣。

嘉祐二年，始举进士，至京师，则范公殁。既葬，而墓碑出，读之至流涕，曰："吾得其为人。"盖十有五年而不一见其面，岂非命也欤？是岁登第，始见知于欧阳公，因公以识韩、富，皆以国士待轼，曰："恨子不识范文正公。"其后三年，过许，始识公之仲子，今丞相尧夫；又六年，始见其叔彝叟京师；又十一年，遂与其季德孺同僚于徐。皆一见如旧，且以公遗稿见属为序。又十三年，乃克为之。

呜呼！公之功德，盖不待文而显，其文亦不待序而传。然不敢辞者，自以八岁知敬爱公，今四十七年矣。彼三杰者，皆得从之游，而公独不识，以为平生之恨；若获挂名其文字中，以自托于门下士之末，岂非畴昔之愿也哉！

古之君子，如伊尹、太公、管仲、乐毅之流，其王霸之略，皆素定于畎亩中，非仕而后学者也。淮阴侯见高帝于汉中，论刘、项短长，画取三秦如指诸掌，及佐帝定天下，汉中之言无一不酬者。诸葛孔明卧草庐中，与先主策曹操、孙权，规取刘璋，因蜀之资以争天下，终身不易其言。此岂口传耳受，尝试为之而侥幸其或成者哉！

公在天圣中，居太夫人忧，则已有忧天下、致太平之意，故为万言书以遗宰相，天下传诵。至用为将，擢为执政，考其平生所为，无出此书者。今其集二十卷，为诗赋二百六十八，为文一百六十五。其于仁义礼乐，忠信孝弟，盖如饥渴之于饮食，欲须臾忘而不可得，如火之热，如水之湿，盖其天性有不得不然者。虽弄翰戏语，率然而作，必归于此。故天下信其诚，争师尊之。孔子曰："有德者必有言。"非有言也，德之发于口者也。又曰："我战则克，祭则受福。"非能战也，德之见于怒者也。

元祐四年四月十一日。

◇吕祖谦曰："作文字，不难于敷文，而难于叙事。盖叙事在严整，难也。看东坡自叙述处，大类司马公；而整齐严肃，又不比司马之汗漫。"

◇姜宝曰："淮阴论刘、项，孔明论孙、曹，不下数百言；今约以数语，真妙绝古今之文也。"

江子静字序

友人江君，以其名"存之"求字于予，予字之曰"子静"。夫人之动，以静为主。神以静舍，心以静充，志以静宁，虑以静明。其静有道，得己则静，逐物则动。以一人之身，昼夜之气，呼吸出入，未尝异也。然而或存或亡者，是其动静殊也。后之学者，始学也既累于仕，其仕也又累于进。得之则乐，失之则忧，是忧乐系于进矣。平旦而起，日与事交，合我则喜，忤我则怒，是喜怒系于事矣。耳悦五声，目悦五色，口悦五味，鼻悦芬臭，是爱欲系于物矣。以眇然之身，而所系如此，行流转徙，日迁月化，则平日之所养，尚能存耶？丧其所存，尚安明其（在）己之是非与夫在物之真伪哉？故君子学以辨道，道以求性，正则静，静则定，定则虚，虚则明。物之来也，吾无所增；物之去也，吾无所亏，岂复为之欣喜、爱恶而累其真欤？

君齿少才锐，学以待仕，方且出而应物，所谓静以存性，不可不念也。能得吾性，不失其在己，则何往而不适哉！

〇王弼注《易》："复其见天地之心。谓'复'者，反本之谓。天地以本为心，寂然至无，是其本也。故动息地中，乃天地之心见矣。"伊川程子曰："先儒皆以静为见天地之心，盖不知动之端乃天地之心也。"朱子作《本义》，谓程子言之详矣；又引邵子"冬至子之半，天心无改移。一阳初动处，万物未生时"为证，盖深韪之也。然濂溪有"主静立极"之说，而朱子他日告门弟子，谓濂溪、伊川道理只一般，又谓王弼之说与濂溪同，似与《本义》自相矛盾。

间尝考之，程子言天地之心见于动，然而《大学》云："知止而后有定，定而后能静矣。"《乐记》又曰："人生而静，天之性矣。"王弼言天地之心见于静，然而《复》以"雷在地中，一阳初动"而成卦，阳动而阴静，安得主阴而不主阳哉？然则奈何曰"得其旨者，动静皆得之；失其旨者，动静皆失之"？且人之心，昼夜十二时，何有一时不动者？不特日出而作，酬酢万变，无往不动；即日入而息，其静者，形骸耳，若神明，何尝与立异？即欲绝声屏色，离人而立于独，而此欲绝欲、屏欲、离欲立之心，已纷然动，而未尝一息静，能使之如死灰乎？即使心如死灰，孰觉之哉？有觉之者，则又已纷然动，而未尝一息静矣。况心果可使如死灰乎？如死灰矣，又何以谋众理而应万事？"操则存，舍则亡，出入无时，莫知其乡"，其心之谓欤？孔子既言之矣，而人犹欲离动以求静，正如夸父之逐日也。

然则若何而静？曰：静固不离于动之中。夫人，声色至而耳目应，动作云为至而身口应。其至焉者万，则其应焉者亦万。迨夫爱欲屈伸、情伪相感、交错纷糅而至以万者，应且钜万而未已，是亦天下之至动矣。然苟能克己复礼，一于理而不二以欲，则至者万而应者惟一，以是一而贯乎万之中，则万者自动而一者自静也。圣人主静，岂不然哉？

然则何以见天地之心也？曰：天者，积气也；地者，积形也；人者，形皆地而气皆天也。然而有流形御气，不涉有无、不居中外者，曰唯心焉。故曰"人者，天地之心"，又曰"为天地立心"。然则欲见天地之心者，亦自见其心而已。"一阳初动处，万物未生时"，万物虽未生，而一阳既动，则其生生不已可必也。生生者，天地之心也，故曰"动之端见天地之心"，从其体言之也。虽然，理也者，生之途也；欲也者，死之途也。从理则致一而静，而日之乎生之途；从欲则万感已动，而日之乎死之途。生生者，天地之心也，故曰"静则见天地之心"，从其用言之也。体用合一而不可分，则动静无端而不可离矣。所以朱子谓王、周之语，与伊川本非有二也。

轼谓"得已则静，逐物则动"，又曰"静以存性，不可不念"，实深有味乎其言之也。恐读者议其涉于二氏，故备论之如右。

卷四十一

眉山苏轼文四　论

礼以养人为本论

三代之衰，至于今且数千岁，豪杰有意之主，博学多识之臣，不可以胜数矣，然而礼废乐坠，则相与咨嗟发愤而卒于无成者，何也？是非其才之不逮，学之不至，过于论之太详，畏之太甚也？

夫礼之初，始诸人情，因其所安者而为之节文。凡人情之所安而有节者，举皆礼也，则是礼未始有定论也；然而不可以出于人情之所不安，则亦未始无定论也。执其无定以为定论，则途之人皆可以为礼。

今儒者之论则不然，以为礼者，圣人之所独尊，而天下之事最难成者也。牵于繁文，而拘于小说，有毫毛之差，则终身以为不可。论明堂者，惑于《考工》《吕令》之说；议郊庙者，泥于郑氏、王肃之学。纷纷交错者，累岁而不决，或因而遂罢；未尝有一人，果断而决行之。此皆论之太详，而畏之太甚之过也。

夫礼之大意，存乎明天下之分，严君臣、笃父子、形孝弟而显仁义也。今不幸去圣人远，有如毫毛不合于三代之法，固未害其为明天下之分也，所以严君臣、笃父子、形孝弟而显仁义者犹在也。今使礼废而不修，则君臣不严，父子不笃，孝弟不形，仁义不显，反不足重乎？

昔者西汉之书，始于仲舒而至于刘向，悼礼乐之不兴，故其言曰："礼以养人为本。如有过差，是过而养人也。刑罚之过，或至杀伤。今吏议法，笔则笔，削则削，而至礼乐则不敢。是敢于杀人，而不敢于养人也。"而范晔以为"乐非夔、襄而新音代作，律谢皋、苏而法令亟易"，而至于礼，独何难欤？

夫法者，末也，又加以惨毒繁难，而天下常以为急。礼者，本也，又加以和平简易，而天下常以为缓。如此而不治，则又从而尤之曰："是法未至也。"则因而急之。甚矣，人之惑也！平居治气养生，宣故而纳新，其行之甚易，其过也无大患，然皆难之而不为；悍药毒石以搏去其疾，则皆为之，此天下之公患也。呜呼！王者得斯说而通之，礼乐之兴，庶乎有日矣。

○推明董仲舒、刘向之意以立言，虽未尝于《汉书·礼乐志》外别有发明，然固古今要论，亦足见其所述之知所择也。虽然，论则要矣，而自董、刘以后，迄于苏轼千余年，而三代之礼不可作；自苏轼迄于今，又将千年，而要亦无异于董、刘时者，岂其间遂无豪杰有意之主、博学多识之臣，读董仲舒、刘向、苏轼之论而慨然兴起者乎？而何以寂尔也？

盖礼者，动于五性之中，而贯彻于五伦之内，即是率性尽伦之实事，而非别有繁文曲节之可言也。是故五性尽而五伦明，五伦明而天下治，而礼在其中矣。基诸深宫之中，达诸海隅之远，非一手一足之烈、一时一事之间所可得志。故曰：礼乐百年而后兴必也。元首明而股肱良，立纲陈纪，始正其大而渐及其细；子孙相承，守其已善而补其未善，使人人自得其性、自叙其伦，则举其所已行之成迹而载之典册，曰“礼也”云尔。

《记》曰：“王者治定制礼。”岂治定之后，别聚文学之士，纂辑一书，谓之“制礼”哉？凡其治定之迹，皆可以为礼而世守之也。若于率性尽伦之大未知如何，而专取周旋揖让、升降俯仰之文，命之为礼，欲四海之大，莫不遵而行之，宜其议之如聚讼，而颁之海内，诏书来，但挂壁也。刘向曰：“礼以养人，刑以杀人。制刑则不忌，制礼则不敢。是敢于杀人而不敢于养人也。”信已！然此养人之礼，制之朝廷而行之四海；四海不行，则将任之乎？抑刑之也？必曰：“刑以弼教矣。”然则民之多辟，业已不胜其法纲之密，忍又为是周旋揖让、升降俯仰之繁文末节，而阶之为祸乎？如曰任之，则所为“制礼”者，不过字内多此数卷文字，而亦不足以养人矣。

然则礼固不可为；为之，其必无日乎？曰：事在勉强而已。率性尽伦，不可一刻废，则何当一刻不为礼也？若其可以成之为一代之礼，而足当为国以礼之目，则非可以蕲其名而饰其貌者也。且《记》固曰“礼不下庶人，刑不上大夫”矣，乃汉唐以来，虽三公可朝爵邑而夕罪隶；至于仪节之末，则襏襫之夫皆欲其奉行，则已非礼也已，无怪其不能行而为具文也。诚使君、公、士大夫相与纳身轨物，朝夕讲贯而修习之，且勿责之庶民；及其至也，上行下效，万民自有驯致之势焉。此其所当勉强者也。

既醉备五福论

君子之所以大过人者，非以其智能知之，强能行之也。

以其功兴而民劳，与之同劳；功成而民乐，与之同乐，如是而已矣。富贵安逸者，天下之所同好也，然而君子独享焉。享之而安，天下以为当然者，何也？天下知其所以富贵安逸者，凡以庇覆我也。贫贱劳苦者，天下之所同恶也，而小人独居焉。居之而安，天下以为当然者，何也？天下知其所以贫贱劳苦者，凡以生全我也。夫然，故独享天下之大利而不忧，使天下为己劳苦而不怍，耳听天下之备声，目视天下之备色，而民犹以为未也，相与祷祠而祈祝曰：使吾君长有吾国也；又相与咏歌而称颂之，被于金石，溢于竹帛，使其万世而不忘也。

呜呼！彼君子者，独何修而得此于民哉？岂非始之以至诚，中之以不欲速，而终之以不懈欤？视民如视其身，待其至愚者如其至贤者，是谓至诚。至诚无近效，要在于自信而不惑，是谓不欲速。不欲速则能久，久则功成，功成则易懈，君子济之以恭，是谓不懈。行此三者，所以得之于民也。三代之盛，不能加毫末于此矣。

《既醉》者，成王之诗也。其《序》曰：“《既醉》，太平也，醉酒饱德，人有士君子之行焉。”而说者以为是诗也，实具五福。其诗曰“君子万年”，“寿”也；“介尔景福”，“富”也；“室家之壶”，“康宁”也；“昭明有融”，“攸好德”也；“高朗令终”，“考终命”也。凡言此者，非美其有是五福也，美其全享是福，兼有是乐，而天下安之，以为当然也。

夫诗者，不可以言语求而得，必将深观其意焉。故其讥刺是人也，不言其所为之恶，而言其爵位之尊、车服之美而民疾之，以见其不堪也，“君子偕老，副笄六珈”“赫赫师尹，民具尔瞻”是也。其颂美是人也，不言其所为之善，而言其冠佩之华、容貌之盛而民安之，以见其无媿也，“缁衣之宜兮，敝，予又改为兮”“服其命服，朱芾斯皇”是也。故《既醉》者，非徒享是五福而已，必将有以致之。不然，民将盼盼焉疾视而不能平，又安能独乐乎？是以孟子言王道不言其他，而独言“民之闻其作乐、见其田猎而欣欣”者，此可谓知本矣。

〇“至诚”“不欲速”“不懈”三语，圣学、圣治之本矣。然而本之中又有本焉。使无以实乎天理民彝之极致，万事万物之当然，则虽爱民发于至诚，而爱之转以害之：加以自信而不惑，历久而不懈，岂不滋病乎？神宗之青苗等法，实欲利国利民，非有私也；特以不明物理，不达人情，愈至诚、愈不欲速、愈不懈，愈谬以千里。故《大学》曰：“欲诚其意者，先致其知。致知在格物。”《既醉》备五福，而以“昭明有融”为“攸好德”，非此之谓欤？

诗论

自仲尼之亡，六经之道，遂散而不可解。盖其患在于责其义之太深，而求其法之太切。夫六经之道，惟其近于人情，是以久传而不废。而世之迂学，乃欲（皆）曲为之说，虽其义之不至于此者，必强牵合以为如此，故其论委曲而莫通也。

夫圣人之为经，惟其《礼》与《春秋》合，然后无一言之虚而莫不可考，然犹未尝不近于人情。至于《书》出于一时言语之间，而《易》之文为卜筮而作，故时亦有所不可前定之说，此其于法度已不如《春秋》之严矣。而况《诗》者，天下之人，匹夫匹妇，羁臣贱隶，悲忧愉佚之所为作也。夫天下之人，自伤其贫贱困苦之忧，而自述其丰美盛大之乐，上及于君臣父子、天下兴亡治乱之迹，而下及于饮食床笫、昆虫草木之类。盖其中无所不具，而尚何以绳墨法度，区区而求诸其间哉？此亦足以见其志之无不通矣。夫圣人之于《诗》，以为其终要入于仁义，而不责其一言之无当，是以其意可观而其言可通也。

今之《诗传》曰："殷其雷，在南山之阳"，"出自北门，忧心殷殷"，"扬之水，白石凿凿"，"终朝采绿，不盈一掬"，"瞻彼洛矣，维水泱泱"，若此者，皆兴也。而至于"关关雎鸠，在河之洲"，"南有樛木，葛藟累之"，"南有乔木，不可休息"，"维鹊有巢，维鸠居之"，"喓喓草虫，趯趯阜螽"，若此者，又皆兴也。其意以为兴者，有所象乎天下之物，以自见其事。故凡《诗》之为此事而作，其言有及于是物者，则必强为是物之说，以求合其事，盖其为学亦已劳矣。

且彼不知夫《诗》之体，固有比矣，而皆合之以为兴。夫"兴"之为言，犹曰"其意云尔"。意有所触乎当时，时已去而不可知，故其类可以意推，而不可以言解也。"殷其雷，在南山之阳"，此非有所取乎雷也，盖必其当时之所见而有以动乎其意，故后之人不可以求得其说，此其所以为兴也。

嗟夫！天下之人欲观于《诗》，其必先知比、兴。若夫"关关雎鸠，在河之洲"，是诚有取于其挚而有别，是以谓之比而非兴也。

嗟夫！天下之人欲观于《诗》，其必先知夫兴之不可与比同，而无强为之说，以求合其当时之事，则夫《诗》之意，庶乎可以意晓而无劳矣。

〇分别比、兴，千古定论。若夫雎鸠挚而有别，谓是比而非兴，犹是沿习诂训而未思也。“关雎”只是兴，闻其关关和鸣，见其在河之洲，因以起兴云尔。其谓“挚而有别”，正轼所谓刻求之过。昔人不云乎？雎鸠既是鹗类，不应以凶残鸷之鸟比淑女、君子矣。若其所称《书》“出于一时之语”，言《易》不若《春秋》之谨严，语颇率尔，读者节取焉可也。

◇储欣曰：“如汉唐注疏云云，是古《序》所谓‘《诗》有六义’者，蚤缺其一矣。前后相沿不悟，得明眼人拈出，然后六义具而诗教明。其有功经籍如此。徒窃苏、张之绪余者，能乎哉？亦好诋之过也。”

礼　论

昔者商周之际，何其为礼之易也。其在宗庙、朝廷之中，笾豆簠簋、牛羊酒醴之荐，交于堂上，而天子、诸侯、大夫、卿士周旋揖让，献酬百拜，乐作于下，礼行于上，雍容和穆，终日而不乱。夫古之人，何其知礼而行之不劳也？当此之时，天下之人，惟其习惯而无疑，衣服、器皿、冠冕、佩玉，皆其所常用也。是以其人入于其间，耳目聪明，而手足无所忤。其身安于礼之曲折而其心不乱，以能深思礼乐之意，故其廉耻退让之节，睟然见于面而盎然发于其躬。夫是以能使天下观其行事，而忘其暴戾鄙野之气。

至于后世风俗变易，更数千年以至于今，天下之事已大异矣。然天下之人，尚皆记录三代礼乐之名，详其节目，而习其俯仰，冠古之冠，服古之服，而御古之器皿，伛偻拳曲，劳苦于宗庙、朝廷之中，区区而莫得其纪，交错纷乱而不中节。此无足怪也，其所用者，非其素所习也，而强使焉。甚矣夫，后世之好古也！

昔者上古之世，盖尝有巢居穴处，污樽抔饮，燔黍捭豚，蒉桴土鼓，而以为是足以养生送死，而无以加之者矣。及其后世，圣人以为不足以大利于天下，是故易之以宫室，新之以笾豆鼎俎之器，以济天下之所不足，而尽去太古之法。惟其祭祀以交于鬼神，乃始荐其血毛，豚解而腥之，体解而爓之，以为是不忘本，而非以为后世之礼不足用也。是以退而体其犬豕牛羊，实其簠簋笾豆铏羹，以极今世之美，未闻其牵于上古之说，选愞而不决也。

且方今之人，佩玉、服黻冕而垂旒，拱手而不知所为；而天下之人亦且见而笑之，是何所复望于其有以感发天下之心哉！且又有所大不安者。宗庙之祭，圣人所以追求先祖之神灵，庶几得而享之，以安恤孝子之志者也。是以思其平生起居饮食之际，而设其器用、荐其酒食，皆从其生，以冀其来而安之。而后世宗庙之祭（际），皆用三代之器，则是先祖终莫得而安也。盖三代之时，席地而食，是以其器用，各因其所便而为之高下、大小之制。今世之礼，坐于床而食于床上，是以其器不得不有所变。虽正使三代之圣人生于今而用之，亦将以为便安。

故夫三代之视上古，犹今之视三代也。三代之器，不可复用矣；而其制礼之意，尚可依仿以为法也。宗庙之祭，荐之以血毛，重之以体荐，有以存古之遗风矣；而其余者，可以易三代之器，而用今世之所便，以从鬼神之所安。惟其春秋社稷、释奠释菜，凡所以享古之鬼神者，则皆从其器。盖周人之祭蜡与田祖也。吹苇籥，击土鼓，此亦各从其所安耳。

嗟夫！天下之礼，宏阔而难言，自非圣人而何以处此？故夫推之而不明，讲之而不详，则愚实有罪焉。唯其近于正而易行，庶几天下安而从之，是则有取焉耳。

○轼与二程，同在元祐朝。伊川好用古礼，轼意不然，两家弟子遂至互相抗侮，竟成洛党、蜀党之目。元丰群小，方睽睽伺隙，而诸贤不悟，自相谤毁；至绍圣初，乃尽窜岭海，可哀也夫！

礼者何？仁之见诸行事者也。礼有古今，仁亦有古今耶？苟可以达吾之仁于君臣、父子、兄弟、夫妇、朋友之间，是则为礼。“礼云礼云，玉帛云乎哉？”轼之论，实有得乎礼之意，虽圣人复起不易者也。

虽然，仁之难成久矣。必协于无过不及之中，而后礼具而仁以昭然，则虽有圣人，亦不能不监于往古之成宪，以求其无过不及之中也，明矣。纵或信古太笃、泥古太深，要亦不失为古训是式、威仪是力之君子。而轼虐谑之，乐闻轼说者，遂于好用古礼之人如见怪物焉，则又岂礼也哉？洛党不能堪，于是朱光庭、贾易辈，遂以谤讪朝廷诬轼等，则更为至无礼而大不仁也已！读轼《礼论》，轼之本意自明；洛、蜀两家得失之故，亦具可考。轼不云乎：“推之而不明，讲之而不详，则愚实有罪焉。”然则轼又何尝谓古礼可尽废哉？

论闰月不告朔犹朝于庙

《春秋》之文同，其所以为文异者，君子观其意之所在而已矣。先儒之“论闰月不告朔”者，牵乎“犹朝于庙”之说而莫能以自解也。《春秋》之所以书“犹”者二：曰如此而犹如此者，甚之之词也，“辛巳，有事于太庙，仲遂卒于垂。壬午，犹绎”是也；曰不如此而犹如此者，幸之之词也，“不郊犹三望”“闰月不告朔，犹朝于庙”是也。

夫子伤周道之残缺，而礼乐文章之坏也，故区区焉掇拾其遗亡，以为其全不可得而见矣，得见一二斯可矣。故书曰“犹朝于庙”者，伤其不告朔而幸其犹朝于庙也。夫子之时，告朔之礼亡矣，而有饩羊者存焉。夫子犹不忍去，以志周公之典，则其朝于庙者，乃不如饩羊之足存欤！

《公羊传》曰：“曷为不言告朔？天无是月也。”《穀梁传》曰：“闰月者，附月之余日也，天子不以告朔而丧事不数也。”而皆曰“犹者，可以已也”，是以其幸之之词而为甚之之词，宜其为此异端之说也。且夫天子、诸侯之所为告朔听政者，以为天欤、为民欤？天无是月而民无是月欤？彼其孝子之心，不欲因闰月以废丧纪，而人君乃欲假此以废政事欤？

夫周礼乐之衰，岂一日之故？有人焉开其端而莫之禁，故其渐遂至于扫地而不可救。文十六年“夏六月，公四不视朔”，《公羊传》曰：“公有疾也。何言乎公有疾不视朔？自是公无疾不视朔也。”故夫有疾而不视朔者，无疾而不视朔之原也；闰月而不告朔者，常月而不告朔之端也。圣人忧焉，故谨而书之，所以记礼之所由废也。

《左氏传》曰：“闰以正时，时以作事，事以厚生，生民之道于是乎在。不告闰朔，弃时政也，何以为民？”而杜预以为虽朝于庙，则如勿朝，以释经之所书“犹”之意，是亦曲而不通矣。

○据《论语》以驳公、穀，其解甚确。

宋襄公论

鲁僖公二十二年冬十一月一日己巳，朔，“宋公及楚人战于泓，宋师败绩”。《春秋》书战，未有若此之严而尽也。曰“宋公”，天子之上公。宋，先代之后，于周为客，天子有事膰焉，有丧拜焉，非列国诸侯之所敢敌也。而曰“及楚人战于泓”，楚，夷狄之国；人，微者之称。以天子之上公，而当夷狄之微者，至于败绩，宋公之罪，盖可见矣。而穀梁之《传》（《公羊传》）以为文王之师（战）不过是（此），学者疑焉。故不可以不辩。

宋襄公非独行仁义而不终者也，以不仁之资，盗仁者之名尔。齐宣有牵牛而过堂下者，曰：“牛何之？”曰：“将以衅钟。”王曰：“舍之。吾不忍其觳觫，若无罪而就死地。”夫舍一牛，于德未有所损益者，而孟子与之以“王”，所谓“以不忍人之心，行不忍人之政”，三代之所共也。而宋襄公执鄫子，用于次睢之社。君子杀一牛犹不忍，而宋公戕一国君若犬豕然，此而忍为之，天下孰有不忍者耶？泓之役，身败国衄，乃欲以“不重伤，不禽二毛”欺诸侯。人能紾其兄之臂以取食，而能忍饥于壶餐者，天下知其不情也。襄公能忍于鄫子，而不忍于重伤二毛，此岂可谓其情也哉？桓、文之师，存亡继绝，犹不齿于仲尼之门，况用人于夷鬼以求霸，而谓王者之师，可乎？使鄫子有罪而讨之，虽声于诸侯而戮于社，天下不以为过。若以喜怒兴师，则秦穆公获晋侯，且犹释之，而况敢用诸淫昏之鬼乎?

以愚观之,宋襄公,王莽之流。襄公以诸侯为可以名得,王莽以天下为可以文取也。其得丧小大不同,其不能欺天下则同也。其不鼓不成列,不能损襄公之虐;其抱孺子而泣,不能盖王莽之篡。使莽无成,则宋襄;宋襄得志,亦一莽也。

古人有言:“图王不成,其弊犹足以霸。”襄公行王者之师,犹足以当桓公之师,一战之余,救死扶伤不暇。此独妄庸耳。齐桓、晋文得管仲、子犯而兴,襄公有一子鱼不能用,岂可同日而语哉?自古失道之君,如是者多矣,死而论定,未有如宋襄公之欺于后世者也。

○储欣云:“宋襄举动烦扰,虽得天下,不能一朝居也,的与王莽一辙。然吾谓五霸列宋襄,此相传之谬说,其实非也。五霸若并前世言之,周止有二焉,齐桓、晋文而已。若据《孟子》书专指春秋,亦二百四十年间自有五霸,与襄无与也。盖自同盟幽而齐霸,战城濮而晋霸,封殽尸而秦霸,杀陈夏征舒而楚霸,三驾楚、九合诸侯而晋复霸,然则所谓五霸者,齐桓、晋文也,秦穆、楚庄也,晋悼也,宋襄何有哉?坡公谓其盗仁者之名,吾谓其并盗霸者之名,而不可以不辨矣。”欣意谓轼只辨宋襄不足为霸,而不知五霸中实无宋襄也。

今按杜预注《左传》,谓夏霸昆吾,商霸大彭、豕韦,周霸齐桓、晋文;或曰齐桓、晋文、宋襄、秦穆、楚庄。赵岐注《孟子》用杜预后说。《荀子》称五霸,谓齐桓、晋文、楚庄、吴阖闾、越勾践;颜师古注《汉书》,则谓齐桓、宋襄、晋文、秦穆、吴夫差。历代诸说,本自不同。欣意去宋襄、用晋悼者,则以《左传》有“晋复霸”之辞也。晋悼之霸,何休谓“霸不过五”,不许其霸。孔颖达谓“霸者,强国为之,其数何有定限”,斥休为乡曲之学。孔意霸不妨于有六,晋悼自在五霸之外,则欣斥宋襄，登晋悼以就五数，此其立论之本也。

间尝论之，“仲尼之徒，无道桓、文之事者”。夫桓、文，一世之所矜尚，而仲尼之徒至不以挂齿，岂矫异若是夫？亦曰：“君臣之义，自是漓焉尔。”“溥天之下，莫非王土；率土之滨，莫非王臣。”国，天子之国；民，天子之民也。天子使有其国、牧其民，以守其世祀，而乃搂诸侯以伐诸侯，阳以尊王室为名，而阴以行自雄自长之计。逢王室之不造，天子仅亦守府，乃如其意而与之，以长诸侯，是不臣之渐也，非君臣之义也。夫君臣之义，穷天地、亘万古而不变者，岂曰“将以天下奉一人”哉？盖必如是，而后乾坤清夷，自横目之民，下逮于肖翘之属，始各有所安其食息耳。有或为之乱阶，圣人断断乎绝之。其为斯世斯民计，至深远也。自天下为郡县以后，使有藩镇之属为桓、文之事者出焉，则不待远识之士而知议其非矣。三代公侯伯子男，奉天子之命以牧其土与民者，其与今之督抚守令有异制耳，岂有异义焉？乃挟天子以令诸侯，自称为霸，则腐儒犹津津称道之，何异“朝四而暮三，众狙皆喜”乎？然则“霸”之为名，即非懿称，宋襄之不足霸固矣。而欣谓其并盗霸者之名，犹以此为美名而有所吝惜，则亦“犹有蓬之心”也。

郑康成曰：“天子衰，诸侯兴，故曰霸。霸，把也，言把持天子之政教也。”夫把持天子之政教，岂仲尼之徒所忍言者乎？轼述古语，谓“图王不成，其弊犹足以霸”。此语虽出自古，尤不可以训。王、霸殊途，犹东西南北之异辙，安得图王不成而能霸？夫有天下、为天子者，果其图王，则孟子谓“保民而王，莫之能御矣”，岂有不成仅霸之理？非天子也，非有天下也，则又何得图王？图王者，非即所为乱臣乎？足以霸则然矣，王其可成哉？夫王、霸之辨不明，则君臣之义不著，其为世道人心害，非细故也。

伊尹论

办天下之大事者，有天下之大节者也。立天下之大节者，狭天下者也。夫以天下之大而不足以动其心，则天下之大节有不足立，而大事有不足办者矣。

今夫匹夫匹妇，皆知洁廉忠信之为美也；使其果洁廉而忠信，则其智虑未始不如王公大人之能也。惟其所争者，止于箪食豆羹；而箪食豆羹足以动其心，则宜其智虑之不出乎此也。箪食豆羹，非其道不取，则一乡之人，莫敢以不正犯之矣。一乡之人莫敢以不正犯之，而不能办一乡之事者，未之有也。推此而上，其不取者愈大，则其所办者愈远矣。让天下与让箪食豆羹，无以异也；治天下与治一乡，亦无以异也。然而不能者，有所蔽也。天下之富，是箪食豆羹之积也；天下之大，是一乡之推也。非千金之子，不能运千金之资。贩夫贩妇得一金而不知其所措，非智不若，所居之卑也。

孟子曰："伊尹耕于有莘之野，非其道也，非其义也，虽禄之天下，弗受也。"夫天下不能动其心，是故其才全。以其全才而制天下，是故临大事而不乱。古之君子，必有高世之行，非苟求为异而已。卿相之位，千金之富，有所不屑，将以自广其心，使穷达利害不能为之芥蒂，以全其才，而欲有所为耳。后之君子，盖亦尝有其志矣，得失乱其中，而荣辱夺其外，是以役役至于老死而不暇，亦足悲矣。孔子叙书至于舜、禹、皋陶相让之际，盖未尝不太息也。夫以朝廷之尊，而行匹夫之让，孔子安取哉？取其不汲汲于富贵，有以大服天下之心焉耳。

夫太甲之废，天下未尝有是，而伊尹始行之，天下不以为惊。以臣放君，天下不以为僭；既放而复立，太甲不以为专。何则？其素所不屑者，足以取信于天下也。彼其视天下眇然不足以动其心，而岂忍以废放其君求利也哉？后之君子，蹈常而习故，惴惴焉惧不免于天下，一为希阔之行，则天下群起而诮之。不知求其素，而以为古今之变，时有所不可者，亦已过矣夫。

□圣祖御评：推极根柢，妙有发挥。

◇王世贞曰："伊尹事功，莫大于相汤，又莫难于相太甲。放之、复之，而人不疑其耕莘之心，即素取信于人故也。论伊尹者，无逾此篇。"

◇王志坚曰："周公之流言，岂其素不如伊尹哉？'古今之变，时有所不可'者，是亦不易之论也。"

周公论

论周公者多异说，何也？周公居礼之变，而处圣人之不幸，宜乎说者之异也。凡周公之所为，亦不得已而已矣。若得已而不已，则周公安得而为之？成王幼，不能为政，周公执其权，以王命赏罚天下。是周公不得已者，如此而已。

今儒者曰：周公践天子之位，称王而朝诸侯，则是岂不可以已耶？《书》曰："周公位冢宰，正百工。群叔流言。"又曰："召公为保，周公为师，相成王，为左右。召公不说。"又曰："周公曰：王若曰……"则是周公未尝践天子之位而称王也。周公称王，则成王宜何称？将亦称王耶？将不称耶？不称，则是废也；称王，则是二王也。而周公将何以安之？孔子曰：“必也，正名乎！”儒者之患，患在于名实之不正。故亦有以文王为称王者，是以圣人为后世之僭君，急于为王者耶？天下虽乱，有王者在，而已自王，虽圣人不能以服天下。

昔高帝击灭项籍，统一四海，诸侯、大臣相率而帝之，然且辞以不德，惟陈胜、吴广乃嚣嚣乎急于自王，而谓文王亦为之耶？武王伐商，师渡孟津，会于牧野，其所以称先君之命命于诸侯者，盖犹曰文考而已。至于武成，既以柴望告天，百工奔走，受命于周，而后其称曰：“我文考文王，克成厥勋。”由此观之，则是武王不敢一日妄尊其先君，而况于文王之自王乎？《诗》曰：“虞芮质厥成，文王蹶厥生。”是亦追称而已矣。《史记》曰：“妪乎采芑，归乎田成子。”夫田常之时，安知其为成子而称之？故凡以文王、周公为称王者，皆过也。是资后世之篡君而为藉之也。

陈贾问于孟子曰：“周公使管叔监殷，管叔以殷叛。知而使之，是不仁；不知，是不智。”孟子曰：“周公，弟也；管叔，兄也。周公之过，不亦宜乎？”从孟子之说，则是周公未免于有过也。夫管、蔡之叛，非逆也，是其智不足以深知周公而已矣。周公之诛，非疾之也，其势不得不诛也。故管、蔡非所谓大恶也。兄弟之亲，而非有大恶，则其道不得不封。管、蔡之封，武王之世也。武王之世，未知有周公、成王之事。苟无周公、成王之事，则管、蔡何从而叛？周公何从而诛之？故曰：周公居礼之变，而处圣人之不幸也。

〇此与欧阳修《泰誓论》明文、武、周公之心，并为扶翼君臣大义之至文。抉浮云，扫蒙景，昭昭然揭日月以行者也。

卷四十二

眉山苏轼文五　论

荀卿论

尝读《孔子世家》，观其言语文章，循循莫不有规矩，不敢放言高论，言必称先王，然后知圣人忧天下之深也。茫乎不知其畔岸，而非远也；浩乎不知其津涯，而非深也。其所言者，匹夫匹妇之所共知；而所行者，圣人有所不能尽也。呜呼！是亦足矣。使后世有能尽吾说者，虽为圣人无难；而不能者，不失为寡过而已矣。

子路之勇，子贡之辩，冉有之智，此三者，皆天下之所谓难能而可贵者也。然三子者，每不为夫子之所悦。颜渊默然不见其所能，若无以异于众人者，而夫子亟称之。且夫学圣人者，岂必其言之云尔哉？亦观其意之所向而已。夫子以为后世必有不能行其说者矣，必有窃其说而为不义者矣，是故其言平易正直，而不敢为非常可喜之论，要在于不可易也。

昔者常怪李斯事荀卿，既而焚灭其书，大变古先圣王之法，于其师之道，不啻若寇雠。及今观荀卿之书，然后知李斯之所以事秦者皆出于荀卿，而不足怪也。

荀卿者，喜为异说而不让，敢为高论而不顾者也。其言，愚人之所惊，小人之所喜也。子思、孟轲，世之所谓贤人君子也。荀卿独曰："乱天下者，子思、孟轲也。"天下之人，如此其众也；仁人义士，如此其多也。荀卿独曰："人性恶。桀、纣，性也；尧、舜，伪也。"由是观之，意其为人必也刚愎不逊，而自许太过。彼李斯者，又特甚者耳。

今夫小人之为不善，犹必有所顾忌，是以夏、商之亡，桀、纣之残暴，而先王之法度、礼乐、刑政，犹未至于绝灭而不可考者，是桀、纣犹有所存而不敢尽废也。彼李斯者，独能奋而不顾，焚烧夫子之六经，烹灭三代之诸侯，破坏周公之井田，此亦必有所恃者矣。彼见其师历诋天下之贤人，以自是其愚，以为古先圣王皆无足法者；不知荀卿特以快一时之论，而荀卿亦不知其祸之至于此也。

其父杀人报仇，其子必且行劫。荀卿明王道、述礼乐，而李斯以其学乱天下，其高谈异论有以激之也。孔、孟之论，未尝异也，而天下卒无有及者。苟天下果无有及者，则尚安以求异为哉？

□圣祖御评：谓"人性恶"，诚荀卿学术之偏。此又推极言之，理据精详，非苛论也。

○轼谓李斯破坏周公之井田，然井田之废，不自斯始；且井田昉于虞夏，亦不得属之周公。此语盖轼少作，未检点处，不可为法。

◇王志坚曰："锺伯敬谓长公此论为荆公作。案公此论刻《应诏集》，乃应制科时作，未有荆公事，伯敬误也。"

韩非论

圣人之所为恶夫异端，尽力而排之者，非异端之能乱天下，而天下之乱所由出也。昔周之衰，有老聃、庄周、列御寇之徒，更为虚无淡泊之言，而治其猖狂浮游之说，纷纭颠倒，而卒归于无有。由其道者，荡然莫得其当，是以忘乎富贵之乐，而齐乎死生之分，此不得志于天下、高世远举之人，所以放心而无忧。虽非圣人之道，而其用意，固亦无恶于天下。

自老聃之死百余年，有商鞅、韩非著书，言治天下无若刑名之贤；及秦用之，终于胜、广之乱。教化不足，而法有余，秦以不祀，而天下被其毒。后世之学者，知申、韩之罪，而不知老聃、庄周之使然。

何者？仁义之道，起于夫妇、父子、兄弟相爱之间；而礼法刑政之原，出于君臣上下相忌之际。相爱则有所不忍，相忌则有所不敢。夫不敢与不忍之心合，而后圣人之道得存乎其中。今老聃、庄周论君臣、父子之间，泛泛乎若萍浮于江湖而适相值也。夫是以父不足爱，而君不足忌。不忌其君，不爱其父，则仁不足以怀，义不足以劝，礼乐不足以化。此四者皆不足用，而欲置天下于无有。夫无有，岂诚足以治天下哉！商鞅、韩非求为其说而不得，得其所以轻天下而齐万物之术，是以敢为残忍而无疑。

今夫不忍杀人而不足以为仁，而仁亦不足以治民；则是杀人不足以为不仁，而不仁亦不足以乱天下。如此，则举天下唯吾之所为，刀锯斧钺，何施而不可？昔者夫子未尝一日敢易其言。虽天下之小物，亦莫不有所畏。今其视天下眇然若不足为者，此其所以轻杀人欤？

太史迁曰："申子卑卑，施于名实；韩子引绳墨，切事情，明是非，其极惨覈少恩，皆原于《道德》之意。"尝读而思之，事固有不相谋而相感者。庄、老之后，其祸为申、韩。由三代之衰至于今，凡所以乱圣人之道者，其弊固已多矣，而未知其所终，奈何其不为之所也。

□圣祖御评：道德刑名之利害，所见朗彻，而辞笔亦沉鸷绝伦。

○老子无为清静，庄、列一死生、解外胶，皆所谓"游乎方之外"者。其与释氏，不以中西而异。人诚能识，心达本源，则酬酢万变，正其无为清静也；竭力致身，正其一死生、解外胶也。岂曰"卒归于无有"哉？

且三界惟心不落有无，若其分别诸相，则言无我者有之矣，奚尝曰：无人而谓"杀人不足以为不仁"哉？无我，故尧舜事业如浮云之过太虚也，所为"廓然无圣"也；有人，故尧舜其犹病诸也，所为"有一众生未度，不敢成佛"也。申、韩反是，其于我也，拔一毛而利天下，不为；其于人也，尽世界之人摩顶放踵以利我，而亦为之。此正逆天地之性，拂万物之情，岂特周、孔之所不容，正与释、老、庄、列冰炭不同者。

虽然，孔子言之矣："中人以上，可以语上；中人以下，不可以语上。"犹夫趾有蹼者飞不高，趾无蹼者走必跃也。盗贼杀人，固不可归咎于古圣之作刀剑；然而杀人之器，必由刀剑矣。二氏之书，日在宇宙，不能免中人以下者之误读，则轼此论，亦有所裨补欤？

昔我世宗宪皇帝有言："果能了脱生死，则忠必真忠，孝必真孝。如其不然，而徒有见于生无足爱、死无足畏，则《中庸》所谓‘小人而无忌惮’者，必其人矣。”大哉圣言！可息千古之聚讼也。

◇胡居仁曰：“言非之惨刻，由老、庄以虚无轻天下来，亦本太史公原道德之意而发。与论李斯祸由荀卿，同一公案。”

留侯论

古之所谓豪杰之士者，必有过人之节。人情有所不能忍者，匹夫见辱，拔剑而起，挺身而斗，此不足为勇也。天下有大勇者，卒然临之而不惊，无故加之而不怒，此其所挟持者甚大，而其志甚远也。

夫子房受书于圯上之老人也，其事甚怪，然亦安知其非秦之世，有隐君子者出而试之？观其所以微见其意者，皆圣贤相与警戒之义，而世不察，以为鬼物，亦已过矣；且其意，不在书。

当韩之亡，秦之方盛也，以刀锯鼎镬待天下之士，其平居无罪夷灭者，不可胜数。虽有贲、育，无所复施。夫持法太急者，其锋不可犯，而其末可乘。子房不忍忿忿之心，以匹夫之力，而逞于一击之间。当此之时，子房之不死者，其间不能容发，盖亦已危矣。千金之子，不死于盗贼。何者？其身之可爱，而盗贼之不足以死也。子房以盖世之才，不为伊尹、太公之谋，而特出于荆轲、聂政之计，以侥幸于不死，此固圯上之老人所为深惜者也。是故倨傲鲜腆而深折之。彼其能有所忍也，然后可以就大事，故曰：“孺子可教也。”

楚庄王伐郑，郑伯肉袒牵羊以逆。庄王曰：“其君能下人，必能信用其民矣。”遂舍之。勾践之困于会稽而归，臣妾于吴者，三年而不倦。且夫有报人之志，而不能下人者，是匹夫之刚也。夫老人者，以为子房才有余，而忧其度量之不足，故深折其少年刚锐之气，使之忍小忿而就大谋。何则？非有平生之素，卒然相遇于草野之间，而命以仆妾之役，油然而不怪者，此固秦皇之所不能惊，而项籍之所不能怒也。

观夫高祖之所以胜，而项籍之所以败者，在能忍与不能忍之间而已矣。项籍唯不能忍，是以百战百胜而轻用其锋。高祖忍之，养其全锋而待其弊，此子房教之也。当淮阴破齐而欲自王，高祖发怒，见于词色。由此观之，犹有刚强不忍之气，非子房，其谁全之？

太史公疑子房以为魁梧奇伟，而其状貌乃如妇人女子，不称其志气。呜呼，此其所以为子房欤！

□圣祖御评：以“忍”字作骨而出以快笔，岂子瞻胸中先有此一段议论，乃因留后而发之耶？

○子房自以五世相韩，尽散家财，求壮士为韩报仇，狙击始皇于博浪沙中。傥使其时真中始皇，子房必与始皇俱死，而其时斯、高之谋未萌，扶苏尚在，恬、毅诸将无恙，秦国未可亡也。虽其忠肝义胆震动天地，而自达者视之，其行事不犹孺子之为乎？

子房本豪族公子，其时尚少，未尝学问。而秦法“挟书者弃市”，意其时如东序所陈之大训，列国纪载之嘉言，民间荡然无存。圯上老人当必有所藏者，如鲁壁之类。度子房可授，故出以授子房。子房得闻所以定天下、为帝王师之道，佐高帝灭无道秦，而韩之仇果以报矣。惠、文之世，学校未兴，而书遂无传于后世耳。后世疑为神怪，谓所授之书，必用兵之术，则又与儿童之见无异。汉高之取天下也，定三秦之后，子房始归汉。五年之内，赖韩信，东取齐，北取赵，诸侯并叛羽；羽食尽，乃一举而灭之。自羽食尽以前，汉高自将以与羽遇，但屡败耳。此时子房不在帷幄间乎？然则子房所为定筹决胜者，非搏战之事，亦明矣。吊诡之士，复伪造黄石公《素书》三篇以实之，皆可怪也。

贾谊论

非才之难，所以自用者实难。惜乎贾生，王者之佐，而不能自用其才也！

夫君子之所取者远，则必有所待；所就者大，则必有所忍。古之贤人，皆有可致之才，而卒不能行其万一者，未必皆其时君之罪，或者其自取也。

愚观贾生之论，如其所言，虽三代何以远过？得君如汉文，犹且以不用死。然则是天下无尧舜，终不可以有所为耶？仲尼圣人，历试于天下，苟非大无道之国，皆欲勉强扶持，庶几一日得行其道。将之荆，先之以冉有，申之以子夏，君子之欲得其君，如此其勤也。孟子去齐，三宿而后出昼，犹曰："王其庶几召我。"君子之不忍弃其君，如此其厚也。公孙丑问曰："夫子何为不豫？"孟子曰："方今天下，舍我其谁哉！而吾何为不豫？"君子之爱其身，如此其至也。夫如此而不用，然后知天下之果不足与有为，而可以无憾矣。若贾生者，非汉文之不用生，生之不能用汉文也。

夫绛侯亲握天子玺而授之文帝，灌婴连兵数十万，以决刘、吕之雄雌，又皆高帝之旧将，此其君臣相得之分，岂特父子骨肉手足哉？贾生，洛阳之少年，欲使其一朝之间，尽弃其旧而谋其新，亦已难矣。为贾生者，上得其君，下得其大臣如绛、灌之属，优游浸渍而深交之，使天子不疑，大臣不忌，然后举天下而唯吾之所欲为，不过十年，可以得志。安有立谈之间，而遽为人痛哭哉？观其过湘，为赋以弔屈原，纡郁愤闷，趯然有远举之志。其后卒以自伤哭泣，至于夭绝，是亦不善处穷者也。夫谋之一不见用，安知终不复用也？不知默默以待其变，而自残至此。呜呼！贾生志大而量小，才有余而识不足也。

古之人有高世之才，必有遗俗之累，是故非聪明睿哲不惑之主，则不能全其用。古今称苻坚得王猛于草茅之中，一朝尽斥去其旧臣而与之谋。彼其匹夫，略有天下之半，以此哉！

愚深悲贾生之志，故备论之。亦使人君得如贾谊之臣，则知其有狷介之操，一不见用，则忧伤病沮，不能复振；而为贾生者，亦慎其所发哉！

○史称神宗欲骤用轼，韩琦不欲坏成例，沮之。轼以此终身德琦。呜呼！若轼者，真可谓自爱其身者欤？作《贾谊论》，宋人谓在其晚年。观轼流离颠沛，至挑菜度日，夕宿树下，而若将终身，怡然自得；与贾谊之赋《鹏鸟》、投文弔屈原者，异矣。当日仁宗得轼对策，退朝色喜，皇后请问其故，曰："为子孙得贤宰相。"以故神宗虽惑于谗，未尝不终身眷眷于轼；比贾谊之见赏于文帝，而终不得柄用者，殆髣髴焉。轼虽知命，不忧乎？然篇末数语，俯仰古今，自伤而伤他人者，至矣。

若夫贾谊弔屈原、赋《鹏鸟》，诚纡郁愤闷、不能见道之明验；至其哭泣岁余而死，则以梁王坠马死，而自伤为傅之无状也。贾生食人之禄，忠人之事，一有过误，引为己责，其心且谓傅梁王而王至坠马，夭其天年，则平日所自许一旦柄用可以手致太平者，皆谬妄也。“哭泣岁余，亦死”，此泪当与苌叔碧血同宝矣。其忠厚恻怛、廉节志气之耿光，可贯日月。乃轼不察史氏所称“亦死”者，承梁王死而言，而转以此诮谊，非笃论矣。梁王未坠马死以前，谊何尝自伤不用而哭泣哉？

晁错论

天下之患，最不可为者，名为治平无事，而其实有不测之忧。坐观其变，而不为之所，则恐至于不可救；起而强为之，则天下狃于治平之安，而不吾信。唯仁人君子、豪杰之士，为能出身为天下犯大难，以求成大功。此固非勉强期月之间，而苟以求名者之所能也。天下治平，无故而发大难之端，吾发之，吾能收之，然后有以辞于天下；事至而循循焉欲去之，使他人任其责，则天下之祸，必集于我。

昔者晁错尽忠为汉，谋弱山东之诸侯。山东诸侯并起，以诛错为名，而天子不察，以错为说。天下悲错之以忠而受祸，而不知错之有以取之也。

古之立大事者，不唯有超世之才，亦必有坚忍不拔之志。昔禹之治水，凿龙门，决大河而放之海。方其功之未成也，盖亦有溃冒冲突可畏之患，惟能前知其当然，事至不惧而徐为之所，是以得至于成功。

夫以七国之强而骤削之，其为变岂足怪哉！错不于此时捐其身，为天下当大难之冲，而制吴、楚之命，乃为自全之计，欲使天子自将，而己居守。且夫发七国之难者，谁乎？己欲求其名，安所逃其患？以自将之至危，与居守之至安，己为难首，择其至安，而遗天子以其至危，此忠臣义士所以愤惋而不平者也。当此之时，虽无袁盎，错亦不免于祸。何者？己欲居守，而使人主自将，以情而言，天子固已难之矣，而重违其议。是以袁盎之说，得行于其间。使吴、楚反，错以身任其危，日夜淬砺，东向而待之，使不至于累其君，则天子将恃之以为无恐，虽有百袁盎，可得而间哉？

嗟夫！世之君子，欲求非常之功，则无务为自全之计。使错自将而击吴、楚，未必无功。惟其欲自固其身，而天子不悦，奸臣得以乘其隙。错之所以自全者，乃其所以自祸欤！

○七国削亦反，不削亦反；削则变速而祸小，不削则变迟而祸大，此世所以伤错之忠也。虽然，明知削之则反矣，而不为备反计乎？四顾群臣，既无可属百万兵者，而可轻削之，以激其反乎？况有周亚夫之可属百万兵而不知，孰云智囊也？且夫宗社者，犹人之神魂也；百姓者，犹人之肢体也。天下有残肢体以安神魂之理乎？则亦岂有残百姓以安宗社之理也！圣贤处此，岂果舍激之反而灭之，之外无他道乎？错亦可谓“未能操刀而轻一割”矣。错父曰：“刘氏安，晁氏危矣。”天下骚然，京师几喋血，刘氏果足为安哉？

◇茅坤曰：“错之误，在夙有怨于盎，而欲借吴之反以诛之。此杀机也，鬼瞰其室矣。何也？以错之学本刑名故也。”

续欧阳子朋党论

欧阳子曰：“小人欲空人之国，必进朋党之说。”呜呼！国之将亡，此其征欤？祸莫大于权之移人，而君莫危于国之有党。有党则必争，争则小人者必胜，而权之所归也，君子安得不危哉！何以言之？君子以道事君，人主必敬之而疏；

小人唯予言而莫予违，人主必狎之而亲。疏者易间，而亲者难暌也。而君子者，不得志则奉身而退，乐道不仕；小人者，不得志则徼幸复用，唯怨之报。此其所以必胜也。

盖尝论之：君子如嘉禾也，封殖之甚难，而去之甚易；小人如恶草也，不种而生，去之复蕃。世未有小人不除而治者也，然去之为最难。斥其一，则援之者众；尽其类，则众之致怨也深。小者复用而肆威，大者得志而窃国；善人为之扫地，世主为之屏息。譬断蛇不死，刺虎不毙，其伤人则愈多矣。齐田氏、鲁季孙是已。齐、鲁之执事，莫非田、季之党也，历数君不忘其诛；而卒之，简公弑，昭、哀失国。小人之党，其不可除也如此。而汉党锢之狱，唐白马之祸，忠义之士，斥死无余。君子之党，其易尽也如此。使世主知易尽者之可戒，而不可除者之可惧，则有瘳矣。

且夫君子者，世无若是之多也；小人者，亦无若是之众也。凡才智之士，锐于功名而嗜于进取者，随所用耳。孔子曰："仁者安仁，智者利仁。"未必皆君子也。冉有从夫子则为门人之选，从季氏则为聚敛之臣。唐柳宗元、刘禹锡，使不陷叔文之党，其高才绝学，亦足以为唐名臣矣。昔栾怀子得罪于晋，其党皆出奔，乐王鲋谓范宣子曰："盍反州绰、邢蒯？勇士也。"宣子曰："彼栾氏之勇也，余何获焉？"王鲋曰："子为彼栾氏，乃子之勇也。"呜呼！宣子蚤从王鲋之言，岂独获二子之勇，且安有曲沃之变哉！

愚以为，治道去泰甚耳。苟黜其首恶而贷其余，使才者不失富贵，不才者无所致憾，将为吾用之不暇，又何怨之报乎？人之所以为盗者，衣食不足耳。农夫、市人，焉保其不为盗？而衣食既足，盗岂有不能返农夫、市人也哉！故善除盗者，开其衣食之门，使复其业。善除小人者，诱以富贵之道，使隳其党。以力取威胜者，盖未尝不反为所噬也。

曹参之治齐，曰："慎无扰狱市。"狱市，奸人之所容也。知此，亦庶几于善治矣。奸固不可长，而亦不可不容也。若奸无所容，君子岂久安之道哉？牛、李之党遍天下，而李德裕以一夫之力，欲穷其类而致之必死，此其所以不旋踵而罹仇人之祸也。奸臣复炽，忠义益衰。以力取威胜者，果不可耶！愚是以续欧阳子之说，而为君子小人之戒。

○韩、范、富、司马诸贤，忘身为国，经理天下事；宵小惧不见容，则屡以朋党目之，冀罔上以行其私。欧阳修作《朋党论》，谓"小人无朋，惟君子有之"，盖谓小人之交必以争利而坏，而君子之交必以义合而成，徒欲矫当时之谬论，动人主之倾听，而不自知其言之有弊也。"君子不党"，君子亦党乎？吾世宗宪皇帝作《朋党论》，深斥其非。夫岂不知修之意，非欲为朋党哉？特以其激烈过当之言，足使读者误会；而"小人无朋"之"朋"，方将藉口于修以乱黑白。盖凡所以斥修者，正修言外之意，所欲表襮于后世而未能者也。轼殆亦有疑于其师之言，义未圆足而不可为训，故为此续论欤？

盖尝读《大易》，而知文王、周、孔之心，于朋党实三致意也。其在《坤》曰："利西南得朋，东北丧朋。"谓"西南"者，坤代乾致役之地，非合众力不足以济，故"利得朋"。东方者受命之先，北方者告成之候，禀令归功，已无私焉，而何有于朋类？故"利丧朋"也。

其在《比》六三曰："比之匪人。"谓六三应上六，上在五上，志不在君，故为"比之无首"；六三应之，故为"比之匪人"也。

其在《泰》之九二曰："包荒，用冯河，不遐遗。朋亡，得尚于中行。”“包荒”者，宽裕温柔也；“用冯河”者，发强刚毅也；“不遐遗”者，文理密察也。然必终之以“朋亡”，然后齐庄中正，而大公无我之道备，上下可以交而泰。否则，所为包荒之宽仁、冯河之勇断、不遐遗之缜密，皆不出于中正；不出于中正，则胥无足言矣。若夫六四“翩翩，不富以其邻，不戒以孚”云者，戒六四以当下从三阳之正，而不当上合二阴之邻也。

其在《同人》曰：“同人于野，亨。”“于野”云者，犹路人也。其六二曰：“同人于宗，吝。”“于宗”云者，犹宗党也。理之在天下，华夏蛮貊本为一身，岂必于其宗党，乃可以同乎？同人于宗，吝之道矣。于野同人，非廓然大公之谓乎？

其在《豫》之九四曰：“由豫，大有得，勿疑。朋盍簪。”九四一阳，为豫之主，天下由之，以豫者也。任大责重，非独力所能，必得同德者以自辅，非开诚布公，奚以来诸贤之益？故戒以“勿疑”，则“朋盍簪”也。然则苟非“由豫，大有得”者，固无所谓“朋盍簪”也，不待言明矣。

其在《蹇》之六二曰：“王臣蹇蹇，匪躬之故。”九五曰：“大蹇朋来。”六二之“蹇蹇”者，即九五之“朋”也。其朋于九五者，“匪躬之故”也。大蹇匪朋，其奚济？然惟济天下之大蹇者，朋来而非有所私；否则，但以丧朋为利也。

其在《解》之九四曰：“解而拇，朋至斯孚。”九四为震主，解天下之难者，必解去在下之小人，而后君子之朋斯至。解以缓难，非朋奚济？“解而拇”者，戒有所昵比也。

其在《涣》之六三曰：“涣其躬，无悔。”克己复礼，仁也；其躬尚涣，则于人无论也。六四曰：“涣其群，元吉。涣有丘，匪夷所思。”君子无一人与为群者，而惟理之是视，所为“涣其群”也。而理者，人之所同，得则天下之大、四海之广，无一人而非其群也。故曰“涣有丘，匪夷所思”也。所以为大群者，即其所为涣群也。

六十四卦中，戒朋党者，显言之，则十居二三焉；若其微言之者，又未可以悉数。文王、周、孔之心，于此谆谆若是，然则天下之治否，宁不以此为枢机乎？为人君、为人臣者，其曷可以弗思！

屈到嗜芰论

屈到嗜芰，有疾，召其宗老而属之曰："祭我必以芰。"及祥，宗老将荐芰，屈建命去之。君子曰："违而道。"唐柳宗元非之曰："屈子以礼之末，忍绝其父将死之言。且《礼》有'斋之日，思其所乐，思其所嗜'。子木去芰，安得为道？"甚矣，柳子之陋也！

子木，楚卿之贤者也，夫岂不知为人子之道，事死如事生；况于将死丁宁之言，弃而不用，人情之所忍乎？是必有大不忍于此者而夺其情也。夫死生之际，圣人严之，薨于路寝，不死于妇人之手；至于结冠缨、启手足之末，不敢不勉。其于死生之变，亦重矣。父子平日之言，可以恩掩义；至于死生至严之际，岂容以私害公乎？

曾子有疾，称君子之所贵乎道者三。孟僖子卒，使其子学礼于仲尼。管仲病，劝桓公去三竖。夫数君子之言，或主社稷，或勤于道德，或训其子孙，虽所趣不同，然皆笃于大义，不私其躬也如是。今赫赫楚国，若敖氏之贤，闻于诸侯；身为正卿，死不在民，而口腹是忧，其为陋亦甚矣！使子木行之，国人诵之，太史书之，天下后世不知夫子之贤，而唯陋是闻，子木其忍为此乎？故曰：是必有大不忍者而夺其情也。

然《礼》之所谓"思其所乐，思其所嗜"，此言人子追思之道也。曾晳嗜羊枣，而曾子不忍食。父没而不能读父之书，母没而不能执母之器，皆人子之情自然也，岂待父母之命耶？今荐芰之事，若出于子，则可；自其父命，则为陋耳。岂可以饮食之故，而成父莫大之陋乎？

曾子寝疾，曾元难于易箦。曾子曰："君子之爱人也以德，细人之爱人也以姑息。"若以柳子之言为然，是曾元为孝子；而曾子顾礼之末，易箦于病革之中，为不仁之甚也。

中行偃死，视不可含，范宣子盥而抚之曰："事吴敢不如事主！"犹视。栾怀子曰："主苟终，所不嗣事于齐者，有如河。"乃瞑。呜呼！范宣子知事吴为忠于主，而不知报齐以成夫子忧国之美，其为忠则大矣。

古人以爱恶比之美疢药石，曰："石犹生我。疢之美者，其毒滋多。"由是观之，柳子之爱屈到，是疢之美；子木之违父命，药石也哉！

○人伦以理治，不以欲治。唯其理也，则与生俱生，生生不息，乾坤不毁，斯道不坏。若其欲也，则虽属毛离里，生同胞、乳同怀，而若秦越然，各有所嗜，不可以相通。各狥其欲，则各化于物，道不可见，而乾坤或几于息矣。毫厘之差，千里之谬，非细故也。

孟懿子问孝，子曰："生，事之以礼；死，葬之以礼，祭之以礼。"天下之为人父而不欲以礼自居者，岂鲜哉？事之以礼，则曰："是不善事我也。"葬、祭之以礼，则人又议曰："是违若亲之遗命也。"然则孔子之言，亦有不可行者乎？屈到嗜芰，而子木不以祭，亦祭之以礼而已，何可议哉？柳宗元非之，苏轼辨之当矣，而胡友信又以轼为非。彼亦一是非，此亦一是非，盍折衷于孔子乎？

卷四十三

眉山苏轼文六　论

论养士*

春秋之末，至于战国，诸侯卿相皆争养士。自谋夫说客、谈天雕龙、坚白同异之流，下至击剑扛鼎、鸡鸣狗盗之徒，莫不宾礼，靡衣玉食以馆于上者，何可胜数。越王句践有君子六千人；魏无忌、齐田文、赵胜、黄歇，吕不韦，皆有客三千人。而田文招致任侠奸人六万家于薛，齐稷下谈者亦千人。魏文侯，燕昭王、太子丹，皆致客无数。下至秦、汉之间，张耳、陈余号多士，宾客、厮养，皆天下豪杰；而田横亦有士五百人。其略见于传记者如此，度其余，当倍官吏而半农夫也。此皆奸民蠹国者，民何以支而国何以堪乎？

苏子曰：此先王之所不能免也。国之有奸也，犹鸟兽之有鸷猛，昆虫之有毒螫也。区处条理，使各安其处，则有之矣；锄而尽去之，则无是道也。吾考之世变，知六国之所以久存而秦之所以速亡者，盖出于此，不可以不察也。

---

* 《苏东坡集》等又题《游士失职之祸》。

夫智、勇、辩、力，此四者，皆天民之秀杰者也，类不能恶衣食以养人，皆役人以自养者也，故先王分天下之贵富与此四者共之。此四者不失职，则民靖矣。四者虽异，先王因俗设法，使出于一。三代以上出于学，战国至秦出于客，汉以后出于郡县吏，魏、晋以来出于九品中正，隋、唐至今出于科举。虽不尽然，取其多者论之。

六国之君，虐用其民，不减始皇、二世；然当是时，百姓无一人叛者，以凡民之秀杰者多以客养之，不失职也。其力耕以奉上，皆椎鲁无能为者，虽欲怨叛，而莫为之先。此其所以少安而不即亡也。始皇初欲逐客，因李斯之言而止。既并天下，则以客为无用，于是任法而不任人，谓民可以恃法而治，谓吏不必才取，能守吾法而已。故堕名城，杀豪杰，民之秀异者散而归田亩。向之食于四公子、吕不韦之徒者，皆安归哉？不知其能槁项黄馘以老死于布褐乎？抑将辍耕太息以俟时也？秦之乱成于二世，然使始皇知畏此四人者，有以处之，使不失职，秦之亡不至若是速也。纵百万虎狼于山林而饥渴之，不知其将噬人，世以始皇为智，吾不信也。

楚、汉之祸，生民尽矣，豪杰宜无几，而代相陈豨从车千乘，萧、曹为政，莫之禁也。至文、景、武之世，法令至密，然吴王濞、淮南、梁王、魏其、武安之流，皆争致宾客，世主不问也。岂惩秦之祸，以为爵禄不能尽縻天下士，故少宽之，使得或出于此也耶？

若夫先王之政则不然，曰："君子学道则爱人，小人学道则易使也。"呜呼，此岂秦、汉之所及也哉！

○轼以智、勇、辩、力比之虎狼，疑若言之无择者。间尝论之，物得气质之偏，人得气质之全。偏、全之义，非即善、恶之谓也。偏善偏恶之谓偏，全善全恶之谓全。虎豹终日不杀，则跳踉大叫以泄其怒，必扑杀一物乃已。麒麟、驺虞不践生草，不履生虫，间世一出，往往饿死。两者决不可以相假。人则不然，其善量可以弥天地，则其恶量亦可以弥天地，如掌之正反然。故蠢愚冥顽者，能小善而不能大善，则亦能小恶而不能大恶；智勇辩力者，其能为善大，则其能为恶亦大。善可麒麟、驺虞，恶亦可虎狼也。是以为人上者，凛乎若朽索之驭六马。

论鲁隐公*

鲁隐公元年，“不书即位，摄也”。公子翚请杀桓公，公曰：“为其少故也，吾将授之矣，使营菟裘，吾将老焉。”翚惧，反谮公于桓，而使贼弑公。

欧阳子曰：“隐公，非摄也。使隐而果摄也，则《春秋》不书为‘公’；《春秋》书为‘公’，则隐非摄，无疑也。”

苏子曰：非也。《春秋》，鲁之信史，隐摄而桓弑，著于史也详矣。周公摄而克复子者也，以周公薨，故不称王。隐公摄而不克复子者也，以鲁公薨，故称公。史有谥，国有庙，《春秋》独得不称公乎？然则隐公之摄也，礼欤？曰：礼也。何自闻之？曰：闻之孔子。曾子问曰：“君薨而世子生，如之何？”孔子曰：“卿大夫士，从摄主，北面于西阶南。”何谓摄主？曰：古者天子、诸侯、卿大夫之世子未生而死，则其弟若兄弟之子次当立者，为摄主。子生而女也，则摄主立；男

* 别本又题《摄主》，文亦小异。

也，则摄主退。此之谓摄主。

古之人有为之者，季康子是也。季桓子且死，命其臣正常曰："南孺子之子，男也，则以告而立之；女也，则肥也可。"桓子卒，康子即位。既葬，康子在朝。南氏生男，正常载以如朝，告曰："夫子有遗言，命其圉臣曰：'南氏生男，则以告于君与大夫而立之。'今生矣，男也，敢告。"康子请退。康子之谓摄主，古之道也，孔子行之。

自秦、汉以来，不修是礼也，而以母后摄。孔子曰："惟女子与小人为难养也。"使与闻外事，且不可，曰"牝鸡之晨，惟家之索"，而况可使摄位而临天下乎？女子为政而国安，惟齐之君王后，吾宋之曹、高、向也，盖亦千一矣。自东汉马、邓，不能无讥；而汉吕后、魏胡武灵、唐武氏之流，盖不胜其乱，王莽、杨坚遂因以易姓。由此观之，岂若摄主之庶几乎？使母后而可信也，则摄主何为而不可信？若均之不可信，则摄主取之，犹吾先君之子孙也，不犹愈于异姓之取哉！

或曰："君薨，百官总己以听于冢宰三年，安用摄主？"曰：非此之谓也。嗣天子长矣，宅忧而未出令，则以礼设冢宰。若太子未生，生而弱，未能君也，则三代之礼，孔子之学，决不以天下付异姓，其付之摄主也。夫岂非礼而周公行之欤？故隐公亦摄主也。

郑玄，儒之陋者也。其传"摄主"也，曰："上卿代君听政者也。"使子生而女，则上卿岂继世者乎？苏子曰：摄主，先王之令典，孔子之法言也。而世不知，习见母后之摄也，而以为当然。故吾不可不论，以待后世之君子。

○秦燔诗书，而先王之典章茫然不可考。汉兴未几，而吕后遂以女子居摄，几移汉祚。当日匈奴尚知其非，而为婷嫚之语以相诮刺；乃汉之公卿拱手以听，莫敢谁何，亦人伦之大变矣。后遂以为典制，至于唐武后，后先相望，遗臭万年。宋制仍之，虽屡得贤后，远迈汉唐，然终不可以训也。此程子传《易》所以致意于《坤》六五之“黄裳”，而谓“非常之变，不可言也”欤？究其所以然，实以古人居摄之制废，而主少国疑，国无与属，则以为莫如母后亲；而不知悖阴阳之义，即逆天地之性，而必不可行也。轼之论，千古不易矣。

论隐公里克李斯郑小同王允之

公子翚请杀桓公，以求太宰。隐公曰：“为其少故也，吾将授之矣。使营菟裘，吾将老焉。”翚惧，反谮公于桓公而弑之。

苏子曰：盗以兵拟人，人必杀之。夫岂独其所拟，涂之人皆捕击之矣。涂之人与盗非仇也，以为不击则盗且并杀己也。隐公之智，曾不若（是）涂人［也］，哀哉！隐公，惠公继室之子也，其为非嫡，与桓均耳，而长于桓。隐公追先君之志而授国焉，可不谓仁人乎？惜乎其不敏于智也。使隐公诛翚而让桓，虽夷、齐何以尚兹？

骊姬欲杀申生而难里克，则施优来之；二世欲杀扶苏而难李斯，则赵高来之。此二人所行相同，而其受祸亦不少异：里克不免于惠公之诛，李斯不免于二世之戮，皆无足哀者。吾独表而出之，以为世戒。君子之为仁义也，非有计于利害；然君子之所为，义利常兼，而小人反是。李斯听赵高之谋，非其本意，独畏蒙氏之夺其位，故俛而听高。使斯闻高之言，即召百官、陈六师而斩之，其德于扶苏，岂有既乎？何蒙氏之足忧！释此不为，而具五刑于市，非下愚而何？呜呼！乱臣贼子犹蝮蛇也，其所螫草木犹足以杀人，况其所噬啮者欤？

郑小同为高贵乡公侍中，尝诣司马师。师有密疏未屏也，如厕还，问小同："见吾疏乎？"曰："不见。"师曰："宁我负卿，无卿负我。"遂鸩之。王允之从王敦夜饮，辞醉先寝。敦与钱凤谋逆，允之已醒，悉闻其言，虑敦疑己，遂大吐，衣面皆污。敦果照视之，见允之卧吐中，乃已。哀哉，小同；殆哉，岌岌乎允之也！孔子曰："危邦不入，乱邦不居。"有以也夫！

吾读史，得隐公、晋里克、秦李斯、郑小同、王允之五人，感其所遇祸福如此，故特书其事，后之君子，可以览观焉。

○轼谓乱臣贼子犹蝮蛇，不杀之，必被其毒，洵矣。然谓李斯杀赵高可以救死，固不知死非可以杀人救也；况李斯亦未始非蝮蛇，以蝮蛇杀蝮蛇，而可以救死哉？斯陈六师以斩高，扶苏宁不德斯于一时？然而扶苏，虎子；蒙氏，虎臣，安知他日不以别故，具斯五刑哉？

孔子曰："笃信好学，守死善道。"继之曰："危邦不入，乱邦不居。天下有道则见，无道则隐。"君子之笃信好学，信何信乎？信夫死生祸福在天在人，其于我无毫厘之损益，惟现在所居之位，各有当然自然之则，为我所必由之道，则不可以或过、或不及也。学何学乎？学夫死生祸福之当前，一不以动我心，而唯于我现在所居之位，尽其当然自然之道，而毋或过、毋或不及也。是故天下有道则见，见者道也；天下无道则隐，隐者道也。

入危邦、居乱邦，必先有离经叛道之心，而后人且居之；既入而居之，安往而得死所哉？若夫龙逢、比干之流，则其现在所居之位，即在危邦、乱邦之中，其死也，正所为“守死善道”，而不可以同年语也。

轼所论五人，惟鲁隐公不杀羽父，则然矣；若里克、李斯者，何暇与议诛乱贼哉？若夫郑小同、王允之，一死、一不死，皆无可哀。盖既置身于蝮蛇之侧，必非所为“笃信好学，守死善道”之人也。善哉！孟子之言曰：“夫人必自侮，然后人侮之。”

论管仲*

郑太子华言于齐桓公，请去三族而以郑为内臣。公将许之，管仲不可。公曰：“诸侯有讨于郑，未捷，苟有衅，从之，不亦可乎？”管仲曰：“君若绥之以德，加之以训辞，而率诸侯以讨郑，郑将覆亡之不暇，岂敢不惧？若总其罪人以临之，郑有辞矣。”公辞子华，郑伯乃受盟。

苏子曰：大哉，管仲之相桓公也！辞子华之请，而不违曹沫之盟，皆盛德之事也，齐可以王矣。恨其不学道，不自诚意正身以刑其国，使家有三归之病而国有六嬖之祸。故桓公不王，而孔子小之；然其予之也亦至矣，曰：“桓公九合诸侯，不以兵车，管仲之力也。如其仁，如其仁！”曰“仲尼之徒，无道桓、文之事者”，孟子盖过矣。

吾读《春秋》以下史，得七人焉，皆盛德之事，可以为万世法；又得八人焉，皆反是，可以为万世戒，故具论之。

---

* 别本又题《七德八戒》。

太公之治齐也，举贤而尚功。周公曰："后世必有篡弑之臣。"天下诵之，齐其知之矣。田敬仲之始生也，周史筮之；其奔齐矣，齐懿氏卜之，皆知其当有齐国也。篡弑之疑，盖萃于敬仲矣。然桓公、管仲不以是废之，乃欲以为卿，非盛德能如此乎？故吾以为楚成王知晋之必霸而不杀重耳，汉高祖知东南之必乱而不杀吴王濞，晋武帝闻齐王攸之言而不杀刘元海，苻坚信王猛而不杀慕容垂，唐明皇用张九龄而不杀安禄山，皆盛德之事也。

而世之论者，则以为此七人者，皆失于不杀以启乱。吾以为不然。七人者，皆自有以致败亡，非不杀之过也。齐景公不繁刑重赋，虽有田氏，齐不可取；楚成王不用子玉，虽有晋文公，兵不败；汉景帝不害吴太子，不用晁错，虽有吴王濞，无自发；晋武帝不立孝惠，虽有刘元海，不能乱；苻坚不贪江左，虽有慕容垂，不能叛；明皇不用李林甫、杨国忠，虽有安禄山，亦何能为？秦之由余，汉之金日磾，唐之李光弼、浑瑊之流，皆蕃种也，何负于中国哉，而独杀元海、禄山？且夫自今而言之，则元海、禄山死有余罪；自当时而言之，则不免为杀无罪。岂有天子杀无罪而不得罪于天者？上失其道，涂之人皆敌国也，天下豪杰其可胜既乎？

汉景帝以鞅鞅而杀周亚夫，曹操以名重而杀孔融，晋文帝以卧龙而杀嵇康，晋景帝亦以名重而杀夏侯玄，宋明帝以族大而杀王彧，齐后主以谣言而杀斛律光，唐太宗以谶而杀李君羡，武后以谣言而杀裴炎，世皆以为非也。此八人者，当时之虑，岂非忧国备乱，与忧元海、禄山者同乎？久矣，世之以成败为是非也！故夫嗜杀人者，必以邓侯不杀楚子为口实。以邓之微，无故杀大国之君，使楚人举国而仇之，其亡不愈速乎？吾以为，为天下如养生，忧国备乱如服药。养生者，不过慎起居饮食、节声色而已。节慎在未病之前，而服药于已病之后。今吾忧寒疾而先服乌喙，忧热疾而先服甘遂，则病未作而药杀人矣。彼八人者，皆未病而服药者也。

〇至言笃论，可谓岂弟君子矣。

论周东迁*

太史公曰："学者皆称周伐纣，居洛邑，其实不然。武王营之，成王使召公卜居九鼎焉，而周复都丰、镐。至犬戎败幽王，周乃东徙于洛。"

苏子曰：周之失计，未有如东迁之缪者也。自平王至于亡，非有大无道者也。髭王之神灵（圣），诸侯服享，然终以不振，则东迁之过也。昔武王克商，迁九鼎于洛邑，成王、周公复增营之。周公既没，盖君陈、毕公更居焉，以重王室而已，非有意于迁也。周公欲葬成周，而成王葬之毕，此岂有意于迁哉？

今夫富民之家，所以遗其子孙者，田宅而已。不幸而有败，至于乞假以生可也，然终不敢议田宅。今平王举文、武、成、康之业而大弃之，此一败而鬻田宅者也。夏、商之王，皆五六百年，其先王之德无以过周，而后王之败亦不减幽、厉，然至于桀、纣而后亡。其未亡也，天下宗之，不如东周，名存而实亡也。是何也？则不鬻田宅之效也。

* 别本又题《周东迁失计》。

盘庚之迁也，复殷之旧也。古公迁于岐，方是时，周人如狄人也，逐水草而居，岂所难哉？卫文公东徙渡河，恃齐而存耳。齐迁临淄，晋迁于绛、于新田，皆其盛时，非有所畏也。其余避寇而迁都，未有不亡；虽不即亡，未有能复振者也。

春秋之时，楚大饥，群蛮叛之，申、息之北门不启。楚人谋徙于阪高，蔿贾曰："不可。我能往，寇亦能往。"于是乎以秦人、巴人灭庸，而楚始大。苏峻之乱，晋几亡矣，宗庙宫室尽为灰烬。温峤欲迁都豫章，三吴之豪欲迁会稽，将从之矣，独王导不可，曰："金陵，王者之都也。王者不以丰俭移都，若弘卫文大帛之冠，何适而不可？不然，虽乐土为墟矣。且北寇方强，一旦示弱，窜于蛮越，望实皆丧矣！"乃不果迁，而晋复安。贤哉导也，可谓能定大事矣！

嗟夫！平王之初，周虽不如楚强，顾不愈于东晋之微乎？使平王有一王导，定不迁之计，收丰、镐之遗民，修文、武、成、康之政，以形势临东诸侯，齐、晋虽强，未敢贰也，而秦何自霸哉？魏惠王畏秦，迁于大梁；楚昭王畏吴，迁于都；顷襄王畏秦，迁于陈；考烈王畏秦，迁于寿春：皆不复振，有亡征焉。东汉之末，董卓劫帝迁于长安，汉遂以亡。近世李景迁于豫章，亦亡。故曰：周之失计，未有如东迁之缪者也。

◇储欣曰："并南宋百五十年小朝廷侮辱，公亦若烛照而数计也，异哉！或谓势可以不迁而迁者，周平也；势不可不迁而迁者，宋高也。嗟乎！使果不可不迁也，当日京师已破，宗留守何累表而请还？南阳议幸，李相国何慷慨而拜疏？观留守且死大呼'渡河'，而宋非不可不迁，章章明矣。史载高宗置先生文集于左右，披览循环，而于此论若未尝寓目者，又可慨也。”

论商鞅*

商鞅用于秦，变法定令，行之十年，秦民大悦，道不拾遗，山无盗贼，家给人足，民勇于公战、怯于私斗。秦人富强，天子致胙于孝公，诸侯毕贺。

苏子曰：此皆战国之游士邪说诡论，而司马迁闇于大道，取以为史。吾尝以为迁有大罪二，其先黄、老，后《六经》，退处士，进奸雄，盖其小小者耳；所谓大罪二，则论商鞅、桑弘羊之功也。自汉以来，学者耻言商鞅、桑弘羊，而世主独甘心焉，皆阳讳其名而阴用其实，甚者则名实皆宗之，庶几其成功。此［则］司马迁之罪也。

秦固天下之强国，而孝公亦有志之君也，修其政刑十年，不为声色畋游之所败，虽微商鞅，有不富强乎？秦之所以富强者，孝公务本力穑之效，非鞅流血剥（刻）骨之功也。而秦之所以见疾于民，如豺虎毒药，一夫作难而子孙无遗种，则鞅实使之。至于桑弘羊，斗筲之才，穿窬之智，无足言者，而迁称之曰：“不加赋而上用足。”善乎！司马光之言也，曰：“天下安有此理？天地所生财货百物，止有此数，不在民则在官；譬如雨泽，夏涝则秋旱。不加赋而上用足，不过设法侵夺民利，其害甚于加赋也。”二子之名在天下者，如蛆蝇粪秽也，言之则污口舌，书之则污简牍。二子之术用于世者，灭国残民、覆族亡躯者相踵也，而世主独甘心焉，何哉？乐其

* 别本又题《司马迁二大罪》。

言之便己也。

夫尧舜禹汤，世主之父师也；谏臣弼（拂）士，世主之药石也；恭敬慈俭、勤劳忧畏，世主之绳约也。今使世主日临父师而亲药石、履绳约，非其所乐也。故为商鞅、桑弘羊之术者，必先鄙尧笑舜而陋禹也，曰："所谓贤主，专以天下适己而已。"此世主之所以人人甘心而不悟也。

世有食钟乳、乌喙而纵酒色，所以求长年者，盖始于何晏。晏少而富贵，故服寒食散以济其欲，无足怪者。彼其所为，足以杀身灭族者日相继也，得死于寒食散，岂不幸哉！而吾独何为效之？世之服寒食散，疽背呕血者相踵也；用商鞅、桑弘羊之术破国亡宗者，皆是也。然而终不悟者，乐其言之美便，而忘其祸之惨烈也。

○《周语》曰："君人者，将导利而布之上下者也。"孔子曰："有国有家者，不患寡而患不均，不患贫而患不安。"惟其患不均也，故导而布之，以使之均；惟其患不安也，故布而均之，以使之安。司牧斯民者，为国家理财，为利民用、厚民生计耳，岂计他哉？

古人有言："食前方丈，所尝不过一脔；广厦万间，所居不过尺地。"人君虽玉食万方，要岂有异于人皇矣？上帝肯使一人恣于民上，以纵其淫而弃天地之性？若曰非以自奉，吾以富国，益所谓惑者矣。夫人各私一己，故名己之肢体以为身；私其眷属，故名眷属之所聚处者以为家。推而及于天下，则无所私。无所私而为天下，所系属之一人，则名我民之所托足者以为国。国者，非他，人民而已。今取人民之所以养生送死之具，头会而箕敛之，铢铢两两以成钜万，而扃鐍于一处，曰"吾以富国"，其民至于冻馁而莫之省忧，是何异聚粟帛而窖之，使一家冻馁，而曰"吾以富家"？取金钱而握之，使一身冻馁，而曰"吾以富身"

哉？亦可为愚矣！

汉文、景之世，千里不持粮；孝武用桑生，而亭候萧然矣。宋真、仁之世，虽未及文、景，而百年休养，其民衣食滋殖；神宗用安石，而户口逃亡、十室九空矣。是谓之贫国则可耳，号为富国，何富之有哉？以莛为楹，以厉为西施，人之颠倒，往往如是。禹训曰："内作色荒，外作禽荒；甘酒嗜音，峻宇雕墙。有一于此，未或不亡。"夫是数者之致亡也，盖必因是而求桑、王富国之术，以遂其纵欲之乐也。如其不然，虽亡其身，未必能亡其国。若夫直言桑、王富国之术，则亦不必有是数者，而不亡于其身，必亡于其子孙矣，岂特能贫国已哉！

论始皇汉宣李斯*

秦始皇［帝］时，赵高有罪，蒙毅案之当死，始皇赦而用之。长子扶苏好直谏，上怒，使北监蒙恬兵于上郡。始皇东游会稽，并海走琅琊，少子胡亥、李斯、蒙毅、赵高从。道病，使蒙毅还祷山川，未反而上崩。李斯、赵高矫诏立胡亥，杀扶苏、蒙恬、蒙毅，卒以亡秦。

苏子曰：始皇制天下轻重之势，使内外相形，以禁奸备乱，可谓密矣。蒙恬将三十万人，威振北方，扶苏监其军，而蒙毅侍帷幄为谋臣，虽有大奸贼，敢睥睨其间哉？不幸道病，祷祠山川尚有人也，而遣蒙毅，故高、斯得成其谋。始皇之遣毅，毅见始皇病，太子未立而去左右，皆不可以言智。然天之亡人国，其祸败必出于智所不及。圣人为天下，不恃

* 别本又题《赵高李斯》。

智以防乱，恃吾无致乱之道耳。

始皇致乱之道，在用赵高。夫阉尹之祸，如毒药猛兽，未有不裂肝碎胆者也。自书契以来，惟东汉吕强、后唐张承业二人号称善良，岂可望一二于千万，以致必亡之祸哉？然世主皆甘心而不悔，如汉桓、灵，唐肃、代，犹不足深怪；始皇、汉宣皆英主，亦湛于赵高、恭、显之祸。彼自以为聪明人杰也，奴仆熏腐之余何能为？及其亡国乱朝，乃与庸主不异。吾故表而出之，以戒后世人主如始皇、汉宣者。

或曰："李斯佐始皇定天下，不可谓不智。扶苏亲始皇子，秦人戴之久矣，陈胜假其名犹足以乱天下，而蒙恬持重兵在外。使二人不即受诛而复请之，则斯、高无遗类矣。以斯之智而不虑此，何哉？"

苏子曰：呜呼！秦之失道，有自来矣，岂独始皇之罪？自商鞅变法，以殊死为轻典，以参夷为常法，人臣狼顾胁息，以得死为幸，何暇复请？方其法之行也，求无不获，禁无不止，鞅自以为轶尧、舜而驾汤、武矣。及其出亡而无所舍，然后知为法之弊。夫岂独鞅悔之，秦亦悔之矣。荆轲之变，持兵者熟视始皇环柱而走，莫之救者，以秦法重故也。李斯之立胡亥，不复忌二人者，知威令之素行，而臣子不敢复请也。二人之不敢请，亦知始皇之鸷悍而不可回也，岂料其伪也哉？

周公曰："平易近民，民必归之。"孔子曰："有一言而可以终身行之，其'恕'矣乎？"夫以忠恕为心而以平易为政，则上易知而下易达，虽有卖国之奸，无所投其隙；仓卒之变，无自发焉。然其令行禁止，盖有不及商鞅者矣，而圣人终不以彼易此。商鞅立信于徙木，立威于弃灰，刑其亲戚、师傅，积威信之极，以至始皇。秦人视其君，如雷电鬼神不可测也。古者公族有罪，三宥然后寘（制）刑。今至使人矫杀其太子而不忌，太子亦不敢请，则威信之过也。

故夫以法毒天下者，未有不反中其身及其子孙者也。汉武与始皇，皆果于杀者也，故其子如扶苏之仁，则宁死而不请；如戾太子之悍，则宁反而不诉，知诉之必不察也。戾太子岂欲反者哉？计出于无聊也。故为二君之子者，有死与反而已。李斯之智，盖足以知扶苏之必不反也。吾又表而出之，以戒后世人主之果于杀者。

○用宦寺、任法律之祸，毒痛四海，而卒乃身受之。孟子所谓“仁者以其爱，及其所不爱；不仁者，以其不爱，及其所爱”也。此文与《代张方平上书》所论穷兵黩武之祸，警后世君臣，最为深切著明；轼之垂光百世，宜矣。

论项羽范增*

汉用陈平计，间疏楚君臣。项羽疑范增与汉有私，稍夺其权。增大怒曰：“天下事大定矣，君王自为之，愿赐骸骨归卒伍！”归未至彭城，疽发背死。

苏子曰：增之去，善矣；不去，羽必杀增，独恨其不蚤耳。然则当以何事去？增劝羽杀沛公，羽不听，终以此失天下，当于是去耶？曰：否。增之欲杀沛公，人臣之分也；羽之不杀，犹有君人之度也，增曷为以此去哉？《易》曰：“知

* 别本又题《论范增》。

几其神乎?”《诗》曰:“相彼雨雪,先集维霰。”增之去,当以羽杀卿子冠军时也。陈涉之得民也,以项燕、扶苏。项氏之兴也,以立楚怀王孙心;而诸侯叛之也,以弑义帝也。且义帝之立,增为谋主矣。义帝之存亡,岂独为楚之盛衰?亦增之所以同祸福也;未有义帝亡,而增独能久存者也。羽之杀卿子冠军也,是弑义帝之兆也。其弑义帝,则疑增之本心也,岂必待陈平哉?物必先腐也,而后虫生之;人必先疑也,而后谗入之。陈平虽智,安能间无疑之主哉!

吾尝论义帝,天下之贤主也。独遣沛公入关,而不遣项羽;识卿子冠军于稠人之中,而擢以为上将,不贤而能如是乎?羽既矫杀卿子冠军,义帝必不能堪,非羽杀帝,则帝杀羽,不待智者而后知也。增始劝项梁立义帝,诸侯以此服从;中道而弑之,非增之意也。夫岂独非其意,将必力争而不听也。不用其言,杀其所立,项羽之疑增,必自是始矣。方羽杀卿子冠军,增与羽比肩而事义帝,君臣之分未定也。为增计者,力能诛羽则诛之,不能则去之,岂不毅然大丈夫也哉!

增年已七十,合则留,不合则去。不以此时明去就之分,而欲依羽以成功,陋矣!虽然,增,高帝之所畏也;增不去,项羽不亡。呜呼,增亦人杰也哉!

○君臣之义,非可伪。为楚怀王之立,羽与增,臣分定矣。项羽矫杀卿子冠军,所为有无君之心,而后动于杀。增不以此时去,及弑义帝江南,而增犹为羽谋如故,则增之死久矣,奚待疽发背哉?轼曰:“增,高帝之所畏也。”“增亦人杰也哉!”夫虎狼之威,汉高未必不畏;汉高畏虎狼,虎狼亦俊杰耶?

卷四十四

眉山苏轼文七 记

超然台记

凡物皆有可观。苟有可观，皆有可乐，非必怪奇玮丽者也。餔糟啜醨，皆可以醉；果蔬草木，皆可以饱。推此类也，吾安往而不乐？

夫所谓求福而辞祸者，以福可喜而祸可悲也。人之所欲无穷，而物之可以足吾欲者有尽。美恶之辨战乎中，而去取之择交乎前，则可乐者常少，而可悲者常多。是谓求祸而辞福。夫求祸而辞福，岂人之情也哉？物有以盖之矣。彼游于物之内，而不游于物之外。物非有大小也，自其内而观之，未有不高且大者也。彼挟其高大以临我，则我常眩乱反覆，如隙中之观斗，又乌知胜负之所在？是以美恶横生，而忧乐出焉，可不大哀乎！

余自钱塘移守胶西，释舟楫之安，而服车马之劳；去雕墙之美，而庇采椽之居；背湖山之观，而行桑麻之野。始至之日，比岁（岁比）不登，盗贼满野，狱讼充斥，而斋厨索然，日食杞菊，人固疑余之不乐也。处之期年，而貌加丰，发之白者，日以反黑。

余既乐其风俗之淳，而其吏民亦安予之拙也，于是治其园圃，洁其庭宇，伐安丘、高密之木以修补破败，为苟完之计。而园之北，因城以为台者旧矣，稍葺而新之。时相与登览，放意肆志焉。南望马耳、常山，出没隐见，若近若远，庶几有隐君子乎？而其东则卢山，秦人卢敖之所从遁也。西望穆陵，隐然如城郭，师尚父、齐桓公之遗烈犹有存者。北俯潍水，慨然太息，思淮阴之功，而弔其不终。台高而安，深而明，夏凉而冬温。雨雪之朝，风月之夕，余未尝不在，客未尝不从。撷园蔬，取池鱼，酿秫酒，瀹脱粟而食之，曰：乐哉游乎！

方是时，余弟子由适在济南，闻而赋之；且名其台曰“超然”，以见余之无所往而不乐者，盖游于物之外也。

◇黄道周曰：“此篇不惟文思温润有余，而说安遇顺性之理，极为透彻。此坡翁生平实际也，故其临老谪居海外，穷愁颠倒，无不自得，真能超然物外者矣。”

宝绘堂记

君子可以寓意于物，而不可以留意于物。寓意于物，虽微物足以为乐，虽尤物不足以为病；留意于物，虽微物足以为病，虽尤物不足以为乐。

老子曰：“五色令人目盲，五音令人耳聋，五味令人口爽，驰骋田猎令人心发狂。”然圣人未尝废此四者，亦聊以寓意焉耳。刘备之雄才也，而好结髦。嵇康之达也，而好锻炼。阮孚之放也，而好蜡屐。此岂有声色臭味也哉？而乐之终身不厌。

凡物之可喜，足以悦人而不足以移人者，莫若书与画。然至其留意而不释，则其祸有不可胜言者。钟繇至以此呕血发冢，宋孝武、王僧虔至以此相忌；桓玄之走舸，王涯之复壁，皆以儿戏害其国、凶其身。此留意之祸也。

始吾少时，尝好此二者，家之所有，惟恐其失之；人之所有，惟恐其不吾予也。既而自笑曰：吾薄富贵而厚于书，轻死生而重画，岂不颠倒错缪、失其本心也哉？自是不复好。见可喜者，虽时复蓄之，然为人取去，亦不复惜也。譬之烟云之过眼，百鸟之感耳，岂不欣然接之，去而不复念也？于是乎二物者，常为吾乐而不能为吾病。

驸马都尉王君晋卿，虽在戚里，而其被服礼义，学问诗书，常与寒士角。平居攘去膏粱，屏远声色，而从事于书画。作宝绘堂于私第之东，以蓄其所有，而求文以为记。恐其不幸而类吾少时之所好，故以是告之，庶几全其乐而远其病也。熙宁十年七月二十二日记。

〇欧阳修好金石文字，为《集古录》，朱子议之。轼谓书画当如“烟云之过眼，百鸟之感耳，去而不复念”，乃能“常为吾乐而不为吾病”，所见加于修一等矣；然犹未足为言之至也。唯曰“留意于物，虽微物，足以为病；虽尤物，不足以为乐”，斯实千古至言焉。

先王之经，曰“惕若”，曰“惧以终始”，曰“畏天之威”，曰“用顾畏于民岩”，古之圣人，未尝顷刻忘其惧思者。不惧以思则道心息，而天命不流行于吾心矣。而《语》则曰“乐在其中矣”，又曰“知者乐”，又曰“好之者不如乐之者”，其嘉与门弟子也。又曰：“回也，不改其乐。”夫能乐与否，何关学问？而孔子顾乃反覆申重，昭示后世，宁不与经之言教人惧思者不相侔哉？曰：此固天人所由判，恒性物欲所争为低昂者也。

夫人自有生而后，物至知知，以至物至而不知之日，其间固唯以得其所欲为乐耳。欲之而不至，斯不乐矣。欲之有至、有不至，而至者不足乐，不至者致足不乐矣。欲之而即至，欲之而皆至，而至焉者，必不能如其所欲者之大且多，则亦终无有乐矣。况乎乐从欲而至者，其不乐之根，即潜伏于可乐之境而先后至焉，如掌之反覆然。则是以欲为乐者，其人自物至知知，以至物至而不知之日，其间究无一息之乐，可断也。如春蚕作茧，如秋蛾赴灯，日求其乐，日得其苦，之死而卒不悟，可不谓大哀乎？自非廓然无欲，举世间之所假名为乐而日之乎苦之途者，荡涤净尽，消融无余，则孔子所云之“至乐”“真乐”，安得一哜其胾也！

轼言“微物皆足以为病，虽尤物不足以为乐”，然则留意于物者，独有苦耳，安得乐耶？学者诚有悟于此之无往不得其为苦，然后可以寻孔颜乐处所乐何事，然后可以终身之忧与终身之乐并行而不悖。

眉山远景楼记

吾州之俗，有近古者三：其士大夫贵经术而重氏族，其民尊吏而畏法，其农夫合耦以相助。盖有三代、汉唐之遗风，而他郡之所莫及也。

始朝廷以声律取士，而天圣以前，学者犹袭五代之弊。独吾州之士，通经学古，以西汉文词为宗师。方是时，四方指以为迂阔。至于郡县胥吏（史），皆挟经载笔，应对进退，有足观者。而大家显人，以门族相上，推次甲乙，皆有定品，谓之“江乡”。非此族也，虽贵且富，不通婚姻。其民事太守县令，如古君臣，既去辄画像事之；而其贤者，则记录其行事以为口实，至四五十年不忘。富商小民，常储善物而别异之，以待官吏之求。家藏律令，往往通念而不以为非，虽薄刑小罪，终身有不敢犯者。岁二月，农事始作。四月初吉，谷稚而草壮，耘者毕出，数十百人为曹，立表下漏，鸣鼓以致众。择其徒为众所畏信者二人，一人掌鼓，一人掌漏，进退作止，惟二人之听。鼓之而不至，至而不力，皆有罚。量田计功，终事而会之，田多而丁少，则出钱以偿众。七月既望，谷刈而草衰，则仆鼓决漏，取罚金与偿众之钱，买羊豕酒醴以祀田祖，作乐饮食，醉饱而去，岁以为常。其风俗盖如此。故其民皆聪明才智，务本而力作，易治而难服。守令始至，视其言语动作，辄了其为人。其明且能者，不复以事试，终日寂然。苟不以其道，则陈义秉法以讥切之，故不知者以为难治。

今太守黎侯希声，轼先君子之友人也。简而文，刚而仁，明而不苟，众以为易事。既满将代，不忍其去，相率而留之；上不夺其请。既留三年，民益信，遂以无事。因守居之北墉而增筑之，作远景楼，日与宾客僚吏游处其上。轼方为徐州，吾州之人以书相往来，未尝不道黎侯之善，而求文以为记。

嗟夫，轼之去乡久矣！所谓远景楼者，虽想见其处，而不能道其详矣。然州人之所以乐斯楼之成而欲记焉者，岂非上有易事之长，而下有易治之俗也哉？孔子曰：“吾犹及史之阙文也。有马者借人乘之。今亡矣夫。”是二者，于道未有大损益也，然且录之。今吾州近古之俗，独能累世而不迁，盖耆老昔人岂弟之泽，而贤守令抚循教诲不倦之力也，可不录乎？

若夫登临览观之乐，山川风物之美，轼将归老于故丘，布衣幅巾，从邦君于其上，酒酣乐作，援笔而赋之，以颂黎侯之遗爱，尚未晚也。元丰元年七月十五日记。

○朱子谓韩愈作《滕王阁记》，篇末云："江山之好，登望之乐，虽老矣，如获从公游，尚能为公赋之。"苏轼作《远景楼记》，结处大意略同，祖愈之意而为之也。今按：为记必叙其地之景物，而愈未至滕王阁；轼虽眉人而宦徐，远景楼之作，轼所未见，其不可悬拟，一也。故其结处暗合，盖古人文辞尚实，事同则语同，非有意摹绘昔人之謦欬也。

石钟山记

《水经》云："彭蠡之口，有石钟山焉。"郦元以为下临深潭，微风鼓浪，水石相搏，声如洪钟。是说也，人常疑之。今以钟磬置水中，虽大风浪，不能鸣也，而况石乎！至唐李渤，始访其遗踪，得双石于潭上，扣而聆之，南声函胡，北音清越，枹止响腾，余韵徐歇，自以为得之矣。然是说也，余尤疑之。石之铿然有声者，所在皆是也，而此独以钟名，何哉？

元丰七年六月丁丑，余自齐安舟行适临汝，而长子迈将赴饶之德兴尉，送之至湖口，因得观所谓石钟者。寺僧使小童持斧，于乱石间择其一二扣之，硿硿焉，余固笑而不信也。至莫夜月明，独与迈乘小舟至绝壁下，大石侧立千仞，如猛兽奇鬼，森然欲搏人。而山上栖鹘，闻人声亦惊起，磔磔云霄间。又有若老人欬且笑于山谷中者，或曰：“此鹳鹤也。”余方心动欲还，而大声发于水上，噌吰如钟鼓不绝，舟人大恐。徐而察之，则山下皆石穴罅，不知其浅深，微波入焉，涵澹澎湃而为此也。舟回至两山间，将入港口，有大石当中流，可坐百人，空中而多窍，与风水相吞吐，有窾坎镗鞳之声，与向之噌吰者相应，如乐作焉。因笑谓迈曰：“汝识之乎？噌吰者，周景王之无射也；窾坎镗鞳者，魏庄献子之歌钟也。古之人不余欺也。”

事不目见耳闻，而臆断其有无，可乎？郦元之所见闻，殆与余同，而言之不详；士大夫终不肯以小舟夜泊绝壁之下，故莫能知；而渔工水师，虽知而不能言，此世所以不传也。而陋者乃以斧斤考击而求之，自以为得其实。余是以记之，盖叹郦元之简，而笑李渤之陋也。

◇苏轼自跋：“钱塘东南，皆有水乐洞，泉流空岩中，皆自然宫商。又自灵隐下天竺而上，至上天竺，谿行两山间，巨石磊磊如牛羊，其声空砻然，真若钟声。乃知庄生所谓‘天籁’者，盖无所不在也。建中靖国元年正月某日，海南还，过南安司法掾，吴君示旧所作《石钟山记》，复书其末。”

众妙堂记

眉山道士张易简，教小学，常百人，予幼时亦与焉。居天庆观北极院，予盖从之三年。

谪居海南，一日梦至其处，见张道士如平昔，汛治庭宇，若有所待者，曰：“老先生且至。”其徒有诵《老子》者曰：“玄之又玄，众妙之门。”予曰：“妙一而已，容有众乎？”道士笑曰："一已陋矣，何妙之有？若审妙也，虽众可也。"因指洒水薙草者曰："是各一妙也。"予复视之，则二人者手若风雨，而步中规矩，盖焕然雾除，霍然云消。予惊叹曰："妙盖至此乎？庖丁之理解，郢人之鼻斲，信矣。"二人者释技而上，曰："子未睹真妙，庖、郢非其人也。是技与道相半，习与空相会，非无挟而径造者也。子亦见夫蜩与鸡乎？夫蜩登木而号，不知止也；夫鸡俯首而啄，不知仰也。其固也如此。然至蜕与伏也，则无视无听，无饥无渴，默化于荒忽之中，候伺于毫发之间，虽圣知不及也。是岂技与习之助乎？"二人者出，道士曰："子少安，须老先生至而问焉。"二人者顾曰："老先生未必知也。子往见蜩与鸡而问之，可以养生，可以长年。"

广州道士崇道大师何德顺，学道而至于妙者也，故榜其堂曰"众妙"。书来海南，求文以记之，因以梦中语为记。绍圣六年三月十五日，蜀人苏轼书。

〇尝怪东坡脱屣生死，无一物可以胶其中，平生贵贱险夷，履之一如，遇可以为民请命者，则一往无毫发顾藉心，诚为有见于道者；而好导引服气，似不能无惑于长生之说者，良不可解。及读此记，而乃释然。夫生死之等于梦觉也，审矣！然死不得谓之觉，而生亦未始非梦，生死皆梦也。唯原始要终，而知死生之说者，则为觉人。若夫长生久视，纵有其事，要亦是梦而非觉。夫梦之中，或彻夜如一息，或一息成经年，长短皆非真实，又岂得谓短者梦而长者非梦耶？轼之为导引服气，盖亦在梦言梦而已。此于道士何德顺之请记众妙堂也，特为梦语以答之；然其梦语，固长生久视之真诀也。

喜雨亭记

亭以雨名，志喜也。古者有喜，则以名物，示不忘也。周公得禾，以名其书；汉武得鼎，以名其年；叔孙胜敌（狄），以名其子。喜之大小不齐，其示不忘一也。

予至扶风之明年，始治官舍，为亭于堂之北，而凿池其南，引流种树，以为休息之所。是岁之春，雨麦于岐山之阳，其占为有年。既而弥月不雨，民方以为忧。越三月，乙卯，乃雨；甲子，又雨，民以为未足；丁卯，大雨，三日乃止。官吏相与庆于庭，商贾相与歌于市，农夫相与抃于野。忧者以乐，病者以愈，而吾亭适成。

于是举酒于亭上，以属客而告之，曰："五日不雨，可乎？"曰："五日不雨，则无麦。""十日不雨，可乎？"曰："十日不雨，则无禾。"无麦无禾，岁且荐饥，狱讼繁兴，而盗益滋炽，则吾与二三子，虽欲优游以乐于此亭，其可得耶？今天不遗斯民，始旱而赐之以雨，使吾与二三子，得相与优游而乐于此亭者，皆雨之赐也，其又可忘耶？

既以名亭，又从而歌之，曰："使天而雨珠，寒者不得以为襦；使天而雨玉，饥者不得以为粟。一雨三日，繄谁之力？民曰太守，太守不有；归之天子，天子曰不然；归之造物，造物不自以为功；归之太空，太空冥冥，不可得而名，吾以名吾亭。"

○《记》曰："天子有善，让德于天；诸侯有善，归诸天子；卿大夫有善，荐于诸侯；士庶人有善，本诸父母、存诸长老。"此《记》篇末数语，殆取义于此。斯义也，其下学立心之始、上达天德之基乎？

夫士庶人有善，曰“惟我父母、师长之教训”，子弟之道当尔矣。然为其父母、师长者，本所不有，而受此空言无实之名，亦胡为者？况天子之于诸侯，诸侯之于卿大夫，又非父母、师长之比，而欲其下之有美必归于上，抑已隘矣！为君之道，唯在知人善任。百辟卿士，乃一人之股肱耳目也，耳目聪明，股肱恭重，便是天君之至正；宁见股肱、耳目日颂其天君，曰“吾所以能然者，皆天君之教训”哉？至于让德于天，益若阔远。天之为德，其“谆谆然命之乎”，乃曰“斯义也，下学立心之始，上达天德之基”，何欤？

《易》曰：“善不积，不足以成名。”又曰：“小人以小善为无益而不为。”若是乎圣人之日以善望人也，虽闾巷细民，曰“尔善”则欣然善，曰“尔不善”则怫然怒；若是乎“民之秉彝，好是懿德”，无不欲善之出于己也。人人皆欲善之出于己，而圣人又日以善望人，而善之名遂为人类所必争，虽君臣之严分、父子之至亲，亦且心相竞焉而不顾，岂非蕲善而大不善乎？

庄子曰：“为之仁义以矫之，则并其仁义而窃之者也。”圣人立教，尽绝其有我之私，而习之于忠孝之路。士庶人有善，则归诸父母师长，而已无与；诸侯卿大夫有善，则归诸君上，而已无与。不使丝毫有所系累，以启其殉名丧实之渐，而惟日孜孜惟善之从，岂非下学而上达欤？且为父母、师长者，固必又有父母、师长也，父母、师长固皆不有也。卿大夫之上有诸侯，诸侯之上有天子，天子之上有天。天子、诸侯、卿大夫皆不有，夫人不有而天有乎？天固妙万物而不有者也。轼故曰：“造物不自以为功，归之太空也。”虽然，妙万物而不有万物，是以大有。人人不自有其善，天下于是大善，而岂区区焉、斤斤焉，饰貌矜情，以谐媚君父、矫诬上天云尔哉！轼斯《记》也，几于道矣。而茅坤谓之“滑稽”，储欣谓之“浅制”，洵乎高言不入于众人之心也。

中和胜相院记

佛之道难成，言之使人悲酸愁苦。其始学之，皆入山林，践荆棘蛇虺，袒裸雪霜。或刲割屠脍，燔烧烹煮，以肉饲虎豹鸟乌蚊蚋，无所不至。茹苦含辛，更百千万亿年而后成。其不能此者，犹弃绝骨肉，衣麻布，食草木之实，昼日力作，以给薪水粪除，暮夜持膏火薰香，事其师如生。务苦瘠其身，自身、口、意莫不有禁，其略十，其详无数。终身念之，寝食见之，如是，仅可以称沙门、比丘。虽名为不耕而食，然其劳苦卑辱，则过于农工远矣。计其利害，非侥幸小民之所乐；今何其弃家毁服坏毛发者之多也，意亦有所便欤？寒耕暑耘，官又召而役作之，凡民之所患苦者，我皆免焉。

吾师之所谓“戒”者，为愚夫未达者设也，若我，何用是为？剟其患，专取其利，不如是而已。又爱其名，治其荒唐之说，摄衣升坐，问答自若，谓之长老。吾尝究其语矣，大抵务为不可知，设械以应敌，匿形以备败，窘则推堕滉漾中，不可捕捉，如是而已矣。吾游四方，见辄反复折困之，度其所从遁，而逆闭其涂，往往面颈发赤。然业已为是道，势不得以恶声相反，则笑曰：“是外道魔人也。”吾之于僧，慢侮不信如此。今宝月大师惟简，乃以其所居院之本末，求吾文为记，岂不谬哉！

然吾昔者始游成都，见文雅大师惟度，器宇落落可爱，浑厚人也。能言唐末五代事传记所不载者，因是与之游甚熟。惟简，则其同门友也。其为人精敏过人，事佛齐众，谨严如官府。二僧皆吾之所爱，而此院又有唐僖宗皇帝像，及其从官文武七十五人。其奔走失国与其所以将亡而不遂灭者，既足以感慨太息，而画又皆精妙冠世，有足称者。故强为记之。

始居此者，京兆人广寂大师希让，传六世至度与简。简姓苏氏，眉山人，吾远宗子也，今主是院，而度亡矣。

〇释氏在唐宋之交，最称有人；乃轼所述如是，可知本分衲僧，真同麟角也。持此以概天下摄衣升座者，几无不落其度内矣。韩愈辟佛，欲“人其人，火其书，庐其居”，果若其言，佛固无丝毫增减。若如轼言，汰其似以求其真，天下释子可立尽也。虽然，尽不尽，佛亦岂有丝毫增减乎？

李氏山房藏书记

象犀珠玉怪珍之物，有悦于人之耳目，而不适于用；金石草木丝麻五谷六材，有适于用，而用之则弊，取之则竭。悦于人之耳目而适于用，用之而不弊，取之而不竭，贤不肖之所得各因其才，仁智之所见各随其分，才分不同而求无不获者，惟书乎？

自孔子圣人，其学必始于观书。当是时，惟周之柱下史聃为多书。韩宣子适鲁，然后见《易象》与《鲁春秋》。季札聘于上国，然后得闻《诗》之风、雅、颂。而楚独有左史倚相，能读“三坟五典、八索九丘”。士之生于是时，得见“六经”者盖无几，其学可谓难矣。而皆习于礼乐，深于道德，非后世君子所及。

自秦汉以来，作者益众，纸与字画日趋于简便，而书益多，世莫不有，然学者益以苟简，何哉？余犹及见老儒先生，自言其少时，欲求《史记》《汉书》而不可得；幸而得之，皆手自书，日夜诵读，惟恐不及。近岁市人转相摹刻，诸子百家之书，日传万纸。学者之于书，多且易致如此，其文词、学术，当倍蓰于昔人；而后生科举之士，皆束书不观，游谈无根，此又何也？

余友李公择，少时读书于庐山五老峰下白石庵之僧舍。公择既去，而山中之人思之，指其所居为李氏山房，藏书凡九千余卷。公择既已涉其流、探其源，采剥其华实，而咀嚼其膏味，以为己有，发于文词，见于行事，以闻名于当世矣，而书固自如也，未尝少损；将以遗来者，供其无穷之求，而各足其才分之所当得。是以不藏于家，而藏于其所故居之僧舍，此仁者之心也。

余既衰且病，无所用于世，惟得数年之间，尽读其所未见之书，而庐山固所愿游而不得者，盖将老焉。尽发公择之藏，拾其余弃以自补，庶有益乎？而公择求余文以为记，乃为一言，使来者知昔之君子见书之难，而今之学者有书而不读为可惜也。

〇古之立言者，将以诏天下后世以行也，故曰："行之必可言，言之必可行。"孔门弟子，子贡为多学而识，而问"一言可终身行"于孔子。若是乎古所谓学，不在多言，唯力行何如也。

当是时，书盖至少。世衰道微，家为书而人为说，寖以多矣。孟子息邪说、放淫辞，荀卿历诋，以为非古也。至于祖龙一炬，玉石俱焚，此文字之一变也。汉世收亡拾烬，至于东京，士多以说经进，故有"经明，取青紫如拾芥；经不明，不如归耕"之语。是以先圣之法言，为富贵之捷径也，此文字之又一变也。魏晋尚清谈，蔑经典；迨及六朝，雕琢曼辞，六经扫地，此文字之又一变也。然而经生守残抱阙，绵延不绝。昌黎韩愈思振其衰，文则近古，于遗经有志而未逮，然学者知有古文矣，此文字之又一变也。宋承五代之凋敝，穆修、欧阳修复振昌黎之业。当是时，书盖汗牛充栋矣，经学、艺文，杂糅并列。苏轼继欧阳修之后，其所见闻大略相仿，观此《记》，可以论其世也。濂洛关闽诸子出，始斥俗儒记诵词章之学，求先圣先师之意于遗经，蕲物躬而淑世，士风丕变。然当其身为俗所排，目之为伪学，颠踬困穷，不得施于天下；及其殁也，天下知宗尚矣。而富贵捷径即出于道学一途，转空谈性命，束书而不观，此文字之又一变也。自明迄今，人诵程朱，家崇孔孟，尊经之效，越汉迈唐。然而经不必穷，行不必考，更亦不必高谈性命，但能帖括即取富贵，更无妨于束书而不观，此又文字之一变也。呜呼！

古之立言者，所以诏天下后世以行也。行也者，孔子谓之“行己”，盖己之事，而无与乎人者也。若是乎，古之有书，所以教人学圣贤；今之有书，所以教人取富贵。取富贵，又不必其实，而徒貌其名。书之设，岂端使然哉？

卷四十五

眉山苏轼文八　上书、状

上皇帝书

臣轼谨昧死再拜皇帝陛下：臣伏以今月初五日南至，文武百僚入贺，所以贺一阳来复也。

谨按《易·复》卦："雷在地中，复。先王以至日闭关，商旅不行，后不省方。"说《易》者曰：乾，六阳之气也。为十一月、为十二月、为正月、为二月、为三月、为四月，而乾之阳复矣。阳极则阴生，阴生则夏至矣。坤，六阴之气也。为五月、为六月、为七月、为八月、为九月、为十月，而坤之阴极矣。阴极则阳生，阳生则冬至矣。自太极分为二仪，二仪分为四象，四象分为十二月，十二月分为三百六十五日。五日为一候，分为七十二侯；三候为一气，分为二十四气。上为日月星辰，下为山川草木、鸟兽虫鱼，不出此阴阳之气升降而已。惟人也，全天地十干之气，十月而成形，故能天、能地、能人，一消一息，一呼一吸，昼夜与天地相通；差舛毫忽，则邪沴之气干之矣。故于冬至一阳之生也，五阴在上，五阳在伏，而一阳初生于伏之下，其气至微，其兆絪缊，可以静而不动，可以畜养而不可以发宣。故《乾》之初九爻曰："潜龙勿用。"孔子曰："阳在下也。"言阳气方潜于下，未可以用也。

先王于是日闭关，商旅不行，后不省方。关者，门户所由以阖辟也。商旅者，动以利心也。后者，凡居人上者谓之群后，所以治事者也。方者，事也。门户不开，则微阳闭而不出也。利心不动，则外物感而不应也。方事不省，则视听收而不发也。先王奉若天道，如此之密，用之于国，则安静而不劳；用之于身，则冲和而不竭。昔者伏羲、神农、黄帝、尧、舜皆得此道。臣敢因至日以献，伏乞圣慈留神省览，实社稷无疆之福。

○上书年月无可考，以意逆之，当是熙宁三年冬至，轼时直史馆，判官告院。新法初行，牟利者并进，轼因冬至奉贺而上书，举《易》义以讽谏言利心之不可动，宜安静以养和平之福。明年正月，谏买浙灯而见纳，议学校贡举而召见。轼以为上信我矣，乃两上书，极论新法，并不见用；又假进士策问，拟为对策。语再上，安石滋怒，出之于外。合数篇观之，可见其进谏之次第。

议学校贡举状

熙宁四年正月日，殿中丞直史馆判官告院苏轼具议状闻奏者：

右，臣伏以得人之道，在于知人；知人之法，在于责实。使君相有知人之才，朝廷有责实之政，则胥史皂隶，未尝无人，而况于学校贡举乎？虽因今之法，臣以为有余。使君相无知人之才，朝廷无责实之政，则公卿侍从，常患无人，况学校贡举乎？虽复古之制，臣以为不足矣。

夫时有可否，物有废兴。方其所安，虽暴君不能废；及其既厌，虽圣人不能复。故风俗之变，法制随之。譬如江河之徙移，顺其所欲行而治之，则易为功；强其所不欲行而复之，则难为力。使三代圣人复生于今，其选举养才，亦必有道矣，何必由学？且天下固尝立学矣。庆历之间，以为太平可待；至于今日，惟有空名仅存。今陛下必欲求德行道艺之士，责九年大成之业，则将变今之礼，易今之俗，又当发民力以治宫室，敛民财以食游士；百里之内，置官立师，狱讼听于是，军旅谋于是，又当以时简不率教者，屏之远方，终身不齿，则无乃徒为纷乱，以患苦天下耶？若乃无大变改，而望有益于时，则与庆历之际何异？故臣以为今之学校，特可因循旧制，使先王之旧物不废于吾世，足矣。

至于贡举之法，行之百年，治乱盛衰，初不由此。陛下视祖宗之世，贡举之法，与今为孰精？言语文章，与今为孰优？所得文武长才，与今为孰多？天下之事，与今为孰办？较比四者，而长短之议决矣。今议者所欲变改，不过数端：或曰乡举德行而略文章；或曰专取策论而罢诗赋；或欲举唐室故事，兼采誉望而罢封弥；或欲罢经生朴学，不用贴墨而考大义。此数者皆知其一、不知其二者也。臣请历言之。

夫欲兴德行，在于君人者修身以格物，审好恶以表俗，孟子所谓“君仁莫不仁，君义莫不义”。君之所向，天下趋焉。若欲设科立名以取之，则是教天下相率而为伪也。上以孝取人，则勇者割服，怯者庐墓；上以廉取人，则弊车羸马，恶衣菲食。凡可以中上意，无所不至矣。德行之弊，一至于此。自文章而言之，则策论为有用，诗赋为无益；自政事言之，则诗赋、策论均为无用矣。虽知其无用，然自祖宗以来莫之废者，以为设法取士，不过如此也；岂独吾祖宗？自古尧舜亦然。《书》曰："敷奏以言，明试以功。"自古尧舜以来，进人何尝不以言，试人何尝不以功乎？

议者必欲以策论定贤愚、决能否，臣请有以质之。近世士大夫文章华靡者，莫如杨亿；使杨亿尚在，则忠清鲠亮之士也，岂得以华靡少之？通经学古者，莫如孙复、石介；使孙复、石介尚在，则迂阔矫诞之士也，又可施之于政事之间乎？自唐至今，以诗赋为名臣者，不可胜数，何负于天下而必欲废之？近世士人，纂类经史，缀缉时务，谓之策括。待问条目，搜抉略尽，临时剽窃，窜易首尾，以眩有司，有司莫能辨也。且其为文也，无规矩准绳，故学之易成；无声病对偶，故考之难精。以易学之士，付难考之吏，其弊有甚于诗赋者矣。唐之通榜，故是弊法。虽有以名取人、厌伏众论之美，亦有贿赂公行、权要请托之害，至使恩去王室，权归私门。降及中叶，结为朋党之论，通榜取人，又岂足尚哉！诸科举取人，多出三路。能文者既已变而为进士，晓义者又皆去以为明经，其余皆朴鲁不化者也。至于人才，则有定分，施之有政，能否自彰？今进士日夜治经传，附之以子史，贯穿驰骛，可谓博矣；至于临政，曷尝用其一二？顾视旧学，已为虚器，而欲使此等分别注疏、粗识大义，而望其才能增长，亦已疏矣。臣故曰：此数者，皆知其一而不知其二也。特愿陛下留意其远者大者；必欲登俊良、黜庸回，总览众才，经略世务，则在陛下与二三大臣，下至诸路职司与良二千石耳，区区之法何预焉！

然臣窃有私忧过计者，敢不以告？昔王衍好老庄，天下皆师之，风俗凌夷，以至南渡。王缙好佛，舍人事而修异教，大历之政，至今为笑。故孔子罕言命，以为知者少也。子贡曰：“夫子之文章，可得而闻也。夫子之言性与天道，不可得而闻也。”夫性命之说，自子贡不得闻；而今之学者，耻不言性命，此可信也哉？今士大夫至以佛老为圣人，粥书于市者，非庄老之书不售也。读其文，浩然无当而不可穷；观其貌，超然无著而不可挹，岂此真能然哉？盖中人之性，安于放而乐于诞耳。使天下之士，能如庄周齐死生、一毁誉，轻富贵、安贫贱，则人主之名器爵禄，所以砺世摩钝者废矣，陛下亦安用之？而况其实不能，而窃取其言以欺世者哉！

臣愿陛下明敕有司，试之以法言，取之以实学。博通经术者，虽朴不废；稍涉浮诞者，虽工必黜。则风俗稍厚，学术近正，庶几得忠实之士，不至蹈衰季之风，则天下幸甚！谨录奏闻，伏候敕旨。

〇按本传：熙宁四年，王安石欲变科举、兴学校，诏两制三馆议之。轼上议，神宗悟曰：“吾固疑此，得轼议，意释然矣。”即日召见，问政事得失，轼曰：“陛下求治太急，听言太广，进人太锐。愿镇以安静，待物之来，然后应之。”神宗悚然。其后安石卒更定其制，迄今六百年，无复以诗赋取士矣。

朱子云：“诗赋却无害理。经义大不便，分明是侮圣人之言。”盖学者说经，志在猎取功名，而非求通于谟训，以漫谰不可方物之语而托之经义，故曰“侮圣人之言”也。宋时其弊已是如此。夫欲山陬海澨，皆知弦诵六经，不以取士，其道无由。经义未始非善制，然人之通经与否，观其诗赋，岂不能知？果是真金，则盘盂钗钏，何者非金？奚必专求之矿砂？矿砂亦有铜铁，不知者获则取之矣。轼议非谓经义不如诗赋，盖谓诗赋行之已久，不必改用经义，以得人之道全不在此耳。

古之取士，自较后世精密，然亦必广收而器使，以渐陶铸而成其材。若谓所取万不失一，则虽尧舜之世，亦未必能之。敷奏、明试，挞记、侯明，《书》言之矣。然共工、驩兜之属，又何自来？独非尧舜所取之士耶？圣人亦只设为庠序学校以教之而已。教之不厌其详，而取之不嫌其广。诚学校明而风俗厚，则成人有德、小子有造，人才自必辈出，不在贡举之改法也。轼议实为至允。

谏买浙灯状

熙宁四年正月某日，殿中丞直史馆判官告院权开封府推官臣苏轼状奏：

右，臣向蒙召对便殿，亲奉德音，以为“凡在馆阁，皆当为朕深思治乱，指陈得失，无有所隐”者。自是以来，臣每见同列，未尝不为道陛下此语，非独以称颂盛德，亦欲朝廷之间如臣等辈，皆知陛下不以疎贱间废其言，共献所闻，以辅成太平之功业。然窃谓空言率人，不如有实而人自劝；欲知陛下能受其言之实，莫如以臣试之。故臣愿以身先天下试其小者，上以补助圣明之万一，下以为贤者卜其可否。虽以此获罪，万死无悔。

臣伏见中使传宣下府市司买浙灯四千余盏，有司具实直以闻，陛下又令减价收买，见已尽数拘收，禁止私买，以须上令。臣始闻之，惊愕不信，咨嗟累日。何者？窃为陛下惜此举动也。臣虽至愚，亦知陛下游心经术，动法尧舜，穷天下之嗜欲，不足以易其乐；尽天下之玩好，不足以解其忧，而岂以灯为悦者哉？此不过以奉二宫之欢，而极天下之养耳。

然大孝在乎养志，百姓不可户晓，皆谓陛下以耳目不急之玩，而夺其口体必用之资。卖灯之民，例非豪户，举债出息，畜之弥年；衣食之计，望此旬日。陛下为民父母，唯可添价贵买，岂可减价贱酬？此事至小，体则甚大。凡陛下所以减价者，非欲以与此小民争此毫末，岂以其无用而厚费也？如知其无用，何必更索？恶其厚费，则如勿买。且内庭故事，每遇放灯，不过令内东门杂物务临时收买，数目既少，又无拘收督迫之严，费用不多，民亦无憾。故臣愿追还前命，凡悉如旧。京城百姓，不惯侵扰，恩德已厚，怨讟易生，可不慎欤！可不畏欤！

近日小人妄造非语，士人有展年科场之说，商贾有京城榷酒之议，吏忧减俸，兵忧减廪。虽此数事，朝廷所决无；而此纷纷，亦有以见陛下勤恤之德未信于下，而有司聚敛之意或形于民。方当责己自求，以消谗慝之口；而台官又劝陛下以严刑悍吏捕而戮之。亏损圣德，莫大于此。而又重以买灯之事，使得因缘以为口实，臣实惜之。

方今百冗未除，物力凋弊，陛下纵出内帑财物，不用大司农钱，而内帑所储，孰非民力？与其平时耗于不急之用，曷若留贮以待乏绝之供？故臣愿陛下将来放灯，与凡游观苑囿、宴好赐予之类，皆饬有司，务从俭约。顷者诏旨裁减皇族恩例，此实陛下至明至断，所以深计远虑，割爱为民。然窃揆其间，不能无少望于陛下，惟当痛自刻损，以身先之，使知人主且犹若此，而况于吾徒哉？非惟省费，亦且弭怨。

昔唐太宗遣使往凉州，讽李大亮献其名鹰。大亮不可，太宗深嘉之，诏曰："有臣若此，朕复何忧。"明皇遣使江南采鸡鶒，汴州刺史倪若水论之，为反其使；又令益州织半臂背子、琵琶捍拨、镂牙合子等，苏许公不奉诏。李德裕在浙西，诏造银盝子妆具二十事，织绫二千匹，德裕上疏极论，亦为罢之。使陛下内之台谏有如此数人者，则买灯之事，必须力言；外之有司有如此数人者，则买灯之事，必不奉诏。

陛下聪明睿圣，追迹尧舜，而群臣不以唐太宗、明皇事陛下，窃尝深咎之。臣忝备府寮，亲见其事，若又不言，臣罪大矣。陛下若赦之不诛，则臣又有非职之言大于此者，忍不为陛下尽之；若不赦，亦臣之分也。谨录奏闻，伏候敕下。

〇轼既以议学校贡举事称旨，遂谏买灯以尝上意；复见纳，乃言新法不便状。今考此篇，可谓剀直无忌、横批逆鳞矣。而神宗听之如转圜。及论新法不便，指斥安石，则御史即摭其推官职事按问；既不得纤芥过，则使之危不自安，求知外郡。到官岁余，李定、舒亶辈，即希风承旨，诬以谤讪朝廷，下狱论死。欧阳修谓"言人主过失易，言权臣过失难"，岂不信哉！

上神宗皇帝书

熙宁四年二月某日，殿中丞直史馆判官告院权开封府推官臣苏轼，谨昧万死，再拜上书皇帝陛下：

臣近者不度愚贱，辄上封章，言买灯事。自知渎犯天威，罪在不赦，席藁私室，以待斧钺之诛，而侧听逾旬，威命不至。问之府司，则买灯之事，寻已停罢。乃知陛下不惟赦之，又能听之，惊喜过望，以至感泣。何者？改过不吝，从善如流，此尧舜禹汤之所勉强而力行，秦汉以来之所绝无而仅有。顾此买灯毫发之失，岂能上累日月之明？而陛下翻然改命，曾不移刻，则所谓智出天下，而听于至愚；威加四海，而屈于匹夫。臣今知陛下可与为尧舜，可与为汤武，可与富民而措刑，可与强兵而伏戎虏矣！

有君如此，其忍负之！惟当披露腹心，捐弃肝脑，尽力所至，不知其它。乃者，臣亦知天下之事，有大于买灯者矣，而独区区以此为先者，盖未信而谏，圣人不与；交浅言深，君子所戒。是以试论其小者，而其大者，固将有待而后言。今陛下果赦而不诛，则是既已许之矣。许而不言，臣则有罪，是以愿终言之。臣之所欲言者三，愿陛下结人心、厚风俗、存纪纲而已。

人莫不有所恃，人臣恃陛下之命，故能役使小民；恃陛下之法，故能胜服强暴。至于人主所恃者谁与？《书》曰："予临兆民，凛乎若朽索之驭六马。"言天下莫危于人主也。聚则为君民，散则为仇雠，聚散之间，不容毫厘。故天下归往谓之王，人各有心谓之独夫。由此观之，人主之所恃者，人心而已。人心之于人主也，如木之有根，如灯之有膏，如鱼之有水，如农夫之有田，如商贾之有财。木无根则槁，灯无膏则灭，鱼无水则死，农夫无田则饥，商贾无财则贫，人主失人心则亡。此必然之理，不可逭之灾也。其为可畏，从古以然。苟非乐祸好亡，狂易丧志，则孰敢肆其胸臆，轻犯人心？

昔子产焚载书以弭众言，赂伯石以安巨室，以为众怒难犯，专欲难成。而子夏亦曰："信，而后劳其民；未信，则以为厉己也。"唯商鞅变法，不顾人言，虽能骤致富强，亦以召怨天下，使其民知利而不知义，见刑而不见德，虽得天下，旋踵而失也。至于其身，亦卒不免，负罪出走，而诸侯不纳；车裂以徇，而秦人莫哀。君臣之间，岂愿如此？宋襄公虽行仁义，失众而亡；田常虽不义，得众而强。是以君子未论行事之是非，先观众心之向背。谢安之用诸桓未必是，而众之所乐，则国以乂安；庾亮之召苏峻未必非，而势有不可，则反为危辱。自古及今，未有和易同众而不安、刚果自用而不危者也。

今陛下亦知人心之不悦矣。中外之人，无贤不肖，皆言祖宗以来，治财用者不过三司使、副、判官，经今百年，未尝阙事。今者无故又创一司，号曰制置三司条例。使六七少年，日夜讲求于内；使者四十余辈，分行营干于外。造端宏大，民实惊疑；创法新奇，吏皆惶惑。贤者则求其说而不可得，未免于忧；小人则以其意而度朝廷，遂以为谤。谓陛下以万乘之主而言利，谓执政以天子之宰而治财。商贾不行，物价腾踊。近自淮甸，远及川蜀，喧传万口，论说百端。或言京师正店，议置监官；夔路深山，当行酒禁；拘收僧尼常住，减刻兵吏廪禄：如此等类，不可胜言。而甚者，至以为欲复肉刑。斯言一出，民且狼顾。陛下与二三大臣，亦闻其语矣。然而莫之顾者，徒曰我无其事，又无其意，何恤于人言？夫人言虽未必皆然，而疑似则有以致谤。人必贪财也，而后人疑其盗；人必好色也，而后人疑其淫。何者？未置此司，则无此谤，岂去岁之人皆忠厚，而今岁之人皆虚浮？孔子曰：“工欲善其事，必先利其器。”又曰：“必也正名乎。”今陛下操其器而讳其事，有其名而辞其意，虽家置一喙以自解，市列千金以购人，人必不信，谤亦不止。夫制置三司条例司，求利之名也；六七少年与使者四十余辈，求利之器也。驱鹰犬而赴林薮，语人曰“我非猎也”，不如放鹰犬而兽自驯；操网罟而入江湖，语人曰“我非渔也”，不如捐网罟而人自信。故臣以为消谗慝以召和气，复人心而安国本，则莫若罢制置三司条例司。

夫陛下之所以创此司者，不过以兴利除害也。使罢之而利不兴、害不除，则勿罢；罢之而天下悦、人心安，兴利除害，无所不可，则何苦而不罢？陛下欲去积弊而立法，必使宰相熟议而后行。事若不由中书，则是乱世之法，圣君贤相，夫岂其然？必若立法不免由中书，熟议不免使宰相，则此司之设，无乃冗长而无名。智者所图，贵于无迹。汉之文、景，《纪》无可书之事；唐之房、杜，《传》无可载之功，而天下之言治者与文、景，言贤者与房、杜。盖事已立而迹不见，功已成而人不知。故曰：“善用兵者，无赫赫之功。”岂惟用兵，事莫不然。今所图者，万分未获其一也，而迹之布于天下，已若泥中之斗兽，亦可谓拙谋矣。陛下诚欲富国，择三司官属与漕运使、副，而陛下与二三大臣，孜孜讲求，磨以岁月，则积弊自去而人不知。但恐立志不坚，中道而废。孟子有言：“其进锐者其退速。”若有始有卒，自可徐徐，十年之后，何事不立？孔子曰：“欲速则不达，见小利则大事不成。”使孔子而非圣人，则此言亦不可用。《书》曰：“谋及卿士，至于庶人。翕然大同，乃底元吉。”若违多而从少，则静吉而作凶。今上自宰相大臣，既已辞免不为，则外之议论，断亦可知。宰相，人臣也，且不欲以此自污，而陛下独安受其名而不辞，非臣愚之所识也。君臣宵旰，几一年矣，而富国之效，茫如捕风，徒闻内帑出数百万缗，祠部度五千余人耳。以此为术，其谁不能？

且遣使纵横，本非令典。汉武遣绣衣直指，桓帝遣八使，皆以守宰狼藉，盗贼公行，出于无术，行此下策。宋文帝元嘉之政，比于文、景，当时责成郡县，未尝遣使。及至孝武，以为郡县迟缓，始命台使督之。以至萧齐，此弊不革，故景陵王子良上疏极言其事，以为此等“朝辞禁门，情态即异；暮宿村县，威福便行。驱迫（追）邮传，折辱守宰；公私劳扰，民不聊生”。唐开元中，宇文融奏置劝农判官，使裴宽等二十九人并摄御史，分行天下，招携户口，检责漏田。时张说、杨玚、皇甫璟、杨相如，皆以为不便，而相继罢黜。虽得户八十余万，皆州县希旨，以主为客，以少为多。及使百官集议都省，而公卿以下，惧融威势，不敢异辞。陛下试取其《传》而读之，观其所行，为是为否？近者均税宽恤，冠盖相望，朝廷亦旋觉其非，而天下至今以为谤。曾未数岁，是非较然。臣恐后之视今，亦犹今之视昔。且其所遣，尤不适宜，事少而员多，人轻而权重。夫人轻而权重，则人多不服，或致侮慢以兴争；事少而员多，则无以为功，必须生事以塞责。陛下虽严赐约束，不许邀功，然人臣事君之常情，不从其令而从其意。今朝廷之意，好动而恶静，好同而恶异，指趣所在，谁敢不从？臣恐陛下赤子，自此无宁岁矣！

至于所行之事，行路皆知其难。何者？汴水浊流，自生民以来，不以种稻。秦人之歌曰："泾水一石，其泥数斗。且溉且粪，长我禾黍。"何尝言长我粳稻耶？今欲陂而清之，万顷之稻，必用千顷之陂，一岁一淤，三岁而满矣。陛下遽信其说，即使相视地形。万一官吏苟且顺从，真谓陛下有意兴作，上糜帑廪，下夺农时，堤防一开，水失故道，虽食议者之肉，何补于民？天下久平，民物滋息，四方遗利，盖略尽矣。今欲凿空访寻水利，所谓"即鹿无虞"，岂惟徒劳，必大烦扰。凡有擘画利害，不问何人，小则随事酬劳，大则量才录用。若官私格沮，并重行黜降，不以赦原。若材力不办兴修，便许申奏替换，赏可谓重，罚可谓轻。然并终不言诸色人妄有申陈，或官私误兴工役，当得何罪。如此，则妄庸轻剽浮浪奸人，自此争言水利矣。成功则有赏，败事则无诛。官司虽知其疎，岂可便行抑退？所在追集老少，相视可否；吏卒所过，鸡犬一空。若非灼然难行，必须且为兴役。何则？格沮之罪重，而误兴之过轻。人多爱身，势必如此。且古陂废堰，多为侧近冒耕，岁月既深，已同永业。苟欲兴复，必尽追收，人心或摇，甚非善政。又有好讼之党，多怨之人，妄言某处可作陂渠，规坏所怨田产，或指人旧业以为官陂，冒田（佃）之讼，必倍今日。臣不知朝廷本无一事，何苦而行此哉？

自古役人，必用乡户，犹食之必用五谷，衣之必用丝麻，济川之必用舟楫，行地之必用牛马；虽其间或有以他物充代，然终非天下所可常行。今者徒闻江浙之间数郡雇役，而欲措之天下，是犹见燕晋之枣栗，岷蜀之蹲鸱，而欲以废五谷，岂不难哉！又欲官卖所在坊场，以充衙前雇直，虽有长役，更无酬劳。长役所得既微，自此必渐衰散，则州郡事体，憔悴可知。士大夫捐亲戚、弃坟墓，以从宦于四方者，宣力之余，亦欲取乐，此人之至情也。若凋弊太甚，厨传萧然，则似危邦之陋风，恐非太平之盛观。陛下诚虑及此，必不肯为。且今法令莫严于御军，军法莫严于逃窜，禁军三犯，厢军五犯，大率处死。然逃军常半天下，不知雇人为役，与厢军何异？若有逃者，何以罪之？其势必轻于逃军，则其逃必甚于今日。为其官长，不亦难乎？近者虽使乡户颇得雇人，然而所雇逃亡，乡户犹任其责。今遂欲于两税之外，别立一科，谓之庸钱，以备官雇，则雇人之责，官所自任矣。自唐杨炎废租庸调以为两税，取大历十四年应予赋敛之数，以定两税之额，则是租调与庸，两税既兼之矣。今两税如故，奈何复欲取庸？圣人之立法，必虑后世，岂可于两税之外，别出科名哉？万一不幸，后世有多欲之君，辅之以聚敛之臣，庸钱不除，差役仍旧，使天下怨毒，推所从来，则必有任其咎者矣。又欲使坊郭等第之民，与乡户均役；品官形势之家，与齐民并事。其说曰："《周礼》田不耕者出屋粟，宅不毛者有里布。而汉世宰相之子，不免戍边。"此其所以藉口也。古者官养民，今者民养官。给之以田而不耕，劝之以农而不力，于是乎有里布、屋粟、夫家之征。今民无以为生，去为商贾，事势当尔，何名役之？且一岁之戍，不过三日，三日之雇，其直三百。今世三大户之役，自公卿以降，毋得免者，其费岂特三百而已？大抵事若可行，不必皆有故事。若民所不悦，俗所不安，纵有经典明文，无补于怨。若行此二者，必怨无疑。女户单丁，盖天民之穷者也。古之王者，首务恤此。而今陛下首欲役之，此等苟非户将绝而未亡，则是家有丁而尚幼。若假之数岁，则必成丁而就役，老死而没官。富有四海，忍不加恤？

孟子曰："始作俑者，其无后乎？"《春秋》书"作丘甲""用田赋"，皆重其始为民患也。青苗放钱，自昔有禁。今陛下始立成法，每岁常行，虽云不许抑配，而数世之后，暴君污吏，陛下能保之欤？异日天下恨之，国史记之曰：青苗钱自陛下始，岂不惜哉！且东南买绢，本用见钱；陕西粮草，不许折兑。朝廷既有著令，职司又每举行。然而买绢未尝不折盐，粮草未尝不折钞，乃知青苗不许抑配之说，亦是空文。只如治平之初，拣刺义勇，当时诏旨慰谕，明言永不戍边，著在简书，有如盟约；于今几日，议论已摇？或以代还东军，或欲抵换弓手，约束难恃，岂不明哉！纵使此令决行，果不抑配，计其间愿请之户，必皆孤贫不济之人。家若自有赢余，何至与官交易？此等鞭挞已急，则继之逃亡；逃亡之余，则均之邻保。势有必至，理有固然。且夫常平之为法也，可谓至矣，所守者约，而所及者广。借使万家之邑止有千斛，而谷贵之际，千斛在市，物价自平。一市之价既平，一邦之食自足，无操瓢乞丐之弊，无里正催驱之劳。今若变为青苗，家贷一斛，则千户之外，孰救其饥？且常平官钱，常患其少，若尽数收籴，则无借贷；若留充借贷，则所籴几何？乃知常平、青苗，其势不能两立，坏彼成此，所丧愈多，亏官害民，虽悔何逮？臣窃计陛下欲考其实，则必亦问人；人知陛下方欲力行，必谓此法有利无害。以臣愚见，恐未可凭。何以明之？臣顷在陕西，见刺义勇；提举诸县，臣尝亲行，愁怨之民，哭声振野。当时奉使还者，皆言民尽乐为。希合取容，自古如此。不然，则山东之盗，二世何缘不觉？南诏之败，明皇何缘不知？今虽未至于此，亦望陛下审听而已。

昔汉武之世，财力匮竭，用贾人桑弘羊之说，买贱卖贵，谓之均输。于时商贾不行，盗贼滋炽，几至于乱。孝昭既立，学者争排其说，霍光顺民所欲，从而予之，天下归心，遂以无事。不意今者此论复兴。立法之初，其说尚浅，徒言徙贵就贱，用近易远。然而广置官属，多出缗钱，豪商大贾，皆疑而不敢动，以为虽不明言贩卖，然既已许之变易，变易既行，而不与商贾争利者，未之闻也。夫商贾之事，曲折难行，其买也先期而与钱，其卖也后期而取直，多方相济，委曲相通，倍称之息，由此而得。今官买是物，必先设官置吏，簿书廪禄，为费已厚。非良不售，非贿不行，是以官买之价，比民必贵。及其卖也，弊复如前。商贾之利，何缘而得？朝廷不知虑此，乃捐五百万缗以予之。此钱一出，恐不可复。纵使其间薄有所获，而征商之额，所损必多。今有人为其主牧牛羊，不告其主，而以一牛易五羊。一牛之失，则隐而不言；五羊之获，则指为劳绩。陛下以为坏常平而言青苗之功，亏商税而取均输之利，何以异此？

陛下天机洞照，圣略如神，此事至明，岂有不晓？必谓已行之事，不欲中变，恐天下以为执德不一，用人不终，是以迟留岁月，庶几万一。臣窃以为过矣。古之英主，无出汉高。郦生谋挠楚权，欲复六国，高祖曰："善，趣刻印。"及闻留侯之言，吐哺而骂之，曰："趣销印。"夫称善未几，继之以骂，刻印、销印，有同儿戏，何尝累高祖之知人？适足明圣人之无我。陛下以为可而行之，知其不可而罢之，至圣至明，无以加此。议者必谓“民可与乐成，难与虑始”，故劝陛下坚执不顾，期于必行。此乃战国贪功之人，行险侥幸之说。陛下若信而用之，则是徇高论而逆至情，持空名而邀实祸，未及乐成，而怨已起矣。臣之所愿结人心者，此之谓也。

士之进言者，为不少矣，亦尝有以国家之所以存亡、历数之所以长短，告陛下者乎？夫国家之所以存亡者，在道德之浅深，不在乎强与弱；历数之所以长短者，在风俗之厚薄，不在乎富与贫。道德诚深，风俗诚厚，虽贫且弱，不害于长而存；道德诚浅，风俗诚薄，虽强且富，不救于短而亡。人主知此，则知所轻重矣。是以古之贤君，不以弱而忘道德，不以贫而伤风俗，而智者观人之国，亦以此而察之。齐至强也，周公知其后必有篡弑之臣；卫至弱也，季子知其后亡。吴破楚入郢，而陈大夫逢滑知楚之必复；晋武既平吴，何曾知其将乱；隋文既平陈，房乔知其不久。元帝斩郅支、朝呼韩，功多于武、宣矣，偷安而王氏之衅生；宣宗收燕赵、复河湟，力强于宪、武矣，消兵而庞勋之乱起。故臣愿陛下务崇道德而厚风俗，不愿陛下急于有功而贪富强。使陛下富如隋，强如秦，西取灵武，北取燕蓟，谓之有功可也；而国之长短，则不在此。夫国之长短，如人之寿夭；人之寿夭在元气，国之长短在风俗。世有尪羸而寿考，亦有盛壮而暴亡。若元气犹存，则尪羸而无害；及其已耗，则盛壮而愈危。是以善养生者，慎起居，节饮食，导引关节，吐故纳新。不得已而用药，则择其品之上、性之良，可以久服而无害者，则五脏和平而寿命长。不善养生者，薄节慎之功，迟吐纳之效，厌上药而用下品，伐真气而助强阳，根本已空，僵仆无日。天下之势，与此无殊。故臣愿陛下爱惜风俗，如护元气。

古之圣人，非不知深刻之法可以齐众，勇悍之夫可以集事；忠厚近于迂阔，老成初若迟钝。然终不肯以彼而易此者，知其所得小而所丧大也。曹参，贤相也，曰“慎无扰狱市”；黄霸，循吏也，曰“治道去泰甚”。或讥谢安以清谈废事，安笑曰：“秦用法吏，二世而亡。”刘晏为度支，专用果锐少年，务在急速集事，好利之党，相师成风。德宗初即位，擢崔祐甫为相。祐甫以道德宽大，推广上意，故建中之政，其声翕然，天下想望，庶几贞观。及卢杞为相，讽上以刑名整齐天下，驯致浇薄，以及播迁。我仁祖之驭天下也，持法至宽，用人有叙，专务掩覆过失，未尝轻改旧章。然考其成功，则曰未至；以言乎用兵，则十出而九败；以言乎府库，则仅足而无余。徒以德泽在人，风俗知义，是以升遐之日，天下如丧考妣；社稷长远，终必赖之，则仁祖可谓知本矣。今议者不察，徒见其末年吏多因循，事不振举，乃欲矫之以苛察，齐之以智能，招来新进勇锐之人，以图一切速成之效。未享其利，浇风已成。且天时不齐，人谁无过？国君贪垢，至察无徒。若陛下多方包容，则人材取次可用。必欲广置耳目，务求瑕疵，则人不自安，各图苟免，恐非朝廷之福，亦岂陛下所愿哉？汉文欲拜虎圈啬夫，释之以为利口伤俗。今若以口舌捷给而取士，以应对迟钝而退人；以虚诞无实为能文，以矫激不仕为有德，则先王之泽，遂将散微。

自古用人，必须历试，虽有卓异之器，必有已成之功。

一则使其更变而知难，事不轻作；一则待其功高而望重，人自无辞。昔先主以黄忠为后将军，而诸葛亮忧其不可，以为忠之名望，素非关、张之伦，若班爵遽同，则必不悦，其后关羽果以为言。以黄忠豪勇之姿，以先主君臣之契，尚复虑此，况其他乎？世常谓汉文不用贾生，以为深恨。臣尝推究其旨，窃谓不然。贾生固天下之奇才，所言亦一时之良策。然请为属国，欲以系单于，则是处士之大言，少年之锐气。昔高祖以三十万众困于平城，当时将相群臣，岂无贾生之比？三表五饵，人知其疏，而欲以困中行说，尤不可信矣。兵，凶器也，而易言之，正如赵括之轻秦，李信之易楚。若文帝亟用其说，则天下殆将不安。使贾生尝历艰难，亦必自悔其说。用之晚岁，其术必精；不幸丧亡，非意所及。不然，文帝岂弃材之主？绛、灌岂蔽贤之士？至于晁错，尤号刻薄，文帝之世，止于太子家令；而景帝既立，以为御史大夫，申屠嘉贤相，发愤而死；纷更政令，天下骚然。及至七国发难，而错之术亦穷矣。文、景优劣，于斯可见。

大抵名器爵禄，人所奔趋，必使积劳而后迁，以明持久而难得，则人各安其分，不敢躁求。今若多开骤进之门，使有意外之得，公卿侍从，跬步可图，其得者既不肯以侥幸自名，则其不得者必皆以沉沦为叹。使天下常调，举生妄心，耻不若人，何所不至？欲望风俗之厚，岂可得哉！选人之改京官，常须十年以上，荐更险阻，计析毫厘。其间一事聱牙，常至终身沦弃。今乃以一言之荐，举而与之；犹恐未称，章服随至。使积劳久次而得者，何以厌服哉？夫常调之人，非守则令，员多阙少，久已患之，不可复开多门以待巧进。若巧者侵夺已甚，则拙者迫怵无聊。利害相形，不得不察。故近岁朴拙之人愈少，而巧佞之士益多。惟陛下重之惜之，哀之救之。如近日三司献言，使天下郡选一人，催驱三司文字，许之先次指射以酬其劳。则数年之后，审官吏部，又有三百余人得先占阙；常调待次，不其愈难？此外勾当发运均输，按行农田水利，已振监司之体，各怀进用之心，转对者望以称旨而骤迁，奏课者求为优等而速化，相胜以力，相高以言，而名实乱矣。惟陛下以简易为法，以清净为心，使奸无所缘，而民德归厚。臣之所愿厚风俗者，此之谓也。

古者建国，使内外相制，轻重相权。如周、如唐，则外重而内轻；如秦、如魏，则外轻而内重。内重之弊，必有奸臣指鹿之患；外重之弊，必有大国问鼎之忧。圣人方盛而虑衰，常先立法以救弊。我国家租赋籍于计省，重兵聚于京师，以古揆今，则似内重。恭惟祖宗所以深计而预虑，固非小臣所能臆度而周知。然观其委任台谏之一端，则是圣人过防之至计。历观秦汉以及五代，谏诤而死，盖数百人。而自建隆以来，未尝罪一言者；纵有薄责，旋即超升。许以风闻，而无官长；风采所系，不问尊卑。言及乘舆，则天子改容；事关廊庙，则宰相待罪。故仁宗之世，议者讥宰相但奉行台谏风旨而已。圣人深意，流俗岂知？台谏固未必皆贤，所言亦未必皆是，然须养其锐气而借之重权者，岂徒然哉？将以折奸臣之萌，而救内重之弊也。夫奸臣之始，以台谏折之而有余；及其既成，以干戈取之而不足。今法令严密，朝廷清明，所谓奸臣，万无此理。然而养猫所以去鼠，不可以无鼠而养不捕之猫；畜狗所以防奸，不可以无奸而畜不吠之狗。陛下得不上念祖宗设此官之意，下为子孙立万一之防，朝廷纪纲，孰大于此？

臣自幼小所记，及闻长老之谈，皆谓台谏所言，常随天下公议。公议所与，台谏亦与之；公议所击，台谏亦击之。及至英庙之初，始建称亲之议，本非人主大过，亦无礼典明文，徒以众心未安，公议不允，当时台谏，以死争之。今者物论沸腾，怨讟交至，公议所在，亦可知矣，而相顾不发，中外失望。夫弹劾积威之后，虽庸人亦可奋扬；风采消委之余，虽豪杰有所不能振起。臣恐自兹以往，习惯成风，尽为执政私人，以致人主孤立。纪纲一废，何事不生？孔子曰："鄙夫可与事君也欤？其未得之也，患得之；既得之，患失之。苟患失之，无所不至矣。"臣始读此书，疑其太过，以为鄙夫之患失，不过备位而苟容。及观李斯忧蒙恬之夺其权，则立二世以亡秦；卢杞忧李怀光之数其恶，则误德宗以再乱。其心本生于患失，而其祸乃至于丧邦。孔子之言，良不为过。是以知为国者，平居必常有忘躯犯颜之士，则临难庶几有徇义守死之臣。若平居尚不能一言，则临难何以责其死节？人臣苟皆如此，天下亦曰殆哉！君子和而不同，小人同而不和。和如和羹，同如济水。孙宝有言："周公上圣，召公大贤，犹不相悦，著于经典。"晋之王导，可谓元臣，每与客言，举坐称善，而王述不悦，以为"人非尧舜，安得每事尽善"，导亦敛衽谢之。若使言无不同，意无不合，更唱迭和，何者非贤？万一有小人居其间，则人主何缘知觉？臣之所愿存纪纲者，此之谓也。

臣非敢历诋新政，苟为异论。如近日裁减皇族恩例，刊定任子条式，修完器械，阅习鼓旗，皆陛下神算之至明，乾刚之必断，物议既允，臣安敢有词？至于所献之三言，则非臣之私见，中外所病，其谁不知？昔禹戒舜曰："无若丹朱傲，惟慢游是好。"舜岂有是哉？周公戒成王曰："毋若商王，受之迷乱，酗于酒德。"成王岂有是哉？周昌以汉高为桀、纣，刘毅以晋武为桓、灵，当时人君，曾莫之罪，而书之史册，以为美谈。使臣所献三言，皆朝廷未尝有此，则天下之幸，臣与有焉。若有万一似之，则陛下安可不察？然而臣之为计，可谓愚矣。以蝼蚁之命，试雷霆之威，积其狂愚，岂可数赦？大则身首异处，破坏家门；小则削籍投荒，流离道路。虽然，陛下必不为此。何也？臣天赋至愚，笃于自信。向者与议学校贡举，首违大臣本意，已期窜逐，敢意自全？而陛下独然其言，曲赐召对，从容久之，至谓臣曰："方今政令，得失安在？虽朕过失，指陈可也。"臣即对曰："陛下生知之性，天纵文武，不患不明，不患不勤，不患不断；但患求治太速，进人太锐，听言太广。"又俾具述所以然之状。陛下颔之曰："卿所献三言，朕当熟思之。"

臣之狂愚，非独今日，陛下容之久矣。岂其容之于始而不赦之于终？恃此而言，所以不惧。臣之所惧者，讥刺既众，怨仇实多，必将诋臣以深文，中臣以危法，使陛下虽欲赦臣而不可得，岂不殆哉！死亡不辞，但恐天下以臣为戒，无复言者。是以思之经月，夜以继书，表成复毁，至于再三。感陛下听其一言，怀不能已，卒吐其说。惟陛下怜其愚忠而卒赦之，不胜俯伏待罪忧恐之至。

□圣祖御评：一书万言，意甚贯穿而不失之复，词甚矫厉不过于激。不独经济之裕，抑亦文章志雄。

◇黄震曰："东坡之文，如长江大河，一泻千里；至其混浩流转、曲折变化之妙，则无复可以名状。盖能文之士，莫之能尚也。而尤长于指陈世事，述叙民生疾苦。方其年少气锐，尚欲迅扫宿弊，更张百度，有贾太傅流涕太息之风。及既惩创王氏，一意忠厚，思与天下休息，其言切中民隐，发越恳到，使岩廊崇高之地，如亲见闾阎哀痛之情，有不能不恻然感动者，真可垂训万世矣。"

◇茅坤曰："按苏氏父子兄弟，所上皇帝书不同。老泉当仁庙时，朝廷方尚安静、闿德泽，故其书大较，劝主上务揽威权、责名实。长公、次公当神庙时，朝廷方变法令、急富强，故其书大较，劝主上务省纷更、持宽大。然次公之言，犹纡徐典巽；而长公之言，似觉骨鲠痛切矣。然三人中，长公更胜，其指陈利害似贾谊，明切事情如陆贽。读古人文章，须于此细细权衡，方得他下手处。"

卷四十六

眉山苏轼文九　上书

再上皇帝书

熙宁四年三月某日，殿中丞直史馆判官告院权开封府推官臣苏轼，谨昧万死，再拜上书皇帝陛下：

臣闻之，益戒于禹曰："任贤勿贰，去邪勿疑。"仲虺言汤之德曰："用人惟己，改过不吝。"秦穆丧师于崤，悔痛自誓，孔子录之。自古聪明豪杰之主，如汉高帝、唐太宗，皆以受谏如流、改过不惮，号为秦汉以来百王之冠也。孔子曰："君子之过，如日月之食焉。过也，人皆见之；更也，人皆仰之。"圣贤举动，明白正直，不当如是耶？所用之人，有邪有正；所作之事，有是有非。是非邪正，两言而足：正则用之，邪则去之；是则行之，非则破之。此理甚明，犹饥之必食，渴之必饮；岂有别生义理，曲加粉饰，而能欺天下哉？

《书》曰："与治同道，罔不兴；与乱同事，罔不亡。"陛下自去岁以来，所行新政，皆不与治同道。立条例司，遣青苗使，敛助役钱，行均输法，四海骚动，行路怨咨。自宰相以下，皆知其非而不敢争。臣愚蠢不识忌讳，乃者上疏论之详矣，而学术浅陋，不足以感动圣明。近者故相旧臣，藩镇侍从，杂然争言不便，以至台谏二三人者，本其所与缔交、唱和表里之人也，然犹不免一言其非者，岂非物议沸腾、事势迫切而不可止欤？自非见利忘义、居之不疑者，孰肯终始胶固、不自湔洗？如吴师孟乞免提举，胡宗愈不愿检详，如逃垢秽，惟恐不脱。人情畏恶，一至于此。

近者中外喧言，陛下已有悔悟意，道路相庆，如蒙大赉，实望陛下于旬日之间，涣发德音，洗荡乖僻，追还使者，而罢条例司。今者侧听所为，盖不过使监司体量抑配而已，比之未悟，所较几何？此孟子所谓知兄臂之不可紾，而姑劝以徐；知邻鸡之不可攘，而月取其一。帝王改过，岂如是哉？臣又闻陛下以为，此法且可试之三路。臣以为，此法譬之医者之用毒药，以人之死生，试其未效之方。三路之民，岂非陛下赤子，而可试以毒药乎？今日之政，小用则小败，大用则大败，若力行而不已，则乱亡随之。臣非敢过为危论，以耸动陛下也。

自古存亡之所寄者，四人而已，一曰民，二曰军，三曰吏，四曰士。此四人者，一失其心，则足以生变。今陛下一举而兼犯之。青苗、助役之法行，则农不安；均输之令出，则商贾不行，而民始忧矣。併省诸军，迫逐老病，至使戍兵之妻，与士卒杂处其间，贬杀军分，有同降配；迁徙淮甸，仅若流放。年近五十，人人怀忧，而军始怨矣。内则不取谋于元臣侍从，而专用新进小生；外则不责成于守令监司，而专用青苗使者。多置闲局，以摈老成，而吏始解体矣。陛下临轩选士，天下谓之“龙飞榜”；而进士一人，首削旧恩，示不复用。所削者一人而已，然士莫不怅恨者，以陛下有厌薄其徒之意也。今用事者，又欲渐消进士，纯取明经，虽未有成法，而小人招权，自以为功，更相扇摇，以谓必行，而士始失望矣。今进士半天下，自二十以上，便不能诵记注义，为明经之学。若法令一更，则士各怀废弃之忧，而人材短长，终不在此。昔秦禁挟书，而诸生皆抱其业以归胜、广，相与出力，而亡秦者岂有他哉？亦徒以失业而无所归也。故臣愿陛下勿复言此。民忧而军怨，吏解体而士失望，祸乱之源，有大于此者乎？今未见也，一旦有急，则致命之士必寡矣。方是之时，不知希合苟容之徒，能为陛下收板荡而止土崩乎？

去岁诸军之始併也，左右之人，皆以士心乐併告陛下。近者放停军人，李兴告虎翼吏率钱行赂，以求不併，则士卒不乐可知矣。夫谄谀之人，苟务合意、不惮欺罔者，类皆如此。故凡言百姓乐请青苗钱、乐出助役钱者，皆不可信。陛下以为青苗抑配，果可禁乎？不惟不可禁，乃不当禁也。何以言之？若此钱放而不收，则州县官吏不免责罚；若此钱果不抑配，则愿请之户后必难收。前有抑配之禁，后有失陷之罚，为陛下官吏，不亦难乎？故臣以为既行青苗钱，则不当禁抑配，其势然也。人皆谓陛下圣明神武，必能徙义修慝，以致太平；而近日之事，乃有文过遂非之风，此臣所以愤懑太息而不能已也。

昔贾充用事，天下忧恐，而庾纯、任恺，戮力排之。及充出镇秦凉，忠臣义士莫不相庆，屈指数日，以望维新之化。而冯忱之徒，更相告语曰："贾公远放，吾等失势矣。"于是相与献谋而充复留，则晋氏之乱，成于此矣。自古惟小人为难去。何则？去一人而其党莫不破坏，是以为之计谋游说者众也。今天下贤者，亦将以此观陛下，为进退之决。或再失望，则知几之士，相率而逝矣。岂皆如臣等辈，偷安怀禄而不忍去哉？

狷狂不逊，忤陛下多矣，不敢复望宽恩，俯伏引领，以待诛殛。臣轼诚惶诚恐，顿首顿首。谨言。

〇孟献子曰："与其有聚敛之臣，宁有盗臣。"盖盗臣所损者府库，如疴痒之在皮肤；聚敛之臣，实伤国命，则膏肓之疾也。王安石以坚愎敢为之性，有博闻强记、周给敏捷之才，用其前无千古、后无万年之意，行忍鸷躁扰、违天拂人之事，收召巧言令色、便辟侧媚之徒，相与蚤作夜思、力行不倦，以成有宋一代聚敛之臣。宋神宗一见奇之，遂同鱼水，君臣戮力，励精图治，而卒至于大乱。自古乱亡之国，大都般乐怠敖，意不在国与民，而致土崩瓦解；未有自朝至于日中昃，不遑暇食，蕲跻世于三代之隆，不得小治，乃得大乱，且基祸以亡，如神宗、安石之奇者也！

《大学》曰："国不以利为利，以义为利。"不綦要欤？于此不明，则源之不清，流千里而皆浊。神宗天姿英锐过人，而未尝学问。人有言"富国在节俭，不在掊克"者，则曰："岂有天子着得破皮鞢，便能富国之理？"不知两汉盛时，百姓殷阜，至于适千里不持粮，岂非弋绨大练之所致与？夫六宫弋绨大练，其所留余几何？然百姓不从上之令，而从其意，四海之内，竞以俭相高、以奢相诮，则弋绨大练之所留余，被四海矣。使神宗果着得破皮鞢，岂能不富国？奚若天子收农夫之债息，宰相夺贩竖之奇赢，至今为笑哉！

新法既行，司马光力争不得，辞枢密副使不拜；乞外，乃出知永兴军。到官，上章曰：

"臣之不才，最出群臣之下，先见不如吕诲，公直不如范纯仁、程颢，敢言不如苏轼、孔文仲，勇决不如范镇。诲于安石始参政事之时，已言安石为奸邪，谓其必败乱天下。臣以为，安石止于不晓事与狠愎尔，不至如诲所言。今观安石汲引亲党，盘据要津，挤排异己，占固权宠，尝自以己意阴赞陛下，内出手诏以决外庭之事，使天下之威福在己，而谤议悉归于陛下，臣乃自知先见不如诲远矣。纯仁与颢，皆安石素厚，安石拔于庶僚之中，超处清要。纯仁、颢睹安石所为，不敢顾私恩、废公议，极言其短。臣与安石，南北异乡，取舍异道。臣接安石素疏，安石待臣素薄，徒以屡尝同僚之故，私心眷眷，不忍轻绝而显言之，因循以至今日。是臣不负安石，而负陛下甚多，此其不如纯仁、颢远矣。臣承乏两制、逮事三朝，于国家义则君臣、恩犹骨肉，睹安石专逞其狂愚，使天下生民被荼毒之苦，宗庙社稷有累卵之危，臣畏懦惜身，不蚤为陛下别白言之。轼与文仲，皆疏远小臣，乃敢不避陛下雷霆之威，安石虎狼之怒，上书对策，指陈其失，隳官获谴，无所顾虑，此臣不如轼与文仲远矣。人情谁不贪富贵、恋俸禄？镇睹安石荧惑陛下，以佞为忠、以忠为佞，以是为非、以非为是，不胜愤懑，抗章极言，自乞致仕，甘受丑诋，杜门家居。臣顾惜禄位，为妻子计，包羞忍耻，尚居方镇，此臣不如镇远矣。

“臣闻居其位者必忧其事，食其禄者必任其患。苟或不然，是为窃盗。臣虽无似，不忍身为窃盗。今陛下唯安石是信，安石以为贤则贤、愚则愚，是则是、非则非，谄附安石者谓之忠良，诘难安石者谓之谗慝。臣之才识，固安石之所愚；臣之议论，固安石之所非。今日所言，陛下之所谓谗慝也。伏望圣恩裁处其罪，若罪同范镇，则乞依例致仕；若罪浮于镇，或窜或诛，所不敢逃。”

光极谏如此，而神宗卒不悟，信用安石愈深，以致海内萧然，生灵涂炭。光所言轼上书指陈其失者，即此二书也。其后安石捃摭轼罪不得，乃以诗句为谤讪，系御史台狱，几死矣。

拟进士对御试策

右，臣准宣命差赴集英殿编排举人试卷。窃见陛下始革旧制，以策试多士，厌闻诗赋无益之语，将求山林朴直之论，圣听广大，中外欢喜。而所试举人不能推原上意，皆以得失为虑，不敢指陈阙政，而阿谀顺旨者，又卒据上第。陛下之所以求于人至深切矣，而下之报上者如此，臣窃深悲之。

夫科场之文，风俗所系，所收者天下莫不以为法，所弃者天下莫不以为戒。昔祖宗之朝，崇尚辞律，则诗赋之士，曲尽其巧。自嘉祐以来，以古文为贵，则策论盛行于世，而诗赋几至于熄。何者？利之所在，人无不化。今始以策取士，而士之在甲科者，多以谄谀得之。天下观望，谁敢不然？臣恐自今以往，相师成风，虽直言之科，亦无敢以直言进者。风俗一变，不可复返，正人衰微，则国随之，非复诗赋、策论迭兴迭废之比也。是以不胜愤懑，退而拟进士对御试策一道。学术浅陋，不能尽知当世之切务，直载所闻，上将以推广圣言，庶有补于万一；下将以开示四方，使知陛下本不讳恶切直之言。风俗虽坏，犹可以少救。其所撰策，谨缮写投进；干冒天威，臣无任战恐待罪之至。

问：朕德不类，托于士民之上，所与待天下之治者，惟万方黎献之求。详延于廷，诹以世务，岂特考子大夫之所学，且以博朕之所闻。盖圣王之御天下也，百官得其职，万事得其序。有所不为，为之而无不成；有所不革，革之而无不服。田畴辟，沟洫治，草木畅茂，鸟兽鱼鳖无不得其性。其富足以备礼，其和足以广乐，其治足以致刑。子大夫以谓何施而可以臻此？方今之弊，可谓众矣。救（拯）之之术，必有本末；所施（施之）之宜，必有先后。子大夫之所宜知也。生民以来，所谓至治，必曰唐、虞、成周之时，《诗》《书》所称，其迹可见。以至后世贤明之君，忠智之臣，相与忧勤，以营一代之业，虽未尽善，要其所以成就，亦必有可言者。其详著之，朕将亲览焉。

对：臣伏见陛下发德音，下明诏，以天下安危之至计，谋及于布衣之士，其求之不可谓不切，其好之不可谓不笃矣。然臣私有所忧者，不知陛下有以受之欤？《礼》曰："甘受和，白受采。"故臣愿陛下先治其心，使虚一而静，然后忠言至计可得而入也。今臣窃恐陛下先入之言已实其中，邪正之党已贰其听，功利之说已动其欲，则虽有皋陶、益稷为之谋，亦无自入矣，而况于疏远愚陋者乎？此臣之所以大惧也。若乃尽言以招祸，触讳以忘躯，则非臣之所恤也。

圣策曰："圣王之御天下也，百官得其职，万事得其序。"臣以为陛下未知此也，是以所为颠倒失序如此。苟诚知之，曷不尊其所闻而行其所知欤？百官之所以得其职者，岂圣王人人而督责之；万事之所以得其序者，岂圣王事事而整齐之哉？亦因能以任职，因职以任事而已。官有常守谓之职，施有先后谓之序。今陛下使两府大臣侵三司财利之权，常平使者乱职司守令之治；刑狱旧法，不以付有司，而取决于执政之意；边鄙大虑，不以责帅臣，而听计于小吏之口，百官可谓失其职矣。王者之所宜先者德也，所宜后者刑也；所宜先者义也，所宜后者利也。而陛下易之，万事可谓失其序矣。然此犹其小者。其大者，则中书失其政也。宰相之职，古者所以论道经邦，今陛下但使奉行条例司文书而已。昔邴吉为丞相，萧望之为御史大夫，望之言“阴阳不和，咎在臣等”，而宣帝以为意轻丞相，终身薄之。今政事堂忿争相诟，流传都邑，以为口实，使天下何观焉？故臣愿陛下首还中书之政，则百官之职，万事之序，以次而得矣。

圣策曰：“有所不为，为之而无不成；有所不革，革之而无不服。”陛下之及此言，是天下之福也。今日之患，正在于未成而为之，未服而革之耳。夫成事在理不在势，服人以诚不以言。理之所在，以为则成，以禁则止，以赏则劝，以言则信。古之人所以鼓舞天下，绥之斯来、动之斯和者，盖循理而已。今为政不务循理，而欲以人主之势、赏罚之威，劫而成之。夫以斧析薪，可谓必克矣，然不循其理，则斧可缺，薪不可破。是以不论尊卑，不计强弱，理之所在则成，理所不在则不成，可必也。今陛下使农民举息，与商贾争利，岂理也哉？而何怪其不成乎？《礼》曰：“微之显，诚之不可掩也如是（此）夫。”陛下苟诚心乎为民，则虽或谤之而人不信；苟诚心乎为利，则虽自解释而人不服。且事有决不可欺者，吏受贿枉法，人必谓之赃；非其有而取之，人必谓之盗。苟有其实，不敢辞其名。今青苗有二分之息，而不谓之放债取利，可乎？凡人为善，不自誉而人誉之；为恶，不自毁而人毁之。如使为善者必须自言而后信，则尧舜、周孔亦劳矣。今天下以为利，陛下以为义；天下以为害，陛下以为仁；天下以为贪，陛下以为廉。不胜其纷纭也，则使二三臣者极其巧辩，以解答千万人之口；附会经典，造为文书，以晓告四方之人。四方之人，岂如婴儿鸟兽，而可以美言小数眩惑之哉？

且夫未成而为之，则其弊必至于不敢为；未服而革之，则其弊必至于不敢革。盖世有好走马者，一为坠伤，则终身徒行。何者？慎重则必成，轻发则多败，此理之必然也。陛下若出于慎重，则屡作屡成，不惟人信之，陛下亦自信而日以勇矣；若出于轻发，则每举每败，不惟人不信，陛下亦自不信而日以怯矣。文宗始用训、注，其志岂浅也哉？而一经大变，则忧沮丧气，不能复振。文宗亦非有失德，徒以好作而寡谋也。慎重者，始若怯，终必勇；轻发者，始若勇，终必怯。乃者横山之人，未尝一日而忘汉，虽五尺之童子，知其可取；然自庆历以来，莫之敢发者，诚未有以善其后也。近者边臣不计其后而遽发之，一发不中，则内帑之费以数百万计，而关辅之民困于飞挽者，三年而未已。虽天下之勇者，敢复为之欤？为之固不可，敢复言之欤？由此观之，则横山之功，是边臣欲速而坏之也。近者青苗之政，助役之法，均输之策，併军搜卒之令，卒然轻发，又甚于前日矣。虽陛下不恤人言，持之益坚，而势穷事碍，终亦必变。他日虽有良法美政，陛下能复自信乎？人君之患，在于乐因循而惮改作。今陛下春秋鼎盛，天锡勇智，此万世一时也。而群臣不能济之以慎重，养之以敦朴，譬如乘轻车、驭骏马，冒险夜行，而仆夫又从后鞭之，岂不殆哉？臣愿陛下解辔秣马，以须东方之明，而徐行于九轨之道，甚未晚也。

圣策曰“田畴辟，沟洫治，草木畅茂，鸟兽鱼鳖莫不各得其性”者，此百工有司之事也，曾何足以累陛下？陛下操其要，治其本，恭己无为，而物莫不尽其天理，以生以死。若夫百工有司之事，自宰相不屑为之，而况于陛下乎！

圣策曰："其富足以备礼，其和足以广乐，其治足以致刑，何施而可以臻此？"孔子曰："百姓足，君孰与不足？"兔首瓠叶，可以行礼；扫地而祭，可以事天。礼之不备，非贫之罪也。管子曰："仓廪实而知礼节。"臣不知陛下所谓富者，富民欤？抑富国欤？陆贾曰："将相和调则士豫附。"刘向曰："众贤和于朝，则万物和于野。"今朝廷可谓不和矣，其咎安在？陛下不返求其本，而欲以力胜之。力之不能胜众也久矣！古者刀锯在前，鼎镬在后，而士犹犯之。今陛下躬蹈尧舜，未尝诛一无罪；欲弭众言，不过斥逐异议之臣而更用人。必不忍行亡秦偶语之禁，起东汉党锢之狱，多士何畏而不言哉？臣恐逐者不已，而争者益多，烦言交攻，愈甚于今日矣。欲望致和而广乐，岂不疎哉？古之求治者，将以措刑也。今陛下求治则欲致刑，此又群臣误陛下也。臣知其说矣，是出于荀卿。荀卿喜为异论，至以人性为恶，则其言治世刑重亦宜矣。而说者又以为《书》称唐虞之隆，刑故无小，而周之盛时，群饮者杀。臣请有以诘之。夏禹之时，大辟二百；周公之时，大辟五百，岂可谓周治而禹乱耶？秦为法及三族，汉除肉刑，岂可谓秦治而汉乱耶？致之言极也，天下幸而未治，使一日治安，陛下将变今之刑而用其极欤？天下几何其不叛也？徒闻其语而惧者已众矣。臣不意异端邪说惑误陛下，至于如此。且夫宥过无大，刑故无小，此用刑之常理也，至于今守之，岂独唐虞之隆而周之盛时哉？所以诛群饮者，意其非独群饮而已。如今之法，所谓夜聚晓散者，使后世不知其详而徒闻其语，则凡夜相过者，皆执而杀之，可乎？夫人相与饮酒而辄杀之，虽桀纣之暴，不至于此，而谓周公行之欤？

圣策曰："方今之弊，可谓众矣。救之之术，必有本末；施之之宜，必有先后。"臣请论其本与其所宜先者，而陛下择焉。方今所施（救弊）之道，必先立事；立事之本，在于知人。则所施之宜，当先观大臣之知人与否耳。古之欲立非常之功者，必有知人之明；苟无知人之明，则循规矩、蹈绳墨，以求寡过。二者皆审于自知，而安于才分者也。道可以讲习而知，德可以勉强而能，惟知人之明不可学，必出于天资。如萧何之识韩信，此岂有法而可传者哉？以诸葛孔明之贤，而知人之明，则其所短，是以失之于马谡；而孔明亦审于自知，是以终身不敢用魏延。我仁祖之在位也，事无大小，一付之于法；人无贤不肖，一付之于公议。事已效而后行，人已试而后用，终不求非常之功者，诚以当时大臣不足以与于知人之明也。古之为医者，聆音察色，洞视五脏，则其治疾也，有剖胸决脾、洗濯胃肾之变。苟无其术，不敢行其事。今无知人之明，而欲立非常之功，解纵绳墨，以慕古人，则是未能察脉而欲试华佗之方，其异于操刀而杀人者几希矣。房琯之称刘秩、关播之用李元平是也，至今以为笑矣。陛下观今之大臣，为知人欤、为不知人欤？乃者擢用众才，皆其造室握手之人，要结审固，而后敢用。盖以为其人可与戮力同心，共致太平；曾未安席而交口攻之者，如猬毛而起。陛下以此验之，其不知人也，亦审矣。幸今天下无事，异同之论，不过渎乱圣听而已。若边隅有警，盗贼窃发，俯仰成败，呼吸变动，而所用之人皆如今日，乍合乍散，临事解体，不可复知，则无乃误社稷欤？华佗不世出，天下未尝废医；萧何不世出，天下未尝废治。陛下必欲立非常之功，请待知人之佐；若犹未也，则亦诏左右之臣安分守法而已。

圣策曰："生民以来，称至治者必曰唐、虞、成周之世，《诗》《书》所称，其迹可见。以至后世贤明之君，忠智之臣，相与忧勤，以营一代之业，虽未尽善，然要其所成就，亦必有可言者。其详著之。"臣以为此不可胜言也。其施设之方，各随其时而不可知；其所可知者，必畏天，必从众，必法祖宗。故其言曰："戒之戒之，天惟显思，命不易哉！"又曰："稽于众，舍己从人。"又曰："丕显哉，文王谟！丕承哉，武王烈！"《诗》《书》所称，大略如此，未尝言"天命不足畏，众言不足从，祖宗之法不足用"也。苻坚用王猛，而樊世、仇腾、席宝不悦；魏郑公劝太宗以仁义，而封伦不信。凡今之人，欲陛下违众而自用者，必以此藉口；而陛下所谓贤明忠智者，岂非意在于此等欤？臣愿考二人之所行，而求之于今。王猛岂尝设官而牟利，魏郑公岂尝贷钱而取息欤？且其不悦者，不过数人，固不害天下之信且服也。今天下有心者怨，有口者谤，古之君臣相与忧勤以营一代之业者，似不如此。古语曰："百人之聚，未有不公。"而况天下乎？今天下非之，而陛下不回，臣不知所税驾矣。

《诗》曰："譬彼舟流，不知所届。心之忧矣，不遑假寐。"区区之忠，惟陛下察之。臣谨昧死上对。

□圣祖御评：指陈时事，逐节条对，透彻了当，不冗不支。

○轼两上书，言新法不便，不见省；复拟进士对策上之，以冀神宗之一悟。考其时，轼官权开封府推官耳。疏远下僚，非若两制大臣与国同休戚，而勤拳恳款，无异陆贽为内相时。非其忠孝天性郁于中而发作于外，视民之疾苦若己身之痌瘝者，而能然哉？至若必敬天、必从众、必法祖宗三言，岂特为宋神宗之良药，实万古帝王之法语矣！

代张方平谏用兵书

臣闻好兵犹好色也。伤生之事非一，而好色者必死；贼民之事非一，而好兵者必亡。此理之必然者也。夫惟圣人之兵，皆出于不得已，故其胜也，享安全之福；其不胜也，必无意外之患。后世用兵，皆得已而不已，故其胜也，则变迟而祸大；其不胜也，则变速而祸小。是以圣人不计胜负之功，而深戒用兵之祸。何者？兴师十万，日费千金，内外骚动，殆于道路者七十万家。内则府库空虚，外则百姓穷匮。饥寒逼迫，其后必有盗贼之忧；死伤愁怨，其终必致水旱之报。上则将帅拥众，有跋扈之心；下则士众久役，有溃叛之志。变故百出，皆由用兵。至于兴事首议之人，冥谪尤重。盖以平民无故缘兵而死，怨气充积，必有任其咎者。是以圣人畏之重之，非不得已，不敢用也。

自古人主好动干戈，由败而亡者，不可胜数，臣今不敢复言。请为陛下言其胜者。秦始皇既平六国，复事吴越，戍役之患，被于四海。虽拓地千里，远过三代，而坟土未干，天下怨叛，二世被害，子婴就擒，灭亡之酷，自古所未尝有也。汉武帝承文、景富溢之余，首挑匈奴，兵连不解，遂使侵寻及于诸国，岁岁调发，所向成功。建元之间，兵祸始作，是时蚩尤旗出，长与天等，其春戾太子生。自是师行三十余年，死者无数。及巫蛊事起，京师流血，僵尸数万，太子父子皆败。班固以为太子生长于兵，与之终始。帝虽悔悟自克，而殁身之恨，已无及矣。隋文帝既下江南，继事夷狄；炀帝嗣位，此志不衰，皆能诛灭强国，威震万里。然而民怨盗起，亡不旋踵。唐太宗神武无敌，尤喜用兵，既已破灭突厥、高昌、吐谷浑等，犹且未厌，亲驾辽东。皆志在立功，非不得已而用。其后武氏之难，唐室凌迟，不绝如线。盖用兵之祸，物理难逃。不然，太宗仁圣宽厚，克己裕人，几至刑措，而一传之后，子孙涂炭，此岂为善之报也哉？由此观之，汉、唐用兵于宽仁之后，故其胜而仅存；秦、隋用兵于残暴之余，故其胜而遂灭。臣每读书至此，未尝不掩卷流涕，伤其计之过也。若使此四君者，方其用兵之初，随即败衄，惕然戒惧，知用兵之难，则祸败之兴，当不至此。不幸每举辄胜，故使狃于功利，虑患不深。臣故曰：胜则变迟而祸大，不胜则变速而祸小。不可不察也。

昔仁宗皇帝覆育天下，无意于兵，将士惰媮，兵革朽钝。元昊乘间窃发，西鄙延安、泾原、麟府之间，败者三四，所丧动以万计，而海内晏然。兵休事已，而民无怨言，国无遗患。何者？天下臣庶知其无好兵之心，天地鬼神谅其有不得已之实故也。

今陛下天锡勇智，意在富强。即位以来，缮甲治兵，伺候邻国。群臣百寮，窥见此指，多言用兵。其始也，弼臣执国命者，无忧深思远之心；枢臣当国论者，无虑害持难之识；在台谏之职者，无献替纳忠之议。从微至著，遂成厉阶。既而薛向为横山之谋，韩绛效深入之计，陈升之、吕公弼等，阴与之协力，师徒丧败，财用耗屈。较之宝元、庆历之败，不及十一，然而天怒人怨，边兵背叛，京师骚然，陛下为之旰食者累月。何者？用兵之端，陛下作之。是以吏士无怨敌之意，而不直陛下也。尚赖祖宗积累之厚，皇天保佑之深，故使兵出无功，感悟圣意。然浅见之士，方且以败为耻，力欲求胜，以称上心。于是王韶构祸于熙河，章惇造衅于横山，熊本发难于渝泸。然此等皆戕贼已降，俘累老弱，困弊腹心，而取空虚无用之地，以为武功，使陛下受此虚名，而忽于实祸。勉强砥砺，奋于功名，故沈起、刘彝，复发于安南，使十余万人暴露瘴毒，死者十而五六；道路之人，毙于输送，赀粮器械，不见敌而尽。以为用兵之意，必且少衰，而李宪之师，复出于洮州矣。今师徒克捷，锐气方盛，陛下喜于一胜，必有轻视四夷、凌侮敌国之意。天意难测，臣实畏之。

且夫战胜之后，陛下可得而知者，凯旋奏捷，拜表称贺，赫然耳目之观耳。至于远方之民，肝脑屠于白刃，筋骨绝于馈饷，流离破产，鬻卖男女，熏眼折臂自经之状，陛下必不得而见也；慈父孝子、孤臣寡妇之哭声，陛下必不得而闻也。譬犹屠杀牛羊、刳脔鱼鳖以为饍馐，食者甚美，见食者甚苦。使陛下见其号呼于梃刃之下，宛转于刀几之间，虽八珍之美，必将投箸而不忍食，而况用人之命，以为耳目之观乎？且使陛下将卒精强，府库充实，如秦汉、隋唐之君，既胜之后，祸乱方兴，尚不可救；而况所在将吏，罢软凡庸，较之古人，万万不逮。而数年以来，公私窘乏：内府累世之积，扫地无余；州郡征税之储，上供殆尽；百官廪俸，仅而能继；南郊赏给，久而未办。以此举动，虽有智者，无以善其后矣。且饥役之后，所在盗贼蜂起，京东、河北，尤不可言。若军事一兴，横敛随作，民穷而无告，其势不为大盗，无以自全。

边事方深，内患复起，则胜、广之形，将在于此。此老臣所以终夜不寐，临食而叹，至于恸哭而不能自止也。

且臣闻之：凡举大事，必顺天心。天之所向，以之举事必成；天之所背，以之举事必败。盖天心向背之迹，见于灾祥丰歉之间。今自近岁，日蚀星变，地震山崩，水旱疠疫，连年不解，民死将半。天心之向背，可以见矣。而陛下方且断然不顾，兴事不已。譬如人子得过于父母，惟有恭顺静思、引咎自责，庶岁可解；今乃纷然诘责奴婢，恣行箠楚。以此事亲，未有见赦于父母者。故臣愿陛下远览前世兴亡之迹，深察天心向背之理，绝意兵革之事。保疆睦邻，安静无为，固社稷长久之计。上以安二宫朝夕之养，下以济四方亿兆之命，则臣虽老死沟壑，瞑目于地下矣。

昔汉祖破灭群雄，遂有天下；光武百战百胜，祀汉配天。然至白登被围，则讲和亲之议；西域请吏，则出谢绝之言。此二帝者，非不知兵也。盖经变既多，则虑患深远。今陛下深居九重，而轻议讨伐，老臣庸懦，私窃以为过矣。然人臣纳说于君，因其既厌而止之，则易为力；迎其方锐而折之，则难为功。凡有血气之伦，皆有好胜之意。方其气之盛也，虽布衣贱士，有不可夺。自非智识特达，度量过人，未有能于勇锐奋发之中，舍己从人、惟义是听者也。今陛下盛气于用武，势不可回，臣非不知，而献言不已者，诚见陛下圣德宽大，听纳不疑，故不敢以众人好胜之常心望于陛下。且意陛下他日亲用兵之害，必将哀痛悔恨，而追咎左右大臣未尝一言；臣亦将老且死，见先帝于地下，亦有以藉口矣。惟陛下哀而察之。

□圣祖御评：识解既超，则措语自然警动，行文自然高卓。至其疏宕俊迈之气，磅礴笔端，真奇才也！

○有宋三百年第一篇文字！其云："战胜之后，陛下可得而知者，凯旋奏捷，拜表称贺，赫然耳目之观耳。至于远方之民，肝脑涂于白刃，筋骨绝于馈饷，流离破产，鬻卖男女，熏眼折臂自经之状，陛下必不得而见也；慈父孝子、孤臣寡妇之哭声，陛下必不得而闻也。譬犹屠杀牛羊、刳脔鱼鳖以为膳羞，食者甚美，见食者甚苦。使陛下见其号呼于梃刃之下，宛转于刀几之间，虽八珍之美，必将投箸而不忍食，而况用人之命以为耳目之观乎?"此百余言，直可上配六经，特再录之于文后，以为警心怵目之观。

◇黄震曰："历序神庙朝用兵次第，其言哀痛切至，真可为万世人主好用兵、人臣好生事者之戒。"

◇杨慎曰："古之谏用兵，只说不胜之害，务以避害而趋利。此书说虽胜，其害犹不可言；况以当今时事天时观之，动必不胜。如此立意，便高人一等。"

◇张英曰："伉爽淋漓，命意圆湛，而体格端重，词气丰裕。公文之似陆宣公者。"

◇励杜讷曰："历述当日情事，淋漓痛切，利害较然。一往波折缠绵，尤见老成谋国惓惓无已之心。"

代滕甫论西夏书

臣素无学术，老不读书。每欲披竭愚忠，上补圣明万一，而肝肺枯涸，卒无可言。近者因病求医，偶悟一事，推之有政，似可施行，惟陛下财幸。

臣近患积聚，医云：据病，当下，一月而愈；若不下，半年而愈。然中年以后，一下一衰；积衰之患，终身之忧也。臣私计之，终不以一月之快，而易终身之忧，遂用其言，以善药磨治半年而愈。初不伤气，体力益完。因悟近日臣僚献言，欲用兵西方，皆是医人欲下一月而愈者也。其势亦未必不成，然终非臣子深爱君父、欲出万全之道也。以陛下圣明，将贤士勇，何往不克，而臣尚以为非万全者？俗言彭祖观井，自系大木之上，以车轮覆井，而后敢观。此言虽鄙而切于事。陛下爱民忧国，非特如彭祖之爱身。而兵者凶器，动有存亡，其陷人可畏，有甚于井。故臣愿陛下之用兵，如彭祖之观井，然后为得也。

臣窃观自古用兵者，莫如曹操。其破灭袁氏，最有巧思，请试为陛下论之。袁绍以十倍之众，大败于官渡，仅以身免，而操敛兵不追者，何也？所以缓绍而乱其国也。绍归国益骄，忠贤就戮，嫡庶并争，不及八年，而袁氏无遗种矣。向使操急之，绍既未可以一举荡灭，若惧而修政，用田丰而立袁谭，则成败未可知也。其后北征乌丸，讨袁尚、袁熙，尚、熙走辽东。或劝操遂平之，操曰："彼素畏尚等。吾今急之则合，缓之则自相图。其势然也。"遂引兵还，曰："吾方使公孙康斩送其首。"已而果然。若操者，可谓巧于灭国矣。灭国，大事也，不可以速。譬如小儿之毁齿，以渐摇撼之，则齿脱而小儿不知；若不以渐，一拔而得齿，则毁齿可以杀儿。故臣愿陛下之取西夏，如曹操之取袁氏也。

方元昊强时，谋臣猛将，尽其智力，十年而不敢近。今者主弱臣强，其国内乱。陛下使偏师一出，斩名王，虏伪公主，筑兰、会等州，此真千载一时，天以此贼授陛下之秋也。

兵法有之：同舟而遇风，则胡越相救，如左右手。今秉常虽为母族所篡，以意度之，其世家大族，亦未肯俯道首连臂，为此族用也。今乃合而为一，坚壁清野以抗王师，如左右手。此正同舟遇风之势也，法当缓之。

今天威已震，臣愿陛下选用大臣宿将素为贼所畏服者，使兼帅五路，聚重兵境上，号称百万，蒐乘补卒，牛酒日至，金鼓之声，闻于数百里间，外为必讨之势，而实不出境。多出金帛，遣间使辩士，离坏其党与。且下令曰："尺土吾不爱，一民吾不有也。其有能以地与众降者，即以封之；有敢攘其地、掠其人者，皆斩。"不出一年，必有权均力敌、内自相疑者。人情不远，各欲求全，及王师之未出，争为先降，以邀重赏。陛下因而分裂之，即用其酋豪，命以爵秩，棋布错峙，务使相仇，如汉封呼韩邪通西域故事。不过于要害处筑一城，屯数千人，置一将以护诸部，可使数百年面内保境，不烦城守馈运，岂非万全之至计哉？臣愿陛下断之于中，深虑而远计之。

夫为人臣计，与为人主计不同。人臣非攘地效首虏，无以为功；为陛下计，惟天下安、社稷固否耳。陛下神圣冠古，动容举意，皆是功德。但能措泰山之安，与天地等寿，则竹帛不可胜纪，而尧舜禹汤不足过也。议者不知出此，争欲急于功名，履危犯难，以劳圣虑，臣窃不取。古人有言："省功不如省事，省事不如清心。"刘洎谏唐太宗曰："皇天以不言为贵，圣人以不言为德。老子称大辩若讷，庄子言至道无文。且多记则损心，多言则耗气。心气内损，形神外劳，初虽不觉，后必为累。须为社稷自爱。"人臣爱君，未有如洎之深至者也。臣窃慕之，虽谪守在外，不当妄言；然自念旧臣，譬之老马，虽筋力已衰，不堪致远，而经涉险阻，粗识道路，惟陛下哀愍其愚而怜其意。不胜幸甚。

○切中机宜，虽志于行阵者不能道，故知将相必读书也。

卷四十七

眉山苏轼文十 状

论河北京东盗贼状

熙宁七年月，苏轼奏：臣伏见河北、京东，比年以来，蝗旱相仍，盗贼渐炽；今又不雨，自秋至冬，方数千里，麦不入土。窃料明年春夏之际，寇攘为患，甚于今日，是以辄陈狂瞽，庶补万一。

谨按山东自上世以来，为腹心根本之地，其与中原离合，常系社稷安危。昔秦并天下，首取三晋，则其余强敌，相继灭亡。汉高祖杀陈余、走田横，则项氏不支。光武亦自渔阳、上谷发突骑，席卷以并天下。魏武帝破杀袁氏父子，收冀州，然后四方莫敢敌。宋武帝以英伟绝人之资，用武历年，而不能并中原者，以不得河北也。隋文帝以庸夫穿窬之智，窃位数年而一海内者，以得河北也。故杜牧之论以为“山东之地，王者得之以为王，霸者得之以为霸，猾贼得之以乱天下”。自唐天宝以后，奸臣僭峙于山东，更十一世，竭天下之力，终不能取，以至于亡。近世贺德伦挈魏博降后唐而梁亡，周高祖自邺都入京师而汉亡。由此观之，天下存亡之权，在河北无疑也。

陛下即位以来，北方之民，流移相属，天灾谴告，亦甚于四方，五六年间，未有以塞大异者。至于京东，虽号无事，亦当常使其民安逸富强，缓急足以灌输河北。缾竭则罍耻，唇亡则齿寒。而近年以来，公私匮乏，民不堪命。今流离饥馑，议者不过欲散卖常平之粟，劝诱蓄积之家；盗贼纵横，议者不过欲增开告赏之门，申严缉捕之法，皆未见其益也。常平之粟，累经赈发，所存无几矣，而饥寒之民，所在皆是，人得升合，官费丘山；蓄积之家，例皆困乏，贫者未蒙其利，富者先被其灾。

昔季康子患盗，问于孔子。对曰："苟子之不欲，虽赏之不窃。"乃知上不尽利，则民有以为生；苟有以为生，亦何苦而为盗？其间凶残之党，乐祸不悛，则须敕法以峻刑，诛一以警百。今中民以下，举皆阙食，冒法而为盗则死，畏法而不盗则饥。饥寒之与弃市，均是死亡，而赊死之与忍饥，祸有迟速，相率为盗，正理之常。虽日杀百人，势必不止。苟非陛下至明至圣，至仁至慈，较得丧之孰多，权祸福之孰重，特于财利少有所捐，衣食之门一开，骨髓之恩皆遍；然后信赏必罚，以威克恩，不以侥幸废刑，不以灾伤挠法。如此而人心不革，盗贼不衰者，未之有也。

○强劫民财者，法如何？曰：乱之渐也，杀无赦。缓之致乱，被杀者必多。折其萌芽，是杀以止杀也，仁也。因饥而成盗，所盗不过豆斗米斛麦，而聚众每百十人，则尽杀之乎？曰：是所为没其文于法，而经生得以引经断之者也。不盗则饥死，盗则法死。法不加于待死之饥民也，明矣。且有任其咎者，天灾流行，何国蔑有？吏蚤上闻而为之备，不饥；饥而有备，救之得其法，仍不饥。至于饥，而吏之罪大矣。尚不焦头烂额，以出之于水火，致使群聚以劫乎？群聚以劫，犹不亟翦其渠魁以散其势，而使之延劫乎？是故救死之盗可贷，致盗之吏可诛。

奏浙西灾伤第一状

元祐五年七月十五日，龙图阁学士左朝奉郎知杭州苏轼状奏：

右，臣闻事豫则立，不豫则废，此古今不刊之语也。至于救灾恤患，尤当在早。若灾伤之民，救之于未饥，则用物约而所及广，不过宽减上供，粜卖常平，官无大失，而人人受赐，今岁之事是也。若救之于已饥，则用物博而所及微，至于耗散省仓，亏损课利，官为一困，而已饥之民，终于死亡，熙宁之事是也。

熙宁之灾伤，本缘天旱米贵，而沈起、张靓之流，不先事奏闻，但务立赏闭粜，富民皆争藏谷，小民无所得食。流殍既作，然后朝廷知之，始敕运江西及截本路上供米一百二十三万石济之。巡门俵米，拦街散粥，终不能救。饥馑既成，继之以疾疫，本路死者五十余万人，城郭萧条，田野丘墟，两税课利，皆失其旧。勘会熙宁八年，本路放税米一百三十万石，酒课亏减六十七万余贯，略计所失共计三百二十余万贯石。其余耗散，不可悉数。至今转运司贫乏不能举手。此无它，不先事处置之过也。去年浙西数郡，先水后旱，灾伤不减熙宁。然二圣仁智聪明，于去年十一月中，首发德音，截拨本路上供斛㪷二十万石赈济；又于十二月中，宽减转运司元祐四年上供额斛三分之一，为米五十余万斛。尽用其钱，买银绢上供，了无一毫亏损县官。而命下之日，所在欢呼，官既住籴，米价自落。又自正月开仓粜常平米，仍免数路税务所收五谷力胜钱，且赐度牒三百道，以助赈济，本路帖然，遂无一人饿殍者。此无它，先事处置之力也。由此观之，事豫则立，不豫则废，其祸福相绝如此。

恭惟二圣天地父母之心，见民疾苦，匐匍救之，本不计较费用多少。而臣愚鲁无识，但知权利害之轻重，计得丧之大小。以为譬如民庶之家，置庄田，招佃客，本望租课，非行仁义；然犹至水旱之岁，必须放免欠负、借贷种粮者，其心诚恐客散而田荒，后日之失，必倍于今故也，而况有天下、子万姓而不计其后乎？臣自去岁以来，区区献言、屡渎天听者，实恐陛下客散而田荒也。

去岁杭州米价，每㪷至八九十；自今岁正月以来，日渐减落。至五六月间，浙西数郡，大雨不止，太湖泛溢，所在害稼。六月初间，米价复长；至七月初，㪷及百钱足陌。见今新米已出，而常平官米不敢住粜，灾伤之势，恐甚于去年。何者？去年之灾，如人初病；今岁之灾，如病再发。病状虽同，气力衰耗，恐难支持。又缘春夏之交，雨水调匀，浙人喜于丰岁，家家典卖，举债出息，以事田作，车水筑圩，高下殆遍，计本已重，指日待熟。而淫雨风涛，一举害之，民之穷苦，实倍去岁。近者，将官刘季孙往苏州按教，臣密令季孙沿路体访。季孙还为臣言：此数州，不独淫雨为害，又多大风，驾起潮浪，堤堰圩埠，率皆破损，湖州水入城中，民家皆尺余。此去岁所无有也。而转运判官张璹自常、润还，所言略同，云亲见吴江平望八尺，闻有举家田苗没在深水底，父子聚哭，以船筏捞摝，云："半米犹堪炒吃，青䅟且以喂牛。"正使自今雨止，已非丰岁；而况止不止，又未可知。则来岁之忧，非复今年之比矣。何以言之？去年杭州管常平米二十三万石，今年已粜过十五万石，虽余八万石，而粜卖未已；又缘去年灾伤放税，及和籴不行，省仓阙数，所有上件常平米八万石，只了兑拨充军粮，更无见在。惟有粜常平米钱近八万贯，而钱非救饥之物。若来年米益贵、钱益轻，虽积钱如山，终无所用。熙宁中，两浙市易出钱百万缗，民无贫富，皆得取用，而米不可得，故曳罗纨、带金玉，横尸道上者，不可胜计。今来浙东西大抵皆粜过常平米，见在绝数少，熙宁之忧，凛凛在人眼中矣。

臣材力短浅，加之衰病，而一路生齿，忧责在臣，受恩既深，不敢别乞闲郡。日夜思虑，求来年救饥之术，别无长策，惟有秋冬之间，不惜高价多籴常平米，以备来年出粜。今来浙西数州米既不熟，而转运司又管上供年额斛㪷一百五十余万石，若两司争籴，米必大贵。饥馑愈迫，和籴不行，来年青黄不交之际，常平有钱无米，官吏拱手坐视人死，而山海之间，接连瓯闽，盗贼结集，或生意外之患，则诛殛臣等，何补于败？以此须至具实闻奏。

伏望陛下（圣慈）备录臣奏，行下户部，及本路转运提刑、两路钤辖司，疾早相度来年，合与不合准备常平斛㪷出粜救饥；如合准备，即具逐州合用数目。臣已约度杭州合用二十万石，仍委逐司擘画，合如何措置，令米价不至大段翔涌，收籴得足。如逐司以为不须准备出粜救济，即令各具保明来年委得不至饥殍流亡，结罪闻奏。缘今来已是入秋，去和籴月日无几，比及相度往复取旨，深虑不及于事。伏乞详察，速赐指挥。

臣屡犯天威，无任战栗待罪之至。谨录奏闻，伏候敕旨。

〇朱子尝曰："救荒之术，在备之未荒之前；若至已荒，更有何策?"至哉言也！后世司牧斯民者，哀鸿遍野，尚欲壅于上闻，能如轼之未雨绸缪，憯怛忠爱，为民请命乎？此则文之醇乎醇，而可为世法者；佳文岂在声调格律之工哉！

论积欠状

元祐七年五月十六日，龙图阁学士左朝奉郎知扬州苏轼状奏：

臣闻之孔子曰："善人教民七年，亦可以即戎矣。"夫民既富而教，然后可以即戎。古之所谓"善人"者，其不及圣人远甚。今二圣临御，八年于兹，仁孝慈俭，可谓至矣。而帑廪日益困，农民日益贫，商贾不行，水旱相继。以上圣之资，而无善人之效，臣窃痛之。所至访问耆老有识之士，阴求其所以，皆曰：方今民荷宽政，无它疾苦；但为积欠所压，如负千钧而行，免于僵仆则幸矣，何暇举首奋臂，以营求于一饱之外哉！今大姓富家，昔日号为"无比户"者，皆为市易所破，十无一二矣。其余自小民以上，大率皆有积欠。监司督守令，守令督吏卒，文符日至其门，鞭笞日加其身，虽有白圭、猗顿，亦化为筚门圭窦矣。自祖宗以来，每有赦令，必曰："凡欠官物，无侵欺盗用，及虽有侵盗而本家及伍保，人无家业者，并与除放。"祖宗亦非不知官物失陷、奸民幸免之弊，特以民既乏竭，无以为生，虽加鞭挞，终无所得。缓之则为奸吏之所蚕食，急之则为盗贼之所凭藉。故举而放之，则天下悦服，虽有水旱盗贼，民不思乱。此为捐虚名而收实利也。

自二圣临御以来，每以施舍已责为先务，登极赦令，每次郊赦，或随事指挥，皆从宽厚。凡今所催欠负，十有六七，皆圣意所贷矣。而官吏刻薄，与圣意异，舞文巧诋，使不该放。监司以催欠为职业，守令上为监司之所迫，下为胥吏之所使。大率县有监催千百家，则县中胥徒举欣欣然，当日有所得；而一旦除放，则此等皆寂寥无获矣。自非有力之家，纳赂请赇，谁肯举行恩贷？而积欠之人，皆邻于寒饿，何赂之有？其间贫困扫地、无可蚕食者，则县胥教令通指平人，或云衷私擅买，抵当物业；或虽非衷私，而云买不当价。似此之类，蔓延追扰，自甲及乙，自乙及丙，无有穷已。每限皆空身到官，或三五限得一二百钱，谓之破限。官之所得至微，而胥徒所取，盖无虚日，俗谓此等为县胥食邑户。嗟乎！圣人在上，使民不得为陛下赤子，而皆为奸吏食邑户，此何道也？

商贾贩卖，例无现钱，若用现钱，则无利息，须今年索去年所卖，明年索今年所赊，然后计算得行，彼此通济。今富户先已残破，中民又有积欠，谁敢赊卖物货？则商贾自然不行。此酒税课利所以日亏，城市房廊所以日空也。诸路连年水旱，上下共知，而转运司窘于财用，例不肯放税，纵放亦不尽实。虽无明文指挥，而以喜怒风晓官吏，孰敢违者？所以逐县例皆拖欠两税，较其所欠，与依实检放无异。于官了无所益，而民有追扰鞭挞之苦。近日诏旨："凡积欠，皆分为十料催纳，通计五年而足。”圣恩隆厚，何以加此？而有司以谓有旨倚阁者，方得依十料指挥，余皆并催。纵使尽依十料，吏卒乞觅，必不肯分料少取。人户既未纳足，则追扰常在，纵分百料，与一料同。

臣顷知杭州，又知颍州，今知扬州，亲见两浙、京西、淮南三路之民，皆为积欠所压，日就穷蹙，死亡过半，而欠籍不除。以至亏欠两税，走陷课利，农末皆病，公私并困。以此推之，天下大率皆然矣。臣自颍移扬州，过濠、寿、楚、泗等州，所至麻麦如云。臣每屏去吏卒，亲入村落，访问父老，皆有忧色。云：“丰年不如凶年。天灾流行，民虽乏食，缩衣节口，犹可以生。若丰年，举催积欠，胥徒在门，枷棒在身，则人户求死不得。”言讫泪下，臣亦不觉流涕。又所至城邑，多有流民。官吏皆云：“以夏麦既熟，举催积欠，故流民不敢归乡。”

臣闻之孔子曰：“苛政猛于虎。”昔常不信其言，以今观之，殆有甚者。水旱杀人，百倍于虎，而人畏催欠，乃甚于水旱。臣窃度之：每州催欠吏卒不下五百人，以天下言之，是常有二十余万虎狼，散在民间，百姓何由安生？朝廷仁政何由得成乎？臣自到任以来，日以检察本州积欠为事。内已有条贯除放，而官吏不肯举行者，臣即指挥本州一面除放去讫；其余理合放而于条未有明文者，即且令本州权住催理，听候指挥；其于理合放而于条有碍者，臣亦未敢住催。各具利害，奏取圣旨。

〇宋自青苗、市易等法行，民无不欠官物者。一二十年间，溥天之下，莫不入于汤火矣。观轼此状，历历可观，可为流涕。

王安石之罪，信上通于天也。

古者农自农而商自商，非惟正之供官府，勿与交财贿焉。子产之语，载在《春秋》，匪特立政之体宜尔也，盖市道必不可行于官与民。夫细民之竞利在锥刀之末，赖积微以成钜，弗躬弗亲，往往乾没。今官一而民万，其必不可以躬亲也明矣。非胥徒是任，其奚任？出纳既由胥徒，则民之所靡十已七八，而官之所入尚无二三。此必然之理也。久之，则皆成积欠；既成积欠，则官物唐捐，而民为子孙之累；唯胥徒不耕而获之利，永远不荒耳。是故官庄田地、官本贸易，在官无异举货弃之于地，而民已不胜其扰，均非善政，又况放债举息乎？王安石推而行之遍天下，宜乎举太、真、仁、英百余年休养生息之业，一旦风卷烟、汤沃雪也。

论纲梢欠折利害状

元祐七年七月二十七日，龙图阁学士左朝奉郎知扬州苏轼状奏：

臣闻唐代宗时，刘晏为江淮转运使，始于扬州造转运船，每船载一千石，十船为一纲，扬州差军将押赴河阴。每造一船，破钱一千贯，而实费不及五百贯。或讥其枉费，晏曰："大国不可以小道理。凡所创置，须谋经久。船场既兴，执事者非一，须有余剩衣食，养活众人。私用不窘，则官物牢固。"乃于扬子县置十船场，差专知官十人。不数年间，皆致富赡。凡五十余年，船场既无破败，馈运亦不阙绝。至咸通末，有杜侍御者，始以一千石船，分造五百石船二只，船始败坏。而吴尧卿者，为扬子院官，始勘会每船合用物料，实数估给，其钱无复宽剩。专知官十家，即时冻馁，而船场遂破，馈运不继，不久遂有黄巢之乱。刘晏以千贯造船，破五百贯为干系人欺隐之资，以今之君子寡见浅闻者论之，可谓疏缪之极矣。然晏运四十万石，当用船四百只，五年而一更造，是岁造八十只也。每只剩破五百贯，是岁失四万贯也。而吴尧卿不过为朝廷岁宽四万贯耳，得失至微，而馈运不继，以贻天下之大祸。臣以此知天下之大计，未尝不成于大度之士，而败于寒陋之小人也。国家财用大事，安危所出，愿常不与寒陋小人谋之，则可以经久不败矣。

臣窃见嘉祐中，张方平为三司使，上论京师军储云："今之京师，古所谓陈留，四通八达之地，非如雍、洛有山河之险足恃也，特恃重兵以立国耳。兵恃食，食恃漕运，漕运一亏，朝廷无所措手足。"因画十四策，内一项云："粮纲到京，每岁少欠不下六七万石，皆以折会偿填，发运司不复抱认，非祖宗之旧也。"臣以此知嘉祐以前，岁运六百万石，而以欠折六七万石为多。访闻去岁，止运四百五十余万石，而欠折之多，约至三十余万石。运法之坏，一至于此。又臣到任未几，而所断粮纲欠折干系人，徒流不可胜数。衣粮罄于折会，船车尽于折卖，质妻鬻子，饥瘦伶俜，聚为乞丐，散为盗贼。窃计京师及缘河诸郡，例皆如此。朝廷之大计，生民之大病，如臣等辈，岂可坐观而不救耶？辄问之于吏，乃金部便敢私意创立此条，不取圣旨，公然行下。不惟非理刻剥，败坏祖宗法度；而人臣私意，乃能废格制敕，监司州郡，靡然奉行，莫敢谁何，此岂小事哉？

谨按一纲三十只船，而税务监官不过一员，未委如何，随船点检，得三十只船一时皆遍，而不勒留住岸。一船点检，即二十九只船皆须住岸伺候，显是违条舞法，析文破敕。苟以“随船”为名，公然勒留点检，与儿戏无异。访闻得诸州，多是元祐三年以来，始行点检收税，行之数年，其弊乃出。纲梢既皆赤露，妻子流离，性命不保，虽加刀锯，亦不能禁其攘窃。此弊不革，臣恐今后欠折不止三十余万石，京师军储不继，其患岂可胜言？

扬州税务，自元祐三年十月，始行点检收税，至六年终，凡三年间，共收粮纲税钱四千七百余贯。折长补短，每岁不过收钱一千六百贯耳。以淮南一路言之，真、扬、高邮、楚、泗、宿六州军，所得不过万缗，而所在税务专拦，因金部转运司许令点检，缘此为奸，邀难乞取，十倍于官。遂致纲梢皆穷困骨立，亦无复富商大贾，肯以物货委令搭载。以此专仰攘取官米，无复限量；拆卖船板，动使净尽。事败入狱，以命偿官。显是金部与转运司违条刻剥，得粮纲税钱一万贯，而令朝廷失陷纲运米三十万余石，利害皎然。

今来仓部并不体访纲运致欠之因，却言缘仓司斗子乞觅纲梢钱物，以致欠折。遂立法令，真、扬、楚、泗转般仓并行仓法，其逐处斗子，仍只存留一半。命下之日，扬州转般仓斗子四十人，皆诣臣陈状，尽乞归农。臣虽且多方抑按晓喻，退还其状，然相度得此法必行，则见今斗子必致星散。虽别行召募，未必无人，然皆是浮浪轻生、不畏重法之人，所支钱米，决不能赡养其家，不免乞取。既冒深法，必须重赂轻赍，密行交付。其押纲、纲梢等，知专斗若不受赂，必无宽剩；斗面决难了纳，即须多方密行重赂。不待求乞而后行用，此必然之理也。

臣细观近日仓部所立条约，皆是枝叶小节，非利害之大本。何者？自熙宁以前，中外并无仓法，亦无今来仓部所立条约，而岁运六百万石，欠折不过六七万石。盖是朝廷捐商税之小利，以养活纲梢；而缘路官司，遵守《编敕》法度，不敢违条点检收税。以致纲梢饱暖，爱惜身命，保全官物，事理灼然。臣已取责得本州税务，状称“随船点检，不过检得一船。其余二十九船，不免住岸伺候，显有违碍”。臣寻已备坐《元祐编敕》，晓示今后更不得以随船为名，违条勒令住岸点检去讫。其税务官吏，为准本州及仓部、发运、转运司指挥，非是自擅为条，未敢便行取勘。其诸州、军税务，非臣所管，无由一例行下。欲乞朝廷申明《元祐编敕》，不得勒令住岸条贯，严赐约束行下。并乞废罢近日仓部起请仓法，仍取问金部官吏不取圣旨、擅立随船一法，刻剥兵梢，败坏纲运，以误国计，及发运、转运司官吏依随情罪施行。庶使今后刻薄之吏，不敢擅行胸臆，取小而害大，得一而丧百。

臣闻东南馈运，所系国计至大，故祖宗以来，特置发运司，专任其责。选用既重，威令自行。如昔时许元辈，皆能约束诸路，主张纲运。其监司州郡及诸场务，岂敢非理刻剥邀难？但发运使得人，稍假事权，东南大计，自然办集，岂假朝廷更行仓法？此事最为简要，独在朝廷留意而已。谨具《元祐编敕》及金部擅行随船点检指挥如左。

一准《元祐编敕》：“诸纲运船筏到岸检纳税钱，如（毋）有违限，如限内无故稽留，及非理搜检，并约喝无名税钱者，各徒二年。诸新钱纲及粮纲，缘路不得勒令住岸点检，虽有透漏违禁之物，其经历处，更不问罪，至京下锁通津门。准此。”

一准元祐五年十一月十九日尚书金部符："省部看详，监粮纲运，虽不得勒留住岸，若是随船点检得委有税物名件，自合依例饶润收纳税钱，即无不许纳税钱事理。若或别无税物，自不得依例喝免税钱，事理甚明。"

右谨件如前者。若朝廷尽行臣言，必有五利。纲梢饱暖，惜身畏法，运馈不大陷失，一利也。省徒配之刑，消流亡贼盗之患，二利也。梢工衣食既足，人人自重，以船为家，既免折卖，又常修完，省逐处船场之费，三利也。押纲、纲梢，附载物货，官不点检，专栏无由乞取，然梢工自领（须）赴务量纳税钱，以防告讦，积少成多，所获未必减于今日，四利也。自元丰之末，罢市易务、导洛司、堆垛场，议者以为商贾必渐通行，而今八年，略无丝毫之效，京师酒税课利皆亏，房廊邸店皆空，何也？盖祖宗以来，通许纲运揽载物货，既免征税，而脚钱又轻，故物货通流，缘路虽失商税，而京师坐获富庶。自导洛司废，而淮南转运司阴收其利，数年以来，官用窘逼，转运司督迫，诸处税务日急一日，故商贾全然不行，京师坐至枯涸。今若行臣此策，东南商贾，久闭乍通，其来必倍，则京师公私数年之后，必复旧观，此五利也。

臣窃见近日官私例皆轻玩国法，习以成风。若朝廷以臣言为非，臣不敢避妄言之罪，乞赐重行责罚。若以臣言为是，即乞尽理施行，少有违戾，必罚无赦，则所陈五利，可以朝行而夕见也。谨录奏闻，伏候敕旨。

○国家财用大事，安危所出。司财用者，不可不读此文。又尝论之，士庶之家侈费过度，必子孙贫困，然贫困之后，往往仍有贤子孙复兴。唯悭吝积财者，平生无甚过恶，而每多斩焉无祀，或为子孙所破败，灰飞烟灭。天之报施，何必如是？深思其由，盖财者，人之所以养生也，而其相流转于天地之间者，止有此数，丰于此即啬于彼。故侈费过度者，在其人则为奢纵，而其散之天地间者，必有不知谁何之获被其养者矣。唯纳而不出，则身虽未尝享其用，而使养生之具积而不流，则亦必有不知谁何之人不得被其养者。其造骶在于无形也。士庶所及者至隘，而犹如是；况人君以天下为一家，林林总总，皆所宜养，而可锱铢较量、浚剥征求，使天地所以养人之生者不能养人，或转因之而害人之生，岂非师旷所谓“弃天地之性”者哉?!

朝辞赴定州论事状

元祐八年九月二十六日，端明殿学士兼翰林侍读学士左朝奉郎新知定州苏轼状奏：

臣闻天下治乱，出于下情之通塞。至治之极，至于小民，皆能自通；大乱之极，至于近臣，不能自达。《易》曰：“天地交，泰。”其词曰：“上下交而其志同。”又曰：“天地不交，否。”其词曰：“上下不交，而天下无邦。”夫“无邦”者，亡国之谓也。上下不交，则虽有朝廷君臣，而亡国之形已具矣，可不畏哉!

臣不敢复引衰世昏主之事。只如唐明皇，中兴刑措之君也。而天宝之末，小人在位，下情不通，则鲜于仲通以二十万人，全军陷没于泸南，明皇不知驯致其事；至安禄山反，兵已过河，而明皇犹以为忠臣。此无他，下情不通，耳目壅蔽，则其渐至于此也。臣在经筵，数论此事。

陛下为政九年，除执政、台谏外，未尝与群臣接。然天下不以为非者，以为垂帘之际，不得不尔也。今者祥除之后，听政之初，当以通下情、除壅蔽为急务。臣虽不肖，蒙陛下擢为河北西路安抚使，沿边重地，此为首冠。臣尝（当）悉心论奏，陛下亦当垂意听纳。

祖宗之法，边帅当上殿面辞，而陛下独以本任阙官、迎接人众为词，降旨拒绝，不令上殿，此何义也？臣若伺候上殿，不过更留十日，本任阙官，自有转运使权摄，无所阙事；迎接人众，不过更支十日粮，有何不可？而使听政之初，将帅不得一面天颜而去。有识之士，皆谓陛下厌闻人言，意轻边事，其兆见于此矣。

臣备位讲读，日侍帷幄，前后五年，可谓亲近。方当戍边，不得一见而行；况疏远小臣，欲求自通，亦难矣。《易》曰："天行健，君子以自强不息。"又曰："帝出乎震，相见乎离。"夫圣人作而万物睹。今陛下听政之初，不行乘乾出震见离之道，废祖宗临遣将帅故事，而袭行垂帘不得已之政，此朝廷有识所以惊疑而忧虑也。臣不得上殿，于臣之私，别无利害；而于听政之始，天下属目之际，所损圣德不小。臣已于今月二十七日出门，非敢求登对，然臣始者本俟上殿，欲少效愚忠；今来不敢以不得对之故，便废此言。惟陛下察臣诚心，少加采纳。

古之圣人，将有为也，必先处晦而观光，处静而观动，则万物之情，毕陈于前。不过数年，自然知利害之真、识邪正之实，然后应物而作，故作无不成。臣敢以小事譬之。夫操舟者常患不见水道之曲折，而水滨之立观者常见之。何则？操舟者身寄于动，而立观者常静故也。弈棋者胜负之形，虽国工有所不尽，而袖手旁观者常尽之。何则？奕者有意于争，而旁观者无心故也。若人主常静而无心，天下其孰能欺之？汉景帝即位之初，首用晁错，更易法令，黜削诸侯，遂成七国之变。景帝往来两宫间，寒心者数月，终身不敢复言兵。武帝即位未几，遂欲用兵鞭挞四夷，兵连祸结三十余年，然后下哀痛诏，封宰相为富民侯。臣以此知古者英睿之君，勇于立事，未有不悔者也。景帝之悔速，故变而复安；武帝之悔迟，故几至于乱。虽迟速、安危小异，然比之常静无心、终始不悔如孝文帝者，不可同年而语矣。

今陛下圣智绝人，春秋鼎盛。臣愿虚心循理，一切未有所施，默观庶事之利害与群臣之邪正，以三年为期。俟得利害之真、邪正之实，然后应物而作。使既作之后，天下无恨，陛下亦无悔，上下同享太平之利，则虽尽南山之竹，不足以纪圣功；兼三宗之寿，不足以报圣德。由此观之，陛下之有为，惟忧太早，不患稍迟，亦已明矣。

臣又闻为政如用药，方今天下虽未大治，实无大病。古人云："有病不治，常得中医。"虽未能尽除小疾，然贤于误服恶药，觊万一之利，而得不救之祸者远矣。臣恐急进好利之臣，辄劝陛下轻有改变，故辄进此说。敢望陛下深信古语，且守中医安稳万全之策，勿为恶药所误，实社稷宗庙之利，天下幸甚。臣不胜忘身忧国之心，冒死进言。谨录奏闻，伏候敕旨。

〇按本传云："哲宗八年，宣仁皇后崩，哲宗亲政。轼乞补外，以端明殿、侍读两学士出知定州。时国是将变，轼不得入辞，既行上书"云云。尝观宣仁后临朝，尽革神宗时弊政，千古称女中尧舜。而当时憸壬小人，挟“子不当改父之政”之说，以煽动哲宗。其时诸贤，亦止以“宣仁所定，为母改子，非哲宗子改父”为辞，而未能究极其理也。如子不可改父，则宣仁临朝，虽曰“母改子”，而哲宗嗣服，究是“子改父”，无异掩耳盗铃矣。子曰：“三年无改于父之道，可谓孝矣。”曾子曰：“孟庄子不改父之臣与父之政，是难能也。”熙宁大臣动称“绍述”，用孔、曾斯语以为据依，而不知以文害辞，以辞害志，所为“侮圣人之言”也。

夫道也者，犹路也。九达之衢，自西自东，自南自北，皆可之焉。然而父自东者，子三年不敢自西，不忘亲也。孟献子之臣，当无壬人矣；孟献子之政，当无秕政矣。孟庄子当日，岂无为之臣者？孟庄子为政，岂无别出之见可措诸施行者？然孟庄子唯父之旧臣是用，唯父之旧政是循，不忘亲也，故曰“是难能也”。凡若此者，皆父之所为合于道，道在两可，必从其父之所可，于天下无所损益也，而有余孝焉，圣贤所深许也。若其获罪于天与民，害于而家，凶于而国，人人皆知其非道，而曰“父之道也，改必待三年”，曰“父之臣也，将卒用之，以行父之政”，则《易》不当云“干父之蛊，有子考，无咎”矣。父在，犹有几谏之文、诤子之义；父殁，则其哀痛迫切，以速盖其愆者，当何如？而曰“吾将绍述焉”，是扬父之恶而世济其凶也。乃曰“孔、曾有明训”，岂非侮孔、曾之言哉？

孔子系《易》曰：“干父之蛊，意承考也。”夫人之所以为人，以有父子之亲也；而所以有父子之亲者，亦以其为人。人也者，性为之，非欲为之也。虽桀纣之恶，桀纣之欲也，非其性也。桀纣既死，则其欲堙灭而无存矣，其性则死而不亡。使武庚、禄父能干其蛊，反其政而安天下之民，亦不得不谓之“意承考”。盖谓桀纣之性恶，不得也；则谓桀纣之无此意，亦不得也。况乎宋神宗者，实有振厉奋发、追踪前古之意，特以知之不明、处之不当，为群小所愚，以致于败。晚乃悔之，而气拘物蔽，吝于改过，不能自克。原其本意，岂欲民生之流离、军旅之败没哉？

夫孝者，善继人之志，善述人之事者也。人之志，立人达人之志也；人之事，立人达人之事也。是以不曰“父之志与事”，谓其嫌于从欲也。使以从欲为继述，则非所谓人之志与事矣。且守而不变，谁其不能，而又何谓善哉？天有四时，春秋冬夏，其代谢者，犹父子之义也。春谢而夏代，夏犹春之子也，而易温为暑；夏谢而秋代，秋犹夏之子也，而易暑为凉。使四时执而不变，则生物尽矣。况乎五纬愆而六气易，而欲执其愆且易者以为常，曰“吾以绍述也”，岂孔、曾之教然哉？

《语》曰：“前事之不忘，后事之师也。”然则前事之有疑，既后事之惑也。学必讲而后明，故孔子曰：“学之不讲，是吾忧也。”人皆知哲宗绍述之为非，而不能无疑于孔、曾之语，则“母改子，非子改父”之说，淆之不可不讲也。诚知哲宗绍述之为不孝，则孔、曾教孝之义大明矣。

卷四十八

眉山苏轼文十一　劄子

述灾沴论赏罚及修河事缴进欧阳修议状劄子

元祐三年九月五日，翰林学士朝奉郎知制诰兼侍读苏轼劄子奏：

臣今日迩英进读《宝训》，及雍熙、淳化间事。太宗皇帝每见时和岁丰，雨雪应时，喜不自胜，举酒以属群臣。又是日荧惑与日同度，太史奏言当旱，既而雨足岁丰。臣读至此，因进言水旱虽天数，然人君修德，可以转灾为福。故宋景公一言，而荧惑退三舍。元丰八年，荧惑守心，逆行犯房，又逆而西垂，欲犯氐。氐四星，后妃之象也。方是时，二圣在位，发政施仁，惟恐不及。臣视荧惑退舍甚速，如有所畏，不敢复西。以此知天人之应，捷于影响。太宗皇帝亲致太平，而每遇丰年，若获非常之福，喜乐如此者，岂非水旱不作，自是朝廷难得之事乎？

《书》曰："天聪明，自我民聪明。"匹夫匹妇有不获其所，犹能致水旱；而况政令之失，小及一方，大及四海，其为灾沴，理在不疑。自二圣嗣位，于今四年，恭俭慈孝，至仁至公，可谓尽矣。而四年之中，非水则旱，日月薄蚀，五星相凌，淫雨大雪，常寒久阴之类，殆无虚月，岂盛德之报也哉？臣愚无知，窃谓陛下身修而政未修，故监司守令多不得人。百姓失职，无所告诉，谣怨上达，以伤阳阴之和。所以致此者，盖由朝廷赏罚不明、举措不当之咎也。臣请略而言之。

去年熙河诸将，力战以获鬼庄（章）。此奇功也，故增秩赐金。泾原诸将，闭门自守，使贼大掠而去，若涉无人之境。此罪人也，亦增秩赐金。赏罚如此，何以使人？广东妖贼岑探反，围新州，差将官童政救之，政贼杀平民数千，其害甚于岑探。朝廷使江西提刑傅燮体量其事，燮畏避权势，归罪于新州官吏；又言新州官吏却有守城之功，乞以功过相除。愚弄上下，有同儿戏，然卒不问。岑探聚众构谋，经年乃发，而所部官吏茫不觉知，使一方赤子肝脑涂地，然亦止于薄罚。童政凶狡贪残，非一日之积，而监司乃令将兵讨贼，以致千人无辜就死，亦止降一差遣。近日温杲诱杀平民十九人，冤酷之状，所不忍闻，而杲止于降官监当。蔡州捕盗吏卒，亦杀平民一家五六人，皆妇女无辜，屠割形体，以为丈夫首级，欲以请赏，而守倅不按，监司不问。以至臣僚上言，及行下本路，乃云杀时不可辨认。白日杀人，不辨男女，岂有此理？乃是预为凶人开苟免之路。事如此者非一，臣不敢尽言，特举其甚者耳。如此，不过恩庇得无状小人十数人，正使此等歌咏爱戴，不知有何补益。而纪纲颓弛，媮惰成风，则千万人受其害，此得为仁乎？大抵为国，要在分别是非，以行赏罚，然后善人有所恃赖，平人有所告诉。若不穷究曲直，惟务两平，则君子无告，小人得志，天下之乱，可坐而待。此臣所谓赏罚不明之咎也。

黄河自天禧已来，故道渐以淤塞，每决而西，以就下耳。熙宁中，决于曹村，先帝尽力塞之；不及数年，遂决小吴。先帝圣神，知河之欲西北行也久矣，今强塞之，纵获目前之安，而旋踵复决，必然之势也，故不复塞。今都水使者王孝先，乃欲于北京南开孙村河，欲夺河身，以复故道。此岂独一方之安危？天下之休戚也！古者举大事，谋及庶人，上下佥同，然犹有意外之患。今内自工部侍郎、都水属官，外至安抚、转运使及外监丞，皆以为故道高仰，势若登屋，功必无成，而患有不可测者；以至河北吏民，无贤愚贵贱，皆以为然。独一孝先，以为可作。臣闻自孙村至海口，旧管堤埽四十五所，役兵万五千人，勾当使臣五十员，岁支物料五百余万。自小吴之决，故道诸埽，皆废不治；堤上榆柳，并根掘取；残零物料，变卖无余；官吏役兵，仅有存者。使孙村之役，不能夺过河身，则官私财力，举为虚弃。若幸而复行故道，则四十五埽，皆以废坏，横流之灾，必倍于今。孝先建议之初，略不及此；近因人言沸腾，方牒北外监丞司云：四十五埽，并属北外监丞司地分，令一面相度枝梧。又云：因检计桩料，便令计置。今来欲兴修四十五处已坏堤埽，准备河水复行故道。此莫大之役，不赀之费也。孝先当于建议之初，首论其事，待朝廷上下熟议而行。今孝先便将此役作常程熟事，行与北外监丞司，令一面管认，意望败事之后，归罪他人。其为欺罔，实骇群听。其余患害，未易悉数。但臣采察众论，以为此役不可不罢。若今岁罢役，不过枉费九百万物料，虚役二万兵工；若更接续兴修，则来岁当役数十万人，仍费三千余万。此外民劳之极，变故横生，嗟怨之声，足以复致水旱。若将三千万物料钱作数年，因水所欲行之地，稍立堤防，增卑培薄，数年之后，必渐安流。何苦徇一夫之私计，逆万人之公论，以兴必不可行之役乎？此臣所谓措置不当之咎也。

臣窃见仁宗朝，名臣欧阳修为学士日，有《修河议状》二篇，虽当时事宜，而其所画利害，措置方略，颇切今日之事。臣以为可用，故辄缮写进呈。

自祖宗以来，除委任执政外，仍以侍从近臣为耳目，请间论事，殆无虚日。今自垂帘以来，除执政、台谏、开封尹外，更无人得对；惟有迩英讲读，犹获亲近清光。若复瘖默不言，则是耳目殆废。臣受恩深重，不敢观望上下，苟为身谋。谨备录今日进读之言，上陈圣鉴。臣无任恐栗待罪之至。取进止。

〇此轼迩英殿进读《祖宗宝训》，因而陈所事，退而书其所奏以进。本传具识之。其恳款肫诚，可为千古侍从臣法。

乞郡劄子

元祐三年十月十七日，翰林学士朝奉郎知制诰兼侍读苏轼劄子奏：

臣近以左臂不仁，两目昏暗，有失仪旷职之忧，坚乞一郡。伏蒙圣慈降诏不允，遣使存问，赐告养疾。恩礼之重，万死莫酬。以臣子大义言之，病未及死，皆当勉强，虽有失仪旷职之罚，亦不当辞。然臣终未敢起就职事者，实亦有故。

言之则触忤权要，得罪不轻；不言则欺罔君父，诛罚尤大。故卒言之。

臣闻之《易》曰："君子安其身而后动。"又曰："君不密，则失臣；臣不密，则失身。"以此知事君之义，虽以报国为先，而报国之道，当以安身为本。若上下相忌，身自不安，则危亡是忧，国何由报？恭惟陛下践祚之始，收臣于九死之余；半年之间，擢臣为两制之首。方将致命，岂敢告劳？特以臣拙于谋身，锐于报国，致使台谏例为怨仇。

臣与故相司马光，虽贤愚不同，而交契最厚。光既大用，臣亦骤迁，在于人情，岂肯异论？但以光所建差役一事，臣实以为未便，不免力争；而台谏诸人，皆希合光意，以求进用。及光既殁，则又妄意陛下以为主光之言，结党横身，以排异议，有言不便，约共攻之。曾不知光至诚为民，本不求人希合，而陛下虚心无我，亦岂有所主哉？其后又因刑部侍郎范百禄，与门下侍郎韩维争议刑名，欲守祖宗故事，不敢以疑法杀人；而谏官吕陶，又论维专权用事。臣本蜀人，与此两人实是知旧。因此韩氏之党，一例疾臣，指为川党。御史赵挺之，在元丰末通判德州，而著作黄庭坚方监本州德安镇。挺之希合提举官杨景棻意，欲于本镇行市易法，而庭坚以为镇小民贫，不堪诛求，若行市易，必致星散。公文往来，士人传笑。其后挺之以大臣荐，召试馆职，臣实对众言，挺之聚敛小人，学行无取，岂堪此选？又挺之妻父郭槩，为西蜀提刑时，本路提举官韩玠违法虐民，朝旨委槩体量，而槩附会隐庇。臣弟辙为谏官，劾奏其事，玠、槩并行黜责。以此挺之疾臣，尤出死力。

臣二年之中，四遭口语，发策草麻，皆谓之诽谤。未出省榜，先言其失士。以至臣所荐士，例加诬蔑；所言利害，不许相见。近日王觌言、胡宗愈指臣为党孙觉言、丁骘，云是臣亲家。臣与此两人有何干涉，[而于意外巧构曲成，以积臣罪。欲使臣桡椎于十夫之手，] 而使陛下投杼于三至之言？中外之人，具晓此意，谓臣若不早去，必致倾危。臣非不知圣主天纵聪明，察臣无罪；但以台谏气焰，震动朝廷，上自执政大臣，次及侍从百官，外至监司守令，皆畏避其锋，奉行其意，意所欲去，势无复全。天下知之，独陛下深居法宫之中，无由知耳。

臣窃观三代以下，号称明主，莫如汉宣帝、唐太宗。然宣帝杀盖宽饶，太宗杀刘洎，皆信用谗言，死非其罪，至今哀之。宣帝初知盖宽饶忠直不畏强御，自侯司马擢为太中大夫、司隶校尉，不可谓不知之深矣。而盖宽饶上书有云："五帝官天下，三王家天下。"而当时谗人，乃谓宽饶欲求禅位。宣帝不察，致使宽饶自到北阙下。太宗信用刘洎，言无不从，尝比之魏文贞公，亦不可谓不知之深矣。而太宗征辽患痈，洎泣曰："圣体不康，甚可忧惧。"而当时谗人，乃谓洎欲行伊、霍之事。太宗不察，赐洎自尽。二主非不明也；二臣之受知，非不深也。恃明主之深知，不避谗人积毁，以至身首异处，为天下笑。

今臣自度受知于陛下，不过如盖宽饶之于汉宣帝，刘洎之于唐太宗也；而谗臣者，乃十倍于当时。虽陛下明哲宽仁，度越二主，然臣亦岂敢恃此不去，以卒蹈二臣之覆辙哉？且二臣之死，天下后世，皆言二主信谗邪而害忠良，以为圣德之累。使此二臣者，识幾畏渐，先事求去，岂不身名俱泰、臣主两全哉！臣纵不自爱，独不念一旦得罪之后，使天下后世有以议吾君乎？昔先帝召臣上殿，访问古今，敕臣今后遇事即言。其后臣屡论事，未蒙施行，乃复作为诗文，寓物托讽，庶几流传上达，感悟圣意。而李定、舒亶、何正臣三人，因此言臣诽谤，遂得罪；然犹有近似者，以讽谏为诽谤也。今臣草麻词，有云“民亦劳止”，而赵挺之以为诽谤先帝，则是以白为黑，以西为东，殊无近似者。臣以此知挺之险毒甚于李定、舒亶、何正臣，而臣之被谗甚于盖宽饶、刘洎也。

古人有言曰：“为君难，为臣不易。”臣欲依违苟且，雷同众人，则内愧本心，上负明主。若不改其操，知无不言，则恐怨仇交攻，不死即废。伏望圣慈念为臣之不易，哀臣处此之至难，始终保全，措之不争之地，特赐指挥检会前奏，早赐施行。臣无任感恩知罪，祈天请命，激切战恐之至。取进止。

◇刘克庄跋此乞郡奏稿曰：“苏、程二公，在朝不独为当时小人所忌，盖攻苏公者，朱公掞、贾明叔也；攻程公者，刘莘老、孔经父也。按是时群小，比肩散地，蓄忿伺隙。‘元气壮而后可以杜外邪，众贤和而后可以制群小’，不易之论也。而诸公不悟，各尊其师，各私其党，日有纷纷，不待章、蔡复用，诸贤固已自攻击而去矣。想见苏、程争时，吕吉甫辈必相与拊掌窃笑。后之君子，谨无为吉甫辈所笑哉。”

论边将隐匿败亡宪司体量不实劄子

元祐三年闰十二月四日，翰林学士知制诰兼侍读苏轼劄子奏：

臣近以目昏臂痛，坚乞一郡，盖亦自知受性刚褊，黑白太明，难以处众。伏蒙圣慈降诏不许，两遣使者存问慰安。天恩深厚，沦入骨髓。臣谓此恩当以死报，不当更计身之安危，故复起就职，而职事清闲，未知死所。每因进读之闲，事有切于今日者，辄复尽言，庶补万一。

昨日所读《宝训》有云："淳化二年，上谓侍臣：诸州牧监马多瘦死，盖养饲失时，枉致病毙。近令取十数槽，置殿庭下，视其刍秣，教之养疗，庶革此弊。"臣因进言：马所以病，盖将吏不职，致圉人盗减刍粟，且不恤其饥饱劳逸故也。马不能言，无由申诉，故太宗至仁，深哀怜之，置之殿庭，亲加督视。

民之于马，轻重不同。若官吏不得其人，人虽能言，上下隔绝，不能自诉，无异于马。马之饥瘦劳苦，则有毙踣奔逸之忧；民之困穷无聊，则有沟壑盗贼之患。然而四海之众，非如养马，可以置之殿庭，惟当广任忠贤，以为耳目；若忠贤疏远，谄佞在傍，则民之疾苦，无由上达。

秦二世时，陈胜、吴广，已屠三川，杀李由，而二世不知。陈后主时，隋兵已渡江，而后主不知。此皆昏主，不足道。如唐明皇亲致太平，可谓明主，而张九龄死，李林甫、杨国忠用事，鲜于仲通以二十万人没于云南，不奏一人，反更告捷，明皇不问。以至上下相蒙，禄山之乱，兵已过河，而明皇不知也。

今朝廷虽无此事，然臣闻去岁夏贼犯镇，贼所杀掠，不可胜数，或云"至万余人"，而边将乃奏云"野无所掠"。其后朝廷访闻，委提刑司体量，而提刑孙路止奏十余人，乞朝廷先赐放罪，然后体量实数。至今迁延二年，终未结绝闻奏。凡死事之家，官所当恤，若隐而不奏，则生死衔冤，何以使人？此岂小事？而路为耳目之司，既不随事奏闻朝廷，既行蒙蔽，又乞放罪，迁延侮玩，一至于此！臣谓此风渐不可长，驯致其患，何所不有？此臣之所深忧也。

臣非不知陛下必已厌臣之多言，左右必已厌臣之多事，然受恩深重，不敢自同众人，若以此获罪，亦无所憾。取进止。

○上下交则为泰。是故隔绝欺蔽，最为乱阶。上下所以隔绝者，中有欺蔽之臣也。事无巨细，未有欺蔽而不为害者。若夫盗贼杀掠、战阵胜负，乃国命所系，其为害尤大，而欺蔽尤易生，其为欺蔽尤易行，何也？

事干封疆，大小官吏，必交顶抵蹠以救其死，不使上闻，其谋之者众也；内外之间，大臣必有辅车相依、唇亡齿寒者，其炀之者固也。是以欺蔽易生。战阵之事，必在仓卒之间，白刃所接，如电光石火，过则无形，唯凭口说耳。身在阵中者，犹且言人人殊，岂有籍之可稽、图之可指哉？是以欺蔽易行。以易行之事，遇力行之众，则以败为功、以功为败，以民为贼、以贼为民，五色仓黄，莫可究诘矣。甚者全军覆没、连城失守，而捷书日至。然而当处被难之民，无不知之者也。于是千载而下，传之为笑；志士仁人，闻之而涕矣。地处边徼，益难周知，民难能言，上下隔绝，不能自诉，势穷死迫，化为盗贼，驯而致之，何所不有？吁足畏也！

轼之惓惓忧国而不能自已，叹息痛恨于边将、提刑之失其人，而必欲闻于上也，岂好异于众哉！

乞免五谷力胜税钱劄子

元祐七年十一月初七日，龙图阁学士左朝奉郎守兵部尚书兼侍读苏轼劄子奏：

臣闻谷太贱则伤农，太贵则伤末。是以法不税五谷，使丰熟之乡，商贾争籴，以起太贱之价；灾伤之地，舟车辐辏，以压太贵之直。自先王以来，未之有改也。而近岁法令，始有五谷力胜税钱，使商贾不行，农末皆病。废百王不刊之令典，而行自古所无之弊法，使百世之下，书之青史，曰："收五谷力胜税钱，自皇宋某年始也。"臣窃为圣世病之。

臣顷在黄州，亲见累岁谷熟，农夫连车载米入市，不了盐茶之费；而蓄积之家，日夜祷祠，愿逢饥荒。又在浙西累岁，亲见水灾，中民之家有钱无谷，被服珠金，饿死于市。此皆官收五谷力胜税钱，致商贾不行之咎也。臣闻以物与人，物尽而止；以法活人，法行无穷。今陛下每遇灾伤，捐金帛，散仓廪，自元祐以来，盖所费数千万贯石，而饿殍流亡，不为少衰。只如去年浙西水灾，陛下使江西、湖北雇船运米以救苏、湖之民，盖百余万石。又计籴来水脚官钱不赀，而客船被差雇者，皆失业破产，无所告诉。与其官司费耗，为害如此，何似削去近日所立五谷力胜税钱一条，只行《天圣附令》免税指挥，则丰凶相济，农末皆利，纵有水旱，无大饥荒。虽目下稍失课利，而灾伤之地，不必尽烦陛下出捐钱谷，如近岁之多也。

今《元祐编敕》虽云灾伤地分，虽有例亦免，而谷所从来，必自丰熟地分，所过不免收税，则商贾亦自不行。议者或欲立法，如一路灾伤，则邻路免税；一州灾伤，则邻州亦然。虽比今之法，小为通疏，而隔一路一州之外，丰凶不能相救，未为良法。须是尽削近岁弊法，专用《天圣附令》指挥，乃为通济。

〇免五谷关津之税，使商贾通而价自平，不待救荒而荒自救，其言可法也。

乞校正陆贽奏议上进劄子

元祐八年五月七日，端明殿学士兼翰林侍读学士左朝奉郎守礼部尚书苏轼，同吕希哲、吴安诗、丰稷、赵彦若、范祖禹、顾临劄子奏：

臣等猥以空疏，备员讲读，圣明天纵，学问日新。臣等才有限而道无穷，心欲言而口不逮，以此自愧，莫知所为。窃谓人臣之纳忠，譬如医者之用药，药虽进于医手，方多传于古人。若已经效于世间，不必皆从于己出。

伏见唐宰相陆贽，才本王佐，学为帝师。论深切于事情，言不离于道德。智如子房，而文则过；辩如贾谊，而术不疎。上以格君心之非，下以通天下之志。三代以还，一人而已。但其不幸，仕不遇时，德宗以苛刻为能，而贽谏之以忠厚；德宗以猜疑为术，而贽劝之以推诚；德宗好用兵，而贽以消兵为先；德宗好聚财，而贽以散财为急。至于用人听言之法，治边驭将之方；罪己以收人心，改过以应天道；去小人以除民患，惜名器以待有功，如此之流，未易悉数。可谓进苦口之药石，针害身之膏肓。使德宗尽用其言，则贞观可得而复。

臣等每退自西阁，即私相告言，以陛下圣明，必喜贽议论，但使圣贤之相契，即如臣主之同时。昔冯唐论颇、牧之贤，则汉文为之太息；魏相条晁、董之对，则孝宣以致中兴。若陛下能自得师，莫若近取诸贽。夫六经三史、诸子百家，非无可观，皆足为治。但圣言幽远，末学支离，譬如山海之崇深，难以一二而推择。如贽之论，开卷了然。聚古今之精英，实治乱之龟鉴。臣等欲取其奏议，稍加校正，缮写进呈。愿陛下置之坐隅，如见贽面；反覆熟读，如与贽言。必能发圣性之高明，成治功于岁月。臣等不胜区区之意。取进止。

〇骈俪之体而与古为化者，此文与韩愈《代裴度让官表》为甲观矣。“药虽进于医手，方多传于古人。若已经效于世间，不必皆从于己出。”“但使圣贤之相契，即如臣主之同时。”旨哉言乎！为君者知此，不忧无臣；为臣者知此，不忧无友矣。

卷四十九

眉山苏轼文十二　祭文、碑

祭欧阳文忠公文

呜呼哀哉！公之生于世，六十有六年。民有父母，国有蓍龟；斯文有传，学者有师；君子有所恃而不恐，小人有所畏而不为。譬如大川乔岳，不见其运动，而功利之及于物者，盖不可以数计而周知。今公之殁也，赤子无所仰芘，朝廷无所稽疑；斯文化为异端，而学者至于用夷；君子以为无为为善，而小人沛然自以为得时。譬如深山大泽，龙亡而虎逝，则变怪杂出，舞鰍鳝而号狐狸。

昔其未用也，天下以为病；而其既用也，则又以为迟。及其释位而去也，莫不冀其复用；至其请老而归也，莫不惆怅失望，而犹庶几于万一者，幸公之未衰。孰谓公无复有意于斯世也，奄一去而莫予追？岂厌世溷浊，洁身而逝乎？将民之无禄，而天莫之遗！

昔我先君，怀宝遁世，非公则莫能致。而不肖无状，因缘出入、受教于门下者，十有六年于兹。闻公之丧，义当匍匐往弔，而怀禄不去，愧古人以忸怩。缄词千里，以寓一哀而已矣，盖上以为天下恸，而下以哭其私。呜呼哀哉！

◇茅坤曰："欧阳文忠公知子瞻，而子瞻为此文以祭之，涕入九原。"

表忠观碑

熙宁十年十月戊子，资政殿大学士右谏议大夫知杭州军州事臣抃言：

故吴越国王钱氏坟庙，及其父祖妃夫人子孙之坟，在钱塘者二十有六，在临安者十有一，皆芜废不治，父老过之，有流涕者。

谨按故武肃王镠，始以乡兵破走黄巢，名闻江淮。复以八都兵讨刘汉宏，并越州，以奉董昌，而自居于杭。及昌以越叛，则诛昌而并越，尽有浙东西之地。传其子文穆王元瓘。至其孙忠显王仁佐，遂破李景兵，取福州。而仁佐之弟忠懿王俶，又大出兵攻景，以迎周世宗之师。其后卒以国入觐。三世四王，与五代相终始。

天下大乱，豪杰蜂起。方是时，以数州之地盗名字者，不可胜数。既覆其族，延及于无辜之民，罔有孑遗。而吴越地方千里，带甲十万，铸山煮海，象犀珠玉之富，甲于天下；然终不失臣节，贡献相望于道。是以其民至于老死，不识兵革；四时嬉游歌鼓之声相闻，至于今不废，其有德于斯民甚厚。皇宋受命，四方僭乱以次削平；而蜀、江南负其险远，兵至城下，力屈势穷，然后束手；而河东刘氏，百战守死，以抗王师，积骸为城，酾血为池，竭天下之力，仅乃克之。独吴越，不待告命，封府库，籍郡县，请吏于朝。视去其国，如去传舍，其有功于朝廷甚大。

昔窦融以河西归汉，光武诏右扶风修理其祖父坟茔，祠以太牢。今钱氏功德，殆过于融，而未及百年，坟庙不治，行道伤嗟，甚非所以劝奖忠臣、慰答民心之义也。臣愿以龙山废佛祠曰妙因院者为观，使钱氏之孙为道士曰自然者居之。凡坟庙之在钱塘者，以付自然；其在临安者，以付其县之净土寺僧曰道微。岁各度其徒一人，使世掌之。籍其地之所入，以时修其祠宇，封殖其草木；有不治者，县令、丞察之，甚者易其人。庶几永终不坠，以称朝廷待钱氏之意。臣抃昧死以闻。

制曰："可。其妙因院，改赐名曰表忠观。"铭曰：

天目之山，苕水出焉，龙飞凤舞，萃于临安。笃生异人，绝类离群，奋挺大呼，从者如云。仰天誓江，月星晦蒙；强弩射潮，江海为东。杀宏诛昌，奄有吴越。金券玉册，虎符龙节。大城其居，包络山川，左江右湖，控引岛蛮。岁时归休，以燕父老，晔如神人，玉带毬马。四十一年，寅畏小心。厥篚相望，大贝南金。五朝昏乱，罔堪托国；三王相承，以待有德。既获所归，弗谋弗咨，先王之志，我维行之。天胙忠孝，世有爵邑，允文允武，子孙千亿。帝谓守臣，治其祠坟，毋俾樵牧，愧其后昆。龙山之阳，岿焉新宫。匪私于钱，惟以劝忠。非忠无君，非孝无亲。凡百有位，视此刻文。

○与柳宗元《孝门铭》同一体格。

◇徐度曰："东坡初为赵清献公作《表忠观碑》，或持以示王荆公。公读之，沉吟曰：'此何语耶？'时客有在傍者，遽指摘而诋訿之。公不答，读之再三，又携之而起，行且读，忽叹曰：‘此《三王世家》也，可谓奇矣。’客大惭。”

◇王世贞曰：“《表忠碑》，文忠公撰并书。结法不似临池老笔，然自婉润可爱。铭词是苏诗之佳者。余尝怪钱氏起群盗，非有大功德于民，而能制一方、传数世，而王爵崇奉，造于大明，爝火自若；纳叛之后，圭组映带，又百余年，久而人思之，何也？武肃初有国，将筑宫，望气者言：‘故府大之不过百年，填西湖之半，可得千年。’武肃笑曰：‘世有千年之中不出真主者乎？奈何困吾民为！’遂弗改。此其知有足多者。《五代史》固欧阳氏怼笔，未尽征也。”

宸奎阁碑

皇祐中，有诏庐山僧怀琏，住京师十方净因禅院，召对化成殿，问佛法大意，奏对称旨，赐号大觉禅师。是时北方之为佛者，皆留［于］名相，囿于因果，以故士之聪明超轶者皆鄙其言，诋为蛮夷下俚之说。琏独指其妙与孔、老合者，其言文而真，其行峻而通，固一时士大夫喜从之游。遇休沐日，琏未盥漱，而户外之屦满矣。

仁宗皇帝以天纵之能，不由师傅，自然得道，与琏问答，亲书颂诗以赐之，凡十有七篇。至和中，上书乞归老山中。上曰：“山即如如体也，将安归乎？”不许。治平中，再乞，坚甚，英宗皇帝留之不可，赐诏许自便。琏既渡江，少留于金山、西湖，遂归老于四明之阿育王山广利寺。四明之人，相与出力建大阁，藏所赐颂诗，榜之曰“宸奎”。时京师始建宝文阁，诏取其副本藏焉，且命岁度僧一人。琏归山二十有三年，年八十有三。臣出守杭州，其徒使来告曰："宸奎阁未有铭。君逮事昭陵，而与吾师游最旧，其可以辞？"

臣谨按，古之人君号知佛者，必曰汉明、梁武，其徒盖常以藉口，而绘其像于壁者。汉明以察为明，而梁武以弱为仁，皆缘名失实，去佛远甚。恭惟仁宗皇帝在位四十二年，未尝广度僧尼，崇侈寺庙；干戈斧质，未尝有所私贷，而升遐之日，天下归仁焉。此所谓得佛心法者，古今一人而已。琏虽以出世法度人，而持律严甚。上尝赐以龙脑钵盂，琏对使者焚之，曰："吾法以坏色衣，以瓦铁食。此钵非法。"使者归奏，上嘉叹久之。铭曰：

> 巍巍仁皇，体合自然，神耀得道，非有师传。维道人琏，逍遥自在，禅律并行，不相留碍。於穆颂诗，我既其文，惟佛与佛，乃识其真。咨尔东南，山君海王，时节来朝，以谨其藏。

○琏工诗，《冷斋夜话》载其住东京净因院乞还山林诗，特清俊。王安石尝以其诗示欧阳修，修戏曰："此道人作肝脏馒头也。"安石曰："何谓？"曰："此中无一点菜气。"

潮州韩文公庙碑

匹夫而为百世师，一言而为天下法，是皆有以参天地之化，关盛衰之运。其生也自来，其逝也有所为。故申、吕自岳降，而傅说为列星，古今所传，不可诬也。孟子曰："我善养吾浩然之气。"是气也，寓于寻常之中，而塞乎天地之间，卒然遇之，则王公失其贵，晋、楚失其富，良、平失其智，贲、育失其勇，仪、秦失其辩。是孰使之然哉？其必有不依形而立，不恃力而行，不待生而存，不随死而亡者矣。故在天为星辰，在地为河岳；幽则为鬼神，而明则复为人。此理之常，无足怪者。

自东汉以来，道丧文弊，异端并起，历唐贞观、开元之盛，辅以房、杜、姚、宋不能救。独韩文公起布衣，谈笑而麾之，天下靡然从公，复归于正，盖三百年于此矣。文起八代之衰，而道济天下之溺，忠犯人主之怒，而勇夺三军之帅，此岂非参天地、关盛衰，浩然而独存者乎？

盖尝论天人之辩，以为人无所不至，唯天不容伪。智可以欺王公，不可以欺豚鱼；力可以得天下，不可以得匹夫匹妇之心。故公之精诚，能开衡山之云，而不能回宪宗之惑；能驯鳄鱼之暴，而不能弭皇甫镈、李逢吉之谤；能信于南海之民，庙食百世，而不能使其身一日安于朝廷之上。盖公之所能者天也，其所不能者人也。

始潮人未知学，公命进士赵德为之师。自是，潮之士皆笃于文行，延及齐民，至于今，号称易治。信乎孔子之言，“君子学道则爱人，小人学道则易使也”。潮人之事公也，饮食必祭，水旱疾疫，凡有求必祷焉。而庙在刺史公堂之后，民出入为艰。前太守欲请诸朝，作新庙，不果。元祐五年，朝散郎王君涤来守是邦，凡所以养士治民者，一以公为师。民既悦服，则出令曰：“愿新公庙者，听。”民趋之，卜地于州城之南七里，期年而庙成。

或曰：“公去国万里，而谪于潮，不能一岁而归。没而有知，其不眷恋于潮也，审矣。”轼曰：“不然。公之神在天下者，如水之在地中，无所往而不在也。而潮人独信之深、思之至，焄蒿悽怆，若或见之。譬如凿井得泉，而曰水专在是，岂理也哉！”元丰七年，诏封昌黎伯，故榜曰：昌黎伯韩文公之庙。潮人请书其事于石，因作诗之遗之，使歌以祀公。其词曰：

公昔骑龙白云乡，手抉云汉分天章。天孙为织云锦裳，飘然乘风来帝旁。下与浊世扫秕糠，西游咸池略扶桑，草木衣被昭回光。追逐李杜参翱翔，汗流籍湜走且僵。灭没倒景不可望，作书诋佛讥君王。要观南海窥衡湘，历舜九疑弔英皇。祝融先驱海若藏，约束蛟鳄如驱羊。钧天无人帝悲伤，讴吟下招遣巫阳。犦牲鸡卜羞我觞，於粲荔丹与蕉黄。公不少留我涕滂，翩然被发下大荒。

◇朱子曰：“东坡作《韩文庙碑》，不能得一起头，起行百十遭，忽得‘匹夫’两句，下面只如此扫去。”

◇王世贞曰：“此碑自始至末，无一字懈怠。佳言格论，层见叠出。太牢悦口，夜明夺目。苏文古今所推，此尤其最得意者，其关系世道亦大矣。”

司马温公神道碑

上即位之三年，朝廷清明，百揆时叙，民安其生，风俗一变。异时薄夫鄙人，皆洗心易德，务为忠厚，人人自重，耻言人过。中国无事，四夷稽首请命。惟西羌夏人，叛服不常，怀毒自疑，数入为寇。上命诸将按兵不战，示以形势，不数月，生致大首领鬼庄（章）青宜结阙下。夏人十数万寇泾原，至镇原（戎）城下，五日无所得，一夕遁去。而西羌乌尔戬星音（兀征声延）以其族万人来降。黄河始决曹村，既筑灵平，复决小吴，横流五年，朔方骚然，而今岁之秋，积雨弥月，河不大溢，及冬，水入地益深，有北流赴海复禹旧迹之势。凡上所欲，不求而获，而其所恶，不麾而去。天下晓然，知天意与上合，庶几复见至治之成，家给人足，刑措不用，如咸平、景德间也。

或以问臣轼："上与太皇太后，安所施设而及此？"臣轼对曰："在《易·大有》上九：'自天祐之，吉无不利。'孔子曰：'天之所助者，顺也。人之所助者，信也。履信思乎顺，又以尚贤也。是以自天祐之，吉无不利。'今二圣躬信顺以先天下，而用司马公以致天下士，应是三德矣。"

且以臣观之，公，仁人也，天相之矣。何以知其然也？曰：公以文章名于世，而以忠义自结人主。朝廷知之可也，四方之人何自知之？士大夫知之可也，农商走卒何自知之？中国知之可也，九夷八蛮何自知之？方其退居于洛，眇然如颜子之在陋巷，累然如屈原之在陂泽，其与民相忘也久矣，而名震天下如雷霆，如河汉，如家至而日见之。闻其名者，虽愚无知如妇人孺子，勇悍难化如军伍边塞（夷狄），以至于奸邪小人，虽恶其害己、仇而疾之者，莫不敛衽变色，咨嗟太息，或至于流涕也。元丰之末，臣自登州入朝，过八州以至京师，民知其与公善也，所在数千人，聚而号呼于马首曰："寄谢司马丞相，慎毋去朝廷，厚自爱，以活百姓。"如是者，盖千余里不绝。至京师，闻士大夫言：公初入朝，民拥其马，至不得行；卫士见公，擎跽流涕者，不可胜数，公惧而归洛。辽人、夏人遣使入朝，与吾使至敌（虏）中者，虏必问公起居，而辽人敕其边吏曰："中国相司马矣，慎毋生事开边隙。"

其后公薨，京师之民罢市而往弔，鬻衣以致奠，巷哭以过车者，盖以千万数。上命户部侍郎赵瞻、内侍省押班冯宗道，护其丧归葬。瞻等既还葬，皆言民哭公哀甚，如哭其私亲。四方来会葬者，盖数万人。而岭南封州父老相率致祭，且作佛事以荐公者，其词尤哀。炷芗于手顶以送公葬者，凡百余人；而画像以祠公者，天下皆是也。此岂人力也哉？天相之也！

匹夫而能动天，亦必有道矣。非至诚一德，其孰能使之？《记》曰："惟天下之至诚，为能尽其性。能尽其性，则能尽人之性；能尽人之性，则能尽物之性；能尽物之性，则可以赞天地之化育矣。"《书》曰："惟尹躬暨汤，咸有一德，克享天心。"又曰："德惟一，动罔不凶。"或以千金与人而人不喜，或以一言使人而人死之者，诚与不诚故也。稽天之潦，不能终朝，而一线之溜，可以达石者，一与不一故也。诚而一，古之圣人不能加毫末于此矣，而况公乎！故臣论公之德，至于感人心、动天地，巍巍如此，而蔽之以一言，曰诚，曰一。

公讳光，字君实，其先河内人，晋安平献王孚之后。王之裔孙征东大将军阳，始葬今陕州夏县涑水乡，子孙因家焉。曾祖讳政，以五代衰乱，不仕，赠太子太保。祖讳炫，举进士，试秘书省校书郎，终于耀州富平县令，赠太子太傅。考讳池，宝元、庆历间名臣，终于兵部郎中、天章阁待制，赠太师、温国公。曾祖妣薛氏，祖妣皇甫氏，妣聂氏，皆封温国太夫人。

公始进士甲科，事仁宗皇帝，至天章阁待制、知谏院。

始发大议，乞立宗子为后，以安宗庙；宰相韩琦等因其言，遂定大计。事英宗皇帝，为谏议大夫、龙图阁直学士，论陕西刺义勇为民患，及内侍任守忠奸蠹，乞斩以谢天下，守忠竟以谴死。又论汉安懿王当准先朝封赠期亲尊属故事，天下韪之。事神宗皇帝，为翰林学士、御史中丞。西戎部将威（嵬）名山欲以横山之众降，公极论其不可纳，后必为边患，已而果然。劝帝不受尊号，遂为万世法。及王安石为相，始行青苗、助役、农田水利，谓之新法，公首言其害，以身争之。当时士大夫不附安石，言新法不便者，皆倚公为重。帝以公为枢密副使，公以言不行，不受命，乃以为端明殿学士，出知永兴军，遂以留司御史台及提举崇福宫，退居于洛十有五年。及上即位，太皇太后摄政，起公为门下侍郎，迁正议大夫，遂拜左仆射。公首更诏书，以开言路；分别邪正，进退其甚者十余人。旋罢保甲、保马、市易及诸道新行盐铁茶法，最后遂罢助役、青苗。

方议取士择守令监司以养民，期于富而教之，凛凛乎向至治矣，而公卧病，以元祐元年九月丙辰朔，薨于位，享年六十八。太皇太后闻之恸，上亦感涕不已。时方祀明堂，礼成不贺。二圣皆临其丧，哭之哀甚，辍视朝。赠太师、温国公，襚以一品礼服，谥曰“文正”。官其亲属十人。公娶张氏，礼部尚书存之女，封清河郡君，先公卒，追封温国夫人。子三人，童、唐皆早亡；康，今为秘书省校书郎。孙二人植、桓，皆承奉郎。以元祐三年正月辛酉，葬于陕之夏县涑水南原之晁村。上以御篆表其墓道，曰“忠清粹德之碑”，而其文以命臣轼。

臣盖尝为公行状，而端明殿学士范镇取以志其墓矣，故其详不复再见，而独论其大概。议者徒见上与太皇太后进公之速，用公之尽，而不知神宗皇帝知公之深也。自士庶人至于卿大夫，相与为宾师朋友，道足以相信，而权不足以相休戚，然犹同己则亲之，异己则疎之，未有闻过而喜、受诲而不怒者也，而况于君臣之间乎？方熙宁中，朝廷政事与公所言无一不相违者，书数十上，皆尽言不讳，盖自敌以下所不能堪，而先帝安受之。非特不怒而已，乃欲以为左右辅弼之臣，至为叙其所著书，读之于迩英阁。不深知公，而能如是乎？二圣之知公也，知之于既同；而先帝之知公也，知之于方异，故臣以先帝为难。

昔齐神武皇帝寝疾，告其子世宗曰："侯景专制河南十四年矣，诸将皆莫能敌，惟慕容绍宗可以制之。我故不贵，留以遗汝。"而唐太宗亦谓高宗："汝于李勣无恩，我今责出之，汝当授以仆射。"乃出勣为叠州都督。夫齐神武、唐太宗，虽未足以比隆先帝，而绍宗与勣亦非公之流，然古之人君所以为其子孙长计远虑者，类皆如此。宁其身亡受知人之名，而使其子孙专享得贤之利。先帝知公如此，而卒不尽用，安知其意不出于此乎？

臣既书其事，乃拜手稽首而作诗曰：

　於皇上帝，子惠我民。孰堪顾天？惟圣与仁。圣子受命，如尧之初；神母诏之，匪亟匪徐。圣神无心，孰左右之？民自择相，我兴授之。其相惟何？太师温公。公来自西，一马二童。万人环之，如渴赴泉。孰不见公？莫如我先。二圣忘己，惟公是式；公亦无我，惟民是度。民曰乐哉，既相司马，尔贾于途，我耕于野。士曰时哉，既用君实，我后子先，时不可失。公如麟凰，不鸷不搏，羽毛毕朝，雄狡率服。为政一年，疾病半之；功则多矣，百年之思。知公于异，识公于微，匪公之思，神考是怀。天子万年，四夷来同，荐于清庙，神考之功。

○轼尝曰："轼于天下，未尝铭墓；独铭五人，皆盛德故。"五人者，富弼、司马光、赵抃、范镇、张方平也。

◇朱子曰："坡公作《温公神道碑》，叙事略，然其平生大致，不逾于是矣。这见得眼目高处。"

卷五十

眉山苏轼文十三　碑

富郑公神道碑

宋兴百三十年，四方无虞，人物岁滋。盖自秦汉以来，未有若此之盛者。虽所以致之非一道，而其要在于兵不用、用不久，常使智者谋之而仁者守之，虽至于无穷可也。契丹自晋天福以来，践有幽、蓟，北鄙之警，略无宁岁，凡六十有九年。至景德元年，举国来寇，攻定武，围高阳，不克，遂陷德清，以犯天雄。真宗皇帝用宰相寇准计，决策亲征。既次澶渊，诸道兵大会行在，敌（虏）既震动，兵始接，射杀其骁将顺国王达兰（挞览）。敌惧，遂请和。时诸将皆请以兵会界河上，邀其归，徐以精甲蹑其后，歼之。敌惧，求哀于上。上曰："契丹、幽蓟，皆吾民也，何多以杀为?"遂诏诸将按兵勿伐，纵契丹归国。敌自是通好守约，不复盗边者三十有九年。

及赵元昊叛，西方转战连年，兵久不决。契丹之臣有贪而喜功者，以我为怯，且厌兵，遂教其主设词以动我，欲得晋高祖所与关南十县。庆历二年，聚重兵境上，遣其臣萧英、刘六符来聘。兵既压境，而使来非时，中外忿之。仁宗皇帝曰："契丹，吾兄弟之国，未可弃也，其有以大镇抚之。"命宰相择报聘者。

时敌情不可测，群臣皆莫敢行。宰相举右正言、知制诰富公，公即入对便殿，叩头曰："主忧臣辱，臣不敢爱其死。"上为动色，乃以公为接伴。英等入境，上遣中使劳之，英托足疾不拜。公曰："吾尝使北，病卧车中，闻命辄起拜。今中使至而公不起，此何礼也？"英瞿然起拜。公开怀与语，不以疎远（夷狄）待之。英等见公倾尽，亦不复隐其情，遂去左右，密以其主所欲得者告公，且曰："可从，从之；不可从，更以一事塞之。"公具以闻。

上命御史中丞贾昌朝馆伴，不许割地，而许增岁币，且命公报聘。既至，六符馆之，反往十数，皆论割地必不可状。及见敌主，问故，敌主曰："南朝违约，塞雁门，增塘水，治城隍，籍民兵，此何意也？群臣请举兵而南，寡人以为不若遣使求地，求而不获，举兵未晚也。"公曰："北朝忘章圣皇帝之大德乎？澶渊之役，若从诸将言，北兵无得脱者。且北朝与中国通好，则人主专其利，而臣下无所获。若用兵，则利归臣下，而人主任其祸。故北朝诸臣争劝用兵者，此皆其身谋，非国计也。"敌主惊曰："何谓也？"公曰："晋高祖欺天叛君，而求助于北，末帝昏乱，神人弃之。是时中国狭小，上下离叛，故契丹全师独克。虽敌获金币，充牣诸臣之家，而壮士健马，物故大（太）半，此谁任其祸者？今中国提封万里，所在精兵以百万计，法令修明，上下一心。北朝欲用兵，能保其必胜乎？"曰："不能。"公曰："胜负未可知。就使其胜，所亡士马，群臣当之欤？抑人主当之欤？若通好不绝，岁币尽归人主，臣下所得，止奉使者岁一二人耳，群臣何利焉？”敌主大悟，首肯者久之。公又曰：“塞雁门者，以备元昊也。塘水始于何承矩，事在通好前，地卑水聚，势不得不增。城隍皆修旧，民兵亦旧籍，特补其缺耳，非违约也。晋高祖以卢龙一道赂契丹，周世宗复伐取关南，皆异代事。宋兴已九十年，若各欲求异代故地，岂北朝之利也哉？本朝皇帝之命使臣，则有词矣，曰：‘朕为祖宗守国，必不敢以其地与人。北朝所欲，不过利其租赋耳。朕不欲以地故，多杀两朝赤子，故屈己增币，以代赋入。若北朝必欲得地，是志在败盟，假此为词耳。朕亦安得独避用兵乎？澶渊之盟，天地鬼神实临之。今北朝首发兵端，过不在朕。天地鬼神，岂可欺也哉！’”敌大感悟，遂欲求婚。公曰：“婚姻易以生隙，人命修短不可知，不若岁币之坚久也。本朝长公主出降，赍送不过十万缗，岂若岁币无穷之获哉？”敌主曰：“卿且归矣。再来，当择一授之，卿其遂以誓书来。”

公归复命，再聘，受书及口传之词于政府。既行次乐寿，谓其副曰：“吾为使者而不见国书，万一书词与口传者异，则吾事败矣。”发书视之，果不同。乃驰还都，以晡入见，宿学士院一夕，易书而行。

既至，敌不复求婚，专欲增币，曰：“南朝遗我书当曰‘献’，否则曰‘纳’。”公争不可。敌主曰：“南朝既惧我矣，何惜此二字？若我拥兵而南，得无悔乎？”公曰：“本朝皇帝兼爱南北之民，不忍蹈锋镝，故屈己增币，何名为惧哉？若不得已而至于用兵，则南北敌国，当以曲直为胜负，非使臣之所忧也。”敌主曰：“卿勿固执，自古亦有之。”公曰：“自古惟唐高祖借兵于突厥，故臣事之。当时所遗，或称献、纳，则不可知。其后颉利为太宗所擒，岂复有此礼哉?”公声色俱厉，虏知不可夺，曰：“吾当自遣人议之。”于是留所许增币誓书，复使耶律仁先及六符，以其国誓书来，且求为“献、纳”。公奏曰：“臣既以死拒之，敌气折矣，可勿复许，敌无能为也。”上从之，增币二十万，而契丹平。北方无事，盖又四十八年矣。契丹君臣至今诵其语、守其约不忍败者，以其心晓然，知通好、用兵利害之所在也。故臣尝窃论之，百余年间，兵不大用者，真宗、仁宗之德，而寇准与公之功也。

公讳弼，字彦国，河南人。曾大父内黄令讳处谦，大父商州马步使讳令荀，考尚书都官员外郎讳言，皆以公贵，赠太师中书令、尚书令，封邓、韩、秦三国公。曾祖母刘氏，祖母赵氏，母韩氏，封鲁、韩、秦三国太夫人。

公幼笃学，有大度，范仲淹见而识之，曰：“此王佐才也。”怀其文以示王曾、晏殊，殊即以女妻之。仁宗复制科，仲淹谓公曰：“子当以是进。”天圣八年，公以茂材异等中第，授将作监丞，知河南府长水县。用李迪辟，签书河阳节度判官事，丁秦国公忧。服除，会郭后废，范仲淹等争之，贬知睦州。公上言：“朝廷一举而获二过，纵不能复后，宜还仲淹，以来忠言。”通判绛州。景祐四年，召试馆职，迁太子中允，直集贤院。从王曾辟，通判郓州。

宝元初，赵元昊反。公上疏陈八事，且言：“元昊遣使求割地、邀金帛，使者部从仪物如契丹，而词甚倨。此必元昊腹心谋臣自请行者，宜出其不意，斩之都市。”又言：“夏守赟，庸人也，平时犹不当用，而况艰难之际，可为枢密乎？”议者以为有宰相气。召还，为开封府推官，擢知谏院。

康定元年，日食正旦。公言请罢燕彻乐，虽敌使在馆，亦宜就赐饮食而已。执政以为不可。公曰：“万一北敌行之，为朝廷羞。”后使敌还者云：“敌中罢燕。”如公言。仁宗深悔之。初，宰相恶闻忠言，下令禁越职言事。公因论日食，以为应天变莫若通下情，遂除其禁。

元昊寇鄜、延，杀二万人，破金明，擒李士斌。延帅范雍、钤辖卢守勤闭门不救，中贵人黄德和引兵先走，刘平、石元孙战死，而雍、守勤归罪于通判计用章、都监李康伯，皆窜岭南。德和诬奏平降贼，诏以兵围守其家。公言：“平自环庆引兵来援，以奸臣不救，故败，竟骂贼不食而死，宜恤其家。守勤、德和皆中官，怙势诬人，冀以自免，宜竟其狱。”枢密院奏方用兵，狱不可遂。公言：“大臣附下罔上，狱不可不竟。”时守勤男昭序为御药，公奏乞罢之，德和竟坐腰斩。

延州民二十人诣阙告急，上召问，具得诸将败亡状。执政恶之，命边郡禁民擅赴阙者。公言：“此非陛下意，宰相恶上知四方有败耳。民有急，不得诉之朝，则西走元昊，北走契丹矣。”夏守勤为陕西都统管，又以入内都知王守忠为都钤辖。公言：“用守勤既为天下笑，而守忠钤辖，乃与唐中官监军无异，将吏必怨惧。卢守勤、黄德和覆车之辙，可复蹈乎？”诏罢守忠。

时又用观察使魏昭昞为同州，郑守忠为殿前都指挥使，高化为步军都指挥使。公言：“昭昞乳臭儿，必败事；守忠与化故亲事官，皆奴才小人，不可用。”诏遣侍御史陈洎往陕西督修城，且城潼关。公言：“天子守在四夷，今城潼关，自关以西，为弃之耶？”语皆侵执政。

自用兵以来，吏民上书者甚众，初不省用。公言：“知制诰本中书属官，可选二人置局，中书考其所言，可用用之。”宰相以付学士，公言：“此宰相偷安，欲以天下是非尽付他人。”乞与廷辩。又言：“边事系国安危，不当专委枢密院。周宰相魏仁浦兼枢密使，国初范质、王溥亦以宰相参知枢密院事。今兵兴，宜使宰相以故事兼领。”仁宗曰：“军国之务，当尽归中书，枢密非古官，然未欲遽废。”内降令中书同议枢密院事，且书其检。宰相以内降纳上前，曰：“恐枢密院谓臣夺权。”公曰：“此宰相避事耳，非畏夺权也。”

时西夏首领吹丹且实、吹丹且桑，各称伪将相来降，补借奉职，羁置荆湖。公言：“二人之降，其家已族矣，当厚赏以劝来者。”上命以所言送中书。公见宰相，论之，宰相初不知也。公叹曰：“此岂小事，而宰相不知耶？”更极论之。上从公言，以宰相兼枢密使。

除盐铁判官，迁太常丞，史馆修撰，奉使契丹。二年，改右正言、知制诰，纠察在京刑狱。时有用伪牒为僧者，事觉，乃堂吏为之。开封按余人而不及吏，公白执政，请以吏付狱。执政指其坐曰：“公即居此，无为近名。”公正色不受其言，曰：“必得吏乃止。”执政滋不悦，故荐公使契丹，欲因事罪之。欧阳修上书引颜真卿使李希烈事留公，不报。

使还，除吏部郎中、枢密直学士，恳辞不受。始受命，闻一女卒；再受命，闻一男生，皆不顾而行。得家书，不发而焚之，曰："徒乱人意。"寻迁翰林学士。公见上力辞，曰："增岁币，非臣本志也，特以朝廷方讨元昊，未暇与虏角，故不敢以死争，其敢受乎？"

庆历三年三月，遂命公为枢密副使，辞之愈力。改授资政殿学士兼翰林侍读学士。七月，复除枢密副使。公言："敌既通好，议者便谓无事，边备松弛，敌万一败盟，臣死且有罪。非独臣不敢受，亦愿陛下思夷狄轻侮中原之耻，坐薪尝胆，不忘修政。"因以告纳上前而罢。逾月，复除前命。

时元昊使辞，群臣班紫宸殿门，上俟公缀枢密院班，乃坐，且使宰相章德象谕公曰："此朝廷特用，非以使敌故也。"公不得已乃受。

时晏殊为相，范仲淹为参知政事，杜衍为枢密使，韩琦与公副之，欧阳修、余靖、王素、蔡襄为谏官，皆天下之望。鲁人石介作《庆历圣德诗》，历颂群臣，皆得其实。曰："维仲淹、弼，一夔一契。"天下不以为过。公既以社稷自任，而仁宗责成于公与仲淹，望太平于期月之间，数以手诏督公等条具其事。又开天章阁召公等。公等坐，且给笔札，使书其所欲为者，遣中使二人更往督之，且命仲淹主西事，公主北事。公遂与仲淹各上当世之务十余条。又自上河北安边十三策，大略以进贤、退不肖、止侥幸、去宿弊为本，欲渐易诸路监司之不才者，使澄汰所部吏。于是小人始不悦矣。

元昊遣使以书来，称男而不臣。公言："契丹臣元昊而我不臣，则契丹为无敌于天下。不可许。"乃却其使，卒臣之。

四年七月，契丹来告，举兵讨元昊。十二月，诏册元昊为夏国主，使将行而止之，以俟敌使。公曰："若敌未至而行，则事自我出；既至，则恩归契丹矣。”从之。

是岁契丹受礼云中，且发兵会元昊伐爱勒族，于河东为近。上问公曰：“敌得无与元昊袭我乎？”公曰：“虏自得幽、蓟，不复由河东入寇者，以河北平易富饶，而河东险瘠，且虞我出镇定，捣燕蓟之虚也。今兵出无名，契丹大国，决不为此。就使妄动，当出我不意，不应先言受礼云中也。元昊本与契丹约，相左右以困中国。今契丹背约，结好于我，独获重币，元昊有怨言，故敌筑威塞州以备之。爱勒屡杀威塞人，虏疑元昊使之，故为是役，安能合而寇我哉？”或请调发为备。公曰：“敌虽不来，犹欲以虚声困我。若调发，正堕其计。臣请任之，敌若入寇，臣为罔上且误国。”上乃止，敌卒不动。

公谓契丹异日作难，必于河朔。既上十三策，又请守一郡行其事，小人怨公不已，而大臣亦有以飞语谗公者。上虽不信，公惧，因保州贼平，求为河北宣抚使以避之。使将还，除资政殿学士、知郓州兼京东西路安抚使。谗者不已，罢安抚使。岁余，谗不验，加给事中，移知青州兼京东东路安抚使。

河朔大水，民流京东，公择所部丰稔者五州，劝民出粟，得十五万斛，益以官廪，随所在贮之。得公私庐舍十余万区，散处其人，以便薪水。官吏自前资待阙、寄居者，皆给其禄，使即民所聚，选老弱病瘠者廪之。山林河泊之利，有可取以为生者，听流民取之，其主不得禁。官吏皆书其劳，约为奏请，使他日得以次受赏于朝。率五日，辄遣人以酒肉糗饭劳之。出于至诚，人人为尽力。流民死者，为大冢葬之，谓之从冢，自为文祭之。明年麦大熟，流民各以远近受粮而归，凡活五十余万人，募而为兵者又万余人。上闻之，遣使劳公，即拜礼部侍郎。公曰："救灾，守臣职也。"辞不受。前此救灾者，皆聚民城郭中，煮粥食之，饥民聚为疾疫，及相蹈藉死，或待次数日不食，得粥皆僵仆，名为救之，而实杀之。自公立法，简便周至，天下传以为法，至于今，不知所活者几千万人矣。

王则据贝州叛，齐州禁兵马达、张青与奸民张握等，得剑印于妖师，欲以其众叛，将屠城以应则。握之婿杨俊，诣公告之。齐非公所部，恐事泄变生。时中贵人张从训衔命至青，公度从训可使，即以事付从训，使驰至郡，发吏卒取之，无得脱者。且自劾擅遣中使罪。仁宗嘉之，再除礼部侍郎。公又恳辞不受。迁资政殿大学士，以明堂恩，除礼部侍郎，徙知郑州。又徙蔡州，加观文殿学士，知河阳。迁户部侍郎，除宣徽南院使，判并州兼河东经略安抚使。

至和二年，召拜同中书门下平章事、集贤殿大学士，与文彦博并命。宣制之日，士大夫相庆于朝。仁宗密觇知之，欧阳修奏事殿上，上具以语修，且曰："古之求相者，或得于梦卜。今朕用二相，人情如此，岂不贤于梦卜也哉！"修顿首称贺。

仁宗弗豫，大臣不得见，中外忧恐。文彦博与公等直入问疾，内侍止之，不可。因以监视禳祷为名，乞留宿内殿，事皆关白而后行，禁中肃然。嘉祐三年，加礼部尚书、昭文馆大学士，监修国史。

公之为相，守格法，行故事，而附以公议，无心于其间，故百官任职，天下无事。以所在民力困弊，赋役不均，遣使分道相视裁减，谓之宽恤民力。又弛茶禁以通商贾，省刑狱，天下便之。

六年，丁秦国太夫人忧，诏为罢春燕故事。执政遇丧皆起复，公以为金革变礼，不可用于平世。仁宗待公而为政，五遣使起之，卒不从命，天下称焉。

英宗即位，拜枢密使，同中书门下平章事，迁户部尚书。逾年，以足疾，求解机务。章二十上，拜镇海军节度使，同中书门下平章事，判河阳，封祈国公。公五上章，辞使相，且言："真宗以前不轻以此授人，仁宗即位之初，执政欲自为地，故开此例。终仁宗之世，宰相、枢密使罢者皆除使相，至不称职、有罪者亦然，天下非之。今陛下初即位，愿立法自臣始。"不从。

神宗即位，改镇武宁军，进封郑国公。公又乞罢使相，乃以为尚书左仆射、观文殿大学士、集禧观使，召赴阙。公以足疾，固辞，复判河阳。熙宁元年，移汝州，且诏入觐。以公足疾，许肩舆至殿门，上特为御内东门小殿见之。令男绍隆入扶，且命无拜。坐语从容，至日昃，赐绍隆五品服。再对，上欲留公为集禧观使，力辞赴郡。明年二月，除司空兼侍中、昭文馆大学士，赐甲第一区，皆辞不受。复拜左仆射、门下侍郎，同中书门下平章事。

公既至，未见。有于上前言灾异皆天数，非人事得失所致者。公闻之，叹曰："人君所畏惟天，若不畏天，何事不可为者？去乱亡无几矣。此必奸臣欲进邪说，故先导上以无所畏，使辅弼谏诤之臣，无所复施其力。此治乱之机也，吾不可以不速救。”即上书数千言，杂引《春秋》《洪范》及古今传记、人情物理，以明其决不然者。

群臣请上尊号及作乐，上以久旱不许。群臣固请作乐，公又言：“故事：有灾变，皆撤乐。恐上以同天节，虏使当上寿，故未断其请。臣以为此盛德事，正当以示远人（夷狄），乞并罢上寿。”从之。即日而雨。

公又上疏，“愿益畏天戒，远奸佞，近忠良”。上亲书答诏曰：“义忠言亲，理正文直。苟非意在爱君，志存王室，何以臻此？敢不置之枕席，铭诸肺腑，终老是戒！更愿公不替今日之志，则天灾不难弭，太平可立俟也。”公既上疏谢，复申戒不已，愿陛下待群臣，不以同异为喜怒，不以喜怒为用舍。

公始见上，上问边事。公曰：“陛下即位之始，当布德行惠，愿二十年口不言兵。”因以九事为戒。八月，以疾辞位，拜武宁军节度使，同中书门下平章事，判河南。复以公请，改亳州。

时方行青苗息钱法。公以为此法行，则财聚于上，人散于下；且富民不愿请，愿请者皆贫民，后不可复得，故持之不行。而提举常平仓赵济，劾公以大臣格新法，[法]行当自贵近者始，若置而不问，无以令天下。乃除左仆射，判汝州。公言：“新法臣所不晓，不可以复治郡，愿归洛养疾。”许之。寻请老，拜司空，复武宁节度及平章事，进封韩国公，致仕。

公虽居家，而朝廷有大利害，知无不言。交趾叛，诏郭逵等讨之。公言：“海峤崄远，不可以责其必进，愿诏逵等择利进退，以全王师。”契丹来争河东地界，上手诏问公。公言："熙河诸郡，皆不足守，而河东地界，决不可许。"元丰三年，官制行，改授开府仪同三司。是岁，故参知政事王尧臣之子同老上言："至和三年仁宗弗豫，其父尧臣尝与文彦博、刘沆及公同决大策，乞立储嗣，仁宗许之。会翊日有瘳，故缓其事，人无复知者。"以其父尧臣所撰诏草上之。上以问彦博，彦博言与同老合。上嘉公等勋绩如此，而终不自言，下诏以公为司徒，且以其子绍京为阁门祗候。

六年闰六月丙申，薨于洛阳私第之正寝，享年八十。手封遗表，使其子上之，世莫知其所言者。上闻讣震悼，为辍视朝；内出祭文，遣使致奠所，以赙恤其家者甚厚。赠太尉，谥曰"文忠"。十一月庚申，葬于河南府河南县金谷乡南张里。

公之配曰周国夫人晏氏，后公四年卒。子男三人，曰绍廷（庭），朝奉郎；曰绍京，供备库副使，后公十月卒；曰绍隆，光禄寺丞，早卒。女四人，长适保宁军节度使北京留守冯京，卒；又以其次继室，封安化郡夫人；次适承议郎范大琮；次适宣德郎范大珪。孙男三人：定方，承事郎；直清，承奉郎；直亮，假承务郎。

公性至孝，恭俭好礼。与人言，虽幼贱，必尽敬。气色穆然，终身不见喜愠。然以单车入不测之虏廷，诘其君臣，折其口而服其心，无一语少屈，所谓大勇者乎！其好善疾恶，盖出于天资。常言："君子、小人如冰炭，决不可以同器。若兼收并用，则小人必胜；薰莸杂处，终必为臭。"其为宰相及判河阳，最后请老居家，凡三上章，皆言："天子无职事，惟辨君子小人而进退之，此天子之职也。君子与小人并处，其势必不胜。君子不胜，则奉身而退，乐道无闷。小人不胜，则交结构扇，千歧万辙，必胜而后已。小人复胜，必遂肆毒于善良，无所不为，求天下不乱，不可得也。”

其为文章，辩而不华，质而不俚。有《文集》八十卷，《天圣应诏集》十一卷，《谏垣集》二卷，《制草》五卷，《奏议》十三卷，《表章》三十卷，《河北安边策》一卷，《奉使录》四卷，《青州赈（振）济策》三卷。

平生所荐甚众，尤知名者十余人，如王质与其弟素、余靖、张瓌、石介、孙复、吴奎、韩维、陈襄、王鼎、张昷之、杜杞、陈希亮之流，皆有闻于世，世以为知人。

元祐元年六月，有诏以公配享神宗皇帝庙廷。明年，以明堂恩加赠太师。

绍廷（庭）请于朝曰：“先臣墓碑未立，愿有以宠绥之。”上为亲篆其首，曰“显忠尚德之碑”，且命臣轼撰次其事。谨拜手稽首而献言曰：

世未尝无贤也。自尧舜三代以至于今，有是君则有是臣，故仁宗、英宗至于神考，咸有一德，克享天心，则天畀以人，光明伟杰有如公者。观公之行事而味其平生，则三宗之盛德，可不问而知也。古之人臣，功高则身危，名重则谤生，故命世之士，罕能以功名终始者。臣观三宗所以待公，全其功名而保其终始，盖可谓至矣。方契丹求割地，上命宰相，历问近臣孰能为朕使虏者，皆以事辞免。公独慨然请行。使事既毕，上欲用公，公逡巡退避不敢居，而向之辞免者，自耻其不行，则惟公之怨，比而谗公，无所不至。及石介为《庆历圣德诗》，天下传诵，则大臣疾公如仇，构以飞语，必欲致之死地。仁宗徐而察之，尽辨其诬，卒以公为相。及英宗、神宗之世，公已老矣，勋在史官，德在生民。天子虚己听公，西戎、北狄视公进退，以为中国轻重。然一赵济敢摇之，惟神宗日月之明，知公愈深。公虽请老，有大政事，必手诏访问。又追论定策之勋，以告天下，宠及其子孙，然后小人不敢复议，雍容进退，卒为宗臣。古人有言曰："为君难，为臣不易。"岂不然哉！

公既配食清庙，宜有颂诗，以昭示来世。其词曰：

五代八姓，十有二君；四十四年，如丝之棼。以人为嬉，以杀为儇。兵交两河，腥闻于天。上帝憎之，命我祖宗，畀尔炉锤，往销其锋。孰谓民远？我闻其呻；宁尔小忍，无残我民。六圣受命，惟一其心，敕其后人，帝命是承。勿劓刵人，矧敢好兵，百三十年，讳兵与刑。惟彼北戎，谓帝我骄；帝闻其言，折其萌芽。笃生莱公，尺箠笞之，既服既驯，则扰绥之。堂堂韩公，与莱相望，再聘于燕，北方以宁。景德元禩，始盟契丹。公生是岁，天命则然。公之在母，秦国寤惊：旌旗鹤雁，降充其庭，云有天赦，已而生公。天欲赦民，公启其衷。北至燕然，南至于河，亿万维生，公手抚摩。水潦洊饥，散流而东，五十万人，仰哺于公。公之在内，自泉流澌；其在四方，自叶流根。百官维人，百度维正。相我三宗，重华协明。帝谓公来，陨星其堂，有坟其丘，公岂是藏。维岳降神，今归不留，臣轼作颂，以配崧高。

◇徐度曰："东坡初欲为《富韩公神道碑》，久之未有意思。一旦昼寝，梦伟丈夫，称是寇莱公来访己，共语久之。既即下笔，首叙景德澶渊之功，以及庆历和议，顷刻而就。以示张文潜，文潜曰：'有一字未甚安，请试言之。盖碑之末，初曰"公之勋在史官，德在生民，天子虚己听公，西戎北狄视公进退以为轻重，然一赵济能摇之"，窃谓"能"不若"敢"也。'东坡大以为然，即更定焉。"

卷五十一

眉山苏辙文一　书、序、策、论、记

上洪州孔大夫论徐常侍坟书

辙窃见故散骑常侍徐公铉坟，在公所治郡新建县西山鸾冈原。徐公没于淳化辛卯，迨今九十四年。公无子，故人奉新胡克顺葬之。胡氏昔为大家，克顺慕公高义，春秋时祠（祀），顷未尝废。自克顺死，胡氏衰，公之坟域荒芜不治，盖有年矣。闻自近岁，民间利其林木，至讼而争之。公所葬地，本其先茔，公家既无子孙，契券亡失，官遂籍没其地，伐其松柏以治屋宇。行道知之，往往为之掩泣。

窃惟南唐旧臣，如公之比，盖无一二。方陈觉、冯延鲁愚弄其主，擅兴甲兵，丧师蹙国，时无一人敢非之者。公独与韩熙载力陈其奸，卒致其罪。及王师南讨，李氏危在朝夕，公受命兵间，不为身计，义动中国，至今称之。盖公之大节，落落如此，虽使千载之后，犹当推求遗迹，以劝后来。今没未百年，弃而不录，仁人君子，岂其然哉！

伏惟明公，家本先圣，先中丞忠义伉（慷）慨，气节凛然；公之行己大方，直继前烈。如徐公辈人，譬之草木，臭味不远，倘蒙矜念，使孤坟遗魄不至侵暴，祭祀稍存，樵采不犯，不惟南方士人拭目倾心，将天下义士知有所劝。辙言非所职，干冒高明，不胜战越。

○按铉自左常侍为尼道安诬陷，贬静难行军司马，卒于邠。门人郑文宝护其丧至汴，而胡克顺归其葬于南昌之西山。铉本广陵人，无家无子，而胡克顺慕其平生，迎殡归葬于克顺之里，岁时祠之。古人风义可尚如此。克顺，史称仲容，“仲容”殆其字欤？铉仕南唐，宋师围金陵，后主李煜使求缓兵，而煜将朱全赟兵十余万，自上江来援。煜以铉故，止之。铉曰：“此行未必能济难，援兵何可止？”煜曰：“恐不利于汝。”铉曰：“计社稷，岂顾一介使？置之度外可也。”及随煜入朝，太祖面责之，铉曰：“臣为江南大臣，国亡，罪当死，不当问其他。”太祖叹曰：“忠臣也，事我当如李氏。”篇中所云“不为身计，义动中国”者，盖指此也。

元祐会计录序

臣闻汉祖入关，萧何收秦图籍，周知四方盈虚强弱之实，汉祖赖之以并天下。丙吉为相，匈奴尝入云中、代郡，吉使东曹考案边琐，条其兵食之有无与将吏之才否，逡巡进对，指挥遂定。由此观之，古之人所以运筹帷幄之中、制胜千里之外者，图籍之功也。盖事之在官，必见于书，其始无不具者；独患多而易忘，久而易灭，数十岁之后，人亡而书散，其不可考者多矣。

唐李吉甫始簿录元和国计，并包巨细，无所不具。国朝三司使丁谓等因之，为景德、皇祐、治平、熙宁四书，网罗一时出纳（内）之计，首尾八十余年，本末相授。有司得以居今而知昔，参酌同异，因时施宜，此前人作书之本意也。

臣以不佞，待罪地官，上承元丰之余业，亲睹二圣之新政，时事之变易，财赋之登耗，可得而言也。

谨按艺祖皇帝创业之始，海内分裂，租赋之入，不能半今世。然而宗室尚鲜，诸王不过数人；仕者寡少，自朝廷郡县，皆不能备官；士卒精练，常以少克众。用此三者，故能奋于不足之中，而绰然常若有余。及其列国款附，琛贡相属于道，府库充塞，创景福内库以畜金币，为统一（殄虏）之策。

太宗因之，克平太原；真宗继之，怀服契丹。二患既弭，天下安乐，日登富庶，故咸平、景德之间，号称太平。群臣称颂功德，不知所以裁之者，于是请封泰山，祀汾阴，礼亳社，属车所至，费以钜万。而上清、昭应、崇禧、景灵之宫，相继而起，累世之积，糜耗多矣。其后昭应之灾，臣下复以营缮为言，大臣出争，章献感悟，沛然遂与天下休息。

仁宗仁圣，清心省事，以幸天下，然而民物蕃庶，未复其旧。而夏贼窃发，边久无备，遂命益兵以应敌，急征以养兵。虽间出内藏之积，以求纾民，而四方骚然，民不安其居矣。其后西戎既平，而已益之兵，遂不复汰。加以宗子蕃衍，充牣宫邸；官吏冗积，员溢于位，财之不赡，为日久矣。

英宗嗣位，慨然有救弊之意。群臣竦观，几见日新之政，而大业未遂。神考嗣世，忿流弊之委积，闵财力之伤耗，览政之初，为强兵富国之计。有司奉承，违失本旨，始为青苗、助役，以病农民；继为市易、盐铁，以困商买。利孔百出，不专于三司。于是经入竭于上，民力屈于下。继以南征交趾，西讨拓跋，用兵之费，一日千金，虽内帑别藏，时有以助之，而国亦惫矣。

今二圣临御，方恭默无为，求民之疾苦而疗之，令之不便，无不释去，民亦少休矣。而西夏不宾，水旱继作，凡国之用度，大率多于前世。当此之时，而不思所以济之，岂不殆哉！

臣历观前世，持盈守成，艰于创业之君。盖盈之必溢，而成之必毁，物理之至，有不可逃者。盈、成之间，非有德者不安，非有法者不久。昔秦、隋之盛，非无法也，内建百官，外列郡县；至于汉、唐，因而行之，卒不能改。然皆二世而亡，何者？无德以为安也。汉文帝恭俭寡欲，专务以德化民，民富而国治，后世莫及。然身没之后，七国作难，几于乱亡。晋武帝削平吴、蜀，任贤使能，容受直言，有明主之风。然而亡不旋踵，子弟内叛，羌胡外乱，遂以失国。此二帝者，皆无法以为久也。

今二圣之治，安而静，仁而恕，德积于世，秦、隋之忧，臣无所措心矣。然而空匮之极，法度不立，虽无汉、晋强臣敌国之患，而数年之后，国用旷竭，臣恐未可安枕而卧也。故臣愿得终言之：

凡计会之实，取元丰之八年，而其为别有五：一曰收支，二曰民赋，三曰课入，四曰储运，五曰经费。五者既具，然后著之以见在，列之以通表，而天下之大计，可以画地而谈也。若夫内藏右曹之积，与天下封桩之实，非昔三司所领，则不入会计，将著之他书，以备观览焉。臣谨序。

□圣祖御评：本是专言会计，却语语欲其安养休息，用意深远而文势纡徐。

○史家必志食货，不特一代国用之盈绌，户口之多寡，可考而知；欲观君德之恭俭忲侈，臣心之义利邪正，亦思过半矣。读《会计录序》，宋德盛衰，不具可鉴哉？

古今家诫序

老子曰："慈故能勇，俭故能广。"或曰："慈则安能勇？"曰：父母之于子也，爱之深，故其为之虑事也精。以深爱而行精虑，故其为之避害也速而就利也果，此慈之所以能勇也。非父母之贤于人，势有所必至矣。辙少而读书，见父母之戒其子者，谆谆乎惟恐其不尽也，恻恻乎惟恐其不入也，曰："呜呼！此父母之心也哉！"

师之于弟子也，为之规矩以授之，贤者引之，不贤者不强也。君之于臣也，为之号令以戒之，能者予之，不能者不取也。臣之于君也，可则谏，否则去；子之于父也，以几谏，不敢显，皆有礼存焉。父母则不然，子虽不肖，岂有弃子者哉？是以尽其有以告之，无憾而后止。《诗》曰："泂酌彼行潦，挹彼注兹，可以餴饎。岂弟君子，民之父母。"夫虽行潦之陋，而无所弃，犹父母之无弃子也。故父母之于子，人伦之极也。虽其不贤，及其为子言也，必忠且尽，而况其贤者乎？

太常少卿长沙孙公影修，少孤而教于母。母贤，能就其业。既老而念母之心不忘，为《贤母录》，以致其意。既又集《古今家诫》，得四十九人，以示辙曰："古有为是书者，而其文不完。吾病焉，是以为此，合众父母之心，以遗天下之人，庶几有益乎?”辙读之而叹曰：“虽有悍子，忿斗于市莫之能止也，闻父之声则敛手而退，市人过之者亦莫不泣也。慈孝之心，人皆有之，特患无以发之耳。今是书也，要将以发之欤？虽广之天下可也。”自周公以来至于今，父戒四十五，母戒四。公又将益广之，未止也。

○其文缠绵悱恻。说“泂酌”义，甚得《诗》意。

臣事策第一道

天下有权臣，有重臣，二者其迹相近而难明。天下之人，知恶夫权臣之为，而世之重臣，亦遂不容于其间。夫权臣者，天下不可一日而有；而重臣者，天下不可一日而无也。天下徒见其外而不察其中，见其皆侵天子之权，而不察其所为之不类，是以举皆嫉之而无所喜。此亦已太过也。

今夫权臣之所为者，重臣之所切齿；而重臣之所取者，权臣之所不顾也。将为权臣耶，必将内悦其君之心，委曲听顺，而无所违戾；外窃其生杀予夺之柄，黜陟天下，以见己之权，而没其君之威惠。内能使其君欢爱悦怿，无所不顺，而安为之上；外能使其公卿大夫、百官庶吏无所归命，而争为之腹心。上爱下顺，合而为一，然后权臣之势，遂成而不可拔。

至于重臣则不然。君有所为，不可以必争；争之不能，而其事有所必不可听，则专行而不顾。待其成败之迹著，则上之心将释然而自解。其在朝廷之中，天子为之踧然而有所畏，士大夫不敢安肆怠惰于其侧。爵禄庆赏，己得以议其可否，而不求以为己之私惠；刀锯斧钺，己得以参其轻重，而不求以为己之私势。要以使天子有所不可必为，而群下有所震惧，而己不与其利。何者？为重臣者，不待天下之归己；而为权臣者，亦无所事天子之畏己也。故各因其行事而观其意之所在，则天下谁可欺者？臣故曰：为天下，安可一日而无重臣也！

且今使天下而无重臣，则朝廷之事，惟天子之所为而无所可否。虽使天子有纳谏之明，而百官畏惧战栗，无平昔尊重之势，谁肯触忌讳、冒罪戾，而为天下言者？惟其小小得失之际，乃敢上章欢哗而无所惮；至于国之大事，安危存亡之所系，则将卷舌而去，谁敢发而受其祸？此人主之所大患也。

悲夫！后世之君，徒见天下之权臣出入唯唯，以其有礼，而不知此乃所以潜溃其国；徒见天下之重臣刚毅果敢，喜逆其意，则以为不逊，而不知其有社稷之虑。二者淆乱于心而不能辨其邪正，是以丧乱相仍而不悟，何足伤也！

昔者卫太子聚兵以诛江充，武帝震怒，发兵而攻之京师，至使丞相、太子相与交战，不胜而走；又使天下极其所往，而翦灭其迹。当此之时，苟有重臣，出身而当之，拥护太子，以待上意之少解，徐发其所蔽而开其所怒，则其父子之际，尚可得而全也。惟无重臣，故天下皆能知之而不敢言。

臣愚以为，凡为天下，宜有以养其重臣之威，使天下百官有所畏忌，而缓急之间，能有所坚忍持重而不可夺者。窃观方今四海无变，非常之事，宜其息而不作。然及今日而虑之，则可以无异日之患；不然者，谁能知其果无有也，而不为之计哉？

抑臣闻之，今世之弊，弊在于法禁太密，一举足不如律令，法吏且以为言，而不问其意之所属。是以虽天子之大臣，亦安敢有所为于法律之外，以安天下之大事？故为天子之计，莫若少宽其法，使大臣得有所守，而不为法之所夺。

昔申屠嘉为丞相，至召天子之幸臣邓通，立之堂下而诘责其过。是时，通几至于死而不救，天子知之，亦不为怪。而申屠嘉亦卒非汉之权臣。由此观之，重臣何损于天下哉！

○轼、辙皆有应制举拟策，乃场屋之文耳，虽烂然可观，而非所谓“古之立言者”也。自宋孝宗推崇之后，学者用以取金紫，翕然从风，当时鄙谚谓“苏文熟，吃羊肉。苏文生，吃菜羹”。良足嗤也。

两苏文字，皆自宦成后，更事深而学益进。顾学者多读其场屋之文，发为议论，每华而不实。宋儒因谓两苏学本纵横家，徒观此等文字，其言亦甚似而几矣。选中并不录，唯此篇论权臣、重臣，分剖确切，有补治道，故存之。

◇储欣曰：“当时如韩、富数公，可谓重臣矣。子由生其时，目睹其事而见其效，故言之亲切。”

三　宗

黄帝、尧、舜，寿皆百年，享国皆数十年。周公作《无逸》，言商中宗享国七十五年，高宗五十九年，祖甲三十三年。文王受命中身，享国五十年。自汉以来，贤君在位之久，皆不及此。西汉文帝二十三年，景帝十六年，昭帝十二年；

东汉明帝十八年，章帝十三年，和帝十二年；唐太宗二十三年。此皆近世之明主，然与《无逸》所谓“不知稼穑之艰难，不闻小人之劳，惟耽乐之从”，“或十年，或七八年，或五六年，或四三年”者，无以大相过也。至其享国长久，如秦始皇帝、汉武帝、梁武帝、隋文帝、唐玄宗，皆以临御久远，循致大乱，或以失国，或仅能免其身。其故何也？

人君之富，其倍于人者千万也；膳服之厚，声色之靡，所以贼其躬者多矣。朝夕于其间而无以御之，至于夭死者，势也。幸而寿考，用物多而害民久，矜己自圣，轻蔑臣下，至于失国，宜矣。

古之贤君，必志于学，达性命之本而知道德之贵。其视子女玉帛，与粪土无异；其所以自养，乃与山林学道者比，是以久于其位而无害也。傅说之诏高宗曰：“王，人求多闻，时惟建事，学于古训乃有获。事不师古，以克永世，匪说攸闻。惟学，逊志务时敏，厥修乃来，允怀于兹，道积于厥躬。惟教学半，念终始，典与学，厥德修罔觉。监于先王成宪，其永无愆。”呜呼，傅说其知此矣！

◇李光地曰：“殷有天下六百年，而圣贤之君六七作，《无逸》之独举‘三宗’，何也？曰：为其享国之长久也。秦汉之主，盖有祠神仙、求方士，以庶几其长久者矣。其志皆以天下为乐，而欲永享其逸也。而周公言寿，乃归之‘无逸’，则知圣人之寿，将以劳天下，非以逸其身也。抑因以知圣人之寿，盖以劳天下而得之，非以逸一身而得之也。何则？其功德之在世，故有以格于皇天也。而以逸而寿者，非天意，其严敬之在躬，则有以凝夫正命也。而以逸而寿者，非天道，以天道合人之意，则夫强志气、屏嗜欲，不以外物贼乎其内，武王所谓‘恭则寿’也，立命之本也。损己以厚人，德盛而福至，则冥默之中，有以申锡之而不容已。夫子所谓‘仁者寿’也，得天之符也。盖自学士大夫，寡欲、清心、积善，皆有行之而辄效者；况乎帝王之生，其受气也尤厚，而其功之所及、德之所施，又非可以寻常福报论者哉？《无逸》之言‘三宗’与文王也，曰‘严恭寅畏’，曰‘恭默不言’，曰‘徽柔懿恭’，其‘凝命’之说与？曰‘治民祗惧’，曰‘嘉靖殷邦’，又曰‘保惠庶民，惠鲜鳏寡’，其‘格天’之说与？盖必其敬天勤民，而后为‘无逸’之实也。不然，若梁武帝之清净斋戒，不可言从于耽乐者矣，而其受祸乃如苏子所讥，又独何哉？”

六国论

尝（愚）读六国《世家》，窃怪天下之诸侯，以五倍之地、十倍之众，发愤西向，以攻山西千里之秦，而不免于灭亡。常为之深思远虑，以为必有可以自安之计，盖未尝不咎其当时之士，虑患之疏而见利之浅，且不知天下之势也。

夫秦之所与诸侯争天下者，不在齐、楚、燕、赵也，而在韩、魏。秦之有韩、魏，譬如人之有腹心之疾也。韩、魏塞秦之冲，而蔽山东之诸侯，故夫天下之所重者，莫如韩、魏也。昔者范雎用于秦而收韩，商鞅用于秦而收魏。昭王未得韩、魏之心，而出兵以攻齐之刚、寿，而范雎以为忧，然则秦之所忌者，可以见矣。秦之用兵于燕、赵，秦之危事也。越韩过魏而攻人之国都，燕、赵拒之于前，而韩、魏乘之于后，此危道也。而秦之攻燕、赵，未尝有韩、魏之忧，则韩、魏之附秦故也。

夫韩、魏，诸侯之障，而使秦人得出入于其间，此岂知天下之势邪？委区区之韩、魏，以当强虎狼之秦，彼安得不折而入于秦哉？韩、魏折而入于秦，然后秦人得通其兵于东诸侯，而使天下遍受其祸。

夫韩、魏不能独当秦，而天下之诸侯藉之以蔽其西，故莫如厚韩亲魏以摈秦。秦人不敢逾韩、魏以窥齐、楚、燕、赵之国，而齐、楚、燕、赵之国，因得以自完于其间矣。以四无事之国，佐当寇之韩、魏；使韩、魏无东顾之忧，而为天下出身以当秦兵。以二国委秦，而四国休息于内，以阴助其急，若此，可以应夫无穷，彼秦者将何为哉？不知出此，而乃贪疆埸尺寸之利，背盟败约，以自相屠灭，秦兵未出，而天下诸侯已自困矣。至使秦人得间其隙，以取其国，可不悲哉！

◇王志坚曰："当时苏秦非不为此论，所以卒不成者，六国无明君，朝聚暮散，为秦人所欺而不悟也。"

汉文帝

老子曰："柔胜刚，弱胜强。"汉文帝以柔御天下，刚强者皆乘风而靡。尉佗称号南越，帝复其坟墓，召贵其兄弟。佗去帝号，俯伏称臣。匈奴桀敖，陵驾中国。帝屈体遣书，厚以缯絮，虽未能调伏，然兵革之祸，比武帝世，十一二耳。

吴王濞包藏祸心，称病不朝。帝赐之几仗，濞无所发怒，乱以不作。使文帝尚在，不出十年，濞亦已老死，则东南之乱，无由起矣。至景帝不能忍，用晁错之计，削诸侯地。濞因之号召七国，西向入关。汉遣三十六将军，竭天下之力，仅乃破之。

错言：诸侯强大，削之亦反，不削亦反。削之，反疾而祸小；不削，反迟而祸大。世皆以其言为信，吾以为不然。诚如文帝忍而不削，濞必未反。迁延数岁之后，变故不一，徐因其变而为之备，所以制之者，固多术矣。猛虎在山，日食牛羊，人不能堪，荷戈而往刺之，幸则虎毙，不幸则人死，其为害亟矣。晁错之计，何以异此？若能高其垣墙，深其陷穽，时伺而谨防之，虎安能必为害？此则文帝之所以备吴也。呜呼！为天下虑患，而使好名贪利小丈夫制之，其不为晁错者鲜矣！

〇晁错策吴必反，遂削以激之反而灭之。当时虽天下骚然，而嗣后藩服衰弱，无敢跛扈，其恶亦不能及于民，错之功罪，固未易定也。独是圣贤处此，必别有措置，必不轻于一割，而使黔黎肝脑涂地。辙“刺虎”之喻，诚当也。虽然，虎逼人矣，而不高其垣墉、深其陷阱，时伺而谨防之，乃曰：“事未至也，安知其必至？”或曰：“此未然之势也，安知后之不变？”及其既至，而嗟无及焉。则《春秋》所以罪莒之失国，而左氏所以赋“丝麻、菅蒯”之章也。此篇岂为王韶开边而作欤？然时代不可考矣。

汉景帝

汉之贤君，皆曰文、景。文帝宽仁大度，有高帝之风。景帝忌克少恩，无人君之量，其实非文帝比也。

帝之为太子也，吴王濞世子来朝，与帝博而争道，帝怒以博局提杀之。濞之叛逆，势激于此。张释之，文帝之名臣也，以劾奏之恨，斥死淮南。邓通，文帝之幸臣也，以吮痈之怨，困迫至死。晁错始与帝谋削诸侯，帝违众而用之；及七国反，袁盎一说，谲而斩之东市，曾不之恤。周亚夫为大将，折吴、楚之锐锋，不数月而平大难；及其为相，守正不阿，恶其悻悻不屈，遂以无罪杀之。梁王武，母弟也，骄而纵之，几致其死。临江王荣，太子也，以母失爱，至使酷吏杀之。其于君臣、父子、兄弟之际，背理而伤道者，一至于此。原其所以能全身保国，与文帝俱称贤君者，惟不改其恭俭故耳。

《春秋》之法，弑君称君，君无道也；称臣，臣之罪也。然陈侯平国、蔡侯般，皆以无道弑，而弑皆称臣，以为罪不及民故也。如景帝之失道非一也，而犹称贤君，岂非躬行恭俭、罪不及民故耶？此可以为不恭俭者戒也。

〇恭者，仁之表也。禹曰："予视天下愚夫愚妇，一能胜予。"仁之至也，故其恭乃如是。使以为天下之美尽在己，而万物莫己若也，则不恭之所流，必为刻覈少恩矣。辙以汉景刻覈少恩，而又美为"恭俭"，毋乃矛盾欤？又以邓通穷困而死，为汉景刻覈少恩之一事，是大不然。通以姿貌，得幸文帝，富甲天下，文帝盛德之颣也，唯不任以政耳。若任以政，与董贤何殊？景帝即位，不显戮之于朝市，以彰先君之过，景帝之有恩也。辙乃以使通穷困而死为讥，然则为景帝者，仍当使通富甲天下乃可耶？邓通富甲天下，则"慎夫人衣不曳地"者，亦徒尔为矣。"恭俭"二字，在文帝犹有议焉，况景帝乎？特谓景帝未得罪于民，可称贤主者，其论可取也。

东轩记

余既以罪谪监筠州盐酒税，未至，大雨，筠水泛溢，蔑南市，登北岸，败刺史府门；盐酒税治舍，俯江之漘，水患尤甚。既至，敝不可处，乃告于郡，假郡使者府以居。郡怜其无归也，许之。岁十二月，乃克支其欹斜，补其圮缺，辟听事堂之东为轩，种杉二本、竹百个，以为宴休之所。

然盐酒税旧以三吏共事。余至，其二人者适皆罢去，事委于一。昼则坐市区鬻盐、沽酒、税豚鱼，与市人争寻尺以自效；莫归，筋力疲废，辄昏然就睡，不知夜之既旦；旦则复出营职，终不能安于所谓东轩者。每旦莫出入其旁，顾之，未尝不哑然自笑也。

余昔少年读书，窃尝怪颜子以箪食瓢饮，居于陋巷，人不堪其忧，颜子不改其乐。私以为虽不欲仕，然抱关击柝，尚可自养，而不害于学，何至困辱贫窭自苦如此。及来筠州，勤劳盐米之间，无一日之休，虽欲弃尘垢、解羁絷，自放于道德之场，而事每劫而留之。然后知颜子之所以甘心贫贱，不肯求斗升之禄以自给者，良以其害于学故也。

嗟夫！士方其未闻大道，沉酣势利，以玉帛子女自厚，自以为乐矣。及其循理以求道，落其华而收其实，从容自得，不知夫天地之为大，与死生之为变，而况其下者乎？故其乐也，足以易穷饿而不怨，虽南面之王不能加之，盖非有德不能任也。余方区区欲磨洗浊污，晞圣贤之万一，自视缺然，而欲庶几颜氏之乐，宜其不可得哉！若夫孔子周行天下，高为鲁司寇，下为乘田委吏，惟其所遇，无所不可，盖彼达者之事，而非学者之所望也。

余既以谴来此，虽知桎梏之害而势不得去。独幸岁月之久，世或哀而怜之，使得归复（伏）田里，治先人之敝庐，为环堵之室而居之。然后追求颜氏之乐，怀思东轩，优游以忘其老，然而非所敢望也。

○辙既上书，乞纳在身官，为兄轼赎罪。轼责授黄州团练副使，辙亦降筠州监酒税。既不得志，知时之无可为，而思归骨田里，终老于学。此记之所为作也。

夫君子之处于世也，若水然，流则行而坎则止，遇石则潆洄，遇风则沦漪，盈溪壑则放而之乎江湖。若或使之而莫或使之，乃其能行、能止，能潆洄、能沦漪，能放而之乎江湖者。水不居此而慕彼，了无容心焉，随在各有以自效。甚矣，水之似君子也！轼其庶几乎？其于遇，能无所择。若使轼监酒税，必不与市人争寻尺，当必有所济于物者矣。故曰：“上善若水。”夫学也者，文字云尔哉？造次颠沛，何在非学？况监酒税者，其何害于学之有？此轼、辙之优劣也。特其为文既沉郁顿挫，而又无充诎之心，是则可诵也。

武昌九曲亭记

子瞻迁于齐安，庐于江上。齐安无名山，而江之南武昌诸山，坡陁蔓延，涧谷深密。中有浮图精舍，西曰西山，东曰寒溪，依山临壑，隐蔽松枥，萧然绝俗，车马之迹不至。每风止日出，江水伏息，子瞻杖策载酒，乘渔舟乱流而南。山中有二三子，好客而喜游，闻子瞻至，幅巾迎笑，相携徜徉而上，穷山之深。力极而息，扫叶席草，酌酒相劳，意适忘反，往往留宿于山上。以此居齐安三年，不知其久也。

然将适西山，行于松柏之间，羊肠九曲而获少平，游者至此必息。倚怪石，荫茂木，俯视大江，仰瞻陵阜，旁瞩溪谷，风云变化，林麓向背，皆效于左右。有废亭焉，其遗址甚狭，不足以席众客。其旁古木数十，其大皆百围千尺，不可加以斤斧。子瞻每至其下，辄睥睨终日。一旦大风雷雨，拔去其一，斥其所据，亭得以广。子瞻与客入山视之，笑曰："兹欲以成吾亭耶！"遂相与营之。亭成，而西山之胜始具，子瞻于是最乐。

昔余少年，从子瞻游，有山可登，有水可浮，子瞻未始不褰裳先之。有不得至，为之怅然移日。至其翩然独往，逍遥泉石之上，撷林卉，拾涧实，酌水而饮之，见者以为仙也。盖天下之乐无穷，而以适意为悦。方其得意，万物无以易之；及其既厌，未有不洒然自笑者也。譬之饮食杂陈于前，要之一饱，而同委于臭腐。夫孰知得失之所在？惟其无愧于中，无责于外，而姑寓焉。此子瞻之所以有乐于是也。

○孟子语君子"三乐"，而曰："仰不愧于天，俯不怍于人，二乐也。""三乐"之中，惟此为可得而自主者，余则关乎遇不遇焉。虽然，乐之也盖难。夫人操行不轨，坚愎狠傲，未尝不仰焉无所愧、俯焉无所怍，而躁扰弥甚，要必不能自得其乐。若择地而蹈之，非法行不敢行，非法言不敢道，则又仰焉而知天命之在我者甚重，而我负荷之未胜；俯焉而觉斯人待济之甚殷，而我泛应之未当，方且愧怍之不释，而又奚其乐也？必也天之所责于我者小，其职易以尽；人之所望于我者轻，其事易以为，然后俯焉、仰焉，得不愧而不怍。然则其间亦有遇耶？轼之迁谪，人谓其不遇，抑知无愧于中、无责于外，而得寓怀山水之间者，转为天之幸民也哉?!

黄州快哉亭记

江出西陵，始得平地，其流奔放肆大；南合湘、沅，北合汉、沔，其势益张；至于赤壁之下，波流浸灌，与海相若。清河张君梦得，谪居齐安，即其庐之西南为亭，以览观江流之胜，而余兄子瞻名之曰“快哉”。

盖亭之所见，南北百里，东西一舍；涛澜汹涌，风云开阖；昼则舟楫出没于其前，夜则鱼龙悲啸于其下。变化倏忽，动心骇目，不可久视。今乃得玩之几席之上，举目而足。西望武昌诸山，冈陵起伏，草木行列；烟消日出，渔夫樵父之舍，皆可指数。此其所以为“快哉”者也。

至于长洲之滨，故城之墟，曹孟德、孙仲谋之所睥睨，周瑜、陆逊之所骋骛，其流风遗迹，亦足以称快世俗。

昔楚襄王从宋玉、景差于兰台之宫，有风飒然至者，王披襟当之，曰：“快哉，此风！寡人所与庶人共者耶?”宋玉曰：“此独大王之雄风耳，庶人安得共之!”玉之言，盖有讽焉。夫风无雌雄之异，而人有遇不遇之变。楚王之所以为乐，与庶人之所以为忧，此则人之变也，而风何与焉？士生于世，使其中不自得，将何往而非病？使其中坦然，不以物伤性，将何适而非快？

今张君不以谪为患，窃会计之余功，而自放山水之间，此其中宜有以过人者。将蓬户瓮牖无所不快，而况乎濯长江之清流，揖西山之白云，穷耳目之胜以自适也哉！不然，连山绝壑，长林古木，振之以清风，照之以明月，此皆骚人思士之所以悲伤憔悴而不能胜者，乌睹其为快也哉？

○昔王右军兰亭修禊，当“崇山峻岭，茂林修竹”之间，觞咏流连，而感叹于今迹明陈，作诗嗟悼，复序以明之。然则所云“信可乐”者，固仍未尝乐也，其辙所为“清风明月，皆骚人思士之所悲伤憔悴而不能胜者”欤？夫元会运世，与一弹指无殊，未能于此洒然，真乐何由可味？若假外物以为乐，滋不乐也。颜渊在陋巷，不改其乐，岂乐陋巷耶？此乐无间于富贵贫贱，而能自得之者。往往在山林间，人则曰：“茂松清泉，臣所须也。清风明月，不用一钱买。”然要其所以乐者，与此何与？富贵者务其名，辄于山林求之，无异刻舟求剑。甚至辇致山石，以为林峦；凿穴平地，以为江湖。如唐相平泉、宋帝艮岳者，彼其平生，何曾知所为真乐者果何等耶？人被其毒，望厥岩壑，皆成愁峰；观其陂池，谓同苦海矣。空使后世人闻名颈犹缩耳。

卷五十二

眉山苏辙文二 记、论事、状

遗老斋记

庚辰之冬，予蒙恩归自南荒，客于颍川，思归而不能。诸子忧之曰："父母老矣，而居室未完，吾侪之责也。"则相与卜筑，五年而有成。其南修竹古柏，萧然如野人之家。乃辟其四楹，加明窗曲槛，为燕居之斋。斋成，求所以名之，予曰：予颍滨遗老也，盍以"遗老"名之？

汝曹志之：予幼从事于《诗》《书》，凡世人之所能，茫然不知也。年二十有三，朝廷方求直言，有以予应诏者。予采道路之言，论宫掖之秘，自谓必以此获罪，而有司果以为不逊。上独不许曰："吾以直言求士，士以直言告我。今而黜之，天下其谓我何？"宰相不得已，置之下第。自是流落，凡二十余年。及宣后临朝，擢为右司谏。凡有所言，多听纳者。不五年，而与闻国政，盖予之遭遇者再，皆古人所希有。然其间与世俗相从，事之不如意者，十常六七，虽号为得志，而实不然。

予闻之，乐莫善于如意，忧莫惨于不如意。今予退居一室之间，杜门却扫，不与物接。心之所可，未尝不行；心所不可，未尝不止。行止未尝少不如意，则予平生之乐，未有善于今日者也。汝曹志之：学道而求寡过，如予今日之处遗老斋可也。

○辙于迁谪之余，而谓平生如意之境莫或加焉，其风可尚也，君子哉！当两苏少时，初至京师，其父友张安道闭院试，以六题而遗觇之。辙举其中一题问轼，轼以管卓案曰："《管子》注。"又问其一，轼曰："无出处也。"安道曰："长者非常，然少者，保家子也。"古人藻鉴之明如此。轼平生更历患难几死，辙虽流落，皆兄所波及，而以功名终。洵命名而为之说，曰："辙乎，吾知免矣。"不信然耶？然若轼者，真于死生如脱敝屣，穷困颠沛，而一遇可以尊主泽民之事，无一顾藉心，当令便行。辙则少间矣。今观此文，所以戒子孙者，非善自为谋欤？犹有自焉，其不如兄远已。若此者，如果子熟则蒂脱，非丝毫可以假借者也。

齐州闵子庙记*

历城之东五里，有丘焉，曰闵子之墓。坟而不庙，秩祀不至，邦人不宁。守土之吏，有将举焉而不克者。熙宁七年，天章阁待制、右谏议大夫濮阳李公，来守济南。越明年，政修事治，邦之耋老相与来告曰："此邦之旧，有如闵子而不庙食，岂不大阙？公唯不知，苟知之，其有不饬？"公曰："噫！信其可以缓？"于是鸠（庀）工为祠堂，且使春秋修其常事。堂成，具三献焉，笾豆有列，傧相有位，百年之废，一日而举。

---

* 别本又题《齐州闵子祠堂记》。

学士大夫，观礼祠下，咨嗟涕洟。有言者曰："惟夫子生于乱世，周流齐、鲁、宋、卫之间，无所不仕；其弟子之高第，亦咸仕于诸国：宰我仕齐，子贡、冉有、子游仕鲁，季路仕卫，子夏仕魏。弟子之仕者亦众矣，然其称'德行'者四人，独仲弓尝为季氏宰；其上三人，皆未尝仕。季氏尝欲以闵子为费宰，闵子辞曰：'如有复我者，则吾必在汶上矣。'且以夫子之贤，犹不以仕为污也，而三子之不仕，独何欤？"

言未卒，有应者曰："子独不见夫适东海者乎？望之茫洋，不知其边；即之汗漫，不测其深。其舟如蔽天之山，其帆如浮空之云。然后履风涛而不偾，触蛟蜃而不眚。若夫以江河之舟楫，而跨东海之难，则亦十里而返，百里而溺，不足以经万里之害矣。方周之衰，礼乐崩弛，天下大坏，而有欲救之，譬如涉海，有甚焉者。今夫子之不顾而仕，则其舟楫足恃也；诸子之汲汲而忘返，盖亦有陋舟而将试焉，则亦随其力之所及而已矣。若夫三子，愿为夫子而未能；下顾诸子，而以为不足为也，是以止而有待。夫子尝曰：'世之学柳下惠者，未有若鲁独居之男子。'吾于三子，亦云。"众曰："然。"退而书之，遂刻于石。

○"子使漆雕开仕，[对]曰：'吾斯之未能信。'子说。"亦是此意，不止为事君者量而后入，不入而后量之义也。春秋之时，礼乐征伐自诸侯出，降而至于大夫陪臣皆执国命，君臣之义不明于天下矣，而可以其身轻委质而为臣乎？入则孝，出则弟，守先王之道以待后之学者，是则所为"与时皆行"者也。颜、曾、冉、闵，所以皆为孔门高第。

制置三司条例司论事*

辙顷者误蒙圣恩，得备官属。受命以来，于今五月，虽勉强从事，而才力寡薄，无所建明。至于措置大方，多所未论；每献狂瞽，辄成异同。退加考详，未免疑惑，是以不虞僭冒，聊复一言。

窃见本司近日奏遣使者八人，分行天下，按求农田水利与徭役利害。以为方今职司、守令无可信用，欲有兴作，当别遣使。愚陋不达，窃以为国家养材如林，治民之官棋布海内，兴利除害，岂待他人？今始有事，辄特遣使，使者一出，人人不安。能者嫌使者之侵其官，不能者畏使者之议其短。客主相忌，情有不通；利害相加，事多失实。使者既知朝廷方欲造事，必谓功效可以立成。人怀此心，谁肯徒返？为国生事，渐不可知。徒使官有送迎供馈之烦，民受更张劳扰之弊，得不补失，将安用之？

朝廷必欲兴事以利民，辙以为职司、守令足矣。盖势有所便，众有所安。今以职司治民，虽其贤不肖不可知，而众所素服，于势为顺，稍加选择，足以有为。是以古之贤君，闻选用职司以责成功，未闻遣使以代职司治事者也。盖自近世，政失其旧，均税宽恤，每事遣使，冠盖相望，而卒无丝毫之益，谤者至今未息。不知今日之使，何以异此？

至于遣使条目，亦所未安。何者？劝课农桑，垦辟田野，

---

* 别本又题《制置三司条例司论事状》。

人存则举，非有成法。诚使职司得人，守令各举其事，罢非时无益之役，去猝暴不急之赋，不夺其力，不伤其财，使人知农之可乐，则将不劝而自励。今不治其本，而遂遣使，将使使者何从施之？议者皆谓方今农事不修，故经界可兴，农官可置。某观职司以下劝农之号，何异于农官？嘉祐以来，方田之令，何异于经界？行之历年，未闻有益。此农田之说，辙所以未谕也。

天下水利，虽有未兴，然而民之劳佚不同，国之贫富不等。因民之佚而用国之富，以兴水利，则其利可待；因民之劳而乘国之贫，以兴水利，则其害先见。苟诚知生民之劳佚与国用之贫富，则水利之废兴，可以一言定矣。而况事起无渐，人不素讲，未知水利之所在而先遣使。使者所至，必将求之官吏，官吏有不知者，有知而不告者，有实无可告者。不得于官吏，必求于民；不得于民，其势将求于中野。兴事至此，盖已甚劳。此水利之说，辙所以未谕也。

徭役之事，议者甚多：或欲使乡户助钱，而官自雇人；或欲使城郭等第之民，与乡户均役；或欲使品官之家，与齐民并事。此三者，皆见其利、不见其害者也。役人之不可不用乡户，犹官吏之不可不用士人也。有田以为生，故无逃亡之忧；朴鲁而少诈，故无欺谩之患。今乃舍此不用，而用浮浪不根之人，辙恐掌财者必有盗用之奸，捕盗者必有窜逸之弊。今国家设捕盗之吏，有巡检，有县尉。然较其所获，县尉常密，巡检常疏。非巡检则愚，县尉则智，盖弓手、乡户之人，与屯驻客军异耳。今将使县人捕盗，则与独任巡检不殊，盗贼纵横，必自此始。

辙观近岁虽使乡户颇得雇人，然至于所雇逃亡，乡户犹任其责。今遂欲于两税之外，别立一科，谓之“庸钱”，以备官雇。乡户旧法，革去无余；雇人之责，官所自任。且自唐杨炎废租庸调以为两税，取大历十四年应于赋敛之数以定两税之额，则是租调与庸两税既兼之矣。今两税如旧，奈何复欲取庸？盖天下郡县，上户常少，下户常多。少者徭役频，多者徭役简，是以中、下之户，每得休闲。今不问户之高低，例使出钱助役，上户则便，下户实难。颠倒失宜，未见其可。然议者皆谓助役之法，要使农夫专力于耕。辙观三代之间，务农最切，而战阵、田猎皆出于农。苟以徭役较之，则轻重可见矣。

城郭人户，虽号兼并，然而缓急之际，郡县所赖：饥馑之岁，将劝之分以助民；盗贼之岁，将借其力以捍敌。故财之在城郭者，与在官府无异也。方今虽天下无事，而三路刍粟之费，多取京师银绢之余配卖之。民皆在城郭，苟复充役，将何以济？故不如稍加宽假，使得休息。此诚国家之利，非民之利也。

品官之家，复役已久。议者不究本末，徒闻汉世宰相之子不免戍边，遂欲使衣冠之人与编户齐役。夫一岁之更不过三日，三日之雇不过三百。今世三大户之役，自公卿以下无得免者。以三大户之役，而较之三日之更，则今世既已重矣，安可复加哉？盖自古太平之世，国子俊造，将用其才者，皆复其身；胥史贱吏，既用其力者，皆复其家。圣人旧法，良有深意：以为责之以学而夺其力，用之于公而病其私，人所难兼，是以不取。奈何至于官户则又将役之？且州县差役之法，皆以丁口为之高下。今已去乡从宦，则丁口登降，其势难详，将使差役之际，以何为据？必用丁，则州县有不能知；必不用丁，则官户之役比民为重。今朝廷所以条约官户，如租佃田宅，断卖坊场，废举货财，与众争利，比于平民，皆有常禁。苟使之与民皆役，则昔之所禁，皆当废罢。罢之则其弊必甚，不罢则不如为民。此徭役之说，辙所以未谕也。

辙又闻发运之职，今将改为均输；常平之法，今将变为青苗。愚鄙之人，亦所未达。

昔汉武外事四夷，内兴宫室，财用匮竭，力不能支，用贾人桑弘羊之说，买贱卖贵，谓之“均输”，虽曰民不加赋，而国用饶足。然而法术不正，吏缘为奸，掊克日深，民受其病。孝昭既立，学者争排其说，霍光顺民所欲，从而与之，天下归心，遂以无事。不意今世，此论复兴；众口纷然，皆谓其患必甚于汉。何者？方今聚敛之臣，才智方略，未见桑弘羊之比，而朝廷破坏规矩，解纵绳墨，使得驰骋自由，惟利是嗜。以辙观之，其害必有不可胜言者矣。今立法之初，其说甚美，徒言徙贵就贱，用近易远；苟诚止于此，则似亦可为。然而假以财货，许置官吏，事体既大，人皆疑之。以为虽不明言贩卖，然既许之以变易矣，变易既行，而不与商贾争利者，未之闻也。夫商贾之事，曲折难行。其买也，先期而与钱；其卖也，后期而取直。多方相济，委曲相通，倍称之息，由此而得。然至往往败折，亦不可期。今官买是物，必先设官置吏，簿书禄廪，为费已厚。然后使民各输其所有，非良不售，非贿不行，是以官买之价，比民必贵。及其卖也，弊复如前。然则商贾之利，何缘可得？徒使谤议腾沸，商旅不行。议者不知虑此，至欲捐数百万缗，以为均输之法。但恐此钱一出，不可复还。且今欲用忠实之人，则患其拘滞不通；欲用巧智之士，则患其出没难考。委任之际，尤难得人。此均输之说，辙所以未谕也。

常平条敕，纤悉具存，患在不行，非法之弊。必欲修明旧制，不过以时敛之以利农，以时散之以利末。敛散既得，物价自平，贵贱之间，官亦有利。今乃改其成法，杂以青苗；逐路置官，号为提举；别立赏罚，以督增亏。法度纷纭，何至于此？而况钱布于外，凶荒水旱有不可知，敛之则结怨于民，舍之则官将何赖？此青苗之说，辙所以未谕也。

凡此数事，皆议者之所详论，明公之所深究。而辙以才性朴拙，学问空疏，用意不同，动成违忤，虽欲勉励自效，其势无由。苟明公见宽，谅其不逮，特赐敷奏，使辙得外任一官，苟免罪戾；而明公选贤举能，以备僚佐。两获所欲，幸孰厚焉！

〇论新法害民，两苏文字为最矣。然轼之文，于言国命、人心处，虽极缠绵沉挚，而剖晰事之利害，则不若辙之确实明白也。尝考王安石新法，毒痡有宋之四海人民；司马光相元祐，乃尽革之；宣仁后崩，蔡京入相，尽复之，以至于亡。代异时移，渺不复存矣；乃其雇役之法，则行之至于今无改。当司马光革之之时，苏轼即断断言其不可革，至与光龃龉；而群小遂构斗其间，光虽卒革之，而民转不以为便。昔人每谓轼歘历中外久，故能通晓民情；而光稍木强也。殊不知光之见深，而轼之见浅；光之忧在万世，而轼之谋止一时，有不可同年而语者矣。

古者士大夫至于府史胥徒之属，莫不由于乡举里选。两汉以后，贤公卿之出于掾史者比比。古诗云：“十五府小胥，二十朝大夫，三十侍中郎，四十专城居。”是也。出于乡里而为吏，出于吏而上计与偕，升于公朝，虽与三代殊制，而未始非其遗意。自唐宋科举盛，而士耻为吏，于是饩羊亡矣，然役则无改于旧也。惟农与役不分为二，故役无定人。夫有一邑非数百人，不能给一邑之差，而此数百人皆出于农，似若妨民业者。然其为役，或出于众举，或出于轮值，既无所恃以患苦乡里，又无由久充以周知弊端。役与吏不相谙委，毋由联手作弊；侮官害民，则官所察者，数十吏尔，耳目易以周知。今行雇役之法，则乡里少年桀黠不安陇亩者，尽窜其中；其用、舍，由官吏而不由乡里，肆其饕餮，而无差满退役、怨家报复之患。一邑之中，平添数百虎狼官。一邑者，察数十吏，尚恐智力不足；乃行一事，即藉手于众虎狼官，安能分身百亿，随虎狼入闾阎乎？后世州县所以难治，实由于此。

昔杨炎易租庸调为两税，两税之中，已有调税在内；又令民出雇值，便是加赋。两苏并于新法始行时，辨之甚详，而此意总未见及。故于元祐时，又谓行之有年，民转以为便，而差役亦有不便之处。两者相较，未见低昂，不如仍雇役之旧。光盖见及此，而其言讷讷然，不能举以晓轼，遂成疑案。盖止论一时之便，则差役烦扰于雇役远甚；然雇役之害于政事，有莫可端倪者。民愚无识，行之愈久，愈以难革。在光作相时，犹可及止，此光之见所以为万世至计，而非两苏之所知也。

论台谏封事留中不行状

右，臣伏见皇帝陛下以至孝纯仁承统践祚，太皇太后陛下以睿智亲揽庶政，二圣协德以幸天下，曾未期岁，而敝事稍去，宽政复行。元元之民，免于流离之患，蒙更生之福，海内释然，无意外之忧，不胜幸甚。

伏惟陛下恭俭祗畏，发于天性，犹复选于群臣，增广谏员，求直言以自助。天下之士，闻风相庆。臣实何人，得于今日备位于此？然臣闻帝王之治，必先正风俗。风俗既正，中人以下，皆自勉以为善；风俗一败，中人以上，皆自弃而为恶。中人自勉于善，则人主耳目众多，易与为治；中人自弃于恶，则臣下朋党蕃殖，易以为非。盖邪正盛衰之源，未有不始于此者也。

昔真宗皇帝临驭群下，奖用正人，一时贤俊，争自托于明主。孙奭、戚纶、田锡、王禹偁之徒，既以谏诤显名，则忠良之士相继而起。其后耄期厌事，丁谓乘间，将窃国命；而风俗已成，朝多正士，谓虽怀奸慝而无与同恶，谋未及发，旋即流放。仁宗皇帝仁厚渊嘿，不自可否，是非之论，一付台谏。孔道辅、范仲淹、欧阳修、余靖之流，以言事相高。此风既行，士耻以钳口失职。当时执政大臣，岂皆尽贤？然畏忌人言，不敢妄作。一有不善，言者即至，随辄屏去。故虽人主宽厚，而朝廷之间无大过失。及先帝嗣位，执政大臣变易祖宗法度，下至小民，皆知其非，而卿士大夫从风而靡，则风俗之变于此见矣。是时惟有吕诲、范镇等，明言其失。二人既已得罪，台谏有以一言及之者，皆纷然逐去。由是风俗大败，无一人复正言者。

天佑皇室，启迪圣德，临政未几，而以言路为急，天下竦然，思见祖宗遗俗。然臣自至阙廷，闻台谏封事，一切留中不出，既不施行，又无黜责。臣不胜忧疑。夫朝廷所以待台谏者，不过二事：言当则行，不当则黜。其所上封事，除事干几密，人主所当独闻，须至留中外，并须降出行遣。上所以正朝廷之纪纲，使无废职业；下所以全人臣之名节，使无负公议。若当而不行，不当而不黜，则上下苟且，廉耻道废，风俗衰陋，国将从之。

臣愿陛下永惟邪正盛衰之渐，始于台谏，修其官则听其言；言有不当，随事行遣，大者可黜，小者可罢。使风俗一定，忠言日至，陛下垂拱于上，群臣肃雍于下，则太平之治可立而待也。惟陛下留神省察，天下幸甚。谨录奏闻，伏候敕旨。

○极论风俗淳漓之枢纽，实尽古今之大势。夫言路不通，害莫大矣。言路既通，知言尤要。非敬义夹持而古训是式，其何以当群言淆乱，而行、遣并得其当乎？

乞罢左右仆射蔡确韩缜状

右，臣顷论奏蔡确、韩缜才不足用及多过恶，乞赐罢免，至今未见施行。确近已上章求退，而缜安然未有去意。臣恐陛下隐忍不决，久失天下之望。

窃惟先帝在位仅二十年，励精政事，变更法度，将以力致太平，追复三代。是以擢任臣庶，至有起于小臣，十余年间，致位公相。用人之速，近世无与比者。究观圣意，本欲求贤自助，以利安生民，为社稷长久之计。夫岂欲使左右大臣媮合苟容，出入唯唯，危而不持，颠而不扶，窃取利禄以奉养妻子而已哉！

然自法行已来，民力困敝，海内愁怨。先帝晚年，寝疾弥留，照知前事之失，亲发德音，将洗心自新，以合天意，而此志不遂，奄弃万国。天下闻之，知前日敝事，皆先帝之所欲改，思慕圣德，继之以泣。是以皇帝践阼，圣母临政，奉承遗旨，罢导洛，废市易，损青苗，止助役，宽保甲，免买马，放修城池之役，复茶盐铁之旧，黜吴居厚、吕孝廉、宋用臣、贾青、王子京、张诚一、吕嘉问、蹇周辅等。命令所至，细民鼓舞相贺。臣愚不知朝廷以为此数事者，谁之过也。上则大臣蔽塞聪明，逢君于恶；下则小臣贪冒荣利，奔竞无耻。二者均皆有罪，则大臣以任重责重，小臣以任轻责轻，虽三尺童子所共知也。

今朝廷既以罢黜小臣，至于大臣，则因而任之，将复使燮和阴阳，陶冶民物，臣窃惑矣。窃惟朝廷之意，将以体貌大臣，待其愧耻自去，以全国体。今确、缜自山陵已后，犹端然在职，不肯引咎辞位，以谢天下。臣谨案，确、缜受恩最深，任事最久，据位最尊，获罪最重，而有靦面目，曾不知愧。确等诚以昔之所行为是耶，则今日安得不争？以昔之所行为非耶，则昔日安得不言？窃究其心，所以安而不去者，不过以为是皆先帝所为，而非吾罪也。夫为大臣，忘君徇己，不以身任罪戾，而归咎先帝，不忠不孝，宁有过此？臣窃不忍千载之后，书之简策。大臣既自处无过之地，则先帝独被恶名，此臣所以痛心疾首，当食不饱，至于涕泗之横流也。

确等皆碌碌常才，无过人之实。朝廷将取其德，则不闻其孝弟可称；将取其才，则不闻其功业可纪；将取其学，则不闻其经术可师。徒以悦媚上下，坚固宠禄。陛下何不正确、缜之罪，上以为先帝分谤，下以慰天下之望？今独以法绳治小臣，而置确、缜，大则无以显扬圣考之遗意，小则无以安反侧之心。故臣窃谓大臣诚退，则屑小臣非建议造事之人，可一切不治，使得革面从君，竭力自效，以洗前恶。

臣不胜狂愚，忘身为国，乞宣示此疏，使确、缜自处进退之分，臣虽万死，不以为恨。谨录奏闻，伏候敕旨。

〇赏罚者，人心邪正之枢机。赏罚当矣，而人心不孚者，录其小而遗其大也。疏言确、缜“诚退，则小臣非建议造事之人，可一切不治，使得革面从君，竭力自效”，最得大体。

乞诛窜吕惠卿状

右，臣闻汉武帝世，御史大夫张汤，挟持巧诈，以迎合上意，变乱货币，崇长犴狱，使天下重足而立，几至于乱。武帝觉悟，诛汤而后天下安。唐德宗世，宰相卢杞，妒贤疾能，戕害善类，力劝征伐，助成暴敛，使天下相率叛上，至于流播。德宗觉悟，逐杞而后社稷复存。盖小人天赋倾邪，安于不义；性本阴贼，尤喜害人；若不死亡，终必为患。

臣伏见前参知政事吕惠卿，怀张汤之辨诈，兼卢杞之奸凶，诡变多端，敢行无（非）度，见利忘义，黩货无厌。王安石初任执政，用之心腹。安石，山野之人，强狠傲诞，其于吏事，冥无所知。惠卿指摘教导，以济其恶，青苗、助役，议出其手。韩琦始言青苗之害，先帝知琦朴忠，翻然感悟，欲退安石而行琦言。当时执政，皆闻德音，安石亦惶遽自失，累表乞退。天下欣然，有息肩之望矣。

惠卿方为小官，自知失势，上章乞对，力进邪说，荧惑圣听，巧回天意。身为馆殿，摄行内侍之职，亲往传宣，以起安石；肆其伪辩，以破琦说。仍为安石画劫持上下之策，大率多用刑狱以震动天下。自是诤臣吞声，有识丧气，而天下靡然矣。至于排击忠良，引用邪党，惠卿之力，十居八九。其后又建手实簿法，尺椽寸土，检括无遗；鸡豚狗彘，抄札殆遍。专用告讦，推析毫毛，鞭箠交下，纸笔翔贵，小民怨苦，甚于苗役。又因保甲正长给散青苗，结甲赴官，不遗一户。上下骚动，不安其生，遂致河北人户流移，虽上等富家，有驱领车牛，怀挟金银，流入襄、邓者。旋又兴起大狱，以恐胁士人，如郑侠、王安国之徒，仅保首领而去。原其害心，本欲株连蔓引，涂污公卿，不止如此。独赖先帝天资仁圣，每事裁抑，故惠卿不得穷极其恶。不然，安常守道之士无噍类矣。

既而惠卿自以赃罪被黜，于是力陈边事，以中上心。其在延安，始变军制，杂用蕃汉，上与冯京异论，下与蔡延庆等力争，惟党人徐禧助之，遂行其说。违背物情，坏乱边政，至今为患。西戎无变，妄奏警急，擅领大众，涉入虏境，竟不见敌，迁延而归，糜费资粮，弃捐戈甲，以巨万计。恣行欺罔，坦若无人，立石纪功，使西戎晓然知朝廷有吞灭灵、夏之意。自是戎人怨畔，边鄙骚动，河、陇困竭，海内疲劳。永乐之败，大将徐禧，本惠卿自布衣中保荐擢任，始终协议，遂付边政。败声始闻，震动宸极，循致不豫，初实由此。边衅一生，至今为梗。及其移领河东，大发人牛，耕葭芦、吴堡两寨生地，托以重兵，方敢播（布）种，投种而归，不敢复视。及至秋成，复以重兵防托，收刈所得，率皆秕稗，雨中收获，即时腐烂。惠卿张皇其数，牒转运司交割，妄言可罢馈运，其实所费不赀，而无丝毫之利。边臣畏惮，皆不敢言。此则惠卿立朝事迹一二，虽复肆诸市朝，不为过也。

若其私行崄薄，非人所为，虽闾阎下贱，有不食其余者。安石之于惠卿，有卵翼之恩，有父师之义。方其求进，则胶固为一，更相汲引，以欺朝廷。及其权位既均，势力相轧，反眼相噬，化为仇敌。始安石罢相，以执政荐惠卿。既以得位，恐安石复用，遂起王安国、李士宁之狱，以促其归。安石觉之，被召即起，迭相攻击，期致死地。安石之党言，惠卿使华亭知县张若济，借豪民朱华等钱置买田产，使舅郑膺请夺民田，使僧文捷请夺天竺僧舍。朝廷遣蹇周辅推鞠其事，狱将具，而安石罢去，故事不复究。案在御史，可覆视也。惠卿言安石相与为奸，发其私书，其一曰："无使齐年知。""齐年"者，冯京也。京、安石皆生于辛酉，故谓之齐年。先帝犹薄其罪，[惠卿]复发。其一曰："无使上知。"安石由是得罪。夫惠卿与安石，出肺腑，托妻子，平居相结，唯恐不深，故虽欺君之言见于尺牍，不复疑问。惠卿方其无事，已一一收录，以备缓急之用；一旦争利，遂相抉摘，不遗余力，必致之死。此犬彘之所不为，而惠卿为之，曾不愧耻；天下之士，见其在位，侧目畏之。

夫人君用人，欲其忠信于己，必取仁于父兄，信于师友，然后付之以事。故放麑违命也，而推其仁则可以托国；食子徇君也，而推其忍则可以（至于）弑君。栾布唯不废彭越之命，故高祖知其贤；李勣唯不利李密之地，故太宗许其义。二人终事二主，俱为名臣，何者？仁心所存，无施不可，虽公私有异，而忠厚不殊。

至于吕布事丁原，则杀丁原；事董卓，则杀董卓。刘牢之事王恭，则反王恭；事司马元显，则反元显。背逆人理，世所共疑。故吕布见诛于曹公，而牢之见杀于桓氏，皆以其平生反复，势不可存。夫曹、桓，古之奸雄，驾驭英豪，何所不有？然推究利害，终畏此人。

今朝廷选用忠信，唯恐不及，而置惠卿于其间，譬如薰莸杂处，枭鸾并栖，不惟势不两立，兼亦恶者必胜。况自去岁以来，朝廷废吴居厚、吕嘉问、蹇周辅、宋用臣、李宪、王中正等，或以牟利，或以黩兵，一事害民，皆不得逃谴。今惠卿身兼众恶，自知罪大而欲以闲地自免，天下公议未肯赦之。然近日言事之官，论奏奸邪，至于邓绾、李定之徒，微细毕举，而不及惠卿者，盖其凶悍猜忍如蝮蝎，万一复用，睚眦必报，是以言者未肯轻发。

臣愚蠢寡虑，以为备位言责，与元恶同时而畏避隐忍，辜负朝廷。是以不惮死亡，献此愚直。伏乞陛下断自圣意，略正典刑，纵未以污鈇锧，犹当追削官职，投畀四裔，以御魑魅。谨录奏闻，伏候敕旨。

○宋儒于王安石多恕辞，而罪吕惠卿特甚。惠卿罪恶具见此疏，洵矣。然憸壬小人如惠卿者，何代蔑有？不得安石，惠卿不过老死于卑官，其能毒痡四海哉？《记》曰："行僻而坚，言伪而辨，学非而博，润非而泽。"如王安石者，足当之矣。其气象，诚足以动人主，而文采又足以欺后世，固小人中之不世出者。方当诛之于既死，而元祐反正，首赠太师，名实紊矣。吕惠卿虽贬窜，何以服其心哉？

乞招河北保甲充役以弭盗贼状

右，臣闻薄赋敛，散蓄聚，若以致贫，而民安其生，盗贼不作，县官食租衣税，廪有余粟，帑有余布，久而不胜其富也；厚赋敛，夺民利，若以致富，而所入有限，所害无穷，大者亡国，小者致寇，寇盗一起，尽所得之利，不偿所费之十一，久而不胜其贫也。

臣未敢远引陈胜、吴广、庞勋、黄巢之类，只如淳化中李顺、庆历中张海等、熙宁中廖恩，此数火盗贼，计其燔烧官寺，劫略仓库，以至发兵命将，转输粮食，耗失兵械，募士赏功之费，大率不下数百万贯。但得事了，岂敢言费？然方其未发，有能建言乞捐数十万贯以消其变，则上下争执，如惜支体，不肯割截。此天下之大迷，古今之通患也。故臣愿于元丰库或内藏库，乞钱三十万，上以为先帝收恩于既往，下以为社稷消患于未萌。伏愿陛下权福祸之重轻，较得丧之多少，断而行之；毋使有司吝于出纳，以害大计。

河北之民喜为剽劫，所从来尚矣。近岁创为保甲，驱之使离南亩，教之使习凶器。一夫在官，一家资送，穷苦无聊，靡所不至；椎埋为奸，十人而九，号为保甲，莫敢谁何。若更一年不罢，则胜、广之事可立而待也。今虽已罢，而弓刀之手不可以复执锄，酒肉之口不可以复茹蔬。既无所归，势必为盗。今河北寇贼成群，访闻皆是保甲余党。若因之以饥馑，则变故之作不可复知。

近岁富弼知青州，是时河北流民百万，转徙京东。弼既设方略振活其老幼，而招其壮悍者为军，不待朝旨，皆刺“指挥”二字；其后皆为劲兵，百万之众，无一人为盗者。弼，人臣，便宜行事，犹能若此；况陛下富有四海，而元丰及内库钱物山积，莫可计数。只如近日内降睿思殿金银一色令别库收贮者，自约及百余万贯，皆是先帝多方收拾，以备缓急支用，不取于民。圣算深远，非凡所及。若积而不用，则与东汉西园残（钱），唐之琼林、大盈二库何异？于先帝圣德，不为无损。故臣愿乞三十万贯，为招军例物，选文武臣僚有才干者一二人，分往河北，逐路于保甲中招其强勇精悍者为禁军，随其人才以定军分。本州无阙，则自近及远，或押上京。不过一二万人，则河北豪杰略尽矣。其间武艺绝伦，旧日以补班行者，押赴阙试验有实，即以补内六班之阙，或以补本贯及邻近阙额军员。但当严赐指挥，候了日当遣人复按；有不如法，重坐官吏。

臣闻先帝本谓保甲可用，故欲隐兵于农，以渐消正兵，是以禁军多有阙额。今保甲既罢，正使无事，犹合补填，况如前所陈？惟陛下深察，果断而力行之。今冬春大旱，二麦不熟，事势如此，恐不可缓。谨录奏闻，伏候敕旨。

〇言散财乃所以富国，其说确乎其不可拔，可世为天下法也。若其回护神宗聚财处，立言有体：至招保甲补禁军，挹彼注兹，转祸为福，可谓能经国矣。

卷五十三

眉山苏辙文三　状、上书、祭文

论西事状

右，臣伏见西夏顷自秉常之祸，人心离贰，梁氏与杲（人）多二族分据东西厢，兵马势力相敌，疑阻日深，入寇之谋，自此衰息。朝廷略加招纳，随即伏从，使介相寻，臣礼甚至。只自今年春末夏初以来，始有桀心，出兵数万，掩袭泾原，杀虏弓箭手数千人，复归巢穴。朝廷方事安众，难于用武，接以君臣之礼，加以册命之恩，特遣使人厚赐金币。狡焉生心（戎狄兽心），敢为侮慢，辄以地界为词，不复入谢。至于坤成贺使，亦遂不遣。中外臣子闻者，无不愤怒，思食其肉。

臣忝备侍从，主忧臣辱，义不辞劳。［况］臣擢自小官，列于禁近，议论几事，既其本职，感激思报，宜异常人。是以冒昧献言，不避罪戾，庶几圣意由此感悟，虽被谴逐，臣不恨也。

臣窃惟当今之务，以为必先知致寇之端由，审行事之得失，然后料虏情之所在，定制敌之长算。诚使四者毕陈于前，羌戎小丑（畜），势亦无能为也。栋戬（董毡）本与西夏世为仇雠。元昊之乱，仁宗赖其牵制；梁氏之篡，神宗藉其征讨。世效忠力，非诸番之比。乃者栋戬老病，其相鄂特凌谷（阿里骨）擅其国事，与其妻契丹公主杀其二妻森摩（心牟）氏，其大将果庄（鬼章）及温锡沁（温溪心）等，皆心怀不服。鄂特凌谷欺罔朝廷，自称栋戬嗣子。朝廷不察情伪，不原逆顺，即以节钺付之。谋之不臧，患自此起。鄂特凌谷既知失众，虐用威刑，众心日离。而果庄自谓与鄂特凌谷比肩一体，顾居其下，心常不悦。夏人乘此间隙，折节下之，先与鄂特凌谷解仇结欢，令转说果庄举兵入寇，复诱胁杲多保忠，令于泾原窃发。党与既立，羽翼既成，是以敢肆狂言，以动朝听。向若鄂特凌谷以栋戬之死，来告立嗣，朝廷因其所请，遍问果庄、温锡沁等，以谁实当立。若众以鄂特凌谷为可立，则既立之后，众必无词；若以为不可，则分栋戬之旧秩，以三使额授此三人。鄂特凌谷无侥幸之命，果庄无怨望之意，则夏人无与为援，安能动摇？加以数年以来，朝廷本厌兵事；羌中测知此意，亦以自安。顷者，忽命熙河点集人马，大城西关，仍云来年当筑龛谷，声实既暴，虏心不宁，举兵自强，衅亦由此。此所谓致寇之端由也。

先帝昔因梁氏篡逆之祸，举兵诛讨，侵攘地界，为怨至深。羌虏之性，重于复仇，计其思报之心，未尝一日忘也。徒以丧乱相继，兵力凋残，陛下临御之初，意切怀纳，是以连年入贡，以休息其民，虽有恭顺之言，盖亦非其本意矣。假令犯顺，固犹有词。今朝廷因其承袭之后，赐之册命，捐金钱二十余万缗以为之礼。彼既与我有君臣之分，然后可责以忠顺之节。朝廷此举，于义甚长，而羌虏无谋，遂肆桀傲。内则其国中士民自知其不直，必不为用；外则中国兵将皆有斗志，易以立功。曲直之几，于此始定。虽弃捐金币，以封殖寇仇，小人谓之失策；而分别曲直，以激励将士，智者谓之得计。此所谓行事之得失也。

元昊本怀大志，长于用兵；亮祚天付凶狂，轻用其众。顷为边患，皆历岁年，然而国小力微，终以困毙。今梁氏专国，素与杲多不协，内自多难，而欲外侮中原，料其奸谋，盖非元昊、亮祚之比矣。意谓二圣在位，恭默守成，仁泽之深，远近所悉，既无用武之意，可肆无厌之求。兰、会诸城，鄜、延五寨，好请不获，势协必从，以为狂言一闻，求无不得。今朝廷既已渐为边备，益兵练将，则羌虏之心已乖本计，不过秋冬寒凉之后小小跳梁，以尝试朝廷而已。若朝廷执意不摇，守边无失，则款塞请盟，本无愧耻。若朝廷用心不一，惟务求和，则求请百端，渐不可忍。此所谓虏情之所在也。

凡欲应敌，必先正名。夏人初起邪谋，必有二说：其一以为慢词既达，则地界可得，无穷之请，因以滋彰。其二以为虽不得地，实亦无损，猖狂力屈，稍复求和，中国厌兵，势无不许。方其不逊，则张皇事势，夸示诸戎；及其柔伏，则略为恭顺，使中国黾勉而听。今朝廷遣兵积粟，地界之请固已不从，然而号令未明，逆顺未著。臣恐夏人未知朝廷不惮用兵之意，无以折其奸心；又恐将来奸穷力屈，略修臣礼，便与讲和，要约不坚，必难持久。昔赵欲与秦为购，其谋臣虞卿以为从秦为购，不若从齐为购。于是东结齐人，而秦人自至。区区之赵，尚知出此，而况堂堂中国，畏避畜缩，媮于无事，不一分别曲直，而反听命于羌人哉！

臣愿陛下明降诏书，榜沿边诸郡，其大意略曰："夏国顷自亮祚丧亡，先帝举兵弔伐。既绝岁赐，复禁和市，羌中穷困，一绢之值，至十余千。又命沿边诸将吏，迭行攻讨。横山一带，皆弃不敢耕。穷守沙漠，衣食并竭，老少穷饿，不能自存。朕统御四海，均覆无外，闵此一方，穷而无告，遂敕诸道帅臣，禁止侵掠。自是近塞之田，始复耕垦。既通和市，复许入贡。使者一至，赐予不赀，贩易而归，获利无算。传闻羌中得此厚利，父子兄弟，始有生理。朕犹念孤童幼弱，部族携贰，若非本朝赐之策命，假以宠灵，则何以威伏酋豪、保有疆土？是时朝士大夫咸谓夷狄反复，心未可知，使者将行，言犹未已。朕有存亡继绝之志，欲修祖宗爵命诸侯之典，以为宁人负我，断而不疑，故遣使出疆，授以礼命。金钱币帛，相属于道，边人父老，观者太息，以为仁义之厚，古所未有。而狼子野心，饱而背德，不遣谢使，不贺坤成。朕以君道拊之，而不以臣礼报朕。天地所疾，将相咸怒。朕惟狂谋逆节，止其一二奸臣；国人何辜，当被杀戮？是以弭兵安众，未议攻讨。然而逆顺之理，不可不明。其令沿边诸将，饬励兵马，广为储峙。敢有犯塞，即杀无赦。彼既背逆天理，不有人祸，必有鬼诛。姑修吾疆，以待其变。"臣料此命一出，羌人愧畏，虽未即款伏，而奸计沮屈，无以号令其下。诸路兵民，知彼曲我直，人思致死，勇气一发，边声自倍，此必然之势也。今朝廷日夕备边，常若寇至，而但曲加隐忍，不降此命，使虏众一旦犯境，终亦不免交锋。若听臣此言，要之亦不出兵，坐而待敌，初无有异，而使士气感忿以思战。虏情知难而自屈，求和之请，其至必速。此所谓制敌之长算也。

臣窃闻朝廷近已添屯兵将，增广边储，议绝和市，使熙河帅臣招来鄂特凌谷、果庄、温锡沁、杲多保忠等。此兵法所谓“上兵伐谋”“不战而屈人”者。陛下若能饶之以金钱，而宽其绳墨，使将帅得尽其心，间谍得尽其力，则事无不成，而虏渐可制矣。

然有一事，似非臣所得言者；但以蒙国厚恩，不敢不尽。昔熙宁、元丰之间，所行政令，虽未必便民，然先帝操之以法，济之以威，是以令无不从，而事无不举。顷者，朝廷削去苛法，施行仁政，可谓善矣。然而刑政不明，多行姑息，中外观望，靡然有纵弛怠惰之风。平居无事，姑以媮安可耳。今虏方不顺，胜负之变，盖未可知。缓急之际，威令无素，何以使众？臣谓宜因事正法，以明示天下。

臣前所言去岁大臣承用鄂特凌谷欺罔之奏，授以节制，致令果庄怀愤入寇，夏人乘衅违命，此则当时宰相、枢密使副苟简无谋之罪也。近者泾原贼骑至者数万，杀略数千，斥候不明，备御不及。熙河贼退，经今累月，而杀伤焚荡之奏，至今未上，此则将帅弛漫不畏朝廷之罪也。陛下恬不为怪，略无责问。政之不修，孰大于此？中外相视，以为疑怪。朝廷方将使人蹈白刃、赴汤火，臣有以知其不能矣。昔公孙弘为相，诸侯有逆谋，请归侯印以塞责；诸葛亮为相，任马谡不当，请自贬三等，以右将军领事。盖大臣体国，不惜身自降黜，为众行法。今陛下何不取去岁册命鄂特凌谷与议大臣，不论去位、在位，皆夺一官？至于两路将帅，虽寄任不改，而法不可废，皆使随罪行罚。以此号令四方，庶几知所畏惮。

政修于朝廷之上，而敌人恐惧于千里之外，势之所至，不足怪也。今陛下未能正群臣，而望西羌之畏威，不可得矣。

臣闻范仲淹守庆州，因葛怀敏之败，请以任将非人，因两府逊谢，损其勋爵而复其位，以激励诸将，感慰边兵。时虽不用，而范仲淹之言，至今惜之。臣虽不敏，究观往事，以为可施于今，不敢默也。小臣狂僭，钺斧之诛，无所逃避，惟陛下裁察。取进止。

〇审曲直者，兵之本也。审己之曲直则知己，《易》所为“维用伐邑”也；审彼之曲直则知彼，《司马法》所为“上兵伐谋”也。阃以外将军制之，一切用正用奇，君皆不与；惟功赏而罪罚，则君制之。法立而必行，毫发不可爽，山岳不可移，此又本中之本也。

此文所论，可谓得其本矣。下声罪之诏，以彰彼之曲；罚误谋之臣，以直己之曲。师直则壮，是则所为“庙算”者。若夫或攻或守、或离或合之数，苟从中制纵，億之而皆中，亦道远而无及于事，况未必中乎？昔宋仁宗之于契丹，虔若小国之事大国者，一时志士为之愤惋。后有使契丹者，契丹主言及仁宗，声泪俱下，引使者令观所奉仁宗御容，与本国祖宗不殊。盖契丹主少时，曾微服从国信使至宋，边帅觇知之，密以闻。至馆，仁宗密召入大内，令见皇后，抚之如己子，曰：“尔我一家也。”赏赉不赀。归国即位后，未尝一日忘宋也。而仁宗在日，举国不知契丹世子之曾至中国也。若仁宗者，可为神武矣。兵法，岂必在龙蛇鸟虎间哉！

陈州为张安道论时事书

伏以中外臣庶，各有职事；越职而言，国有常宪。臣守土陈州，非有言责而辄言之，计其狂愚，兹实有罪。然臣伏念顷以老疾不任吏事，陛下未忍废弃，亲择便地，以遂安养；将辞之日，面承德音。以为大臣之义，皆当为国谋虑，不宜以中外为嫌，有所不尽。古人有言："虽乃身在外，乃心罔不在王室。"

伏惟圣德广大，无所不容，而臣自到任以来，于今一岁，心目昏眩，有加无瘳。故尝乞丐余生，求还闾舍，区区之诚，久而未获。陛下视臣志气一衰至此，岂复有意别白是非，而与世俗争议也哉！是以得失之间，久无所与。今者窃有所怀，上为陛下参之官吏，下为陛下验之百姓，而安危之机，实在于此。自惟受恩累圣，邦之休戚，身实同之，志力虽衰，于义不可嘿已。然臣之所欲言者，非敢远引前古，逆探未然，以惑陛下之聪明也；凡皆陛下之所尝试，而臣愚之所与闻者耳。

臣伏见陛下即位之始，计虑深远，凡有所建，动合天心。始议山陵，深恤费用之广，推明先帝薄葬之命，以诏有司。四方闻之，无不感泣。其后一年之间，诞布号令，劝率宗族惇孝弟之行，勉励州郡先农桑之政，复转对以广言路，议徭役以宽民力。盛德之事，不可具记。是时天下虽大变之后，而无不翘然想闻德音，以忘其忧。两宫欢欣，九族亲睦，群臣万民，蒙福而安。纷纭之议，不至于朝廷；谤讟之声，不闻于闾里。陛下优游无为，而天下已治矣。为国如此，岂不乐哉！陛下自今视之，当日之政，其可悔恨者凡有几？以臣视之，非独陛下无所悔恨，虽天下之人，亦未有以为失当者也。何者？政令简易而人情之所安耳。《易》曰："易则易知，简则易从。易知则有亲，易从则有功。有亲则可久，有功则可大。”向使陛下推行此道，始终不变，则臣以为久大之功可得而致矣。

其后求治太切，用意过当，奸臣缘隙，得进邪说。始议开边，以中上旨，于是延安有横山之谋，保安有招诱之计。陛下饶之以金帛，假之以干戈。小人贪功，虑害不远，轻发深入，结怨西戎，攘夺尺寸无用之土，空竭内府累世之积。大者疲弊秦雍，小者身死寇仇，西鄙骚然不宁，而陛下始一悔矣。

然而陛下天姿英果，有汉武宏达之量，虽复兵吏失律，而立功之意未尝少衰。是以左右大臣测知此心，复进财利之说。陛下乐闻其利，而未暇深究其害，于是举而从之，置条例司以讲求天下之遗利。己酉之秋，新政始出。自是以来，凡所变革，不可悉数。其最大者，一出而为常平青苗，再出而为拣兵併营，三出而为出钱雇役，四出而为保甲教阅。四者并行于世，官吏疑惑，兵民愤怨，谏诤者章交于朝，诽谤者声播于市。陛下不胜其烦，为之当宁太息，日昃而不食矣。然犹幸其成功，力排众人之议而固守之，天下方共厌苦，而不知其所止也。而拣兵併营之策，其害先见。武夫凶悍，为怨最深，为患最急。陛下知其不可，于是多支月粮，复收退卒，以顺适其意，而陛下既再悔矣。

然军中之口，犹复匈匈不靖。陛下虽推恩抚之，而终不以为惠，反谓陛下畏之耳。不幸边臣失算，再生戎患。帷幄之臣，谋之不臧，不务安之，而务挠之。临遣执政，付以疆事，多出金币，豫书诰敕，以成其深入之计。当此之时，天下之心，知其必败矣，而陛下与一二臣者，方以为万举而万全。既而出兵无人之境，筑城不守之地，困弊腹心，以求无益之功，使秦晋之民，父子流离，肝脑涂地，戎人徼倦受屈。已筑之城，随即倾覆；救援之兵，相继溃叛。四方震动，君臣宵旰。而后下罪己之诏，投窜元宰，以谢二鄙，而陛下既三悔矣。

夫此三者，方其未悔也，陛下亦以为是邪、非邪？陛下犯逆众心，力行而不顾，其必以为是，不以为非也。然而其终卒至于此，然则方今陛下之所是而未悔者，无乃亦类此欤？

臣闻众而不可欺者，民也；勇而不可犯者，兵也；险而不可侮者，邻国也。今陛下既已欺民、犯兵而侮邻国矣。夫犯兵、侮邻，变速而祸小；至于欺民，则变迟而祸大。变速而祸小者，瓦解之忧也；变迟而祸大者，土崩之患也。今瓦解之忧，陛下既知悔矣；而土崩之患，陛下未以为意，此臣之所以寒心也！

《易》曰："不远复，无祇悔，元吉。"事之未败也。陛下不悟其非，必俟其败而后悔，如向三者，则陛下之复已远，而悔亦大矣。且臣观之，方今陛下之所是而未悔者，亦有三而已：青苗、助役、保甲。三者之弊，臣不复言矣。何也？言事者论其不可，非一人也；百姓毁坏支体、熏灼耳目、嫁母分居、贱卖田宅以自脱免，非一家也。陛下其亦知之矣，徘徊而不改，使民无所告诉。加之以水旱，继之以饥馑，积憾之民奋为群盗，侵淫蔓延，灭而复起；英雄乘间而作，振臂一呼，而千人之众可得而聚也。如此而胜、广之形成，此所谓土崩之势也。臣恐陛下至此，虽欲复悔，而无所及矣。故臣愿陛下取即位之政，与今日之事而试观之，天下扰扰不安，孰与今日之甚？群臣交口争辩，孰与今日之众？陛下听览疲倦，孰与今日之多？悔恨自责，孰与今日之切？陛下诚以此较之，则不待臣言之终，而得失可以自决矣。

且夫即位之政，陛下之本心也；今日之事，臣下之过计也。陛下弃即位之本心，而徇（狥）臣下之过计，臣窃以为过也。虽然，臣窃听之道路：方今陛下则亦悔之矣；悔之而不变，非陛下之意也，迫于建议之臣耳。夫人臣进谋于其君，苟事之不遂而变以从众，则人主有以测其深浅。人主有以测其深浅，则其用舍之命在于人主，此人臣之所以不便也。臣窃痛陛下为社稷之计，欲改过以安天下，而怙权固位之臣持之而不释，陛下聪明睿智，废置自我，而独为此郁郁也。汉宣帝与赵充国议击匈奴，魏相非之，以为当与平昌侯、乐昌侯、平恩侯及有识者，详议乃可。此三人者，非贤于赵充国也；然而与国同忧乐，无侥幸功名之心与希望爵赏之意，则过于充国远甚。充国犹不可听，而况不如充国者哉？陛下将安民保国，而与喜功伐、好权利者谋之，臣不知其可也。

臣不胜区区忘身忧国之诚，是以势疎而言切，惟陛下察之。

◇茅坤曰：“通篇指神宗悔心处，感愤开悟，得《易》之‘纳约自牖’之意。”

自齐州回论时事书

臣自少读书，好言治乱。方陛下求治之初，上书言事，陛下不废狂狷，召对便殿，亲闻德音。九品贱官，自此始得登对论事。当此之时，陛下好问之声震动海内。愚贱之人笃信寡虑，以为天下之事，可得徐陈遍举、指顾而定矣。既而误蒙恩泽，受职条例，抗论得失，与有司不合，得请外补，于今七年；而天下之治安，终未可见，臣窃疑之。

伏惟陛下天纵圣德，聪明睿智，不学而具，其于谋臣措置，曾何足云？然自顷岁以来，每有更张，民率不服。盖青苗行，而农无余财；保甲行，而农无余力；免役行，而公私并困；市易行，而商贾皆病。上则官吏劳苦，患其难行；下则众庶愁叹，愿其速改。凡此四者，岂陛下之圣明有所不知耶？臣以为非也。陛下之圣明，无所不知。何以言之？二年以来，陛下屡发英断，废置大吏，数其罪愆，明示臣庶，凡天下之所共疾恶者，陛下无一不知。由此观之，凡天下之所共厌苦者，陛下何所不察？今者皇天悔祸，启道圣意，易置辅相，中外踊跃，思睹宽政。而历日弥月，寂寞无闻，众心皇皇，如久饥而不得食。臣虽愚陋，窃独为陛下恨也。

陛下自即位以来，求治之心，常若不及，意将以尧舜之隆平，易汉唐之浅陋。不幸左右不明，陵迟以至于此，天下之人孰不知之？今也既知其不可用而去之，又循其旧术而不改，将遂代之任咎。此臣之所以为陛下恨也。且今天下之安危，智者不再计矣：水旱连年，死者将半，遗民饥困，盗贼满野；疆埸未宁，军旅在外，府库空竭，边饷寡少。事之可忧者，何可胜数！术之不效，断可见矣。然陛下独迟迟而不决，意者己为之而己废之，恐天下有以窥其深浅耶。

臣闻人主之德如天。天之于物也，炽然而旱，赤地千里，草木皆死，可谓虐矣。然至雷雨时作，膏泽洋溢，百谷奋起，民复粒食，鼓舞盛德而忘旱之虐。何者？度量广大，改过无疑也。如使密云而不雨，既雨而中止，迟疑犹豫，久而不忍，则天之生物尽矣。传曰："君子之过也，如日月之食焉。过也，人皆见之；更也，人皆仰之。"今陛下诚先治其心，使虚一而静，湛乎彼我，得失莫能婴也。去恶如弃尘垢，迁善如救饥渴。与民一新，罢此四事：青苗之既散者，要之以三岁而不收息；保甲之既团者，存其旧籍而不任事；复差役以罢免役之条；通商贾以废市易之令。行之期年而观之，苟民不安居，水旱复作，盗贼复起，财用复竭，诚有一事以忧陛下，臣请伏罔上之诛，以谢左右。陛下诚不信臣，数年之后，亲受其弊矣。古人有言曰："一惭之不忍，而终身惭乎？"惟陛下为社稷筹之。

臣谨列四事之害，画一以献。不胜愚忠愤懑之诚，干犯天威，伏俟鈇钺。臣辙诚惶诚恐昧死上书。（附画一状）

谨按：青苗、免役、保甲、市易四事，得失最为易见。上自中外臣寮，下至田父野老，无有一不知者。但以朝廷所行，言其是则有功，言其非则有罪。是以畏避钳默，不敢正言。臣今谨采众议，人所共知、灼然可见者，画一开坐如后：

一、议者皆谓富民假贷贫民，坐收倍称之息，是以富者日富，贫者日贫。今官散青苗，取息二分，收富人并兼之权，而济贫民缓急之求，贷不异于民间，而息不至于倍称，公私皆利，莫便于此。然公家之贷，其实与私贷不同。私家虽取利或多，然人情相通，别无条法。今岁不足，而取偿于来岁；米粟不给，而继之以刍藁，鸡豚狗彘皆可以还债也。无岁月之期，无给纳之费；出入闾里，不废农作，欲取即取，愿还即还。非如公家，动有违碍，故虽或取息过倍，而民恬不知。今官贷青苗，责以见钱，催随二税；邻里相保，结状请钱，一家不至，九家坐待；奔赴城市，糜费百端；一有逋窜，均及同保。贫富相追，要以皆毙而后已。朝廷虽多设法度以救其失，而其实无益也。

一、议者又谓平时差役破坏民家，一夫为役，举家失业，故使逐户出钱，官为雇人，谓之免役。出钱虽多，而民免于破家之患。以此为说，行之不疑。然不知三代之民，以力事上，不专以钱。近世因其有无，各听其便。有力而无财者，使效其力；有财而无力者，皆得雇人。人各致其所有，是以不劳而具。今也弃其自有之力，而一取于钱，民虽有余力，不得效也。于是卖田宅，伐桑柘，鬻牛马，以供免役，而天下始大病矣。且夫钱者，官之所为；米粟布帛者，民之所生也。古者上出钱以权天下之货，下出米粟布帛以补上之阙，上下交易，故无不利。今青苗、免役，皆责民出钱，是以百物皆贱，而惟钱最贵，欲民之无贫，不可得也。至如京师百司、郡县刑法之吏，无禄而役，为日久矣。周制，庶人在官，虽曰有禄，而事简吏少，势或易供；非如今时，员数猥多，不可供亿。况三代兵出于民，而今世之兵坐而仰给，若又兼举大费，为力实难。然议者以为给之以禄，然后可责之以廉。盖朝廷选吏之精，必不如择官之慎；禄吏之厚，必不如禄官之多。今慎择多禄之官，犹不免于贪，而况于吏人乎？且昔之为法也，计赃得罪，无禄者减等。今用仓法，则吏之得罪，反重于官，颠倒失宜，尤为未可。若朝廷诚患吏贪，但使官得其人，则吏之受赇，自有分限。若犹未也，则虽重禄深法，不能禁矣。

一、议者又谓三代之盛，兵出于农，故团结伍保以寓军。今朝廷喜其近古，亦谓可行。然而三代之民，受田于官，官之所以养之者厚，故出身为兵而无怨。今民买田以耕，而后得食，官之所以养之者薄，而欲责其为兵，其势不可得矣。盖自唐以来，民以租庸调与官，而免于为兵。今租庸调变而为两税，则两税之中兵费具矣。且又有甚者，民之纳钱免役也，以为终身不复为役矣。今也既已免役，而于捕盗，则用为耆长、壮丁；于催税，则用为户长、里正；于巡防，则用为巡兵、弓手，一人而三役具焉，民将何以堪之？且其为巡兵、弓手也，一保甲之中，丁壮既出，老弱守舍，盗贼乘间，如入无人之境。而其上番之期，又不过旬日，坐作进退，未能知也。代者既至，相率而反，往来道路，劳弊何益。至使盗贼纵横，官吏蒙责，啸聚群党，攻剽州县，未必不由此也。古之循吏，使民卖剑买牛；今也使之弃其农具而置兵器，小民无知，缘以为恶。良民之畏事者，一人而终身不得脱；奸民之好权者，一补而终身不得免。其为患害，有不可胜言者矣。

一、议者常患百货轻重制在富民，少则贵卖以取赢，多则贱卖以要利。利有所壅，商贾难通。于是置市易之官，以平贵贱。有司诚守此议，不更别有所营，则虽繁碎难行，然亦未深害民。今自置市易，无物不买，无利不笼；命官遣人，贩卖南北；放债取利，公行不疑；杜绝利源，不与民共。观其指趣，非复制其有无、权其轻重而已也。徒使小民失业，商旅不行，空取专利之名，实失商税之利。国体卑辱，海内离心，巍巍盛朝，何苦于此？况复小民好利，类无远见，争取官债，以救目前；欺谩父兄，妄引抵当。期限既迫，逃窜无所，妇子离散，行路咨嗟。奈何为此陷阱，诱而纳之也？至于奸民巨贾，窥伺间隙，取利则多。或输滞积不售之货，以易见钱；或指残破无用之屋，以赊实货。巧智百出，难以具言。有司蒙蔽，指以为利。泉币一散，汗漫难收，官之所藏，徒文具而已。窃闻朝廷近日将议穷究，然而既弊之法，施行未已，买卖百物，犹且如故。譬如含茹毒药，喉舌破败，胸腹胀满，知其非矣；然且闭口不吐，安坐切脉，广求方书，其于速愈之术疏矣！

右，臣所陈画一事件，皆是耳目所接，众庶共知。朝廷清明，岂有不察？若诚有意改易，非复难行，但朝出一纸诏书，四弊夕去。非如前代积弊，或在列国，或在四夷，欲议改更，恐其动摇海内，故且维持含养，苟自便安。今事在朝廷，出命则已；众所系望，势难久留。而私自顾恋，迟迟不决，以失天下之心，臣窃不取也。

愚蠢之人，志在忧国，言词激切，干犯典刑，区区寸诚，甘俟诛戮。谨具状奏闻，伏候敕旨。

◇杨慎曰："新法之行，东坡力争，不胜扰扰，垂二十年，天下几危。温公革弊一新，五年而吕大防、刘挚调停之说起，颍滨争之。又四年，李清臣用而'绍述'之说起，新法复行，颍滨争之不胜，天下事去矣。二公议论，关系之大如此。"

为兄轼下狱上书

臣闻困急而呼天，疾痛而呼父母者，人之至情也。臣虽草芥之微，而有危迫之恳，惟天地父母哀而怜之。

臣早失怙恃，惟兄轼一人，相须为命。今者窃闻其得罪，逮捕赴狱，举家惊号，忧在不测。臣窃思念，轼居家、在官，无大过恶，惟是赋性愚直，好谈古今得失，前后上章论事，其言不一。陛下圣德广大，不加谴责。轼狂狷寡虑，窃恃天地包含之恩，不自抑畏。顷年通判杭州及知密州日，每遇物托兴，作为歌诗，语或轻发，向者曾经臣寮缴进，陛下置而不问。轼感荷恩贷，自此深自悔咎，不敢复有所为。但其旧诗，已自传播。

臣诚哀轼愚于自信，不知文字轻易，迹涉不逊，虽改过自新，而已陷于刑辟，不可救止。轼之将就逮也，使谓臣曰："轼早衰多病，必死于牢狱。死固分也，然所恨者，少抱有为之志，而遇不世出之主，虽龃龉于当年，终欲效尺寸于晚节。今遇此祸，虽欲改过自新，洗心以事明主，其道无由。况立朝最孤，左右亲近，必无为言者。惟兄弟之亲，试求哀于陛下而已。"臣窃哀其志，不胜手足之情，故为冒死一言。

昔汉淳于公得罪，其女子缇萦，请没为官婢，以赎其父。汉文因之，遂罢肉刑。今臣蝼蚁之诚，虽万万不及缇萦，而陛下聪明仁圣，过于汉文远甚。臣欲乞纳在身官，以赎兄轼，非敢望末减其罪，但得免下狱死为幸。兄轼所犯，若显有文字，必不敢拒抗不承，以重得罪。若蒙陛下哀怜，赦其万死，使得出于牢狱，则死而复生，宜何以报！臣愿与兄轼，洗心改过，粉骨报效，惟陛下所使，死而后已。

臣不胜孤危迫切，无所告诉，归诚陛下，惟宽其狂妄，特许所乞，臣无任祈天请命激切陨越之至。

○按何薳《春渚纪闻》述其父去非所闻于轼自言，谓：初逮系御史狱，狱具，奏上。是夕昏鼓既毕，某方就寝，忽有二人排闼而入，投箧于地，即枕卧之。至四鼓，睡中觉有撼体，而连语云“贺喜”者。某徐转仄，问之，即曰：“安心熟寝。”乃挈箧而去。盖初奏上，舒亶之徒力诋上前，必欲置之死地；而裕陵初无深罪之意，密遣小黄门至狱中，视某起居状。适某鼻息如雷，即驰以闻。裕陵顾谓左右曰：“朕知苏轼胸中无事者。”于是即有黄州之命。

夫王安石怒轼直言极谏，捃摭文字，以杀其身以威天下，使天下不敢复言。神宗谅轼无他，而安石之不直，勿听可矣，罪安石可矣。乃若有不得已者，先如其意而予之，逮轼论死，徐薄其罪而责遣之，此何为者也？岂非倒持太阿，以柄与人，己转于其中排难解纷乎？自古憸壬眩惑聪明，如毒蛊焉，能令人颠倒，往往如此。是以明君远之若虺蝎，良臣击之若鹰鹯。

◇邵伯温曰：“朱寿昌者，少不知母所在，弃官走天下求之，刺血书佛经，志甚苦。熙宁初见于同州，迎以归，朝士多以诗美之。苏内翰子瞻诗云：‘感君离合我酸心，此事今无古或闻。’王荆公荐李定为台官，定尝不持母服，台谏、给舍俱论其不孝，不可用。内翰因寿昌作诗贬定，故曰‘此事今无古或闻’也。后定为御史中丞，言内翰多作诗贬上，自知湖州赴诏狱。”

代三省祭司马丞相文

呜呼！元丰末命，震惊四方。号令所从，帷幄是望。公来自西，会哭于庭。缙绅咨嗟，复见老成。太妊在位，成王在左。曰予惸惸，谁恤予祸？白发苍颜，三世之臣。不留相予，孰左右民？公出于道，民聚而呼，皆曰吾父，归欤归欤！

公畏莫当，遄返洛师。授之宛丘，实将用之。公之来思，岌然特立。身如槁木，心如金石。时当宅忧，恭默不言。一二卿士，代天斡旋。事棼如丝，众比如栉。治乱之几，间不容发。公身当之，所恃惟诚。吾民苟安，吾君则宁。以顺得天，以信得人。锄去太甚，复其本原。白叟黄童，织妇耕夫，庶几休焉，日月以须。公乘安舆，入见延和。裕民之言，之死靡他。将享合宫，百辟咸事。公病于家，卧不时起。明日当斋，公讣暮闻。天以雨泣，都人酸辛。礼成不贺，人识君意。龙衮蝉冠，遂以往襚。公之初来，民执弓矛；逮公永归，既耕且耰。公虽云亡，其志则存。国有成法，朝有正人，持而守之，有进毋陨。匪以报公，维以报君。天子圣明，神母万年。民不告勤，公志则然。死者复生，信我此言。呜呼哀哉！

○光辅哲宗初政，尽去熙宁痼弊，与民休息，出沟壑而登衽席，宋几中兴。光死而调停之说行，始而调停者，继而尽去君子、专用小人矣。辙为三省合祭文，约谨守光成法，谓“死者复生，信我此言”，盖所以要三省欤？岂知“小人将国”与“君之不恤”，而何有于光？方将戮及光之死魄，而锢光之子孙，何有于光之成法也！

卷五十四

南丰曾巩文一　杂著、书、序

书魏郑公传

余观太宗常屈己以从群臣之议，而魏郑公之徒，喜遭其时，感知己之遇，事之大小，无不谏诤，虽其忠诚所自至，亦得君以然也。则思唐之所以治，太宗之所以称贤主，而前世之君不及者，其渊源皆出于此也。能知其有此者，以其书存也。及观郑公以谏诤事付史官，而太宗怒之，薄其恩礼，失终始之义，则未尝不反复嗟惜，恨其不思，而益知郑公之贤焉。

夫君之使臣与臣之事君者何？大公至正之道而已矣。大公至正之道，非灭人言以掩己过，取小亮以私其君，此其不可者也。又有甚不可者，夫以谏诤为当掩，是以谏诤为非美也，则后世谁复当谏诤乎？况前代之君有纳谏之美，而后世不见，则非惟失一时之公，又将使后世之君，谓前代无谏诤之事，是启其怠且忌矣。太宗末年，群下既知此意而不言，渐不知天下之得失。至于辽东之败，而始恨郑公不在世，未尝知其悔之萌芽出于此也。

夫伊尹、周公何如人也？伊尹、周公之谏切其君者，其言至深，而其事至迫也。存之于书，未尝揜焉。至今称太甲、成王为贤君，而伊尹、周公为良相者，以其书可见也。令当时削而弃之，成区区之小让，则后世何所据依而谏，又何以知其贤且良与？桀、纣、幽、厉、始皇之亡，则其臣之谏词无见焉；非其史之遗，乃天下不敢言而然也。则谏诤之无传，乃此数君之所以益暴其恶于后世而已矣。

或曰："《春秋》之法，为尊亲贤者讳，与此其戾也。"夫《春秋》之所以讳者，恶也，纳谏诤岂恶乎？"然则焚稿者非欤？"曰：焚稿者谁欤？非伊尹、周公为之也，近世取区区之小亮者为之耳，其事又未是也。何则？以焚其稿为揜君之过，而使后世传之，则是使后世不见稿之是非，而必其过常在于君，美常在于己也，岂爱其君之谓欤？孔光之去其稿之所言，其在正邪，未可知也；其焚之而惑后世，庸讵知非谋己之奸计乎？或曰："造辟而言，诡辞而出，异乎此。"曰：此非圣人之所曾言也。令万一有是理，亦谓君臣之间，议论之际，不欲漏其言于一时之人耳，岂杜其告万世也。

噫！以诚信持己而事其君，而不欺乎万世者，郑公也。"益知其贤"云，岂非然哉！岂非然哉！

〇巩文以此篇为第一。所为"既没，其言立"者欤？按《易》曰："含章可贞，或从王事，无成有终。"子曰："善则称君，过则称己，则民作忠。"《书·君陈》曰："尔有嘉谋嘉猷，则入告尔后于内，尔乃顺之于外，曰：'斯谋斯猷，惟我后之德。'呜呼！臣人咸若时，惟良显哉！"周公、孔子、成王之言，胥不若是，而谓巩之说，可比于古之立言者，何欤？

周公之言，则孔子《文言》明之矣，曰："阴虽有美，含之以从王事，弗敢成也。地道也，妻道也，臣道也。地道无成，而代有终也。”阴不得自有美；自有美，斯恶矣。虽有公、旦之勋劳，而使天下不知其出于王，则亦恶矣。虽百官总己以听于周公，而凡文告之辞必曰“周公曰：王若曰”，若今传宣诏旨者然，可知明保冲子，而终未尝有一言一事之专成者，公之美，皆王之美也。至于纳诲则不然，曰：“予旦［已］受人之徽言，咸告孺子王矣。”公未尝有所讳而让也。盖“无成”之义，在事立绩成之时；而纳诲之辞，在出谋发虑之始，安得引《易》之语为议哉？

若子之言，为人臣言也。夫言岂一端而已，夫各有所当也。与父言，依于慈；与子言，依于孝。子与子相语，而言父之不慈，固为悖德；父与父相语，而唯言子之不孝，则亦里巷小人之为矣。孔子人臣，为人臣言，安得不云尔乎？若巩之言，所以开后世人君之惑也。况乎察言者，如观山焉，移步换形，远近高低便不同，在善领会者。夫善则称君善，已成也；过则称己过，已成也。善之已成而身任之，是悖《易》“无成”“含章”之义也；过之已成而身任之，是为尊者讳也。孔子曰“丘也幸，苟有过，人必知之”之类是也。若夫谏诤之事，则善固未成而过亦未著，其纳谏而成善欤？其善之大小未可知，而先彰其纳谏之美，若决江河，则尊吾君以舜也；纵使过已成，而改而之善欤？过既改，则过之大小不必问，而唯见其改过之美，改过不吝，是尊吾君以汤也。然则巩之言，正孔子所谓“善则称君”之大者矣，而奚有二焉？惟谏不纳而过已彰，乃号于人曰“吾尝言之矣”，则为失人臣之义耳，而岂巩文之旨哉？

若《君陈》之《书》，则先儒辨之久矣。葛真曰：“成王殆失，言欲其臣善则称君，人臣之细行也。君既有是心，至于有过，将使谁执哉？禹闻善言则拜，汤改过不吝，端不为此言矣。”真德秀曰：“人臣自处者所当知。若君以语其臣，则不可也。汉高祖称李斯善则称君王，卫尉深非之。卫尉之名不著，然其言足为万世法。”两家之言当矣。抑又有说焉。孟子曰：“读其书，不知其人，可乎?”是以论其世也。成王之命君陈也，周公既没而使代其职，以监殷顽民于下都也。管蔡之乱未久，成王亲政亦未久，安反侧，销奸慝，用恩用威，与常事异。其时势必有当如是措置者，而成王有此言也，盖自恐其德之未洽于天下也，而岂谓易地皆然哉？是又不得据《君陈》以非巩矣。

与孙司封书

运使司封阁下：窃闻侬智高未反时，已夺邕邑地而有之，为吏者不能御，因不以告。皇祐三年，邕有白气起廷中，江水横溢，司户孔宗旦以为兵象，策智高必反，以书告其将陈拱。拱不听，宗旦言不已。拱怒，诋之曰：“司户狂邪!”四年，智高出横山，略其寨人，因其仓库而大赈之。宗旦又告曰：“事急矣，不可以不戒。”拱又不从。凡宗旦之于拱，以书告者七，以口告者多至不可数。度拱终不可得意，即载其家走桂州，曰：“吾有官守不得去，吾亲毋为与死此。”既行之二日，智高果反，城中皆应之。宗旦犹力守南门，为书召邻兵，欲拒之。城亡，智高得宗旦，喜欲用之。宗旦怒曰：“贼！汝今立死吾，岂可污邪!”骂不绝口。智高度终不可下，乃杀之。

当其初，使宗旦言不废，则邕之祸必不发；发而吾有以待之，则必无事。使独有此一善，固不可不旌，况其死节堂堂如是，而其事未白于天下。比见朝廷所宠赠南兵以来伏节死难之臣，宗旦乃独不与，此非所谓“曲突徙薪无恩泽，焦头烂额为上客”邪？使宗旦初无一言，但贼至而能死不去，固不可以无赏。盖先事以为备，全城而保民者，宜责之陈拱，非宗旦事也。今猥令与陈拱同戮，既遗其言，又负其节。为天下者，赏善而罚恶；为君子者，乐道人之善，乐成人之美。岂当如是邪？凡南方之事，卒至于破十余州，覆军杀将，丧元元之命，竭山海之财者，非其变发于隐伏而起于仓卒也。内外上下有职事者，初莫不知，或隐而不言，或忽而不备，苟且偷托，以至于不可御耳。有一人先能言者，又为世所侵蔽，令与罪人同罚，则天下之事，其谁复言耶？

闻宗旦非独以书告陈拱，当时为使者于广东西者，宗旦皆历告之。今彼既不能用，惧重为己累，必不肯复言宗旦尝告我也。为天下者，使万事已理，天下已安，犹须力开言者之路，以防未至之患。况天下之事，其可忧者甚众，而当世之患，莫大于人不能言与不肯言，而甚者或不敢言也。则宗旦之事，岂可不汲汲载之天下视听，显扬褒大其人，以惊动当世耶？

宗旦喜学《易》，所为注有可采者。家不能有书，而人或质问以《易》，则贯穿驰骋，至数十家，皆能言其意。事祖母尽心，贫几不能自存。好议论，喜功名。巩尝与之接，故颇知之。则其所立，亦非一时偶然发也。世多非其在京东时不能自重，至为世所指目，此固一眚。今其所立，亦可赎矣。

巩初闻其死之事，未敢决然信也。前后得言者甚众，又得其弟自言，而闻祖袁州在广东亦为之言，然后知其事，使虽有小差，要其大概不诬也。况陈拱以下皆覆其家，而宗旦独先以其亲遁，则其有先知之效可知也；以其性之喜事，则其有先言之效亦可知也。

以阁下好古力学，志乐天下之善，又方使南方，以赏罚善恶为职，故敢以告。其亦何惜须臾之听，尺纸之议，博问而极陈之？使其事白，固有补于天下，不独一时为宗旦发也。伏惟少留意焉。如有未合，愿赐还答。不宣。巩顿首。

○国所以立者，纪纲也。纲以统纪，纪以承纲。纪乱而补苴罅漏虽不可少，然国不至于无与立也，曰“纲在也”。纲废则纪虽存，亦弛而不能举矣。误封疆者不可逋诛，死封疆者不可遗恤，是立国之纲也。巩所以勤勤于孔宗旦之事，而必欲其白于天下欤？

谢杜相公书

伏念昔者，方巩之得祸，罚于河滨，去其家四千里之远。南向而望，迅河大淮，埭堰湖江，天下之险，为其阻厄。而以孤独之身，抱不测之疾，茕茕路隅，无攀缘之亲、一见之旧，以为之托；又无至行，上之可以感人利势，下之可以动俗。惟先人之医药，与凡丧之所急，不知所以为赖，而旅榇之重大，惧无以归者。明公独于此时，闵闵勤勤，营救护视，亲屈车骑，临于河上。使其方先人之病，得一意于左右，而医药之有与谋。至其既孤，无外事之夺其哀，而毫发之私，无有不如其欲；莫大之丧，得以卒致而南。其为存全之恩、过越之义如此。

窃惟明公相天下之道，吟颂推说者穷万世，非如曲士汲汲一节之善。而位之极，年之高，天子不敢烦以政，岂乡闾新学危苦之情、丛细之事，宜以彻于视听而蒙省察？然明公存先人之故，而所以尽于巩之德如此。盖明公虽不可起而寄天下之政，而爱育天下之人材，不忍一夫失其所之道，出于自然，推而行之，不以进退，而巩独幸遭明公于此时也。

在丧之日，不敢以世俗浅意，越礼进谢。丧除，又惟大恩之不可名，空言之不足陈，徘徊迄今，一书之未进。顾其惭生于心，无须臾废也。伏惟明公终赐亮察。夫明公存天下之义而无有所私，则巩之所以报于明公者，亦惟天下之义而已。誓心则然，未敢谓能也。

○“大学始教，……《宵雅》肄三，官其始也。”说者以为无私恩，非孝子也；无公义，非忠臣也。若是乎，私恩、公义之难并立，而忠孝之致相妨乎？奚其然也！道在明孝，则守先待后，不事王侯，正为朝廷端本明化，忠之大也，非公义欤？道在明忠，则能致其身，使天下咸曰：“幸哉！有子如此。”正为父母继志述事，孝之至也，非私恩欤？

然则道一而已，在人审其轻重而时措之耳。世衰道微，彝伦攸斁，于是观起与杀其父，而世以为忠；伍员教吴灭楚，而世以为孝。“其为人也孝弟，而好犯上者，鲜矣；不好犯上，而好作乱者，未之有也。”此有若之所以叹也。至于君臣、朋友之间，公义益以不明。桀黠之徒以讦为直，专于恩地加朘刻焉，以求亲媚于主人，号于人曰“不党”，而不顾神人之所共怒。其同流合污者，利相引、害相扶，前者唱、后者喁喁，即至国步蔑资，沦胥以败，而世犹谅之曰：“某与某有恩也。”岂不谬哉！

夫以私恩报私恩，无异“纻衣缟带”耳；以公义报私恩，则“木桃琼瑶”也。若废公义以报私恩，犹树谷而得稗矣，岂所以为报哉？韩厥之举，愈彰赵孟之忠，况所为公义者，又非必尽若韩厥之事也哉？夫人生平恩怨所不能无，公义之不明，吾不知其何以报恩矣。巩受杜衍匍匐救丧之厚德，而矢以公义为报恩，岂非真知轻重大丈夫哉？

◇王明清曰："曾密公讳易占，字不疑。欧阳文忠识其碑曰：'少有大志，知名江南。'为文忠所称如此，则其人固可想矣。既以豪侠自任信州玉山令，有过客杨南仲，文采可喜，气概颇相投，公厚赠其行。会与郡将钱仙芝不叶，捃摭公以客所受为贿，公引伏受垢，不复自辩，竟除名，徙英州，以赦自便，将诉其事于朝，行次南都而卒。时公子南丰先生子固，已名重于世，适留京师，而杜祁公以故相自来逆旅，为办后事。"

寄欧阳舍人书

巩顿首载拜舍人先生：去秋人还，蒙赐书及所撰先大父墓碑铭，反复观诵，感与惭并。

夫铭志之著于世，义近于史，而亦有与史异者。盖史之于善恶，无所不书；而铭者，盖古之人有功德材行志义之美者，惧后世之不知，则必铭而见之，或纳于庙，或存于墓，一也。苟其人之恶，则于铭乎何有？此其所以与史异也。其辞之作，所以使死者无有所憾，生者得致其严。而善人喜于见传，则勇于自立；恶人无有所纪，则以愧而惧。至于通材达识，义烈节士，嘉言善状，皆见于篇，则足以为后法。警劝之道，非近乎史，其将安近？

及世之衰，人之子孙者，一欲褒扬其亲而不本乎理。故虽恶人，皆务勒铭，以夸后世。立言者既莫之拒而不为，又以其子孙之所请也，书其恶焉，则人情之所不得，于是乎铭始不实。后之作铭者，常观其人，苟托之非人，则书之非公与是，则不足以行世而传后。故千百年来，公卿大夫至于里巷之士，莫不有铭，而传者盖少。其故非他，托之非人、书之非公与是故也。

然则孰为其人，而能尽公与是欤？非畜道德而能文章者，无以为也。盖有道德者之于恶人，则不受而铭之，于众人则能辨焉。而人之行，有情善而迹非，有意奸而外淑；有善恶相悬，而不可以实指；有实大于名，有名侈于实。犹之用人，非畜道德者，恶能辨之不惑、议之不徇？不惑不徇，则公且是矣。而其辞之不工，则世犹不传，于是又在其文章兼胜焉。故曰：非畜道德而能文章者，无以为也。岂非然哉？

然畜道德而能文章者，虽或并世而有，亦或数十年或一二百年而有之。其传之难如此，其遇之难又如此。若先生之道德文章，固所谓数百年而有者也。先祖之言行卓卓，幸遇而得铭其公与是，其传世行后无疑也。而世之学者，每观传记所书古人之事，至其所可感，则往往衋然不知涕之流落也，况其子孙也哉？况巩也哉？其追睎祖德，而思所以传之之繇，则知先生推一赐于巩而及其三世，其感与报，宜若何而图之？

抑又思，若巩之浅薄滞拙，而先生进之；先祖之屯蹷否塞以死，而先生显之。则世之魁闳豪杰不世出之士，其谁不愿进于门？潜遁幽抑之士，其谁不有望于世？善谁不为？而恶谁不愧以惧？为人之父祖者，孰不欲教其子孙？为人之子孙者，孰不欲宠荣其父祖？此数美者，一归于先生。

既拜赐之辱，且敢进其所以然。所谕世族之次，敢不承教而加详焉？愧甚。不宣。巩再拜。

□圣祖御评：矜贵庄严，而气自纡迴不迫。读此等文，当细观其转折脱卸之法。

◇茅坤曰："此书纡径百折，而感慨呜咽之气，博大幽深之识，溢于言外。较之苏长公《谢张太保撰先人墓碣书》特胜。"

◇张英曰："以畜道德而能文章归美欧阳，足见作铭之不易。以此一义，回旋转折，洒洒洋洋，极唱叹游泳之致，想见行文乐事。"

福州上执政书

巩顿首再拜上书某官：窃以先王之迹，去今远矣，其可概见者，尚存于《诗》。《诗》存先王养士之法，所以抚循待遇之者，恩意可谓备矣。故其长育天下之材，使之成就，则如萝蒿之在大陵，无有不遂。其宾而接之，出于恳诚，则如《鹿鸣》之相呼召，其声音非自外至也。其燕之，则有饮食之具；乐之，则有琴瑟之音。将其厚意，则有币帛筐篚之赠；要其大旨，则未尝不在于得其欢心。其人材既众，列于庶位，则如《棫朴》之盛，得而薪之。其以为使臣，则宠其往也，必以礼乐，使其光华皇皇于远近；劳其来也，则既知其功，又本其情而叙其勤。其以为将率，则于其行也，既送遣之，又识薇蕨之始生，而恐其归时之晚；及其还也，既休息之，又追念其悄悄之忧，而及于仆夫之瘁。当此之时，后妃之于内助，又知臣下之勤劳，其忧思之深，至于山脊、石砠、仆马之间；而志意之一，至于虽采卷耳，而心不在焉。盖先王之世，待天下士，其勤且详如此。故称"周之士也贵"，又称"周之士也肆"，而《天保》亦称"君能下下，以成其政；臣能归美，以报其上"。其君臣上下相与之际如此，可谓至矣。

所谓必"本其情而叙其勤"者，在《四牡》之三章曰：

“王事靡盬，不遑将父。”四章曰：“王事靡盬，不遑将母。”而其卒章则曰：“岂不怀归？是用作歌，将母来谂。”释者以谓：“谂，告也。君劳使臣，叙述其情，曰：女岂不诚思归乎？故作此诗之歌，以养父母之志，来告于君也。”既休息之，而又追叙其情如此。繇是观之，上之所以接下，未尝不恐失其养父母之心；下之所以事上，有养父母之心，未尝不以告也。其劳使臣之辞则然，而推至于戍役之人，亦劳之以“王事靡盬，忧我父母”，则先王之政，即人之心，莫大于此也。及其后世，或任使不均，或苦于征役，而不得养其父母，则有《北山》之感，《鸨羽》之嗟；或行役不已，而父母兄弟离散，则有《陟岵》之思。诗人皆推其意，见于《国风》，所谓“发乎情，止乎礼义”者也。

伏惟吾君有出于数千载之大志，方兴先王之治，以上继三代。吾相于时，皆同德合谋，则所以待天下之士者，岂异于古？士之出于是时者，岂有不得尽其志邪？巩独何人，幸遇兹日！巩少之时，尚不敢饰其固陋之质，以干当世之用。今齿发日衰，聪明日耗，令其至愚，固不敢有徼进之心，况其少有知邪？转走五郡，盖十年矣，未尝敢有半言片辞，求去邦域之任，而冀陪朝廷之仪。此巩之所以自处，窃计已在听察之日久矣。

今辄以其区区之腹心，敢布于下执事者，诚以巩年六十，老母年八十有八，老母寓食京师，而巩守闽越，仲弟守南越。二越者，天下之远处也。于著令，有一人仕于此二邦者，同居之亲当远仕者，皆得不行。巩固不敢为不肖之身，求自比于是也。顾以道里之阻，既不可御老母而南，则非独省晨昏、承颜色，不得效其犬马之愚；至于书问往还，盖以万里，非累月逾时不通。此白首之母子，所以义不可以苟安，恩不可以苟止者也。

方去岁之春，有此邦之命，巩敢以情告于朝，而诏报不许。属闽有盗贼之事，因不敢继请。及去秋到职，闽之余盗，或数十百为曹伍者，往往蚁聚于山谷；桀黠能动众为魁首者，又以十数，相望于州县。闽之室闾莫能宁，而远近闻者，亦莫不疑且骇也。州之属邑，又有出于饥旱之后。巩于此时，又不敢以私计自陈。其于寇孽，属前日之屡败，士气既夺，而吏亦无可属者。其于经营，既不敢以轻动迫之，又不敢以少纵玩之。一则谕以招纳，一则戒以剪除。既而其悔悟者，自相执拘以归；其不变者，亦为士吏之所系获。其魁首则或縻而致之，或歼而去之。自冬至春，远近皆定，亭无枹鼓之警，里有室家之乐。士气始奋，而人和始洽。至于风雨时若，田出自倍。今野行海涉，不待朋俦；市粟面米，价减什七。此皆吾君吾相，至仁元泽覆冒所及。故寇旱之余，曾未期岁，既安且富，至于如此。巩与斯民，与蒙其幸。方地数千里，既无一事，系官于此，又已弥年，则可以将母之心，告于吾君吾相，未有易于此时也。

伏惟推古之所以待士之详，思劳归之诗，本士大夫之情，而及于其亲，逮之以即乎人心之政，或还之阙下，或处以闲曹，或引之近畿，属以一郡，使得谐其就养之心，慰其高年之母。则仁治之行，岂独昏愚得蒙赐于今日，其流风余法，传之永久，后世之士，且将赖此。其无《北山》之怨，《鸨羽》之讥，《陟岵》之叹，盖行之甚易，而为德于士类者甚广。惟留意而图之。不宣。巩顿首。

□圣祖御评：出入《风》《雅》之中，自有温柔敦厚之气，知其本乎性情者深也。

◇茅坤曰："子固以宦游闽徼，不得养母，本《风》《雅》以为陈情之案，而其反复咏叹，蔼然盛世之音。此子固之文所以上拟刘向，而非近代所及也。"

新序目录序

刘向所集次《新序》三十篇，目录一篇，隋唐之世尚为全书，今可见者十篇而已。臣既考正其文字，因为其序论曰：

古之治天下者，一道德，同风俗。盖九州之广，万民之众，千岁之远，其教已明、其习已成之后，所守者一道、所传者一说而已。故《诗》《书》之文，历世数十，作者非一，而其言未尝不相为终始，化之如此其至也。当是之时，异行者有诛，异言者有禁，防之又如此其备也。故二帝三王之际，及其中间尝更衰乱而余泽未熄之时，百家众说未有能出于其间者也。

及周之末世，先王之教化法度既废，余泽既熄，世之治方术者，各得其一偏。故人奋其私智，家尚其私学者，蜂起于中国，皆明其所长而昧其短，矜其所得而讳其失。天下之士，各自为方而不能相通，世之人不复知夫学之有统、道之有归也。先王之遗文虽在，皆绌而不讲，况至于秦，为世之所大禁哉！

汉兴，六艺皆得于断绝残脱之余，世复无明先王之道以一之者。诸儒苟见传记百家之言，皆悦而向之。故先王之道为众说之所蔽，暗而不明，郁而不发；而怪奇可喜之论，各师异见，皆自名家者，诞漫于中国，一切不异于周之末世，其弊至于今尚在也。自斯以来，天下学者知折衷于圣人，而能纯于道德之美者，扬雄氏而止耳。如向之徒，皆不免乎为众说之所蔽，而不知有所折衷者也。孟子曰："待文王而兴者，凡民也。豪杰之士，虽无文王犹兴。"汉之士，岂特无明先王之道以一之者哉？亦其出于是时者，豪杰之士少，故不能特起于流俗之中、绝学之后也。

盖向之序此书，于今为最近古，虽不能无失，然远至舜禹而次及于周秦以来，古人之嘉言善行，亦往往而在也；要在慎取之而已。故臣既惜其不可见者，而校其可见者特详焉，亦足以知臣之攻其失者。岂好辩哉？臣之所不得已也。编校书籍臣曾巩上。

□圣祖御评："慎取"二字，真读书要诀，此论文所独辟。

〇巩序谓《新序》三十篇，而今之《新序》仅十篇耳。虽其事不尽实录，要其所以为法戒，不悖于道，胜《韩诗外传》之属矣。巩谓向之徒，皆不免乎为众说之所蔽，而不知有所折衷，而教人以慎择；就十篇观之，无有也。顾未知余二十篇何如，岂后人去其疵累而存其精英邪？

列女传目录序

刘向所叙《列女传》，凡八篇，事具《汉书》向列传。而《隋书》及《崇文总目》，皆称向《列女传》十五篇，曹大家注。以《颂义》考之，盖大家所注，离其七篇为十四，与《颂义》凡十五篇，而益以陈婴母及东汉以来凡十六事，非向书本然也。盖向旧书之亡久矣。嘉祐中，集贤校理苏颂始以

《颂义》为篇次，复定其书为八篇，与十五篇者并藏于馆阁。而《隋书》以《颂义》为刘歆作，与向列传不合。今验《颂义》之文，盖向之自叙。又《艺文志》有向《列女传颂图》，明非歆作也。自唐之乱，古书之在者少矣，而《唐志》录《列女传》凡十六家，至大家注十五篇者亦无录，然其书今在。则古书之或有录而亡、或无录而在者亦众矣，非可惜哉！今校雠其八篇及其十五篇者已定，可缮写。

初，汉承秦之敝，风俗已大坏矣，而成帝后宫，赵、卫之属尤自放。向以谓王政必自内始，故列古女善恶所以致兴亡者以戒天子，此向述作之大意也。其言太任之娠文王也，目不视恶色，耳不听淫声，口不出敖言。又以谓古之人胎教者，皆如此。夫能正其视听言动者，此大人之事，而有道者之所畏也。顾令天下之女子能之，何其盛也！以臣所闻，盖为之师傅保姆之助，诗书图史之戒，珩璜琚瑀之节，威仪动作之度。其教之者，虽有此具，然古之君子，未尝不以身化也。故《家人》之义归于反身，《二南》之业本于文王，夫岂自外至哉？

世皆知文王之所以兴，能得内助，而不知所以然者，盖本于文王之躬化，故内则后妃有《关雎》之行，外则群臣有《二南》之美，与之相成。其推而及远，则商辛之昏俗，江汉之小国，兔罝之野人，莫不好善而不自知，此所谓“身修，故国家天下治”者也。后世自学问之士，多徇于外物而不安其守，其家室既不见可法，故竞于邪侈，岂独无相成之道哉？士之苟于自恕，顾利冒耻而不知反己者，往往以家自累故也。故曰：“身不行道，不行于妻子。”信哉！如此人者，非素处显也，然去《二南》之风亦已远矣，况于南向天下之主哉？向之所述，劝戒之意可谓笃矣。

然向号博极群书，而此《传》称《诗》《芣苢》《柏舟》《大车》之类，与今序《诗》者之说尤乖异，盖不可考。至于《式微》之一篇，又以谓二人之作。岂其所取者博，故不能无失欤？其言象计谋杀舜及舜所以自脱者，颇合于《孟子》。然此传或有之，而《孟子》所不道者，盖亦不足道也。凡后世诸儒之言经传者，固多如此，览者采其有补，而择其是非可也。故为之叙论以发其端云。编校馆阁书籍臣曾巩序。

□圣祖御评：闺门之内，王化之原。畅达其辞，足以茂明风教也。

◇朱子曰："《关雎》虽若专美太姒，而实以深见文王之德。序者徒见其词而不察其意，遂壹以后妃为主，而不复知有文王，是固已失之矣。至于化行国中，三分天下，亦皆以为后妃之所致，则是礼乐征伐皆出于妇人之手；而文王者，徒拥虚器以为寄生之君也。其失甚矣！惟南丰曾氏之言，窃谓庶几得之。"

◇黄震曰："南丰疑此《传》称《芣苢》《柏舟》《大车》之类，与今《诗序》不合，盖不思今序卫宏所作，出向之后也。"

◇储欣曰："深探经术，悬为日月不刊之书。"

礼阁新仪目录序

《礼阁新仪》三十篇，韦公肃撰，记开元以后至元和之变礼。史馆秘阁及臣书皆三十篇，集贤院书二十篇。以参相校雠，史馆秘阁及臣书多复重，其篇少者八，集贤院书独具。然臣书有目录一篇，以考其次序，盖此书本三十篇，则集贤院书虽具，然其篇次亦乱。既正其脱谬，因定著从目录，而《礼阁新仪》三十篇复完。

夫礼者，其本在于养人之性，而其用在于言动视听之间。使人之言动视听一于礼，则安有放其邪心而穷于外物哉？不放其邪心，不穷于外物，则祸乱可息，而财用可充。其立意微，其为法远矣。故设其器，制其物，为其数，立其文，以待其有事者，皆人之起居、出入、吉凶、哀乐之具，所谓其用在乎言动视听之间者也。

然而古今之变不同，而俗之便习亦异，则法制数度，其久而不能无弊者，势固然也。故为礼者，其始莫不宜于当世，而其后多失而难遵，亦其理然也。失则必改制，以求其当。故羲农以来，至于三代，礼未尝同也。后世去三代，盖千有余岁，其所遭之变、所习之便不同，固已远矣。而议者不原圣人制作之方，乃谓设其器，制其物，为其数，立其文，以待其有事，而为其起居、出入、吉凶、哀乐之具者，当一二以追先王之迹，然后礼可得而兴也。至其说之不可求，其制之不可考，或不宜于人、不合于用，则宁至于漠然而不敢为，使人之言动视听之间，荡然莫之为节，至患夫为罪者之不止，则繁于为法以御之。故法至于不胜其繁，而犯者亦至于不胜其众。岂不惑哉！

盖上世圣人，有为耒耜者，或不为宫室；为舟车者，或不为棺椁。岂其智不足为哉？以谓人之所未病者，不必改也。至于后圣有为宫室者，不以土处为不可变也；为棺椁者，不以葛沟为不可易也。岂好为相反哉？以谓人之所既病者，不可因也。又至于后圣，则有设两观而更采椽之质，攻文梓而易瓦棺之素，岂不能从俭哉？以谓人情之所好者，能为之节而不能变也。由是观之，古今之变不同，而俗之便习亦异，则亦屡变其法以宜之，何必一二以追先王之迹哉？其要在于养民之性、防民之欲者，本末先后，能合乎先王之意而已，此制作之方也。

故瓦樽之尚而薄酒之用，大羹之先而庶羞之饱，一以为贵本，一以为亲用。则知有圣人作而为后世之礼者，必贵俎豆，而今之器用不废也；先弁冕，而今之衣服不禁也。其推之皆然。然后其所改易更革，不至乎拂天下之势，骇天下之情，而固已合乎先王之意矣。是以羲农以来，至于三代，礼未尝同；而制作之如此者，亦未尝异也。后世不推其如此，而或至于不敢为，或为之者特出于其势之不得已，故苟简而不能备，希阔而不常行，又不过用之于上，而未有加之于民者也。故其礼本在于养人之性，而其用在于言动视听之间者，历千余岁，民未尝得接于耳目，况于服习而安之者乎？至其陷于罪戾，则繁于为法以御之，其亦不仁也哉！

此书所纪，虽其事已浅，然凡世之记礼者，亦皆有所本，而一时之得失具焉。昔孔子于告朔，爱其礼之存，况于一代之典籍哉？故其书不得不贵。因为之定著，以俟夫论礼者考而择焉。

□圣祖御评：论圣人因时制礼处，原本经术，此见南丰为学本领。

○巩论礼，与苏轼之语如出一人。轼之文雄快，至于缜密纯粹，固逊于巩也。若巩所言“礼行而财用可充”，则固轼之所未及，而经世之要旨在焉。惜巩亦未尝究极言之也。

古之人，饮食衣服，宫室兆域，莫不立之等威，使无僭差，曰“以辨上下、定民志”，匪曰以此富民也。然而富民莫要于是。盖古之圣王，自公卿士大夫，以至于庶民，蚤已计耕者之所获与禄足代耕之数，为之品节限制，而行之于等威之中。天下之民习见习闻，无其位，自必耻用其物，非特畏而不敢用也。故奢侈之俗，不待禁而自无。既无越分之侈，用则其所宜用者，财自足以供而不至于匮。此圣王使民“仰足事父母，俯足畜妻子”，仁恩诚莫大焉者也。

秦汉以来，古制荡然，竞以奢侈相尚，用之无艺。贾谊云：“庶人屋壁，得为帝服；倡优下贱，得为后饰。然而天下不屈者，殆未有也。”相沿以至于今，若河决下流而东注，其孰为之砥柱乎？然民情不相远，有其举之亦莫敢坏也。如今日者，亲王、郡王得以蟒绣为坐具，等威在焉，则虽放僻邪侈之人，不敢以蟒绣为坐具，公然入朝市者也。若卧具，则有力者虽庶人，并得为之而莫或禁。一卧具可作数坐具，然坐具则公卿不敢，卧具则庶人得用之而无非者，以为等威不在是，则无所畏与耻故也。由一坐具而推之，固无往不然矣。

天之所生，地之所养，人力之所用，其为财止有此数，不过相流转于天地之中，赖君上留余之，以惠斯民。然亦不能当人人用之无艺也，况乎其朘民之膏以附上也。为人上者，人人解衣衣之、推食食之，亦甚劳而难遍矣，况乎既遍之后，又岂容绝而不更续也。然则以法活人，法立而利无穷，其安可不讲于礼乎？

◇王志坚曰：“《困学纪闻》云：‘《礼阁新仪》，则指新法；襄州长渠，则指水利；兵间诗，则指徐德占；论交诗，则指李吉甫。’按，南丰尝作《怀友》以遗荆公，公答以《同学》。荆公答段缝书，为南丰辨谤；南丰亦荐荆公于蔡学士，其相知如此。后荆公得志，而不为苟同又如此，子固真君子人也。”

◇张英曰：“‘礼因人情，能为之节，而不能变’，此实确论。出入经史，其言典醇浓缛，闳博渊雅，南丰之所擅长也。”

卷五十五

南丰曾巩文二　序

战国策目录序

刘向所定《战国策》三十三篇，《崇文总目》称第十一篇者阙。臣访之士大夫家，始尽得其书，正其误谬，而疑其不可考者，然后《战国策》三十三篇复完。叙曰：

向叙此书，言“周之先，明教化，修法度，所以大治。及其后，谋诈用，而仁义之路塞，所以大乱”。其说既美矣；卒以谓“此书战国之谋士，度时君之所能行，不得不然”，则可谓惑于流俗，而不笃于自信者也。

夫孔孟之时，去周之初已数百岁，其旧法已亡、旧俗已熄久矣。二子乃独明先王之道，以谓不可改者，岂将强天下之主以后世之所不可为哉？亦将因其所遇之时、所遭之变而为当世之法，使不失乎先王之意而已？二帝三王之治，其变固殊，其法固异，而其为国家天下之意，本末先后未尝不同也，二子之道如是而已。盖法者所以适变也，不必尽同；道者所以立本也，不可不一，此理之不易者也。故二子者守此，岂好为异论哉？能勿苟而已矣，可谓不惑乎流俗而笃于自信者也。

战国之游士则不然，不知道之可信，而乐于说之易合，其设心注意，偷为一切之计而已。故论诈之便而讳其败，言战之善而蔽其患，其相率而为之者，莫不有利焉，而不胜其害也；有得焉，而不胜其失也。卒至苏秦、商鞅、孙膑、吴起、李斯之徒以亡其身，而诸侯及秦用之者亦灭其国。其为世之大祸明矣，而俗犹莫之寤也。惟先王之道，因时适变，为法不同，而考之无疵，用之无弊，故古之圣贤，未有以此而易彼也。

或曰：邪说之害正也，宜放而绝之，则此书之不泯，其可乎？对曰：君子之禁邪说也，固将明其说于天下，使当世之人皆知其说之不可从，然后以禁，则齐；使后世之人皆知其说之不可为，然后以戒，则明，岂必灭其籍哉？放而绝之，莫善于是。是以孟子之书，有为神农之言者，有为墨子之言者，皆著而非之。至于此书之作，则上继《春秋》，下至楚汉之起，二百四五十年之间，载其行事，固不可得而废也。

此书有高诱注者二十一篇，或曰三十二篇，《崇文总目》存者八篇，今存者十篇云。

○孟子曰："圣王不作，诸侯放恣，处士横议。"《战国策》皆其横议之文也，而实执国命以交天下之兵，所谓"充塞仁义"者。刘向以为不得不然，惑也；巩辞而辟之，当矣。明道德之出于一，而枉尺之必不可以直寻，其为世道人心益良厚。然于篇末设为或问，以著此书之不可泯，必存其籍而后可以为戒，则犹有议焉。

古者左史记言，右史记动；事为《春秋》，言为《尚书》。周衰，史氏渐亡，然晋董狐之书赵盾，齐太史之书崔杼，皆以死守其职，虽亡不能尽亡也。左丘明用左史之例，以传夫子之《春秋》，故其文虽亦纪言，而主于事；复自集列国之语，以备右史，故其文虽亦纪事，而主乎言，《战国策》《国语》类也：夫亦战国之史云尔，何议存、议废为？然则巩沾沾焉著其不可废之故，亦惑也。柳宗元唯不明乎此，故作《非国语》以尤左丘明，而不知其陋，无异举"斮胫剖心"之属非《泰誓》也。巩知二百四十五年之行事载焉，较胜宗元矣；而未了然知其即是战国之史，善恶毕载，不得以其邪说暴行而议存议废者，则亦不无小失云。

徐幹中论目录序

臣始见馆阁及世所有徐幹《中论》二十篇，以谓尽于此。及观《贞观政要》，怪太宗称尝见幹《中论·复三年丧》篇，而今书此篇阙。因考之《魏志》，见文帝称幹著《中论》二十余篇，于是知馆阁及世所有幹《中论》二十篇者，非全书也。

幹字伟长，北海人，生于汉魏之间。魏文帝称幹"怀文抱质，恬淡寡欲，有箕山之志"。而《先贤行状》亦称幹"笃行体道，不耽世荣，魏太祖特旌命之，辞疾不就，后以为上艾长，又以疾不行"。

盖汉承周衰及秦灭学之余，百氏杂家与圣人之道并传，学者罕能独观于道德之要，而不牵于俗儒之说。至于治心养性、去就语默之际，能不悖于理者固希矣，况至于魏之浊世哉！幹独能考六艺，推仲尼、孟轲之旨，述而论之。求其辞，时若有小失者；要其归，不合于道者少矣。其所得于内者，又能信而充之，逡巡浊世，有去就显晦之大节。

臣始读其书，察其意而贤之；因其书以求其为人，又知其行之可贤也。惜其有补于世，而识之者少。盖迹其言行之所至，而以世俗好恶观之，彼恶足以知其意哉！顾臣之力，岂足以重其书，使学者尊而信之？因校其脱谬，而序其大略，盖所以致臣之意焉。

〇孟子以守先王之道、待后之学者自任，盖圣贤仁天下之心，至无已也。不得致吾君于尧舜，以斯道觉斯民，则将泽夫后世之民，期后世之被其泽，必使其绪有传，其风可继。若曰："万世而后得其解者，犹旦暮遇之，功岂必己出、名岂必己成哉？"《诗》曰："蒹葭苍苍，白露为霜。所谓伊人，在水一方。"伟长抱道守节于乱世，著书述孔孟之旨，殆其人欤?！此巩所以发潜德之幽光而若不及也。

先大夫集后序

公所为书，号《仙凫羽翼》者三十卷，《西陲要纪》者十卷，《清边前要》五十卷，《广中台志》八十卷，《为臣要纪》三卷，《四声韵》五卷，总一百七十八卷，皆刊行于世。今类次诗赋书奏一百二十三篇，又自为十卷，藏于家。

方五代之际，儒学既摈焉，后生小子，治术业于闾巷，文多浅近。是时公虽少，所学已皆知治乱、得失、兴坏之理。其为文闳深隽美，而长于讽谕，今类次乐府已下是也。

宋既平天下，公始出仕。当此之时，太祖、太宗已纲纪大法矣，公于是勇言当世之得失。其在朝廷，疾当事者不忠，故凡言天下之要，必本天子忧怜百姓、劳心万事之意，而推大臣从官执事之人，观望怀奸，不称天子属任之心，故治久未洽。至其难言，则人有所不敢言者。虽屡不合而出，其所言益切，不以利害祸福动其意也。

始公尤见奇于太宗，自光禄寺丞、越州监酒税召见，以为直史馆，遂为两浙转运使。未久而真宗即位，益以材见知。初试以知制诰，及西兵起，又以为自陕以西经略判官。而公常激切论大臣，当时皆不悦，故不果用。然真宗终感其言，故为泉州；未尽一岁，拜苏州；五日，又为扬州。将复召之也，而公于是时又上书，语斥大臣尤切，故卒以龃龉终。

公之言，其大者，以自唐之衰，民穷久矣，海内既集，天子方修法度，而用事者尚多烦碎，治财利之臣又益急，公独以谓宜遵简易、罢筦榷，以与民休息，塞天下望。祥符初，四方争言符应，天子因之，遂用事泰山，祠汾阴；而道家之说亦滋甚，自京师至四方，皆大治宫观。公益诤，以谓天命不可专任，宜绌奸臣、修人事，反复至数百千言。呜呼！公之尽忠，天子之受尽言，何必古人！此非传之所谓“主圣臣直”者乎？何其盛也！何其盛也！

公在两浙，奏罢苛税二百三十余条。在京西，又与三司争论，免民租，释逋负之在民者，盖公之所试如此。所试者大，其庶几矣。公所尝言甚众，其在上前及书亡者，盖不得而集。其或从或否，而后常可思者，与历官行事，庐陵欧阳公已铭公之碑特详焉，此故不论，论其不尽载者。

公卒以龃龉终，其功行或不得在史氏记；藉令记之，当时好公者少，史其果可信欤？后有君子欲推而考之，读公之碑与其书，及余小子之序其意者，具见其表里，其于虚实之论可核覈矣。

公卒，乃赠谏议大夫。姓曾氏，讳某，南丰人。序其书者，公之孙巩也。

□圣祖御评：层折以抒其情，使人忠孝之心油然而生。

◇茅坤曰："子固阐扬先世所不得志处，有大体；而文章措注处，极浑雄。韩、欧与苏，亦当俯首者。"

◇王慎中曰："先生之文，如此篇之委曲感慨而气不迫晦者，亦不多有。"

范贯之奏议集序

尚书户部郎中、直龙图阁范公贯之之奏议，凡若干篇，其子世京集为十卷，而属予序之。

盖自至和已后十余年间，公常以言事任职。自天子、大臣至于群下，自掖庭至于四方幽隐，一有得失善恶，关于政理，公无不极意反复，为上力言。或矫拂情欲，或切劘计虑，或辨别忠佞而处其进退。章有一再，或至于十余上；事有阴争独陈，或悉引谏官、御史，合议肆言。仁宗常虚心采纳，为之变命令、更废举，近或立从，远或越月逾时，或至于其后，卒皆听用。

盖当是时，仁宗在位岁久，熟于人事之情伪与群臣之能否，方以仁厚清静休养元元，至于是非与夺，则一归之公议而不自用也。其所引拔以言为职者，如公皆一时之选。而公与同时之士，亦皆乐得其言，不曲从苟止。故天下之情，因得毕闻于上，而事之害理者，常不果行。至于奇衺恣睢，有为之者，亦辄败悔。故当此之时，常委事七八大臣，而朝政无大阙失，群臣奉法遵职，海内乂安。

夫因人而不自用者，天也。仁宗之所以其仁如天，至于享国四十余年，能承太平之业者，繇是而已。后世得公之遗文，而论其本，见其上下之际相成如此，必将低回感慕，有不可及之叹，然后知其时之难得。则公言之不没，岂独见其志，所以明先帝之盛德于无穷也。

公为人温良慈恕，其从政宽易爱人。及在朝廷，危言正色，人有所不能及也。凡同时与公有言责者，后多至大官，而公独早卒。公讳师道，其世次、州里、历官、行事，有今资政殿学士赵公抃为公之墓铭云。

□圣祖御评：归重仁宗，得体得法。识高力厚，典贵之文。

◇黄震曰："贯之名师道，事仁宗为言官。其子世京集其奏议十卷，南丰发明其遭遇之盛，云'所以明先帝之盛德于无穷'也。墓则清献赵公为志。"

馆阁送钱纯老知婺州诗序

熙宁三年三月，尚书司封员外郎、秘阁校理钱君纯老出为婺州，三馆秘阁同舍之士，相与饮饯于城东佛舍之观音院，会者凡二十人。纯老亦重僚友之好，而欲慰处者之思也，乃为诗二十言以示坐者。于是在席人各取其一言为韵，赋诗以送之。纯老至州，将刻之石，而以书来曰：为我序之。

盖朝廷常引天下文学之士，聚之馆阁，所以长养其材而待上之用。有出使于外者，则其僚必相告语，择都城之中广宇丰堂、游观之胜，约日皆会，饮酒赋诗，以叙去处之情，而致绸缪之意。历世寖久，以为故常。其从容道义之乐，盖他司所无。而其赋诗之所称引况谕，莫不道去者之美，祝其归仕于王朝，而欲其无久于外。所以见士君子之风流习尚，笃于相先，非世俗之所能及。又将待上之考信于此，而以其汇进，非空文而已也。

纯老以明经进士制策入等，历教国子生，入馆阁为编校书籍校理检讨。其文章学问有过人者，宜在天子左右，与访问，任献纳。而顾请一州，欲自试于川穷山阻僻绝之地，其志节之高，又非凡材所及。此赋诗者所以推其贤，惜其去，殷勤反复而不能已。余故为之序其大旨，以发明士大夫之公论，而与同舍视之，使知纯老之非久于外也。十月日序。

〇作在新法未行之先。太平馆阁，人物风雅，委蛇委蛇，美矣盛矣，所为“治世之音安以乐，其政和”者欤！

送李材叔知柳州序

谈者谓南越偏且远，其风气与中州异。故官者皆不欲久居，往往车船未行，辄已屈指计归日。又咸小其官，以为不足事。其逆自为虑如此，故其至皆倾摇解弛，无忧且勤之心。其习俗从古而尔，不然，何自越与中国通已千余年，而名能抚循其民者，不过数人邪？故越与闽、蜀，始俱为夷，闽、蜀皆已变，而越独尚陋，岂其俗不可更与？盖吏者莫致其治教之意也。噫！亦其民之不幸也已。

彼不知由京师而之越，水陆之道皆安行，非若闽溪、峡江、蜀栈之不测。则均之吏于远，此非独优欤？其风气吾所谙之，与中州亦不甚异。起居不违其节，未尝有疾：苟违节，虽中州，宁能不生疾邪？其物产之美，果有荔子、龙眼、蕉、柑、橄榄，花有素馨、山丹、含笑之属，食有海之百物，累岁之酒醋，皆绝于天下。人少斗讼，喜嬉乐。吏者唯其无久居之心，故谓之不可；如其有久居之心，奚不可邪？

古之人为一乡一县，其德义惠爱，尚足以熏蒸渐泽；今大者专一州，岂当小其官而不事邪？令其得吾说而思之，人咸有久居之心，又不小其官，为越人涤其陋俗而驱于治，居闽、蜀上，无不幸之叹，其事出千余年之表，则其美之巨细可知也。然非其材之颖然迈于众人者，不能也。官于南者多矣，予知其材之颖然迈于众人、能行吾说者，李材叔而已。

材叔久与其兄公翊仕同年，同用荐者为县，入秘书省，为著作佐郎。今材叔为柳州，公翊为象州，皆同时，材又相若也。则二州交相致其政，其施之速、势之便，可胜道也夫！其越之人幸也夫！其可贺也夫！

○生于斯土，官于斯土，皆命也，皆莫之致而至者也。生于柳者，背井离乡，则其思柳，无异乎他方之人也；官于柳者，则咸不欲久居，何哉？生于柳者，于其宗族亲戚之事，断无有以为不足为，而倾摇懈弛者也；官于柳者，其人民土田，犹夫我之宗族亲戚而责加重焉，乃倾摇懈弛，以为不足为，何哉？人之情，滞于既往，逆夫方来，而于现在所居之位，职所当为之事，则未有能尽心焉者也。此之谓“情识颠倒”。子曰：“不知命，无以为君子也。”

送江任序

均之为吏，或中州之人，用于荒边侧境、山区海聚之间，蛮夷异域之处；或燕荆赵蜀、海外万里之人，用于中州，以至四遐之乡，相易而往。其山行水涉、沙莽之驰，往往则风霜冰雪瘴雾之毒之所侵加，蛟龙虺蜴虎豹之群之所抵触，冲波急洑、隤崖落石之所覆压。其进也，莫不篡粮举药、选舟易马、力兵曹伍而后动，戒朝奔夜、变更寒暑而后至。至则宫庐器械、被服饮食之具，土风气候之宜，与夫人民谣俗语言习尚之务，其变难遵，而其情难得也，则多愁居惕处，叹息而思归。及其久也，所习已安，所蔽已解，则岁月有期，可引而去矣。故不得专一精思修治具，以宣布天子及下之仁，而为后世可守之法也。

或九州之人，各用于其土，不在西封，在东境。士不必勤，舟车舆马不必力，而已传其邑都，坐其堂奥。道途所次，升降之倦，凌冒之虞，无有接于其形，动于其虑。至则耳目口鼻百体之所养，如不出乎其家；父兄六亲故旧之人，朝夕相见，如不出乎其里。山川之形，土田市井风谣习俗辞说之变，利害得失善恶之条贯，非其童子之所闻，则其少长之所游览；非其自得，则其乡之先生老者之所告也。所居已安，所有事之宜，皆已习熟，如此故能专虑职事，以宣上恩，而修百姓之急。其施为先后，不待旁咨久察，而与夺损益之几，已断于胸中矣。岂累夫孤客远寓之忧，而以苟且决事哉！

临川江君任为洪之丰城，此两县者，牛羊之牧相交，树木果蔬五谷之垄相入也。所谓“九州之人，各用于其土”者，孰近于此？既已得其所处之乐，而厌闻饫听其人民之事，而江君又有聪明敏给之材、廉洁之行，以行其政，吾知其不去图书讲论之适、宾客之好，而所为有余矣。盖县之治，则民自得于大山深谷之中，而州以无为于上。吾将见江西之幕府，无南向而虑者矣。于其行，遂书以送之。南丰曾巩序。

◇储欣曰：“吏治莫盛于汉，而汉法尤合乎人情，以郡人典郡守者不可胜数也。唐宋亦然。至明，始窃窃以私疑之，越省命官。猜防愈深，吏治愈不古若矣，奚益耶?”

送赵宏序

荆民与蛮合为寇，潭旁数州被其害。天子、宰相以潭重镇，守臣不胜任，为改用人。又不胜，复改之。守至，上书乞益兵。诏与抚兵三百，殿直天水赵君希道，实护以往。

希道雅与予接，间过予，道潭之事。予曰：潭山川甲兵如何，食几何，贼众寡强弱如何，予不能知。能知书，书之载，若潭事多矣。或合数道之兵以数万，绝山谷而进，其势非不众且健也，然而卒歼焉者多矣。或单车独行，然而以克者相踵焉。顾其义信如何耳。致吾义信，虽单车独行，寇可以为无事，龚遂、张纲、祝良之类是也。义信不足以致之，虽合数道之兵以数万，卒歼焉，适重寇耳，况致平邪？阳旻、裴行立之类是也。则兵不能致平；致平者，在太守身也，明矣。前之守者果能此，天子、宰相乌用易之？必易之，为前之守者不能此也。今往者复曰“乞益兵”，何其与书之云者异邪？予忧潭民之重困也，寇之益张也。

往时潭吏与旁近郡，蕲力胜贼者、暴骸者、戮降者有之。今之往者，将特不为是而已邪？抑犹不免乎为是也？天子、宰相任之之意其然邪？潭守近侍臣，使抚觇潭者，郎吏、御史、博士相望。为我谂其贤者曰：今之言古书往往曰迂，然书之事乃已试者也。事已试而施诸治，与时人之自用，孰为得失邪？愚言倘可以平潭之患，今虽细，然大中、咸通之间，南方之忧常剧矣，夫岂阶于大哉？为近臣、郎吏、御史、博士者，独得而不思也？希道固喜事者，因其行，遂次第其语以送之。庆历六年五月日，曾巩序。

○蛮夷之为边郡害者，与敌国异。敌国者，秦越之谓也。秦胜越，越未折而入于秦也；越胜秦，秦未折而入于越也。然一胜，则敌必惧而不敢扰塞，而吾国以安；若大胜，则捭折而入于我，土地辟而政化同，霸王之业也。

若夫蛮夷者，其地本吾之地也，其民本我之民也。一旦贼民人、盗府库，则名之曰“叛”，然终不能出吾疆圉而他之也。以兵向之则走，走则散布山谷，与齐民不殊，末由区别，而使戮当其罪也；兵所不至，则又保聚贼杀，延蔓而不已。与之相角逐，则疲于奔命，不战而先自困也。其顿兵一举而尽歼之乎，则地势险隘深阻。盖天实为之不可得而尽歼也；盖天地之性，必不使数百万人一朝尽歼矣。又其地毒蒸硗瘠，非生其土者居之，则不能生；即使尽歼其人，非可迁民以实之者也。然则蛮夷之不可以兵治也，决矣。若非长吏扶信明义，以渐化寇盗为齐民，固无第二术矣。

然而武夫悍卒之所为，必与信义相反，如巩所称，蕲力胜贼者、暴骸者、戮降者是已。岂武夫悍卒独非人而无人心哉？利在是，害在是，趋利而避害，则必出于是矣。蕲力胜贼者，百胜岂能无一败？百胜不足以威，一败即以启侮。贼固不耻败也，我耻于败，故得贼杀之，穷极惨酷，以泄忿、以立威，于是有暴骸者。不知蛮夷之性，本不畏死，何畏暴骸？其禽兽欤？禽兽固不畏暴骸也。其犹有人心欤？则彼亦知刳斮剖裂非人所为，愈不服而愈不畏。迨乎杀之不可得而杀，计益无聊，于是诱之降而杀之、而暴之，于是蛮夷麏惊鸟乱，至死不服，而民不聊生矣。凡若此者，皆与信义反，而武夫悍卒之长技也。故蛮夷不可以兵治，决也。

序越州鉴湖图

鉴湖，一曰南湖，南并山，北属州城漕渠，东西距江，汉顺帝永和五年，会稽太守马臻之所为也，至今九百七十有五年矣。其周三百五十有八里，凡水之出于东南者皆委之。州之东，自城至于东江，其北堤石楗二，阴沟十有九，通民田，田之南属漕渠，北东西属江者皆溉之。州之东六十里，自东城至于东江，其南堤阴沟十有四，通民田，田之北抵漕渠，南并山，西并堤，东属江者皆溉之。州之西三十里，曰柯山斗门，通民田，田之东并城，南并堤，北滨漕渠，西属江者皆溉之。总之，溉山阴、会稽两县十四乡之田九千顷。非湖能溉田九千顷而已，盖田之至江者尽于九千顷也。其东曰曹娥斗门，曰蒿口斗门，水之循南堤而东者，由之以入于东江。其西曰广陵斗门，曰新迳斗门，水之循北堤而西者，由之以入于西江。其北曰朱储斗门，去湖最远。盖因三江之上、两山之间，疏为二门，而以时视田中之水，小溢则纵其一，大溢则尽纵之，使入于三江之口。所谓湖高于田丈余，田又高海丈余，水少则泄湖溉田，水多则泄田中水入海，故无荒废之田、水旱之岁者也。由汉以来几千载，其利未尝废也。

宋兴，民始有盗湖为田者。祥符之间二十七户，庆历之间二户，为田四顷。当是时，三司转运司犹下书切责州县，使复田为湖。然自此吏益慢法，而奸民浸起，至于治平之间，盗湖为田者凡八千余户，为田七百余顷，而湖废几尽矣。其仅存者，东为漕渠，自州至于东城六十里，南通若耶溪，自樵风泾至于桐坞，十里皆水，广不能十余丈，每岁少雨，田未病而湖盖已先涸矣。

自此以来，人争为计说。蒋堂则谓宜有罚以禁侵耕，有赏以开告者。杜杞则谓盗湖为田者，利在纵湖水，一雨则放声以动州县，而斗门辄发。故为之立石则水，一在五云桥，水深八尺有五寸，会稽主之；一在跨湖桥，水深四尺有五寸，山阴主之。而斗门之钥，使皆纳于州，水溢则遣官视则，而谨其闭纵。又以谓宜益理堤防斗门，其敢田者拔其苗，责其力以复湖，而重其罚。犹以为未也，又以谓宜加两县之长以提举之名，课其督察而为之殿赏。吴奎则谓每岁农隙，当僦人浚湖，积其泥涂以为丘阜，使县主役，而州与转运使、提点刑狱督摄赏罚之。张次山谓湖废，仅有存者难卒复，宜益广漕路及他便利处，使可漕及注民田里，置石柱以识之，柱之内禁敢田者。刁约则谓宜斥湖三之一与民为田，而益堤使高一丈，则湖可不开，而其利自复。范师道、施元长则谓重侵耕之禁，犹不能使民无犯，而斥湖与民，则侵者孰御？又以湖水较之，高于城中之水，或三尺有六寸，或二尺有六寸，而益堤壅水使高，则水之败城郭庐舍可必也。张伯玉则谓日役五千人浚湖，使至五尺，当十五岁毕；至三尺，当九岁毕。然恐工起之日，浮议外摇，役夫内溃，则虽有智者，犹不能必其成。若日役五千人，益堤使高八尺，当一岁毕。其竹木之费，凡九十二万有三千，计越之户二十万有六千，赋之而复其租，其势易足，如此则利可坐收，而人不烦弊。陈宗言、赵诚复以水势高下难之，又以谓宜修吴奎之议，以岁月复湖。当是时，都水善其言，又以谓宜增赏罚之令。

其为说如此，可谓博矣。朝廷未尝不听用而著于法，故罚有自钱三百至于千，又至于五万，刑有自杖百至于徒二年，其文可谓密矣。然而田者不止而日愈多，湖不加浚而日愈废，其故何哉？法令不行，而苟且之俗胜也。

昔谢灵运从宋文帝求会稽回踵湖为田，太守孟顗不听；又求休崲湖为田，顗又不听，灵运至以语诋之。则利于请湖为田，越之风俗旧矣。然南湖繇汉历吴、晋以来，接于唐，又接于钱镠父子之有此州，其利未尝废者。彼或以区区之地当天下，或以数州为镇，或以一国自王，内有供养禄廪之须，外有贡输问遗之奉，非得晏然而已也。故强水土之政以力本利农，亦皆有数，而钱镠之法最详，至今尚多传于人者。则其利之不废，有以也。

近世则不然，天下为一，而安于承平之故，在位者重举事而乐因循。而请湖为田者，其语言气力，往往足以动人。至于修水土之利，则又费材动众，从古所难。故郑国之役，以谓足以疲秦，而西门豹之治邺渠，人亦以为烦苦。其故如此，则吾之吏，孰肯任难当之怨，来易至之责，以待未然之功乎？故说虽博而未尝行，法虽密而未尝举。田者之所以日多，湖之所以日废，繇是而已。故以谓法令不行，而苟且之俗胜者，岂非然哉！

夫千岁之湖，废兴利害，较然易见。然自庆历以来三十余年，遭吏治之因循，至于既废，而世犹莫寤其所以然，况于事之隐微难得，而考者繇苟简之故，而弛坏于冥冥之中，又可知其所以然乎？

今谓湖不必复者，曰湖田之入既饶矣。——此游谈之士，为利于侵耕者言之也。夫湖未尽废，则湖下之田旱，此方今之害而众人之所睹也；使湖尽废，则湖之为田亦旱矣，此将来之害而众人之所未睹也。故曰此游谈之士为利于侵耕者言之，而非实知利害者也。

谓湖不必浚者，曰益堤壅水而已。——此好辨之士，为乐闻苟简者言之也。夫以地势较之，壅水使高，必败城郭，此议者之所已言也；以地势较之，浚湖使下，然后不失其旧，不失其旧，然后不失其宜，此议者之所未言也。又山阴之石则为四尺有五寸，会稽之石则几倍之，壅水使高，则会稽得尺，山阴得半。地之洼隆不并，则益堤未为有补也。故曰此好辨之士为乐闻苟简者言之，而又非实知利害者也。

二者既不可用，而欲禁侵耕开告者，则有赏罚之法矣；欲谨水之畜泄，则有闭纵之法矣；欲痛绝敢田者，则拔其苗，责其力以复湖，而重其罚，又有法矣；或欲任其责于州县与转运使、提点刑狱，或欲以每岁农隙浚湖，或欲禁田石柱之内者，又皆有法矣。欲知浚湖之浅深，用工若干，为日几何；欲知增堤竹木之费几何，使之安出；欲知浚湖之泥涂积之何所，又已计之矣。欲知工起之日，或浮议外摇，役夫内溃，则不可以必其成，又已论之矣。诚能收众说而考其可否，用其可者，而以在我者润泽之，令言必行、法必举，则何功之不可成、何利之不可复哉？

巩初蒙恩通判此州，问湖之废兴于人，未有能言利害之实者。及到官，然后问图于两县，问书于州与河渠司，至于参核之而图成，熟究之而书具，然后利害之实明。故为论次，庶夫计议者有考焉。熙宁二年冬卧龙斋。

〇东南泽国，土宜秔稌，故水利最要。文叙鉴湖兴废颠末，与历代修复之议，官民利弊之隐，而断以己意，岂非牧斯土者所宜深考者乎？惜文存而图亡矣。

抑尝论之，官之为民兴利也，非有勤恤民隐之主，又有慈惠忠干之臣不能作，作亦不能成也。而既成之后，世远年湮，则民之坏之者万端；既坏之后，欲复其故，则民之挠之者万端。牧斯土者，思秩满迁官而已，谁其意在民者？有一于此，又不胜众说之纷纭，而形势之隔阂，往往太息而罢。为民兴利，何其难哉！盖天下各私其利之在己，而不知利人乃为己利之大，故弊至此也。

孔子曰："大道之行也，不独亲其亲，不独子其子。大道之衰也，各亲其亲，各子其子。"夫各亲其亲、各子其子，合之则天下亦无不亲其亲、子其子矣，而圣人犹以为"道衰"，谓之"小康"，何哉？以为有己之见者存，则末流将靡所不至也。习俗浇薄，人心嚚顽，人人唯知有己，人人欲天下之利尽在己，利之所在，至于亲不亲、子不子矣；即不必利之所在，而彼其意之所之，若将有利焉，则已亲不亲、子不子矣，卒至有万害而无一利。吁，可哀也！谁能知利己之大莫利人若者乎？圣人无己，靡所不己，岂作而致其情哉？君臣、父子、兄弟、夫妇、朋友，皆人也，有其利之谓利在人而不在己，可乎？然则行道之人，亦民吾同胞也，有其利之谓利在人而不在己，可乎？若离人而立于独，则所为己者，块然血气之躯；所需者，夏葛而冬裘，渴饮而饥食耳。呜呼！平生能著几两屐，而奚必取盈焉？安得人同此心，而使天下利尽兴而害尽革也！

叙　盗

盗三十人，凡十五发。繇孙仙而下，盗吴庆船者，杀人皆应斩；盗朱缟船者，赃重皆应绞，凡应死者十有八人。繇汤庆而下，或赃轻，或窃盗，或常自言，凡应徒者，十有二人。此有司之法也。

今图之所见者，其名氏、税等、械器，与其发之日月，所盗之家，所取之财，至于人各别其凡若干发，皆旁行以见之。人各别其凡若干发者，又别之以朱，欲览者之易晓也。吴庆之船，赃分为三，与吴庆、吴道之属有亲疏，居有异同。至于孙仙、汤庆之族属，以及十二人之所以得不死者，皆别见于图之上下，而狱之轻重详矣。其创作兵仗，合众以转劫数百里之间，至于贼杀良民，此情状之尤可嫉者也。

方五六月之时，水之害甚矣，田畴既以荡溺矣，屋庐既以漂流矣。城郭之内，粜官粟以赈民，而犹有不得食者。穷乡僻壤、大川长谷之间，自中家以上，日昃持钱，无告籴之所；况于蹑短素困之人乎？方且结草苇以自托于坏堤毁埠之上，有饥饿之迫，无乐生之情。其屡发而为盗，亦情状之有可哀者也。

《康诰》曰："杀越人于货，愍不畏死"，凡民"罔不憝"。孟子以谓"不待教而诛"者也。是则杀人之盗不待教而诛，此百王之所同，而未有知其所始者也。然而孔子曰："天下有道，盗其先变乎？"此谓养之既足，导之既明，则为盗者知耻而自新。则非杀人之盗有待教而诛者，此亦百王之所同，而未有知其所始者也。不待教而诛者，天下之所不得容也；待教而诛者，俟之之道既尽矣，然后可以责之备也。苟为养之既有不足，导之既有不明，俟之之道既有不尽矣，故凶年人食不足，而有起为盗贼者，天子尝密下宽大之令，许降其罪，而此非有司之法也；至杀人与赃重者亦不降，有司之法存焉，亦《康诰》之意也。

余当阅是狱，故具列其本末情状以览观焉，以明余之于是尽心矣。

○有憯怛忠爱之意，可为为士师者法。

卷五十六

南丰曾巩文三　论、记

唐　论

成康殁而民生不见先王之治，日入于乱，以至于秦，尽除前圣数千载之法。天下既攻秦而亡之，以归于汉。汉之为汉，更二十四君，东西再有天下，垂四百年。然大抵多用秦法，其改更秦事，亦多附己意，非放先王之法而有天下之志也。有天下之志者，文帝而已。然而天下之材不足，故仁闻虽美矣，而当世之法度，亦不能放于三代。汉之亡，而强者遂分天下之地。晋与隋虽能合天下于一，然而合之未久而已亡，其为不足议也。

代隋者唐，更十八君，垂三百年，而其治莫盛于太宗之为君也。诎己从谏，仁心爱人，可谓有天下之志。以租庸任民，以府卫任兵，以职事任官，以材能任职，以兴义任俗，以尊本任众。赋役有定制，兵农有定业。官无虚名，职无废事；人习于善行，离于末作。使之操于上者，要而不烦；取于下者，寡而易供。民有农之实，而兵之备存；有兵之名，而农之利在。事之分有归，而禄之出不浮；材之品不遗，而治之体相承。其廉耻日以笃，其田野日以辟。以其法修则安且治，废则危且乱，可谓有天下之材。行之数岁，粟米之贱，斗至数钱；居者有余蓄，行者有余资；人人自厚，几致刑措，可谓有治天下之效。

夫有天下之志，有天下之材，又有治天下之效，然而不得与先王并者，法度之行，拟之先王未备也；礼乐之具，田畴之制，庠序之教，拟之先王未备也；躬亲行阵之间，战必胜、攻必克，天下莫不以为武，而非先王之所尚也；四夷万里，古所未及以政者，莫不服从，天下莫不以为盛，而非先王之所务也。太宗之为政于天下者，得失如此。

由唐虞之治五百余年，而有汤之治；由汤之治五百余年，而有文武之治；由文武之治千有余年，而始有太宗之为君。有天下之志，有天下之材，又有治天下之效，然而又以其未备也，不得与先王并而称极治之时。是则人生于文、武之前者，率五百余年而一遇治世；生于文、武之后者，千有余年而未遇极治之世也。非独民之生于是时者之不幸也，士之生于文、武之前者，如舜禹之于唐，八元八凯之于舜，伊尹之于汤，太公之于文、武，率五百余年而一遇；生于文、武之后千有余年，虽孔子之圣、孟轲之贤而不遇，虽太宗之为君而未可以必得志于其时也，是亦士、民之生于是时者之不幸也。故述其是非得失之迹，非独为人君者可以考焉，士之有志于道而欲仕于上者，可以鉴矣。

〇巩此论上下千古，非止较唐太宗之得失也。故太宗以后，无一语及之，而目其篇曰《唐论》，明非为太宗发也。终之曰："士之有志于道而欲仕于上者，可以鉴矣。"盖招隐之文欤？子路曰："长幼之节，不可废也；君臣之义，如之何其废之？"君臣、父子，五伦中实惟两大。尧舜之君，旷世而难遇也；非尧舜则不可委质而为臣，然则又安得尧舜其人者而为之臣乎？子曰："天下有道则见，无道则隐。"要亦为门弟子言之耳。使如鲁公子者，又将安隐？非特是也，门弟子中如南宫说、孟孙、何忌者，又岂得弃其世祀而隐乎？言固各有当也。如此文者，教人以难进之义，洵善矣；以为通论，则非也。若其缠绵悱恻、夭矫变化，则固文之雄矣。而茅坤转谓其体弱，何哉？

墨池记

临川之城东，有地隐然而高，以临于溪，曰新城。新城之上，有池洼然而方以长，曰王羲之之墨池者，荀伯子《临川记》云也。羲之尝慕张芝，临池学书，池水尽黑，此为其故迹，岂信然邪？

方羲之之不可强以仕，而尝极东方，出沧海，以娱其意于山水之间。岂其（有）徜徉肆恣，而又尝自休于此邪？羲之之书晚乃善，则其所能，盖亦以精力自致者，非天成也。然后世未有能及者，岂其学不如彼邪？则学固岂可以少哉！况欲深造道德邪？

墨池之上，今为州学舍。教授王君盛恐其不章也，书"晋王右军墨池"之六字于楹间以揭之，又告于巩曰："愿有记。"

推王君之心，岂爱人之善，虽一能不以废，而因以及乎其迹邪？其亦欲推其事以勉其学者邪？夫人之有一能，而使后人尚之如此，况仁人庄士之遗风余思，被于来世者何如哉！

庆历八年九月十二日，曾巩记。

○寂寥短章，而使人味之隽永，此曾、王之所长也。

南轩记

得邻之苇地，燔草，树竹木灌蔬于其间，结茅以自休，嚣然而乐。世固有处廊庙之贵，抗万乘之富，吾不愿易也。

人之性不同，于是知伏闲隐隩，吾性所最宜。驱之就烦，非其器所长，况使之争于势利、爱恶、毁誉之间邪？然吾亲之养无以修，吾之昆弟饭菽藿羹之无以继，吾之役于物，或田于食，或野于宿，不得常此处也，其能无欿然于心邪？

少而思，凡吾之拂性苦形而役于物者，有以为之矣。士固有所勤，有所肆识，其皆受之于天而顺之，则吾亦无处而非其乐，独何必休于是邪？顾吾之所好者远，无与处于是也。然而六艺百家史氏之籍，笺疏之书，与夫论美刺非、感微托远、山镵冢刻、浮夸诡异之文章，下至兵权、历法、星官、乐工、山农、野圃、方言、地记、佛老所传，吾悉得于此，皆伏羲以来，下更秦汉至今，圣人贤者魁杰之材，殚岁月，惫精思，日夜各推所长，分辨万事之说，其于天地万物，小大之际，修身理人，国家天下治乱安危存亡之致，罔不毕载。处与吾俱，可当所谓益者之友非邪？

吾窥圣人旨意所出，以去疑解蔽，贤人智者所称事引类，始终之概以自广，养吾心以忠，约守而恕行之。其过也改，趋之以勇，而至之以不止，此吾之所以求于内者。得其时则行，守深山长谷而不出者，非也。不得其时则止，仆仆然求行其道者，亦非也。吾之不足于义，或爱而誉之者，过也。

吾之足于义，或恶而毁之者，亦过也。彼何与于我哉？此吾之所任乎天与人者。然则吾之所学者虽博，而所守者可谓简；所言虽近而易知，而所任者可谓重也。

书之南轩之壁间，蚤夜览观焉，以自进也。南丰曾巩记。

○韩愈而下，至于曾巩，类皆天资英妙，绝伦离群；而于圣道之要，学而有得，唯李翱与巩，翱又未及巩之粹也。其言："养我心以忠，约守而恕行之。其过也改，趋之以勇，而至之以不止。"其言有本末矣。不学者，求一言之几于道而不可得，能如是言之有本末乎？果若其言，设诚而致行之，其于孔氏，不难升堂入室，岂徒文之雄哉！

思政堂记

尚书祠部员外郎、集贤校理太原王君为池州之明年，治其后堂北向，而命之曰思政之堂。谓其出政于南向之堂，而思之于此也。其冬，予客过池，而属予记之。

初，君之治此堂，得公之余钱，以易其旧腐坏断，既完以固，不窘寒暑。辟而即之，则旧圃之胜，凉台清池，游息之亭，微步之径，皆在其前；平畦浅槛，佳花美木、竹林香草之植，皆在其左右。君于是退处其中，并心一意，用其日夜之思者，不敢忘其政，则君之治民之意勤矣乎！

夫接于人无穷，而使人善惑者，事也；推移无常，而不可以拘者，时也；其应无方而不可以易者，理也。知时之变而因之，见必然之理而循之，则事者虽无穷而易应也，虽善惑而易治也。故所与由之，必人之所安也；所与违之，必人之所厌也。如此者，未有不始于思，然后得于己。得于己，故谓之德。正己而治人，故谓之政。政者，岂止于治文书、督赋敛、断狱讼而已乎？然及其已得矣，则无思也；已化矣，则亦岂止于政哉！古君子之治，未尝有易此者也。

今君之学，于书无所不读，而尤深于《春秋》，其挺然独见，破去前惑，人有所不及也。来为是邦，施用素学，以修其政，既得以休其暇日，乃自以为不足，而思之于此。虽今之吏不得以尽行其志，然迹君之勤如此，则池之人，其不有蒙其泽者乎？故予为之书。

嘉祐三年冬至日，南丰曾巩记。

○子产曰："政如农功，日夜思之，思其始而图其终，朝夕而行之。行无越思，如农之有畔，其过鲜矣。"堂以"思政"名，岂本此欤？子产此语，为政者所当诵法矣。而巩谓"因时之变，求必然之理，以应无穷之事"者，实千载而下，为子产语下注脚，足使人得慎思之方也。

夫人于一身一家之事，不知命之有定、分之有限，深思熟虑，再而未已至三，三而未已至八九，卒乃仓黄眩惑，神驰于无何有之乡，而不知其所止者多矣。至于朝廷之事，民生国计之所关，则无所用其思。夫岂不思？思上意如何耳。知上之意无所主，则思同官之有力者，其意旨如何；又无可用其思，则但问例如何耳。呜呼！古之为政何其难，今之为政何其易也。夫以子产之贤，而其于政犹必日夜思之，而后敢行；今之人视子产何如？而所行之政往往皆属不思而得，然则民生何由而厚，国计何由而是？读巩文，能不蒿目于斯世哉！

宜黄县学记

古之人，自家至于天子之国，皆有学；自幼至于长，未尝去于学之中。学有《诗》《书》六艺，弦歌洗爵，俯仰之容，升降之节，以习其心体、耳目、手足之举措；又有祭祀、乡射、养老之礼，以习恭让；进材、论狱、出兵、授捷之法，以习其从事。师友以解其惑，劝惩以勉其进，戒其不率。其所为具如此，而其大要，则务使人人学其性，不独防其邪僻放肆也。虽有刚柔缓急之异，皆可以进之中，而无过不及。使其识之明，气之充于其心，则用之于进退语默之际，而无不得其宜；临之以祸福死生之故，无足动其意者。为天下之士，而所以养其身之备如此，则又使知天地事物之变，古今治乱之理，至于损益废置、先后始终之要，无所不知。其在堂户之上，而四海九州之业、万世之策皆得。及出而履天下之任，列百官之中，则随所施为，无不可者。何则？其素所学问然也。

盖凡人之起居、饮食、动作之小事，至于修身为国家天下之大体，皆自学出，而无斯须去于教也。其动于视听四支者，必使其洽于内；其谨于初者，必使其要于终。驯之以自然，而待之以积久。噫，何其至也！故其俗之成，则刑罚措；其材之成，则三公百官得其士；其为法之永，则中材可以守；其入人之深，则虽更衰世而不乱。为教之极至此，鼓舞天下而人不知，其从之岂用力也哉！

及三代衰，圣人之制作尽坏，千余年之间，学有存者，亦非古法。人之体性之举动，唯其所自肆，而临政治人之方，固不素讲。士有聪明朴茂之质，而无教养之渐，则其材之不成夫（固）然。盖以不学未成之材，而为天下之吏，又承衰弊之后，而治不教之民。呜呼！仁政之所以不行，贼盗刑罚之所以积，其不以此也欤？

宋兴几百年矣。庆历三年，天子图当世之务，而以学为先，于是天下之学乃得立。而方此之时，抚州之宜黄，犹不能有学。士之学者，皆相率而寓于州，以群聚讲习。其明年，天下之学复废，士亦皆散去。而春秋释奠之事，以著于令，则常以庙祀孔氏；庙废，不复理。

皇祐元年，会令李君详至，始议立学。而县之士某某与其徒，皆自以谓得发愤于此，莫不相励而趋为之。故其材不赋而羡，匠不发而多。其成也，积屋之区若干，而门序正位，讲艺之堂、栖士之舍皆足；积器之数若干，而祀饮寝食之用皆具。其像，孔氏而下，从祭之士皆备；其书，经史百氏、翰林子墨之文章，无外求者。其相基会作之本末，总为日若干而已，何其周且速也！

当四方学废之初，有司之议，固以谓学者人情之所不乐。及观此学之作，在其废学数年之后，唯其令之一唱，而四境之内响应而图之，如恐不及。则夫言人之情不乐于学者，其果然也与？

宜黄之学者，固多良士。而李君之为令，威行爱立，讼清事举，其政又良也。夫及良令之时，而顺其慕学发愤之俗，作为宫室教肄之所，以至图书器用之须，莫不皆有，以养其良材之士。虽古之去今远矣，然圣人之典籍皆在，其言可考，其法可求。使其相与学而明之，礼乐节文之详，固有所不得为者；若夫正心修身，为国家天下之大务，则在其进之而已。使一人之行修，移之于一家；一家之行修，移之于乡邻族党，则一县之风俗成、人材出矣。教化之行，道德之归，非远人也，可不勉与！

县之士来请曰：“愿有记。”其记之，十二月某日也。

○朱子云：“余年二十许时，便喜读南丰先生之文，而窃慕效之，竟以才力浅短，不能遂其所愿。”又云：“熹未冠而读南丰先生之文，爱其词严而理正，居常以为人之为言，必当如此，乃为非苟作者。”朱子之景企如是，是以朱子之文绝类之。此篇更为水乳，篇中发明古者学校教人之法，格物致知之要，真切不差，实为程朱开先，可尚也夫！

筠州学记

周衰，先王之迹熄。至汉，六艺出于秦火之余，士学于百家之后。言道德者，矜高远而遗世用；语政理者，务卑近而非师古。刑名兵家之术，则狃于暴诈。惟知经者为善矣，又争为章句训诂之学，以其私见，妄穿凿为说。故先王之道不明，而学者靡然溺于所习。

当是时，能明先王之道者，扬雄而已。而雄之书，世未知好也。然士之出于其时者，皆勇于自立，无苟简之心，其取予、进退、去就，必度于礼义。及其已衰，而搢绅之徒抗志于强暴之间，至于废锢杀戮而其操愈厉者，相望于先后。故虽有不轨之臣，犹低回没世，不敢遂其篡夺。

自此至于魏晋以来，其风俗之弊、人材之乏久矣。以迄于今，士乃有特起于千载之外，明先王之道，以寤后之学者。世虽不能皆知其意，而往往好之。故习其说者，论道德之旨，而知应务之非近；议从政之体，而知法古之非迂。不乱于百家，不蔽于传疏。其所知者若此，此汉之士所不能及。然能尊而守之者，则未必众也。故乐易惇朴之俗微，而诡欺薄恶之习胜。其于贫富贵贱之地，则养廉远耻之意少，而偷合苟得之行多。此俗化之美，所以未及于汉也。

夫所闻或浅，而其义甚高，与所知有余，而其守不足者，其故何哉？由汉之士察举于乡闾，故不能不笃于自修。至于渐磨之久，则果于义者，非强而能也。今之士，选用于文章，故不得不笃于所学。至于循习之深，则得于心者，亦不自知其至也。由是观之，则上所好，下必有甚者焉，岂非信欤！令汉与今有教化开导之方，有庠序养成之法，则士于学行，岂有彼此之偏、先后之过乎？

夫《大学》之道，将欲诚意、正心、修身，以治其国家天下，而必本于先致其知。则知者，固善之端，而人之所难至也。以今之士，于人所难至者既几矣，则上之施化，莫易于斯时，顾所以导之如何尔。

筠为州，在大江之西，其地僻绝。当庆历之初，诏天下立学，而筠独不能应诏，州之士以为病。至治平三年，盖二十有三年矣，始告于知州事、尚书都官郎中董君仪。董君乃与通判州事、国子博士郑君茜，相州之东南，得亢爽之地，筑宫于其上。斋祭之室，诵讲之堂，休宿之庐，至于庖湢库厩，各以序为。经始于其春，而落成于八月之望。既而来学者，常数十百人。二君乃以书走京师，请记于予。

予谓二君之于政，可谓知所务矣。使筠之士，相与升降乎其中，讲先王之遗文，以致其知，其贤者超然自信而独立，其中材勉焉以待上之教化，则是宫之作，非独使夫来者玩思于空言，以干世取禄而已。故为之著予之所闻者以为记，而使归刻焉。

◇朱子曰："南丰作宜黄、筠州二《学记》，好说得古人教学意出。"

抚州颜鲁公祠堂记

赠司徒鲁郡颜公，讳真卿，事唐为太子太师，与其从父兄杲卿，皆有大节以死。至今虽小夫妇人，皆知公之为烈也。

初，公以忤杨国忠，斥为平原太守，策安禄山必反，为之备。禄山既举兵，与常山太守杲卿伐其后，贼之不能直窥潼关，以公与杲卿挠其势也。在肃宗时，数正言，宰相不悦，斥去之。又为御史唐旻所构，连辄斥。李辅国迁太上皇居西宫，公首率百官请问起居，又辄斥。代宗时，与元载争论是非，载欲有所壅蔽，公极论之，又辄斥。杨炎、卢杞既相德宗，益恶公所为，连斥之，犹不满意。李希烈陷汝州，杞即以公使希烈，希烈初惭其言，后卒缢公以死。是时，公年七十有七矣。

天宝之际，久不见兵，禄山既反，天下莫不震动；公独以区区平原，遂折其锋。四方闻之，争奋而起，唐卒以振者，公为之倡也。当公之开土门，同日归公者十七郡，得兵二十余万。繇此观之，苟顺且诚，天下从之矣。自此至公殁，垂三十年，小人继续任政，天下日入于弊，大盗继起，天子辄出避之。唐之在朝臣，多畏怯观望；能居其间，一忤于世，失所而不自悔者寡矣；至于再三忤于世，失所而不自悔者，盖未有也。若至于起且仆，以至于七八，遂死而不自悔者，则天下一人而已，若公是也。

公之学问文章，往往杂于神仙浮屠之说，不皆合于理。及其奋然自立，能至于此者，盖天性然也。故公之能处其死，不足以观公之大。何则？及至于势穷，义有不得不死，虽中人可勉焉，况公之自信也与？维历忤大奸，颠跌撼顿，至于七八，而终始不以死生祸福为秋毫顾虑，非笃于道者不能如此，此足以观公之大也！

夫世之治乱不同，而士之去就亦异，若伯夷之清，伊尹之任，孔子之时，彼各有义。夫既自比于古之任者矣，乃欲睠顾回隐，以市于世，其可乎？故孔子恶鄙夫不可以事君，而多杀身以成仁者；若公，非孔子所谓仁者与？

今天子至和三年，尚书都官郎中知抚州聂君厚载，尚书屯田员外郎通判抚州林君慥，相与慕公之烈，以公之尝为此邦也，遂为堂而祠之。既成，二君过予之家而告之曰："愿有述。"夫公之赫赫不可尽者，固不系于祠之有无；盖人之向往之不足者，非祠则无以致其至也。闻其烈足以感人，况拜其祠而亲炙之者欤？今州县之政，非法令所及者，世不复议。二君独能追公之节，尊而祠之，以风示当世，为法令之所不及，是可谓有志者也。

〇世谓柳宗元记段秀实，曾巩记颜真卿，皆不以一死重其平生，以为具眼定论。然两作自是不同。秀实武人，宗元恐后世以其奋笏击朱泚，为出于一时激烈所为，没其平日慈惠忠清，可以当大事之学识，故特著其逸事以传后世。若颜真卿之大节卓卓，震耀耳目，其不仅以一死重者，夫人知之，不待巩言；非若秀实之传于今，实宗元表章之力也。且也死不忘君，握拳透爪，其生平事迹，真所谓"屑檀寸寸皆香"者，又何从较其轻重哉！

自濂洛关闽昌明道学，而后人知修身之有方，治国平天下之有具，如昏夜有求于幽室之中而与之以烛，其功固在万世。乃学者不践其实，徒附其名；不力诸躬行，但腾其口说。不同人于出门，转起戈于席上。一句一字，与程朱不相似，则引绳批根，曰："此异端也。吾师之说不如是。"曰："此禅学也。"其极，至于无父无君，虽陆九渊之高明，王守仁之忠干，而群为嚚讼，如攻寇贼焉。夷考攻者之行，则与流俗无丝毫异也。箪食豆羹见于色，曷问死生大节乎！

若颜真卿之学，其所慕效者，羽士也；其所略涉藩篱者，浮图也。不能为格物、慎独之辨，不能为敬义夹持、知行并进之说，而自壮至于老死，其忠贞义勇，贯金石而动鬼神，赫赫如是，不谓之圣人之徒而可乎？学者当何从违，而用人者当何所取舍也？

夫学之必待讲也，欲明入圣之途辙，使中材之士皆有所遵循，以淑其身，而为天下国家用也。今举上智之士，有一不似圣人之謦欬者，即摈之不得为吾徒；而中材以下，皆可以口说得之，则学问之道将沦胥以亡，较学不讲之时，其晦蒙否塞更甚也，岂程朱讲学之心哉？

读巩所云："真卿学问文章，杂于神仙浮图，不皆合于理。其奋然自立，盖天性。"不禁重有感焉！

徐孺子祠堂记

汉元兴以后，政出宦者，小人挟其威福，相煽为恶，中材顾望，不知所为。汉既失其操柄，纪纲大坏。然在位公卿大夫，多豪杰特起之士，相与发愤同心，直道正言，分别是非白黑，不少屈其意；至于不容，而织罗钩党之狱起，其执弥坚，而其行弥励，志虽不就而忠有余。故及其既殁，而汉亦以亡。当是之时，天下闻其风、慕其义者，人人感慨奋激，至于解印绶，弃家族，骨肉相勉，趋死而不避。百余年间，擅强大、觊非望者相属，皆逡巡而不敢发。汉能以亡为存，盖其力也。

孺子于时，豫章太守陈蕃、太尉黄琼辟，皆不就。举有道，拜太原太守，安车备礼召，皆不至。盖忘己以为人，与独善于隐约，其操虽殊，其志于仁一也。在位士大夫，抗其节于乱世，不以死生动其心，异于怀禄之臣远矣；然而不屑去者，义在于济物故也。孺子尝谓郭林宗曰："大木将颠，非一绳所维，何为栖栖不皇宁处?"此其意，亦非自足于丘壑，遗世而不顾者也。孔子称颜回："用之则行，舍之则藏，惟我与尔有是夫。"孟子亦称孔子："可以进则进，可以止则止，乃所愿则学孔子。"而《易》于君子小人消长进退，择所宜处，未尝不惟其时则见，其不可而止。此孺子之所以未能以此而易彼也。

孺子姓徐名稚，孺子其字也，豫章南昌人。按图记："章水北径南昌城，西历白社，其西有孺子墓；又北历南塘，其东为东湖，湖南小洲上有孺子宅，号孺子台。吴嘉禾中，太守徐熙于孺子墓隧种松，太守谢景于墓侧立碑。晋永安中，太守夏侯嵩于碑旁立思贤亭，世世修治。至拓跋魏时，谓之聘君亭。"今亭尚存，而湖南小洲，世不知其尝为孺子宅，又尝为台也。予为太守之明年，始即其处，结茅为堂，图孺子像，祠以中牢，率州之宾属拜焉。

汉至今，且千岁，富贵堙灭者不可称数。孺子不出闾巷，独称思至今，则世之欲以智力取胜者，非惑欤？孺子墓失其地，而台幸可考而知。祠之，所以示邦人以尚德，故并采其出处之意为记焉。

〇东汉之末，士以志节相高，小人亦比而诛之，使善类无遗种，此郭泰有殄瘁之伤也。人之云亡，于是董卓、曹操无所顾忌，不特汉祚以移，而大乱者二三百年，中国分裂，视弑君篡国为故事矣。识者谓小人狼虎，何所不至；而君子自洁其身，不为后世虑者，亦有遗议焉。此诸贤所以为陨霜之芝兰，而徐孺子辈为岁寒之松柏也。

越州赵公救灾记

熙宁八年夏，吴越大旱。九月，资政殿大学士、右谏议大夫知越州赵公，前民之未饥，为书问属县：灾所被者几乡，民能自食者有几，当廪于官者几人，沟防构筑可僦民使治之者几所，库钱仓廪可发者几何，富人可募出粟者几家，僧道士食之羡粟书于籍者其几具存，使各书以对，而谨其备。

州县吏录民之孤老疾弱、不能自食者，二万一千九百余人以告。故事：岁廪穷人，当给粟三千石而止。公敛富人所输及僧道士食之羡者，得粟四万八千余石，佐其费。使自十月朔，人受粟日一升，幼小半之。忧其众相蹂也，使受粟者男女异日，而人受二日之食。忧其且流亡也，于城市郊野为给粟之所，凡五十有七，使各以便受之，而告以去其家者勿给。计官为不足用也，取吏之不在职而寓于境者，给其食而任以事。

不能自食者，有是具也。能自食者，为之告富人，无得闭粜。又为之出官粟，得五万二千余石，平其价予民。为粜粟之所，凡十有八，使籴者自便，如受粟。

又僦民完城四千一百丈，为工三万八千，计其佣与钱，又与粟，再倍之。民取息钱者，告富人纵予之，而待熟，官为责其偿。弃男女者，使人得收养之。

明年春，大疫，为病坊，处疾病之无归者。募僧二人，属以视医药饮食，令无失所恃。凡死者，使在处随收瘗之。

法：廪穷人，尽三月当止。是岁尽五月而止。事有非便文者，公一以自任，不以累其属。有上请者，或便宜，多辄行。公于此时，蚤夜惫心力，不少懈；事细钜，必躬亲。给病者药食，多出私钱。民不幸罹旱疫，得免于转死；虽死，得无失敛埋，皆公力也。

是时，旱疫被吴越，民饥馑疾疠，死者殆半，灾未有钜于此也。天子东向忧劳，州县推布上恩，人人尽其力。公所拊循，民尤以为得其依归。所以经营绥辑、先后终始之际，委曲纤悉，无不备者。其施虽在越，其仁足以示天下；其事虽行于一时，其法足以传后。

盖灾沴之行，治世不能使之无，而能为之备。民病而后图之，与夫先事而为计者，则有间矣；不习而有为，与夫素得之者，则有间矣。予故采于越，得公所推行，乐为之识其详，岂独以慰越人之思，将使吏之有志于民者，不幸而遇岁之灾，推公之所已试，其科条可不待顷而具，则公之泽岂小且近乎？

公元丰二年，以大学士加太子少保致仕，家于衢。其直道正行在于朝廷、岂弟之实在于身者，此不著；著其荒政可师者，以为《越州赵公救灾记》云。

○赵抃救灾之法，尽善尽美；而巩所记，又复详尽明晰。司牧之臣，案间必备之书。

卷五十七

南丰曾巩文四　疏、议、墓志铭

熙宁转对疏

准御史台告报臣寮朝辞日具转对，臣愚浅薄，恐言不足采。然臣窃观唐太宗即位之初，延群臣与图天下之事，而能绌封伦、用魏郑公之说，所以成贞观之治；周世宗初即位，亦延群臣，使陈当世之务，而能知王朴之可用，故显德之政，亦独能变五代之因循。夫当众说之驰骋，而以独见之言，陈未形之得失，此听者之所难也。然二君能辨之于群众之中而用之，以收一时之效，此后世之士，所以常感知言之少，而颂二君之明也。

今陛下始承天序，亦诏群臣，使以次对；然且将岁余，未闻取一人、得一言。岂当世固乏人，不足以当陛下之意与？抑所以延问者，特用累世之故事，而不必求其实欤？臣愚窃计，殆进言者，未有以当陛下之意也。陛下明智大略，固将比迹于唐虞三代之盛，如太宗、世宗之所至，恐不足以望陛下，故臣之所言，亦不敢效二臣之卑近。伏惟陛下超然独观于世俗之表，详思臣言而择其中，则二君之明，岂足道于后世？而士之怀抱忠义者，岂复感知言之少乎？臣所言如左。

臣伏以陛下恭俭慈仁，有能承祖宗之德；聪明睿知，有能任天下之材。即位以来，早朝晏罢，广问兼听，有更制变俗、比迹唐虞之志，此非群臣之所能及也。然而所遇之时，在天则有日食星变之异，在地则有震动陷裂、水泉涌溢之灾，在人则有饥馑流亡、讹言相惊之患，三者皆非常之变也。及从而察今之天下，则风俗日以薄恶，纪纲日以弛坏，百司庶务，一切文具而已。内外之任，则不足于人材；公私之计，则不足于食货。近则不能不以盗贼为虑，远则不能不以夷狄为忧。海内智谋之士，常恐天下之势不得以久安也。以陛下之明，而所遇之时如此，陛下有更制变俗、比迹唐虞之志，则亦在正其本而已矣。《易》曰："正其本，万事理。"臣以谓正其本者，在陛下得之于心而已。

臣观《洪范》所以和同天人之际，使之无间，而要其所以为始者，思也；《大学》所以诚意正心修身，治其国家天下，而要其所以为始者，致其知也。故臣以谓正其本者，在得之于心而已。得之于心者，其术非他，学焉而已矣。此致其知所以为大学之道也。古之圣人，舜禹成汤文武，未有不由学而成；而傅说、周公之辅其君，未尝不勉之以学。故孟子以谓学焉而后有为，则汤以王，齐桓公以霸，皆不劳而能也。盖学所以成人主之功德如此。诚能磨砻长养，至于有以自得，则天下之事在于理者，未有不能尽也。能尽天下之理，则天下之事物接于我者，无以累其内；天下之以言语接于我者，无以蔽其外。夫然则循理而已矣，邪情之所不能入也；从善而已矣，邪说之所不能乱也。如是而用之以持久，资之以不息，则积其小者必至于大，积其微者必至于显。古之人自可欲之善，而充之至于不可知之神，自十五之学，而积之至于从心之不逾距，岂他道哉？由是而已矣。故曰："念终始典于学。"又曰："学然后知不足。"孔子亦曰："吾学不厌。"盖如此者，孔子之不能已也。夫能使事物之接于我者不能累其内，所以治内也；言语之接于我者不能蔽其外，所以应外也。有以治内，此所以成德化也；有以应外，此所以成法度也。德化、法度既成，所以发育万物，而和同天人之际也。

自周衰以来，道术不明。为人君者，莫知学先王之道以明其心；为人臣者，莫知引其君以及先王之道也。一切苟简，溺于流俗末世之卑浅，以先王之道为迂远而难遵。人主虽有聪明敏达之质，而无磨砻长养之具，至于不能有以自得，则天下之事，在于理者有所不能尽也。不能尽天下之理，则天下之以事物接于我者，足以累其内；天下之以言语接于我者，足以蔽其外。夫然，故欲循理而邪情足以害之，欲从善而邪说足以乱之。如是而用之以持久，则愈甚无补；行之以不息，则不能见效。其弊则至于邪情胜而正理灭，邪说长而正论消，天下之所以不治而有至于乱者，以是而已矣。此周衰以来，人主之所以可传于后世者少也。可传于后世者，若汉之文帝、宣帝，唐之太宗，皆可谓有美质矣。由其学不能远而所知者陋，故足以贤于近世之庸主矣；若夫议唐虞三代之盛德，则彼乌足以云乎？由其如此，故自周衰以来，千有余年，天下之言理者，亦皆卑近浅陋，以趋世主之所便；而言先王之道者，皆绌而不省。故以孔子之圣、孟子之贤，而犹不遇也。

今去孔孟之时又远矣，臣之所言，乃周衰以来千有余年，所谓迂远而难遵者也。然臣敢献之于陛下者，臣观先王之所已试，其言最近而非远，其用最要而非迂，故不敢不以告者，此臣所以事陛下区区之志也。

伏惟陛下有自然之圣质，而渐渍于道义之日又不为不久，然臣以为陛下有更制变俗、比迹唐虞之志，则在得之于心。得之于心，则在学焉而已者。臣愚以为陛下宜观《洪范》《大学》之所陈，知治道之所本不在于他；观傅说、周公之所戒，知学者非明主之所宜已也。陛下有更制变俗、比迹唐虞之志，则当恳诚恻怛，以讲明旧学而推广之，务当于道德之体要，不取乎口耳之小知，不急乎朝夕之近效，复之熟之，使圣心之所存，从容于自得之地，则万事之在于理者，未有不能尽也。能尽万事之理，则内不累于天下之物，外不累（蔽）于天下之言。然后明先王之道而行之，邪情之所不能入也；合天下之正论而用之，邪说之所不能乱也。如是而用之以持久，资之以不息，则虽细必钜，虽微必显。以陛下之聪明，而充之以至于不可知之神；以陛下之睿知，而积之以至于从心所欲之不逾距，夫岂远哉？顾勉强如何耳。夫然，故内成德化，外成法度，以发育万物，而和同天人之际，甚易也。若夫移风俗之薄恶，振纪纲之弛坏，变百司庶务之文具，厉天下之士使称其位，理天下之财使赡其用，近者使之亲附，远者使之服从，海内之势使之常安，则惟陛下之所欲，何求而不得、何为而不成乎？未有若是而福应不臻，而变异不消者也。如圣心之所存，未及于此，内未能无秋毫之累，外未能无纤芥之蔽，则臣恐欲法先王之政，而智虑有所未审；欲用天下之智谋材谞之士，而议论有所未一，于国家天下愈甚无补，而风俗纲纪愈以衰坏也。非独如此，自古所以安危治乱之几，未尝不出于此。

臣幸蒙降问，言天下之细务，而无益于得失之数者，非臣所以事陛下区区之志也。辄不自知其固陋，而敢言国家之大体。惟陛下审察而择其宜，天下幸甚。

○朱子谓巩由学文渐见道理，故文字依傍道理，不为空言。此疏在神宗初政，劝以稽古，虽若老生常谈；然使神宗果纳其言，学于古训，则所谓“天变不足畏，祖宗不足法，人心不足顺”等论议，必不能入于耳而逊于心矣。想当时只作一通文字阅过耳。移沧州过关上殿劄子，繁文胜而实意微，不如此疏远甚。

为人后议

《礼》：大宗无子，则族人以支子为之后。为之后者，为所后服斩衰三年，而降其父母期。《礼》之所以如此者，何也？以为人之所知者近，则知亲爱其父母而已；所知者远，则知有严父之义。知有严父之义，则知尊祖；知尊祖，则知大宗者上以继祖、下以收族，不可以绝，故有以支子为之后者。为之后者，以受重于斯人，故不得不以尊服服之。以尊服服之而不为之降己亲之服，则犹恐未足以明所后者之重也。以尊服服之，又为之降己亲之服，然后以为可以明所后者之重，而继祖之道尽。此圣人制礼之意也。

夫所谓“收族”者，《记》称与族人合食，序以昭穆、别以礼义之类。是特诸侯别子之大宗，而严之如此。况如《礼》所称天子及其始祖之所自出者，此天子之大宗，是为天地、宗庙、百神祭祀之主，族人万世之所依归，而可以不明其至尊至重哉？故前世人主有以支子继立而崇其本亲，加以号位，立庙奉祀者，皆见非于古今。诚由所知者近，不能割弃私爱，节之以礼，故失所以奉承正统、尊无二上之意也。若于所后者尊服服之，又为之降己亲之服，而退于己亲，号位不敢以非礼有加也，庙祀不敢以非礼有奉也，则为至恩大义，固已备矣。而或谓又当易其父母之名，从所后者为属，是未知考于《礼》也。《礼》：“为人后者，为所后者之祖父母、父母、妻、妻之父母、昆弟、昆弟之子若子”者，此其服为所后者而非为己也。为其父母期，为其昆弟大功，为其姊妹适人者小功，皆降本服一等者，此其服为己而非为所后者也。使于其父母，服则为己，名则为所后者，则是名与实相违、服与恩相戾矣。圣人制礼，不如是之舛也。

且自古为人后者，不必皆亲昆弟之子，族人之同宗者皆可为之，则有以大功、小功昆弟之子而为之者矣，有以缌麻、袒免、无服昆弟之子而为之者矣。若当从所后者为属，则亦当从所后者为服。从所后者为服，则于其父母，有宜为大功、为小功、为缌麻、为袒免、为无服者矣。而圣人制礼，皆为其父母期，使足以明所后者重而已，非遂以谓当变其亲也。亲非变，则名固不得而易矣。戴德、王肃《丧记》曰：为人后者，为其父母降一等，服齐衰期，其服之节、居倚庐、言语、饮食，与父在为母同；其异者，不祥、不禫，虽除服，心丧三年。故至于今，著于服令，未之有改也。岂有制服之重如此，而其名遂可以绝乎？又崔凯《丧服驳》曰：本亲有自然之恩，降一等，则足以明所后者为重，无缘乃绝之矣。夫未尝以为可以绝其亲，而辄谓可以绝其名，是亦惑矣。

且支子所以后大宗者，为推其严父之心以尊祖也。顾以尊祖之故，而不父其父，岂本其恩之所由生，而先王教天下之意哉！又《礼》“适子不可为人后”者，以其传重也；“支子可以为人后”者，以非传重也。使传重者后己宗，非传重者后大宗，其意可谓即乎人心而使之两义俱安也。今若使为人后者，以降其父母之服一等，而遂变革其名，不以为父母，则非使之两义俱安，而不即乎人心莫大乎如是也。夫人道之于大宗，至尊至重，不可以绝，尊尊也；人子之于父母，亦至尊至重，不可以绝，亲亲也。尊尊、亲亲，其义一也，未有可废其一者。故为人后者，为之降其父母之服，《礼》则有之矣；为之绝其父母之名，则《礼》未之有也。

或以为欲绝其名者，盖恶其为二，而使之为一，所以使为人后者之道尽也。夫迹其实，则有谓之“所后”，有谓之“所生”；制其服，则有为己而非为所后者，有为所后而非为己者。皆知不可以恶其为二，而强使之为一也。至于名者，盖生于实也，乃不知其不可以恶其为二，而欲强使之为一，是亦过矣。藉使其名可以强使之为一，而迹其实之非一，制其服之非一者，终不可以易，则恶在乎欲绝其名也。故古之圣人，知不可以恶其为二而强使之为一，而能使其属之疏者相与为重，亲之厚者相与为轻，则以礼义而已矣。何则？使为人后者，于其所后，非己亲也，而为之服斩衰三年，为其祭主，是以义引之也；于其所生，实己亲也，而降服齐衰期，不得与其祭，是以礼厌之也。以义引之，则属之疏者相与为重；以礼厌之，则亲之厚者相与为轻，而为人后之道尽矣。

然则欲为人后之道尽者，在以礼义明其内，而不在于恶其为二而强易其名于外也。故《礼·丧服》“齐衰不杖期章”曰：“为人后者为其父母服。”此见于经“为人后者于其本亲称父母”之明文也。汉蔡义以为宣帝亲谥宜曰悼，魏相以为宜称尊号曰皇考，立庙。后世议者，皆以其称皇、立庙为非；至于称亲、称考，则未尝有以为非者也。其后魏明帝尤恶为人后者厚其本亲，故非汉宣加悼考以皇号，又谓后嗣有由诸侯入继正统者，皆不得谓考为皇、称妣为后。盖亦但禁其猥加非正之号，而未尝废其考妣之称。此见于前世议论“为人后者于其本亲称考妣”之明文也。又晋王坦之《丧服议》曰：“罔极之重，非制教之所裁；昔日之名，非一朝之所去。”此出后之身所以有服本亲也。又曰：“情不可夺，名不可废，崇本叙恩，所以为降。”则知为人后者，未有去其所出父母之名，此古今之常理，故坦之引以为制服之证。此又见于前世议论“为人后者于其本亲称父母”之明文也。

是则为人后者之亲，见于经、见于前世议论，谓之“父母”、谓之“考妣”者，其大义如此，明文如此。至见于他书及史官之记，亦谓之“父母”，谓之“考妣”，谓之“私考妣”，谓之“本亲”。谓之“亲”者，则不可一二数；而以为“世父”“叔父”者，则不特《礼》未之有，载籍已来，固未之有也。今欲使从所后者为属，而变革其父母之名，此非常异义也；不从经文与前世数千载之议论，亦非常异义也。而无所考据以持其说，将何以示天下乎？且中国之所以为贵者，以有父子之道，又有《六经》与前世数千载之议论以治之故也。今忽欲弃之而伸其无所考据之说，岂非误哉！

或谓为人后者，于其本亲称父母，则为两统二父，其可乎？夫“两统二父”者，谓加考以皇号，立庙奉祀，是不一于正统，怀贰于所后，所以著其非，而非谓不变革其父母之名也。然则加考以皇号，与《礼》及世之称皇考者有异乎？曰：“皇考”一名而为说有三。《礼》曰考庙，曰王考庙，曰皇考庙，曰显考庙，曰祖考庙。是则以皇考为曾祖之庙号也。魏相谓汉宣帝父宜称尊号曰皇考，既非《礼》之曾祖之称，又有尊号之文，故魏明帝非其加悼考以皇号。至于光武亦于南顿君称皇考庙，义出于此，是以加皇号为事考之尊称也。屈原称“朕皇考曰伯庸”，又晋司马机为燕王告祢庙文，称“敢昭告于皇考清惠亭侯”，是又达于群下，以皇考为父殁之通称也。以为曾祖之庙号者，于古用之；以为事考之尊称者，于汉用之；以为父殁之通称者，至今用之。

然则称之亦有可、有不可者乎？曰：以加皇号为事考之尊称者，施于为人后之义，是干正统，此求之于《礼》而不可者也；达于群下以皇考为父殁之通称者，施于为人后之义，非干正统，此求之于《礼》而可者也。然则以为父殁之通称者，其不可如何？曰：若汉哀帝之亲，称尊号曰“恭皇”；安帝之亲，称尊号曰“孝德皇”，是又求之于《礼》而不可者也。且《礼》，父为士，子为天子，祭以天子，其尸服以士服。子无爵父之义，尊父母也。前世失礼之君崇本亲以位号者，岂独失为人后奉祀正统、尊无二上之意哉？是以子爵父，以卑命尊，亦非所以尊厚其亲也。前世崇饰非正之号者，其失如此，而后世又谓宜如期亲故事增官广国者，亦可谓皆不合于《礼》矣。

夫“考”者，父殁之称，然施于礼者，有朝廷典册之文，有宗庙祝祭之辞而已。若不加位号，则无典册之文；不立庙奉祀，则无祝祭之辞，则虽正其名，岂有施于事者？顾言之不可不顺而已。此前世未尝以为可疑者，以《礼》甚明也。今世议者纷纷，至于旷日累时、不知所决者，盖由不考于《礼》，而率其私见也。故采于经，列其旨意，庶得以商榷焉。

〇与欧阳修《议》并读，可互相发明。

讲官议

孔子之语教人曰：不愤悱、不启发，举一隅不以三隅反，则不告也。孟子之语教人曰：有答问者。荀子之语教人曰："不问而告谓之傲，问一而告二谓之嚼。傲，非也；嚼，非也。君子如响。"故礼无往教而有待问，则师之道，有问而告之者尔。世之挟书而讲者，终日言，而非有问之者也，乃不自知其强聒而欲以师自任，何其妄也！

古之教世子之法，太傅审父子君臣之道以示之，少傅奉世子以观太傅之德行而审喻之。则示之以道者，以审喻之为浅，故不为也。况于师者，何为也哉？正己而使观之者化尔。故得其行者，或不得其所以行；得其言者，或不得其所以言也。仰之而弥高，钻之而弥坚，德如是，然后师之道尽。故天子不得而召也，诸侯不得而友也，又况得而臣之乎？此伊尹、太公、子思、孟子之徒所以忘人之势，而唐虞三代大有为之君所以自忘其势也。

世之挟书而讲于禁中者，官以"侍"为名，则其任故可知矣。乃自以为吾师道也，宜坐而讲，以为请于上，其为说曰："必如是，然后合于古之所谓坐而论道者也。"夫坐而论道，谓之王公；作而行之，谓之卿大夫，语其任之无为与有为，非以是为尊师之道也。且礼于朝，王及群臣皆立，无独坐者；于燕皆坐，无独立者，故坐未尝以为尊师之礼也。昔晋平公之于亥唐，坐云则坐；曾子之侍仲尼，子曰参复坐。则"坐"云者，盖师之所以命学者，未果有师道也。顾仆仆然以坐自请者也，则世之为此者非妄欤？故为此议以解其惑。

〇此文为王安石争坐讲而作也。吕诲劾其妄自尊大，安石犹可得而辨也，师道固尊也。巩明其官以"侍"为名，则非师矣，而坐亦非所以为尊，安石当爽然自失矣。通达古今之士，其议论足发矇如是。厥后程伊川何以犹争坐讲也？

救灾议

河北地震、水灾，隳城郭，坏庐舍，百姓暴露乏食。主上忧悯，下缓刑之令，遣拊循之使，恩甚厚也。然百姓患于暴露，非钱不可以立屋庐；患于乏食，非粟不可以饱，二者不易之理也。非得此二者，虽主上忧劳于上，使者旁午于下，无以救其患、塞其求也。

有司建言，请发仓廪与之粟，壮者人日二升，幼者人日一升，主上不旋日而许之，赐之可谓大矣。然有司之所言，特常行之法，非审计终始，见于众人之所未见也。今河北地震、水灾所毁败者甚众，可谓非常之变也。遭非常之变者，亦必有非常之恩，然后可以振之。今百姓暴露乏食，已废其业矣，使之相率日待二升之廪于上，则其势必不暇乎他为，是农不复得修其畎亩，商不复得治其货贿，工不复得利其器用，闲民不复得转移执事，一切弃百事，而专意于待升合之食以偷为性命之计，是直以饿殍之养养之而已，非深思远虑为百姓长计也。

以中户计之，户为十人，壮者六人，月当受粟三石六斗；幼者四人，月当受粟一石二斗，率一户月当受粟五石，难可以久行也。不久行，则百姓何以赡其后？久行之，则被水之地，既无秋成之望，非至来岁麦熟，赈之未可以罢。自今至于来岁麦熟，凡十月，一户当受粟五十石。今被灾者十余州，州以二万户计之，中户以上及非灾害所被、不仰食县官者去其半，则仰食县官者为十万户。食之不遍，则为施不均，而民犹有无告者也；食之遍，则当用粟五百万石而足，何以办此？又非深思远虑为公家长计也。

至于给授之际，有淹速，有均否，有真伪，有会集之扰，有辨察之烦，厝置一差，皆足致弊。又群而处之，气久蒸薄，必生疾疠，此皆必至之害也。且此不过能使之得旦暮之食耳，其于屋庐构筑之费，将安取哉？屋庐构筑之费既无所取，而就食于州县，必相率而去其故居，虽有颓墙坏屋之尚可完者，故材旧瓦之尚可因者，什器众物之尚可赖者，必弃之而不暇顾。甚则杀牛马而去者有之，伐桑枣而去者有之，其害又可谓甚也。

今秋气已半，霜露方始，而民露处，不知所蔽，盖流亡者亦已众矣。如是不可止，则将空近塞之地。空近塞之地，失战斗之民，此众士大夫之所虑而不可谓无患者也。空近塞之地，失耕桑之民，此众士大夫所未虑而患之尤甚者也。何则？失战斗之民，异时有警，边戍不可以不增尔；失耕桑之民，异时无事，边籴不可以不贵矣。二者皆可不深念欤？万一或出于无聊之计，有窥仓库，盗一囊之粟、一束之帛者，彼知已负有司之禁，则必鸟骇鼠窜，窃弄锄梃于草茅之中，以扞游徼之吏，强者既嚣而动，则弱者必随而聚矣。不幸或连一二城之地，有枹鼓之警，国家胡能晏然而已乎？况夫外有夷狄之可虑，内有郊祀之将行，安得不防之于未然，销之于未萌也？

然则为今之策，下方纸之诏，赐之以钱五十万贯，贷之以粟一百万石，而事足矣。何则？令被灾之州为十万户，如一户得粟十石，得钱五千，下户常产之赀，平日未有及此者也。彼得钱以完其居，得粟以给其食，则农得修其畎亩，商得治其货贿，工得利其器用，闲民得转移执事，一切得复其业，而不失其常生之计，与专意以待二升之廪于上，而势不暇乎他为，岂不远哉？此可谓深思远虑为百姓长计者也。由有司之说，则用十月之费，为粟五百万石；由今之说，则用两月之费，为粟一百万石。况贷之于今而收之于后，足以赈其艰乏，而终无损于储偫之实；所实费者，钱五钜万贯而已。此可谓深思远虑为公家长计者也。又无给授之弊、疾疠之忧，民不必去其故居，苟有颓墙坏屋之尚可完者，故材旧瓦之尚可因者，什器众物之尚可赖者，皆得而不失。况于全牛马、保桑枣，其利又可谓甚也。虽寒气方始，而无暴露之患；民安居足食，则有乐生自重之心；各复其业，则势不暇乎他为，虽驱之不去，诱之不为盗矣。

夫饥岁聚饿殍之民，而与之升合之食，无益于救灾补败之数，此常行之弊法也。今破去常行之弊法，以钱与粟一举而赈之，足以救其患，复其业。河北之民，闻诏令之出，必皆喜上之足赖，而自安于畎亩之中，负钱与粟而归，与其父母妻子脱于流转死亡之祸，则戴上之施而怀欲报之心，岂有已哉？天下之民，闻国家厝置如此恩泽之厚，其孰不震动感激，悦主上之义于无穷乎？如是而人和不可致、天意不可悦者，未之有也。人和洽于下，天意悦于上，然后玉辂徐动，就阳而郊；荒夷殊陬，奉币来享；疆内安辑，里无嚣声，岂不适变于可为之时，消患于无形之内乎？此所谓审计终始，见于众人之所未见也。不早出此，或至于一有枹鼓之警，则虽欲为之，将不及矣。

或谓方今钱粟恐不足以办此。夫王者之富，藏之于民，有余则取，不足则与，此理之不易者也。故曰："百姓足，君孰与不足？百姓不足，君孰与足？"盖百姓富实而国独贫，与百姓饿殍而上独能保其富者，自古及今，未之有也。故又曰"不患贫而患不安"，此古今之至戒也。是故古者二十七年耕，有九年之畜，足以备水旱之灾，然后谓之王政之成。唐水汤旱而民无捐瘠者，以是故也。今国家仓库之积，固不独为公家之费而已，凡以为民也，虽仓无余粟、库无余财，至于救灾补败，尚不可以已；况今仓库之积，尚可以用，独安可以过忧将来之不足，而立视夫民之死乎？古人有曰："剪爪宜及肤，割发宜及体。"先王之于救灾，发肤尚无所爱，况外物乎！

且今河北州军凡三十七，灾害所被，十余州军而已；他州之田，秋稼足望。今有司于籴粟常价斗增一二十钱，非独足以利农，其于增籴一百万石易矣。斗增一二十钱，吾权一时之事，有以为之耳。以实钱给其常价，以茶荈香药之类佐其虚估，不过捐茶荈香药之类，为钱数钜万贯，而其费已足。

茶荈香药之类，与百姓之命孰为可惜，不待议而可知者也。夫费钱五钜万贯，又捐茶荈香药之类，为钱数钜万贯，而足以救一时之患，为天下之计，利害轻重，又非难明者也。顾吾之有司能越拘挛之见，破常行之法与否而已。此时事之急也，故述斯议焉。

□圣祖御评：计较利害得失处，经画最周，变通不滞，可补《周礼》之所未及。

○欲举两月之赈一旦予民耳，而反覆申重至于如此其烦，文士多訾议其非古矣。抑知其勤惓之心，惟恐其言之不足以倾听，而民不得被其泽。语重辞复而不惮烦者，正其意之所以为古乎？

◇丘濬曰："曾巩此议，所谓赐之钱、贷之粟，比之有司日逐给粟之说，其为利病相去甚远，所谓'深思远虑以为百姓长久计'者，真诚有之。但饥民一户贷之米十石，一旦责其如数偿之，难矣。不若因时量力，稍有力者偿其半，无力者并与之，或立为次第之限，可也。"

赠职方员外郎苏君墓志铭

熙宁元年春，余之同年友赵郡苏轼，自蜀以书至京师，谓余曰："轼之大父行甚高，而不为世用，故不能自见于天下。然古之人亦不必皆能自见，而卒有传于后者，以世有发明之者耳。故轼之先人尝疏其事，盖将属铭于子，而不幸不得就其志。轼何敢废焉？子其为我铭之。"余为之记其说曰：

君讳序，字仲先，眉州眉山人。其先盖赵郡栾城人也。曾大父钦，大父祐，父杲，三世皆不仕，而行义闻于乡里。祐生于唐季，而卒于周显德之间。尝以事至成都，遇道士，异之，屏人谓曰："吾术能变化百物，将以授子。"祐辞不愿。道士笑曰："是果有以过人矣。"而杲始以好施显名。

君读书务知大义，为诗务达其志而已，诗多至千余篇。为人疏达自信，持之以谦；轻财好施，急人之病，孜孜若不及。岁凶，卖田以赈其邻里乡党；至熟，人将偿之，君辞不受，以是至数破其业，危于饥寒，然未尝以为悔，而好施益甚。遇人无疏密，一与之，倾尽无疑碍。或欺而侮之，君亦不变，人莫测其意也。李顺叛，攻眉州，君居围中守御。会其父病没，君治丧执礼尽哀，退慰安其母，皆不失所宜。庆历初，诏州县立学取士，士争欲执事学中，君独戒其子孙退避，人皆服其行。

蜀自五代之乱，学者衰少，又安其乡里，皆不愿出仕。君独教其子涣受学，所以成就之者甚备。至涣以进士起家，蜀人荣之，意始大变，皆喜受学。及其后，眉之学者至千余人，盖自苏氏始。而君之季子洵，壮犹不知书，君亦不强之，谓人曰："是非忧其不学者也。"既而洵果奋发力学，与其子轼、辙皆以文学名天下，为学者所宗。盖虽不用于世，而见于家、称于乡里者如此，是不可以无传也已。

君始以子恩为大理评事，后累赠尚书职方员外郎，享年七十有五，庆历五年五月十一日终于家，八年二月某日葬于眉山县修文乡安道里先茔之侧。夫人史氏，蓬莱县太君。二子：曰涣，尚书都官郎中，提点利州路刑狱公事，有能名；曰洵，霸州文安县主簿，编纂太常礼书，赠光禄寺丞。孙七人：位、佾、不欺、不疑、不危、轼、辙。轼，殿中丞，直史馆；辙，商州军事推官。铭曰：

苏氏徂西，值蜀崩分。三世高逝，以笃吾仁。君始不羁，劳躬以卑。孝于父母，施及穷嫠。维见之卓，教其子孙，终化乡邦，学者诜诜。维子若孙，同时三人，擅名文章，震动四方。乃本厥初，考祖之自。刻诗墓石，以畀厥裔。

〇巩金石文字简贵，得史法。如是则其他语重词复，人所病为多者，盖亦必有义矣。昔人谓学古文者有二弊，一为减字法，一为换字法，切中貌古者之病。巩岂不能为减字邪！

卷五十八

临川王安石文　杂著、书、序、记、祭文、墓志铭

原　过

天有过乎？有之，陵历斗蚀是也。地有过乎？有之，崩弛竭塞是也。天地举有过，卒不累覆且载者何？善复常也。人介乎天地之间，则固不能无过，卒不害圣且贤者何？亦善复常也。故太甲思庸，孔子曰“勿惮改过”，扬雄贵迁善，皆是术也。

予之朋有过而能悔，悔而能改，人则曰：“是向之从事云尔。今从事与向之从事弗类，非其性也，饰表以疑世也。”夫岂知言哉？

天播五行于万灵，人固备而有之。有而不思则失，思而不行则废。一日咎前之非，沛然思而行之，是失而复得、废而复举也。顾曰非其性，是率天下而戕性也。且如人有财，见篡于盗，已而得之，曰：“非夫人之财，向篡于盗矣。”可欤？不可也。财之在己，固不若性之为己有也。财失复得，曰“非其财”，且不可；性失复得，曰“非其性”，可乎？

○“无咎”者，善补过也。《易》莫大于无咎，无咎则“无悔无吝，吉”，固“自天祐之”，凶亦非自我作之也。吉凶悔吝，若循环然，凶必悔，悔则之乎吉矣；吉易吝，吝则之乎凶矣。无咎则无所之也，凝命之本也。曷由无咎？在善补过。圣人不大无过，大补过。子张问善人之道，子曰：“不践迹，亦不入于室，不大无过也。”《仲虺之诰》曰：“惟王改过不吝，大补过也。”

子曰：“有德者必有言，有言者不必有德。”王安石儌假明德，以乱天常，苍生之被其害者以百万计，不止无德矣；然犹不碍其为有言，言果足重乎哉？自宋以来，重其文字，明茅坤不能删也，以之殿八家；储欣益李翱、孙樵而为十，而亦不能删王安石而为九也。则今者亦姑存之。曾巩不云乎：“以戒则明，何（岂）必灭其籍哉？”使天下读《原过》而叹有如是之言，而怙过如是；读《进说》而叹有如是之言，而巧进如是，则为人君者，知诈伪万端而不敢轻信，以其国委人；为人臣者，知诈伪万端，虽爵可至王，名可至配享宗庙、配享孔子，文可列于学官、诵于后世，而卒无解于“小人”之号，千古比之“荆、舒”是惩。则诈伪者，其或可休乎？然则其文，诚安可不录也？

进　说

古之时，士之在下者无求于上，上之人日汲汲惟恐一士之失也。古者士之进，有以德，有以才，有以言，有以曲艺。今徒不然，自茂才等而下之至于明法，其进退之皆有法度。古之所谓德者才者，无以为也。古之所谓言者，又未必应今之法度也。诚有豪杰不世出之士，不自进乎此，上之人弗举也；诚进乎此，而不应今之法度，有司弗取也。夫自进乎此，皆所谓枉己者也。孟子曰：“未有枉己能正人者也。”然而今之士，不自进乎此者未见也。岂皆不如古之士自重以有耻乎？

古者井天下之地而授之氓。士之未命也，则授一廛而为氓，其父母妻子裕如也。自家达［国］，有塾、有序、有庠、有学，观游止处，师师友友，弦歌尧舜之道自乐也。磨砻镌切，沉浸灌养，行完而才备，则曰："上之人其舍我哉？"上之人其亦莫之能舍也。

今之地不井，国不学，党不庠，遂不序，家不塾。士之未命也，则或无以裕父母妻子，无以处；行完而才备，上之人亦莫之举也，士安得而不自进？呜呼！使今之士不若古，非人则然，势也。势之异，圣贤之所以不得同也。孟子不见王公，而孔子为季氏吏，夫不以势乎哉？士之进退，不惟其德与才，而惟今之法度；而有司之好恶，未必今之法度也。是士之进，不惟今之法度，而几在有司之好恶耳。今之有司，非昔之有司也；后之有司，又非今之有司也。有司之好恶，岂常哉？是士之进退，果卒无所必而已矣。噫！以言取人，未免失也；取焉而又不得其所谓言，是失之失也，况又重以有司好恶之不可常哉！古之道，其卒不可以见乎士也？有得已之势，其得不已乎？得已而不已，未见其为有道也。

杨叔明之兄弟，以父任皆京官，其势非吾所谓无以处，无以裕父母妻子，而有不得已焉者也。自枉而为进士，而又枉于有司，而又若不释然。二君固常自任以道，而且朋友我矣，惧其犹未痻也，为《进说》与之。

○吕诲劾安石辞小官、不辞大官，安石仕未显，众君子翕然称贤焉。使以小官终，千载而下，知安石何如人哉？安石之进也，宋室之不幸，亦安石之不幸也。

伤仲永

金溪民方仲永，世隶耕。仲永生五年，未尝识书具，忽啼求之。父异焉，借旁近与之，即书诗四句，并自为其名。其诗以养父母、收族为意，传一乡秀才观之。自是，指物作诗立就，其文理皆有可观者。邑人奇之，稍稍宾客其父，或以钱币乞之，父利其然也，日扳仲永环谒于邑人，不使学。

予闻之也久，明道中，从先人还家，于舅家见之，十二三矣。令作诗，不能称前时之闻。又七年，还自扬州，复到舅家，问焉。曰："泯然众人矣！"

王子曰：仲永之通悟，受之天也。其受之天也，贤于材人远矣。卒之为众人，则其受于人者不至也。彼其受之天也，如此其贤也，不受之人，且为众人。今夫不受之天，固众人；又不受之人，得为众人而已邪？

〇劝学之意，宛转切至，为子弟者所宜诵。然学，何学乎？宜先辨志矣。

读孟尝君传

世皆称孟尝君能得士，士以故归之，而卒赖其力，以脱于虎豹之秦。嗟乎！孟尝君特鸡鸣狗盗之雄耳，岂足以言得士？不然，擅齐之强，得一士焉，宜可以南面而制秦，尚何取鸡鸣狗盗之力哉？夫鸡鸣狗盗之出其门，此士之所以不至也。

◇谢枋得曰："笔力简而健。然一篇得意处，只是'擅齐之强，得一士焉，宜可以南面而制秦，尚何取鸡鸣狗盗之力哉'。

先得此数句，作此一篇文字，然亦是祖述前言。韩文公《祭田横墓文》云：‘当嬴氏之失鹿，得一士而可王，何五百人之扰扰，不能脱夫子于剑铓，岂所宝之非贤，抑天命之有常？’”

读孔子世家*

太史公叙帝王，则曰“本纪”；公侯传国，则曰“世家”；公卿特起，则曰“列传”，此其例也。其列孔子为世家，奚其进退无所据耶？孔子，旅人也，栖栖衰季之世，无尺土之柄，此列之以传宜矣，曷为世家哉？岂以仲尼躬将圣之资，其教化之盛，舄奕万世，故为之世家以抗之？又非极挚之论也。夫仲尼之才，帝王可也，何特公侯哉？仲尼之道，世天下可也，何特世其家哉？处之世家，仲尼之道，不从而大；置之列传，仲尼之道，不从而小。而迁也自乱其例，所谓“多所抵牾”者也。

◇茅坤曰：“荆公短文字，有绝似太史公处。”

与赵卨书

某启：议者多言：遽欲开纳西人，则示之以弱，彼更倔强。以事情料之，殆不如此。以我众大，当彼寡小，我尚疲弊厌兵，即彼偷欲得和可知。我深闭固距，使彼不得安息，则彼上下忿惧，并力一心，致死于我，此彼所以能倔强也。我明示开纳，则彼孰敢违众首议、欲为倔强者？就令有敢如此，则彼举国皆将德我而怨彼，孰肯为之致死？此所以怒我

---

* 别本又题《孔子世家议》。

而怠彼也，老子曰："抗兵相加，哀者胜矣。"此之谓也。

至于开纳之后，与之约和，乃不可遽，遽则彼将骄而易我。盖明示开纳，所以怠其众而纾吾患；徐与之议，所以示之难而坚其约。圣上恐龙图未谕此指，故令以书具道前降指挥。如西人有文字词理恭顺，即与收接闻奏，宜即明示界上，使我吏民与彼举国，皆知朝廷之意。

◇储欣曰："绝似汉人指挥机宜文字。"

答段缝书

段君足下：某在京师时，尝为足下道曾巩善属文，未尝及其为人也。还江南，始熟而慕焉友之，又作文粗道其行。惠书以所闻诋巩行无纤完，其居家，亲友惴畏焉，怪某无文字规巩，见谓有党。果哉，足下之言也？巩固不然。

巩文学论议，在某交游中不见可敌。其心勇于适道，殆不可以刑祸利禄动也。父在困厄中，左右就养无亏行，家事铢发以上皆亲之。父亦爱之甚，尝曰："吾宗敝，所赖者此儿耳。"此某之所见也。若足下所闻，非某之所见也。

巩在京师，避兄而舍，此虽某亦罪之也，宜足下深攻之也。于罪之中有足矜者，顾不可以书传也。事固有迹，然而情不至是者，如不循其情而诛焉，则谁不可诛邪？巩之迹固然邪？然巩为人弟，于此不得无过。但在京师时，未深接之；还江南，又既往不可咎，未尝以此规之也。

巩果于从事，少许可，时时出于中道。此则还江南时，尝规之矣；巩闻之，辄瞿然。巩固有以教某也。其作《怀友书》两通，一自藏，一纳某家，皇皇焉求相切劘，以免于悔者略见矣。尝谓友朋过差，未可以绝，固且规之。规之从则已，固且为文字自著见然后已邪，则未尝也。

凡巩之行，如前之云；其既往之过，亦如前之云而已。岂不得为贤者哉？

天下愚者众而贤者希，愚者固忌贤者，贤者又自守，不与愚者合，愚者加怨焉。挟忌怨之心，则无之焉而不谤，君子之过于听者，又传而广之。故贤者常多谤，其困于下者尤甚：势不足以动俗，名实未加于民，愚者易以谤，谤易以传也。凡道巩之云云者，固忌、固怨、固过于听者也。家兄未尝亲巩也，顾亦过于听耳。足下乃欲引忌者、怨者、过于听者之言，县断贤者之是非，甚不然也。

孔子曰："众好之，必察焉；众恶之，必察焉。"孟子曰："国人皆曰可杀，未可也；见可杀焉，然后杀之。"匡章，通国以为不孝，孟子独礼貌之以为孝。孔孟所以为孔孟者，为其善自守，不惑于众人也。如惑于众人，亦众人耳，乌在其为孔孟也？足下姑自重，毋轻议巩。

〇安石罢相后，尝叹曰："平昔交游，皆以国事相绝。"《曾巩传》曰："安石得志后，遂与之异。"子言之："有朋自远方来，不亦乐乎？"鸾凤所栖，百鸟并集，君子之光，其晖吉也。若夫伤胎杀卵，则凤鸟不至矣。宁有害及百姓，而君子犹与为友者乎？

上田正言书

正言执事：某五月还家，八月抵官。每欲介西北之邮布一书，道区区之怀，辄以事废。扬，东南之吭也。舟舆至自汴者，日十百数，因得问汴事与执事息耗甚详。其间荐绅道执事介然立朝，无所跛倚，甚盛甚盛！顾犹有疑执事者，虽某亦然。某之学也，执事诲之；进也，执事奖之。执事知某，不为浅矣，有疑焉不以闻，何以偿执事之知哉？

初，执事坐殿庑下，对方正策，指斥天下利害，奋不讳忌。且曰："愿陛下行之，无使天下谓制科为进取一涂耳。"方此时，窥执事意，岂若今所谓举方正者猎取名位而已哉？盖曰"行其志"云尔。

今联谏官，朝夕耳目天子行事，即一切是非，无不可言者。欲行其志，宜莫若此时。国之疵、民之病亦多矣，执事亦抵职之日久矣。向之所谓疵者，今或痤然若不可治矣；向之所谓病者，今或痼然若不可起矣。曾未闻执事建一言寤主上也，何向者斥之切而今之疏也？岂向之利于言而今之言不利邪？岂不免若今之所谓举方正者猎取名位而已邪？人之疑执事者以此。

为执事解者，或［曰］："造辟而言，诡辞而出，疏贱之人，奚遽知其微哉？"是不然矣。《传》所谓"造辟而言"者，乃其言则不可得而闻也，其言之效，则天下斯见之矣。今国之疵、民之病，有滋而无损焉，乌所谓言之效邪？

复有为执事解者，曰："盖造辟而言之矣，如不用何？"是又不然。臣之事君，三谏不从则去之，礼也。执事对策时，常用是著于篇。今言之而不从，亦当不翅三矣。虽惓惓之义，未能自去。孟子不云乎："有言责者，不得其言则去。"盍亦辞其言责邪？执事不能自免于疑也，必矣。虽坚强之辩，不能为执事解也。

乃如某之愚，则愿执事不矜宠利，不惮诛责，一为天下昌言，以寤主上；起民之病，治国之疵，蹇蹇一心，如对策时，则人之疑不解自判矣。惟执事念之。如其不然，愿赐教答。不宣。

□圣祖御评：书意从昌黎《争臣论》得来，笔自伉爽。

◇唐顺之曰："欧公上范司谏书，婉而切；荆公与田正言书，直而劲。"

答韶州张殿丞书

某启：伏蒙再赐书，示及先君韶州之政，为吏民称诵，至今不绝。伤今之士大夫不尽知，又恐史官不能记载，以次前世良吏之后。此皆不肖之孤，言行不足信于天下，不能推扬先人之功绪余烈，使人人得闻知之；所以夙夜愁痛、疚心疾首而不敢息者，以此也。

先人之存，某尚少，不得备闻为政之迹；然尝侍左右，尚能记诵教诲之余。盖先君所存，尝欲大润泽于天下，一物枯槁，以为身羞。大者既不得试，已试乃其小者耳。小者又将泯没而无传，则不肖之孤，罪大衅厚矣，尚何以自立于天地之间耶？阁下勤勤恻恻，以不传为念，非夫仁人君子乐道人之善，安能以及此？

自三代之时，国各有史；而当时之史，多世其家，往往以身死职，不负其意。盖其所传，皆可考据。后既无诸侯之史，而近世非尊爵盛位，虽雄奇俊烈，道德满衍，不幸不为朝廷所称，辄不得见于史。而执笔者又杂出一时之贵人，观其在廷论议之时，人人得讲其然不，尚或以忠为邪、以异为同，诛当前而不栗，讪在后而不羞，苟以餍其忿好之心而止耳；而况阴挟翰墨，以裁前人之善恶，疑可以贷褒，似可以附毁，往者不能讼当否，生者不得论曲直，赏罚谤誉又不施其间，以彼其私，独安能无欺于冥昧之间邪？善既不尽传，而传者又不可尽信如此。唯能言之君子，有大公至正之道，名实足以信后世者，耳目所遇，一以言载之，则遂以不朽于无穷耳。

伏惟阁下，于先人非有一日之雅，余论所及，无党私之嫌。苟以发潜德为己事，务推所闻，告世之能言而足信者，使得论次以传焉，则先君之不得列于史官，岂有恨哉？

◇李光地曰："此古今升降一大节目，此篇议论亦大关系。韩子之不为史官，意亦如此，而有难显言者，故以鬼神祸福自说。"

周礼义序

士弊于俗学久矣，圣上闵焉，以经术造之。乃集儒臣，训释厥旨，将播之学校，而臣某实董《周官》。

惟道之在政事，其贵贱有位，其后先有序，其多寡有数，其迟数有时。制而用之存乎法，推而行之存乎人。其人足以任官，其官足以行法，莫盛乎成周之时。其法可施于后世，其文有见于载籍，莫具乎《周官》之书。盖其因习以崇之，赓续以终之，至于后世，无以复加。则岂特文、武、周公之力哉？犹四时之运，阴阳积而成寒暑，非一日也。

自周之衰，以至于今，历岁千数百矣。太平之遗迹，扫荡几尽，学者所见，无复全经。于是时也，乃欲训而发之，臣诚不自揆，然知其难也。以训而发之之为难，则又以知夫立政造事追而复之之为难。

然窃观圣上致法就功，取成于心，训迪在位，有冯有翼，亹亹乎乡六服承德之世矣。以所观乎今，考所学乎古，所谓见而知之者，臣诚不自揆，妄以为庶几焉。故遂昧冒自竭，而忘其材之弗及也。谨列其书为二十有二卷，凡十余万言。上之御府，副在有司，以待制诏颁焉。谨序。

〇此安石误宋之根也。孟子曰："以善养人，然后能服天下。"苟可养人，不必其法出自周公也；九夷八蛮，皆圣人所乐取。苟为百姓所患苦，虽扳周公以证之，无济于败。若夫文，则洵美矣，然亦有自然流露而不可掩者。禹之于舜也，见而知之也，则其言曰："无若丹朱傲。"安石之于神宗也，则其言曰："所谓见而知之者，臣诚不自揆，妄以为庶几焉。"呜呼！可以鉴矣。

诗义序

《诗》三百十一篇，其义具存；其辞亡者，六篇而已。上既使臣雱训其辞，又命臣某等训其义。书成，以赐太学，布之天下，又使臣某为之序。谨拜手稽首言曰：

《诗》上通乎道德，下止乎礼义。放其言之文，君子以兴焉；循其道之序，圣人以成焉。然以孔子之门人赐也、商也，有得于一言，则孔子悦而进之。盖其说之难明如此，则自周衰以迄于今，泯泯纷纷，岂不宜哉？

伏惟皇帝陛下内德纯茂，则神罔时恫；外行恂达，则四方以无悔。“日就月将，学有缉熙于光明”，则《颂》之所形容，盖有不足道也。微言奥义，既自得之，又命承学之臣，训释厥遗，乐与天下共之。顾臣等所闻，如爝火焉，岂足以赓日月之余光？姑承明制，代匮而已。

传曰：“美成在久。”故《棫朴》之作人，以寿考为言，盖将有来者焉，追琢其章，缵圣志而成之也。臣衰且老矣，尚庶几及见之。谨序。

◇储欣曰：“抑损处得体。”

书义序

熙宁二年，臣某以《尚书》入侍，遂与政。而子雱实嗣讲事，有旨为之说以献。八年，下其说太学班焉。

惟虞、夏、商、周之遗文，更秦而几亡，遭汉而仅存。赖学士大夫诵说，以故不泯，而世主莫或知其可用。天纵皇帝大知，实始操之以验物，考之以决事；又命训其义，兼明天下后世。而臣父子以区区所闻，承乏与荣焉。然言之渊懿而释以浅陋，命之重大而承以轻眇，兹荣也，只所以为愧欤！谨序。

◇茅坤曰：“序皆应诏为之者，其辞简，而其法度自典则。”

灵谷诗序

吾州之东南有灵谷者，江南之名山也。龙蛇之神，虎豹翚翟之文章，楩柟豫章竹箭之材，皆自山出，而神林鬼冢、魑魅之穴，与夫仙人、释子恢谲之观，咸附托焉。至其淑灵和清之气，盘礴委积于天地之间，万物之所不能得者，乃属之于人，而处士君实生其址。

君姓吴氏，家于山址，豪杰之望，临吾一州者，盖五六世，而后处士君出焉。其行孝悌忠信，其能以文学知名于时。惜乎其老矣，不得与夫虎豹翚翟之文章，楩柟豫章竹箭之材，俱出而为用于天下，顾藏其神奇，而与龙蛇杂此土以处也。

然君浩然有以自养，遨游于山川之间，啸歌讴吟，以寓其所好，终身乐之不厌，而有诗数百篇，传诵于闾里。他日，出《灵谷》三十二篇以属其甥曰："为我读而序之。"惟君之所得，盖有伏而不见者，岂特尽于此诗而已？虽然，观其镵刻万物，而接之以藻缋，非夫诗人之巧者，亦孰能至于此。

◇茅坤曰："览之如游峭壁邃谷。"

芝阁记

祥符时，封泰山以文天下之平，四方以芝来告者万数。其大吏，则天子赐书以宠嘉之；小吏若民，辄锡金帛。方是时，希世有力之大臣，穷搜而远采；山农野老，攀缘徂杙，以上至不测之高，下至涧溪壑谷，分崩裂绝，幽穷隐伏，人迹之所不通，往往求焉。而芝出于九州、四海之间，盖几于尽矣。

至今上即位，谦让不德。自大臣不敢言封禅，诏有司以祥瑞告者皆勿纳。于是神奇之产，销藏委翳于蒿藜榛莽之间，而山农野老不复知其为瑞也。则知因一时之好恶，而能成天下之风俗，况于行先王之治哉？

太丘陈君，学文而好奇。芝生于庭，能识其为芝。惜其可献而莫售也，故阁于其居之东偏，掇取而藏之。盖其好奇如此。

噫！芝一也，或贵于天子，或贵于士，或辱于凡民，夫岂不以时乎哉？士之有道，固不役志于贵贱，而卒所以贵贱者，何以异哉？此予之所以叹也。

◇李光地曰："与《墨池》同一机轴，盖曾、王文极有相似者。"

游褒禅山记

褒禅山亦谓之华山，唐浮图慧褒，始舍于其址，而卒葬之，以故其后名之曰"褒禅"。今所谓慧空禅院者，褒之庐冢也。距其院东五里，所谓华山洞者，以其乃华山之阳名之也。距洞百余步，有碑仆道，其文漫灭，独其为文犹可识，曰"花山"。今言"华"如"华实"之"华"者，盖音谬也。

其下平旷，有泉侧出，而记游者甚众，所谓"前洞"也。由山以上五六里，有穴窈然，入之甚寒。问其深，则其好游者不能穷也，谓之"后洞"。余与四人拥火以入，入之愈深，其进愈难，而其见愈奇。有怠而欲出者，曰："不出，火且尽。"遂与之俱出。盖予所至，比好游者尚不能十一，然视其左右，来而记之者已少。盖其又深，则其至又加少矣。方是时，予之力尚足以入，火尚足以明也。既其出，则或咎其欲出者，而予亦悔其随之，而不得极夫游之乐也。

于是予有叹焉：古人之观于天地、山川、草木、虫鱼、鸟兽，往往有得，以其求思之深，而无不在也。夫夷以近，则游者众；险以远，则至者少。而世之奇伟瑰怪非常之观，常在于险远，而人之所罕至焉。故非有志者，不能至也。有志矣，不随以止也，然力不足，亦不能至也。有志与力而又不随以怠，至于幽暗昏惑，而无物以相之，亦不能至也。然力足以至焉，于人为可讥，而在己为有悔。尽吾志也而不能至者，可以无悔矣，其孰能讥之乎？此予之所得也。

余于仆碑，又以悲夫古书之不存，后世之谬其传而莫能名者，何可胜道也哉！此所以学者不可以不深思而慎取之也。

四人者：庐陵萧君圭君玉，长乐王回深父，余弟安国平父、安上纯父。至和元年七月某甲子，临川王某记。

◇李光地曰："借题写己深情高致，穷工极妙。"

祭范颍州文

呜呼我公，一世之师。由初迄终，名节无疵。明肃之盛，身危志殖。瑶华失位，又随以斥。治功亟闻，尹帝之都。闭奸兴良，稚子歌呼。赫赫之家，万首俯趋。独绳其私，以走江湖。士争留公，蹈祸不栗。有危其辞，谒与俱出。风俗之衰，骇正怡邪。蹇蹇我初，人以疑嗟。力行不回，慕者兴起。儒先酋酋，以节相侈。

公之在贬，愈勇为忠。稽前引古，谊不营躬。外更三州，施有余泽。如酾河江，以灌寻尺。宿赃自解，不以刑加。滑（猾）盗涵仁，终老无邪。讲艺弦歌，慕来千里。沟川障泽，田桑有喜。

戎孽猘狂，敢齮我疆。铸印刻符，公屏一方。取将于伍，后常名显；收士至佐，维邦之彦。声之所加，虏不敢濒；以其余威，走敌完邻。昔也始至，疮痍满道；药之养之，内外完好。既其无为，饮酒笑歌。百城晏眠，吏士委蛇。

上嘉曰材，以副枢密。稽首辞让，至于六七。遂参宰相，厘我典常。扶贤赞杰，乱冗除荒。官更于朝，士变于乡。百治具修，偷堕勉强。彼阏不遂，归侍帝侧。卒屏于外，身屯道塞。谓宜耇老，尚有以为。神乎孰忍，使至于斯！盖公之才，犹不尽试。肆其经纶，功孰与计？

自公之贵，厩库逾空。和其色辞，傲讦以容。化于妇妾，不靡珠玉。翼翼公子，弊绨恶粟。闵死怜穷，惟是之奢。孤女以嫁，男成厥家。孰堙于深？孰锲乎厚？其传其详，以法永久。

硕人今亡，邦国之忧。矧鄙不肖，辱公知尤。承凶万里，不往而留。涕哭驰辞，以赞醪羞。

◇茅坤曰："范公为一代殊绝人物，荆公祭文亦极力摹写，涕洟呜咽。"

祭曾博士易占文

呜呼！公以罪废，实以不幸；卒困以夭，亦惟其命。命与才违，人实知之；名之不幸，知者为谁？公之闾里，宗亲党友，知公之名，于实无有。呜呼公初，公志如何？孰云不谐，而厄孔多？地大天穹，有时而毁。星日脱败，山倾谷圮。人居其间，万物一偏，固有穷通，世数之然。至其寿夭，尚何忧喜；要之百年，一蜕以死。方其生时，窘若囚拘；其死以归，混合空虚。以生易死，死者不祈。唯其不见，生者之悲。公今有子，能隆公后。惟彼生者，可无甚悼。嗟理则然，其情难忘。哭泣驰辞，往侑奠觞。

〇曾易占，字不疑，巩之父也。始末具王明清《挥麈录》中，采载巩《与杜衍书》篇后。

广西转运使苏君墓志铭

庆历五年，河北都转运使、龙图阁直学士信都欧阳修，以言事切直，为权贵人所怒，因其孤甥女子有狱，诬以奸利事，天子使三司户部判官、太常博士武功苏君与中贵人杂治。当是时，权贵人连内外诸怨恶修者，为恶言，欲倾修锐甚。天下汹汹，必修不能自脱。苏君卒白上曰："修无罪，言者诬之耳。"于是权贵人大怒，诬君以不直，绌使为殿中丞、泰州监税。然天子遂寤，言者不得意，而修等皆无恙，苏君以此名闻天下。

嗟乎！以忠为不忠，而诛不当于有罪，人主之大戒。然古之陷此者相随属，以有左右之谗，而无如苏君之救，是以卒至于败亡而不寤。然则苏君一动，其功于天下，岂小也哉？苏君既出逐，权贵人更用事，凡五年之间，再赦而君六徙，东西南北，水陆奔走辄万里。其心恬然，无有怨悔；遇事强果，未尝少屈。盖孔子所谓"刚"者，殆苏君矣。

苏君之仁与智，又有足称者。尝通判陕府，当葛怀敏之败，边告急，枢密使使取道路戍还之卒，再戍仪、渭。于是延州还者千人，至陕，闻再戍，大恐，即讙聚谋为变。吏白，闭城，城中无一人敢出。君徐以一骑出卒间，谕尉止之，而以便宜还使者。戍卒喜曰："微苏君，吾不得生。"陕人亦曰："微苏君，吾其掠死矣。"有令刺陕西之民以为兵，敢亡者死。

既而亡者得，有司治之以死，君辄纵去，而言上曰：“令民以死者，为事不集也。事集矣，亡者犹不赦，恐其众相率而为盗。惟朝廷幸哀怜愚民，使得自反。”天子以君言为然，而三十州之亡者皆不死。其后知坊州，州税赋之无归者，里正代为之输，岁弊大家数十。君悉钩治，使归其主。坊人不忧为里正，自苏君始也。

苏君讳安世，字梦得。其先武功人，后徙蜀。蜀亡，归家于京师，今开封人也。曾大考讳进之，率府副率。大考讳继，殿直。考讳咸熙，赠都官郎中。君以进士起家三十二年，其卒年五十九。为广西转运使，而官止于尚书屯田员外郎者，以君十五年不求磨勘也。

君娶南阳郭氏，又娶清河张氏，为清河县君。子四人：台文，永州推官；祥文，太庙斋郎；炳文，试将作监主簿；彦文，未仕。女子五人，适进士会稽江崧、单州鱼台县尉江山赵扬，三人尚幼。

君既卒之三年，嘉祐二年十月庚午，其子葬君扬州之江都东兴宁乡马坊村，而太常博士、知常州军州事临川王某为铭曰：

> 皇有四极，周绥以福，使维苏君，奠我南服。亢亢苏君，不圜其方，不晦其明，君子之刚。其枉在人，我得吾直，谁怼谁愠，祇天之役。日月有丘，其下冥冥，昭君无穷，安石之铭。

□圣祖御评：叙次中能备轻重浅深之法，文亦抑扬尽致。

◇茅坤曰：“以‘刚’字叙苏君意气，以‘仁、智’二字决其吏业，感慨中有法度。”

整理后记

唐宋诗文，名家辈出，允宜多有选本。就文而言，明有“八大家”之钞，清有“十大家”之集。不论“八家”“十家”，影响有大小，行销有广狭，各受好评则未可轩轾。清廷右文，多有兴作，康乾之世，更为突出，《唐宋文醇》《唐宋诗醇》之选，也便是很自然的事情。

《文醇》《诗醇》，“必也正名”，应名之曰《御选唐宋文醇》《御选唐宋诗醇》。御选的“陛下”，不是别人，正是“十全武功”的乾隆帝；而且不仅御选，还有御评。只是谁个下手去选、去评，大家心知肚明。皇朝时代又已经随风而去，今日重刊，把“御选”搁过一边，也未尝不可。要说的是，皇帝老儿右文——尽管同时也扼杀，总还是比数典忘祖革文化之命，要高明许多。

《唐宋文醇》，共选十家，八大家（唐韩、柳，宋欧阳、三苏、曾、王）之外，增选唐人李翱、孙樵——这还是储欣“十大家”的路子。所选篇目，当然有所不同。比如王荆公，清帝也认为“去他不得”，但选文仅有一卷，且多为短文，涉及政制之类的，皆在摈弃之列。其故端在对荆公“变法”很不“感冒”，御评中对其人贬斥有加；好在还没有因人废言，摈而不选，还算有些识量。

《唐宋诗醇》，共选六家，唐则李白、杜甫、韩愈、白居易，宋则苏轼、陆游。唐宋诗人名家辈出，比较文选，显然诗选要困难许多。因此，《诗醇》六家，从“熔于一炉”的角度看，准定难餍人愿；但就众体兼备、出类拔萃而言，也几乎无出六家之右者。另一个好处是，家数无几，则每家所录必多，或题或体，倒恰恰能体现另一类型的“全面”。

无论诗、文，所选每家之前，都有要言不烦的介绍，生平事功之外，侧重概括诗文成就、特色等，可以起到“导引”作用。几乎每一诗文之后，均有评论，或侧重义理，或偏于文章；或钩沉作意，或绍介背景。这些评说，大多颇能中肯，并且时见精彩，从而也就使这两个御选本有了独特的生命力。

本次整理，简体横排之外，全文照录，略不删改。由于大多是今人习见的篇什，标点、分段大同小异。其中诗文有与别本或当下通行本文字不同者，异文则加（）注出，缺字则加［］补出。个别文题与通行本不同的，加了脚注予以说明。至于出于不言自明的原因，将宋文中涉及金人的“虏”“夷狄”字样，改为“敌”“远人”，人名“鬼章”改为“鬼庄”之类，每篇首次出现括注本文，之后则一仍其旧，也算给文化专制立此存照吧。

两书的评论，御评之外，还有其他名家的评论，以及史传、笔记的背景资料。为了区分，御评以○提领，此外则以◇区别。《文醇》小部分有康熙帝“圣祖御评”，则标以□。所有评论，标点之外，较长的（有的评说多达千余字）还分了段。至于评论引文与原著有所不同的，除明显误植注明外，其他均不影响阅读理解，故亦未作处理。

学识所限，疏漏舛误，在所难免，还请方家教而正之。

整理者

己亥冬至后十日

图书在版编目（CIP）数据

唐宋文醇：上下册 /（清）乾隆御定；乔继堂点校． —上海：上海科学技术文献出版社，2020
（上海图书馆馆藏文献丛刊）
ISBN 978-7-5439-8100-3

Ⅰ．①唐… Ⅱ．①乾… ②乔… Ⅲ．①古典散文—散文集—中国—唐宋时期 Ⅳ．① I264

中国版本图书馆 CIP 数据核字 (2020) 第 053989 号

策划编辑：张　树
责任编辑：付婷婷
封面设计：留白文化

唐宋文醇（上下册）
TANGSONG WENCHUN
[清]乾隆御定　乔继堂　点校
出版发行：上海科学技术文献出版社
地　　址：上海市长乐路 746 号
邮政编码：200040
经　　销：全国新华书店
印　　刷：常熟市人民印刷有限公司
开　　本：889×1194　1/32
印　　张：30.75
字　　数：688 000
版　　次：2020 年 5 月第 1 版　2020 年 5 月第 1 次印刷
书　　号：ISBN 978-7-5439-8100-3
定　　价：128.00 元
http://www.sstlp.com